VERSO

un label dirigé par Glenn Tavennec

MISSION DAMAS

L'AUTEUR

David McCloskey est un ancien analyste de la CIA et consultant pour McKinsey & Company. À la CIA, il a travaillé dans plusieurs antennes à travers le Moyen-Orient et est également spécialiste de la Russie. *Mission Damas*, son premier roman, a été acclamé par la presse américaine et anglo-saxonne. Il vit au Texas.

DAVID McCLOSKEY

MISSION DAMAS

thriller

Traduit de l'anglais (États-Unis)
par Johan-Frédérik Hel-Guedj

VERSO

un label des
ÉDITIONS DU SEUIL
57, rue Gaston-Tessier, Paris XIXe

Titre original : *Damascus Station*
Publié pour la première fois en 2021 par W. W. Norton & Company, États-Unis
Traduit de l'anglais (États-Unis) par Johan-Frédérik Hel-Guedj
Design de couverture : Pete Garceau
Photographie de couverture : Claire McCormack Hogan
Design intérieur : Beth Steidle
Carte de Damas : World Sites Atlas
Damascus street data © OpenStreetMap contributors (openstreetmap.org)

ISBN 978-2-38643-105-0

Pour Abby, mon amour et ma complice
Et pour la Syrie et son peuple, pour un avenir
qui soit meilleur que le passé

« Damas a vu tout ce qui est advenu sur terre et elle vit encore. Elle a jeté son regard sur les os desséchés de milliers d'empires et elle verra les tombes de mille autres avant de succomber. »

— MARK TWAIN,
LE VOYAGE DES INNOCENTS, 1869

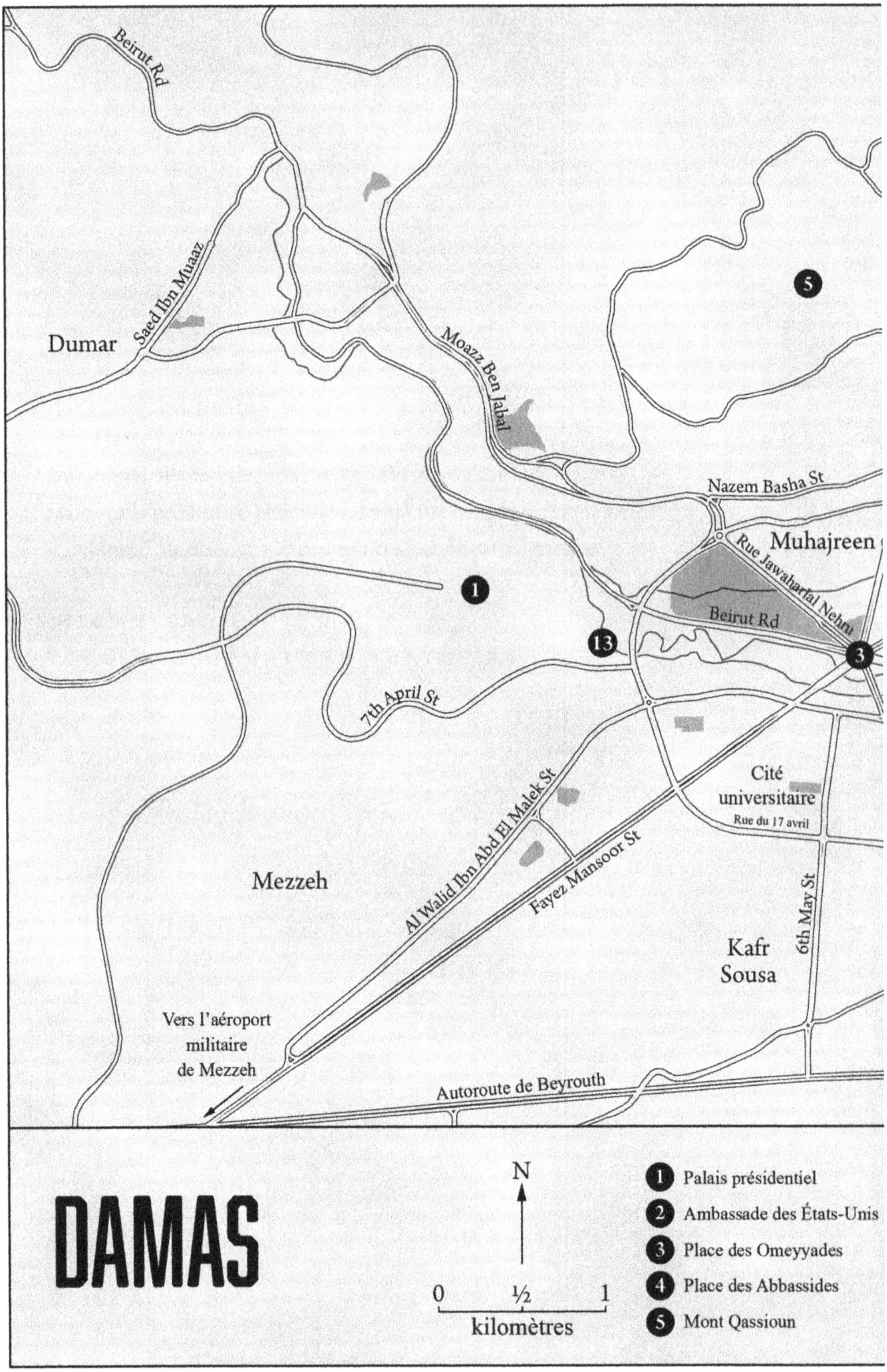
Beirut Rd
Saed Ibn Muaaz
Dumar
Moazz Ben Jabal
5
Nazem Basha St
Muhajreen
Rue Jawaharlal Nehru
Beirut Rd
1
13
3
7th April St
Cité
universitaire
Rue du 17 avril
Al Walid Ibn Abd El Malek St
Fayez Mansoor St
Mezzeh
6th May St
Kafr
Sousa
Vers l'aéroport
militaire
de Mezzeh
Autoroute de Beyrouth
DAMAS
N
0
½
1
kilomètres
1 Palais présidentiel
2 Ambassade des États-Unis
3 Place des Omeyyades
4 Place des Abbassides
5 Mont Qassioun

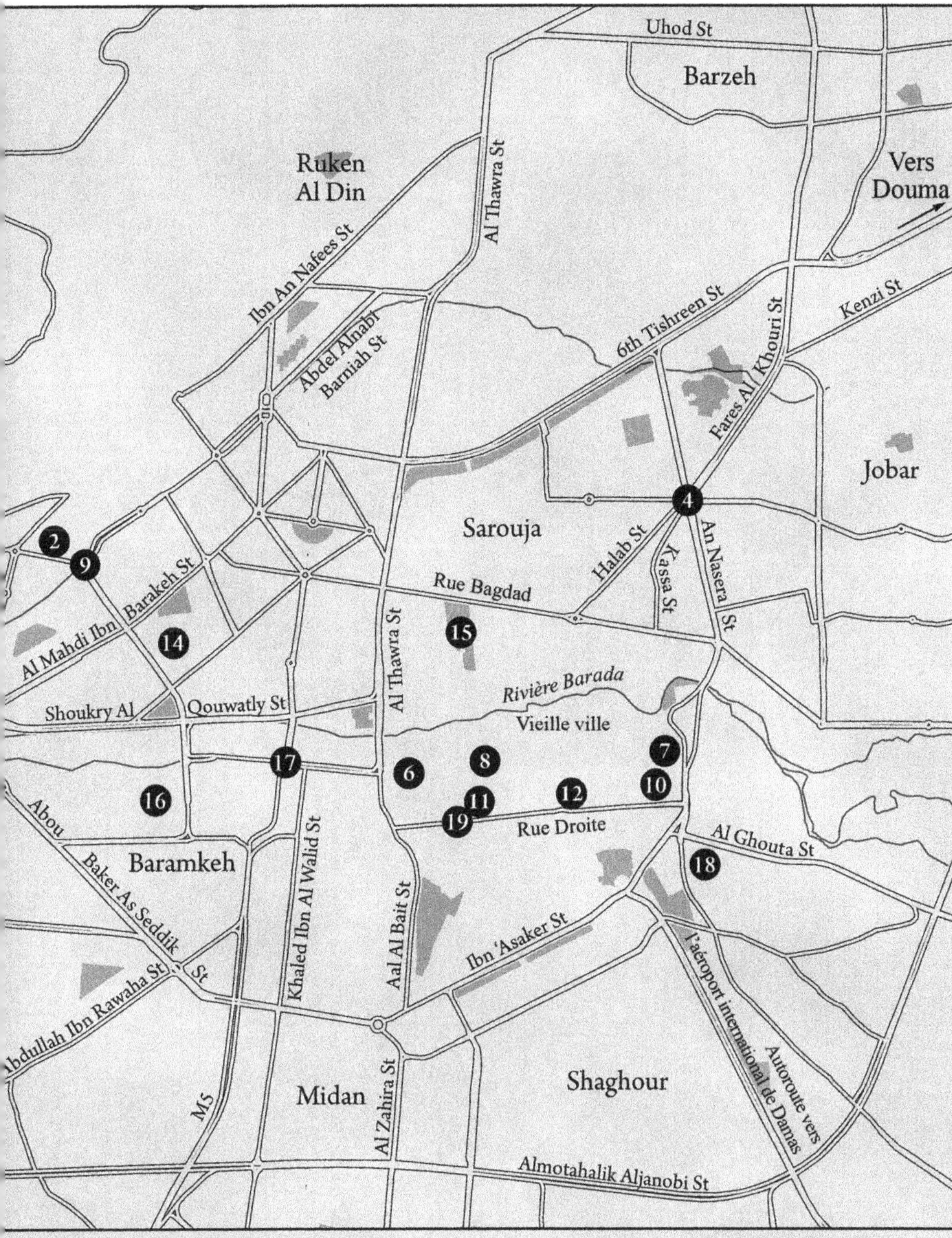

6 Souk Al-Hamadiya
7 Chapelle d'Ananias
8 Mosquée des Omeyyades
9 Place Al-Rawdah
10 Bab Touma
11 Souk Al-Bzouriye
12 Cathédrale mariamite
13 Résidence présidentielle
14 Sha'alan
15 Cimetière de Dahdah
16 Université de Damas
17 Place du Hedjaz
18 Bab Charqi
19 Souk Midhat Basha

PREMIÈRE PARTIE

Meurtres

1

PREMIÈRES ANNÉES DU SOULÈVEMENT SYRIEN

Au bout de huit heures de rondes pour vérifier que la zone n'était pas sous surveillance – ce qu'on appelait le parcours de détection de surveillance (PDS) –, Sam commença à serrer moins fort le volant et son pouls se mit à ralentir. Il s'était arrêté à trois reprises, dans Damas et en périphérie, il avait respecté tous les changements de direction de la procédure PDS, vérifié chaque fois la présence de guetteurs en jetant sans cesse des coups d'œil dans ses deux rétros. À chacun des arrêts, il avait attendu, pour essayer de débusquer la surveillance adverse. La chaleur brûlante transperçait le pare-brise et la clim avait du mal à suivre. Son dos était endolori, ses épaules lui donnaient l'impression d'être définitivement voûtées. Coincé dans un bouchon, il s'engagea au pas sur un carrefour ombragé de palmiers et de pins. Le feu rouge était interminable. Ses doigts tambourinant sur le volant, il vérifia dans ses rétroviseurs, comparant chaque véhicule à tous ceux aperçus dans la journée. Le feu passa au vert. Un agent en veste de cuir de la moukhabarat, la sécurité militaire, vint se poster au milieu de la chaussée, main levée. D'un geste, il ordonna à la première voiture de la file de s'immobiliser. Derrière lui, quelqu'un klaxonna. Un autre agent de la moukhabarat tira en travers de la route un chevalet constellé d'autocollants du président Bachar el-Assad et ordonna à la première voiture d'avancer.

— Barrage ! beugla quelqu'un.

C'était le sixième de la journée, mais le cœur de Sam se remit à cogner. Sous couverture officieuse, tout pouvait basculer. S'il se faisait prendre, il n'y aurait aucune immunité diplomatique. Pas d'échange. Il disparaîtrait dans une geôle en sous-sol. Il faudrait être un sociopathe pour circuler en pays hostile sans solution de repli et ne pas être sur les nerfs.

Il sortit son passeport de sa poche poitrine et le plaça sur le tableau de bord. Une pièce d'identité canadienne, bleu foncé (pour touriste), assortie d'une photo au nom d'un dénommé James Hansen. Celle de Sam, tout comme la date de naissance. Il avait récupéré ce passeport au Security Intelligence Service du Canada, dans un quartier d'Ottawa aux rues détrempées par la neige fondue, un jour de printemps, après avoir visité les bureaux d'une société de placement immobilier, Orion Real Estate Investments, une coquille vide très récente. Sa couverture était complètement étanche – des humains répondaient au téléphone et aux emails –, les Canadiens étant trop heureux d'apporter leur contribution en échange d'un siège à la table de débriefing, dès que KOMODO serait en lieu sûr, à Langley. Les services de renseignement amis ne partagent rien, ils échangent.

De toute l'écurie de la station de Damas, KOMODO se trouvait être l'une des ressources les plus productives. La quarantaine, solitaire, un peu glaçant au vu des télégrammes opérationnels, c'était un scientifique de niveau intermédiaire au Centre d'études et de recherches scientifiques syrien, le CERS, l'organisation responsable des armes chimiques d'Assad. Or, la NSA pensait que les Syriens avaient percé le dispositif secret de communications de KOMODO et, au terme d'une journée frénétique, Langley avait échafaudé un plan d'exfiltration imposant à Sam d'entrer en Syrie sous couverture de cadre commercial afin d'en sortir leur informateur. La CIA avait aussi décidé de rapatrier Val Owens, l'officier traitant de

KOMODO. Sam et Val avaient fait équipe en Irak, sa première affectation, pour elle, sa troisième pour lui. Ils étaient devenus proches, comme s'ils faisaient partie de la même famille. Val était une amie, la vie d'une ressource se trouvait dans la balance ; Sam ne pensait qu'à ces deux enjeux et, au moment où un soldat lui fit signe d'avancer, il sentit de nouveau les battements de son cœur accélérer.

Un jeune militaire, les yeux durs, la moustache épaisse, s'approcha de la portière côté conducteur et lui demanda ses papiers. Sam soutint une seconde son regard, avec respect, puis lui tendit le passeport – déjà ouvert à la page du visa syrien de quatre-vingt-dix jours –, et fixa la route devant lui. Le soldat tourna les pages, lança un coup d'œil autour de lui comme s'il envisageait d'appeler son supérieur, et revint sur Sam, les yeux réduits à deux fentes.

— Pourquoi vous êtes en Syrie ? lui demanda-t-il, en anglais, avec un fort accent.

— Pour affaires, répondit Sam, en arabe.

Le soldat eut un signe de tête vers un de ses camarades qui s'approchaient en balayant du regard les voitures en stationnement et les maisons alentour, l'air tendu. Le régime contrôlait cette partie de la ville, mais des rebelles et des djihadistes frappaient parfois les barrages routiers. Attentats-suicides et tirs de grenade type RPG-7, les tactiques de harcèlement que Sam avait vues à l'œuvre pendant sa période d'affectation à Bagdad, de plus en plus courantes à Damas. La mâchoire contractée, le soldat claqua le passeport contre sa paume.

— Ouvrez le coffre, ordonna-t-il.

Sam appuya sur le bouton qui déverrouillait le hayon. Un autre soldat le souleva, en sortit sa valise, la lâcha brutalement sur le macadam.

— Elle est fermée à clé ? demanda l'homme.

— Non, répondit Sam.

Il entendit le coulissement de la fermeture à glissière et le bruissement des vêtements qu'on empilait dans la voiture.

— Pourquoi rien n'est plié ? s'enquit l'autre soldat.

— Parce que j'ai déjà passé plusieurs autres barrages depuis ce matin.

— Véhicule loué ? reprit le premier, en frappant la portière côté passager avec la crosse de son AK-47.

Sam hocha la tête.

— Les papiers.

Il ouvrit la boîte à gants et tendit au soldat un jeu de documents indiquant que le véhicule appartenait à Rainbow Rentals, à Amman, en Jordanie. Le soldat étudia les documents, et Sam chassa de son esprit la vision d'un mécanicien de la station d'Amman lui montrant comment faire rentrer un humain dans le compartiment du coffre, spécialement aménagé, en manipulant un mannequin précisément de la taille et du poids de KOMODO (un mètre soixante-cinq et soixante-cinq kilos).

Le soldat lui rendit les documents.

— Quel genre d'affaires, monsieur Hansen ?

— Investissement immobilier. Des villas dans la région, peut-être quelques biens dans la vieille ville.

— Les villas, elles sont pas chères, en ce moment.

— Exact. (Sam sourit.) C'est vrai, pas chères.

— La valise est en règle, fit l'autre soldat à l'arrière.

Le barrage franchi sans encombre, il s'engagea sur la route M1 en direction de la vieille ville, au moment où le *maghrib*, l'appel à la prière au coucher du soleil, retentissait du haut des minarets des mosquées. Ce soir, la circulation était fluide. À la tombée de la nuit, les Syriens s'enfermaient en vitesse chez eux pour éviter les tirs de mortier entre le régime et les rebelles.

Derrière lui, le soleil plongeait au-dessous de l'horizon, et son corps intégrait maintenant ce que son esprit avait déjà saisi : il était clair. Personne ne l'avait suivi. Sur le moment, il se sentit soulagé. Ensuite, ce fut le retour des conjectures, une sorte de rituel propre aux PDS auquel se plie tout officier traitant de la CIA depuis ses premières sessions de formation à Camp Peary, la « Ferme ». C'était la plaie de la « Mission ». La froide réalité : on ne pouvait jamais être sûr de rien, il était toujours plus facile d'annuler une mission sous couverture que de passer à l'action opérationnelle en sachant qu'on pouvait se tromper.

Il laissa donc libre cours au flot de questions.

Avait-il été repéré par la Lexus noire à la portière griffée côté passager, à Yafour ? Avait-il vu le taxi jaune poussiéreux qui le suivait maintenant depuis sa deuxième halte, devant la villa ringarde avec sa piscine en forme de sablier ? Le reflet de la fenêtre de cet appartement, au moment du dernier barrage, émanait-il d'un poste de surveillance ? Sam enfourna une dragée de chewing-gum à la menthe. Il la mâcha lentement, sans quitter du regard le pare-brise encrassé par les intempéries, en s'approchant de Damas. Les procédures PDS sur véhicule compliquaient à l'extrême le repérage des incidents récurrents. Il avait envie de sortir dans la rue, mais ne voyait aucune raison motivant ce geste. La périphérie de Damas était une zone de guerre et Sam s'appelait James Hansen, investisseur immobilier. Jamais James Hansen ne s'arrêterait subitement en zone de guerre. James Hansen regagnerait en vitesse la maison qu'il louait dans la vieille ville et se mettrait au lit, pour s'accorder une nuit de sommeil avant de rejoindre Amman.

Il arrêta le Land Cruiser à deux rues de la planque. Il étala une carte routière jaunie sur le toit du 4×4 et fit mine d'examiner le dédale de ruelles tortueuses pour se repérer jusqu'à sa destination finale. C'était sa dernière chance de tout annuler. Il respira à fond. Sentit l'air frais de la nuit sur sa peau. Pas les poils de sa nuque se hérisser. Il ne se sentait pas observé. Il regarda autour de lui, replia sa carte comme l'aurait fait un abruti de touriste, en profita pour tenter une dernière fois d'apercevoir des guetteurs dans la nuit. Il lança un regard vers la rue qu'il devait emprunter et jeta la carte sur le siège passager.

Il stoppa le 4×4 Toyota devant une maison à deux pas du quartier de Bab Touma. Les Canadiens avaient choisi un emplacement idéal en lisière de la vieille ville : la planque ARCHIMEDES offrait un accès facile aux ruelles sinueuses, aux rues étroites du centre – la localisation parfaite pour détecter la moindre surveillance – et aux voies plus larges qui l'entouraient. Le lieu, un palais d'époque ottomane sur trois niveaux, occupait la moitié d'un pâté de maisons, estimait-il. À Damas, les garages étaient peu courants et jugés disgracieux dans une vieille demeure aussi majestueuse. Pour jouir de cette fonctionnalité sans nuire à l'esthétique de l'édifice, le propriétaire – une ressource d'appui – avait conçu une porte très élaborée identique aux murs extérieurs.

Sam pressa sur un bouton niché à côté d'une lanterne au gaz du mur nord. La porte s'ouvrit avec un grincement et il entra dans le garage en marche arrière. Malgré la taille de la villa, le couloir situé dans le fond était exigu. Au bout, le sol de marbre débordait sur une porte à double battant haute de plus de quatre mètres, un treillage de formules coraniques en fer forgé formant des dizaines de panneaux aux motifs complexes. Il ouvrit les deux battants sur la cour intérieure. Une fontaine gargouillait en son centre, cernée de petits bosquets d'orangers et de citronniers. À son entrée, des freux invisibles croassèrent, comme s'ils lui lançaient un avertissement. Une rafale de mortier éclata vers l'est. D'instinct, il tressaillit avant de battre en retraite à l'intérieur du vestibule et de refermer les portes.

Les Canadiens avaient inclus un plan de la demeure dans les échanges de contacts. Il n'eut donc aucun mal à circuler de couloir en couloir pour atteindre la cuisine. Dans un placard sentant le renfermé, il trouva les denrées qu'il avait demandées : un paquet de barres de céréales hautement caloriques, un sachet contenant dix comprimés de Xanax dosés à deux milligrammes, un concentrateur d'oxygène portatif, un sac d'hydratation CamelBak, et des couches pour adulte. Il remplit le CamelBak d'eau et retira une couche du paquet. Il fourra le tout dans une sacoche noire avant d'en zipper la fermeture Éclair.

Retournant au garage, il ouvrit le hayon du Land Cruiser. Il fit coulisser l'accès au compartiment ménagé entre les deux rangées de sièges arrière, sous le volume du coffre, en tournant une série de cadrans dans l'ordre précis qu'on lui avait montré à Amman. Il passa la main sur la mince garniture en silicone noir, un matériel conçu pour absorber la chaleur et rendre les corps placés dessous indétectables aux capteurs infrarouges, transféré par valise diplomatique d'un sous-sol de Langley à la station d'Amman. Il glissa la sacoche dedans, en regrettant que la CIA ne soit pas capable d'ajouter des capsules de cyanure dans ces sacs de voyage comme les Russes le faisaient pour leurs agents. Capturé en Syrie, un agent de la CIA pouvait s'attendre à des mois d'interrogatoire et de torture. Si Sam avait été à la place de KOMODO, il aurait apprécié d'avoir cette capsule sur lui.

POUR ÉVACUER LE STRESS, il enchaîna une série de pompes et de redressements assis, pendant trente minutes. Après cette séance, il prit une douche chaude. Val accusait quinze minutes de retard. Depuis sa formation à la Ferme de Quantico, il n'avait plus besoin de consulter des horloges ou des montres.

Il se changea et enfila une chemise blanche propre et un costume gris clair, puis retourna à la cuisine voir s'il n'y trouverait pas du café. Il repéra une vieille cafetière à piston maculée de poussière, ainsi qu'une bouilloire électrique et une boîte en fer pleine de café moulu. Il ne vérifia pas la date d'expiration, il s'en moquait. Il lui fallait de la caféine.

Il passa le café, laissa la tasse refroidir et la but en trois gorgées. Il remplit une deuxième tasse, regarda la vapeur s'en échapper. Il appela un numéro en mémoire et demanda des nouvelles de l'acquisition de Dubaï. La voix à l'autre bout de la ligne, une ressource d'appui qui ne connaissait pas la vraie signification des codes convenus, lui répondit que la transaction était en suspens. Sam lui demanda confirmation.

— C'est en suspens, monsieur Hansen.

Sam vida sa deuxième tasse de café en deux gorgées et fracassa le mug par terre.

LA PERSPECTIVE DE L'ARRESTATION imminente de KOMODO et d'une détérioration de la situation en Syrie sur le plan de la sécurité imposait à la CIA de renoncer au schéma d'exfiltration habituel : escamoter son agent de lieu sûr en lieu sûr, pendant plusieurs semaines, laisser la tension retomber, puis lui faire passer la frontière clandestinement. KOMODO était sous surveillance depuis des mois. Ils sortiraient tous trois de Syrie à partir de cette planque.

Il s'allongea sur le lit, en costume, le cœur cavalcadant sous l'effet de la caféine et de l'adrénaline. Si la moukhabarat avait mis la main sur KOMODO, ce serait ensuite le tour de Val. Quant à lui, il ne pouvait rien faire d'autre que de l'attendre. Tout était surtout une affaire d'attente. Pourtant, l'attente le mettait à cran et lui donnait envie de boire une fiole de whisky ou d'avaler deux des pilules de Xanax réservées à KOMODO. Certains officiers traitants s'efforçaient d'anesthésier l'angoisse avec de la gnôle, des médocs, des drogues ou des femmes. Cela les menait toujours vers le caniveau, la radiation ou pire encore. Ils avaient retrouvé l'un de ses camarades de promotion à la Ferme – un agent sous couverture non officielle, un CNO opérant en Biélorussie – pendu à une poutre apparente de son appartement de Minsk, des pilules, des seringues et des bouteilles de vodka vides jonchant le sol.

La Mission pouvait vous miner.

Il était presque 2 heures du matin quand il entendit une porte grincer quelque part dans la maison, des bruits de pas dans le vestibule.

Il retrouva Val dans la cuisine. Elle se versait des cuillerées de café dans la cafetière à piston d'une main tremblante en tapant du pied. Elle répandit une cuillère pleine de mouture et frappa des deux paumes sur le plan de travail.

— Merde, merde et merde ! éructa-t-elle. Trois fenêtres. Il a loupé trois fenêtres de ramassage.

Elle inspira à fond, pour tenter de se calmer. Elle alluma la bouilloire et glissa au sol, le dos contre les placards. Il s'assit à côté d'elle. Ils restèrent tous les deux silencieux, la bouilloire se mit à siffler. Val était mince et athlétique, à peu près le souvenir qu'il conservait d'elle de la période Bagdad, mais ses cheveux blonds étaient plus longs et lui arrivaient dans le dos. Il l'attira contre lui. Elle laissa retomber sa tête contre la sienne.

Au bout de quelques minutes, il se leva, alla récupérer la sacoche dans le compartiment du Land Cruiser. De retour dans la cuisine, il la lui lança. Elle contenait un passeport canadien qui, comme le sien, reprenait sa photo sous un faux nom. Elle examina les postiches : une perruque, des lunettes de vue, un faux ventre en mousse pour s'ajouter une dizaine de kilos, le tout confectionné sur mesure, pour correspondre à la photo.

— Mec, j'ai l'air horrible en grosse brune, lui dit-elle.

— Je sais. C'est pour ça que j'ai choisi le lot.

Elle sourit, son visage s'assombrit.

— Il faut lui accorder quelques heures de plus pour qu'il nous envoie le signal d'urgence. Ensuite, s'il ne se montre toujours pas, on s'en va.

ILS RESTÈRENT ASSIS PAR TERRE dans la cuisine, en attendant un signal que KOMODO était réapparu, que le jour se lève et que la moukhabarat enfonce la porte. Ils prirent chacun leur tour de garde pendant que l'autre dormait, mais ne purent trouver le sommeil, et ils se frottaient tous deux les yeux quand un crissement métallique retentit dans la rue. Le manifestant brandissait un mégaphone, il hurlait – *Selmiyyeh, Selmiyyeh !* « Pacifiques, pacifiques ! » – et les murmures de la foule se répercutèrent à l'intérieur de la maison.

— Les manifestations du vendredi qui commencent, commenta Sam.

— La place des Abbassides n'est qu'à quelques rues au nord, répondit-elle, un peu hébétée. Les grands groupements d'opposition et plusieurs groupes Facebook ont appelé à manifester aujourd'hui. Ils comptent camper dans la rue jusqu'à la chute du régime. Ils commencent tôt, là, quand même. On devrait y aller.

Sam regarda par l'une des fenêtres la foule qui défilait dans la rue en contrebas.

— Ça va être la manifestation la plus importante jamais vue à Damas, reprit-elle. Ça pourrait être sanglant. (Elle se releva, hésita, se rassit à la table, croisa les bras.) À mon avis, il s'est barré.

— Probable, fit-il. Mais pour l'instant, cette opération foirée, c'est plus le sujet. Faut qu'on y aille.

Elle ouvrit la bouche pour lui répliquer quelque chose, et à cette seconde les freux se remirent à croasser dans la cour. Sam sentit les poils de sa nuque se hérisser. Val referma la bouche, et il la vit écarquiller les yeux : elle ressentait le même trouble que lui.

Selmiyyeh, Selmiyyeh.

Ils se relevèrent. Dans ce silence poisseux, les pieds de la chaise de Valerie grincèrent contre le sol.

Selmiyyeh, Selmiyyeh. La vieille porte de la maison gémit quand elle sortit de ses gonds.

2

MARIAM N'AVAIT PAS VU DE FOULES pareilles en Syrie depuis son enfance. Au coude à coude avec les autres manifestants, elle approchait de la place des Abbassides avec la masse qui entonnait des slogans. Ils brandissaient des pancartes écrites à la main, beaucoup avaient le visage peint, certains portaient des glacières comme s'ils se rendaient à un pique-nique. À sa gauche, un homme trapu traînait une chaise pliante et un petit drapeau à trois étoiles vert, blanc et noir. Chaque fois que l'un des meneurs criait dans le mégaphone, l'homme levait le drapeau au-dessus de sa tête. Une femme à la droite de Mariam tenait une fillette par la main, le mot FREEDOM barrant son T-shirt rose. Elles passèrent rapidement devant elle, et Mariam croisa le regard de la fillette. La petite leva la main, formant un V avec ses doigts, avant de disparaître dans la foule. La place palpitait d'énergie, mais Mariam ne ressentait qu'une peur croissante. Elle travaillait au Palais, elle savait donc que le gouvernement ne laisserait pas la situation s'envenimer très longtemps. En attendant, elle avait une tâche à mener à bien.

Sur la place, un mégaphone hurlait : *Selmiyyeh ! Selmiyyeh !*

En bordure du côté sud des Abbassides, Mariam constata que la place – en fait, un immense carrefour giratoire – avait disparu sous la foule.

Une houle de têtes, d'épaules, de drapeaux et de banderoles masquait la chaussée et les trottoirs. Elle était ici pour protéger Razan, sa cousine. Une imprudente, une insouciante. Facile à suivre. Drapée dans l'étendard de la rébellion, probablement un peu exaltée, Razan marchait vers la place des Abbassides elle aussi, sous des pancartes en carton réclamant la liberté, la fin de l'état d'urgence et de nouvelles élections. Des exigences raisonnables. Des exigences passibles de trahison, juridiquement parlant. Mariam le savait et elle pressait le pas, en réprimant son envie de crier à sa cousine de rentrer chez elle. D'éviter cette place, et cette manifestation. Aller se saouler. Comme au bon vieux temps. Razan continuait de marcher vers le cœur de la place, en direction d'une estrade fabriquée avec des rebuts de bois et de mobilier empruntés aux maisons de ceux qui étaient favorables à l'opposition. Mariam scrutait la foule pour y repérer des agents de la moukhabarat et se posta suffisamment loin de l'estrade, afin de pouvoir prétendre n'être qu'une passante innocente. *J'étais sortie acheter des pâtisseries et je me suis juste arrêtée pour voir défiler cette manifestation de traîtres à la patrie, monsieur l'agent.* Tels étaient les mots qu'elle se répétait, honteusement, en silence. Toujours avoir une histoire toute prête pour ces ânes de la moukhabarat, aimait lui rappeler Razan.

Mariam était devant une confiserie, juste à l'entrée de la place. À présent, la clameur de la foule devenait assourdissante, une sorte de débordement festif comme elle n'en avait jamais observé en Syrie. Ces vastes rassemblements avaient seulement été autorisés pour les manifestations de soutien obligatoires, et soigneusement mises en scène, organisées par l'ancien président, le père de l'actuel chef de l'État, dans le stade juste derrière la place. Elle n'était alors qu'une petite fille noyée dans une foule qui déclamait un slogan vantant « le premier pharmacien du pays ». « Le vaillant chevalier de Syrie ! », voilà un autre slogan que les responsables gouvernementaux les invitaient tous à répéter. « Le Lion de Damas ! » « C'est vraiment un bon pharmacien, le président ? » avait demandé Mariam à son père après cette journée – elle était déjà assez grande pour comprendre qu'on ne posait de telles questions qu'en privé, si tant est qu'on osait les poser… Il s'était contenté de sourire, de lui caresser les cheveux, de regarder autour de lui, mal à l'aise, et de lui chuchoter à l'oreille : « C'est un bon menteur, *habibi.* »

Deux beaux garçons, minces et musclés, étaient montés sur l'estrade. Ils exigeaient la démission du président et la foule clamait son approbation. Elle vit un homme de la moukhabarat en veste de cuir qui filmait la foule. Un mouchard parmi des centaines, probablement. L'étendue de la foule, qui lui avait semblé initialement une source de réconfort, l'emplissait désormais d'effroi. Ses yeux revinrent très vite vers sa cousine, au pied de l'estrade. Un manifestant sans visage tendit à Razan un mégaphone. Mariam s'avança. Il était temps d'éloigner cette *bint mbarih,* cette pauvre naïve, de cette estrade avant qu'elle ne se fasse tuer.

À l'instant où elle faisait un pas en avant, une ombre se dessina au sol devant elle, telle de l'encre répandue dans la poussière.

Elle s'arrêta, leva les yeux et aperçut un homme en noir sur le toit de la confiserie. Un foulard lui masquait le nez et la bouche, il brandissait un long fusil. Il plaça une main contre sa tête, l'air d'écouter dans une oreillette, et regarda de l'autre côté de la rue, en direction d'un autre toit, où un homme vêtu de la même tenue montait un fusil sur un trépied. L'un des jeunes sur l'estrade brandissait un mégaphone et appelait le président Assad – techniquement, le patron de Mariam – à légaliser de nouveaux partis politiques. Elle resta en retrait de la confiserie. Une pancarte passa devant elle : LA LIBERTÉ COMMENCE À LA NAISSANCE. EN SYRIE, ELLE COMMENCE À LA MORT. Elle suivit des yeux un jeune couple qui s'embrassait au milieu de la foule, une femme grassouillette aux seins incroyablement lourds devant une pancarte où il était écrit : ASSAD, RÉVEILLE-TOI, TU AS FAIT TON TEMPS.

Elle vit sa cousine monter sur l'estrade, mégaphone au poing. La foule l'acclama. De nouveau, Mariam tourna la tête : là-haut, elle ne vit plus les hommes postés sur les toits. Razan portait un jean slim et un T-shirt brodé d'un drapeau à trois étoiles. Elle leva le poing, un geste de défi, réclama la liberté, déclara que le peuple voulait la chute du régime. Sa cousine répéta ces mots – *Selmiyyeh, Selmiyyeh* – et la foule scanda le slogan après elle.

— C'est un boucher, un tyran ! s'écria-t-elle encore d'une voix perçante. Assad doit se retirer, il doit démissionner.

Cette fois, Mariam tenta vraiment d'avancer – elle sentit même ses muscles se contracter –, mais au lieu de cela elle se colla encore plus au mur de la confiserie et, aussitôt après, elle perçut le déplacement d'air des fantassins de la moukhabarat qui la frôlèrent au pas de course. L'aberration des mots que Razan venait de proférer s'empara d'elle, et Mariam eut l'impression d'être sortie d'elle-même, de voir son propre corps crier un torrent d'insultes à sa cousine, si brave et si stupide.

Elle repéra un agent de la moukhabarat infiltré dans la foule qui parlait à voix basse dans son talkie-walkie. Ensuite, un coup de feu. Un autre. Et un autre encore. L'un des jeunes gars musclés sur l'estrade s'écroula dans une gerbe de rouge et de rose. Mariam se plaqua contre le mur, le dos froid alors que la pierre était très chaude. Un bref silence envahit la place, puis des banderoles s'affaissèrent et les manifestants prirent la fuite.

Ensuite, les fusils des hommes de la moukhabarat arrosèrent la foule de balles, des tirs d'abord sporadiques et hésitants, qui s'enchaînèrent en cadence, les tireurs s'enhardissant. Une jeune femme en hijab blanc leva les bras pour parer des coups de matraque. Un agent de la moukhabarat abattit la sienne sur la tête d'un homme, une fois, deux fois, trois jusqu'à la lui fendre. L'homme tenta de se lever, mais ses jambes se dérobèrent sous lui, le sbire de la moukhabarat le flanqua au sol et le frappa encore de sa matraque.

— Bouge, bouge, bouge ! hurla Mariam à Razan, en pure perte.

Mais sa cousine ne pouvait l'entendre et ne l'aurait de toute manière pas écoutée.

— Liberté ! s'écriait Razan. Liberté ! Liberté !

À présent, c'étaient les fusils sur les toits qui ouvraient le feu, les balles de gros calibre déchiquetant la chair, les pancartes, les drapeaux. Des projections fouettèrent le visage de Mariam et elle baissa la tête, cligna des yeux et se les essuya en maudissant sa cousine. C'était du sang, mais elle ne savait pas d'où il venait. Elle se tâta le crâne, les jambes, la poitrine. Tout son corps semblait indemne. Sous le crépitement des coups de feu, la foule s'enfuit devant elle. Razan arpentait l'estrade dans une posture de défi, agrippant le mégaphone alors que la masse détalait comme un troupeau d'antilopes.

Un séide costaud de la moukhabarat bondit sur l'estrade en moulinant de sa matraque.

— Liberté !

Mariam entendit encore sa cousine crier dans le mégaphone.

— Nous voulons la liberté !

L'homme s'approcha de Razan, qui posa le mégaphone. Elle leva les yeux vers le ciel, vers le mont Qassioun, puis les ferma. Ensuite, l'homme lui flanqua un coup en plein visage.

3

— SAM, JE RENTRE PAS LÀ-DEDANS, lui avait sifflé Val. Je rentre pas, mec. KOMODO est un nain, et moi je mesure un mètre quatre-vingts, bordel.

Sam lui avait plaqué la main sur la hanche, en poussant dessus, et elle avait essayé de plier les jambes pour les loger dans le compartiment secret du Land Cruiser. Il tentait de lui rabattre les membres comme un origami. Elle jurait, grimaçait. Il entendit crier dans la maison, les bruits de pas se rapprochaient. Ils criaient son nom, en inspectant chaque pièce. C'était pour elle qu'ils étaient là.

Elle lâcha ce rire désespéré dont il gardait le souvenir depuis Bagdad, ce rire qui signifiait : *Tout part en couille*. Elle se hissa hors du compartiment. Il avait un mauvais pressentiment et lui demanda de nouveau si elle voulait prendre ce risque, tout en connaissant la réponse.

— Tu pourrais juste monter à l'avant, non ?

— Tu les entends brailler. Pas question, mec. J'ai un passeport diplo. J'ai mon immunité. Moi, je vais m'en sortir. Si on se fait prendre, c'est toi qui es foutu.

Il opina. Il était obligé de le lui proposer, mais ils étaient tous deux des professionnels et ils savaient ce qu'ils devaient faire. Il l'embrassa sur la joue. Elle eut un sourire pincé et appuya sur l'interrupteur mural. La porte du garage s'ouvrit lentement en grinçant.

— On se prend un verre à la maison, dans quelques semaines, lui souffla-t-elle, et elle retourna à l'intérieur de la planque.

[VOIX INAUDIBLES ET BRUITS DE PAPIERS]

Ça tourne ? [Réponse étouffée, bruits]

C'est mieux ? OK. C'est le deuxième débriefing conjoint contre-espionnage et sécurité de Samuel Joseph, agent opérationnel GS-12, à son retour de Damas. Nous sommes actuellement à la gare d'Amman. Nous sommes le 26 mars, 13 heures locales. Télégramme de référence 2345 pour la première partie de la déposition de M. Joseph décrivant l'opération d'exfiltration en Syrie.

Agents chargés du débriefing : Tim McManus du contre-espionnage et Lloyd...

[Toux]

Passez-moi le... merci. [Bruits non identifiés]

Lloyd Craig de la sécurité. Nous allons aborder une série de questions basées sur notre analyse de l'opération.

Q : *Veuillez décliner votre identité pour information.*

R : *Samuel Joseph.*

Q : *Valerie Owens vous a signalé que votre source, KOMODO, avait manqué trois fenêtres de ramassage ?*

R : *Nous en avons déjà parlé tout à l'heure, Tim. Oui. Elle a dit qu'il avait raté les trois.*

Q : *Et le PDS, c'était un aller simple ? Elle allait quitter la Syrie avec vous ?*

R : *Tim, j'ai l'impression qu'on avance à reculons.* [Bruissement de papiers, conversation inaudible]

Q : *Après son arrivée à la planque, elle n'a pas parlé de la procédure PDS ?*

R : *Non.*

Q : *Est-ce inhabituel ?*

R : *Pas en cas de succès. Si Val se croyait couverte, elle ne serait pas allée au bout du PDS. Elle aurait annulé et serait rentrée chez elle.*

Q : *Comment le savez-vous ?*

R : *J'ai déjà été en mission avec elle, à Bagdad. Merde, Lloyd, nous avons...*

Q : *Sam, on doit aborder toutes les questions. Le QG en a envoyé d'autres il y a une heure.*

R : *OK, OK. Val a été un officier traitant exceptionnel. Nous avons obtenu notre certification opérationnelle en zone interdite ensemble. Si elle est venue à la planque, c'est qu'elle estimait être claire.*

Q : *Vous la connaissiez bien ?*

R : *Oui. Nous étions proches.*

[Voix étouffées, toux]

R : *Il suffit de demander.*

Q : *C'est... euh...* [Toux]

R : *Il suffit de demander, Tim.*

Q : *Avez-vous eu à un moment ou un autre une liaison avec Mme Owens ?*

R : *Non.*

Q : *Merci. Et à aucun moment pendant votre présence en Syrie vous n'avez vous-même détecté de surveillance ?*

R : *Non.*

Q : [Bruissement de papiers] *Il s'agit d'un plan de la planque. Pouvez-vous indiquer quelles entrées ils ont forcées ?*

R : *Ils sont entrés par la porte. Ici. Ils l'ont enfoncée au bélier, je pense. Ils ont également fracassé au moins une des fenêtres côté rue. Ici. Vu la rapidité avec laquelle ils ont atteint le garage, je dirais qu'ils ont été deux à escalader l'un des murs pour pénétrer dans la cour, mais je n'en suis pas certain. Ils déboulaient de partout. Nous avons couru à la voiture. Par ce couloir, avant de sortir dans la cour. C'est à ce moment-là que je crois en avoir entendu certains escalader les murs. On a pu atteindre le garage et...*

Q : *Attendez, Sam, là, les types du quartier général avaient une question précise.* [Bruissement de papiers] *Pourquoi ne pas partir ensemble dans ce véhicule, elle à l'avant, et la ramener à la maison ?*

R : *Val et moi parlons tous deux couramment l'arabe. Nous avons entendu l'escouade de la moukhabarat répéter sans arrêt la même phrase en inspectant les pièces : « Elle n'est pas là. » Ils ont prononcé son nom. Ils étaient venus pour elle, pas pour moi. Nous ne pouvions pas courir le risque d'être vus ensemble.*

Q : *Ensuite vous avez donc essayé le compartiment secret du Land Cruiser ?*

R : *Oui. Elle ne rentrait pas dedans.*

Q : *Alors qu'avez-vous fait ?*

R : *Nous avons pris une décision. Elle est restée et elle a tout pris sur elle, puisqu'elle avait l'immunité diplomatique. Ils lui poseront des questions, la déclareront* persona non grata, *et elle rentrera à la maison.*

Q : *Et si vous vous faisiez prendre…*

R : *Si je me faisais prendre, je disparaissais pour toujours dans un cachot syrien en raison de mon passeport de touriste canadien. C'était la bonne décision opérationnelle et n'importe quel comité d'évaluation validera.*

Q : *Nous ne contestons pas la chose, Sam. Donc, votre valise est déjà dans la voiture. Et ensuite ?*

R : *Elle ouvre la porte du garage, je démarre, direction la frontière.*

Q : *Les agents de la moukhabarat ne vous voient pas ?*

R : *Ils ne devaient pas savoir que la maison avait un garage ou une sortie de ce côté. Je crois qu'ils n'ont même pas vu la voiture.*

Q : *Vous avez déclaré au chef de station à Amman qu'au moment de démarrer, vous aviez entendu quelque chose ?*

R : *Oui.*

Q : *Pouvez-vous nous dire ce que vous avez entendu ?*

R : *Val crier.*

SAM CLIQUA SUR STOP POUR ARRÊTER la lecture audio de l'ordinateur. S'apercevant qu'il tambourinait des doigts sur la table, il croisa les mains sur ses genoux. Il fixa le mur, et entendit le cri de Val se répercuter dans sa tête. Contrairement à la plupart de ses homologues de la direction des opérations, le « mur perso » d'Ed Bradley à la division C/NE était nu. Sur l'étagère du fond se trouvaient bien quelques cadeaux d'amis proches, notamment un chapeau à moitié replié de chercheur d'or australien et l'AK-47 de Khalid Sheikh Mohammed. Et, perché sur une étagère, un système lance-missiles neutralisé – une des plus grandes fiertés de Bradley et cadeau pour sa mission à la tête du programme Stinger, contre les Soviétiques en Afghanistan. Selon la rumeur, le lanceur n'avait pas été correctement mis hors service. Un visiteur avait un jour appuyé sur la détente, et le système s'était allumé comme un arbre de Noël. Dans l'axe du lance-missiles, Procter, cheffe de la station de Damas, de retour à Langley pour s'occuper des retombées de la capture de Val Owens, était assise à la table du bureau de Bradley.

Après cette première réunion, Sam en conclurait qu'Artemis Aphrodite Procter, née d'un père obsédé par la mythologie grecque, était plus fidèle à l'esprit de son premier prénom qu'à celui du second.

De Mlle Procter, on pouvait dire quantité de choses, entre autres qu'elle était petite. Elle atteignait à peine le mètre cinquante. Ses cheveux noirs, aux boucles aussi électriques que si elle était branchée sur secteur, contrastaient avec sa peau pâle parsemée de taches de rousseur. Le tout tendu, bandé de muscles. Même sous le chemisier, Sam devinait des bras aux contours fermes et la carrure de ses épaules. Il se souvenait encore de ce que lui avait glissé l'un des officiers traitants de Procter à Moscou : « C'est une lapine Duracell, mec. Ce n'est pas pour rien qu'ils l'appellent la Proctologue. C'est une acharnée. Et si tu ralentis, elle te mange tout cru. » Cet officier traitant lui avait également mentionné un plan d'intervention qu'il avait élaboré et que Procter avait qualifié de « merde en boîte » dans un télégramme. « Elle a carrément renvoyé ce télégramme direct au service clientèle de la Maison Russie, avait-il précisé, et tu sais quoi, elle avait raison. Elle m'a beaucoup appris. »

Mlle Procter se curait les dents. Bradley agrippa l'épaule de Sam, attrapa une Thermos de café sur son bureau et s'assit à la table. Cet ancien linebacker de l'équipe de football américain de l'université du Texas mesurait un mètre quatre-vingts, et il avait eu du mal (avant de finalement renoncer) à se débarrasser de son accent traînant de l'État de l'Étoile solitaire de sa jeunesse. Sa présence physique, son abord brut de décoffrage masquaient une intuition fine des individus et le savoir-faire d'un pro en matière opérationnelle. Mais Bradley effectuait désormais la navette entre les crises du Moyen-Orient, des patrons politiques intraitables et les chiens de garde arrogants du Congrès. Son visage en portait la trace.

— Ce cri, fit Procter, rompant le silence. C'était quel genre ?

— De douleur. Ils l'ont tabassée.

Il quitta le mur du regard, se tourna vers Procter.

— Des pistes ?

— Une seule, en fait, lui répondit-elle. Tombée hier soir. Nous avons intercepté un message indiquant qu'un service de la moukhabarat qu'ils appellent le Bureau de la sécurité avait récemment arrêté une personne de nationalité américaine. Information non confirmée, mais ça semble crédible.

— Je n'ai jamais entendu parler de ce Bureau de la sécurité, admit Sam.

— Sincèrement, nous non plus, reprit Procter. Mais nous avons effectué des recherches et dégotté quelques mentions dans des documents volés en fin d'année dernière. Assad voulait apparemment que quelqu'un ouvre l'œil sur ce qui restait de la moukhabarat, il en a donc chargé un général, Ali Hassan, et l'a investi d'un énorme pouvoir au Palais. Ce type est un véritable rejeton du régime. Son frère Rustum Hassan est commandant de la Garde républicaine.

— Si les Syriens la détenaient, ce serait une bonne nouvelle, remarqua Bradley. Au moins, nous pourrions exercer des pressions sur eux, d'État à État.

— Nous avons prévenu Assad par des canaux officieux que s'il arrivait quoi que ce soit, nous tiendrions le régime pour responsable, souligna Procter. Ils continuent de nier qu'ils la détiennent. La Maison-Blanche et les crétins du Congrès ne voient peut-être aucun inconvénient à laisser nos citoyens moisir des semaines en prison, mais pas moi. Si je déniche le numéro de téléphone d'Ali Hassan, je l'appelle directement, Ed. Pour lui envoyer un message.

— Et on s'abstient de toute menace ? s'étonna Sam. (Il palpa son nœud de cravate, le desserra sans y penser.) C'est n'importe quoi. Ils la détiennent en toute illégalité.

Bradley lui lança un regard noir.

— Le président doit mener une politique syrienne élargie, au-delà du sort de tel ou tel d'entre nous, Sam. Elle a un passeport diplo. On la ramènera bientôt.

— Et d'ici là, on va leur lancer des mises en garde à répétition qui resteront sans conséquences ? s'indigna Sam.

Bradley haussa les épaules et se resservit du café de sa Thermos.

— Je suis d'accord avec vous, mais pour l'instant c'est la politique de la Maison-Blanche. On attend. On la ramène, mais ça prendra du temps. Les Syriens seraient cinglés de se risquer à autre chose que de l'enfermer dans une cellule et de lui poser poliment des questions. Ils finiront par la relâcher. Et oui, Artemis, si la NSA peut nous trouver son numéro, nous devrions avoir une petite discussion avec le général Hassan.

Bradley jeta un œil à la pendule murale.

— Je dois sauter dans une voiture d'ici quelques minutes. Je passe sur le gril, au Capitole, tout l'après-midi.

— La SSCI ? demanda Sam à Bradley.

C'était l'acronyme du Senate Select Committee on Intelligence, la Commission spéciale sur le renseignement du Sénat des États-Unis. La SSCI, autrement dénommée Sissy.

— Exact. Devant Sissy en personne, ironisa Bradley en pompant l'air de son poing droit. Des questions au sujet de Val.

Sam serra la main de Mlle Procter, qui prit congé. Il s'attarda, examinant le lanceur Stinger pendant que Bradley préparait son attaché-case pour son audition au Capitole.

— J'ai entendu dire qu'elle était un peu dingue, fit Sam.

— Procter ?

— Oui.

— Elle est spéciale. Au fait, tu as quelque chose de prévu pour le dîner ?

— J'ai un poulet entier de chez le rôtisseur et un pack de six bières dans mon frigo, autrement vide, répondit Sam.

— Parfait. Apporte la bière. Tu viens dîner ce soir à la ferme avec Angela et moi ? J'ai quelque chose pour toi.

— Qu'est-ce que c'est ?

— Un truc distrayant.

POUR REJOINDRE LA FERME DES BRADLEY, Sam se coltina l'heure de pointe sur la Route 267 et sur Greenway pendant près de deux heures, une expérience épuisante, du même ordre que sa traversée de Damas en temps de guerre.

Il s'engagea dans l'allée gravillonnée du corps de ferme. Les contreforts de Blue Ridge se découpaient à l'horizon, le coucher de soleil traçait un bandeau orange qui refluait derrière eux. Trois chevaux broutaient l'herbe le long du muret de pierre et, en sortant de la voiture, il s'aperçut qu'il avait oublié la bière. Il se demanda s'il devait aller dans une épicerie quand Angela Bradley ouvrit la porte d'entrée.

— Hello, Sam ! (Elle l'accueillit en le serrant dans ses bras et le conduisit à la cuisine.) Ed est en bas dans la Cage.

C'était le nom qu'elle donnait à la Salle isolée pour informations sensibles, ou SCIF, situé au sous-sol, qui permettait à Ed de passer des appels professionnels et de lire les échanges de télégrammes depuis chez lui. Angela détestait la Cage. Ce haras situé dans la partie rurale de la périphérie de Washington était l'une des conditions qu'elle lui avait posées avant qu'il accepte ce poste à la division Proche-Orient. Cela rajoutait une heure à ses trajets quotidiens, et il avait résisté, mais elle lui avait simplement rétorqué : « Ed, je m'en fous. »

Sans rien demander à Sam, elle ouvrit une canette de Coors Light et la fit glisser sur le comptoir vers lui. Ensuite, elle s'en ouvrit une, se percha sur le comptoir comme une collégienne et entama l'interrogatoire.

— Comment va la famille ?

— Bien, tout le monde va bien.

— Des petites copines ?

— Aucune pour l'instant.

— Je vois. C'est dommage. La prochaine étape ?

— Les autorités supérieures s'en chargent.

— Ed a une sacrée décision à prendre, hein ?

— Oui, m'dame.

L'interrogatoire terminé, Angela acquiesça, mais Sam ignorait à quoi et pourquoi. Elle s'essuya les mains sur un torchon et annonça qu'il y aurait des steaks au dîner. La poêle en fonte grésillait déjà et elle avait ouvert deux autres Coors bien fraîches lorsqu'ils entendirent Ed monter l'escalier.

D'une main, Angela lança une bière à son mari et retourna la viande de l'autre. Il allait dire quelque chose, mais Angela l'interrompit.

— Bon, les garçons, vous connaissez les règles, fit-elle. J'ai droit à trente minutes sans parler boutique.

— Oui, m'dame, répondit Sam, en s'efforçant de son mieux d'imiter sa voix traînante.

Il récolta un doigt d'honneur.

EN RÉALITÉ, ELLE EN OBTINT quarante-cinq.

Ensuite, Sam et Ed débarrassèrent la table, firent la vaisselle et, fidèles à leurs habitudes, emportèrent six bières dans une glacière en polystyrène sur la terrasse à l'arrière. Les moustiques couinaient autour des lampes de la véranda.

Ils burent une demi-canette en silence. Puis ils enchaînèrent sur leurs histoires de guerre de l'époque du Caire, sur le mode « tu te souviens de… » entre deux vieux amis qui boivent un coup.

Angela ouvrit la porte de la moustiquaire à l'instant où Sam terminait une autre bière.

— Je vais me coucher. Sam, tu dors ici cette nuit ?

— Ça te dérange ? demanda-t-il.

— Bien sûr que non, fit Ed. Demain, on peut repartir en convoi.

— Je m'en doutais, fit Angela. Prends la chambre à côté de la Cage. Les draps et tout le reste sont dans le placard en bas. Bonne nuit, mon chéri.

Elle déposa un baiser sur le front de Bradley et s'éclipsa à l'intérieur de la maison.

Sam arracha la languette de sa canette de bière vide et regarda au loin les montagnes dans la pénombre. Il sortit les deux dernières bières de la glacière et en lança une à Ed.

— J'ai une commission à te confier, finit par lui annoncer Bradley. Ça pourrait te remonter le moral, après cette sale affaire avec Val.

— Il s'agit de quoi ?

— Tentative de recrutement à chaud à Paris. Une délégation du palais syrien rencontre quelques opposants en exil. Comme les représentants du gouvernement syrien ne quittent plus beaucoup Damas, ça vaut le coup d'essayer. Tu es le candidat idéal : l'un des meilleurs recruteurs de la division NE, tu parles couramment l'arabe et tu as déjà recruté des Syriens. Un certain nombre d'officiels de Damas seront du voyage ; tu devras choisir celui qu'il faudra démarcher.

Avant que Bradley n'ouvre la bouche, Sam savait qu'il accepterait tout ce qu'on lui proposerait. Mais il voulait se caler dans la chaleur bruissante qui enveloppait son corps, et il posa des questions inutiles, dont il connaissait déjà toutes les réponses.

— La station de Paris n'est pas intéressée ?

— On veut éviter que les Français s'en mêlent, donc on préfère ne pas utiliser les talents locaux qu'ils pourraient connaître.

— Tu ne m'envoies jamais vers de jolies destinations. Cela me changera de l'enfer habituel. Je peux rameuter les BANDITO ? Ils connaissent Paris et nous aurons besoin d'une contre-surveillance.

BANDITO, c'était le cryptonyme des triplés Kassab : Elias, Yousouf et Rami. Tous les trois des ressources d'appui de la CIA. Les trois frères avaient la double nationalité syro-américaine et ils étaient issus d'une riche famille chrétienne qui possédait des concessions automobiles dans toute la Syrie et le Liban. La famille vivait principalement à Beyrouth et à Istanbul, préférant gérer ses concessions à distance. Sam avait noué avec les frères une étroite amitié qui s'était finalement transformée en recrutement lors de son tour de service à Istanbul. Ils assuraient la sécurité des voitures et des planques et se chargeaient d'une surveillance de base pour la station de Beyrouth. Sam, qui lisait de temps en temps les échanges de télégrammes, avait appris qu'ils étaient tous passés au détecteur de mensonges.

— Oui, emmène-les avec toi. (Bradley écrasa un moustique avant de continuer.) J'ai également pris la liberté de réquisitionner quelques analystes. Ils pourront t'informer de la situation en Syrie et t'aider à préparer ton pitch. Bien, je vais me coucher, cela fait six jours et je suis encore sous le coup du décalage horaire de mon voyage au Caire.

Il se leva et allait ouvrir la porte de la maison lorsqu'il s'immobilisa et se retourna vers Sam.

— Réfléchis bien à cette opération, tu veux ? Un haut fonctionnaire du Palais serait un gros poisson. Pour l'instant, en Syrie, on navigue pratiquement à l'aveuglette.

— Bien sûr, répondit Sam. Et puis, Ed, encore une chose... (Bradley tourna la tête, en maintenant la porte entrouverte.) Pour mon prochain tour de service. J'ai une proposition.

— Oui ? dit Bradley en refermant la porte pour faire face à Sam.

— Pourquoi pas Damas ?

Bradley sourit vaguement et regarda les montagnes au loin.

— Il te faut des gens bien, là-bas, poursuivit Sam. C'est devenu un poste difficile, pas idéal pour une famille. Une complication dont je suis exempt. Je peux donner un coup de main, là-bas. Je peux vous aider, Procter et toi.

— C'est une histoire de vengeance ou quoi ? S'en prendre aux Syriens à cause de Val ?

— À toi de me dire où je pourrais être plus utile. Tu viens toi-même de l'admettre. En Syrie, on avance à l'aveuglette. Mon arabe levantin est assez bon, tu n'as pas besoin de m'envoyer un an suivre un cours de langue dans le centre de Rosslyn, je suis tout de suite opérationnel. Et si je sécurise un Syrien à Paris, je peux travailler sur l'affaire depuis Damas.

— Procter est une dure à cuire, souligna Bradley.

— Et alors ?

Bradley haussa les épaules.

— Alors, si vous ne vous entendez pas, ça pourrait devenir pénible.

— Il y a une guerre civile qui couve, insista Sam. Ça ne sera pas une histoire facile, sans compter avec Procter.

Bradley sourit.

— Sans rire, Ed. Je veux ce poste. Et je ne te demande jamais rien.

— D'accord. Marché conclu. Ce sera Damas. On organise ça dès demain.

Bradley poussa la porte à double battant qui grinça et il disparut dans la maison. Sam alla chercher une autre bière au frigo. Il l'ouvrit sous la véranda et ferma les yeux. Le cri de Val lui revint en tête, avant de s'envoler dans l'air tiède de la nuit.

LE LENDEMAIN, SAM SE RENDIT aux bureaux des analystes dans le bâtiment du Nouveau quartier général (le NHB), un double parallélépipède d'acier et de verre faisant face au béton du siège d'origine. L'élément central de la salle de réunion était une table en faux bois entourée de fauteuils pivotants, du mobilier en dotation : certains meubles étaient neufs et de conception ergonomique, mais les grincements et les couinements des autres laissaient supposer des fournitures commandées sous l'administration Carter. Au mur, quatre horloges indiquaient l'heure à Washington, Rabat, Tel-Aviv, Bagdad – le périmètre d'action approximatif du bureau d'analyse pour le Moyen-Orient et l'Afrique du Nord. Détail amusant, chaque horloge affichait entre quatre et sept minutes de retard. Le mur était décoré de récompenses et de plaques commémoratives, dans un ordre aléatoire, certaines très datées (« Citation de l'unité pour service méritoire – Accords de Camp David », « Chef d'équipe de l'année – Erin Yazgall »), d'autres plus modestes et incompréhensibles pour l'agent en simple visite (« Article du mois de la *World Intelligence Review* – James Debman » – aussi appelée WIRe, l'un des principaux outils de diffusion de renseignement électronique de la CIA).

Deux analystes étaient assis là, en train de se chamailler. À l'entrée de Sam dans la pièce, ils se levèrent pour l'accueillir.

Zelda Zaydan était maigre, des cheveux noir de jais, un carré long aux épaules. Elle avait un nez busqué, aquilin en bec d'aigle et portait un tailleur noir mal coupé et un foulard rose.

James Debman, quant à lui, était un gros lard en chemise blanche à manches courtes et nœud papillon d'un orange criard. Il tendit une main moite à Sam, qui n'eut d'autre choix que de la serrer, et d'un signe l'invita à s'asseoir. Zelda fit glisser une énorme pile de papiers et de classeurs sur la table.

— Voici la production de notre équipe au cours des six derniers mois, vous devriez la lire, suggéra Debman.

Il se rassit en tripotant l'étui en plastique écaillé renfermant le badge bleu qui pendait à son cou. Zelda le scruta une seconde, avant de prendre la parole.

— Nous savons que vous avez effectué plusieurs missions au Moyen-Orient, mais jamais en Syrie. Qu'est-ce qu'il y a de plus utile à couvrir ?

— Le briefing type que vous communiquez aux officiers traitants, répondit Sam.

Il avait un niveau de connaissance élevé du pays, principalement pour avoir été en Irak, mais n'avait guère prêté attention aux analyses de la CIA jusqu'à présent.

Un éclair d'excitation passa dans les yeux de Debman. Il mit de côté les sujets de discussion qu'il avait préparés, et marmonna ces mots à Zelda : « surcoordonné » et « sans substance ». Il toussa, but une gorgée d'eau d'une grande bouteille et fit craquer ses articulations.

— Notre histoire commence en 1930.

Zelda leva les yeux au ciel.

C'ÉTAIT L'ANNÉE DE NAISSANCE de Hafez el-Assad, le père de l'actuel président et, de l'avis de Sam, c'était remonter un peu trop loin dans la chronologie.

Zelda était d'accord.

— Bordel, Debman, c'est une manie, chez toi ! s'écria-t-elle en haussant le ton. Commençons par la guerre. Les informations pertinentes. Voilà de quoi il s'agit, continua-t-elle en balayant une mèche de cheveux de son visage. Avant la guerre, la Syrie était devenue une entité friable. Certes, le pays était stable – à l'instant où Zelda prononça ce mot, Debman le ponctua de guillemets imaginaires –, mais l'État proprement dit s'était vidé de sa substance. Ils n'ont pas de pétrole, donc Assad ne peut pas graisser les rouages et arroser la population de liquidités. Le régime de faveurs qui existait quand même était réservé à un petit nombre de privilégiés, principalement des membres de la famille Assad. Cela a mis le peuple en rogne. Par exemple, tous les opérateurs de télécommunications appartiennent au cousin du président. La forte sécheresse dans le nord et l'est du pays a poussé plus d'un million d'habitants vers l'ouest, dans des bidonvilles en périphérie des grandes villes. Ce qui a déstabilisé le gouvernement. Les forces de sécurité sont violentes, omniprésentes : il faut leur accord pour ajouter un étage supplémentaire à sa maison, ou pour se marier. Bref, pour tous les trucs les plus ordinaires de la vie courante. Tout le monde en a marre.

— Brutalité quotidienne, enchaîna Debman. Devenue d'une banalité absolue.

Zelda eut l'air de vouloir l'étrangler avec la chaînette à laquelle pendait son badge. Sam, lui, se serait contenté du nœud papillon orange.

Quelqu'un ouvrit la porte de la salle de réunion, puis s'esquiva aussitôt.

— Où en étais-je ? fit Zelda. Ah oui. (Elle but une gorgée d'eau.) Il y a eu les événements de Tunisie et d'Égypte. Certains Syriens se sont dit : « Pourquoi pas nous ? » Le petit bois est sec, il suffit d'une étincelle. Quelques manifestations plutôt limitées ont eu lieu à Damas. Rien de plus. Il y en a eu une dans le Sud, un endroit improbable : Daraa. J'y suis allée une fois. Pas gai, comme ville. Les moukhabarat torturent quelques gamins. Boum. Manifestation, tueries, funérailles, tueries. On prend les mêmes et on recommence. Des manifestations éclatent dans d'autres villes. Le mouvement revêt une ampleur nationale. Les manifestations grossissent, grossissent vraiment. Des dizaines de milliers de manifestants un vendredi à Hama. Les images satellites sont dingues. Et le régime n'a aucune idée de ce qu'il doit faire. Je veux dire, réfléchissez un peu. Ils pourraient tout simplement tirer dans le tas, faucher les manifestants sous les balles. Comme son vieux l'a déjà fait à Hama en 1982, en rasant la quasi-totalité de la ville pour réprimer une rébellion.

— Plus de dix mille morts, mais personne ne s'accorde vraiment sur le nombre de victimes, ajouta Debman en faisant mine de se trancher le cou avec le pouce.

Zelda plissa le front.

— Qu'est-ce qui te prend, Debman ? Un peu de tenue. De toute façon, ce n'est pas le genre du régime. Ils sont plutôt dans l'indécision. Au début, à certains égards, ils ont fait preuve de retenue, malgré toute la couverture médiatique affirmant le contraire. Ils ont consenti de timides concessions politiques, qui n'ont satisfait personne. Ils ont tiré sur les manifestants – c'est parfois fait exprès, parfois par accident – et d'autres fois ils n'ont pas tiré du tout et ils ont autorisé les manifestations. Ensuite, le régime a fini par opter pour une stratégie de la terre brûlée, parce qu'ils n'avaient plus d'autres options. Les exterminer tous.

— Déroutant, Sam, tout cela devenait très déroutant, lâcha Debman en essuyant ses verres de lunettes sur sa chemise. Le régime a fini par se priver lui-même de tout recours. Plus de retour en arrière possible, à part continuer le combat.

Il but une autre gorgée d'eau et s'essuya la bouche d'un revers de main.

— Donc, à quoi ont-ils abouti ? reprit Zelda, question purement rhétorique.

Debman allait répondre, mais elle l'interrompit d'un geste.

— Premièrement, continua-t-elle, tout cela n'a pas éradiqué l'opposition, mais l'a au contraire renforcée, en particulier les éléments islamistes et djihadistes les plus radicaux. Cette violence leur a permis de démontrer qu'ils avaient besoin d'armes pour contrer le régime. Deuxièmement, cette politique a divisé le pays en creusant des clivages sectaires et ethniques. De manière générale, elle a poussé les groupes minoritaires – chrétiens, alaouites, druzes – vers le régime. Et elle a entraîné le basculement de la majorité arabe sunnite dans l'opposition. La famille Assad est alaouite, ne l'oubliez pas. La Syrie est vraiment un pays d'une grande diversité, Sam. Les chrétiens et les alaouites, par exemple, représentent chacun environ dix pour cent de la population totale. Le régime a réussi à solidifier les liens entre la plupart des groupes minoritaires – beaucoup d'Arabes sunnites aisés, pour être honnête. Ils n'ont pas d'autre choix. Troisièmement, il a transformé l'État en une vaste milice radicalisée et homogène.

— Sauf qu'au lieu de vénérer Allah, elle vénère Bachar, commenta Debman.

— Le fossé est énorme entre les communautés qui soutiennent l'opposition et celles qui sont favorables au régime, ajouta Zelda.

Debman s'esclaffa.

— Oui, par exemple, le régime a l'électricité et de quoi manger, mais l'opposition, rien.

— En réalité, nos décideurs politiques s'intéressent surtout à quelques institutions syriennes, reprit Zelda. Tout d'abord, le Palais. C'est en fait le cabinet personnel de Bachar, qui regroupe ses principaux conseillers et les intermédiaires avec tous les grands services étatiques. Par exemple, il vient de mettre en place cette structure qui s'appelle le Bureau de la sécurité, chargé des basses œuvres les plus sensibles des moukhabarat. Ali Hassan est à sa tête. Bachar dirige donc le pays depuis le Palais. Deuxièmement, la Garde républicaine. La principale force militaire de la Syrie, dirigée par le général Rustum Hassan, le frère d'Ali. Rustum, c'est le fer de lance de l'armée, et il occupe la fonction de bras armé de Bachar à l'intérieur du Centre d'études et de recherches scientifiques (CERS). Ils ont consolidé et centralisé leurs organes de contrôle en raison de l'affaiblissement des institutions étatiques. Défections, campagnes d'assassinat lancées par les rebelles. Tout cela provoque des ravages.

— Alors, d'après vous, l'affrontement prend quelle direction ? demanda Sam.

Cette fois, Zelda se leva, les mains croisées dans le dos, et regarda par la fenêtre.

— Le régime tient, répondit-elle. Parce qu'il est ancré plus profondément que la famille Assad, sa communauté alaouite ou même son appareil répressif. Il possède une telle mainmise sur la nation et les organes de l'État qu'il s'est révélé plus fort que nous le pensions tous. Il dispose des ressources, de la loyauté et de l'impitoyabilité nécessaires. Et pour ce qui est de la suite… Les manifestations, l'espoir, tout cela a disparu. Mis en pièces. Les négociations restent de la poudre aux yeux parce qu'il n'existe aucune chance de parvenir à un accord. Les deux parties sont convaincues qu'elles doivent vaincre.

— Et les deux camps s'imaginent qu'ils le peuvent, ajouta Debman. Les djihadistes, qui mènent la rébellion sur le terrain, et les assadistes, la milice qui se fait passer pour un État. Les observateurs, les gens qui essaient de s'en sortir en faisant profil bas, doivent choisir.

Quelqu'un d'autre pointa le nez à la porte et prévint d'une voix grinçante, insistante : « On a réservé la salle, et vous avez déjà cinq minutes de retard. »

— C'est une lutte à mort, résuma Zelda en rassemblant la pile de classeurs. Du genre MMA-Free-fight.

CET APRÈS-MIDI-LÀ, ZELDA AIDA Sam à étudier des curriculums et à mener des recherches sur les Syriens qui se rendaient à Paris avec la délégation du Palais.

Les résultats des recherches de traçage effectuées par le responsable des opérations de l'agent rattaché à l'état-major du bureau Syrie arrivèrent tard dans la soirée. Sam et Zelda sortirent manger des hot-dogs au distributeur Hormel situé dans le bâtiment du Quartier général d'origine (OHB). La CIA était le seul endroit où Sam ait jamais vu un distributeur automatique de hot-dogs. Il avait toujours eu envie de prendre une photo, mais elles n'étaient pas autorisées à l'intérieur du bâtiment.

Assis à côté de Zelda dans la salle des boxes des analystes, il mordit une bouchée de hot-dog et lut les résultats concernant l'un des fonctionnaires syriens, Mariam Haddad.

1. RÉSULTATS TRAÇAGE (1 SUR 2) : SUJET RÉF. DE NATIONALITÉ SYRIENNE EST CONSEILLÈRE POLITIQUE AU PALAIS AUPRÈS DE LA CONSEILLÈRE PRÉSIDENTIELLE BOUTHAINA NAJJAR. RÉFÉRENT COLLATÉRAL INDIQUE SUJET A 35 ANS ET CHRÉTIEN SYRIEN. RÉFÉRENT COLLATÉRAL B SIGNALE CONTACT RÉGULIER AVEC HAUTS RESPONSABLES PALAIS, PRÉSIDENT ASSAD ET CONSEIL JURIDIQUE JAMIL ATIYAH.

2. RÉSULTATS TRAÇAGE (2 SUR 2) : RÉF C SIGNALE QUE LA MÈRE DU SUJET ÉTAIT CHARGÉE D'AFFAIRES À PARIS AVANT DE PRENDRE SA RETRAITE. LE PÈRE DU SUJET, LE GÉNÉRAL DE DIVISION GEORGES HADDAD, COMMANDE LE IIIE CORPS D'ARMÉE SYRIEN, ACTUELLEMENT À ALEP. RÉF D SIGNALE QUE L'ONCLE PATERNEL DU SUJET, DAOUD HADDAD, EST COLONEL DANS LA BRANCHE 450 DU CERS.

3. DIVISION CONTRE-ESPIONNAGE EN FAVEUR DE CONTACT D'APPROCHE AVEC LE SUJET DANS L'ATTENTE AVIS CONCORDANT DE LA DIVISION PROCHE-ORIENT.

— Elle a de bons contacts, remarqua Sam.

— Une vraie fille du régime, confirma Zelda en mâchonnant un stylo. Pour obtenir un poste au Palais, il faut une famille de ce niveau.

Sam pivota sur sa chaise pour faire face à l'analyste.

— Mariam pourrait s'avérer intéressante, admit-il. Les fonctionnaires de niveau intermédiaire ont généralement un accès privilégié en étant moins investis dans le régime. De plus, si elle est capable d'obtenir fortuitement des informations de son oncle, nous pourrions accéder au programme d'armes chimiques. Pouvez-vous sortir les rapports du RÉF ?

Zelda acquiesça et se mit à passer au crible la galaxie des bases de données de la CIA. Toutes abritaient un mixte de rapports qui se recoupaient et d'autres qui étaient exclusifs, comme une volée de chevrotines de diagrammes de Venn. Tout en tapant, elle approcha son visage de l'écran.

— J'ai trouvé quelque chose, annonça-t-elle au bout de quelques minutes.

Sam pivota pour lire avec elle. Il s'agissait d'un rapport dérobé à la moukhabarat décrivant une manifestation à Damas. Il vérifia la date. Le 25 mars. Le jour où ils avaient capturé Val. Le rapport mentionnait que la moukhabarat avait arrêté une jeune femme nommée Razan Haddad. Il interrompit sa lecture.

— C'est un nom de famille courant, releva-t-il. L'équivalent de Smith chez nous.

— Je sais, mais regardez au bas du rapport. Un commentaire de l'auteur.

Il lut : *Prisonnier libéré suite à demande officielle liée à officier de la Sécurité politique rattaché au IIIe corps.*

L'Idarat al-Amn al-Siyasi, la Direction de la Sécurité politique, qui réprima violemment le Printemps arabe en 2011 (plusieurs de ses chefs étaient d'ailleurs visés par des sanctions internationales).

— L'unité du père de Mariam.

— Exact. Je ne vois pas d'autre bonne raison justifiant que tout autre individu combattant à Alep appelle un détachement de la moukhabarat à Damas pour obtenir une libération.

— Les membres de la famille arrêtés constituent un bon vivier de recrutement, observa Sam. J'ai eu affaire à un Saoudien dont le frère avait été torturé. Il a su tenir sa langue, mais il a espionné pour nous pendant plus de quinze ans. Une revanche silencieuse. (Il termina son hot-dog.) Nous avons trouvé la fille qu'il nous faut.

4

MARIAM REGARDA FIXEMENT LA PHOTO de Fatimah Wael agrafée à la chemise jaunie posée sur la table. Les contours du portrait anthropométrique de la moukhabarat, pris au début de la dernière incarcération de Fatimah, étaient abîmés. Elle effleura les bords du bout des doigts et croisa le regard hanté de Fatimah. Dans ces albums photo de la moukhabarat, les yeux semblaient généralement morts. Mais Fatimah avait le regard d'une femme qui a subi toute une vie de passages à tabac et qui reste debout. Mariam mit la photo de côté et étudia de nouveau le contenu du dossier pendant que sa cheffe s'entretenait au téléphone.

La première page : un résumé des arrestations de Fatimah. La plupart s'inscrivaient dans le cadre de la loi d'état d'urgence, vieille de plusieurs décennies, qui donnait à l'État des pouvoirs étendus pour poursuivre des crimes à la définition vague, notamment la « sédition » (traduction : participation à une manifestation pacifique) et la « coopération scélérate avec une puissance étrangère » (traduction : discussions politiques avec l'ambassadeur de France à Damas). Le dossier était épais d'au moins une quinzaine de centimètres. Il comprenait tous les rapports concernant Fatimah depuis le début des années 1990, quand, âgée de vingt-deux ans, elle avait imprudemment proposé à un journal un article appelant à la démission d'Assad père. Cinq années de réclusion de 2003 à 2008. Chef d'accusation : sédition. Fatimah était désormais une exilée, qui multipliait les navettes entre la France et l'Italie. Une Syrienne courageuse à la tête de l'opposition au régime à l'étranger, respectée de nombreux groupes de combattants sur le terrain. Une épine qui restait plantée en permanence dans le pied de Bachar el-Assad.

Mariam posa le dossier au moment où sa cheffe, la conseillère politique du président, Bouthaina Najjar, mettait fin à son appel téléphonique. Bouthaina avait confié à Mariam la responsabilité des négociations avec les opposants basés à l'étranger, à savoir le Conseil national, le groupe fédérateur qui prétendait représenter les combattants sur le terrain. L'objectif de Mariam était simple : les persuader de renier les combattants islamistes qui menaient actuellement la guerre civile, de dénoncer leurs compagnons d'exil, puis de rentrer chez eux, où la sécurité et le pardon leur seraient accordés en échange de leur silence. Il s'agissait de la mission la plus importante de Mariam à ce jour, un tremplin assuré vers de plus hautes fonctions.

Bouthaina rejoignit Mariam à la table, ouvrit son propre dossier sur Fatimah et, comme elle le faisait toujours lorsqu'elle était concentrée, se mit à mordiller la branche de ses lunettes Gucci.

— Alors, Mariam, que pensez-vous de Fatimah ? Sous quel angle devrions-nous aborder les choses, à Paris ?

Mariam lissa sa jupe beige et sortit un rapport du dossier.

— Les communications interceptées par les Iraniens couvrant l'appartement parisien et la villa toscane de Fatimah étaient parfaites, répondit Mariam. Elles montrent clairement que la Syrie lui manque. Elle mène une vie agréable à l'étranger, mais Damas reste sa patrie. Elle aura envie de négocier. (Mariam but une gorgée de café.) Mais son prix risque d'être élevé.

Elle parcourut la pile de rapports. Son pouce s'arrêta sur l'un de ceux qu'elle avait épluchés la veille au soir, assise en tailleur sur son lit dans un long T-shirt, pour se préparer à cette discussion. Elle en était à sa quatrième tasse de café.

— Les voici. Trois rapports provenant de sources de l'opposition : Paris, Rome, Istanbul. Tous avancent des faits de corruption et de détournement de fonds. Voici une pièce du dossier qui est amusante.

Elle la fit glisser en direction de Bouthaina, qui chaussa ses lunettes pour la lire.

— Il s'agit d'une facture que le Conseil national a tenté de soumettre au ministère français des Affaires étrangères pour plusieurs chambres voisines à l'hôtel Le Bristol. Une délégation est arrivée d'Istanbul.

— On ne se contente que du meilleur, ironisa Bouthaina avec un claquement de langue.

— Les chambres étaient à mille deux cents euros la nuit. Tout le monde semble avoir exigé la sienne.

— Bien sûr.

Bouthaina sourit en croquant la pointe d'un croissant.

— Les Français ont refusé la note, et le Conseil va donc en assumer le coût. Il y a une dizaine d'autres exemples, et vous pourrez lire dans les rapports que ces dépenses inconsidérées provoquent des dissensions entre certains des principaux dirigeants. Fatimah en fait partie. Elle méprise le gaspillage.

— Comment ces imbéciles peuvent-ils s'imaginer changer le monde ? s'indigna Bouthaina. Nous combattons les terroristes. Et ces idiots partent bambocher à Paris.

Mariam fit glisser un mémo vers sa cheffe.

— Ma proposition : un retour en toute sécurité à Damas en échange d'une prise de position publique présentant les rebelles comme des terroristes et du respect d'un complet silence à son retour.

— Elle va commencer par refuser. Elle est têtue.

Mariam respectait Fatimah pour cela. *Dans une autre vie, dans un monde qui n'existe pas, nous aurions pu être sœurs,* songea-t-elle.

— Je suis d'accord. Mais Fatimah est la clé de voûte du Conseil national. Si elle part, l'édifice s'effondrera. Si elle ne coopère pas, nous devrons déployer des méthodes moins agréables.

Mariam fit glisser un autre papier sur la table. Un unique feuillet. Celui qui lui avait donné la nausée lorsqu'elle l'avait tapé sur son ordinateur portable, au lit.

— Voici la liste des membres de la famille de Fatimah qui se trouvent encore en Syrie, par ordre de proximité. Si elle n'accepte pas nos conditions, je propose que nous procédions à des arrestations en commençant par le début de cette liste, jusqu'à ce qu'elle les accepte. Je lui remettrai cette liste à Paris.

Bouthaina sourit : elle savourait d'avance la bataille.

— Approuvé. Je suis d'accord, il va falloir lui forcer la main, malheureusement.

Elle retira ses lunettes et les posa sur la table, puis regarda vers la porte pour s'assurer qu'elle était bien fermée.

— Avant d'aller à Paris, il faut que vous sachiez que l'une de mes sources au bureau de Jamil Atiyah m'a confié que le vieux pédophile conspire contre nous. Il veut que notre voyage échoue.

Jamil Atiyah était un autre conseiller présidentiel du Palais. Bouthaina et lui se méprisaient mutuellement et se livraient à une lutte d'influence dans l'enceinte du pouvoir. L'attirance d'Atiyah pour les jeunes mineures, qui lui étaient généralement fournies lors de voyages diplomatiques en Asie du Sud-Est, était bien connue. Mais cela n'avait pas suffi à son éviction. La conseillère présidentielle cherchait encore quelles autres armes bureaucratiques employer.

— À votre avis, que prépare-t-il ? s'enquit Mariam.

Atiyah avait déjà ciblé d'autres personnes de son service pour susciter la peur et déstabiliser Bouthaina. Adnan, un assistant administratif, avait déjà passé trois nuits à l'hôpital après avoir reçu la visite des hommes de main d'Atiyah.

— Je ne sais pas. Faites attention, lui répondit Bouthaina. C'est un vieux salopard et un sauvage, mais il est malin.

LA FAMILLE DE MARIAM HADDAD ADORAIT par-dessus tout organiser des fêtes. Avec un cousin enfin fiancé, la tribu avait une bonne excuse. Ils avaient loué la cour intérieure d'un restaurant huppé du quartier chrétien de Damas, autrefois une demeure ottomane.

Les tables étaient disposées autour de la fontaine, dans la cour de marbre. Un serveur se glissa devant Mariam avec une bouteille de champagne plongée dans un seau à glace. Pour l'occasion, Mariam avait choisi une robe en soie noire moulante et elle se sentait à la fois belle et puissante lorsqu'elle traversa la cour d'une démarche fluide, pour rejoindre sa mère et déposer un baiser sur une joue maquillée. Par réflexe, elle chercha son père et son frère du regard, mais ils étaient absents. Une habitude difficile à perdre. Ils étaient officiers d'artillerie à Alep, absents depuis près de six mois. « C'est Stalingrad en Syrie », lui avait dit son frère au téléphone. Elle accepta une coupe de champagne d'un serveur et bavarda avec sa mère de tout et de rien : tenues vestimentaires, shopping, la terne fiancée de son cousin.

Ils n'avaient reculé devant aucune dépense. On sortit les feuilles de vigne farcies, le taboulé, le zaatar et le baba ganoush qui furent aussitôt dévorés par le clan. Il y eut des plats de *dawood basha* – les boulettes de viande à la syrienne –, toutes sortes de kebabs, du poisson blanc frit nappé de piments, du ragoût de poireau, de tomate et d'okra, et des plateaux de desserts préparés par un pâtissier renommé du souk Al-Hamadiya. Un orchestre jouait dans un angle de la cour tendue de guirlandes de lumières.

Daoud, l'oncle de Mariam, paradait à l'une des plus grandes tables. Mariam venait de terminer une danse assez malaisante avec un cousin très ivre lorsqu'il lui fit signe de s'approcher.

— Ton père et ton frère nous manquent, lui confia Daoud. Je tenais à te le dire, mais on n'est pas obligés d'en parler. Nous les reverrons bientôt.

Elle hocha la tête, avec un sourire pincé.

— Merci, mon oncle.

L'oncle Daoud fit osciller le champagne dans une coupe remplie et la leva plus haut pour en contempler les bulles.

— Comment va Razan ? demanda-t-il.

— Elle va mieux. Elle n'a pas l'intention de vous ignorer, mon oncle, c'est juste que…

Daoud leva la main.

— Je comprends qu'elle ne veuille pas être vue en public. Mais dis-lui d'appeler son père.

— Je n'y manquerai pas, mon oncle. Elle est juste triste. Elle essaie de passer à autre chose. Elle se sent gênée.

— Elle est en colère, conclut-il. Tout comme moi. (Il écarta sa coupe de champagne.) J'aurais aimé qu'elle vienne ce soir, malgré tout. Je te remercie de l'accueillir chez toi, Mariam. Cela représente beaucoup à mes yeux. Elle t'aime. Et avec la disparition de Mona… (Il s'interrompit. La simple mention du nom de la tante Mona demeurait encore difficile, alors qu'elle était morte depuis plus de dix ans.) Je veux juste souligner qu'avec une maison vide et un père accaparé par son travail, ce n'est pas le meilleur endroit qui soit pour elle. Je sais qu'elle apprécie de loger dans ton appartement.

— Nous avons toujours été proches, comme des sœurs.

— Je sais. Ton père et moi avons eu la chance d'avoir des filles à deux mois d'intervalle.

Mariam aurait voulu changer de sujet, mais l'oncle Daoud avait besoin de parler. Elle fit signe à un serveur et demanda un whisky. L'autre haussa les sourcils de surprise. Il s'en fut d'un pas traînant.

— Dis-lui que nous continuons à rechercher le voyou des moukhabarat qui a fait le coup. Nous avons des pistes, mais nous n'avons pas encore de nom, reprit l'oncle Daoud.

— Je lui dirai. Pour elle, cela signifie beaucoup, que père et vous le recherchiez.

Il acquiesça. Quand le serveur revint avec sa boisson, Mariam prit sa flûte à champagne, la vida et la remplaça par le verre de whisky. Son oncle sourit.

— Tu as toujours été l'une des nôtres, Mariam, depuis que tu es toute petite. (Il but une gorgée.) Un membre des conseils de guerre.

Il leva les yeux tandis qu'un couple virevoltait sur la piste de danse, entouré de groupes de spectateurs qui s'exclamaient et sifflaient.

— Ton père et moi avons pris nos fonctions pour protéger tout cela, continua-t-il, la main tendue vers la cour pleine de monde. Pour conserver une grande famille chrétienne en Syrie. Regarde ce que nous avons réussi à obtenir. Ton père, dans l'armée, à Alep. Moi...

Il esquissa un vague sourire avant de s'interrompre.

Ils ne parlaient jamais du travail de Daoud. Centre d'études et de recherches scientifiques, branche 450. Sécurité et transport des armes chimiques.

Daoud reprit un peu de whisky.

— Notre famille a fait ce qu'on lui a demandé. Nous sommes loyaux, silencieux et complaisants en échange de notre sécurité. Nous sommes des Syriens modèles. Le régime n'a pas respecté ses engagements. Regarde ce qui est arrivé à Razan. Et nous n'avons aucun recours. Nous sommes pris au piège.

Une lueur brilla dans les yeux de Daoud, comme s'il savait s'être trop confié. Il regarda vers la piste de danse.

— Razan a toujours été rebelle, mon oncle, releva Mariam, se détestant d'avoir prononcé ces mots, manière de signifier que sa fougueuse cousine l'avait mérité. Elle finira par s'y habituer.

Il eut un signe de tête en direction de la piste.

— Tu danses ?

MARIAM REGAGNA SON APPARTEMENT à l'aube et trouva Razan encore éveillée, affalée sur le canapé en pyjama de soie froissé ; elle regardait une interview de Fatimah Wael par le présentateur d'Al Jazeera. Mariam éteignit la télévision et fit glisser les jambes de sa cousine pour s'asseoir à côté d'elle. Une bouteille de vin blanc vide était posée sur la table.

— Tu sens bon, remarqua Razan, l'œil gauche rivé sur l'écran noir de la télévision.

L'œil droit était encore bandé. « Comme une pirate », avait ironisé Razan dans l'un de ses moments de légèreté. Le coup qu'elle avait reçu au visage lui avait enfoncé l'œil. Son œil qui restait éteint. Les médecins ne savaient pas s'il retrouverait la lumière un jour.

— Tu manques à ton père, dit Mariam. Pour l'amour de Dieu, rappelle-le. Ce n'est pas sa faute.

— Je sais. C'était bien, ce soir ?

— Oui.

Mariam lui parla de la famille, du restaurant, de la danse. Sous le regard de Razan, elle se sentait un peu coupable.

— Pourquoi tu ne veux pas le voir ? demanda Mariam.

— Papa ?

— Oui.

— Je ne sais pas.

— Tu me détestes, moi aussi ? Je travaille au Palais. Je ne vaux pas mieux que ton père.

Razan se recroquevilla en boule. Elle baissa les yeux.

— Je ne vous déteste ni l'un ni l'autre.

Une larme coula de son œil gauche. D'un doigt, elle l'arrêta.

— Je déteste l'homme qui a commis cet acte. Je déteste notre prison. (Elle s'affaissa sur l'épaule de Mariam, s'effleura la peau du bout des doigts, au-dessous de son bandage, et renifla.) Le médecin a dit que je ne devais pas pleurer. Cela ralentit la guérison.

Razan resta dans le canapé, Mariam passa dans sa chambre, sans allumer la lumière. Elle se débarrassa de sa robe et resta debout à côté du lit, en sous-vêtements. Elle respira bruyamment, serra les poings, les relâcha, répéta plusieurs fois le geste.

Elle commença par les coups de pied frontaux, d'un côté puis de l'autre, elle se déplaçait plus rapidement maintenant, canalisant sa fureur intérieure pour la balayer à chaque coup. Elle entendait l'air se fendre sous l'effet de ses mouvements, la sueur perler dans son dos et sur son front. Elle se laissa tomber au sol pour enchaîner des pompes, en étirant les bras et en forçant dessus jusqu'à ce que ses muscles la brûlent. Elle se leva et s'attaqua aux frappes de la paume, en imaginant ses coups écrasant le nez de l'assaillant moukhabarat de Razan. « Plus vite, Mariam, plus vite, lui avait répété son instructeur de krav-maga à Paris, il y a des années. Ne t'arrête pas. Bouge. »

5

LE GÉNÉRAL ALI HASSAN CONNAISSAIT bien la mort, ayant tué sa propre mère dès ses premières heures en ce monde, et de nombreux autres êtres humains au cours des quarante années qui avaient suivi. Aujourd'hui, en pleine guerre civile syrienne, il courtisait de nouveau la mort en enfonçant une lame sous la peau du pouce gauche de l'espion de la CIA Marwan Ghazali. Ali retira le couteau, sous les hurlements de l'homme, essuya la lame avec un chiffon et le remit dans la poche de sa chemise.

— Les incohérences ne peuvent être tolérées, avertit Ali en s'asseyant devant le prisonnier. Je te l'ai déjà expliqué.

Ghazali était assis, nu, attaché à une chaise branlante à côté d'une table. Des projecteurs brillaient derrière lui. Le colonel Saleh Kanaan, l'un des lieutenants d'Ali, étala en éventail plusieurs feuilles de papier sur la table. Ali savait déjà ce qui y était écrit.

— Sur la troisième version, Marwan, tu dis avoir rencontré votre officier traitant de la CIA, Valerie Owens, uniquement à Damas, dit Ali.

Il prit un autre papier et le fit glisser vers le prisonnier, qui plissa les yeux, mais ne pouvait se concentrer sur autre chose que son pouce déchiqueté.

— Je vais te le lire, suggéra Ali. Dans ton quatrième témoignage, tu mentionnes une rencontre avec Mme Owens à Abou Dhabi. (Il passa à une autre page.) Mais dans ta cinquième version, cette rencontre à Abu Dhabi a disparu. Il n'y a plus que Damas.

Ali alluma une cigarette et se redressa contre le dossier de sa chaise.

— Maintenant, dis-moi, je te prie. Que s'est-il passé à Abou Dhabi ?

— J'ai commis une erreur, se défendit Ghazali. Je n'avais pas dormi depuis des jours, je délirais. Je l'ai expliqué à votre type.

Ghazali désigna Kanaan. Il claquait des dents de froid.

— Tu mens, lâcha Ali en rapprochant sa chaise. Dis-moi la vérité et nous pourrons t'éviter d'autres ennuis. Que s'est-il passé à Abou Dhabi ?

Ghazali baissa la tête et se mit à gémir.

— Je n'ai rencontré personne là-bas.

Ali soupira. Avant d'intégrer la moukhabarat, il avait été enquêteur criminel. Il avait investigué sur des meurtres, des vols et, une fois, sur une horrible crucifixion qu'il revoyait encore, imprimée au fond de ses yeux. La douleur physique n'est pas le moyen le plus efficace d'obtenir la vérité : il vaut mieux user un espion en lui infligeant des mois d'isolement et en lui imposant des dépositions à répétition. Le prisonnier désorienté finit par perdre toute volonté ou toute capacité de maintenir sa couverture et il craque. Ensuite, il révèle tout.

En revanche, lorsqu'un prisonnier mentait, cela ne pouvait demeurer sans conséquences. C'était l'une de ses règles.

Ali sortit le couteau de la poche de sa chemise. Ghazali hurla.

ALI RINÇA SA CHEMISE ET NETTOYA la lame dans l'un des lavabos des toilettes du sous-sol. Il la sécha et glissa l'arme dans sa poche poitrine, puis alluma une autre Marlboro. La fumée stagna dans la pièce non ventilée, tandis qu'il essorait sa chemise.

Comme il s'y attendait, Ghazali avait rencontré Owens une fois à Abu Dhabi. Lors de cette rencontre, il lui avait fourni des documents volés.

Ali écrasa sa cigarette et monta à son bureau, les yeux réduits à deux fentes dans la lumière du matin qui filtrait par les fenêtres. Il se dirigea vers la vitre pour voir un avion de chasse syrien, un MiG acheté aux Russes, filer aux premières lueurs de l'aube et larguer sa charge utile sur une banlieue tenue par les rebelles. Les vitres tremblèrent et de la fumée se déversa sur les décombres de ce qui était autrefois des immeubles d'habitation.

Il alluma encore une cigarette et regarda le portrait du président Bachar el-Assad accroché au-dessus de sa porte. Tous les fonctionnaires et agents de sécurité en avaient un.

Ali était fluet, mais le ventre ceinturé d'un fourreau de graisse, le produit de près de vingt années de soirées prolongées et du stress sédimenté par les enquêtes criminelles, le travail de renseignement et, maintenant, la guerre civile. Son casque de cheveux noirs était plaqué vers l'arrière, sur un crâne planté de deux yeux au regard intense, un nez à l'arête déplacée vers la droite et une mâchoire carrée. Une cicatrice rugueuse remontait du côté gauche du cou et se terminait au bas de la joue. Parfois, elle le démangeait.

Il observa le dédale de bermes en béton à l'extérieur du bâtiment de dix étages. Un panneau écaillé indiquait : MINISTÈRE DE L'AGRICULTURE ET DE LA RÉFORME AGRAIRE DE LA RÉPUBLIQUE ARABE SYRIENNE. Un mensonge, mais pas intentionnel. Personne n'avait pris la peine de le retirer.

Le bâtiment abritait désormais le Bureau de la sécurité, une agence de renseignement rattachée au palais présidentiel. L'un des nombreux services de sécurité de la Syrie. D'après Ali, il existait en temps de guerre dix-sept organisations syriennes de sécurité différentes. Le monde de la police secrète – les moukhabarat, comme on appelait collectivement ces institutions – formait un enchevêtrement byzantin d'agences redondantes, d'ego concurrents et de réseaux de clientèles invisibles. Même les hauts fonctionnaires comme Ali avaient du mal à comprendre les frontières qui les séparaient et les juridictions qui les différenciaient. À l'instar de son père, le président avait délibérément façonné le système de la sorte, afin d'opposer plus facilement les institutions les unes aux autres. Mais alors que la guerre civile faisait rage et que les rebelles, les *irhabiun*, les terroristes se retranchaient, le président avait créé le Bureau de la sécurité pour mener à bien la chasse aux espions la plus délicate jamais conduite par le gouvernement. Il en avait confié la responsabilité à Ali.

Ali consulta sa montre. Il était temps de parler à Valerie Owens. Il prit son paquet de Marlboro et redescendit au sous-sol.

LE SOUS-SOL DU BUREAU DE LA SÉCURITÉ était rempli de salles humides et froides, d'armoires de classement empilées et de boîtes regorgeant d'études agricoles des années 1970.

Ali et sa section avaient transformé cet espace en un labyrinthe de cellules et de salles d'interrogatoire. Les lieux avaient été insonorisés, équipés de caméras et de microphones, de lits en paillasses de béton et de seaux hygiéniques. Plusieurs sols avaient été carrelés et creusés de rigoles afin de recueillir les déjections lors des interrogatoires.

Kanaan ouvrit la porte de la cellule et Ali entra. Owens était allongée sur la dalle en pierre de son lit et tuait le temps en contemplant le plafond. Elle portait encore un bandage sur la tête pour protéger les fractures dues aux violences subies lors de son arrestation. Il avait donné des ordres directs pour qu'aucune blessure ne lui soit infligée et, dans sa colère, avait suspendu l'idiot d'officier qui l'avait frappée.

Ali s'assit aux pieds de Valerie Owens. Ils se parlèrent en arabe.

— Général, je vous ai demandé de ne pas fumer ici.

— Bien sûr, madame Owens, acquiesça Ali en éteignant sa cigarette sur le sol.

Puis, en souriant, il en alluma une autre et recracha la première bouffée dans un nuage au-dessus de la dalle de son lit. Elle se rembrunit.

— Je viens vous demander une nouvelle fois comment vous avez communiqué avec Marwan Ghazali, ici, à Damas.

Il scruta ses yeux, pour y déceler une lueur d'acquiescement, mais il y vit plutôt de la haine. Celle-ci, elle était bien entraînée. Deux semaines de froid et d'inconfort, et elle n'avait rien fourni de valable.

Valerie Owens se redressa et passa ses mains dans ses cheveux blonds, emmêlés et gras, du fait de son séjour en cellule. L'extrémité de la dalle où elle avait posé la tête était luisante, la trace de ses cheveux sales.

— Nous avons déjà abordé ce sujet, général. Je ne connais pas ce Marwan Ghazali. Je suis deuxième sec...

— Oui, oui, dit Ali. Deuxième secrétaire à l'ambassade des États-Unis. Je suis au courant. Dois-je peut-être repasser la vidéo de surveillance de votre voiture – avec vos plaques diplomatiques – apparaissant devant l'endroit qui, selon Ghazali, était convenu pour son exfiltration ? Peut-être devrions-nous la visionner à nouveau, madame Owens ?

Valérie se redressa et étira sa silhouette longiligne. Elle était plus mince maintenant, il le constata quand sa chemise se releva pour exposer ses côtes inférieures.

— Nous avons déjà visionné la vidéo, général, répliqua-t-elle. Je faisais des courses. Je vous ai montré les magasins que j'ai visités sur vos jolis plans de la ville. Maintenant, laissez-moi parler à mon ambassade. Ma détention ici est illégale.

Ali ignora cette requête, comme chaque jour depuis deux semaines.

— Ghazali nous a raconté beaucoup de choses. En fait, nous venons d'apprendre qu'il y a eu un rendez-vous, à Abu Dhabi. Les documents que Ghazali a volés sont très intéressants. Mais, madame Owens, en réalité, ce que je veux savoir, ce sont ses méthodes de communication avec vous. Utilisiez-vous un appareil ? Peut-être que si vous me parlez de l'appareil et de l'endroit où il se trouve, je vous laisserai appeler l'ambassade ? C'est une offre raisonnable, non ?

Owens se recoucha sur sa dalle.

— Je ne connais pas de Marwan Ghazali. Je suis diplomate américaine, deuxième secrétaire...

D'un signe de la main, Ali l'interrompit, puis il sortit en refermant la porte derrière lui et en la laissant dans l'obscurité.

IL ÉTAIT 22 HEURES LORSQUE LE CHAUFFEUR d'Ali le laissa en bas de son appartement. Les jumeaux dormaient. Layla était allongée dans le canapé, elle lisait en buvant du vin. Respectant leurs habitudes, elle ne lui posa aucune question sur sa journée, et il ne lui en parla pas. Il se versa un verre bien rempli et s'assit à ses pieds, qu'il commença à masser. Elle abandonna son livre et ferma les yeux.

— Qu'avez-vous fait aujourd'hui, les garçons et toi ? lui demanda-t-il.

— Tais-toi et continue de masser, murmura-t-elle.

Il s'exécuta, entretenant ainsi un réflexe bien ancré en lui : le respect des ordres.

Au bout de quelques minutes, Ali avait mérité d'obtenir une réponse.

— Nous avons fait les courses... les files d'attente étaient épouvantables et cette semaine il y avait très peu de viande, soit dit en passant... et puis nous nous sommes amusés, ici. Une belle journée. Oh... un peu moins fort.

Elle grimaça, il travaillait un point sensible près de son talon droit.

Il regarda vers l'autre bout du canapé. Elle avait rejeté ses cheveux noirs par-dessus l'accoudoir, sa robe de chambre en soie entrouverte dévoilait ses jambes et elle avait posé un nouveau vernis sur ses ongles d'orteil. Sa main glissait lentement sur la peau dénudée de sa jambe droite lorsque le téléphone de l'appartement sonna. Tous ceux qui méritaient qu'il leur réponde savaient qu'il fallait l'appeler sur son portable, il ignora donc l'appel et revint se concentrer sur les pieds de Layla, dont la main espiègle avait barré sa progression vers le nord.

C'est alors qu'ils entendirent frapper à la porte. D'abord un coup, puis une succession rapide de coups, suivis de cris dans le couloir. Il entrevit dans le judas Mme Ghraoui, une veuve, leur voisine de palier et seule occupante de l'appartement 46. Elle avait les cheveux en bataille et son maquillage plâtreux était sillonné de coulures de larmes. Ali eut un signe vers Layla, qui alla ouvrir et laissa entrer cette femme chez eux.

— Il est parti, il est parti, il est parti, ils l'ont emmené, ils l'ont emmené quelque part, ce fut tout ce qu'elle leur répéta les premières minutes.

Il fallut une tasse de thé pour que Mme Ghraoui finisse par vider son sac : son fils avait été arrêté à un poste de contrôle. Peut-être hier, peut-être avant-hier, elle ne savait pas. Elle venait d'être informée par un neveu qui était dans la police et avait vu son nom sur une liste d'arrestations récentes à Damas. La Garde républicaine le détenait, et c'était tout ce qu'elle savait.

Ali eut envie d'une autre cigarette, tandis qu'elle sanglotait. Même sans avoir la moindre information, il savait que le garçon suivrait un parcours ordinaire à l'intérieur du système. En premier lieu, il serait conduit dans un centre de détention improvisé et accusé de trahison. Deuxièmement, un interrogatoire musclé, une douleur croissante, alors que le temps s'étirait en une boucle infinie. Troisièmement, une fois qu'on lui aurait arraché des aveux, on l'enverrait à Saydnaya, où il serait torturé pour le plaisir, puis exécuté par pendaison. Ils balançaient les cadavres dans des fosses communes à l'extérieur de la prison. Plusieurs conducteurs de tractopelles avaient été affectés au site de façon permanente par le ministère du Logement pour aider à creuser les tombes.

Bien sûr, il y avait deux issues possibles. Soit le détenu avait la chance de rencontrer l'un des rares officiers des moukhabarat qui était un véritable enquêteur criminel capable d'analyser les éléments de preuve, soit il connaissait quelqu'un qui possédait du *wasta*, de l'influence, et se portait garant pour lui. C'était pour cela qu'elle était venue. Elle savait qu'Ali était général et que son frère, Rustum, était le puissant commandant de la Garde républicaine.

— Pouvez-vous m'aider, général ? demanda-t-elle. Je veux juste savoir où il se trouve.

Elle se frotta les yeux, s'étalant du maquillage sur les joues et le nez.

Ali ne savait pas pourquoi on avait arrêté ce garçon, mais il pouvait le deviner. Sa carte d'identité délivrée par l'administration d'État indiquait qu'il était né dans un village au nord de Homs, ville contrôlée à l'heure actuelle par un émir rebelle qui prétendait en faire son califat. Mêlez le tout avec de l'alcool ou un lieutenant trop agressif de la Garde républicaine, et vous vous retrouvez soudain dans les rouages du système carcéral.

Ali ne se souciait guère de savoir pourquoi le garçon avait été arrêté. Il le connaissait depuis qu'il avait cinq ans. Il avait joué avec les jumeaux. Ce n'était pas un djihadiste, un criminel ou un insurgé. Ali avait également vu l'intérieur de la prison de fortune que son frère Rustum avait fait construire au stade : les corps amaigris qui se serraient contre les barbelés, la symphonie de gémissements sans visage qui résonnait dans les tuyaux du sous-sol, l'odeur antiseptique de la salle – une rigole creusée en son centre et obstruée par des matières informes. Il y était déjà allé, prendre le fils meurtri de son médecin. Mais il n'était lui-même pas assez puissant pour se permettre de simplement s'y rendre et de récupérer ce garçon. Il avait été contraint de se soumettre à Rustum, ce qui était pour lui une torture. Finalement, il avait été autorisé à faire sortir le jeune homme, enchaîné à un tuyau d'évacuation dans une mare de sang séché. Cette nuit-là, Ali avait bu jusqu'à finir par sombrer dans le sommeil.

Il eut un signe de tête.

— Je vais le retrouver. Attendez chez vous que je vous appelle.

Elle acquiesça, puis jeta un coup d'œil à Layla, qui avait l'air très fatiguée. Ali crut que Mme Ghraoui allait demander de rester cette nuit, mais heureusement, elle se leva pour repartir et Layla la raccompagna. Ali passa dans le salon, prit son paquet de Marlboro et s'en alluma encore une, ne sachant s'il pouvait ou non attendre le lendemain matin avant d'appeler Rustum. Au final, il décida d'agir. Ils risquaient de déplacer le garçon à tout moment, et il le perdrait de vue. Il composa le numéro. Trois sonneries, puis une voix à l'autre bout du fil :

— Bonjour, petit frère.

Ali se mordit l'intérieur de la bouche.

— Grand frère, comment vas-tu ?

— Je termine de la paperasse. Qu'est-ce que tu veux ?

— Tu as un jeune homme en détention. J'aimerais savoir comment il va.

Rustum manipula bruyamment ses papiers pour bien lui faire entendre qu'il était occupé.

— Pas encore, Ali. Tu dois laisser fonctionner le système judiciaire, nous ne pouvons pas intervenir dans tous les dossiers.

Ah oui, ce même système qui a ligoté le fils de mon médecin à un tuyau d'écoulement de la prison pour avoir rejoint un groupe Facebook critiquant le gouvernement ? eut-il envie de répliquer, mais il se mordit la langue. En effet, dire ce qu'il pensait mettrait fin à la conversation et condamnerait ce garçon. Il choisit ses mots avec soin.

— Le détenu vient d'une bonne famille, insista Ali. Layla et moi le connaissons bien. Je me porte garant de lui.

— Tu penses trop comme un policier, lui reprocha Rustum avec exaspération. Une couche de peur bien épaisse maintient la stabilité des choses, et ton travail de policier nous troue cette couche. Mais bon. Je suis fatigué et il est tard. Quel est son nom ?

— Merci, grand frère. Il s'appelle Ghraoui.

— Je te rappelle dans quelques minutes pour t'indiquer l'endroit et prendre les dispositions nécessaires. (Un silence, le bruit de papiers qu'on déplace.) Oh, et... Ali ? Le traître ou la femme de la CIA ont-ils déjà indiqué quelle technologie ils utilisaient ?

Ils s'étaient posé des questions sans fin sur la technologie utilisée par Marwan Ghazali pour communiquer avec Valerie Owens. Ghazali avait avoué qu'il avait communiqué avec la CIA par le biais de sites web secrets.

Ali savait que c'était vrai, car c'était ainsi qu'ils avaient réussi à l'arrêter, après avoir reçu une certaine aide de ses conseillers techniques iraniens. Il savait également pourquoi Rustum voulait récupérer ce dispositif de la CIA, car le responsable technique du ministère iranien du Renseignement et de la Sécurité le leur avait expliqué à tous les deux. Téhéran se croyait capable d'utiliser un dispositif pour déployer une cyberarme, semblable au virus Stuxnet d'Israël, sur l'une des plateformes satellites de la CIA. Cela permettrait à Damas et à Téhéran de déchiffrer des communications secrètes et d'identifier d'autres espions.

— Concernant le site web, la version de Ghazali n'a pas changé.

— Jusqu'à quel point as-tu insisté ?

— L'obscurité, le froid, la famine, les entailles dans la peau, il n'a pas modifié sa version, grand frère, lui répliqua Ali. Cette réponse est décevante, mais l'homme ne ment pas. J'en suis certain.

— Qu'a dit l'agent de la CIA ? demanda Rustum.

— Elle nie toujours être de la CIA. Elle n'a rien fourni de valable pour le moment.

— Nous devrions durcir le ton avec elle.

— Ordre du président, grand frère. Nous maintenons les Américains en dehors de tout ça. Pour l'instant, uniquement des questions et rien d'autre. Rien de physique.

— Je m'emploie à changer cela, petit frère. J'aimerais qu'ils soient interrogés comme il se doit, la femme de la CIA et Ghazali. Ça n'a que trop tardé.

Ali gratta sa cicatrice et ouvrit le réfrigérateur, il avait envie de quelque chose à grignoter. Il avisa un sachet de carottes et, pour la première fois depuis son retour, pensa au pouce gauche de Marwan Ghazali et au risque qu'il prenait en détenant un agent de la CIA à la demande du président. Les mains vides, il referma la porte du réfrigérateur.

— Pourquoi cet intérêt soudain pour la recherche d'autres espions, grand frère ? s'étonna Ali.

— Tu poses trop de questions, Ali. Toujours policier, jamais soldat.

— Démasquer les espions, c'est mon travail. Que se passe-t-il, Rustum ? lui demanda encore Ali.

— Cette vie est pleine de questions sans réponse. Je vais te le trouver, ce garçon.

Il raccrocha.

Layla arriva du salon.

— Tu sors, ce soir ?

Il opina. Elle lui fit un baiser sur la joue, prit son livre et disparut dans la chambre.

LE GARÇON DES VOISINS ÉTAIT ENFERMÉ dans un vieil entrepôt récemment transformé en centre de détention. Grâce à Rustum, l'arrivée d'Ali était attendue, et le capitaine responsable du centre l'escorta immédiatement jusqu'à la cellule du jeune homme. Le capitaine ouvrit la porte rouillée, une odeur indicible s'échappa de la pièce. Le garde s'éloigna, Ali balaya la cellule du regard et croisa les yeux angoissés de sans doute soixante-quinze hommes entassés dans un espace de la taille de son salon. L'officier appela le garçon, et la masse humaine bougea lentement, puis un jeune ensanglanté s'avança en boitant. Ali adressa un signe de tête à l'officier.

— Mes gardes vont se charger de le faire sortir pendant qu'on s'occupe de la paperasse, acquiesça froidement l'officier, avant de refermer la porte.

Dans le bureau du capitaine, Ali étudia les documents. Le jeune homme avait été battu et, selon les termes du capitaine de service, « examiné ».

— Sous quel chef d'accusation ? demanda Ali au capitaine après qu'il eut fini de signer les documents.

— Opinions antigouvernementales.

— Qu'est-ce que cela signifie, capitaine ?

Le capitaine croisa les mains dans son dos.

— Il a manqué de respect à l'un de nos officiers.

— Je vois, fit Ali. Avait-il bu ?

— Oui.

— Aviez-vous l'intention de le relâcher après lui avoir administré une leçon ? s'enquit Ali.

Le capitaine ne répondit rien.

— Qu'avez-vous examiné ? demanda Ali. Et pourquoi ?

— Nous avons procédé à un examen corporel complet pour nous assurer qu'il ne possédait pas d'arme. (Le capitaine esquissa un sourire pincé.) Par précaution.

Un colonel de la Garde républicaine sortit d'une pièce à l'écart en tenant le garçon par l'épaule. Celui-ci avait le visage bleui et noirci, rougi par les larmes. Une odeur d'excréments envahit instantanément la pièce.

— Il a chié dans son froc pendant l'examen, indiqua le colonel avec un haussement d'épaules.

Il eut un geste vers le visage bouffi du garçon, comme s'il dévoilait un tableau, et le tira par le col pour qu'il soutienne son regard.

— Si on te revoit ici, tu ressortiras plus jamais. T'as compris ?

Le garçon opina.

— Il est à vous, ajouta le colonel et, d'une bourrade, il poussa le jeune homme en direction d'Ali.

Le garçon s'écroula au sol.

Ali le reconduisit jusqu'à l'immeuble d'habitation. Ils laissèrent les fenêtres de la voiture ouvertes pour dissiper l'odeur d'excréments. Ils n'échangèrent pas un mot, jusqu'à ce qu'il se soit garé sur le trottoir. Il n'y avait aucune autre place disponible.

— Tu diras que tu as été volé et battu, lui conseilla Ali. Ils t'ont pris ton portefeuille. Ne retourne jamais à l'endroit où ils t'ont arrêté.

Le garçon hocha la tête, en fixant le sol. Le système venait de faire une victime de plus.

— Je n'en parlerai à personne, promit Ali.

Le jeune homme laissa retomber la tête contre le tableau de bord et fondit en larmes.

RUSTUM ET BASIL MAHKLOUF, SON LIEUTENANT préféré, arrivèrent au Bureau de la sécurité tôt le lendemain matin, munis de documents portant le sceau de cire présidentiel à l'effigie du faucon de Quraych. Ali parcourut le document et, après en avoir lu les premières lignes, il le jeta sur son bureau. *Par décret présidentiel, en vertu des pouvoirs conférés par la loi d'urgence de 1963, l'enquête sur le traître Marwan Ghazali sera par la présente et immédiatement transférée du Bureau de la sécurité à la Garde républicaine*... Ali repoussa d'autres papiers, s'assit à la table et alluma une cigarette sans en offrir à ses invités.

Basil, l'exécuteur de Rustum – le petit frère qu'Ali n'était pas et n'avait jamais été –, attrapa une chaise et s'assit à côté d'Ali. Basil était râblé, la peau blême et grise. Une touffe de cheveux clairsemés contrastait avec son épaisse moustache à la Saddam Hussein, qu'il enduisait fréquemment et inconsciemment de salive avec sa langue, croyait Ali. Il avait des pieds gigantesques, disproportionnés par rapport au reste du corps. Mais Basil possédait surtout deux signes particuliers : ses yeux lavasses et sa voix grave, éraillée. Le premier signe distinctif semblait le parfait reflet d'un vide intérieur privé d'âme. Le second était dû à une trachée déchiquetée par les Frères musulmans lors de la dernière rébellion, à l'hiver 1982.

Rustum confiait à Basil ses missions les plus sensibles. Officiellement, Basil était à la tête de la Direction des missiles et des fusées de la Garde républicaine. Il était responsable de toutes les armes stratégiques de l'arsenal d'Assad.

Ali avait également lu les rapports psychologiques sur Basil rédigés par les médecins de la Garde républicaine. Il s'était organisé pour que Kanaan les subtilise aux archives. *Commandant, il est sujet à des fugues*, avait écrit le psychologue après l'une des visites de Basil. *Il y a des périodes où il se dissocie de son environnement, peut-être en revivant des événements traumatisants. Il parle souvent de Hama, comme s'il y était encore. Il parle parfois de lui à la troisième personne. Il s'appelle d'un nom, Comanche, commandant. Une tribu amérindienne, apparemment. Lors de nos visites, il prononce ce mot en anglais.*

Basil avait reçu ce surnom de Comanche pendant cet hiver à Hama. Ali avait entendu parler de ces histoires, comme tout le monde au sein du régime.

— Basil, commença Ali. Je suis heureux de voir que vous êtes capable de réserver un peu de temps loin de la gestion de nos forces de missiles et de roquettes pour un petit interrogatoire. Vous êtes vraiment un homme digne de la Renaissance.

— La touche personnelle, pour moi, c'est important, répondit Basil dans un grognement.

Il n'esquissa même pas un sourire sardonique.

— Avez-vous prévu un fourgon de transport, ou dois-je en demander un pour le prisonnier ? s'enquit Ali.

Rustum se tenait à la fenêtre, souriant.

— Nous avons pensé nous charger de ça ici.

— Et assurez-vous que la pièce dispose d'un égout au milieu, dit Basil. Je ne voudrais pas vous laisser trop de saletés.

— Grand frère, ce n'est pas…

Rustum leva la main.

— C'est moi qui suis chargé de l'enquête, petit frère. Amenez-nous Ghazali dans la grande salle d'interrogatoire et veillez à ce que Basil ait bien ce dont il a besoin.

— Et faites venir Valerie Owens, renchérit Basil. J'ai aussi des questions à lui poser.

Il se passa la langue sur la moustache.

6

APRÈS UNE NUIT BLANCHE DANS UN SIÈGE de milieu de rangée en classe économique (divertissement à bord : en panne), pris en sandwich entre un type corpulent du Montana et un bambin qui avait trouvé amusant de lui flanquer des coups de coude pendant tout le vol, Sam, fatigué par le décalage horaire, rejoignit la station de Paris directement depuis Roissy-Charles-de-Gaulle. Le taxi le déposa à l'ambassade, un hôtel particulier en pierre de taille couleur crème situé dans un quartier verdoyant derrière la place de la Concorde. Même à cette heure matinale, il dut patienter dans la file d'attente avant de pouvoir montrer son badge et son passeport diplomatique noir. Il n'avait qu'une envie : prendre une douche chaude et s'accorder une sieste matinale dans sa chambre d'hôtel, mais il lui fallait se connecter au réseau de l'Agence pour voir si des télégrammes étaient arrivés dans la nuit concernant l'opération recrutement de Haddad.

Dès qu'il eut atteint la tête de la file, une agente de soutien de la station l'accueillit et l'escorta jusqu'à un escalier de marbre en colimaçon de quatre étages. Il déposa son téléphone dans l'un des casiers et la suivit à l'intérieur de la chambre forte de la station. Elle tapa le code et la porte s'ouvrit.

— Des fenêtres, hein ? remarqua-t-il en regardant la pièce spacieuse.

— En Europe, nos stations sont dotées de fenêtres. Nous avons aussi du bon café.

D'un geste, elle désigna la kitchenette. Il attrapa un pack TDY (d'affectation temporaire), le brancha sur un ordinateur et entama la lecture de ses télégrammes. Heureusement, il y avait confirmation que l'équipe de surveillance BANDITO était arrivée à Paris. Ils le retrouveraient cet après-midi pour les premiers essais à blanc. Il passa en revue des plans de l'hôtel accueillant la délégation syrienne et les itinéraires probables qu'elle emprunterait. Il étudia à nouveau la seule photo de Mariam Haddad que possédait la CIA. Elle avait été prise pour son badge d'identification du Palais avant que l'ensemble du répertoire numérique ait été copié par un voleur de documents de la CIA. Il resta assis un moment, saisi par cette photo.

— Ça, fit une voix derrière lui, c'est exactement notre cible.

Sam se retourna et vit Peter Shipley, le chef de la station de Paris, tout sourire. Il ne l'avait jamais rencontré, mais le connaissait de réputation, ainsi que son amitié avec Ed Bradley. Chef de station à Kaboul au début de la guerre en Afghanistan, Shipley avait sauvé le président afghan d'une tentative d'assassinat lors d'une de leurs rencontres. Comme c'était souvent le cas, le mariage de Shipley s'était délité et sa femme, française de naissance, était partie à Paris avec les enfants. Il avait demandé ce poste pour être proche de sa famille et tenter de redresser la situation.

— Heureux de vous voir, chef, fit Sam en lui serrant la main.

Il nota avec satisfaction que Shipley buvait son café noir.

— C'est le dossier syrien sur lequel vous travaillez ?

— En effet. Une fonctionnaire du Palais. Mariam Haddad. Les chances sont faibles. Je ne pense pas que nous ayons recruté un Syrien depuis deux ans.

— Mais nous prendrons le risque, n'est-ce pas ? (Shipley eut un signe de tête en direction de son bureau.) Il y a des nouvelles de Damas. La NSA s'est procuré la ligne fixe du bureau d'Ali Hassan.

— Quand ?

— Hier soir. Bradley vient d'approuver l'opération. Procter va passer l'appel dans quelques minutes. Elle a demandé que vous y assistiez.

Dans le bureau du chef de station, Sam regarda par la fenêtre la place de la Concorde pendant que Shipley composait le numéro. Procter répondit, avec sa voix caractéristique.

— Peter ? Il est avec vous ?

Shipley et Procter se connaissaient depuis l'Afghanistan.

— En effet, Artemis. À peine débarqué de l'avion.

Shipley fit signe à Sam de s'asseoir à la table et lui tendit une simple feuille de papier. Il s'agissait d'un tirage papier d'un télégramme opérationnel de la NSA à la station de Damas, relatif à ce numéro de téléphone.

— Ici à Damas, on est juste avant l'heure du déjeuner, alors on va essayer de l'attraper maintenant, expliqua Procter. J'ai demandé à l'un des agents de communication de la station de maquiller l'origine de l'appel. Si Hassan accède à l'identité de l'appelant, il aura l'impression que l'appel émane d'un autre numéro du Palais. Nous allons utiliser un de ces robots bizarres pour que ma voix ressemble à celle d'un mec. Sam, vous interviendrez si je me plante en arabe. Nous aurons tous la même signature vocale, n'est-ce pas, Stapp ?

— Oui, chef, confirma Stapp, l'officier de communication. En résumé, nous avons mis en place une conférence téléphonique, mais toute intervention de notre part passera par un modulateur. Cela vous donnera une voix masculine grave.

— Le projet de script est joint au télégramme, précisa Procter.

— Artemis, il n'y a pas de pièce jointe à ce câble, rectifia Shipley. De quel script parlez-vous ?

Le téléphone se mit à sonner. Procter se tut et ne répondit pas à la question.

Le téléphone sonna cinq fois.

— Général Ali Hassan, se présenta une voix en arabe.

— Écoutez bien, général, commença Procter dans la même langue. Vous n'aurez droit qu'à un seul avertissement.

UN HOMME NE PEUT RÉUSSIR À L'INTÉRIEUR du régime syrien sans être paranoïaque. Même les bureaucrates les plus équilibrés, et en apparence les plus sereins, en sont atteints. D'une peur lancinante qu'un rival les supplante. Qu'un coup soit frappé à la porte en pleine nuit. Que leur femme et leurs enfants soient menacés. Ali ne se jugeait pas excessivement paranoïaque au seul motif qu'il enregistrait la plupart de ses conversations sur sa ligne téléphonique du bureau. C'était une question de prudence et de protection, même s'il savait que les services de renseignement de l'armée de l'air surveillaient sa ligne – ce qu'il avait découvert, ironie du sort, parce que sa propre organisation avait mis sur écoute plusieurs de leurs lignes. Une demi-seconde après le début de la conversation téléphonique, dès qu'il avait entendu cette voix robotique à la tonalité grave, il avait mis l'enregistreur en marche.

Ali avait étudié l'anglais, quelques mois à Moscou. Il n'avait pas eu les meilleurs professeurs, il serait le premier à l'admettre, mais il s'était familiarisé avec cette langue et s'estimait assez capable. L'appel qu'il venait de recevoir – auquel il avait été soumis, en fait – s'était déroulé principalement en arabe, mais à certains moments, la langue de l'appelant avait dévié vers un anglais familier qu'il ne comprenait pas. Kanaan avait étudié à l'université du Dakota du Nord dans les années 1990, lorsque les négociations de paix entre la Syrie et Israël avaient engendré un certain élan de bonne volonté entre les gouvernements syrien et américain. La famille de Kanaan en avait profité pour l'envoyer étudier aux États-Unis. À son retour, il le parlait couramment, mais avec un accent inexplicable sans aucun rapport avec d'autres accents américains qu'Ali avait déjà pu entendre.

Ali appuya sur la touche « stop » de l'enregistreur et se détourna de la table pour éternuer. Kanaan était assis en face de lui. Ali alluma une cigarette et se dirigea vers la fenêtre. Écouter l'appel avait un peu amusé Kanaan, mais maintenant, le regard fixé au loin, il réfléchissait aux implications. Ali regardait par la fenêtre et grillait sa cigarette en silence. Un hélicoptère opérait au-dessus de Douma. Il vit quelque chose, probablement une bombe baril, tomber de la lourde carlingue droit vers le sol. Il se retourna.

— Revenez en arrière, ordonna Ali. Je veux l'entendre à nouveau.

GÉNÉRAL DE BRIGADE ALI HASSAN : *Qui êtes-vous ?*

APPELANT INCONNU : *Peu importe. Nous savons que vous détenez Valerie Owens. Nous voulons qu'elle soit libérée dès aujourd'hui et reconduite à l'ambassade américaine.*

GÉNÉRAL DE BRIGADE ALI HASSAN : *Qui êtes-vous ?*

APPELANT INCONNU : *Je vous l'ai déjà dit, ça n'a pas d'importance. Et permettez-moi d'être clair : nous savons que vous la détenez au Bureau de la sécurité, général. Nous vous tenons pour responsable de son intégrité.*

[Déclic d'un briquet]

APPELANT INCONNU : *Allô ?*

GÉNÉRAL DE BRIGADE ALI HASSAN : *Je ne connais pas de Valerie Owens. Vous êtes de la CIA ?*

APPELANT INCONNU : *Je me doutais bien que tu dirais ça, sale résidu de fausse couche.*

— Mettez sur pause, ordonna Ali.

Il regarda Kanaan, qui eut du mal à déglutir.

— Quel était le mot anglais prononcé à la fin ?

Les yeux de Kanaan rétrécirent.

— C'est de l'argot américain, une expression vulgaire pour désigner un type qui est un idiot, mais ne le sait pas.

— Pourquoi parle-t-il de fausse couche ?

— Cela fait référence à un accident très féminin.

— Un résidu ?

— En quelque sorte…

Ali fronça les sourcils.

— Repassez-moi ça.

GÉNÉRAL DE BRIGADE ALI HASSAN : *C'est la CIA, hein ? Je vais rapporter cet appel au président.*

APPELANT INCONNU : *Nous vous tenons personnellement responsable, général, compris ? Relâchez-la, immédiatement.*

GÉNÉRAL DE BRIGADE ALI HASSAN : *Je vous ai dit que je ne savais pas de quoi vous parliez. Au revoir.*

APPELANT INCONNU : *Ne raccrochez pas.* [Grommellements et interjections inaudibles] *Vous êtes responsable. Et si on lui fait du mal, je m'occuperai personnellement de vous, Ali. Si vous touchez à un seul cheveu de sa tête, je vous arrache les noix et je vous les fais bouffer. Je vais…*

[GÉNÉRAL DE BRIGADE ALI HASSAN met fin à l'appel]

— La dernière partie, dit Ali. J'imagine que tout est en anglais parce que cette personne s'est mise très en colère. J'ai compris qu'ils m'ont demandé de ne pas raccrocher, mais le reste m'a échappé. Ils parlaient très vite.

Kanaan lui résuma.

— Mes couilles ? C'est de ça qu'ils ont parlé ?

Kanaan acquiesça.

— Et le passage relatif aux cheveux ?

— C'est une expression qui signifie que si nous lui faisons du mal, ne serait-ce qu'un tout petit peu, ils nous puniront. Si nous touchons à un seul cheveu de sa tête.

Kanaan tira sur une touffe des siens pour illustrer le propos.

Ali fronça de nouveau les sourcils, se leva pour aller chercher une Marlboro sur son bureau et l'alluma face à la fenêtre.

— Merci, ce sera tout pour l'instant.

Kanaan s'arrêta dans l'embrasure de la porte.

— Général, un adjoint du bureau de votre frère a appelé et demandé quand le rapport final sur l'agente de la CIA serait prêt. Il a précisé que votre frère en attendait un exemplaire aujourd'hui.

Ali hocha la tête.

— Laissez-moi le relire une dernière fois. Attendez ici.

Il prit le bref rapport qu'il avait rédigé à l'intention du président et qui décrivait les événements survenus dans sa salle d'interrogatoire deux jours plus tôt. Rustum et lui en étaient venus aux mains pour savoir qui devait le rédiger. Le Comanche avait mis un couteau sous la gorge de Kanaan et lui avait simplifié la décision. « Tu l'écris, petit frère », lui avait dit Rustum.

Ali ouvrit le dossier kraft et le relut. Il le posa et s'arrêta sur la deuxième page, qui incluait la photo.

Il fit signe à Kanaan de s'approcher et lui tendit le dossier.

— À photocopier, et ensuite à transmettre. Nous gardons les originaux.

Kanaan s'exécuta et rapporta le tout sur le bureau d'Ali.

L'ayant récupéré, ce dernier descendit l'escalier jusqu'au sous-sol. Il alluma une nouvelle cigarette en se dirigeant dans l'obscurité vers une armoire de classement bien précise. Comme tous les hauts fonctionnaires du régime, Ali conservait un coffre-fort dans son bureau, mais lors d'une perquisition à caractère politique ou anticorruption, c'était généralement la première cible. Son domicile pouvait également être mis à sac, et il n'avait pas accès à l'étranger pour ouvrir un compte bancaire suisse, du moins pas encore. Pour l'instant, il utilisait les armoires de l'administration agraire en guise de coffre-fort. Ce fut dans le classeur qu'il avait ouvert, intitulé « Niveau des eaux du lac Assad, rapports et analyses, 1988-1992 », qu'il inséra la photo, à côté de la cassette vidéo de l'interrogatoire. Il referma le classeur.

De retour dans son bureau, il alluma une autre cigarette en téléphonant chez lui. Il consulta sa montre.

— *Habibti*, vous avez déjà mangé, les garçons et toi ?

DANS L'APPARTEMENT, ALI JETA SAMI au milieu du nid d'oreillers sur le lit. Le garçon vola dans les airs en laissant échapper un cri de joie. Puis Ali hurla comme un loup et chassa Bassam de la chambre à coucher vers le salon. Il le rattrapa près de la cuisine, où Layla préparait un déjeuner sur le tard. Il le souleva, colla ses lèvres contre son ventre et souffla de grosses bulles d'air. Le petit garçon fut secoué de rires et Ali sentit Sami s'agripper à ses jambes et monter sur les souliers de son père pour rester plaqué contre lui tandis qu'il marchait. Ils s'effondrèrent sur le canapé. Des mains poisseuses lui recouvrirent les yeux et Sami s'écria : « Qui c'est, papa, qui c'est ? » Ali ébouriffa les cheveux de Sami avant de le basculer vers l'avant et de le chatouiller. Le petit garçon glapit de joie. Il poursuivit à nouveau Bassam dans la chambre des garçons et, après l'avoir attrapé, le renversa sur une épaule pour le ramener sur le canapé avec son frère jumeau. Les garçons sautèrent ensemble sur le canapé tandis qu'Ali rejoignait Layla dans la cuisine pour l'aider à terminer de préparer le repas.

— C'est une bonne surprise de t'avoir à la maison plus tôt, dit-elle.

Il s'arrêta dans l'embrasure de la porte et ne répondit pas en la regardant hacher les poivrons. Elle tranchait proprement, mais avec force, enfonçant la lame du couteau dans la planche à découper. Elle débita rapidement un long poivron orange, réserva les tranches et passa à un poivron vert. Tchac, tchac, tchac sur le bois. Elle coucha d'autres tranches de poivrons dans les assiettes des garçons, puis y déposa du houmous.

— Je vais t'en préparer une assiette avant que tu ne retournes au bureau.

Elle prit un autre poivron orange dans l'emballage et le trancha. Elle retira la tige d'un dernier coup de lame et mit le couteau de côté avec un geste un peu théâtral.

Ali s'appuya contre l'encadrement de la porte et sourit à Layla. Elle lui tendit deux assiettes. Il les posa sur la table de la cuisine, puis il prit deux petits gobelets *Toy Story* et les remplit d'eau. Il se tenait devant l'évier, et Layla vint dans son dos, le serra dans ses bras.

— Je suis contente que tu sois rentré, murmura-t-elle.

Il sentit ses cheveux glisser doucement sur son épaule tandis qu'elle l'embrassait dans le cou.

Si vous touchez à un seul de ses cheveux...

Le premier gobelet déborda, l'eau dégoulina le long de ses doigts tremblants. Il lâcha un juron à mi-voix, renversa un peu d'eau et s'essuya les mains.

— Ça va ? s'enquit Layla.

— Évidemment, *habibti.*

Il se retourna pour l'embrasser sur le front et se dirigea vers le salon.

— Les garçons, le déjeuner est prêt, annonça-t-il.

DEUXIÈME PARTIE

Le recrutement

7

L'OPÉRATION DE CONTRE-SURVEILLANCE sur Mariam Haddad avait pris forme au cours de deux journées de planification dans le salon d'un lieu sûr appartenant à la station de Paris, près de la place des Vosges, dans le quartier branché du Marais. Sam, habitué aux biens immobiliers plus austères de la division NE, fut surpris de découvrir qu'il s'agissait d'un élégant pied-à-terre niché derrière une épaisse porte en bois, au cinquième étage d'un immeuble en pierre de taille. Les fenêtres s'ouvraient sur la place en contrebas. Ce n'était que des toits et des poteries de cheminées à perte de vue : une canopée d'ardoises, d'ambres et d'ocres. Mais pour l'heure l'élégant salon était jonché de cartes, d'images satellites, de boîtes de pizza et de restes de traiteurs chinois.

La nuit, ils sillonnaient les rues pour répéter une danse vouée à leur devenir familière – qui consistait à échanger les positions du chorégraphe, le membre de l'équipe de surveillance qui tiendrait Mariam à l'œil. Les BANDITO – les triplés Kassab – s'étaient acquis leur cryptonyme dans les rues de Beyrouth en menant des opérations similaires pour déterminer si le Hezbollah surveillait les sources de la station de la CIA. Mais les Français n'avaient pas autant investi dans les caméras de surveillance que les Britanniques. Et, selon un rapport que Sam avait lu, les coupes budgétaires dans les services de sécurité français avaient conduit à la suppression de toute surveillance intérieure hormis celle relative à la lutte contre le terrorisme. Les chances que les Français viennent les embêter dans la rue étaient faibles.

— Franchement Sam, allez, quoi, fit Rami. Cette opération, Paris, tout ça, c'est comme des vacances.

Ils étaient tous les trois penchés sur une image satellite des rues qui entouraient l'hôtel de la délégation syrienne, tout en soufflant doucement sur leur carton de canard laqué. Sam rit.

— Qu'est-ce que tu trouves si drôle ? s'étonna Rami.

Les trois frères levèrent les yeux vers Sam.

— Vous ne vous ressemblez peut-être pas beaucoup, répondit Sam, mais vous avez les mêmes tics.

« Des triplés chargés d'une surveillance, t'es pas dingue, Sam ? avait réagi Bradley en apprenant son intention de les recruter. Le but d'une opération de surveillance, c'est d'éviter de se faire repérer, pas de courir trois fois le risque de faire repérer le même type. »

Pour clarifier sa démarche, Sam avait joint trois photos à son message suivant. Rami : trapu et joufflu. Yousouf : long et maigre. Elias : entre les deux.

Rami prit une bouchée de canard et leva les yeux au ciel.

— Admettons, fit Sam. Pour vous, c'est peut-être des vacances, mais c'est moi qui dois recruter à chaud une Syrienne en pleine rue.

Le recrutement à chaud – et non à froid, car la CIA disposait d'informations sur Mariam Haddad – était sans doute l'acte de recrutement le plus difficile et le plus incertain du métier. Sam devait l'aborder dans la rue et, en quelques secondes, tenter de la convaincre de le rencontrer dans un endroit discret. La CIA n'était jamais certaine de la réaction de la cible. À Istanbul, un officier traitant de sa connaissance avait fini poussé dans les escaliers après avoir tenté un recrutement sur la personne d'un agent du GRU russe à l'entrée d'une bouche de métro. Toujours les démarcher en terrain plat, en avait-il conclu.

Sam se pencha sur la carte et pointa du doigt un escalier en pierre sur les berges de la Seine, à quelques pâtés de maisons de l'hôtel de Mariam. L'un des frères l'avait entouré d'un cercle au marqueur rouge.

— Évitons de faire ça là.

LA MATINÉE APPORTA LA LUMIÈRE ÉCLATANTE du printemps et la monotonie de l'attente, le premier acte, le plus essentiel et le plus assommant de toute opération de surveillance. Sam avait déjà avalé deux cafés et la caféine le rendait un peu nerveux lorsque la porte double battant de l'hôtel s'ouvrit et Mariam Haddad sortit dans la rue, juste derrière celle de Rivoli, avec son enfilade d'enseignes de luxe, ses cafés animés avec leurs terrasses couvertes et ses boutiques haut de gamme.

— Elle est là, glissa Sam dans son oreillette radio sur fréquence cryptée.

Dans la boulangerie de l'autre côté de la rue, il termina sa troisième tasse de café et avala la dernière bouchée d'un pain au chocolat.

Il laissa une pile de pièces de monnaie sur la table et se leva. Il était temps d'entamer la danse. Les Syriens allaient-ils la serrer de près, la coller toute la journée, rien que pour vérifier qu'elle ne faisait rien de suspect ? Les gars de la Piscine, la DGSE, le renseignement extérieur français, allaient-ils essayer de la recruter ? Une journée d'observation, à battre le pavé, fournirait une première réponse.

— Bien reçu, répondirent à l'unisson les triplés Kassab, depuis leurs postes de surveillance disséminés dans les principales artères du quartier, l'équipe s'étant positionnée pour la suivre, quelle que soit la direction où elle s'aventurerait.

— Elle est en tenue de sport, ça m'a l'air d'un jogging matinal, signala Sam. On a de la chance.

Ce parcours de jogging se déroulerait presque certainement selon un itinéraire inconnu de tous, sauf de Mariam elle-même. Cela signifiait que d'éventuelles équipes de surveillance adverses seraient obligées de s'appuyer sur des ressources mobiles – individus, voitures, motos – pour pister Mariam, en lâchant des indices pour Sam et les BANDITO. Pour Sam et son équipe, en terrain étranger, les points de surveillance fixes – voitures en stationnement, caméras placées à l'avance, guetteurs dans des cafés – seraient difficiles à détecter. À l'inverse, les équipes mobiles se déplacent. Leurs mouvements seraient repérables.

Elle était encore sur le trottoir devant l'hôtel, elle faisait quelques étirements. C'était le printemps, elle prenait l'air.

Mariam ressemblait à l'unique photo volée d'elle que possédait la CIA. Et, comme il l'avait fait avec cette photo, il l'observa un peu plus longtemps que nécessaire à titre strictement professionnel. Elle avait des cheveux châtains longs jusqu'à mi-dos, des pommettes bien dessinées, un nez à l'arrondi naturel. Elle n'avait pas recouru à la chirurgie esthétique, une habitude si fréquente chez les femmes de la haute bourgeoisie syrienne.

Elle s'attacha les cheveux en queue-de-cheval et regarda autour d'elle, comme si elle réfléchissait à son itinéraire.

Un jeune cadre qui passait devant elle rompit avec l'habitude parisienne et lui sourit. Elle lui répondit d'un sourire aimable, aux dents régulières, qui fit ressortir ses fossettes.

Elle partit au pas de course vers les Tuileries, à un rythme soutenu.

— Dans votre direction, Rami, fit Sam. Côté sud, rue de Castiglione.

Il alla récupérer la Vespa de location qu'il avait garée sur le trottoir.

— Bien reçu. Se dirige vers le carrefour.

Rami allait relever la direction qu'elle prenait et soit la suivre, soit mettre Sam ou l'un de ses frères sur le bon cap. Ils devaient la suivre sans l'effrayer, ce qui requérait une rotation constante des rôles pour que leur présence ne soit pas détectée.

Sur sa Vespa, Sam roula jusqu'à la place de la Concorde, où il prendrait la position de Rami. Il passa devant l'obélisque et dut stopper au feu rouge à l'entrée du pont, juste avant la Seine.

— Ce n'est pas une cible de surveillance standard, Sam, prévint Rami. Elle est plus, comment dire…

— Plus jolie ? compléta Sam.

Yousouf gloussa dans l'oreillette.

— J'allais dire plantureuse, rectifia Rami.

— Tout comme la cible que nous avons surveillée à Istanbul, ajouta Sam. Sauf que là, il s'agit d'une femme, pas d'un général saoudien, et qu'elle semble très en dessous des cent trente kilos. Estime-toi heureux.

— Elle traverse le jardin vers la Seine, signala Rami par radio, avec un soupir. Un jeune homme d'un mètre quatre-vingt-dix, T-shirt de sport et short noir, court derrière elle. Probablement rien. Mais l'air levantin.

— Bien reçu, firent-ils tous.

— Rami, je suis coincé à un feu à l'entrée de la Concorde, indiqua Sam. Tu peux avancer suffisamment loin dans le jardin pour voir de quel côté elle tourne en arrivant au quai ?

— Oui, confirma Rami, le souffle court. (Sam attendit un moment.) Elle se dirige vers toi. Le type a tourné avec elle. À peu près vingt mètres derrière.

Un virage. Pas de quoi s'inquiéter pour l'instant. La contre-surveillance demande du temps. Deux heures d'observation ne seraient pas concluantes. Mais dix, douze, une journée entière, alors on savait, en règle générale. Le feu restait au rouge. Sam goba un chewing-gum. La surveillance le rendait nerveux. Cinq voitures devant lui, le passage piéton. Il vit Mariam traverser en vitesse. L'autre jogger gardait les yeux rivés sur elle.

Quelque chose ne tournait pas rond. Sam se pencha sur sa droite pour apercevoir la Seine en contrebas. Depuis la rue, il perdit Mariam de vue. Il entendit la sirène d'un bateau-mouche. Un vol de pigeons se dispersa au-dessus de sa tête alors qu'il avançait.

Il voulait voir l'autre coureur de plus près : maintenant, sa présence lui donnait des picotements dans la nuque. Cette sensation-là, c'était une vieille amie, depuis la Ferme, le signe que des observateurs se tenaient à proximité. Pour mener une filature en solo en gardant sa présence secrète sur un long laps de temps, il fallait de l'habileté. Même ceux qui ne sont pas formés à la surveillance et à la contre-surveillance finissaient par s'en apercevoir. Et la DGSE française ne recourrait pas à une personne aussi typée pour son équipe sur le terrain. Sam accéléra, hissa son deux-roues sur le trottoir lorsqu'il atteignit l'escalier de pierre suivant, qui menait à la promenade en bord de Seine.

— Je vais suivre à pied.

Il descendit l'escalier au pas de course et arriva en bas quarante mètres derrière l'homme qui filait Mariam. Il courut derrière lui. Il pouvait maintenant observer la séquence en détail : l'allure, la direction du regard, les signaux discrets à une équipe dissimulée, notamment l'utilisation d'une oreillette radio, comme celle que portait Sam. Mariam accéléra la cadence. Une vraie flèche. Le jean et le T-shirt de Sam commençaient à lui coller au corps de transpiration, et il savait qu'il ne pourrait pas courir longtemps sans se faire remarquer.

— Le gars la suit, indiqua-t-il. Je remonte vers la rue. Je continuerai à courir là-haut. Yousouf, si je me fais distancer, tu les prends en charge.

— Bien reçu.

Au pont suivant, Sam gravit un escalier de pierre qui menait à un square planté d'arbres, jonché de bouteilles de verre et de cigarettes. Il continua de courir le long du fleuve, en évitant les groupes de piétons, les poussettes et les Parisiens qui promenaient leur chien, leurs laisses s'entrecroisant comme des filets. Un vieil homme promenant un bouledogue obèse sursauta lorsque Sam enjamba la laisse d'un bond.

Arrivé au pont de l'Alma, il pensait avoir la réponse : le coureur vêtu de noir monta les marches derrière Mariam, et une fois en haut échangea quelques mots avec un autre jeune type en survêtement. Le nouveau suiveur, en short rouge ample, s'élança derrière elle, dans son sillage.

— Elle est couverte, les gars, dit Sam. Le coureur vient de passer le relais à une nouvelle paire de jambes.

DÉSORMAIS CERTAINS QUE MARIAM était suivie, Sam et les BANDITO s'occupèrent de découvrir leur identité, laissant provisoirement la filature de Mariam de côté. Une équipe de trois hommes, comme ils ne tardèrent pas à le constater. Tous syriens ou libanais, s'accordèrent à penser les BANDITO. Les deux jeunes types, tous deux athlétiques, et le troisième, plus âgé et de forte corpulence – « Carrément syrien, fit Elias, il a le look des moukhabarat, toute la sensibilité de l'homme des cavernes, la moustache atavique » – qui se démasqua en communiquant avec Short Rouge d'un signe de main maladroit depuis la vitrine d'une librairie.

Les observateurs syriens suivirent Mariam jusqu'à son retour à l'hôtel, puis refirent leur apparition pour la filer dans sa séance de shopping aux Galeries Lafayette. À aucun moment, ils ne tentèrent de détecter ou débusquer leur surveillance.

Le manège continua jusqu'à ce que Mariam rejoigne ses camarades du Palais pour un dîner rue Saint-Honoré. Plus tard, alors que Mariam était en sécurité dans sa chambre d'hôtel, Sam et les BANDITO se rendirent à la planque du Marais pour un débriefing. Yousouf apporta deux pizzas pepperoni d'un Pizza Hut et douze bouteilles de bière française bas de gamme.

Sam fit grise mine.

— Tu déconnes, mec, on est dans la capitale mondiale de la gastronomie et tu insistes pour qu'on avale cette merde ? Deux jours à bouffer uniquement des plats à emporter dégueulasses.

Yousouf haussa les épaules.

— On planque, on mange chez Pizza Hut.

— On change pas une équipe qui gagne, lâcha Elias.

Ils posèrent les pizzas sur la table basse – achetée au marché aux puces par une ressource logistique de la station de Paris qui avait un penchant pour le chic vintage – et s'aperçurent que la planque n'avait pas de décapsuleur. La tradition voulant qu'ils ne boivent pas pendant la phase de planification d'une opération, ils n'avaient pas encore remarqué cet oubli.

— Pas croyable, gémit Sam.

Personne n'ayant de briquet, il prit un grand couteau à découper dans la cuisine et tenta de décapsuler les bouteilles. La lame se cassa presque immédiatement. En appuyant la capsule contre le rebord de la table et en frappant dessus d'un coup sec, ils l'ébréchèrent. Sam balaya les fragments de teck et but une longue gorgée de bière.

— Des mercenaires français ? fit Rami alors qu'ils revenaient sur le sujet.

— Peu probable, répondit Sam. Les Français ne sont pas aussi laxistes. Ce sont les Syriens.

Sam arracha une part de pizza et l'approcha de sa bouche, mais se rendit compte que la croûte était encore reliée à la pâte par un cordon de fromage de trente centimètres de long.

— Vous vous foutez de moi ? Vous n'avez pas pu trouver mieux que de la bouffe pareille, les gars ?

L'ÉQUIPE SYRIENNE COMPLIQUAIT L'OPÉRATION. Sam allait devoir approcher Mariam en tête à tête, et c'était impossible en pleine rue. Il pourrait toujours essayer d'exploiter une faille dans la couverture de l'équipe de surveillance syrienne, mais ce serait risqué. S'ils la voyaient bavarder avec un Américain dans la rue, même l'air de rien, sans doute se poseraient-ils d'autres questions. Il la mettrait peut-être en danger. Non, il lui fallait quelques minutes avec elle dans un endroit où il serait normal qu'elle ait une brève conversation avec un Américain.

Il se rendit donc à la station de Paris pour lire les SIGINT opérationnels – les renseignements d'origine électromagnétique – et réviser leur plan. Une technicienne nommée Lisa, détachée de la NSA, l'aida à réunir les enregistrements pertinents : quelques appels de Bouthaina Najjar à un amant non encore identifié – « Il vaudrait probablement mieux passer, dit-elle en rougissant, c'est un peu cru » – et un appel entre Mariam et son père. Il prit plaisir à écouter l'arabe chantant et le rire de Mariam. Lorsque la conversation porta sur la bataille d'Alep (commentaire de la NSA : « Le IIIe corps d'armée de Georges Haddad est stationné à Alep depuis octobre »), il sentit Mariam durcir le ton et son père devenir silencieux et évasif.

— Arrêtez ça, grommela Sam. Ça les regarde.

La technicienne cliqua sur « stop ».

— Quelque chose sur le programme de la délégation ? demanda-t-il.

— Une chose, oui.

Elle fit pivoter son siège vers son ordinateur et sortit un tirage papier d'un court rapport de la NSA datant de six jours. Il s'agissait d'une conversation interceptée entre l'ambassadeur de France à Damas et le secrétaire d'État aux Affaires étrangères. L'ambassadeur y expliquait qu'en dépit de toute la communication officielle de Paris, il serait bénéfique pour les relations du ministre des Affaires étrangères avec Bouthaina d'organiser une réception au cours de la visite de cette dernière. Le secrétaire d'État acceptait, à condition qu'il ne soit pas obligé d'y assister. « Il serait important que plusieurs de nos partenaires étrangers soient représentés, en particulier les Américains », concluait l'ambassadeur avant de raccrocher brusquement.

Sam prit le document et se dirigea vers le bureau de Peter Shipley. Il patienta devant la porte le temps que son chef termine une conversation téléphonique tendue avec son ex-femme au sujet de l'examen de mathématiques de son fils. Pas le meilleur moment pour venir titiller la bête, mais Sam n'avait pas le choix. Cette réception diplomatique serait la meilleure occasion d'aborder Mariam. Entendant Shipley reposer le combiné sur sa ligne non cryptée, Sam frappa à la porte. Shipley lui fit signe d'entrer et chaussa une paire de lunettes de lecture pour étudier le rapport. Au bout de quelques secondes, il retourna le papier sur le bureau.

— Et merde. (Il s'enfonça dans son fauteuil et glissa le pouce sous sa bretelle gauche.) L'Ambo nous a caché ce merdier depuis le début. Vous êtes sûr qu'elle est sous surveillance ?

— Certain.

Shipley hocha la tête.

— Sortez donc une seconde, ça risque d'être déplaisant.

Sam sortit s'asseoir sur un canapé vert pelucheux dans le couloir du bureau, le temps que Shipley appelle l'ambassadeur des États-Unis en France : cadre dans l'industrie pharmaceutique, donateur politique doré sur tranche, une mine d'informations utiles. Les détails étaient difficiles à comprendre, mais pas les éclats de voix. Les vociférations débutèrent à la fin de la première minute, allèrent crescendo au milieu de la deuxième et dégénérèrent en échange hargneux toute la troisième. Cela se termina par le claquement solennel d'un combiné de ligne sécurisée sur un bureau et par la profération sans ambiguïté du mot « enculé » par le chef de poste de Paris.

Lorsque Shipley rouvrit la porte, son visage était encore écarlate de rage, mais Sam entrevit un sourire en coin pointer sur sa mine renfrognée.

— Je vous ai obtenu une invitation. Demain soir. Palais Louis-Philippe, 20 heures. Mettez-vous sur votre trente-et-un.

LA PLUPART DES RECRUTEMENTS PRENAIENT des mois, voire des années. Les compétences qui distinguaient les recruteurs – une espèce rare – du reste des officiers traitants étaient les suivantes : ils étaient capables de repérer les cibles disposant des bons accès, d'établir une relation, puis de les convaincre de travailler pour la CIA. Sam y était parvenu quinze fois en dix années de service, le meilleur palmarès de sa promotion à la Ferme, et de loin. Il comprenait les gens et savait lire en eux, décryptant leurs fonctionnements. Il avait discuté avec des princes saoudiens, des moukhabarat égyptiens, des joueurs itinérants à Las Vegas, des syndicalistes d'une minoterie chez lui dans le Minnesota. Le recrutement d'agents, c'était son sport de prédilection.

Pour les rencontres publiques et officielles de ce type, la Ferme préconisait un schéma en trois volets : engager la conversation, obtenir autant d'informations que possible sur la cible (sans éveiller les soupçons), organiser un suivi dans un cadre plus privé. Ce serait une affaire d'alchimie. Sam avait une soirée pour entamer le processus. Si un lien se créait entre eux, elle accepterait peut-être de le rencontrer le lendemain. Dans le cas contraire, ce serait terminé.

Patridge, l'une des conseillères politiques du département d'État, lui montra leurs invitations devant un édifice majestueux situé à quelques rues du ministère des Affaires étrangères, quai d'Orsay. Une vingtaine de manifestants s'étaient rassemblés à l'extérieur, agitant le drapeau à trois étoiles des rebelles syriens et brandissant des pancartes en ordre dispersé. Un cordon de CRS était posté sur le trottoir, les radios crépitaient, les armes automatiques étaient pointées vers la chaussée. À côté de la porte monumentale, un préposé en smoking les invita à entrer d'un geste du bras. Patridge se mêla à la foule et disparut sans dire un mot.

La salle était décorée comme pour un cocktail d'entreprise : vaste, lambrissée, ornée de lustres, avec deux bars et une table pour les canapés et les petits-fours. Sam dégotta une petite assiette de poulet aux épices et s'installa seul sur un tabouret pour jauger l'atmosphère. Une brochette de poulet plus tard, il constata que les représentants des diverses nations s'étaient agglutinés et discutaient entre eux. Il joua avec sa cravate.

Il remarqua d'abord Mariam en train d'essayer de se soustraire à une conversation avec un diplomate court sur pattes, dont le foyer, selon Sam, devait se trouver quelque part à l'est de l'ex-rideau de fer. Il sourit en observant le malaise imperceptible, mais croissant de Mariam, alors qu'elle réfléchissait au moyen de fuir cette conversation. Elle regardait autour d'elle, cherchant de l'aide.

Puis ses yeux croisèrent les siens.

Le regard qu'elle lança à Sam était un grand classique : *J'ai besoin qu'on me sorte de là.* Le moment était venu de tenter le coup. Il s'approcha d'elle, la serra chaleureusement dans ses bras et, dans un arabe impeccable, lui demanda comment elle allait. Il fut soulagé de voir qu'elle ne se dégagea pas de son étreinte et lança au diplomate qu'elle devait absolument prendre des nouvelles de ce vieil ami. La mine renfrognée, l'autre tourna les talons.

La vision de Mariam dans cette robe resterait gravée dans l'esprit de Sam. Soyeuse et d'un rouge vif presque assorti à son rouge à lèvres, elle était cintrée au-dessus des hanches avant de couler jusqu'au sol. Elle avait les cheveux relevés, révélant presque tout son dos.

— Sam Joseph, murmura-t-il alors qu'ils s'installaient à une table haute, faisant encore mine d'être de vieux amis tandis qu'à l'autre bout de la pièce, le Slave à l'œil furibond soignait sa blessure d'amour-propre en buvant un verre.

Ils acceptèrent le champagne que leur proposa un serveur au passage.

— Mariam Haddad, répondit-elle à voix basse – elle sourit et regarda Sam. Américain ? (Il acquiesça sans la quitter du regard.) Votre arabe est excellent, le complimenta-t-elle.

— Merci. Je l'ai beaucoup pratiqué. Comment connaissez-vous Igor, là-bas ?

— Qui ça ? Il s'appelle Nikolay, je crois. Bulgare.

— Ah, euh, oui, Igor, c'était juste une manière de… Peu importe. Oui, Nikolay.

— Je viens de le rencontrer ce soir, pour mon malheur. Merci d'être venu à mon secours.

Elle était passée à un anglais presque parfait.

— Cela allait de soi, dit Sam. Voilà qu'il s'en prend à l'une de mes amies, maintenant. Enfin, elle n'a que ce qu'elle mérite.

Mariam rit en regardant Nikolay fondre sur Mlle Patridge.

— Au fait, votre anglais est parfait, remarqua-t-il. Où l'avez-vous appris ?

Un serveur passa nonchalamment à proximité avec un plateau de crackers garnis d'une mystérieuse viande grise. Sam le remercia d'un geste.

— J'ai pris des cours ici, quand j'étais jeune, répondit-elle. Ma mère était diplomate. Elle a profité d'une affectation à Paris pour m'aider à apprendre le français et l'anglais. Et aussi à me battre.

Elle esquissa un petit sourire menaçant et but une gorgée de champagne.

Il en but aussi, en déchiffrant la gestuelle de la jeune femme et en se demandant si son allusion au combat n'était que du badinage.

Elle réarrangea sa robe.

— Je suis sérieuse, reprit-elle.

Il voulait bien la croire.

— Votre mère tenait à ce que vous appreniez l'autodéfense ?

— Bien sûr. Ma mère adore le scandale, elle m'a donc recommandé le krav-maga.

Il sourit, ne sachant plus si elle se voulait sarcastique. Cela n'échappa pas à la jeune femme.

— Quel meilleur moyen d'entrer dans la tête des sionistes que de les battre à leur propre jeu ? plaisanta-t-elle. Connais ton ennemi.

Il rit. Elle eut un début de sourire ironique, qui s'effaça lorsqu'un Syrien moustachu, vêtu d'un costume trop petit d'au moins deux tailles, s'approcha de la table et lui rappela, sur un ton bourru, que tout contact avec les Américains devait être signalé. Il ne savait manifestement pas que Sam parlait l'arabe, car il émit plusieurs remarques désobligeantes à son sujet. Sam comprit qu'il avait devant lui le nervi des moukhabarat qui surveillait le personnel de l'ambassade et lui sourit bêtement.

Elle leva les yeux au ciel, avec insistance.

— Bien sûr, je suis au courant, Mohannad, fit-elle en arabe, comme si Sam ne pouvait pas comprendre. Je déposerai ma fiche dans la matinée. Nom de Dieu, allez embêter quelqu'un d'autre.

Elle lui tourna le dos. Le visage du nervi se crispa et il repartit en jetant un dernier coup d'œil à Sam.

Ils sirotèrent leur champagne en silence jusqu'à ce que Mohannad atteigne le bar et se mette à engloutir des crackers sans cesser de les observer. Elle se tourna alors vers Sam.

— Mohannad est très méfiant et il adore rédiger des rapports, expliqua-t-elle en anglais.

— Peut-être pourrions-nous poursuivre notre conversation demain soir autour d'un verre ?

Il avait déjà repéré un petit bar près de la Sorbonne.

Elle but une gorgée de champagne en le regardant dans les yeux.

— Où ça ? fit-elle.

— Que diriez-vous d'aller au Coup de Torchon ? Dans le Quartier latin. À vous de choisir l'heure.

— 20 h 30 ? Nous avons des réunions jusqu'à 19 heures.

— C'est parfait. Alors à demain.

Elle fit tinter son verre vide contre le sien et s'en fut. Il se surprit à la fixer des yeux lorsqu'elle repartit, puis avala son fond de champagne. Il avait pas mal de choses à décortiquer : le cliché initial de la princesse du désert, sensuelle et la peau mate, fusionnant avec l'image de la diplomate anglophone pratiquant le krav-maga, avant d'aboutir à la professionnelle compétente qui avait eu le courage d'éconduire Mohannad. Et enfin, cette robe.

— Encore un peu de champagne, monsieur ?

Un serveur s'immisça dans cette dernière pensée. Sam refusa, balaya la salle du regard pour un ultime coup d'œil sur Mariam, mais n'eut pas cette chance.

En sortant, il sourit à Patridge, toujours prise au piège de sa conversation avec le Bulgare corpulent.

8

LE LENDEMAIN MATIN, SAM, PROCTER et Bradley débattirent en visioconférence sécurisée de la pertinence de prendre un verre avec Mariam si l'équipe syrienne continuait à la surveiller.

— Une brève conversation lors d'une soirée, remarqua Procter. C'est parfait. Un gorille de l'ambassade fait son rapport, elle raconte qu'elle s'est fait coincer par un Américain, ce n'est pas grave. Mais une deuxième rencontre ? Ça vous inscrit sur le radar des moukhabarat.

— Je confirme. Avant de la rencontrer, assurez-vous qu'elle soit claire, souligna Bradley.

Sam, libéré de ses obligations de surveillance, buvait un café à un pâté de maisons du Coup de Torchon, en écoutant les conversations entre les BANDITO qui continuaient leur veille.

— Elle est claire, Sam, fit Yousouf. Je suis le taxi.

— Je vais au restaurant, indiqua Sam en repoussant son café de côté.

— Bien reçu.

Il avait choisi le Coup de Torchon parce qu'il existait une arrière-salle et trois sorties possibles. Les BANDITO surveilleraient de l'extérieur. Sam laisserait tomber l'oreillette et suivrait depuis un téléphone prépayé sur lequel les BANDITO le contacteraient si l'équipe syrienne s'approchait du restaurant.

Il se rendit dans l'arrière-salle et choisit une petite table dans un coin. Deux étudiants étaient assis à l'autre bout de la salle, serrés l'un contre l'autre. Un couple de personnes âgées entra d'un pas traînant derrière lui.

Il retira son oreillette – elle le gênait – et envoya un SMS aux BANDITO : *Au restaurant. Je passe au portable.*

La réponse d'Elias : *Cinq minutes. Toujours claire.*

Sam fit semblant de parcourir le menu tout en réfléchissant à l'enjeu. La station de Paris avait mis en évidence un SIGINT contenant l'itinéraire de la délégation syrienne : ils prévoyaient de rester à Paris encore quatre jours. Il pourrait toujours continuer de faire progresser l'affaire à Damas, mais ce serait plus compliqué. Le temps pressait.

Rami : *Elle arrive. Claire.*

Mariam entra dans l'arrière-salle, elle lui fit son petit sourire, encadré de deux fossettes. Elle portait un jean foncé, des escarpins à talons aiguilles en daim gris et un haut blanc. Elle s'était coiffé la raie un peu à gauche, les cheveux lui retombaient sur l'épaule.

— Bonsoir, fit-elle d'un ton enjoué.

Sam, costume bleu et chemise oxford blanche – il avait renoncé à la cravate –, se leva pour l'accueillir.

— Vous avez semé votre ami, à ce que je vois, s'amusa-t-il.

— Il me laisse parfois sortir du donjon, et je sors quelquefois sans rien lui dire. J'ai déposé un rapport incendiaire sur vous ce matin, alors il était content.

Il sourit, curieux de savoir ce que contenait ce rapport.

— Un verre de vin ? proposa-t-il.

Ils s'assirent et elle prit le menu.

— Oui, mais je vais commander. J'ai l'impression que vous êtes plutôt un... un... comment dit-on cela en anglais ?

— Un amateur de bière ?

— Un homme aux goûts simples.

— Pas faux.

Elle eut un grand sourire, fit signe au serveur, lui posa quelques questions dans un français impeccable et passa commande après avoir consulté la carte des vins.

Le serveur revint avec deux verres de gigondas.

— J'y suis allée avec ma mère. Il y a une éternité, remarqua Mariam.

Elle but une gorgée de vin, approuva d'un signe de tête et le serveur s'éclipsa.

— Combien de temps avez-vous vécu à Paris ? demanda-t-il en arabe.

— Deux ans. J'avais seize ans à notre arrivée, dix-huit quand nous sommes repartis. Je suis rentrée chez nous pour aller à l'université. Mon père a insisté pour que je poursuive mes études supérieures à Damas.

Elle s'attendrait à des questions sur son métier, il le savait, et sur les discussions en cours avec l'opposition. Il n'avait aucune envie de parler de tout cela, pas avec elle, pas maintenant. Il lui fallait avancer dans son recrutement en établissant le lien, en la faisant parler d'elle.

— Qu'est-ce qui vous plaît le plus à Paris ? demanda-t-il.

Elle but une gorgée de vin.

— La liberté, répondit-elle en laissant glisser ses doigts sur le pied du verre.

— Dites-m'en davantage.

Elle sourit et but une autre gorgée.

— Quand je suis arrivée ici, j'avais seize ans et je n'étais jamais sortie de Syrie. C'était en mai. Je me souviens d'être sortie de notre appartement. J'ai marché le long de la Seine sous le soleil. Je sentais une légèreté dans l'air. C'est difficile à décrire. Comme si quelqu'un avait toujours pressé sa main sur ma poitrine, pas fort, mais suffisamment pour que j'en sente le poids. Je l'avais porté toute ma vie, mais à Paris, la main s'était retirée. Je me souviens d'avoir fermé les yeux et d'avoir respiré, tout simplement. Et puis je me suis mise à courir, les pans de mon manteau flottaient au vent, des larmes coulaient sur mes joues.

Elle rit.

Sam sourit.

— Tout le monde a dû vous prendre pour une folle.

Elle eut un rire étouffé, le même que celui des enregistrements de la NSA.

— Je me suis acheté des cigarettes. À la nuit tombée, je me suis retrouvée devant le Sacré-Cœur, sur Montmartre, à contempler les lumières de la ville à mes pieds. J'ai fumé devant cette mer de scintillements.

— Vous n'avez pas oublié de respirer ?

Il sourit.

À nouveau, elle éclata de rire.

— Il y a des chances oui. Je m'attendais à ce que cette main revienne, mais non. Le monde était léger. Et puis une femme s'est approchée, surgie de nulle part. Elle était jeune, très mince, des cheveux blonds et sales coupés court, de belles pommettes saillantes et la peau laiteuse. Elle m'a demandé du feu. Je lui ai allumé sa cigarette, elle s'est assise et nous avons regardé Paris. Elle m'a révélé qu'elle s'était enfuie de chez elle. Je lui ai demandé pourquoi. Elle m'a confié qu'elle avait besoin d'être libre. Et maintenant, elle l'était. Elle m'a regardée dans les yeux et m'a demandé si j'étais libre, moi aussi. J'ai répondu que je ne le savais pas. Elle a fini sa cigarette et elle est partie.

Il but à son tour une gorgée de vin.

— Vous avez envie de manger quelque chose ? demanda-t-il.

— Non, ça va, merci. Je viens de vous raconter une histoire sur moi. Racontez-moi quelque chose sur vous. Quelque chose d'amusant. Pas toute la chronologie. Juste une histoire. (Elle se cala contre le dossier de sa chaise et sourit en faisant tourner son verre.) Racontez-moi une histoire un peu folle, Sam.

Le couple de personnes âgées à l'autre bout de la salle, désormais installé du même côté d'une table de quatre, s'était mis à s'embrasser. Il eut un geste dans leur direction. Mariam réprima un rire et se retourna vers lui.

— C'est charmant, murmura-t-elle en arabe. Mais ça ne vous dispense pas d'une histoire.

Il rit.

— J'ai grandi dans le Minnesota, un État du Nord. Une petite ville qui s'appelle Shermans Corner. Une ferme, une minoterie, très prolétaire. J'avais vingt ans, peut-être, quand des gars de la minoterie m'ont convié à une partie de poker. Et je les ai nettoyés.

— Vous êtes fort aux cartes ?

— C'est devenu une obsession. Je lisais tout ce que je pouvais, je suivais les tournois de poker à la télévision et je masquais l'emplacement de l'écran où ils montraient la main du joueur, rien que pour la deviner. Je n'arrêtais pas de gagner et finalement, l'un des gars m'a fait une proposition : un tournoi avec des mises assez élevées, dans un casino situé à l'extérieur de la ville, une de ces concessions gérées par des Indiens. Cinq mille dollars de mise de départ, deux cent cinquante mille pour le vainqueur. Il m'a demandé si j'accepterais de jouer si certains des gars participaient aussi à la mise de départ. Je ramasserais vingt-cinq pour cent des gains.

— Laissez-moi deviner, vous avez gagné ?

— Oui, j'ai gagné. Soixante-deux mille dollars. En rentrant chez moi, dans ma voiture, j'ai regardé autour de moi, tous ces gars qui rentraient chez eux pour retrouver leur femme, leurs enfants et la minoterie, et je me suis dit : « C'est ta chance. » Ils m'ont déposé à la maison, je suis monté à l'étage, j'ai rempli un sac, j'ai sauté dans ma voiture, j'ai roulé jusqu'à Minneapolis et je me suis acheté un billet d'avion pour Las Vegas. Et j'y suis resté. Ma mère était fumasse.

— Je le serais aussi si mon fils filait comme ça. Mais laissez-moi deviner, vous êtes allé à Las Vegas, vous avez gagné des millions, vous avez décidé que ça suffisait, alors pourquoi ne pas vous lancer dans un truc dingue, par exemple intégrer le département d'État et voyager à travers le monde ?

Cela le fit rire.

— J'aurais aimé. Au début, je me suis bien débrouillé. J'ai choisi les bonnes tables, et en règle générale je jouais la sécurité. Si je sentais que la partie m'échappait, je quittais la table. J'étais de plus en plus obsédé par le jeu, presque toqué. Et puis je suis passé du blind à cent au blind à cent cinquante et ça m'est monté à la tête. Je me suis inscrit à une partie de gros joueurs, grosses mises. J'ai fait tapis.

— Qu'est-ce qui s'est passé ?

— J'ai perdu. Je me souviens, j'ai fait le calcul : trois ans de salaire d'un ouvrier, envolés. J'allais repartir, la tête basse, mais le type qui recevait, un certain Max, m'a arrêté. Je me suis retourné et il m'a demandé pourquoi je jouais. J'ai haussé les épaules et j'ai répondu : « Pour gagner. » Je suis sûr que j'ai dû avoir l'air de la ramener. Je lui ai demandé pourquoi ça l'intéressait tant. Il m'a répondu qu'il s'en fichait. Mais il pensait que je mentais ou que je me trompais. Il avait lu ça dans mes yeux, pendant la partie. « Gagner ne te suffira pas, Sam. Il t'en faudra davantage. »

— Qu'est-ce qu'il voulait dire ? s'enquit Mariam.

— Nous nous sommes approchés d'une fenêtre. Il avait un appartement au Bellagio, un grand casino sur le Strip. Il m'a soufflé que je pourrais tout avoir. Je pourrais récupérer mon argent en quelques mois, rouler en Aston Martin, me payer une maison à Los Angeles, au lac Tahoe, n'importe où. Il m'a raconté qu'il avait été confronté à cette même pulsion. Las Vegas l'avait taillé en pièces, mis à sec. Il m'a demandé si je voulais apporter ma contribution. Je n'avais aucune idée de ce qu'il entendait par là. Mais j'ai dit oui. Quelque chose résonnait en moi. Ce vide que j'avais ressenti dans le Minnesota, et maintenant à Vegas, comme si j'étais à la dérive, loin de tout ce qui comptait vraiment.

— Ça, ou le fait que vous veniez de perdre plus de cent mille dollars, nuança Mariam en souriant.

Sa réflexion l'amusa.

— En effet, ça a pu jouer aussi. Mais en tout cas, il s'est avéré que ce type dénichait des candidats au département d'État. Et me voilà.

— Très peu conventionnel, admit-elle, comme si elle savait qu'une partie de l'histoire était fausse.

Sam finit son verre de vin. Elle se pencha vers lui.

— Merci de m'avoir raconté ceci.

Elle commanda une bouteille et Sam lui avoua qu'il venait de lui raconter la chose la plus folle qu'il ait jamais faite.

— Et vous, votre histoire ?

— Vous n'allez pas me poser des questions sur la Syrie, sur les discussions avec l'opposition ? s'étonna-t-elle en riant. Vous n'avez pas de rapports à rédiger pour Washington ?

— Ma question est plus intéressante, rétorqua-t-il.

Son visage s'assombrit, elle but une longue gorgée de vin.

— Très bien. Un jour, je suis allée à une manifestation.

— Je savais que vous étiez une rebelle. (Il dit cela sur le ton de la plaisanterie, mais il remarqua sa main posée sur la table, ses doigts qui pianotaient à la base de son verre.) Je suis navré. Je ne voulais nullement minimiser la chose. Nous pouvons passer à un autre sujet si vous préférez.

Elle réfléchit quelques secondes et but encore une gorgée de vin.

— Non, ce n'est pas grave. C'est juste que je n'en ai jamais parlé à personne.

Et voilà, c'était un premier secret. Il photographia mentalement cet instant, comme il l'avait fait pour chaque source qu'il avait recrutée. Une fois qu'un développement offre un secret sur lui-même, il sait qu'il finira par en offrir un sur son gouvernement.

— Que s'est-il passé ? insista doucement Sam.

— J'ai une cousine charmante et impétueuse qui s'appelle Razan, expliqua-t-elle. Nous avons presque le même âge. Nous sommes comme deux sœurs. Razan avait un ami dans l'un des comités de coordination de l'opposition, les tansikiya, à Damas. Ils organisaient des manifestations. Les Haddad sont une grande famille chrétienne bien connue à Damas. En règle générale, les chrétiens sont restés à l'écart du soulèvement, juste avec l'espoir qu'il prenne fin. Les organisateurs de la manifestation ont estimé qu'il serait utile que Razan y participe. Cela démontrerait la solidarité des chrétiens avec l'opposition. Razan m'en a parlé, c'est vous dire à quel point nous sommes proches. Bien que je travaille au Palais, elle m'en a quand même parlé.

— Et vous l'avez suivie là-bas ?

Mariam confirma, en pesant ses mots, se refusant toujours à baisser la garde face à cet Américain.

— Je l'ai suivie.

Elle finit son vin, remplit son verre, le regarda droit dans les yeux, une manière de lui faire passer un message.

— J'y suis allée pour la protéger, et non parce que j'y étais favorable.

— D'accord, acquiesça-t-il à voix basse.

Elle scruta son visage comme pour s'assurer que le message avait été bien reçu. Sam étudia les yeux, la gestuelle, les hanches qui se déplaçaient sur la chaise. Il devinait la tension, mais il voulait d'abord qu'elle l'exprime. Il demeura silencieux, lui ménageant ainsi un espace.

— Ils ont tendu à Razan un mégaphone. Elle a fait une déclaration, des propos malheureux, tenus en public, en critiquant le président. J'ai observé la scène de l'extérieur, au milieu de la foule, en spectatrice.

— Qu'ont fait les moukhabarat ?

— Ils l'ont arrêtée, c'est évident. Un agent lui a flanqué un coup de matraque dans l'œil droit. Ils l'ont traînée par terre, ils l'ont frappée, et ils l'ont arrêtée. Elle est restée quelques jours en prison. Mon père a obtenu sa libération. Elle a eu de la chance. Mais elle n'a toujours pas récupéré la vue de cet œil.

— Et vous, qu'avez-vous fait ?

— Je n'ai rien fait.

Il posa la main sur la table, les doigts nonchalants, accueillants. Elle posa sa main sur la sienne, elle était chaude, délicate et douce. Elle lui adressa un faible sourire à fossettes, un remerciement pour avoir laissé l'histoire s'arrêter là.

Sam s'efforça de se remettre en tête qu'il s'agissait d'une rencontre préalable à recrutement, pas d'un rendez-vous galant – certaines limites devaient être respectées. L'une d'entre elles consistait à éviter tout contact physique, il le savait, en regardant ses mains posées sur la table. Un officier traitant peut user de l'attirance physique comme levier d'influence, mais ne doit en aucun cas se laisser aller à la moindre complaisance, ni envers la source, ni vis-à-vis de soi-même. Or, là, il savait qu'il se laissait aller.

— Je devrais sans doute rentrer à mon hôtel, fit Mariam en retirant sa main.

— Combien de temps restez-vous à Paris ?

— Quelques jours, jusqu'à la fin de la semaine.

— Je peux vous revoir ?

Dès que ces mots eurent franchi ses lèvres, il se demanda pourquoi il avait formulé la question de la sorte, comme s'il s'agissait d'un rendez-vous amoureux.

Elle eut l'air de vouloir lui dire « oui ».

— Je ne suis pas sûre que ce soit une bonne idée, préféra-t-elle répondre. Je vais être très occupée. Et vous êtes, enfin, un Américain.

Elle posa le regard sur sa main, contre la table, et détourna les yeux.

On respectait le premier refus, il ne l'ignorait pas. Une bonne recrue ne cède pas à la contrainte. On lui laisse le choix.

— Je comprends, fit-il. (Il prit le stylo à l'intérieur de la pochette en skaï qui renfermait l'addition et nota un numéro de téléphone sur une serviette en papier.) C'est mon numéro. J'aimerais beaucoup poursuivre notre conversation. J'aimerais vous revoir. Je suis ici pour le reste de la semaine, j'ai pris des congés.

Il fit glisser la serviette sur la table. Elle la regarda, hésita, puis la mit dans son sac à main.

L'arrière-salle s'était vidée, les deux couples étaient partis depuis longtemps.

Avant de prendre congé, Mariam lui laissa une empreinte de rouge à lèvres sur la joue droite. Elle tenta de l'essuyer, lui montra ses doigts maculés de rouge. Elle se mordilla les lèvres, et un sourire malicieux lui illumina le visage.

— Je n'ai pas réussi à tout enlever.

Il rit et l'attira à lui pour la prendre dans ses bras. Elle se pencha en arrière, le toisa du regard, avant de lui souhaiter rapidement bonne nuit et de disparaître dans la soirée nuageuse.

9

LE LENDEMAIN MATIN AU RÉVEIL, MARIAM songea à sa main posée sur cette table, invitant la sienne. Pourquoi lui avait-elle raconté toutes ces choses ? Elle n'arrivait toujours pas à comprendre pourquoi elle s'était dévoilée à ce point face à un étrange diplomate. Et un Américain, de surcroît. Elle pensa au numéro de téléphone qu'il avait noté sur une serviette en papier, maintenant pliée dans son portefeuille sous une carte de crédit. Elle en frémit. Elle ferait mieux de la déchirer en lambeaux et de jeter les morceaux dans la cuvette des toilettes. Elle le savait bien. Pourtant, elle n'en avait rien fait. Cela n'avait aucun sens, mais c'était ainsi.

Elle se leva et enchaîna des mouvements de krav-maga jusqu'à ce qu'elle ne puisse plus bouger. En sueur, elle se doucha, enfila un peignoir et commanda un latte macchiato et une brioche dans sa chambre. Elle fixa sa tasse et son cerveau commença à se poser les questions qui la torturaient. *Qui es-tu ? Pourquoi fais-tu cela ? Pourquoi es-tu venue à Paris menacer Fatimah Wael ?*

Mais elle n'y répondit pas. Au lieu de cela, elle se dirigea vers l'armoire, enfila une jupe crayon noire, un chemisier crème fluide, des talons noirs et un simple collier de perles Mikimoto, un cadeau de sa mère. Elle s'attacha les cheveux et appliqua son rouge à lèvres en se regardant dans le miroir.

Elle étudia son apparence : élégante, simple, à l'opposé des petites frappes de la moukhabarat qui menaçaient d'ordinaire Fatimah. *Je suis le jeune visage de la nouvelle Syrie, Fatimah. Viens me rejoindre et renonce à la rébellion. Rentre à la maison. Ou tu finiras anéantie.*

Elle descendit et retrouva Bouthaina qui prenait son petit déjeuner dans la salle à manger attenante au hall d'entrée. Sa garde rapprochée se prélassait à une table derrière elle, comme des fauves de la jungle. La conseillère présidentielle avait un carnet de notes ouvert posé sur la table et son téléphone sorti, ses doigts tapant frénétiquement une kyrielle de SMS.

— Mariam, ma chère, je ne pourrai pas vous rejoindre ce matin avec Fatimah. En fait, il se peut que je doive écourter mon voyage. C'est le drame à Damas.

Elle envoya un autre SMS. Mariam vit un appel téléphonique d'un numéro inconnu s'afficher à l'écran.

— Merde, marmonna Bouthaina. Commencez la réunion et nous nous retrouverons plus tard. (Elle consulta un autre SMS.) Merde.

Un chauffeur de l'ambassade vint chercher Mariam à l'hôtel à 8 heures. Tôt ce matin, il avait plu et les rues de Paris étaient nappées de flaques huileuses, à tel point que les promeneurs de chiens étaient sortis bottés et les serveurs des cafés essuyaient les chaises. Ils se rendirent à l'ambassade pour récupérer l'arsenal bureaucratique de Mariam : papiers, dossiers, noms.

Devant l'ambassade, le chauffeur fendit le groupe de manifestants. L'un d'eux brandissait une pancarte sur laquelle on pouvait lire « Dr Death » au-dessus de la photo d'Assad. Lorsqu'ils franchirent le portail, Mariam inspira à fond. La voiture avançait et les militants frappèrent sur le capot et les vitres. Un jeune Syrien pointa Mariam du doigt. Il lui cria : « Toi, l'esclave du boucher ! » Il plaqua une affichette rudimentaire contre le carreau. On y voyait des photos de cadavres : certains dans des décombres, d'autres alignés dans des *kafan*, les linceuls funéraires. L'homme pointa de nouveau Mariam du doigt. Son regard glissa au-delà de cet homme, vers la photo d'une femme morte qui lui rappela quelqu'un, une nuit, dans une Syrie d'un lointain passé.

PENDANT LEUR TROISIÈME ANNÉE À L'UNIVERSITÉ de Damas, Mariam et Razan buvaient.

Elles faisaient aussi les boutiques, la fête, dansaient, sortaient, se soignaient, fumaient, comméraient, consommaient, ignoraient. Pour les fils et les filles du régime, l'époque était grisante. Bachar venait d'accéder à la présidence après la mort de son père. Les journaux parlaient de changement : après tout, le vieux président avait régné trente ans. Plusieurs opposants gérontocratiques tenaient des salons politiques sous leur toit. Des politiciens occidentaux venaient à Damas. Bachar leur faisait faire le tour de la vieille ville dans sa Volkswagen Golf et ils prenaient des photos. Bachar était jeune. Il savait se servir d'un ordinateur. Il avait été médecin. Il avait étudié à Londres. Sa femme Asma, aimait à dire Razan, était canon. *Vogue* l'avait mise en couverture (« Une rose dans le désert »).

Mais au cœur du régime, l'argent et le pouvoir se concentraient autour d'un groupe restreint d'individus, l'entourage du nouveau président. Cousins, amis de confiance, familles influentes, initiés gagnaient des fortunes dans le pétrole, les télécommunications et les concessions automobiles.

Razan, déjà impétueuse et rebelle et flirtant avec le marxisme, avait expliqué le fonctionnement du système à Mariam. Allongée sur le sol de leur chambre d'étudiantes, vêtue d'un débardeur blanc et d'un jean, elle buvait des gorgées de vodka au goulot, un cendrier encrassé de cigarettes posé à côté de sa tête.

— L'argent, les licences et les postes sont contrôlés par Bachar et quelques personnes de son entourage, lui avait-elle expliqué. Ensuite ils découpent le tout en morceaux et les distribuent à un deuxième échelon, qui fait la même chose pour un troisième, et ainsi de suite.

Elle avait posé la bouteille de vodka, pris une bouffée de sa cigarette et étiré les bras contre la moquette jusqu'à ce que son T-shirt remonte et dénude son ventre à la peau sombre. Elle s'était fait percer le nombril. Un véritable scandale.

— Tout ça consolide le contrôle d'Assad sur la Syrie. *Suriya el-Assad.* La Syrie d'Assad.

Avec un sourire malicieux, elle avait tendu la bouteille à Mariam.

Celle-ci avait posé son carnet à dessin et bu une gorgée, non sans hausser le sourcil vers sa cousine. Elle avait balayé la pièce du regard, s'imaginant les endroits où les moukhabarat avaient pu installer des micros. Razan n'en avait cure. Elle avait encore souri et lui avait demandé :

— Tu sais où ça va, tout ça ?

— Ça redescend, avait répondu Mariam en buvant de cette vodka bon marché.

Razan avait ouvert la porte de leur placard commun et laissé pendre à son pouce une paire de Louboutin, immédiatement reconnaissable à ses semelles rouges. Cela étant, Mariam n'aurait eu aucun mal à identifier ces escarpins à talons de quinze centimètres. C'étaient les siens. L'une des nombreuses paires qu'elle possédait.

— Directement d'Assad à notre garde-robe, bafouilla Razan, la voix pâteuse – l'effet de la vodka se faisait sentir. Bon, il y a eu quelques détours en cours de route, bien sûr. En passant par l'armée et le CERS, ensuite par nos pères, et jusqu'à nous.

Elle avait farfouillé dans le tiroir à bijoux, brandissant des pièces d'or tout en continuant son monologue. Puis elle s'était pris les seins à pleines mains et passé les doigts sur le front – récemment agrémentés de faux ongles et injecté de Botox, respectivement – et avait déclamé : « Avec l'aimable autorisation de Son Excellence, Bachar el-Assad. » Après cela elle avait fait une révérence en s'étranglant de rire à la manière de Mariam et l'alcool l'avait fait basculer contre le mur.

— *Habibti*, on doit être là-bas dans un quart d'heure, lui avait rappelé Mariam en consultant sa montre.

Laissant tomber la politique, Mariam et Razan s'étaient apprêtées à sortir faire la fête. Elles avaient enfilé leurs chaussures – « les Louboutin d'Assad », avait répété sa cousine, de plus en plus éméchée –, des petites robes moulantes et ajouté une touche de maquillage, avant d'attraper un taxi pour se rendre au restaurant Art House, loué pour fêter l'anniversaire d'une amie. Alors que le taxi filait dans les rues de Damas, Razan avait appuyé sa tête sur l'épaule de Mariam.

— Qu'est-ce qui nous arrive quand la vie nous rattrape ? l'avait questionnée Mariam.

— Ils vont nous faire procréer, avait répondu Razan.

— Je crois que tu as raison.

— Le seul moyen d'échapper à leur programme de reproduction, c'est de se trouver un bon travail, avait ajouté Razan. De cette façon, on se redonne le choix.

Elle s'était redressée et avait regardé par la fenêtre. Mariam avait fait de même. À travers cette fenêtre, la ville était pleine et chatoyante. Damas, oh, Damas. Mariam aimait la façon dont cette ville brillait en son centre, comme un cœur au néon palpitant qui alimentait le corps gangrené du pays.

Elle en oubliait presque le poids qui pesait sur sa poitrine. Presque.

Mariam se souvenait encore de la vodka, de la danse et du baiser avec l'un des garçons du cours d'histoire, mais ensuite Razan, avec cette lueur maléfique dans les yeux, lui avait dit : « On se fait une excursion, *habibti.* » Et sa cousine – *Que Dieu me vienne en aide,* avait songé Mariam – s'était débrouillée pour chiper la voiture d'un copain et les avait conduites vers l'est, sur la route M5. Elles étaient sorties de la ville, direction la banlieue. Mariam croyait avoir sombré, car elle ne se souvenait plus très bien de son départ d'Art House. Puis Razan avait fumé, les vitres baissées. La voix d'Enrique Iglesias avait retenti dans l'autoradio, Razan tambourinait sur le volant des deux paumes et se trémoussait sur son siège. Les lumières de l'autoroute tournoyaient et Mariam luttait contre cette pente glissante.

Après ce qui lui avait semblé une demi-heure de route, mais peut-être plus longtemps, elle n'en était pas sûre, elle avait demandé à sa cousine où diable elles allaient.

— Loin, *habibti*, avait-elle répondu. Pour voir ce qu'il y a à voir.

Razan avait un peu dessaoulé. De toute façon, la voiture roulait presque tout le temps en ligne droite. Mais à un endroit qui s'appelait Harasta, Mariam avait aperçu une bande métallique sur la route. Razan avait roulé dessus et elles avaient entendu un claquement sourd. Razan avait lâché un juron, passé en revue les cadrans du tableau de bord, les touchant du doigt comme s'il s'agissait de talismans. Elle était sortie de la route M5. Les rues étaient sombres et Mariam sentait des yeux derrière les fenêtres fermées qui scrutaient la BMW aux vitres teintées. Elles étaient passées devant plusieurs mosquées, un magasin d'électronique, un restaurant abandonné aux chats errants. Mariam avait aperçu une femme en niqab – du jamais-vu dans le centre de Damas – marchant derrière un homme et une nuée de jeunes enfants. Les rues étaient parsemées de tas d'ordures. Razan avait évité un sac de déchets en passant devant une autre mosquée, encore avec un juron, et le pneu avait claqué de plus belle, réduit en lambeaux par le frottement de la route.

— J'pense pas qu'ils aient l'habitude de voir des femmes chrétiennes conduire des BMW, avait crié Razan par-dessus le vacarme.

Le stress avait sorti Mariam du brouillard de la vodka.

Le pneu avait fini par lâcher et la jante avait cogné contre la chaussée. Des étincelles avaient giclé. Razan avait poussé un juron et immobilisé la voiture dans une rue sombre et anonyme. Elles avaient trouvé la roue de secours dans le coffre, mais elles ne savaient ni l'une ni l'autre comment changer un pneu.

Ensemble, elles avaient sondé l'obscurité – où étaient les réverbères ? –, le profond silence et l'odeur d'égout qui flottait dans l'air.

— Nous sommes à un quart d'heure de chez nous et je ne me suis jamais sentie aussi loin, avait avoué Mariam.

— C'est quoi cette banlieue ? avait demandé Razan.

— C'est toi qui conduisais, idiote.

— Et alors ?

— On a dépassé Harasta, c'est ça ?

— Oui.

— Alors, Douma. C'est Douma.

Elles avaient marché, cherchant de l'aide. Deux chrétiennes à moitié ivres, à peine couvertes, habillées pour faire la fête. Par miracle, elles avaient trouvé un atelier de carrosserie à quelques rues au nord. Il était minuit passé. L'atelier était éteint, mais Razan avait quand même frappé à la porte.

— Razan, qu'est-ce que tu fais ? On est au milieu de la nuit.

— Tu as combien d'argent sur toi ?

— Pas grand-chose.

— On leur donnera ce qu'on a.

Au troisième coup, un homme à l'épaisse barbe noire et au visage anguleux avait ouvert. Voyant deux femmes étranges sur le pas de sa porte, il avait immédiatement refermé. Razan avait levé le poing pour frapper à nouveau, mais Mariam l'avait arrêté au vol.

— Non, avait-elle dit. Ça suffit.

Tout en se chamaillant, elles s'apprêtaient à s'en aller lorsque la porte s'était rouverte. Une vieille femme se tenait sur le seuil. Elle portait le niqab.

— Que voulez-vous ? leur avait-elle demandé.

— On est tombées en panne à quelques rues d'ici, avait expliqué Mariam. Un pneu crevé.

La femme avait attendu, en silence, comme s'il s'agissait de la mauvaise réponse.

— On espérait que vous pourriez nous appeler un taxi ou demander à quelqu'un de jeter un œil à la voiture, avait continué Mariam.

— Vous savez l'heure qu'il est ?

— Oui. Nous sommes désolées. Nous sommes tombées en panne.

— Où alliez-vous ?

— Faire un tour, avait dit Razan.

La femme l'avait regardée comme si c'était une réponse ridicule. Mariam était bien d'accord avec elle. Elle l'observait, couverte presque en totalité, et elle en avait ressenti une gêne abyssale. Elle avait envie de jeter ses Louboutin – les Louboutin d'Assad – sur l'un des monceaux d'ordures de Douma. La femme avait peut-être pensé la même chose, car elle avait fixé les escarpins de Mariam un moment, avant de relever les yeux vers son visage.

— Entrez, avait-elle dit.

Elle les avait précédées dans un étroit couloir jusqu'à une cuisine et d'un geste leur avait désigné une table en plastique crasseuse. Elle était sortie parler à son mari. La porte d'une pièce du fond était entrouverte. Mariam avait pu entrevoir au moins huit, voire neuf enfants dormant sur des couvertures miteuses étalées au sol. Lorsque la femme était revenue, elle avait surpris le regard de Mariam sur les enfants.

— Il y en a six qui sont à moi, les autres sont de la famille de mon mari, dans l'Est. La sécheresse a détruit leurs fermes et leurs troupeaux. Ils n'avaient pas d'endroit où aller. Mon mari va aller voir la voiture. Où est-elle ?

— À quelques rues, par là, avait répondu Razan en montrant la direction du doigt.

La vieille femme avait hoché la tête.

— C'est une BMW, avait précisé Mariam, en espérant que la vieille femme ne s'arrêterait pas là-dessus.

Elle avait de nouveau hoché la tête. Mariam avait cru voir un sourire se dessiner sur son visage, sous le niqab, qu'elle retirait maintenant, en présence des deux femmes. Elle avait un visage buriné, des cheveux gris et des dents comme des grains de maïs. Il était impossible de dire quel âge elle avait, mais Mariam devinait à la symétrie de son visage qu'elle avait été séduisante, avant que la vie ne s'en mêle.

— Je m'appelle Mariam, lui avait-elle dit. Et voici ma cousine Razan.

— Moi, c'est Oum Abiha, avait répondu la vieille femme.

Son mari avait traversé la cuisine en portant une boîte à outils et en évitant de les regarder dans les yeux. Oum Abiha lui avait parlé de la voiture. Razan avait fait glisser les clés vers lui sur la table et il les avait prises. À l'instant où il avait tendu la main, Mariam avait vu son bras gauche couvert de cicatrices de coups de couteau et de marques de brûlures, retraçant une histoire de lames et de feu. La plupart des brûlures étaient petites et circulaires. Razan l'avait fixé longuement, ce qui n'avait pas échappé à Oum Abiha. Après le départ de son mari, elle s'était levée pour faire chauffer une théière rouillée. Alors qu'elle ouvrait une armoire pour y chercher le thé, la honte de Mariam avait refait surface quand elle avait vu les étagères clairsemées et les cafards qui grouillaient. Elle avait pensé au garde-manger de sa mère, toujours rempli de pain frais, de légumes et d'épices.

— Saydnaya, avait dit Oum Abiha.

— Quoi ? s'était exclamée Razan d'un ton dur.

Elle avait perdu le fil. Probablement la fatigue et la vodka.

— Les brûlures que vous avez remarquées sur le bras de mon mari. Il les a reçues en prison. Saydnaya. Il y est resté trois ans.

— Je suis désolée, avait fait Mariam. On ne voulait pas être indiscrètes.

Oum Abiha avait posé la théière sur le réchaud et allumé la flamme. Elle s'était rassise à la table.

— Ils l'ont accusé de faire de la contrebande d'armes, avait-elle continué, toujours comme si elle lisait dans les pensées de Mariam.

Puis elle avait haussé les épaules comme pour dire : *Qui sait si c'est vrai ou pas ?* La théière avait sifflé et Oum Abiha avait versé trois tasses de thé amer. Razan avait demandé du sucre, Mariam lui avait flanqué un coup de pied sous la table.

Oum Abiha avait rougi et fait non de la tête.

— Nous n'en avons pas.

La vieille femme s'était assise et avait regardé Mariam. Son corps semblait fatigué, mais ses yeux restaient vifs.

Mal à l'aise devant ces sharameet *chrétiennes,* s'était dit Mariam, Oum Abiha avait bu son thé à petites gorgées, comme un instructeur qui envisageait d'infliger une leçon punitive. Pendant un moment, personne n'avait plus parlé. Une frêle fillette était sortie de l'arrière-boutique et s'était assise sur les genoux de la femme en regardant Mariam et Razan.

— Avant la prison, mon mari était agriculteur ici à Douma. Des abricots, surtout. C'était beau. Maintenant, il n'y a plus de puits et moins d'eau et les moukhabarat viennent souvent le contrôler. Il travaille à l'atelier de carrosserie avec son frère.

Oum Abiha regardait le collier de Razan, ses boucles d'oreilles et l'ourlet de sa robe. Les paupières de Razan s'affaissaient, puis s'étaient relevées soudain, avant de retomber. Elle n'avait pas touché à son thé.

— Vous habitez dans la vieille ville ? avait demandé Oum Abiha à Mariam.

— Oui, avait répondu Mariam. Nous sommes à l'université de Damas.

Oum Abiha avait acquiescé.

— Vous êtes mariée ?

— Pas encore.

— C'est dommage. Vous êtes belle.

Oum Abiha les avait priées de l'excuser et était allée recoucher l'enfant. Razan s'était endormie à table.

Le mari d'Oum Abiha était de retour, il avait traversé la cuisine d'un pas énergique. Il avait murmuré quelques mots à Oum Abiha et lui avait tendu les clés.

— Il a changé le pneu, avait expliqué sa femme.

Mariam avait ouvert son sac à main, mais Oum Abiha avait levé la main.

— Non.

C'était sans appel. Mariam avait hoché la tête et retiré sa main du sac.

— Merci.

Elle s'apprêtait à réveiller Razan quand Oum Abiha avait fait glisser sa chaise vers elle. Elle avait pris les mains de Mariam dans les siennes et observé ses dents, en lui souriant, révélant sa propre denture inégale.

Oum Abiha lui avait pris la main et l'avait posée contre sa joue creusée de rides, l'avait fait descendre, des dents gâtées au cou osseux et sur ses seins aplatis qui avaient nourri six vies. Elle avait retenu sa main sur son cœur et Mariam avait pu le sentir battre et palpiter.

— Il faut y aller, Mariam, avait-elle ajouté. Mais il faut vous souvenir de ceci. Il faut vous souvenir de moi. Une esclave devant votre portail.

AU LIEU DE CELA, ELLE AVAIT ESSAYÉ D'OUBLIER. Mais aujourd'hui, Mariam y repensait, et elle entrevit à nouveau cette femme sur l'affichette du manifestant. « Des ânes », grommela le chauffeur en parvenant à se frayer un chemin dans la foule et à accélérer. Le portail se referma et Mariam perdit l'affiche de vue, ne sachant toujours pas s'il s'agissait bien d'Oum Abiha sur la photo. Elle ferma les yeux et aspira une grande goulée d'air, qu'elle relâcha comme pour chasser ce souvenir.

À l'intérieur de l'ambassade, elle frappa à la porte menant au poste des moukhabarat. Un Mohannad en sueur lui ouvrit. Elle pensa au stupide rapport qu'elle avait rédigé sur sa brève conversation avec Sam à la réception, plus tôt dans la semaine. Elle se demanda ce qu'il en avait fait.

— J'ai besoin des dossiers que j'ai envoyés de Damas, lui dit-elle.

Mohannad acquiesça et la pria d'attendre.

Il revint avec une grosse pile de dossiers. Elle les tria, puis prit l'unique feuillet contenant la liste des membres de la famille de Fatimah. Elle la plia dans une enveloppe qu'elle glissa dans son sac à main.

Elle retourna à la voiture de l'ambassade, garée dans le parc des véhicules officiels, Mohannad sur ses talons, en s'efforçant d'ignorer les slogans menaçants de la foule à l'extérieur, qui passaient au-dessus des grilles. Alors qu'elle se baissait pour s'installer, portière ouverte, elle se rendit compte qu'elle n'avait jamais envisagé de rapporter à Mohannad sa deuxième rencontre secrète avec Sam. Ils franchirent les grilles.

Le chauffeur klaxonna, vociféra et fit des gestes obscènes aux manifestants en forçant de nouveau le passage à travers la foule.

ELLE DEVAIT RETROUVER FATIMAH dans un petit appartement appartenant à l'ambassade de Syrie. L'immobilier parisien est cher, mais cet appartement, comme la plupart des propriétés du gouvernement syrien, était miteux. Le lourd mobilier en bois, les tapis et les rideaux moisis ainsi que les portraits de Hafez el-Assad lui donnaient un aspect vieillot. Mohannad entra, inspecta l'appartement à la recherche de dispositifs d'écoute, puis se dirigea vers la porte du couloir, devant laquelle il ferait le guet. Mariam s'assit dans le salon exigu, sur un canapé bordeaux élimé par le temps et dont l'un des coussins était maculé d'éclaboussures de graisse. Elle attendit.

Au bout de quelques minutes, Fatimah entra, suivie de Mohannad. Elle avait des cheveux roux, courts et bouclés, et un visage rond de chérubin. Les yeux rebelles de Fatimah étaient toujours là, fixant Mariam au moment où elles se serrèrent la main. Fatimah portait un tailleur-pantalon noir, un chemisier à jabot et à pois blancs, et, autour du cou, une écharpe ornée du drapeau à trois étoiles de la rébellion. Elle s'assit en face de Mariam. Mohannad se précipita dans le couloir. Un employé de l'ambassade entra avec du thé à la cardamome.

— Merci de me recevoir, fit Mariam.

— Où est Bouthaina ? s'enquit Fatimah.

— Elle est en mission urgente. Je suis habilitée à parler en son nom.

Fatimah acquiesça en ajoutant du sucre à son thé. Elle se défit de son écharpe et la déploya sur le canapé pour que Mariam puisse bien voir les trois étoiles.

— Vous êtes la fille du général Georges Haddad ?

— Oui.

Fatimah fit tinter la cuillère dans l'assiette, soupira.

— Savez-vous combien de discussions j'ai eues ? Toujours le même scénario : le thé, les civilités, puis un rappel de la futilité de ma position, un exposé sur les fondements djihadistes de la rébellion. Et enfin, l'offre, son prix, les menaces qui l'accompagnent. (Elle but une gorgée de thé.) Je n'ai pas souvenir d'une messagère aussi élégante que vous, Mariam. Je leur accorde au moins cela. Vous faites honneur à la créativité du régime et au caractère si soucieux de son image de notre très vénal président. Mais à moins que vous n'obéissiez au scénario que je viens de décrire, je vous suggère de passer directement à l'offre, à ce qu'elle me coûtera et à ce que vous ferez si je ne l'accepte pas.

Elle posa sa tasse de thé et dévisagea Mariam.

— L'offre : vous rentrez chez vous. Le prix : présenter la rébellion comme un front djihadiste, dans plusieurs journaux européens, et le silence à votre retour. Vous finissez vos jours dans la maison de votre enfance.

Mariam but une gorgée de thé, le liquide chaud s'écoula en elle, malgré son ventre noué. Elle sortit l'enveloppe de son sac à main et la posa sur la table.

Fatimah regarda Mariam, cligna des yeux.

— Une menace ?

— Oui.

L'opposante ouvrit l'enveloppe et parcourut la liste de vingt-deux noms. En tête de la liste : une vieille mère. Quatre-vingts ans. Elle leva les yeux vers Mariam.

— Quand j'étais jeune, je ne comprenais pas comment on pouvait soutenir le gouvernement. Je détestais ceux qui le soutenaient. Je ne leur adressais pas la parole. Mais en vieillissant, je me suis rendu compte que nous naissons dans un monde, une famille, et qu'il existe des contraintes. Il existe un système. Certains… les Français, les Américains… sont nés dans des mondes qui offrent une immense liberté. Mais ce n'est pas notre cas. Nous sommes syriens. Nous sommes en cage dès la naissance, pour des raisons qui remontent loin dans l'histoire. Je ne vous déteste pas, même si vous venez de menacer ma mère. Vous faites ce qu'il faut pour assurer la sécurité de votre famille, pour vous offrir de belles choses, pour bien manger. Mais ne vous y trompez pas, vous avez encore le choix. C'est juste un choix difficile.

Mariam termina son thé et posa la tasse avec un léger fracas. Elle avait de nouveau un poids sur la poitrine.

Fatimah plia le papier et le remit à Mariam.

— La réponse est non. Je suis une femme libre. J'ai l'intention de le rester.

CET APRÈS-MIDI-LÀ, IL PLEUVAIT ET LE CIEL de la capitale était couvert d'épais nuages. Mariam retourna à l'ambassade rédiger le compte rendu de la réunion. Bouthaina était repartie en Syrie. Les pourparlers officiels étaient enlisés et le président s'apprêtait à prononcer un discours annonçant leur fin devant le Parlement de Damas, qui n'était qu'une chambre d'enregistrement.

Après avoir terminé et envoyé son rapport à l'adresse électronique sécurisée de Bouthaina au Palais, Mariam se rendit dans un café au coin de la rue de son hôtel. Elle ouvrit un carnet de notes pour rédiger son journal, mais ne réussit pas à écrire une seule ligne sur la page. Elle le referma, sortit son téléphone et, après un instant d'hésitation, appela Bouthaina.

— Vous avez lu mon email ? demanda-t-elle.

— Oui. Rien d'inattendu. Elle a besoin d'y réfléchir. Vous devrez refaire une tentative. Elle va passer le reste de la journée à peser sa décision. Excusez-moi une seconde.

Des bruits sourds étaient audibles à l'arrière-plan, sa cheffe s'adressait à quelqu'un d'autre. Mariam appuya son stylo sur le papier, mais il ne bougea pas.

— Vous êtes toujours là ? fit Bouthaina.

— Je suis toujours là.

Mariam considéra la page blanche de son carnet, qui semblait la narguer.

— Maintenant, je vais appeler Ali Hassan, mais je pense qu'il faut expliquer à Fatimah que si elle n'obtempère pas, à la fin de la semaine sa mère sera sous les verrous.

— D'accord.

Mariam serra la mâchoire.

— Bien. Vous restez pour le suivi. Au revoir.

Elle mit fin à l'appel, puis jeta un coup d'œil dans le bar. La femme au comptoir flirtait avec un étudiant qui commandait un café. Mariam ouvrit son portefeuille, en retira la serviette en papier pliée et l'étala sur la table. Elle posa les yeux sur le numéro de téléphone et se souvint du contact de sa main.

Elle composa le numéro.

10

LA CIA PRÉFÉRAIT CHOISIR LES LIEUX DE RENCONTRE, mais Sam avait souligné dans ses télégrammes transmis à Langley et à Damas que proposer une autre solution risquait d'effrayer Mariam. Une enquête rapide prit donc forme. La CIA rechercha l'adresse dans des dizaines de bases de données pour vérifier si elle était mentionnée dans les communications terroristes interceptées. La division EUR recourut à une société de couverture pour mener l'enquête afin de se faire confirmer la validité de l'adresse et de l'entreprise auprès des autorités fiscales françaises. Les BANDITO contrôlèrent l'entrée et ne repérèrent aucune surveillance hostile. Rami fit même le tour du studio, notant la présence d'une seule caméra de sécurité à l'extérieur. L'endroit était en ordre.

Rami et Elias attendaient maintenant devant l'hôtel de Mariam. Sam et Yousouf se trouvaient dans une ruelle à deux pâtés de maisons de l'adresse qu'elle avait indiquée. Il avait encore plu et les rues de la ville avaient fraîchi.

— Elle vient de quitter l'hôtel, annonça Rami sur la fréquence cryptée.

Mariam avait demandé à Sam de se mettre en tenue de sport et d'arriver à 18 heures. Elle lui avait dit de s'attendre à une leçon particulière avec un de ses vieux amis.

— Elle va te botter le cul, chuchota Yousouf à Sam avec un grand sourire.

Sans doute. *Un agent de la CIA mis hors d'état de nuire par un prospect syrien lors d'un exercice d'arts martiaux israélien.* Cela donnerait un télégramme au contenu embarrassant.

— Elle nous prépare un truc intéressant, signala Elias à la radio. Elle est à pied et se dirige vers Saint-Germain, mais elle avance en zigzag. Sans compter quelques virages et demi-tours auxquels on ne s'attendait pas. Assez simple, mais ça nous a déstabilisés.

— C'est triste de se faire repérer par une amatrice, lâcha Yousouf.

— Nous sommes meilleurs que les moukhabarat, protesta Rami. On s'en sortira.

— Quelle était la nationalité de l'instructeur qui vous a fait visiter le studio ? demanda Sam sur la fréquence radio.

— Israélienne.

Sam sourit et pensa à la jeune Mariam, âgée de dix-sept ans, quittant en douce l'appartement de ses parents avec un sac de sport en bandoulière pour aller s'entraîner sous la direction d'un Israélien.

— Elle ne veut pas que les moukhabarat la voient, remarqua Sam. Elle suit un itinéraire de détection de surveillance.

En approchant du bâtiment, Sam vit l'étiquette manuscrite râpée, « krav-maga Paris » et appuya sur le bouton de sonnette à côté.

— Oui ? fit une voix métallique et grinçante dans le minuscule haut-parleur.

— Je suis désolé, je ne parle pas français, s'excusa Sam dans un français approximatif.

Sa seule expérience de cette langue se limitait aux deux semaines passées à diriger une opération au Maroc pendant son séjour au Caire. Il avait été affecté à la Sandbox, où l'arabe, et non le français, était la langue des recruteurs de sources externes.

Un rire.

— Vous avez bien raison. Sam Joseph ?

— Oui.

La porte s'ouvrit avec un déclic et il grimpa au trot l'escalier de ciment en colimaçon jusqu'au troisième étage.

Il trouva Mariam en train de s'étirer sur le tapis de sol. Elle sourit à Sam. Elle portait un pantalon noir extensible et moulant, des tennis éraflées et un haut noir dos nu. L'instructeur serra la main du nouveau venu et se présenta sous le nom de Beni.

— Je suis toujours honoré de voir revenir une de mes anciennes élèves, commença-t-il. Et c'est encore mieux quand elle vient avec un partenaire d'entraînement.

Beni avait le physique d'un homme d'une trentaine d'années, mais son visage usé par le temps et ses sourcils gris hirsutes le rapprochaient de la soixantaine. Il parlait anglais avec un accent bâtard mélangeant le français et l'hébreu.

— Avez-vous déjà pratiqué le *sparring*, Sam ? demanda Beni.

— Oui. J'ai pris des cours de karaté quand j'étais gosse.

Il omit de mentionner le combat au corps-à-corps à la Ferme et les cours de remise à niveau avant Bagdad.

Beni rit – un gros rire guttural qu'il était impossible de ne pas trouver attrayant.

— Nous veillerons à bien vous protéger des coups de Mariam. C'était l'une de mes élèves les plus, comment dire, enthousiastes.

Mariam sourit et tendit à Sam un casque, un gilet et une paire de gants.

— J'ai pensé que nous pourrions commencer par un peu de *sparring* léger, dit-elle. Vous allez pouvoir m'aider à nettoyer les toiles d'araignée qui me restent de Damas.

Beni toussota et regarda Sam.

— Je suppose que vous n'avez pas apporté de protection pour le, euh, comment vous dire cela poliment ?

Il désigna l'entrejambe de Sam. Mariam eut un petit rire amusé.

Sam sourit.

— Non, en effet.

— J'en ai une de location. Peu utilisée.

SAM RESSORTIT DES VESTIAIRES EN AJUSTANT la coque de plastique qui le protégerait de cette furie syrienne.

Beni lui lança un regard implorant, plein d'une inquiétude à la fois manifeste et inexprimée pour le bien-être de l'entrejambe de Sam qui, d'un hochement de tête, lui signifia que tout irait pour le mieux. Beni lui fit un signe de tête à son tour et s'adressa à Mariam.

— Commençons par quelques contacts légers.

Sam et Mariam tapèrent dans leurs gants. Elle tourna autour de lui. Beni observa la scène depuis la ligne de touche.

— Dans le krav-maga, il n'est pas question de formes ou de beauté, expliqua-t-il à Sam. Il s'agit de détruire un adversaire par tous les moyens nécessaires. Tu ne te contentes pas de te défendre, tu deviens l'attaquant pour anéantir la menace.

Mariam l'assaillit d'abord avec quelques coups de poing directs qu'il esquiva. Lorsqu'elle fut au contact, elle lui envoya un genou dans le gilet, un coup direct. Elle en plaça un second, puis recula et tourna de nouveau autour de lui. Les coups étaient vifs et rapides. Elle le fixait, les yeux rétrécis à l'intérieur du casque. Il pouvait sentir son énergie et tenta de deviner son prochain mouvement.

Elle revint à la charge avec d'autres coups de poing directs servis par un jeu de jambes rapide. Il recula et bloqua deux coups avec ses avant-bras.

Elle lui tournait autour. La mission dansait dans la tête de Sam.

Elle avait accepté de prendre un verre.

Elle avait partagé des secrets.

Elle avait de la sympathie pour les manifestants, même si elle le niait.

Elle avait rappelé après avoir dit non la première fois.

Elle l'avait emmené dans un endroit à l'écart, sachant qu'il serait exempt de surveillance hostile.

Elle essaie de me faire du mal physiquement.

Elle veut se battre.

Elle ajusta un coup de pied à l'aine, il recula d'un bond.

— Retournez l'attaque, Sam, lui dit-elle. Venez me chercher.

Pour garder sa couverture intacte, il voulait éviter un vrai combat. Les types du département d'État ne recevaient pas ce genre d'entraînement.

Rien à foutre. Il lui assena trois manchettes rapides dans son gilet et son casque, elle répliqua d'un coup de pied dans l'estomac, s'avança et le frappa à la tête de la pointe du coude en même temps que son genou le cueillait à l'entrejambe. Il grogna. Il la frappa au gilet d'un coup de poing, puis lui donna un coup de pied dans les jambes, histoire de reprendre un peu de champ.

— Allez, allez, venez me chercher, le nargua-t-elle en frappant un gant contre l'autre.

Il s'exécuta.

Mais maintenant, chacun lisait dans les intentions de l'autre. Elle bloquait chaque coup de poing, il arrêtait son coup de pied, elle esquivait un coup de coude, elle essayait de le repousser vers le mur avec un étranglement. Beni siffla. Sam lui frappa sur les bras pour lui faire lâcher prise, comme on le lui avait appris à la Ferme, elle lui envoya un poing en plein casque et il l'évita. Elle jura en arabe et l'assaillit de nouveau. Il se baissa et tenta une manchette dans la région située juste au-dessus de ses hanches. Elle recula, avec un sourire démoniaque, et revint à la charge d'un coup de pied à l'entrejambe qu'il bloqua. Il lui tordit la jambe et elle s'effondra sur le dos, mais partit à reculons, le genou droit replié comme une queue de scorpion. Lorsqu'il s'avança, elle la lui balança dans le tibia. Il tenta de s'approcher, mais elle recula, sa jambe lançant encore une série de coups de pied. Il se figea, elle se releva d'un bond, frappant ses gants l'un contre l'autre, revint à la charge en vociférant.

Mais au lieu de coups de pied ou de coups de poing, elle abaissa l'épaule et le percuta comme un bélier, le déséquilibra, et sous le poids de son corps ils s'abattirent tous les deux au sol. Elle était maintenant assise sur lui, ses jambes lui bloquaient les bras et elle fit pleuvoir les coups. Il jura, grimaça. Beni siffla et s'écria : « Arrête, arrête ! » Sam sourit, il vit les yeux de son adversaire étinceler sous son casque, comme si elle voulait coucher avec lui ou le tuer, peut-être les deux, il était incapable de le dire.

Elle descendit de sa monture et se dirigea d'un pas martial vers l'angle de la pièce pour boire un peu d'eau. Il la regarda s'éloigner et entendit la voix de Beni qui lui demandait s'il allait bien. Leur professeur lui tendit la main pour l'aider à se relever.

IL SE BAT BIEN, PENSA MARIAM. Il a été entraîné. Du karaté quand il était jeune ? Bien sûr… Il a les mouvements de quelqu'un qui a été formé. Elle en voulait davantage, de ça, de lui. Tout cela la ramenait en arrière, loin de Fatimah et de la guerre, vers le Paris de sa jeunesse et de la légèreté, qu'elle ressentait maintenant dans sa poitrine, malgré la brûlure dans ses poumons et ses muscles endoloris.

— Et les armes, Beni ? s'enquit-elle.

L'Israélien acquiesça et se tourna vers Sam, qui s'était à peine relevé.

— Le *sparring*, c'est utile, mais le krav-maga est avant tout un entraînement à la pratique, à des situations de vie réelle, reprit-il en haussant un sourcil broussailleux. Tu n'as fait que du karaté quand tu étais plus jeune ? Rien d'autre ?

— C'est exact. Et un peu de combats de rue, j'imagine. Des parties de poker qui ont mal tourné, ce genre de choses.

— Je vois, fit Beni, sur un ton laissant entendre qu'il n'en croyait rien – Mariam aussi avait l'air sceptique.

— Et s'il me menaçait d'une arme ? suggéra-t-elle.

Elle but un autre verre d'eau et cracha dans l'évier la salive accumulée autour de son protège-dents translucide.

Beni acquiesça, prit une arme de poing factice sur le support mural et la tendit à Sam.

— Tu arrives dans son dos, tu lui braques l'arme sur la tête et tu lui réclames de l'argent, d'accord ? Tu marques un temps pour lui laisser une chance de répondre, mais après, tu appuies sur la détente à la première opportunité. C'est moi qui juge qui gagne, compris ?

Sam acquiesça, en soupesant l'arme dans sa main comme pour s'assurer qu'elle était bien factice. Mariam s'assit sur une chaise. Il s'approcha d'elle par-derrière et lui enfonça l'arme dans la nuque.

— Donne-moi ton sac, fit-il.

Elle saisit l'arme de sa main droite, l'attrapa à deux mains dans un mouvement de torsion, se leva, lui tira sur le bras, le fit pivoter dans le sens des aiguilles d'une montre, logea son épaule sous son coude, et, d'un mouvement ascendant, le maintint en position tendue. Elle resserra la prise de sa main gauche, libéra la main droite et la repassa devant lui pour le frapper en plein visage. Il en eut le souffle coupé et sentit son corps flotter. Elle pivota sur elle-même, lui tira sur le bras, le lui replia dans le dos, comme pour le préparer à faire la révérence. Elle lui assena un coup rapide à l'arrière du crâne – de nouveau, il en eut le souffle coupé, et tout son corps s'affaissa –, puis elle saisit le col de son T-shirt de sa main gauche, tira d'un coup sec vers le bas et fit un bond. Elle lui enfonça le pistolet en plastique dans le haut du gilet, juste au-dessous du cou.

Il s'effondra et roula sur le ventre. La séquence avait duré quatre secondes.

Il finit par se relever. Beni lui demanda si ça allait.

— J'ai les oreilles qui bourdonnent, avoua Sam qui se dirigea vers le lavabo, retira son masque et cracha.

Il reprit son souffle, regarda le sang s'écouler par la bonde et se retourna vers Mariam, avec un sourire ironique bien visible à travers son casque.

— Et mon tour, c'est quand ? demanda-t-il.

Cela fit rire Beni, qui lui donna une tape sur l'épaule et alla décrocher une matraque du support mural.

— Mariam va t'attaquer avec ça, d'accord ?

Sam acquiesça et alla se placer à l'autre bout du tapis.

Dans une attaque à la matraque, la réaction instinctive de tout individu normal s'achève par un bras en miettes. L'attaquant vous porte un coup vers le bas, vous levez le bras, le coup vous brise le radius ou le cubitus. Vous vous effondrez, il vous frappe à mort. La bonne riposte consiste à se ruer en avant, à anticiper le coup, les bras tendus, en se protégeant la tête, un mouvement censé empêcher l'agresseur de vous fracasser les os. Ensuite, vous vous battez – en y mettant les coudes, les dents, les poings, la tête, peu importe. Ainsi, le corps-à-corps a neutralisé l'avantage de la matraque.

Mariam observa la matraque et pensa à l'agent de la moukhabarat qui avait enfoncé la sienne dans l'œil de Razan, aux vaines parades de sa cousine, à ses cris. *Tu n'as rien fait, ma fille. Tu t'es contentée de regarder.*

Elle se précipita sur Sam, matraque armée. Il ne leva pas le bras, mais s'approcha d'elle, réduisant la distance. Elle visait la tête, mais il esquiva et son coup fut dévié sur son épaule gauche sans faire de dégât et ils se retrouvèrent collés l'un à l'autre. Il lui saisit la main et comprima le faisceau nerveux entre le pouce et l'index, elle sentit sa prise sur la matraque fléchir. L'arme tomba sur le tapis. Il lui agrippa les poignets, d'une prise ferme, mais indolore, et elle le fixa des yeux, attendant la manchette, le genou, le coup de grâce. Ses muscles, ses os, tout était douloureux. Elle avait envie de boire.

Il lui maintint les poignets, hésitant à porter le coup final. Il la regardait droit dans les yeux.

Elle lui flanqua un coup de boule en plein masque facial. Il grogna et tomba à la renverse.

Beni s'esclaffa et siffla la fin du combat.

SAINT-GERMAIN, LA NUIT : la pluie avait disparu, le boulevard planté d'arbres était maintenant investi par une masse d'étudiants de la Sorbonne déambulant dans des nuages de fumée de cigarette et de garçons de café vêtus de noir et blanc, des bouteilles de sancerre embuées dans leurs seaux à glace. Ils marchaient côte à côte sur le boulevard, peut-être une idée imprudente, mais les BANDITO affirmaient qu'elle était claire et Sam savait que tel était bien le cas. Ils avaient quitté leurs tenues de sport, mais Sam conservait une ecchymose sur le front à la suite du coup de tête qui, elle l'admettait, avait été porté un peu haut.

Ils trouvèrent une brasserie assoupie et commandèrent trop de plats. Foie gras, confit de canard, cassoulet, assiette de frites, qu'elle huma de près. Ce fut elle qui commanda du vin. Il accompagna les frites d'une bière.

— Juste une, avait-il insisté, ce qui l'avait fait rire. Si quelqu'un chez moi me voyait boire du vin avec des frites, il me tuerait.

— Et c'est où, chez vous ? s'enquit-elle.

— Pour l'instant, c'est à Washington. Je suis à la tête du bureau Syrie au département d'État, en attendant ma prochaine affectation, alors je dispose d'un appartement dans la capitale.

— Ah, fit-elle, au moment où le serveur apportait le canard.

Elle posa sa serviette sur ses genoux.

— Des chiens ? demanda-t-elle en fronçant le nez.

Il fit non de la tête.

— Des chats ?

Il sourit.

— Non, pas d'animaux.

— Une fille ?

— Plus maintenant.

— J'imagine l'endroit d'ici. Vos horribles bouteilles de bière au frigo et rien sur les murs.

Elle n'était pas tombée loin, mais elle avait loupé un autre détail : il n'y avait pas beaucoup de meubles non plus. Et le frigo était vide. Il rit et croqua une autre frite.

— Vous n'avez pas tort, mais c'est un logement temporaire jusqu'à mon prochain poste. Je n'y resterai donc pas longtemps.

— Où irez-vous ensuite ?

Il hésita à lui parler de Damas, mais décida de s'abstenir pour l'instant.

— C'est encore en suspens, mais à mon avis ce sera quelque part au Moyen-Orient.

Elle acquiesça et prit un morceau de pain.

— Et chez vous, où est-ce ? demanda-t-il.

— J'ai un appartement dans la vieille ville.

— J'en déduis que vous n'avez pas de chien ?

— Non. Ce sont des créatures dégoûtantes.

Il rit, se souvenant de son séjour au Caire et de l'aversion envers les chiens, courante dans le monde arabe.

— Un chat, alors ?

— Non.

— Un garçon dans votre vie ?

— Une fille. Un vrai scandale.

Elle ponctua d'un clin d'œil et cela le fit rire.

— Razan ? demanda-t-il.

— Oui. Elle habite chez moi. Notre appartement, contrairement à votre sinistre garçonnière, est joliment meublé et bien approvisionné en nourriture.

Le serveur revint débarrasser une partie de leurs petites assiettes. Sam décida de profiter de cette interruption dans leur conversation pour obtenir au moins quelque chose. Il fallait montrer à Langley qu'il avait progressé.

— Comment se passent vos discussions ? demanda-t-il après que le serveur eut disparu.

Elle prit un morceau de canard, détachant un lambeau de chair de l'os.

— Pas très bien. Aujourd'hui, les négociations ont échoué. Ma patronne est rentrée chez elle. Ma rencontre avec Fatimah Wael, l'une des opposantes, s'est mal passée.

Sam trempa une frite dans le ketchup, sous le regard de Mariam. Elle venait de lui confier son premier secret. Il avala la frite et but une gorgée de bière.

— Je suis désolé d'apprendre ça, dit-il, en hésitant à pousser plus loin. Vous repartez plus tôt que prévu, vous aussi ?

Elle fit non de la tête.

— Ma cheffe m'a demandé de rester quelques jours pour assurer le suivi avec Fatimah.

Il acquiesça, comprenant qu'il ne devait pas insister davantage. Le téléphone de Mariam sonna, elle jeta un œil au numéro affiché.

Elle grimaça.

— Il faut que je prenne cet appel.

Elle sortit du restaurant. Sam termina sa bière et remplit leur verre de vin. Il était de plus en plus convaincu que la CIA pouvait jouer l'angle d'attaque idéologique avec Mariam. Mais l'intimité de leur conversation et leur séance de *sparring* l'inquiétaient à deux titres.

D'abord, parce qu'elle l'attirait : il la désirait. Il ne pouvait pas le nier. C'était un problème majeur. Un officier traitant qui entretient une relation amoureuse avec une source, c'est un motif de révocation de la CIA. Une violation de son serment et certainement d'une dizaine de règlements internes de l'Agence. Et pourtant, il doutait de sa capacité à se maîtriser si elle insistait. Deuxième point : son instinct de recruteur lui soufflait que le meilleur moyen d'exploiter cette source serait d'attiser l'étincelle amoureuse. Il était moins sûr que les approches habituelles vouées à faire passer un prospect au stade du recrutement fonctionneraient : les agréments censés favoriser la réciprocité, la force du non-dit, l'attrait de la posture d'espion. Sam pensait qu'elle le désirait elle aussi. Qu'une liaison accélérerait le recrutement. Qu'en dirait Bradley ? Il dirait : « Tu te fais des idées, Sam. »

Mariam revint s'asseoir.

— Fatimah part en voyage demain. Sa famille possède une maison près de Villefranche-sur-Mer, sur la côte. Elle a accepté de m'y retrouver. Je pars demain matin.

— Elle a dû être intriguée par votre première rencontre, pour en accepter une deuxième, remarqua-t-il.

Mariam étala du foie gras sur la pointe de son toast.

— Oui, mais je ne saisis pas pourquoi.

— Pour quelle raison ?

— Parce que j'ai menacé sa famille si elle ne dénonçait pas de membres de l'opposition. C'est notre manière de procéder avec tous les opposants basés à l'étranger. Je dirige ce programme au sein du bureau de Bouthaina. (Elle regarda ailleurs, par la fenêtre, et prit une autre bouchée de son toast, puis se tourna à nouveau vers lui.) Tout le monde le pense déjà, non ?

— Certainement.

Mais la confirmation n'est encore jamais venue d'un contact non vérifié ayant un accès de première main, pensa-t-il. Jusqu'à cette minute.

— Vous disiez que vous restiez encore quelques jours à Paris ?

Il hocha la tête, termina sa bière et décida de jouer franc jeu.

— J'avais prévu de rester. Mais si je descendais à Villefranche pendant que vous y êtes ? Pour quelques jours.

Elle déposa un peu de foie gras sur l'un des triangles toastés restants et fit passer le tout avec une gorgée d'eau. Elle lui lança ce regard qu'il avait déjà vu aux tables de poker lorsqu'un joueur adverse, les doigts tremblants, étalait ce qu'il croyait être une main gagnante.

— Je crois que ça me plairait, admit-elle.

ILS ARRÊTÈRENT LES DÉTAILS PRATIQUES autour d'une crème brûlée : elle prendrait le train pour la côte le lendemain matin, il la suivrait dans l'après-midi, trouverait un logement – *un lieu sûr*, songea-t-il, en espérant que Shipley en ait un à proximité – et attendrait qu'elle lui propose une date et un lieu de rendez-vous. Tout en parlant, il pensait à la demi-douzaine de télégrammes que lui réclamerait Langley dès ce soir.

Il vérifia son téléphone. Rien à signaler côté BANDITO. Ils s'étreignirent et restèrent longtemps enlacés, les yeux dans les yeux, éprouvant l'un et l'autre toutes les limites, les intentions, les attentes. Elle pressa son front contre le sien, en évitant le bleu, et se pencha en arrière.

— C'est plus doux qu'un coup de boule, nota-t-il.

Elle eut un petit rire et lui sourit.

— Je vous ai vu hésiter.

Il regarda autour de lui. Ils avaient fermé le restaurant.

— Demain à Villefranche ? dit Sam.

— Demain à Villefranche.

Elle l'embrassa sur la joue et partit, la porte claquant derrière elle.

Sam alla aux toilettes essuyer le rouge à lèvres avant d'entamer son PDS sortant. Son reflet dans le miroir lui rappela qu'il venait d'enfreindre le règlement 22-345 de l'Agence : « Restrictions sur les contacts avec les ressortissants étrangers. » Son reflet secoua la tête avec une mine pleine de reproches, puis disparut.

11

POUR CETTE VISIOCONFÉRENCE SÉCURISÉE, Artemis Aphrodite Procter portait un survêtement de velours couleur citron vert. Sam et Shipley étaient à la station de Paris, Bradley à Langley, Procter à Damas. Le télégramme de Sam sur l'affaire Mariam, transmis tard dans la nuit, avait fait réagir une liste de protagonistes intéressés si nombreuse – Rapports Syrie, renseignement armements et contre-prolifération, Centre d'évaluation médicale et psychologique – que Bradley avait organisé cette brève réunion pour parler opérations avec les seuls interlocuteurs qui comptaient.

— C'est quoi cette bestiole fluo que vous avez sur le dos ? demanda un Ed Bradley très pixélisé.

— C'est un survêtement en velours, pauvre ignare. Ici, à la station de Damas, c'est vendredi décontracté. Ça vous plaît ?

— Pas mal, comme look. Ça me rappelle un mafieux ukrainien, un de mes prospects il y a quelques années, ironisa Sam avec un sourire narquois.

Procter le pria de la fermer, attacha ses cheveux noirs bouclés, puis attrapa un objet jaune.

— Alors, on est près d'aboutir ? s'enquit-elle.

— Assez près.

— Mais encore ? insista-t-elle, sans regarder Sam – elle semblait aux prises avec un petit paquet de Starburst.

— C'est une déçue de son gouvernement et de son métier. Et elle m'en livre un peu plus à chacun de nos rendez-vous.

Ayant apparemment réussi à ouvrir l'emballage, elle mit un bonbon dans sa bouche et mâcha bruyamment.

— Nous pouvons toujours régler les détails ici à Damas, affirma-t-elle. Mais de mon point de vue, le principal obstacle à franchir avec Mlle Mariam, avant son retour à Damas, c'est de la mettre à l'aise avec l'idée de rencontrer un Américain en privé.

Elle prit un marqueur pour tableau blanc et le fit tourner entre ses doigts.

— Permettez-moi de vous tenir informés du cours des événements ici, à D-cité, Damas, la plus ancienne ville habitée de cette putain de planète. Les choses se sont dégradées depuis votre dernière visite.

Sam ouvrit la bouche, il allait prendre la parole, mais Procter poursuivit.

— En ce moment, il n'y a littéralement aucune raison pour qu'un Américain rencontre une Syrienne à Damas. Nous ne sommes pas invités à leurs cocktails. Cela peut se comprendre, j'imagine, étant donné que nous avons invité Assad à se retirer, mais ce n'est quand même pas très poli, et même un peu grossier de leur part si vous voulez mon avis.

Ses mains sortirent du cadre et, lorsqu'elles furent de nouveau visibles, le marqueur avait été remplacé par un deuxième bonbon. Elle le mit dans sa bouche et reprit, les yeux fixés sur l'écran.

— Le meilleur scénario, du point de vue de la station de Damas : Mariam quitte la France avec l'adresse d'un lieu sûr et un plan de contact de base. Une combinaison de site de transmission et de boîtes mortes, probablement. Nous n'avons aucun moyen de communication à courte portée disponible, et avant de lui donner accès à du matériel sophistiqué, je suggère qu'on obtienne des infos que nous puissions corroborer.

Sam acquiesça.

— Les Iraniens nous font miroiter sans arrêt toutes sortes de choses, alors qu'ils entraînent les Syriens. Nous devons être sûrs. Je vais m'efforcer d'obtenir d'elle un truc solide.

Il n'avait aucun doute sur la crédibilité de Mariam, mais il y avait encore une procédure à respecter. Et il est vrai que si elle avait fourni des informations sensibles, aucune n'était susceptible de nuire au régime syrien. Pour l'évaluer correctement, la CIA avait besoin de plus d'éléments.

— Cheffe, quel est l'impact de la situation sécuritaire sur nos sources… ? s'enquit Sam avant que Procter ne lui coupe la parole.

— Oui, oui, oui, fit-elle en hochant la tête. Les contacts avec nos sources ? C'est un problème. Un problème gérable, malgré tout, d'accord ? Nous n'avons pas encore besoin de faire appel à nos gars de la sécurité… Dieu merci, parce que ça gâche l'ambiance des rendez-vous. Le centre de Damas, ça peut aller, grosso modo, comme lorsque vous y êtes entré en voiture pour aller récupérer KOMODO et Val. Le gouvernement tient le centre-ville sous contrôle. Quelques attentats-suicides, mais ce ne sont pas les rebelles qui mènent la danse. Nous avons également remarqué que les Syriens ont réorienté leurs ressources de surveillance contre la rébellion, si bien que certains jours, ils ne nous pistent même plus vraiment. Mais si ces types décident de vous coller à la culotte, ils peuvent entasser les cadavres… Ce n'est pas de l'artisanat haut de gamme, mais c'est leur territoire et ils connaissent toutes les rues. Ils peuvent vous monter un itinéraire idéal avec de nombreux postes de surveillance fixes. Le fait est, poursuivit-elle, qu'assurer le suivi de Mariam à Damas sera une partie de plaisir. Il est évident que les Syriens vont vous surveiller vingt-quatre heures sur vingt-quatre et sept jours sur sept, au moins les premières semaines. Ils vont vous harceler. Ils vont peut-être pénétrer dans votre appartement par effraction, frapper à la fenêtre de votre voiture dans un embouteillage, avec un grand sourire de moukhabarat syrien. Quelqu'un viendra peut-être chier un étron sur votre lit. Toutes ces réalités vont nuire au suivi du prospect, conclut Procter. Plus vous la travaillerez en France, mieux ce sera.

Cette fois, elle laissa Sam s'exprimer.

— Je vais essayer de boucler le recrutement cette semaine. Au moins tenter ma chance.

— Bravo ! s'écria Procter.

— Shipley, intervint Bradley, peut-on trouver un lieu sûr près de Villefranche ?

— J'en ai bien un dans ce coin-là, répliqua l'intéressé. Mais on se demandera comment un diplomate peut se payer une location pareille.

— Vous avez mentionné dans l'un de vos télégrammes que vous lui aviez parlé de Las Vegas ? vérifia Bradley.

— C'est exact. Je pourrais lui raconter que je me suis payé cet endroit avec mes gains, suggéra Sam.

— J'espère pour vous que vous avez cartonné, ironisa Shipley. Cet endroit est dingue.

SAM PRIT LE TGV DE PARIS À NICE ET, tandis que le béton graffité des banlieues de la zone cédait la place au vert éclatant de terres agricoles et vallonnées, il ne cessa de retourner dans sa tête une question qui l'avait taraudé toute la semaine : qui étaient les trois Syriens qui avaient suivi Mariam dans la capitale ? Il avait d'abord cru à des moukhabarat de l'ambassade, mais pour une raison ou une autre, il n'arrivait pas à trancher. Les trois Syriens n'étaient pas formés à la surveillance. Cela donnait l'impression d'un complot, d'un coup monté.

Il commanda un café en voiture-bar. Repérant les BANDITO à une table haute à l'autre bout de la voiture, il retourna s'asseoir sans un mot. Il regarda défiler les pâturages, les vignobles et les hameaux. Il réfléchit à la manière dont il essaierait de la recruter, affina son évaluation de sa personnalité et de ses motivations. Il commença à rédiger dans sa tête le télégramme de recrutement : l'évaluation complète de l'agent, le plan communications, les arrangements financiers, le programme opérationnel pour la production de renseignements. S'il réussissait, tout ce processus générerait un cryptonyme indiquant la bénédiction de Langley pour que se conclue ce recrutement ou du moins pour qu'il progresse. Un élément de cette stratégie restait sujet à caution. Il n'avait aucun plan pour maîtriser les sentiments qu'il éprouvait envers elle.

Le train filait vers la côte, mais s'arrêta à Avignon en raison de problèmes mécaniques. Il quitta son siège pour sortir se dégourdir les jambes sur le quai où soufflait la brise printanière de la campagne provençale, faisant ployer les cyprès en contrebas. Cette vision lui rappela les cheveux de Mariam.

MARIAM MARCHA DEPUIS LA MAISON aux couleurs d'aquarelle de Fatimah jusqu'à la péninsule de Saint-Jean-Cap-Ferrat, en empruntant les sentiers étroits qui longent la côte. Mohannad avait tenté de la suivre jusqu'à Villefranche, mais elle avait demandé à Bouthaina d'intervenir et sa patronne avait gagné la partie, en prétextant que Mariam serait plus convaincante sans être collée par ce balourd. Elle avait quatre jours seule sur la Côte d'Azur. Elle avait du mal à y croire. En fait, elle s'était demandé, et se demandait encore, s'il ne s'agissait pas d'un piège tendu par Bouthaina ou par les moukhabarat.

Elle observait maintenant un petit voilier blanc qui fendait les vagues vers l'horizon. Fatimah marchait à côté d'elle en silence. Elles tournèrent au coin du chemin et la vue s'élargit sur une côte battue par les vagues, ponctuée de buissons et de pins. De l'autre côté de la baie, elle aperçut les maisons aux toits en tuiles rouges de Villefranche, le village composant une marqueterie de jaune et d'ocre étagée sur le flanc de la colline comme autant de boîtes à chaussures.

— Merci d'avoir accepté cette deuxième rencontre, fit Mariam.

— J'avais le sentiment que nous avions davantage de choses à nous dire, répondit Fatimah.

— Qu'entendez-vous par là ? demanda Mariam.

— Je pense que vous le savez.

Mariam s'arrêta et posa la main sur l'épaule de l'opposante au régime. Elle soutint son regard de longues secondes lourdes de sens.

— Je crains de ne pas comprendre.

Elle reprit sa marche, Fatimah la suivait de quelques pas.

— Je vois bien que vous n'êtes pas une assadiste, ajouta cette dernière en la rattrapant. Pourquoi ne pas nous aider ?

La paranoïa, ce legs de naissance que tous les Syriens avaient en partage, s'empara de Mariam. Elle réfléchit sous tous les angles, à la tromperie et au subterfuge toujours possibles. Fatimah pourrait être une agente de la moukhabarat infiltrée dans l'opposition, essayant de recruter des fonctionnaires pour tester leur loyauté ; elle pourrait être une informatrice de Bouthaina ; ou être ce qu'elle semblait être : une idéaliste bien intentionnée, désespérée.

Mariam eut envie de répondre : *Je ne parviens pas à comprendre où s'arrête cette rébellion, Fatimah. Si Assad s'en va, il n'y a pas de gouvernement de substitution. Il n'y a que de l'émiettement et de l'incohérence. C'est pourquoi je ne me joindrai pas à vous.*

Au lieu de cela, elle plissa les yeux.

— Je vois, c'est votre forme de recrutement à vous.

Elles suivirent le chien qui tournait au-dessus d'une petite plage de galets. Des baigneuses aux seins nus étaient affalées sur les rochers comme des phoques. Fatimah sourit.

— Je suis toujours étonnée de la tranquillité qui règne ici. La guerre ravage notre pays et, de l'autre côté de la Méditerranée, les gens se dorent la pilule comme des petits dieux. Je voudrais que la Syrie soit comme ça. Je suppose que vous aussi.

Elle eut envie de répondre : *J'en ai envie,* okhti, *ma sœur. Je le souhaite plus que tout.*

— Avez-vous repensé à mon offre ? lui demanda-t-elle à la place.

Fatimah ignora la question.

— Pourquoi ne pas faire défection ? Rejoignez-nous en Europe.

Elle eut envie de dire : *Parce que je ne suis pas une lâche.*

Et elle lui répondit ceci :

— Fatimah, vous mettez ma patience à rude épreuve.

L'autre se tourna vers elle.

— Arrêtez ma mère si vous le devez, Mariam. Mais attention : vous serez l'accoucheuse du massacre. J'espère que votre âme y est prête.

Elle eut envie de dire : *Et vous avez raison. Je n'y suis pas prête.*

Mais elle répondit :

— Et vous êtes l'accoucheuse du djihad, Fatimah.

L'opposante s'immobilisa au bout du sentier et contempla la mer.

— Vous avez donc fait votre choix ?

Mariam ne répondit pas à cette question et se sentit cette fois incapable de la regarder dans les yeux. Elle se concentra sur la ligne de démarcation entre la mer et le ciel.

— Vous avez deux jours pour vous décider. Rentrez à la maison et nous n'arrêterons pas votre mère. Si vous restez ici, je ne peux plus vous aider.

Mariam se retourna et repartit en silence. Sa paranoïa levantine en pleine efflorescence, elle appela Bouthaina pour lui communiquer un rapport complet et recommander l'arrestation immédiate de la mère très âgée de Fatimah, étant donné son soutien réitéré aux ennemis de la République arabe syrienne, tant à l'étranger que sur le territoire national.

— Elle est têtue, je vous l'ai dit, lui répliqua Bouthaina. Tenez bon encore quelques jours, vous verrez bien si elle se ravise.

En arrivant à l'hôtel, elle se sentit recrue de fatigue. Dans sa chambre, elle s'allongea sur le lit, l'esprit agité par les questions de Fatimah et un numéro de téléphone qu'elle ne devrait pas composer. Elle se leva, se déshabilla, ne gardant que ses sous-vêtements, et exécuta les enchaînements de coups de pied, de coups de poing, de mouvements de coude et de genou que Beni lui avait montrés à Paris, il y avait bien longtemps.

Elle réfléchit ensuite aux incohérences qu'elle avait passées au crible pendant le trajet en train jusqu'à Villefranche : ses talents de combattant, sa confiance en lui, la suggestion de la suivre sur la Côte d'Azur, les questions prudentes. Elle avait rencontré des dizaines de diplomates américains. Sam n'était pas l'un d'entre eux.

À cet instant, elle se rendit compte qu'elle espérait avoir raison.

LA PREMIÈRE PENSÉE DE SAM, LORSQU'IL ATTEIGNIT le lieu sûr désigné, fut qu'il s'était engagé dans la mauvaise division de la CIA. Les logements qu'il avait utilisés lors de ses missions en Égypte et en Irak étaient poussiéreux, malodorants, généralement dépourvus de sanitaires fonctionnels et d'air conditionné. Dans une planque de l'Anbar, un solifuge avait sauté d'une étagère et piqué l'une de ses sources dans le cou. Au Caire, il avait dû remplacer des toilettes hors service par un vieux seau de peinture de quarante litres.

En l'occurrence, « planque » ou « lieu sûr » auraient été des termes impropres pour désigner ce château situé dans le village médiéval d'Èze, au sommet d'une colline vingt minutes à l'est de Villefranche. Le village était perché plus de trois cents mètres au-dessus des plages de la côte, sur une ancienne voie romaine. Il abritait désormais quelques dizaines de vieillards originaires de la région et un nombre équivalent d'Européens et d'Américains richissimes, désireux de profiter du soleil sur la Côte d'Azur en toute discrétion.

Sam trouva la clé, cachée dans les parterres de fleurs par une ressource de soutien de la station et il entra dans son château. Il alluma les lumières du vestibule. Les murs étaient en pierres nues, le mobilier ancien et français. Il se nota d'éviter de décapsuler des bouteilles de bière sur les rebords de tables. Il y avait une terrasse avec une vue imprenable sur la Côte d'Azur, sept chambres majestueuses et deux cuisines bien fournies, dont l'une réservée aux domestiques. Il y avait même des bières dans le réfrigérateur. Il fit l'inventaire de ses provisions en se référant à la liste qu'il avait demandée à Paris. Il ouvrit une bière et sortit sur la terrasse, où il envoya un message à Elias pour lui confirmer que les BANDITO montaient bien la garde devant l'hôtel de Mariam à Villefranche.

———

MARIAM ÉTAIT ALLONGÉE SUR LE LIT et regardait le ventilateur tourner paresseusement au-dessus de sa tête, comme une horloge affichant un compte à rebours avant la décision. *Qu'est-ce que tu fabriques ? Tu peux encore te soustraire à tout ça. Prends un train pour Paris et rentre chez toi. Mais maintenant, si tu l'appelles, eh bien...*

Elle enfila une paire d'espadrilles fauves qui se laçaient aux chevilles et une robe de chambre en popeline à rayures bleues et blanches qui lui arrivait au genou et qu'elle avait achetée à Paris.

Puis, après dix minutes supplémentaires passées à regarder le plafond, la bouche pâteuse, elle décrocha le téléphone de sa chambre pour composer le numéro que Sam lui avait communiqué.

———

LES BANDITO, QUI MANGEAIENT DES PIZZAS en faisant le guet devant l'hôtel, lui signalèrent qu'elle était claire. Il alla donc la chercher dans sa voiture de location. Un restaurant à Villefranche aurait été un choix naturel, mais il tenait à la mettre à l'aise et à ce qu'elle accepte de le rencontrer dans des lieux discrets. Le château, ce serait parfait. Il se demanda si elle ne résisterait pas à cette idée en lui suggérant un endroit rassurant, en ville.

— Je me suis dit qu'on pourrait se faire à dîner, proposa-t-il quand elle monta dans la voiture en lissant sa robe sur ses jambes bronzées.

En l'embrassant sur la joue, il remarqua de petites taches de rousseur sous les yeux.

— Que pensez-vous de remonter dans ma villa ? C'est à vingt minutes à l'est, à Èze, un endroit magnifique. Un petit village médiéval.

— Ça me paraît merveilleux.

Ils prirent la Moyenne Corniche, la voie romaine qui creusait la ligne de crête des falaises le long de la mer. Les lumières de Nice et de Villefranche emplissaient l'horizon à l'ouest, et Monaco scintillait à l'est.

— J'ai reçu aujourd'hui des informations sur ma prochaine affectation, lui apprit-il. Damas.

Elle baissa sa vitre et exposa son visage à la brise du soir qui lui plaqua les cheveux en arrière.

— C'est une excellente nouvelle, Sam, approuva-t-elle en regardant toujours par la fenêtre. Peut-être que nous aurons l'occasion de nous revoir.

— J'aimerais bien, dit-il, avant de baisser sa propre vitre pour humer l'air marin. Je ne m'y habituerai jamais.

Elle sourit et n'ajouta rien.

À l'intérieur du château, elle lui posa la question inévitable, mais avec tact, et en arabe, exprès, afin d'être sûre de comprendre sa réponse.

— Comment avez-vous trouvé cet endroit ?

— J'ai eu un week-end de chance à Las Vegas, il y a quelques semaines, dit-il. Et j'ai trouvé le bon agent immobilier dans la région.

Elle ne réagit pas à sa réponse et entra dans l'une des chambres pour admirer la vue sur la mer, qui ne formait plus qu'un mur noir à l'horizon. Il la suivit à pas lents. Elle savait que c'était un mensonge, qu'elle tolérait pour l'instant, pensa-t-il.

— Alors, qu'est-ce qu'on va cuisiner ? demanda-t-elle avec un signe de tête vers la porte.

Il sourit.

— Je pensais qu'on pourrait préparer des spaghettis.

Elle haussa le sourcil.

— Des spaghettis ? Vous ?

— J'ai quelques bons plats à mon répertoire. C'en est un.

Il la précéda dans la cuisine et disposa les ingrédients sur le comptoir. Il lui demanda de couper les oignons, les carottes et le céleri.

— Vous vous fiez à moi avec un couteau entre les doigts après… – une main posée sur sa hanche, elle désigna l'ecchymose sur son front en pointant la lame dessus – votre accident.

Elle rit.

Il se palpa le front avec un sourire.

— C'est bien pour ça que je reste à l'autre bout de cette cuisine, je garde mes distances.

Il posa une baguette de pain sur le comptoir et la coupa en rondelles, puis il versa de l'huile d'olive et du vinaigre balsamique dans une assiette et saupoudra le tout de gros sel. Il lui présenta cérémonieusement une bouteille de vin – Shipley la lui avait recommandée –, ce qui la fit aussi rire. Elle approuva, mais il lui servit tout de même un verre pour qu'elle le goûte. Elle ne put cacher sa surprise.

— C'est comme pour les combats, vous en savez davantage sur le vin que vous ne le laissez paraître ?

— J'aimerais bien. Une bonne recommandation chez un caviste de Villefranche, bien que le vendeur n'ait manifestement pas trop apprécié mon français.

Il mélangea de la farine et des œufs pour préparer la pâte des spaghettis.

— Les politiques du département d'État sont-elles compliquées à gérer ? s'enquit-elle en hachant la garniture.

— Mais encore ? demanda-t-il en riant.

Elle s'essuya les yeux à cause de l'oignon, le rouge aux joues.

— Je vais vous donner un exemple. (Elle le fixa d'un regard qui disait : *Maintenant, écoutez-moi.*) Mon équipe au Palais contrôle les dossiers de l'opposition basée à l'étranger et le plan média du gouvernement, poursuivit-elle. Le Bureau de la sécurité d'Ali Hassan constitue la plaque tournante des services de sécurité syriens et des moukhabarat. En résumé, il espionne les espions. Si le président veut qu'on démasque un traître, il fait appel à Ali.

Les mains pleines de pâte à force de pétrir la farine et les œufs, il but une gorgée de vin et la regarda comme s'ils avaient une conversation tout à fait normale, alors qu'il était déjà en train de rédiger mentalement le télégramme à destination de Langley. Il ne remarqua pas les morceaux de pâte et de farine restés collés sur son verre de vin.

— L'autre grande unité du Palais est sous le commandement de Jamil Atiyah. Ils se détestent, lui et ma cheffe, Bouthaina. Et en plus, il est pédophile.

Sam s'arrêta de pétrir la pâte et leva les yeux avec une grimace.

— Pédophile ?

— Oui. C'est un fait connu.

— Je ne peux pas me plaindre d'avoir affaire à des pédophiles dans mon bureau, donc je ne peux pas vous éclairer là-dessus. Mais là où je travaille, il y a quand même pas mal de trous du cul.

— J'ai fini de hacher, annonça-t-elle.

Il versa une généreuse rasade d'huile d'olive dans une casserole et y ajouta les oignons. Dès qu'ils furent devenus translucides, il ajouta les carottes et le céleri.

— Maintenant, on va devoir presser ces tomates.

— « On » ne va rien faire du tout. C'est vous qui allez vous en occuper, rectifia-t-elle en buvant encore une gorgée de vin. Je ne veux pas de sauce sur ma robe.

Il sourit et oublia un instant qu'il essayait de la recruter et de l'amener à travailler pour le compte de la CIA.

Il écrasa les tomates dans un bol jusqu'à les rendre liquides, puis il les jeta dans la casserole et y ajouta de l'eau, du poivre rouge et du sel.

— Où avez-vous appris cette recette ? s'enquit-elle.

Assise au comptoir, elle buvait son vin en le regardant s'affairer.

— Ma grand-mère. Elle était italienne et elle a grandi à New York.

— Mais vous n'avez appris à cuisiner qu'un seul plat ?

— Juste deux, en réalité. C'était vraiment une vieille dame très méchante.

Avec un éclat de rire, Mariam lui lança un torchon.

Pendant que la sauce mijotait, ils confectionnèrent la pâte des spaghettis avec la machine à rouler à la main que Sam avait trouvée dans un placard, et s'efforcèrent avec des rires de manipuler les feuilles de pâte de plus en plus minces. Ses mains collaient à la pâte et elle lui jetait de la farine dessus. Il lui lança à son tour un nuage de farine, qu'elle esquiva.

— J'avais oublié que vous étiez très rapide, dit-il. Et je dois faire gaffe, parce que cette fois, je n'ai pas de protection.

Il désigna son entrejambe.

Elle rit. Ils déroulèrent les spaghettis et les couchèrent sur des feuilles de papier sulfurisé, en attendant que la sauce épaississe. Il resservit du vin, malgré sa réticence.

— Vous disiez ?

— Ah oui. Bouthaina et Atiyah se méprisent. Bouthaina, tout le monde le sait, est la chérie du commandant de la Garde républicaine.

Elle le fixa à nouveau, les yeux disant : *Écoutez-moi attentivement, l'Américain. Je vous explique le fonctionnement des choses.*

Sam savait que, pour la CIA, ce serait une découverte. Pendant leur excursion nocturne jusqu'au distributeur de hot-dogs de Langley, Zelda, l'analyste, avait rapporté à Sam des ragots salaces sur les maîtresses d'Assad et sur les hauts fonctionnaires qui restaient fidèles à leur femme et à leur mari. Mais il n'avait pas été question des préférences d'Atiyah. Il pensait avoir obtenu jusqu'à présent assez d'informations pour rédiger peut-être trois rapports de renseignement, qui auraient tous de quoi faire saliver les analystes.

Elle poursuivit.

— Bouthaina et Rustum veulent éliminer Atiyah en rassemblant des preuves de sa corruption. Et bien sûr, il se défend, en créant toutes sortes de problèmes à notre bureau. Est-ce que vous avez ce genre de politiques, chez vous ?

Il trouva une grande marmite dans l'une des armoires et la remplit d'eau.

— Cela dépend de ce que vous entendez par politiques. Nous avons des fonctionnaires...

— Au département d'État.

C'était dit avec une intention, pour voir comment il confirmait, pour savoir s'il mentait.

— Oui, au département d'État.

Elle le regarda un moment dans les yeux, mais il continua de lui parler comme s'il n'avait rien remarqué.

— Nous avons des joutes d'influence, tout le temps, poursuivit-il. Un fonctionnaire s'attire les bonnes grâces du secrétaire d'État, un autre est mis à l'écart.

— Oui, bien sûr, mais notre politique est plus complexe. Quel est le mot en anglais ? *Féroce*. C'est plus féroce. (Elle était repassée à l'anglais.) Par exemple, Bouthaina a présenté au président de nouvelles preuves de l'attirance d'Atiyah pour les mineures. Quand Atiyah l'a découvert, il a envoyé des sbires agresser un jeune collaborateur de notre bureau. Ils ont failli le tuer, une façon d'envoyer un message à Bouthaina : *Ne venez pas m'emmerder.*

Elle descendit du comptoir pour remuer la sauce.

— Comment Bouthaina se défend-elle ? demanda Sam en arabe.

— Bouthaina a déjà trouvé des comptes dont le président n'avait pas connaissance. Pour le bakchich. L'argent de la corruption. Tous les membres du régime en ont, mais elle a trouvé ceux d'Atiyah. Elle a également dressé les listes des filles mineures avec lesquelles il a couché. C'est très exhaustif.

— La pédophilie ne suffit pas à le faire tomber ?

— Je ne crois pas. Cela le salit, mais Bouthaina aura besoin de plus. Ses relations sexuelles avec des jeunes filles étaient déjà bien connues au sein du Palais. Le président fait confiance à Bouthaina, il fait confiance à Rustum. Mais il fait aussi confiance à Atiyah, comme son père avant lui. Il hésite à prendre une décision. Et donc le combat continue.

Elle haussa les épaules.

Ils firent cuire les pâtes, les égouttèrent et les disposèrent dans des bols. Il versa la sauce dessus, puis une cuillerée de ricotta. Mariam cueillit des feuilles de basilic directement sur une plante dans la cuisine et en parsema les deux assiettes. Ils emportèrent leurs bols, une autre bouteille de vin et le pain sur la terrasse. Une brise légère venait faire ondoyer leurs cheveux et leurs vêtements pendant qu'ils mangeaient. Lorsqu'ils eurent fini, elle lui demanda ce qui se passerait, à Damas.

— J'aimerais vous revoir.

— Moi aussi.

— Ce sera différent, là-bas, ajouta-t-il. Davantage de contraintes.

Elle fit la sourde oreille. Il leur servit encore du vin. Ils étaient assis très près l'un de l'autre. Puis leurs têtes se rapprochèrent et ils s'embrassèrent, longuement, lentement. Il passa ses mains dans ses cheveux. Peu après, ils se levèrent, ensemble, toujours enlacés, et glissèrent vers l'un des canapés. Des mains s'aventurèrent, débouclèrent une ceinture, firent coulisser, dézippèrent une fermeture Éclair. Sans savoir comment, au moment où il avait introduit ses mains sous la robe de Mariam, il avait retrouvé la maîtrise de soi nécessaire pour avoir conscience que s'ils allaient plus loin, ce serait un motif de révocation, et si cela se produisait avant le recrutement, il ne pourrait jamais séparer cette attirance amoureuse de ce qui motiverait Mariam à espionner pour le compte de la CIA.

Il détacha ses lèvres des siennes.

— Nous devrions peut-être nous en tenir là, suggéra-t-il.

Elle avait les cheveux ébouriffés, était barbouillée de rouge à lèvres, la robe tirée de côté, ou vers le haut, ou vers le bas selon ce qu'elle était censée couvrir. Sa ceinture à lui était débouclée, son pantalon déboutonné, sa chemise à mi-parcours. Elle se redressa, son visage sombre reflétant un mélange d'incrédulité et d'une colère de reine. Elle se dirigea à grands pas vers la salle de bains pour se remettre d'aplomb et réapparut dans la cuisine, auréolée d'une énergie noire, alors qu'il empilait la vaisselle dans l'évier.

— J'ai besoin qu'on me ramène.

— Mariam, je…

Elle leva la main.

— J'ai besoin qu'on me ramène, répéta-t-elle.

Ils roulèrent jusqu'à Villefranche en silence et il réalisa qu'il venait peut-être de se chier dessus, l'une des formules favorites de Bradley. Il se consola en se disant que si elle avait exigé son amour à lui pour travailler pour la CIA, le recrutement aurait été d'emblée voué à l'échec. Mais en regardant Mariam, collée contre la portière passager comme si elle s'efforçait de maintenir le maximum de distance avec lui, il se rendit compte que la repousser avait été une erreur.

À leur arrivée à l'hôtel, il lui demanda s'il pouvait la raccompagner à l'étage.

— Vous n'aurez pas de seconde chance ce soir, vous saisissez ? fit-elle en fixant le pare-brise.

— Oui.

Il la suivit dans le hall et monta un escalier en colimaçon jusqu'à sa chambre, au troisième étage, espérant profiter d'une ouverture pour convenir d'un autre rendez-vous.

— C'est ma chambre, dit-elle en se retournant et en se plaquant dos à la porte pour lui signifier que c'était le terminus.

— Je peux vous voir demain ?

— Possible. Je vous enverrai un SMS.

— Je peux entrer, juste quelques minutes ? insista-t-il. Pour vous expliquer.

Elle hocha la tête, inséra la clé dans la serrure et tourna la poignée. Il fit un pas de plus, vers sa porte ouverte. Elle entra. C'est alors qu'il remarqua les griffures sur la poignée et les écailles de peinture bleue sur la boiserie. La pièce était dans l'obscurité. Mariam chercha l'interrupteur à tâtons, en lui répétant qu'elle était fatiguée et qu'il avait exactement une minute pour s'expliquer.

Elle alluma la lumière.

Et ils étaient là, les trois guetteurs syriens de Paris.

Le gros, en jean et T-shirt des Pink Floyd, matraque et menottes en mains, flanqué des deux autres, armés de pistolets équipés de silencieux, en sweat-shirts à capuche et mocassins. L'un tout en gris, l'autre tout en noir. Tout le monde avait l'air surpris de se voir. Sam regarda vers Pink Floyd, en marquant un temps d'arrêt, l'autre lui cria dessus en arabe, exigeant sa pièce d'identité. Sam chercha une arme des yeux, avisa une lampe sur le bureau et décrypta rapidement le scénario : *Un enlèvement, pas un assassinat, sinon nous serions déjà morts.* S'ils emmenaient Mariam, qui savait ce qui se passerait ?

Il leva les mains en l'air. Mariam en fit autant. Elle leur expliqua qu'elle avait rencontré Sam en ville, il s'avança et leur dit en arabe qu'ils commettaient une grosse erreur, qu'il coopérerait. Pink Floyd s'approcha de Sam et lui ordonna de se retourner, visiblement nerveux. Sam fit un pas en avant, les mains en l'air, et Pink Floyd s'approcha encore. Sam lui flanqua un coup de boule, son front écrasa le nez du type. Il entendit le craquement, puis il lui arracha sa matraque des mains en lui enfonçant un genou dans l'entrejambe. Il lui abattit la matraque sur le crâne, tira sur la lampe de bureau en marbre, la prise murale s'envola et il la jeta sur le type en sweat-shirt à capuche noir, qui n'avait même pas encore réussi à lever son arme. La lampe l'atteignit en pleine poitrine, l'expédiant sur le lit.

Mariam se mit en action, sa robe bain de soleil s'envola alors que le sweat à capuche gris regardait son camarade s'effondrer sur le lit. Un rapide coup de pied frontal envoya le pistolet du type ricocher sur le parquet, mais il bloqua son premier coup de poing marteau et la repoussa, créant ainsi une distance de vulnérabilité. Il plongea au sol pour attraper le pistolet, mais Sam était déjà en train de saisir l'arme du sweat-shirt noir, toujours vautré sur le lit.

Sentant enfin ses doigts se refermer sur le métal moite de l'arme, Sam tira deux balles et le sweat-shirt gris bascula en arrière sur le bureau.

Le sweat-shirt noir était sur le lit, il se tenait le ventre à l'endroit où la lampe l'avait percuté. Il tenta de se redresser en sortant un couteau de son fourreau. Il plongea vers Mariam. Sam tira trois fois, le touchant au cou, à la tête et à l'épaule, et l'autre s'effondra sur le lit, les fesses sur les draps, ses yeux sans vie regardant le ventilateur tourner. Sam s'approcha de Pink Floyd pour vérifier s'il vivait encore. Il voulait lui poser quelques questions. Mais le coup de matraque lui avait fracassé le crâne et son corps s'était affaissé par terre. Aucun pouls.

Mariam se releva. La poitrine haletante, les yeux immenses.

Sam prit rapidement le pouls des deux autres et ne sentit rien.

— Merde, murmura-t-il. Merde.

Quand c'est la merde, il faut sortir du X – sortir de l'impasse tactique après une embuscade et reprendre l'initiative.

— Il faut y aller, fit Sam, son entraînement lui permettant de gérer la montée d'adrénaline.

Elle en était au même stade, elle fourrait déjà toutes ses affaires dans sa valise.

— Maintenant, vous me dites la vérité, c'est compris ? C'est compris ? hurla-t-elle.

12

SI L'HÔTEL LE PANORAMIC AVAIT PRIS LA PEINE d'investir dans un système de sécurité, même le plus élémentaire, la caméra du troisième étage aurait montré un grand Américain et une jeune femme arabe accrochant l'écriteau NE PAS DÉRANGER à la poignée de porte de la chambre 302, à 00 h 38. Une autre caméra aurait montré le même couple traversant le hall d'entrée d'un pas rapide. La femme multipliait vers l'homme les gestes de colère de sa main droite tout en portant une valise avec la gauche. L'homme, qui n'avait pas de bagages, la prenait par la main alors qu'ils se dirigeaient vers la porte. La caméra aurait également filmé un pan de chemisier coincé dans la fermeture Éclair de la valise de la femme, comme s'il avait été rangé dans le bagage à la hâte. La femme avait également une tache de sang sur le front – qu'elle n'avait pas remarquée en tentant précipitamment de se rincer le visage, auraient pu supposer ceux qui auraient visionné ces images. Ses épaules et les cheveux sur son front semblaient trempés.

Mais en précédant Mariam dans le hall et vers la sortie, Sam constata avec soulagement que l'hôtel ne disposait visiblement d'aucune caméra de sécurité et que le réceptionniste de l'accueil était profondément endormi.

En traversant le hall et en sautant dans la voiture de Sam garée devant, trois problèmes furent immédiatement très clairs. Le premier, assez urgent, c'était de calmer Mariam, qui massait une hanche contusionnée et posait une série de questions gênantes sur un ton monocorde.

Le deuxième, c'était de savoir où aller. Le refuge d'Èze semblait être le lot gagnant. Ils jetèrent donc la valise de Mariam dans la voiture de location et repartirent par la Corniche en direction du village, dans un silence régulièrement transpercé par les jurons de Mariam en arabe. Il tenait fermement le volant et vérifia que sa vitesse ne dépasse pas la limite autorisée des cinquante kilomètres à l'heure.

Le troisième problème, le plus épineux, c'était de savoir ce qu'il fallait faire des corps. Sam ignorait si quelqu'un avait entendu les coups de feu ou la bagarre. Si c'était le cas, la police française serait là dans quelques minutes. Dans le cas contraire, ils avaient tout leur temps. Le triple homicide garantissait que personne en Syrie ne pourrait relier Mariam à la CIA. Et il espérait aussi pouvoir effacer tout lien entre Mariam et les trois cadavres.

Tenant le volant de la main gauche, il attrapa son téléphone pour appeler Shipley. Mariam lui demanda qui il contactait.

— Mon chef, pour la France, dit-il.

— Attendez, avant de l'appeler. Je connaissais au moins l'un de ces hommes. Le plus important. Il travaillait pour Atiyah. C'était un moukhabarat.

— Basé en France ?

— Je ne crois pas. Un enlèvement ?

— Bien mal organisé.

Elle frappa sur le tableau de bord.

— *Merde !* éructa-t-elle, en anglais.

Il composa le numéro de Shipley à la sortie de Beaulieu et lui raconta ce qui s'était passé. Son supérieur resta silencieux de longues secondes. Sam aperçut le panneau indiquant Èze et ralentit. Mariam se frottait le visage à deux mains.

— Filez à la planque maintenant, lui dit Shipley. Emmenez la Syrienne avec vous. J'envoie une équipe pour débarrasser les corps, à moins que la police n'arrive la première. J'ai une équipe logistique capable de se charger de ce genre de choses.

— Comment voulez-vous, euh, présenter l'incident ?

— Vous êtes sûr que les ravisseurs étaient syriens ? Pas français ? Des Français d'Afrique du Nord ?

— Je suis certain que l'un des trois au moins a été envoyé de Syrie. Mariam l'avait déjà croisé, à Damas.

— Et les autres ?

— Nous pensons que c'étaient des Syriens.

— En ce qui me concerne, il n'y a que peu d'avantages à consigner un rapport officiel à ce sujet. Notre équipe s'en sort bien, la Syrienne s'en sort bien, trois ravisseurs sont morts. Mais si tout cela se retrouve dans les dossiers de la police française, vous ne pourrez plus jamais retourner en France.

— Je prends le pari.

— Demandez à votre équipe de surveillance de guetter l'arrivée de la police à l'hôtel. Mes gars peuvent être sur place dans quelques heures. Si la police arrive, la Syrienne devra soit s'enfuir, soit se rendre. (Sam entendit son chef respirer dans le combiné.) Tenez-moi au courant.

Il raccrocha.

MARIAM PRIT UNE DOUCHE PENDANT QUE SAM déployait les BANDITO. Elias vint à Èze récupérer la clé de la chambre de Mariam afin de la remettre à l'équipe de nettoyage de Shipley. Trente minutes plus tard, Rami appela pour indiquer que la police n'était toujours pas sur les lieux et que l'hôtel était calme.

Sam contacta Shipley, qui lui confirma que son équipe serait à Villefranche deux heures plus tard. Ils coifferaient les femmes de chambre au poteau. Il précisa qu'ils viendraient récupérer tous les vêtements qui avaient été portés et toutes les armes utilisées au cours de l'agression.

— Fourrez le tout dans un sac-poubelle, ordonna Shipley. Et vous mettez le sac dehors.

— Qu'est-ce qu'ils vont faire des corps, chef ?

Shipley grommela.

— Ils apportent des scies, de l'acide, quelques valises et le reste. D'autres questions ?

Après avoir raccroché, Sam transféra dans un sac-poubelle tous les vêtements qu'il avait portés et prit une douche chaude. Puis il s'assit sur la terrasse avec une bière. La soirée était fraîche et agréable, la lune ronde et brillante tandis que les nuages se dissipaient dans le ciel nocturne. Il savait qu'elle savait. Il but une longue gorgée de bière. C'était le moment.

Elle apporta une bouteille de vin sur la terrasse, s'assit en face de lui, but un demi-verre en silence. Elle portait un peignoir et ses cheveux étaient mouillés, après sa douche.

— Où sont vos vêtements ? demanda-t-il.

— Dans la salle de bains.

Il les jeta dans le même sac-poubelle que les pistolets et la matraque qu'ils avaient récupérés et mit le tout dehors, comme l'avait demandé Shipley.

De retour sur la terrasse, il retrouva Mariam qui se servait un autre verre de vin.

— J'ai des questions à vous poser, dit-elle. C'est moi qui commence. Ensuite, vous pourrez me poser les vôtres.

— Ça me paraît correct.

— Vous êtes de la CIA ?

— Oui.

— Sam, c'est votre vrai prénom ?

— Oui.

— Vous êtes vraiment du Minnesota ? Vous avez passé du temps à Las Vegas ? Vos antécédents, tout est vrai ?

— Oui.

— Nous sommes dans une maison qui appartient à la CIA ? Je ne veux pas entendre de sornettes sur une location grâce à vos gains au jeu.

— Oui. Un lieu sûr.

— Vous allez vraiment à Damas, ensuite ?

— Oui.

— Vous vous battez bien parce que vous avez été entraîné ?

— Oui.

— Pourquoi vous étiez à Paris ?

— Pour vous parler.

— Pour essayer de me recruter.

Il finit sa bière. Ce n'était pas une question. Pourtant, il allait répondre.

— Oui. Pour vous recruter.

— Ces hommes, à l'hôtel, ce n'était pas une mise en scène ?

— Les Syriens sont vraiment paranos...

— Répondez à ma question.

— Non. Nous n'avons rien organisé. J'ai été aussi surpris que vous.

Elle but encore une gorgée de vin. Il remarqua qu'elle ne tremblait pas. Elle était calme. Elle avait déjà vu la mort en face.

— Je dois fuir la France ?

— Je ne pense pas. Personne n'a appelé la police. L'équipe de nettoyage est en route. Nous en saurons plus dans quelques heures.

— L'alchimie entre nous. Elle est réelle, ou vous avez simulé pour me recruter ?

— Réelle. Très réelle.

— J'ai fini maintenant.

Elle s'emmitoufla dans son peignoir pour se protéger des rafales de vent qui venaient de la colline et regarda la mer.

Il posa la bouteille de bière vide et rapprocha sa chaise pour l'observer : les yeux, les mouvements des mains, la position de la tête. Tout cela aurait de l'importance pour la suite des événements.

— Vous aviez déjà vu quelqu'un commettre des meurtres, ou déjà tué quelqu'un ?

— Oui. C'est la guerre en Syrie, Sam.

— Mais il n'y a pas que ça. Vous avez déjà tué, n'est-ce pas ?

Elle passa une main dans ses cheveux mouillés, pour démêler une mèche.

— Oui, une fois. À Damas. J'avais vingt ans. Un type a essayé de me violer. Il n'est pas parvenu à ses fins. Je l'ai tué. Ça ne m'empêche pas de dormir, au cas où ce serait votre prochaine question.

— Ce ne sera pas ma prochaine question. Ça, je le savais déjà. Pourquoi vous m'avez parlé du Palais, ce soir ?

— Je voulais que vous sachiez.

— Pourquoi ?

— Parce que je dois tenter quelque chose.

— Vous voulez qu'on travaille ensemble ?

— Serais-je amené à travailler avec vous ?

— Oui. Nous travaillerions ensemble, à Damas.

— Dites-moi un peu à quoi cela ressemblerait.

———

ELLE DÉPLOYA TOUTE SA SUBTILITÉ DE NÉGOCIATRICE levantine et poursuivit la conversation sans avoir vraiment répondu oui. Sur la terrasse, il lui présenta les étapes du processus : « On se charge de votre formation accélérée, en France ; mise en place d'un plan communications pour qu'on puisse se parler à l'intérieur de la Syrie ; une adresse où on peut se rencontrer à Damas ; une liste de sujets sur lesquels nous voulons en savoir davantage, et nous prenons des dispositions financières. »

Elle leva la main.

— Je ne veux pas d'argent. Je ne suis pas une mercenaire.

— Je comprends, Mariam, mais nous garderons cette somme en compte. Pour plus tard.

— Je ne quitterai jamais la Syrie. Ce n'est pas nécessaire.

Il laissa tomber le sujet. L'argent serait versé sur un compte. Les finances consigneraient les dépôts. Si elle faisait défection ou prenait sa retraite, la somme lui reviendrait. La CIA tenait ses promesses à l'égard de ses sources actives. Sam avait déjà remis dix ans d'arriérés de paiement à l'un d'eux : le type n'avait encore rien touché parce qu'il avait été emprisonné pour espionnage. Il s'était assis en face de lui dans un train et avait fait glisser un sac de sport rempli d'argent vers ses pieds. « De la part de vos amis américains », c'est tout ce que Sam lui avait soufflé en s'éloignant.

— Vous me montrerez comment me rendre à la planque sans que les moukhabarat me filent ?

— Oui. Nous allons...

Son téléphone vibra dans sa poche. Rami. Il était presque 5 heures du matin. Il était complètement réveillé.

— Qu'est-ce qu'il y a ?

— Les nettoyeurs viennent de repartir. Le type à la réception est littéralement en train de ronfler. Pas de police en vue.

— Merci.

Ensuite, il appela Shipley.

— Elle a besoin d'une extraction ? s'enquit Sam.

— Non. Mon équipe me signale que la chambre est propre.

Il leva les yeux vers Mariam, qui s'appuya contre la balustrade en fer forgé de la terrasse et l'observa attentivement.

— Peut-être qu'elle règle sa chambre dès demain matin et qu'elle s'installe ici, à Èze ?

— Elle est d'accord ?

— Oui.

— Très bien. Appelez-moi demain.

La ligne se coupa.

— Tout est en ordre, c'est ça ? s'enquit Mariam, et Sam se demanda quelle partie de la conversation elle avait entendue.

— Oui, vous devriez rendre votre chambre demain matin. Vous pouvez vous installer ici, si vous êtes d'accord.

— Et je gère ça comment, à mon retour en Syrie ?

— La tentative d'enlèvement ? (Elle hocha la tête.) Pour l'instant, je ne suis pas sûr que vous ayez besoin de faire quoi que ce soit. Atiyah en conclura qu'ils ont échoué, ne dira rien, et se réorganisera peut-être pour une autre tentative. Rien de tout cela n'était officiel.

— C'est le problème avec la Syrie, Sam. On ne sait jamais.

13

SAM RÉCUPÉRA LE TÉLÉGRAMME APRÈS QUE MARIAM se fut endormie dans l'une des chambres et l'envoya crypté à une liste BIGOT (les personnels ayant une habilitation de sécurité) assez longue pour réveiller toute la bureaucratie somnolente de la CIA. La nature bipolaire de l'Agence n'avait jamais manqué de le surprendre : la CIA avait la capacité de repérer et d'éliminer un individu au fin fond de l'Hindou Kouch, mais elle était incapable de dénicher une agrafeuse en état de marche dans tout Langley. Il en avait été de même pour le recrutement de Mariam.

Procter s'assura que leur recrue de choix disposerait de tout ce dont elle avait besoin dans les trois jours qui suivraient son retour à Damas. La cheffe envoya une carte des emplacements potentiels de boîtes mortes, des sites de transmission et de trafic discret, ainsi que deux adresses de lieux sûrs dans la vieille ville. Il y avait des tonnes d'images satellites. Il fallait que tout cela soit en accord avec le mode de vie de Mariam. Sam devrait l'élaborer avec elle, ici, à Èze. Heureusement, avec une taupe, quelques jours c'était l'équivalent d'une vie entière.

Il n'arrivait pas à s'endormir, et fit du café. Il était 7 heures. Le soleil commençait à poindre à l'horizon. Mariam dormait encore. En attendant que le café finisse d'infuser, il huma la brise saline de la mer et entendit les vagues s'écraser sur les rochers en contrebas. Il appuya sur le piston, se versa une tasse et sortit sur la terrasse pour assister au lever du soleil. Seuls le bruit des vagues et le klaxon solo d'une voiture troublèrent le calme de la rue à l'aube. Il prit quelques minutes pour boire son café avant de retourner à l'intérieur, où il consulta les cartes de Procter sur un iPad sécurisé.

Et puis il y avait la bureaucratie léthargique de Langley. Il avait demandé un coach pour former Mariam aux PDS. Personne n'était disponible. Procter avait pété les plombs et employé l'expression « merde en boîte » dans le trafic des télégrammes officiels. Elle rappelait qu'ils disposaient d'un atout de première, issu d'un pays de niveau 1, et une conseillère du Palais, qui plus est – « Vous ne pouvez pas nous dégotter quelqu'un ? Qu'est-ce que c'est que ce merdier ? ». Cela n'avait servi à rien. Sam et les BANDITO allaient devoir s'en charger.

Mariam sortit de sa chambre et fouilla dans les armoires avant de refermer très bruyamment les portes.

— Il y a tout ce qu'on veut ici, sauf du thé, se plaignit-elle, avant de se servir une tasse de café et de s'asseoir sur le canapé à côté de Sam.

— Avant de commencer, fit-il. Une promesse. On se dit la vérité sur tout. Pas de cloisons. Pas de demi-vérités. Pas de mensonges.

Il avait déjà servi le même discours de motivation à d'autres sources, mais elles n'étaient généralement pas en peignoir. À cet instant, il scruta les yeux de Mariam, y guettant les signes de tromperie, la marque du courage. Il y vit de l'honnêteté. Il y vit de la peur. Cela signifiait qu'elle mesurait tout le poids de sa décision.

Elle soutint son regard.

— Je vous le promets, Sam.

— Moi aussi, Mariam.

— Maintenant, par où on commence ?

Ils consacrèrent quatre heures à passer sa vie en revue : sa famille, ses habitudes de travail, ses amis, les restaurants qu'elle fréquentait, ses ennemis, les risques de chantage auxquels elle était exposée. Ils consultèrent les cartes. Elle lui indiqua son appartement, le Palais, la maison de ses parents.

En début d'après-midi, elle alla au village acheter des sandwiches et téléphoner à Bouthaina pour lui faire part de toute absence de progrès concernant Fatimah. Sam lança la base de données des télégrammes cryptés sur son iPad et lut quelques bonnes nouvelles :

1. LA DIVISION NE EST D'ACCORD AVEC L'ÉVALUATION DE LA MOTIVATION ET DE LA PROGRESSION DE LA RÉF PROSPECT EN RECRUTEMENT PAR C/O GOLDJAGGER.

2. RECOMMANDE LA GÉNÉRATION DE CRYPTONYME EN ATTENDANT AVIS FAVORABLE DU CONTRE-ESPIONNAGE.

3. ATTENDONS D'ÉVALUER PLAN COMMUNICATIONS ET OPÉRATIONS DE GOLDJAGGER.

Burt O. GOLDJAGGER, c'était le *funnyname* de Sam, son pseudonyme utilisé dans les communications écrites pour éviter toute mention de son vrai nom sur les documents. Ces pseudos étaient souvent ridicules. Il avait entendu dire qu'un programme informatique les générait à partir d'un annuaire téléphonique britannique des années 1950. Procter trouvait le nom amusant et avait pris l'habitude de l'appeler Jaggers. Il lut un autre télégramme, celui du contre-espionnage, CI.

4. LA DIVISION CI APPROUVE RECRUTEMENT ET ATTEND AUSSI PLAN COMMUNICATIONS ET OPÉRATIONS.

5. RÉF PROSPECT EST MAINTENANT CRYPTÉ BL/ATHENA.

ATHENA. C'était parfait. Un énorme progrès par rapport à sa dernière recrue, sous pseudo crypté SLIMER. Façon *SOS Fantômes*.

Il appela Elias et demanda aux BANDITO de le retrouver à Nice le lendemain matin pour entamer la formation accélérée de Mariam à la détection de la surveillance. La vieille ville et son dédale de ruelles offraient un type de terrain assez similaire à la vieille ville de Damas, ils ne trouveraient pas mieux dans tout le sud de la France.

Sam balança un télégramme à l'intention de Procter avec une proposition de plan communications et des questions de suivi pour la cheffe basées sur ses conversations avec Mariam ce matin-là. Il joignit une photo d'un plan qu'il avait dessiné avec elle retraçant son itinéraire de jogging dans Damas jusqu'au mont Qassioun, qui surplombe la ville. Il voulait savoir si Procter pourrait trouver une boîte morte praticable dans la montagne. Il envoya le télégramme, ferma la base de données et se resservit du café.

Mariam était de retour avec le déjeuner : un plateau de sandwiches au salami et au beurre, une bouteille d'eau, une salade et une quiche. Elle expliqua que Bouthaina l'avait priée de tenter une dernière entrevue avec Fatimah. C'était un don du ciel. Cela leur laisserait plus de temps. Pendant qu'ils déjeunaient, il lui expliqua qu'il avait demandé à Damas de leur créer une boîte morte.

— Nous pouvons aller sur un sentier à proximité, cet après-midi, éventuellement, et je vous montrerai comment gérer une boîte, dit-il.

Elle but une gorgée d'eau minérale, en réfléchissant à quelque chose.

— Qu'y a-t-il ?

— Pouvons-nous parler un peu plus du Palais ? Pour que je comprenne les informations qui vous seront utiles.

— Bien sûr.

— Par exemple, si Bouthaina facilitait d'étranges transactions financières pour le compte de la Garde républicaine ? dit Mariam. Ce serait digne d'intérêt ?

— Ce serait plus que digne d'intérêt.

Elle but une gorgée d'eau.

— Rustum s'est présenté au bureau de Bouthaina il y a quelques mois pour une réunion. Cela ne s'était jamais produit auparavant, et jamais depuis. Bouthaina m'associe à presque tout, mais elle s'est occupée seule de cette affaire. Après la réunion, elle m'a expliqué pourquoi. Rien ne l'y obligeait, mais elle m'a quand même informée : la Garde doit se procurer du matériel, clandestinement. Les sanctions sont sévères et ils ne font pas confiance aux sociétés-écrans du CERS pour gérer les transactions sensibles.

— Elle a parlé du CERS ? demanda-t-il.

— Oui.

— Intéressant.

Elle poursuivit.

— Bouthaina crée les sociétés-écrans en utilisant un réseau de sympathisants, des hommes d'affaires syriens. La plupart sont à Beyrouth. Certains sont à Amman, d'autres à Chypre, ou dans le Golfe. Je suis intervenue sur six transactions. Je n'ai pas une vue d'ensemble.

— Toutes uniquement liées au Palais ? demanda-t-il.

— Je pense, oui. Les fonds proviennent de comptes bancaires associés à la Garde républicaine et sont placés sur plusieurs autres comptes détenus par Bouthaina au Palais. Nous transférons ensuite l'argent aux sociétés-écrans, qui achètent vraisemblablement pour la Garde. Cela met Bouthaina sur les nerfs. Maintenant, voici la partie la plus intéressante. J'ai investigué sur l'une de ces sociétés-écrans. Les recherches sur Internet n'ont rien donné. Elles n'ont pas de site web. Mais j'ai consulté une base de données du Palais et j'ai découvert qu'une société-écran identique avait été créée en 2002 pour mener des activités pour le compte du CERS.

— Je vois où vous voulez en venir, fit Sam. Les armes chimiques… Mais ils pourraient employer ces mêmes sommes à d'autres types d'achat. Des tuyaux, des boulons, des cisailles.

Mariam acquiesça.

— C'est vrai, mais j'ai appelé la société, par curiosité. Je leur ai raconté que j'étais dans la finance et j'ai demandé s'ils pouvaient me refaire la liste des articles mentionnés sur le bordereau. J'ai inventé que le scanner avait mal fonctionné. La liste ne comportait qu'un seul article : de l'alcool isopropylique. Un composant nécessaire à la production de gaz sarin. Je le sais parce que le bureau de Bouthaina a dû répondre à des questions sur l'interdiction par l'Union européenne d'exportation de certains produits chimiques vers la Syrie.

— Connaissez-vous les montants qui ont été transférés vers cette société-écran ? demanda Sam.

— Dix millions de dollars.

— Avez-vous une idée de la manière dont nous pourrions accéder à la liste complète des entités fictives et des transactions entre ces sociétés et le Palais ?

— Je pense que c'est stocké dans l'ordinateur de Bouthaina.

— Elle vous a déjà laissée seule devant ce PC ?

Le risque en valait la peine, il le savait, mais il avait un peu de mal à rester objectif, face à elle, assise sur ce canapé, jambes repliées, en train d'examiner les cartes, ses sous-vêtements blancs visibles en haut des cuisses.

ILS TRAVERSÈRENT BEAULIEU-SUR-MER et se garèrent à la pointe nord de Saint-Jean-Cap-Ferrat. Ils étaient en tenue décontractée, comme quand on sort se promener l'après-midi. Mariam portait un jean, un haut façon marinière et des tennis blanches. Il avait choisi un jean et un T-shirt gris. Les chemins de terre qui font le tour de la péninsule offriraient un substitut raisonnable à une boîte morte sur un parcours de jogging à Damas. C'était la fin de l'après-midi, le ciel était sans nuage, les sentiers fréquentés, mais pas envahis. Un jeune couple, chacun une main glissée dans la poche arrière de l'autre, passa en flânant. Sam et Mariam parlèrent en arabe.

— Vous n'avez pas le droit de tomber amoureux de vos agents parce que cela vous rend moins objectifs ? demanda-t-elle.

— C'est exact.

— Et que se passera-t-il si la CIA est informée de nos baisers ?

— Ça passerait. Ils poseraient pas mal de questions. Peut-être qu'ils me soumettraient au détect…

Sam s'arrêta de parler. Un couple avec une poussette déboucha du tournant devant eux et les croisa.

Il poursuivit.

— Ils pourraient me faire passer au détecteur de mensonges. Mais je m'en sortirais. Un baiser, c'est autre chose que…

Elle compléta, en anglais.

— Le sexe.

Le passage d'une langue à l'autre le déstabilisa.

— Oui. Là, ils pourraient me révoquer. Me soumettre à une enquête approfondie, ce genre de choses. Je connais un type qui a couché avec une source. Ils l'ont collé deux ans au placard.

— Le placard. Qu'est-ce que c'est ?

— Ça veut dire qu'il est resté deux ans assis à un bureau sans rien faire.

— Je vois.

Ils continuèrent à marcher et abordèrent un sujet moins excitant : les boîtes mortes.

— Le site idéal, expliqua-t-il, doit offrir un équilibre harmonieux entre discrétion physique et fluidité. Le premier aspect parce que la boîte ne doit pas être visible, le second aspect parce que la source et l'officier traitant doivent passer devant et récupérer l'objet, idéalement sans ralentir l'allure et sans s'arrêter. Ces deux exigences sont toujours limites. Plus on a de fluidité, moins la boîte sera dissimulée. Plus la boîte est masquée, moins il y aura de fluidité et plus il y aura de friction. J'ai utilisé une fois un chat taxidermisé balancé près d'un chantier de construction. La source fourrait des papiers et des messages dans une poche du corps de l'animal qui avait autrefois contenu les intestins. Personne n'osait y toucher. Mais cette boîte morte était trop bien cachée : il y avait sur le site d'autres animaux écrasés et la source ne parvenait plus à localiser le bon, ce qui créait trop de frictions et l'a finalement forcée à abandonner ce site de récupération.

Elle eut un petit rire étranglé.

— Vous n'êtes pas sérieux.

— Si.

— Pour moi, pas question de chats écrasés, s'il vous plaît.

Il acquiesça.

— Pas de chats écrasés, c'est promis. Je pense que nous nous servirons de poubelles, peut-être une boîte de conserve tapissée d'adhésif pour maintenir le document au fond, et un couvercle facile à retirer.

Il repéra un site prometteur sur la côte ouest de la péninsule : une poubelle à côté d'une petite paroi rocheuse, des déchets éparpillés tout autour. Il trouva une boîte de conserve, fit sauter le couvercle à l'aide d'un canif qu'il avait sur lui.

— On n'aura rien de mieux, décida-t-il en farfouillant dans le contenu de la poubelle, jusqu'à ce qu'il déniche une serviette.

Il la glissa à l'intérieur de la boîte de conserve et la jeta dans le tas d'ordures. Elle fronça les sourcils en observant cette poubelle.

— Tout ce cirque est moins glamour que les gens ne l'imaginent, admit-il. C'est surtout une histoire de poubelles et de chats crevés.

ILS S'EXERCÈRENT DEUX HEURES, en s'arrêtant chaque fois que des piétons s'approchaient. Sam prenait des vidéos sur son téléphone pendant qu'elle remplissait et récupérait le contenu de la boîte de conserve. Elle apprenait vite, et le krav-maga l'y aida. Elle savait se déplacer en y mettant de la fluidité. Elle savait bouger en y mettant de la densité. Et elle pouvait bouger en y mettant de l'intention. Il la filma avec son téléphone sous tous les angles et, à la fin de l'après-midi, ses mouvements parachevaient sa couverture : une joggeuse, qui laçait sa chaussure en à peu près trois secondes.

Au coucher du soleil, elle lui dit qu'elle en avait assez, mais il insista pour une dernière récupération. Il la filma de dos, comme s'il était à la place d'un moukhabarat. Elle arriva au tas d'ordures en trottinant, en ralentissant à l'approche. Lorsqu'elle fut devant, elle bascula en avant, les jambes aussi droites que deux soldats en faction, le buste formant un angle à quatre-vingt-dix degrés, la poitrine parallèle au sol et les fesses saillantes.

Le jean était moulant, une interférence majeure pour l'évaluation d'une récupération de boîte morte. Elle le regarda à son tour, avec un sourire malicieux, puis elle se redressa, se tint bien droite et fit semblant de boire une gorgée de la canette. Elle lui fit un clin d'œil.

— Je pense qu'on va s'arrêter là, dit-il.

14

ILS CUISINÈRENT LA DEUXIÈME RECETTE de sa grand-mère, un plat de *bucatini al cacio e pepe* badigeonné de vingt euros de pecorino fondu saupoudré de poivre noir moulu. Ils allumèrent des lanternes et les disposèrent sur la terrasse. Mariam portait une robe bain de soleil rouge imprimée à fleurs, des sandales et des boucles d'oreilles, deux anneaux en or, les cheveux détachés arrivant à mi-dos, en volutes indomptées.

Elle avait découvert la cave à vin après qu'ils eurent visionné les vidéos de son entraînement à la boîte morte et choisi un rouge toscan. Sam lui demanda si c'était une bouteille de prix. Elle leva les yeux au ciel.

— Ce n'est pas le sujet. Nous voulons trouver un vin qui se marie bien avec ces pâtes. Ce sangiovese fera l'affaire.

— Il est donc hors de prix ?

— Oui.

— Bien.

Elle leva de nouveau les yeux au ciel.

— Merci d'être monté jusqu'à ma chambre d'hôtel, lui dit-elle après qu'ils se furent assis et eurent trinqué. De m'avoir sauvée. J'ai réalisé cet après-midi que je ne vous avais pas encore remercié.

— Vous en auriez fait autant pour moi.

— Je sais. N'empêche.

Ils mangèrent quelques instants en silence, puis elle posa ses couverts.

— J'ai peur. J'ai peur d'y retourner. De franchir le premier vrai pas.

— Nous le franchirons ensemble. Je vous protégerai.

MARIAM REGARDA FIXEMENT CES YEUX-LÀ et comprit alors pourquoi elle le désirait. Dans un monde quelque peu étranger, c'était maintenant l'une de ses relations les plus intimes. Il savait tout d'elle, ils avaient versé le sang ensemble et il connaissait son plus sombre secret. À Paris, elle avait ressenti cette alchimie, mais maintenant cela allait au-delà : cela devenait une intimité émotionnelle brute, mais sans passage à l'acte. Elle en voulait davantage. Elle voulait le tout.

— Je sais que vous me protégerez. C'est votre boulot, non ? Recruter des espions, obtenir leurs secrets. Mais que se passera-t-il, si je me fais prendre ?

— Mariam, ne…

— Laissez-moi finir. Si je me fais prendre, ils me tortureront, puis ils me tueront. Vous pourrez rentrer chez vous. Ma vie est en jeu. Pas la vôtre. C'est un fait.

— Cela vous perturbe.

— Bien sûr. Notre relation… notre partenariat… c'est spécial. Je ne sais pas vraiment comment décrire la chose. Ça existe, c'est tout.

Elle se pencha en avant, pointant l'index vers son cœur.

— J'en veux donc davantage que ce qu'obtiennent vos sources typiques.

Il changea de position et regarda la falaise en direction de la mer éclairée par la lune. Il fit distraitement tournoyer la dernière goutte de vin au fond de son verre et elle remarqua qu'il plongeait le regard dans cette encre, hypnotisé, et que, pendant un instant, il était ailleurs. Il se passa les deux mains dans les cheveux, puis les reposa sur la table. Mariam vit la sueur perler sur le tissu de la nappe. Il la regarda dans les yeux pour s'assurer de sa confiance, avant de prendre la parole.

— Je vais te dire une chose que personne d'autre ne sait. Cela t'aiderait-il ?

Elle lui répondit par l'affirmative.

— J'ai trois frères. Mais avant ça il y en avait un quatrième, Charlie. C'était le gamin. Il avait quatre ans de moins que moi. Un enfant drôle et fou, c'est ce que disent mes parents maintenant, mais à l'époque, je le savais déjà. Des cheveux blonds, de grands yeux bleus, toujours le sourire. Il faisait des grimaces idiotes et dansait comme un dingue sur la musique. C'était le roi de la fête. Charlie et moi, on s'est toujours bien entendus. On s'amusait ensemble. J'étais assez grand pour veiller sur lui, il était assez grand pour qu'on s'amuse.

Elle vit sa mâchoire se figer, tout comme cela lui arrivait lorsqu'elle avait envie de pleurer, mais s'efforçait de tenir le choc. Elle ne dit rien.

— Je me souviens d'un épisode. Charlie avait quatre ans, quatre ans et demi. Je devais en avoir huit. Notre frère aîné, Danny, révisait un contrôle de maths et n'y arrivait pas. Il pleurait, mon père essayait de l'aider. Il lui a suggéré de se calmer un peu, de faire une pause, et il est sorti de la cuisine. En tout cas, Danny reste assis à cette table et il pleure. Charlie s'assied à côté de lui et parcourt le manuel comme s'il pouvait comprendre ce qui est écrit. Il ferme le livre, met son bras autour de Danny et lui dit que ça va aller, qu'il finira par comprendre. Un gosse de quatre ans qui le réconforte. Et Danny pose sa tête sur l'épaule de Charlie.

Sam lâcha un petit rire, s'essuya le coin droit de l'œil et but une gorgée de vin.

— Charlie met son pouce droit dans sa bouche et le suce, bien juteux, le fourre dans l'oreille de Danny, en lui disant que les problèmes de maths, c'est facile, il va s'en sortir.

Mariam rit à son tour, faillit en cracher son vin.

— Qu'a fait Danny ?

— Il a hurlé et cavalé après Charlie. Et il a foiré son contrôle de maths, si je me souviens bien.

Elle vit sa mâchoire se serrer à nouveau. Ils laissèrent s'écouler plusieurs secondes de silence. Les insectes bourdonnaient sur le flanc de la colline et la rumeur d'une foule montait des ruelles médiévales.

— Quelques mois plus tard, continua Sam, Charlie et moi sommes tout seuls à la maison. Maman a besoin d'œufs à l'épicerie du coin. Dix minutes à pied, on y allait tout le temps. Elle me dit d'y aller avec Charlie. Nous prenons une balle de base-ball avec nous. On se l'échange, Charlie exigeant que je lance quelques balles, il veut que je coure devant, puis que je la lance haut. Cette route n'est jamais fréquentée. Pourtant, je sais que c'est une mauvaise idée. Mais il y a Charlie qui boude et qui braille. Finalement, je cède, je cours une vingtaine de mètres plus loin. À ce moment-là, nous sommes en haut d'une pente, et derrière Charlie la pente redescend. Nous sommes pile au sommet, bordé de grands pins. Je lance très haut, un peu en colère parce que Charlie a fait le sale gosse. Elle ricoche sur une branche d'arbre et retombe vers la route. Je n'ai pas vu la voiture arriver. Un pick-up noir, qui montait la pente à toute vitesse. Mort sur le coup, les médecins ont affirmé qu'il n'a pas souffert. Je suis resté avec lui sur la route, combien de temps, je n'en ai aucune idée. Il avait les yeux ouverts, comme encore rivés sur la balle. Cet idiot de conducteur se tenait la tête à deux mains, il déambulait en marmonnant. Personne n'a jamais retrouvé la balle. Je l'ai laissée là, je n'en ai jamais parlé à personne.

C'est Mariam, cette fois, qui avait la mâchoire serrée.

— Ce n'est pas ta faute, tu sais. Ce n'est pas toi qui l'as écrasé.

Il inspira à fond et remplit à nouveau son verre de vin. Les pâtes étaient froides.

— On devrait peut-être les réchauffer, proposa-t-il.

Debout dans la cuisine, elle l'embrassa.

— Merci de m'avoir confié ça, murmura-t-elle.

Affamés, ils mangèrent à même la casserole, et plaisantèrent – sur leur dispute à Paris, sur le choix assez équivoque de sa boîte morte et sur un truc qu'elle avait entrevu en essayant de lui enlever sa chemise l'autre soir.

— Montre-moi, dit-elle en désignant son omoplate gauche. Je n'ai pas bien vu l'autre soir. C'est encore un secret, ça.

Il souleva sa chemise, dévoilant le mot *Clarity* tatoué sur l'omoplate gauche.

— Qu'est-ce que ça veut dire ? demanda-t-elle. Et pourquoi, autour du *i*, le tatouage est décoloré et raté ? s'étonna-t-elle en anglais.

— Tu veux dire minable ?

— Non, se défendit-elle avec un demi-sourire.

La réaction évasive de Sam indiquait qu'il avait déjà dû se plier à cette explication et qu'il détestait ça. Elle lui passa la main dans le dos. Il était beau et fort. À l'exception de ce tatouage, qu'elle n'aimait pas.

— Clare était ma petite amie, au lycée, dit-il. Un soir, nous étions ivres. On est allés dans un salon de tatouage et on s'est chacun fait tatouer le nom de l'autre dans le dos. Quand on a rompu, je n'avais pas les moyens de faire tout enlever, alors j'ai demandé au type d'essayer d'enlever le *e* de son prénom, puis de le transformer en *Clarity*. À l'époque, ça me semblait profond.

Elle eut un petit rire, et s'étrangla. Une bouchée de *bucatini* faillit s'échapper de ses lèvres, mouchetant sa robe de quelques postillons de fromage. Elle les essuya en riant.

— J'ai payé pour me faire enlever le tatouage d'Assad que j'avais sur les fesses. Ça vaut bien son pesant syrien.

Elle lui fit un clin d'œil. Il rit et l'embrassa, et comme elle put le constater, il retrouvait toute son assurance et sa décontraction à mesure que refluait le souvenir de son petit frère.

Riant encore, ils descendirent chercher du vin dans la cave.

ILS AVAIENT PRESQUE TERMINÉ LA BOUTEILLE suivante, et elle lui demanda à quelle fréquence ils se verraient à Damas.

— Cela dépend vraiment, répondit-il. Mais idéalement, seulement en cas de nécessité. Là-bas, il sera évidemment dangereux de se rencontrer face à face. Pour ta sécurité, nous ne devrons communiquer que par l'intermédiaire de la boîte morte, autant que possible. Mais nous finirons par te fournir de quoi communiquer.

— Et la formation que tu me donnes demain ? s'enquit-elle.

— Parcours de détection de surveillance. PDS. Comment s'assurer que les moukhabarat ne te surveillent pas avant qu'on se retrouve. Nous ferons aussi des croisements discrets. Il y a quantité de matière à couvrir.

Il n'évoqua pas la nausée qu'il éprouvait à l'idée de son retour au cœur du système.

— Nous avons donc deux jours, et ensuite, qui sait ? conclut-elle, et ce n'était pas réellement une question.

Ils s'assirent dans le canapé de la terrasse et fusionnèrent dans un doux silence, face à la côte, en vidant leurs verres blottis l'un contre l'autre. Pendant un instant, ils eurent l'impression d'être un couple normal. Ils restèrent là un moment, s'imprégnant de la nuit noire et immense, jusqu'à ce qu'il l'embrasse et qu'elle lui rende son baiser, et bientôt l'envie très naturelle d'entraîner Mariam vers la chambre principale d'un lieu sûr de la CIA s'imposa, leurs bouches se nouèrent, leurs lèvres ne remuant plus que pour rire, s'embrasser ou se mordre doucement, et ils étaient debout près du lit lorsqu'elle se glissa hors de sa robe bain de soleil et de ses sous-vêtements, et il l'imita, manqua presque se prendre les pieds dans son jean comme un benêt, puis il entendit ce petit rire étranglé et sentit des mains très douces se saisir de lui, alors qu'il l'attirait à lui et qu'ils basculaient sur le lit, riant comme des amis venant de découvrir qu'ils pouvaient se rapprocher l'un de l'autre, qu'ils venaient de trouver le secret, et n'arrivaient pas à croire qu'il leur ait échappé si longtemps.

Oh merde, dit-elle en anglais, *merde habibi,* en laissant retomber sa tête sur l'oreiller, dès qu'il fut en elle. Il appuya le front contre le sien et l'embrassa. Sa peau brillait et ses cheveux épais, tout mouillés à la naissance au front, collaient à son visage et à l'oreiller, son corps oscillait au-dessous de lui, en rythme, du rouge à lèvres partout, une vraie scène de crime. Il avait chaud et ne sentait rien d'autre que le parfum de la lavande, il entendait le tintement de ses boucles d'oreilles qui trouvaient leur cadence. Il ne s'échappa de ce moment qu'une seule fois, se rendant compte qu'il lui paraissait juste et normal d'être maintenant tout contre la fonctionnaire du palais syrien et taupe recrutée par la CIA, Mlle Mariam Haddad, cryptonyme ATHENA, en violation du code de conduite de la CIA et probablement d'une demi-douzaine de lois fédérales. Mais Mariam était à califourchon sur lui, la tête rejetée en arrière, leurs mains blanches et agrippées l'une à l'autre, et cette idée s'évanouit.

Elle sombra la première, alors que la lumière de l'aube filtrait aux fenêtres. Au lieu de s'endormir, Sam s'inquiéta. Il pensait à son agente garnissant une boîte morte. Obtenant des informations. Menant un PDS. À Damas. Ses yeux s'attardèrent sur le soutien-gorge de Mariam, maintenant entortillé au sol. *Qu'est-ce que j'ai fait, bordel ?*

Mariam se rapprocha de lui, encore endormie. Elle respirait profondément et paisiblement.

15

ILS FIRENT LE TOUR DE LA PLANQUE, ramassèrent les vêtements, rangèrent la chambre, grattèrent les pâtes collées au fond des casseroles. Ils ne dirent rien de leurs ébats. Faire l'amour avait été bizarrement naturel, amusant, normal. Il prépara des œufs et des toasts et ils burent leur café sur la terrasse, en regardant les vagues se fracasser sur les rochers alors que la chaleur montait vers le sommet de la colline.

SAM CONSULTA LES CARTES DE DAMAS DE PROCTER sur sa tablette pendant que Mariam prenait sa douche. Elle ressurgit au salon en essuyant ses cheveux mouillés et demanda à quelle heure ils allaient à Nice. Elle enroula la serviette autour de ses cheveux mouillés en lui souriant. Il répondit.

— Nous avons à peu près l'équivalent de dix journées de travail à boucler en deux jours, il est temps de s'habiller, *habibti*.

Il ne se rendit pas compte qu'il venait de l'appeler *habibti* – ma chérie, mon bébé, mon amour –, c'était sorti tout seul, mais cela ne passa pas inaperçu. Elle lui sourit, puis elle alla se changer.

Ils consacrèrent la matinée à explorer la section du cours traitant de la détection de surveillance tout en buvant du café. Elle était excellente élève, attentive, curieuse, désireuse d'apprendre. Le café, en revanche, elle le traita avec dédain.

— C'est du goudron noir, Sam, fit-elle en fronçant le nez tout en buvant de petites gorgées. C'est un breuvage de sauvages.

Il lui apprit tout : la configuration de base, les mouvements, le repérage des récurrences, la façon d'intégrer le PDS dans son mode de vie. Les cours magistraux, il le savait depuis la Ferme, ne peuvent pas tout vous enseigner. Il faut descendre dans la rue.

Elle était suffisamment proche pour qu'il puisse sentir l'odeur de ses cheveux et deviner le contour de ses seins sous la chemise moulante et… *Arrête ça, imbécile, c'est sa préparation pour Damas. Il est temps de se concentrer. À ce jeu-là, il n'y a pas de seconde chance.*

— Pour certaines de ces idées, nous devrons les mettre en pratique en extérieur, dehors, juste pour que tu saches, dit-il en indiquant la côte en direction de Nice. (Elle acquiesça et parcourut les cartes, les genoux tressautant, prête à passer à l'action.) Il est temps d'y aller.

Son téléphone sonna alors qu'elle préparait son sac à main et enfilait des tennis dans sa chambre. Il ne reconnut pas le numéro.

— Allô ? dit-il.

— C'est Procter.

— Cheffe, quoi de neuf ?

— Je viens d'atterrir à Nice. Je voulais juste rencontrer notre fille avant qu'elle ne disparaisse à Damas. Votre télégramme mentionne une formation PDS pour aujourd'hui. Inscrivez-moi, coach.

SAM AVAIT CONÇU PLUSIEURS PARCOURS sillonnant la vieille ville de Nice, un dédale de rues médiévales qui ressemblait au terrain de la capitale syrienne, avec ses glaciers, ses touristes à chapeau mou et ses bâtiments aux couleurs d'aquarelle en lieu et place des bombardements, des milices et du désordre général de Damas. Les BANDITO et Procter joueraient la partie adverse. Damas serait infernale ; ici, il y aurait des démons. Ils sortirent leurs armes lourdes : des oreillettes cryptées conçues pour ressembler à des AirPods d'Apple, plusieurs Vespa de location, des déguisements (moustaches, fausse bedaine, vêtements et chaussures neufs, nécessaire à maquillage), un microdrone presque silencieux (non autorisé pour les opérations aériennes en France, mais rien à foutre) équipé de flux d'imagerie thermique en haute définition, des caméras ultra-miniaturisées intégrées dans des lunettes de soleil, des sacs de messageries et des chapeaux connectés à une liaison satellite cryptée qui transmettait tout au vaisseau-mère : une camionnette de livraison pilotée par Procter. Assis dans une brasserie à l'extrême ouest de la ville, Sam et Mariam étudiaient une carte touristique de Nice et discutaient de l'itinéraire à suivre.

Ils en tracèrent un. Long, épuisant, tout comme le serait Damas. Il décida de ne pas lui parler du drone. Malfaisant, indécent, vraiment.

ALORS QU'ILS PLANIFIAIENT LES ITINÉRAIRES, elle s'aperçut que cela lui plaisait, qu'elle avait envie d'aller plus loin, même si elle craignait de rentrer chez elle. Vingt minutes plus tard, elle repéra l'un des guetteurs habillé en clochard – des chaussures propres et neuves, rien d'un clochard, fera-t-elle remarquer plus tard lors du débriefing – dans une position fixe devant un hôtel Best Western, puis réussit à débusquer deux filatures dans le funiculaire dans la montée vers la colline menant au Grand Palais. Elle possédait l'instinct nécessaire, elle n'en doutait pas. Elle savait l'adversaire à l'œuvre. Peut-être les fruits de la paranoïa syrienne, de la vie en un lieu où l'on peut toujours être surveillé. Encore un picotement, une décharge le long de sa colonne vertébrale. Ses contrôles de surveillance ne donnèrent rien. Après trois haltes, une demi-douzaine de tournants, elle s'enfonça dans les petites rues exiguës et décida qu'elle devait calmer le jeu. Sur le cours Saleya, elle passa devant une église baroque, jaune et ensoleillée, ornée de sculptures. Elle était certaine que ses filateurs avaient disparu, mais le picotement demeurait. Elle entra dans un restaurant italien au pied de l'église et pénétra dans l'arrière-cour.

Une vieille femme ouvrit une fenêtre et étendit du linge. Mariam leva les yeux et aperçut un reflet métallique dans le ciel bleu. Et puis de nouveau ce picotement, son cœur qui s'entrechoquait contre ses côtes. Si c'était bien ce qu'elle pensait, c'était ce qui servait à déployer les équipes. Elle pouvait se dérober ou repérer des opérateurs à pied, mais ils se regrouperaient plus tard.

Elle se sentit une fraction de seconde la gorge irritée, elle transpirait de plus en plus, s'éclipsa par l'entrée de service. Dans la rue chaude, elle perçut immédiatement le retour des guetteurs. Elle enchaîna une série de tournants rapides près d'une cathédrale et calcula qu'elle disposait probablement de trente secondes, comme l'avait indiqué Sam, *dans ce temps mort*. Libre de toute surveillance. Elle se faufila à l'intérieur d'une échoppe kitsch pour touristes et paya en liquide un grand T-shirt destiné au consommateur anglophone (*Nice is Nice*), une casquette de base-ball (*I ♥ Nice*) et un foulard jaune bon marché. Elle les fourra dans son sac à main, le total atteignait vingt-cinq euros, et elle ressortit dans la rue.

Elle se fondit dans une foule dense près d'une bibliothèque, avant de prendre la tangente dans un quartier de petites rues tranquilles remplies de restaurants kebab, indiens et italiens déserts. Elle se déplaçait bien maintenant, elle le sentait, percevant quand accélérer, quand s'arrêter et flâner, et elle était tout près de l'endroit où elle prévoyait de semer ce machin qui bourdonnait au-dessus d'elle, ayant compris maintenant qu'il s'agissait d'un drone de surveillance au format incroyablement réduit.

Elle s'engagea dans un dédale de ruelles aussi encaissées que celles de Damas, les auvents aux couleurs éclatantes des restaurants se touchant presque et masquant le ciel. Tout en avançant, elle mit la casquette, l'horrible T-shirt et se noua l'écharpe autour du cou. Lorsqu'elle sortit de la ruelle barrée par un auvent, le picotement avait cessé. Elle continua vers la « planque », un café, des tables sur le trottoir, Chez René Socca. Elle se servait du terrain à son avantage : tournant, s'arrêtant, exécutant ce qu'elle jugea être une très bonne halte à un coin de rue – personne ne l'avait suivie – et dépassant finalement Chez Socca pour s'asseoir à un autre café trois rues plus au nord. Elle était claire. Le drone était parti, à la recherche d'une autre femme en T-shirt bleu marine et corsaire et non la touriste arabe la plus vulgaire de tout le sud de la France. Lorsqu'elle se remit en route, elle procéda aux dernières vérifications, comparant chaque passant aux suspects qu'elle avait entrevus plus tôt dans la journée, avec un regard à l'intérieur des voitures, sans tourner la tête.

Claire. Je suis claire, se dit-elle.

Elle choisit une table et commanda un verre de vin.

Sam et Procter la retrouvèrent au deuxième verre, sa casquette toujours vissée sur la tête, en T-shirt de mauvais goût, et arborant un sourire de vainqueur.

— Cela fait cinquante et une minutes, annonça-t-elle en souriant, alors que Sam et Procter s'approchaient d'elle. Vous deux, gardez-moi la table, je vais aux toilettes me changer. Je ne peux pas rester une minute de plus dans cette tenue.

Elle se leva, les frôla, et se dit que Sam avait l'air de vouloir l'embrasser.

LE GROUPE SE RENDIT AU LIEU SÛR pour débriefer. Procter vint avec sa valise : elle avait besoin d'un point de chute et elle s'installerait dans une chambre disponible ou sur un matelas gonflable merdique (« je ne suis pas difficile »). Sam se demanda ce que Mariam allait penser d'elle.

Les BANDITO apportèrent de quoi manger.

— Livraison Pizza Hut ! s'écria Elias lorsque les frères ouvrirent la porte, chargés de plusieurs cartons de pizzas.

Heureusement, ils le charriaient. Ils avaient en fait trouvé un respectable restaurant sicilien, à Villefranche. Les BANDITO visionnèrent la vidéo et coachèrent Mariam.

— Excellente première journée, Mariam, conclut Procter. Nous recommencerons demain, jusqu'à ce que vous ayez les pieds en sang.

Mariam haussa un sourcil, puis elle ponctua d'un rire. Procter fit signe à Sam dans la cuisine pendant que les BANDITO expliquaient à Mariam comment elle pouvait rendre ses contrôles visuels moins évidents lorsqu'elle exécutait un virage. Il suivit sa cheffe.

— Je pense que nous avons établi le plan communications, fit Procter.

Elle activa son iPad et mentionna qu'ils avaient pris une bibliothèque entière de photos sur tout le parcours de Mariam. Procter s'arrêta sur une image qui attira l'attention de Sam. Le sentier bifurquait, un mur de soutènement en ruine séparant les deux voies, des déchets entassés en bordure. Un endroit isolé qui correspondait à son schéma de vie.

— Ce sera l'endroit. On utilisera une boîte de conserve, comme lors de votre entraînement. Nous utiliserons les signaux déjà évoqués. Si elle a pu charger la boîte morte, elle remonte à moitié les stores de son appartement. Nous nous servirons de graffitis en bas de son immeuble. On marche comme ça un petit temps, on met tout le monde à l'aise, et puis on essaie de lui procurer un appareil.

Sam acquiesça.

— Bien, je vais lui exposer tout ça.

Procter mit l'iPad de côté et lui demanda son évaluation pendant qu'elle appuyait sur les boutons de la cafetière. Sam avait utilisé la cafetière à piston, mais Procter préféra insister avec la machine. Celle-ci émit deux bips, puis s'éteignit.

— Bon sang, bougonna la cheffe en tapant sur le compartiment à eau.

— Jusqu'à présent, elle se débrouille très bien. (Il se souvint de Mariam se penchant tout sourire en faisant semblant de boire sa canette.) Super mobile, super réflexes. Tout coule de source.

— Espérons qu'elle sera capable d'appliquer ses compétences à D-City, fit Procter.

Sam voulait changer de sujet.

— Des suites après l'appel avec Ali ?

— Rien. Les Syriens nient toujours savoir où se trouve Val et proposent de nous aider à localiser les criminels ou les terroristes qui l'ont kidnappée. Bande d'enfoirés.

Procter tapa de nouveau sur la cafetière. La machine finit par siffler, et un filet de café s'en écoula. Procter jeta un coup d'œil du côté de Mariam et des BANDITO pour s'assurer que Sam et elle soient bien en tête à tête.

— Bradley me rapporte que le président était très remonté à ce sujet lors de la dernière réunion du groupe de travail sur la Syrie. Tout le monde en a assez de leurs petits jeux.

Sam se retourna pour vérifier que les quatre Syriens restaient bien au salon, et n'entendaient rien.

— Plus ils retiennent Val, plus il est probable qu'ils la pressurent pour en tirer des informations. Il faut tenter quelque chose.

— Je sais, je sais. Et j'étais sérieuse. Si Ali fait du mal à Val, on lui coupe les couilles.

———

QUELQUES JOURS AVEC UN AGENT DE GRANDE VALEUR, occupant une fonction haut placée, c'était une chose rare, un cadeau des dieux du renseignement.

Procter et Sam posèrent donc à Mariam des questions qui leur avaient été envoyées par télégramme de Langley. Les sujets pressants sur lesquels la Maison-Blanche, la division NE et leurs analystes voulaient être informés : comment fonctionnait son service, les avis du président Assad sur la guerre, les plans et les intentions des hauts responsables de l'armée et de la sécurité. Les échanges étaient détendus. Mariam et Procter semblaient s'apprécier. La cheffe réussit à sortir une blague obscène sur la virilité du président, avec des gestes de la main, pour une bonne part biologiquement et anatomiquement impossibles. Mariam s'étrangla de rire, ravie.

Ils se couchèrent tous tôt, épuisés par cette journée d'entraînement.

— Demain sera un autre cirque, fit Procter. Beaucoup à faire.

Dans le couloir, après que Procter eut fermé sa porte, Mariam embrassa Sam sur le front.

— Je l'aime bien, Sam, dit-elle. Cette équipe. Je la sens bien.

LA JOURNÉE SUIVANTE FUT ATROCE, chaude et épuisante.

— Mais cette fille sait flairer la rue, expliqua Sam à Procter dans le van de surveillance alors qu'elle lançait à nouveau le drone et que les BANDITO la perdaient quelque part à l'est du Palais, six heures après le début du deuxième parcours.

Procter visionna la vidéo de sa boîte morte et la qualifia de *parfaite* (« par-fat »). Dès que la cheffe estropiait la deuxième langue de Yousouf, ce dernier frémissait, remarqua-t-il. À la fin de la journée, la cheffe serra Mariam dans ses bras.

— Nous allons faire du bon boulot ensemble, Mariam, déclara-t-elle avant de repartir pour la Syrie.

Mariam essaya pour la dernière fois de contacter Fatimah. Elle ne réussit pas à la joindre et appela Bouthaina pour lui donner des nouvelles.

— Il est temps de rentrer à la maison, Mariam, répondit Bouthaina. La *bint mbarih* a pris sa décision.

Sachant que c'était leur dernière nuit, Sam et Mariam firent un tour en voiture sur la Moyenne Corniche, apparemment pour qu'il puisse lui expliquer certains des mécanismes de PDS par véhicule, mais en réalité parce qu'il voulait être seul avec elle et qu'il était devenu paranoïaque à l'idée que Procter ait mis la planque sur écoute. Ils devaient également se parler de l'oncle Daoud.

Ils roulèrent vers Monaco. Quelques étoiles spectaculaires pointaient dans la brume. Il s'arrêta à un belvédère. Les falaises en contrebas s'effondraient dans une forêt de palmiers et d'agrumes en surplomb d'une plage blanche. Quelques voitures étaient garées à l'autre bout du belvédère, leurs occupants se pelotant à l'intérieur.

Sam et Mariam contemplèrent le paysage en silence un moment.

— Daoud ? dit finalement Mariam, en regardant vers la gauche pour s'assurer qu'ils ne soient pas à portée de voix.

— Qu'en penses-tu ?

— Il ne travaillera pas pour la CIA. Mais je pense qu'il serait capable de me répéter des choses qu'il ne devrait pas répéter. Il pourrait supposer que ces informations repartent ailleurs, mais il ne me demanderait pas où, je pense.

— Tu disais qu'il entretenait certains griefs ?

— Oui. Razan. Il est furieux du traitement qu'elle a subi. Et comme beaucoup de gens, il n'approuve pas les meurtres aveugles. Il ne veut pas non plus de l'emploi du gaz. C'est un patriote. Il comprend la nécessité de la dissuasion par rapport à Israël. Il n'adhère pas à son emploi contre les Syriens.

— Tu lui en as parlé ?

Elle lui posa la main sur la jambe avec un regard qui signifiait : *Laisse-moi t'expliquer la Syrie, Américain borné.*

— Les conversations sont plus prudentes, plus vagues que ça. En Syrie, nous n'avons jamais de discussions aussi franches, car on ne sait jamais qui écoute. Si je lui pose des questions, je dirai que c'est le Palais qui les pose. Cela lui permettra de s'exprimer franchement.

— Sois prudente.

Elle leva les yeux au ciel et regarda ailleurs.

Il passa à autre chose.

— Selon toi, que peut-il nous fournir ?

— Il est responsable des stocks dans la capitale, donc si le régime prévoit d'utiliser du sarin à Damas, il le saura. Il connaîtra également la situation de la sécurité sur les sites.

Sam acquiesça.

— Tout ce que tu réussiras à obtenir sera extrêmement utile. Pour nous, ce serait une priorité.

ELLE L'INVITA À SE TAIRE EN L'EMBRASSANT ardemment sur la bouche. Puis ils se glissèrent maladroitement à l'arrière de la voiture. Lui d'abord, elle ensuite. Elle se laissait bercer d'avant en arrière, ses muscles se contractèrent, cela commençait à faire du bien, ce gonflement se propagea, gagna tout son corps. Il avait les mains nouées dans ses cheveux, ses yeux étaient rivés aux siens, il se redressa un peu pour trouver le bon angle, sentant où elle voulait que la pression s'exerce. Quand ce fut terminé, ils étaient allongés sur la banquette arrière, tout essoufflés. *C'est ainsi que les décisions de poids se prennent*, pensa-t-elle, alors qu'ils respiraient ensemble.

Je n'ai rien fait.

Je n'ai plus rien fait.

TROISIÈME PARTIE

Bombes

16

LA NOUVELLE PARVINT AU SEPTIÈME ÉTAGE de Langley grâce à un voleur de documents syrien qui photographiait des dossiers sensibles en échange d'une généreuse rémunération mensuelle. Bradley informa le directeur en lui affirmant que son rapport était fiable, de première main. Le document et la photo qui l'accompagnait étaient presque certainement authentiques. Le directeur convoqua Procter à Langley pour consultations.

Au cours des vingt-quatre heures suivantes, une petite équipe de la sécurité passa au crible les dossiers médicaux et les ordonnances de Val Owens. Ils interrogèrent des psychologues de la CIA. Une équipe de médecins, de pathologistes et de médecins-légistes examina la seule et unique photo. Finalement, les mensonges du document et la vérité de la photo déclenchèrent une réunion avec le directeur en fin d'après-midi. Le compte rendu expurgé de la réunion fut placé dans un compartiment à traitement restreint, inéligible à la déclassification ou à la publication en cas de recours à la loi sur la liberté de l'information (*Freedom of Information Act*). S'il avait été lu, le document aurait révélé qu'entre les minutes quinze et dix-sept de la discussion, la cheffe de station de Damas Artemis A. Procter avait « interrompu le docteur Pan pour vérifier le degré de certitude de son évaluation médicale avant de longuement s'exprimer dans un monologue ininterrompu ponctué de gros mots sur les méthodes de vengeance appropriées ».

SAM ÉTAIT DANS LE BUREAU DES SERVICES médicaux – les médecins de l'Agence – où il se soumettait à des analyses sanguines en prévision de son affectation à Damas lorsqu'il vit une touffe de cheveux noirs surgir à l'extérieur du laboratoire. Procter ouvrit la porte, passa devant le médecin qui garda sagement le silence après avoir toisé la cheffe du regard. Sam ignorait que Procter était là.

— Sortons prendre l'air, ordonna-t-elle. Enlevez-moi ces aiguilles et allons marcher.

Ils quittèrent le bâtiment du Quartier général d'origine et se dirigèrent vers les sentiers de jogging boisés derrière Chain Bridge. L'après-midi était humide, ils marchèrent et il sentait la sueur s'accumuler dans son dos et le long ses jambes. Procter n'avait pas une goutte de transpiration sur le visage, un exploit, étant donné qu'elle était vêtue d'une jupe en tweed et d'un chemisier marron. Lorsqu'ils atteignirent les sentiers, la chemise blanche de Sam était trempée de sueur.

Procter accéléra le pas, en gardant toujours le silence. Sam s'efforça de suivre le rythme de Procter, alors que les jambes de cette dernière étaient plus courtes que les siennes de trente bons centimètres. Un coureur les dépassa en soufflant. Ils marchèrent jusqu'à ce que l'homme tourne au coin de la rue et soit hors de vue. Sam zigzagua sur le trottoir, à la recherche d'un peu ombre. Procter, le visage sec comme de l'os et d'une pâleur de craie, traça en ligne droite au soleil jusqu'à ce qu'ils atteignent une portion du sentier plus à l'écart.

Elle s'arrêta.

— Val est morte, annonça-t-elle soudain. La nouvelle est arrivée tôt hier. Ali Hassan l'a tuée, pendant un interrogatoire.

Elle cracha.

Sam se dirigea vers un banc et s'assit. Il regarda les feuilles onduler dans le vent de la fin d'après-midi. Il essuya son front brûlant d'une main moite. Pour une raison inconnue, il se concentra sur de petites choses, des détails. Étrangement, il pensa à Mariam et aurait voulu qu'elle soit là, avec lui. Il voulait sa peau sur la sienne. Il vit passer un autre coureur. Il retroussa ses manches et lissa bêtement sa cravate.

Procter jeta un œil autour d'eux. Ils étaient seuls. Elle fixa Sam, le visage ruisselant de sueur, et sortit un élastique de sa poche. Elle attacha ses cheveux noirs et bouclés en queue-de-cheval de travers. Puis elle sortit de sa poche en tweed deux feuilles de papier pliées qu'elle lui tendit. Il déplia une image, des gouttes de sueur tombèrent sur le papier. Il avait déjà vu la mort. Enfant, dans l'ombre d'une forêt de pins du nord de l'Angleterre, il avait déjà vu la mort. Devenu un homme, dans la boue et le sable de Bagdad et d'Anbar. Il regarda la feuille, les yeux sans vie de Val.

— Ils lui ont découpé le cuir chevelu, putain, siffla Procter. Sur la photo, les médecins de l'Agence et les experts en photographie ont pu détecter une fine incision, malgré le maquillage. Ils l'ont scalpée, et recousue pour la photo.

Refoulant un hoquet de nausée, il plia la photo et la tendit à Procter. Ils regardèrent passer un autre coureur. Elle le rejoignit sur le banc.

— Lisez l'autre, dit-elle.

Il déplia le deuxième feuillet et lut la traduction anglaise.

15 AVRIL

DE : GÉNÉRAL DE BRIGADE ALI HASSAN, DIRECTEUR DU BUREAU DE LA SÉCURITÉ DU PALAIS PRÉSIDENTIEL

À : SON EXCELLENCE, LE PRÉSIDENT DE LA RÉPUBLIQUE ARABE SYRIENNE BACHAR EL-ASSAD ; LIEUTENANT GÉNÉRAL RUSTUM HASSAN, COMMANDANT DE LA GARDE REPUBLICAINE

OBJET : AGENT DE LA CIA EN DÉTENTION

L'AGENT DE LA CIA VALERIE OWENS, SOUS COUVERTURE À L'AMBASSADE AMÉRICAINE AU POSTE DE DEUXIÈME SECRÉTAIRE, EST DÉCÉDÉ D'UN ARRÊT CARDIAQUE AU COURS D'UN INTERROGATOIRE DE ROUTINE. LES PRODUITS PHARMACEUTIQUES ET LES ANTIDÉPRESSEURS TROUVÉS À SON DOMICILE INDIQUENT QUE MME OWENS SOUFFRAIT D'UN TAUX ÉLEVÉ DE CHOLESTÉROL, DE STRESS ET DE CRISES DE PANIQUE. LE BUREAU DE LA SÉCURITÉ REGRETTE LA MORT PRÉMATURÉE DE MME OWENS ET RECOMMANDE AU PALAIS DE CONTINUER À NIER TOUTE CONNAISSANCE DE L'ENDROIT OÙ ELLE SE TROUVE.

Il plia le papier et le rendit à Procter.

— Au fait, les médecins de l'Agence ont examiné les dossiers médicaux de Val, donc nous savons que ces histoires de médocs ne sont que des conneries, ajouta Procter en glissant les papiers dans sa poche. Ali a inventé ça pour se couvrir. Le directeur va faire pression sur la Maison-Blanche pour qu'elle prenne des mesures de force létale. Mais je ne suis pas sûre que nous l'obtiendrons. Ces choses-là sont difficiles. Prennent du temps. N'empêche, j'ai un putain de souci en particulier avec le fait que des agents de la CIA se fassent assassiner.

Pour que la CIA exerce des représailles pour ce meurtre, il faudrait une décision d'action sous couverture avec pouvoir d'élimination physique, Sam ne l'ignorait pas. Ces décisions réclamaient une solide justification des services de renseignement et devaient être soumises à l'examen du Bureau du conseiller juridique du ministère de la Justice, sans oublier le Bureau interne du conseiller juridique de la CIA. Une entreprise délicate, car un décret datant des années Reagan interdisait toute forme d'assassinat.

— Je veux un plan pour qu'on soit prêts quand on nous le demandera, continua-t-elle. À titre officieux. Vous venez en Syrie. Vous ramenez les BANDITO à Damas avec vous. Je veux que vous élaboriez avec eux un plan pour éliminer Ali, en tant que de besoin.

Elle regardait toujours devant elle, imperturbable.

Un autre coureur passa. Sam se leva.

— Je vais m'éloigner un moment d'ici, me vider la tête avant Damas.

— Bonne idée.

Il savait qu'une émotion visible refroidirait l'enthousiasme de Procter quant à son implication dans cette affaire, aussi resta-t-il sur des mots simples et directs.

— Ce sera un honneur de prendre part à la chasse à Damas, dit-il. Merci de m'offrir l'occasion d'en être.

Procter acquiesça.

— Bienvenue au cirque.

SAM AVAIT UNE SEMAINE AVANT SON DÉPART pour Damas, il s'envola donc vers un autre désert, pour oublier. Las Vegas était en plein pic de fièvre : les paillettes du Strip, les palmiers penchés, l'alcool et la crasse sous les pieds, partout, sur tout.

Il était un peu ivre et en veine.

S'il avait été un autre homme, avec un autre passé, il aurait déjà réfléchi à la manière de dépenser ses 22 750 dollars de gains, tours de jetons empilés sur le feutre vert de son ancienne table dans la salle de poker du Bellagio.

Mais il avait fait des choix, et il ne garderait de son butin qu'un seul billet de cent dollars pour couvrir le buffet pour deux d'après-jeu. Ses sorties à Vegas étaient devenues une sorte de rituel cathartique après un tour de service ou une opération qui avait mal tourné. Il avait eu la malchance professionnelle d'être affecté dans des villes où les jeux d'argent étaient interdits : Le Caire, Riyad, Bagdad. Il était capable de faire des ravages aux tables de poker discrètes de l'ambassade ou de la station locales, et il ne s'en privait pas, mais l'affrontement était moins âpre, cela ressemblait plus à une capitulation de l'adversaire au ralenti qu'au combat de gladiateurs qu'il aimait tant. Les cartes, c'était le combat en temps de paix. C'était un substitut de l'espionnage où l'argent, et non la survie d'une source, était le seul enjeu.

Il avait enfilé un vieux sweat à capuche gris qui lui faisait l'effet d'un porte-bonheur. À cet instant, il observait, de l'autre côté de la table, le Britannique joufflu et costaud qui avait suivi sa relance. Son bluff, en fait. Sam n'avait rien d'autre qu'un 10 et un 8, mais il flairait l'ouverture.

Le Britannique toussa, trahissant sa nervosité.

Et il étala son flop : deux de pique, quatre de cœur, dame de pique.

Sam vérifia. Le Britannique misa cinq cents dollars. Sam passa en revue les schémas de mise de son adversaire. Son précédent maximum avait été de deux cents dollars et sa pile était à peu près déjà de la même taille. *Ce n'est pas l'inflation côté mises. S'il héritait d'une reine, il aurait misé moins pour m'appâter. Me mettre à l'aise. Il veut me faire sortir du pot. Peut-être un as-roi ? Un pocket de valets ? De dix ? Un tirage couleur ?*

Sam relança encore de cinq cents dollars. Le Britannique suivit.

Et voilà le turn : un neuf de carreau.

Le Britannique sourit, juste un peu, en manipulant ses jetons. Sam avait vu ce sourire des centaines de fois sur des centaines de visages : le sourire larmoyant d'un homme qui se convainc de quelque chose. La toux avait disparu.

Le Britannique misa sept cent cinquante dollars. Sam fixa l'homme. La chemise qui lui collait à la panse se releva un peu. Il s'efforçait de contrôler sa respiration. Si je remets ça et s'il suit, il paiera pour le tirage à la couleur.

Sam relança de mille dollars.

Le sourire s'effaça. Le Britannique regarda à nouveau ses cartes. C'était la fin d'une main au potentiel insatisfait.

Le Britannique jeta ses cartes au croupier, qui redistribua le pot à Sam.

— Qu'est-ce que tu avais, si je peux me permettre de te le demander ? fit le Britannique.

— Des reines, mentit Sam.

L'autre acquiesça et but une gorgée de son whisky.

— Bon sang. Bien joué.

Sam sentit une main sur son épaule.

— C'est le moment d'attaquer le buffet, non ? Après 22 heures, ils ne servent plus.

Sam fit glisser sa main sur le feutre, ses doigts autour des jetons d'argile, il les soupesa. Il ferma les yeux et respira l'odeur rassurante et de renfermé d'une table en pleine action.

IL SE DIRIGEA D'UN PAS NONCHALANT vers la caisse en compagnie de Max Huston, résident à demeure du Bellagio, partenaire de buffet de fin de soirée et découvreur occasionnel de talents à la CIA. C'était Huston qui avait amené Sam à la CIA. Ses relations avec l'Agence étaient officieuses, au cas par cas, obscures. Huston dénichait des talents à Vegas et les dirigeait vers les recruteurs de Langley. Il n'était pas rémunéré. Un soir, après une demi-douzaine de vodkas-sodas, il avait confié à Sam qu'il ne faisait que son devoir, par civisme, qu'il s'en prenait aux cocos, aux Russes et aux chameliers d'Al-Qaïda. « La CIA doit pouvoir compter sur les meilleurs, pas seulement sur les têtes de nœud de l'Ivy League, avait-il décrété, un œil ouvert, l'autre clignant par intermittence. La CIA a besoin de filles et de types qui savent comment les gens fonctionnent, Sam. » Six mois après avoir rencontré Max Huston, Sam avait suivi le stage de formation intensif à la Ferme, le premier test imposé aux nouveaux officiers traitants pour déterminer s'ils possédaient la trempe requise pour la Mission.

— La chasse a été bonne ce soir ? demanda Huston en sirotant sa vodka tandis que Sam faisait glisser le plateau de jetons par la fente vers le caissier à la peau parcheminée de soleil derrière la vitre.

— Oui, comme au bon vieux temps.

— C'est bien.

— Pouvez-vous diviser la somme en deux chèques et un billet ? demanda Sam au caissier.

Cela fit rire Huston.

— Bien sûr.

Le caissier plissa le front. Il regarda Huston, puis son verre de vodka au niveau qui baissait. Il tenta de sourire.

— Un chèque de dix mille à l'ordre de Sam Joseph. Moi. Il fit glisser son permis de conduire par la fente. Un billet de cent dollars. Et un autre chèque du solde à l'ordre de Clara Grace Joseph.

Il épela le nom.

Huston gloussa et termina sa vodka.

— Qu'est-ce qu'elle fait de ce blé ?

— Avant Le Caire, elle s'est acheté une voiture.

— Et avant Bagdad ?

— Il n'y a pas eu de chèque avant Bagdad.

Huston sourit.

— Je sais.

Sam sortit une enveloppe pré-adressée de la poche de son jean :

CLARA GRACE JOSEPH
15 BIG RICE ROAD
SHERMANS CORNER,
MINNESOTA (MN) 55395

Il inséra un chèque de 24 480 dollars dans l'enveloppe et demanda au caissier un stylo et un bout de papier. Sur le papier, il écrivit : *Pour ce que tu voudras. Je t'aime, maman.* Il ajouta le mot dans l'enveloppe et la cacheta.

— Voilà une mère qui a de la chance, remarqua Huston. Même si tu lui as brisé le cœur. Maintenant, le buffet. Je note aussi que, comme d'habitude, tu n'as pas retiré assez de fonds pour couvrir mon penchant pour la boisson.

SAM GARNIT SON ASSIETTE D'UN MONCEAU de fruits de mer et se glissa dans le box en face de Huston, qui buvait déjà une autre vodka. Il en avait commandé une pour Sam.

— J'apprécie toujours que mes anciens élèves me fassent savoir quand ils sont en ville.

Il leva son verre. Sam l'imita. Au milieu du vacarme, l'ambiance était énergique : des assiettes s'entrechoquaient dans la cuisine, un groupe d'hommes d'affaires chinois ivres mugissait à l'autre bout de la salle. Huston leva son verre à trois jolies femmes qui passaient, jupes impossibles à raccourcir, peintes, cheveux décolorés, duveteux à l'extrême. Il se retourna vers Sam, qui avait attaqué son assiette de crabe des neiges. Les sourcils de Huston se froncèrent.

— Quelque chose qui ne va pas ?

— Oui, nous avons perdu quelqu'un.

Huston maugréa et leva son verre.

— Tu ne peux pas en dire plus, j'imagine ?

— Non, malheureusement.

Huston découpa un morceau de sa côte de bœuf.

— Bradley t'a mis sur le coup ?

— Oui.

— Tu es son fixeur, tu le sais, Sam. C'est pour ça qu'il t'active.

Il leva son verre à hauteur de ses lèvres pour que Huston ne le voie pas grimacer. Il détestait s'entendre dire qu'il était l'homme de main de Bradley... parce que c'était vrai.

Les hommes d'affaires chinois éclatèrent de rire et l'un d'eux roula hors du box. Le serveur l'enjamba.

— Cet endroit te manque ? s'enquit Huston, en changeant de sujet.

Sam observa l'homme d'affaires chinois, qui s'agrippa au bord de la table, essayant de se remettre debout au milieu des rires de ses collègues ivres.

— Juste ton visage souriant, Max.

Sam était sur le point de débrancher après deux autres tournées de vodka, un dernier tour au buffet et un gros doigt de scotch tourbé qui était, insistait régulièrement Huston, le seul et unique apéritif digne de ce nom. Ce scotch portait cette appellation que Sam n'avait jamais été capable de retenir. Huston tendit son verre vide vers l'un des écrans de télévision installés au-dessus du plateau de découpe des côtes de bœuf.

Sam se retourna et lut le bandeau des dépêches sur CNN : *Une fonctionnaire américaine tuée à Damas.* Ensuite, le texte : *De hauts responsables de la Sécurité nationale ont déclaré à CNN que Valerie Owens, une diplomate américaine, était décédée à Damas. Le gouvernement syrien n'a pas fait de déclaration officielle.*

SAM AVAIT LIQUIDÉ QUATRE MINIBOUTEILLES de whisky du frigo et se tenait maintenant face au Strip, avec ses fontaines illuminées, la réplique de la tour Eiffel et les montagnes dans la pénombre au loin.

Les fontaines du Bellagio, rayons de soleil blancs dans la nuit, léchaient le ciel.

C'est pour ça que tu es parti. Cette ville danse, oublieuse, inconsciente, et la guerre se déroule ailleurs. Il se demanda ce que Mariam penserait de cet endroit et ressentit une pointe de nostalgie pour la France. Avant que Mariam ne disparaisse à Damas. Avant qu'il ne voie cette photo de Val.

Il ouvrit une cinquième bouteille de whisky et l'avala rapidement. Putain de fuites dans les médias. Val avait servi dans le secret et elle avait le droit d'être enterrée de la sorte. Au lieu de cela, une maudite photo du *yearbook* de l'université s'étalait partout aux infos. Cela le rendait furieux. Il s'allongea sur le lit et attendit le sommeil, mais à la place, ce fut le diaporama mental d'une amie morte et de son rire fou à Bagdad. Lorsque le jour se leva enfin, il prépara du café à la machine de la chambre et le but en silence en regardant la fontaine, à présent nue et non éclairée dans l'obscurité de l'aube de Las Vegas. Il posa la tasse de café et tourna une des bouteilles vides de Jack Daniel's dans ses mains.

« On se prend un verre à la maison dans quelques semaines », avait promis Val.

VAL OWENS ÉTAIT MORTE UN PEU AVANT la Memorial Ceremony, l'inscription annuelle commémorative sur le Memorial Wall de Langley, de sorte que les tailleurs de pierre eurent le temps de ciseler la 134ᵉ étoile dans le mur de marbre, exactement quinze centimètres à droite de la 133ᵉ. Le calligraphe qui inscrivit à l'encre la récolte mortelle de cette année dans le *Book of Honor* relié en peau de chèvre, conservé dans un coffret en saillie sur le mur, ajouta une étoile noire similaire, mais pas de nom. Valerie Owens était sous couverture diplomatique au moment de sa mort, et son rôle au sein de l'Agence restait confidentiel.

L'endroit était bondé d'huiles de l'Agence, de journalistes autorisés, de familles des défunts et de tous ceux qui avaient pu se serrer dans le hall d'entrée du bâtiment du Quartier général d'origine. Pendant la cérémonie, le directeur ne prononça pas son nom. L'auditoire était surtout composé de la masse des sans-grade, dépourvus de badges bleus et d'autorisations de sécurité top secret / information sensible compartimentée.

Sam était debout dans le fond. En balayant du regard la foule des gens assis, il aperçut une femme entre deux âges, aux cheveux gris ébouriffés sur le front, qui sanglotait lorsque le directeur mentionna la perte récente d'un officier traitant dans un pays du Moyen-Orient. C'était la mère de Val, Joanna. Le père de Val était mort.

Sam n'avait jamais beaucoup pensé aux agents de la CIA tués dans l'exercice de leurs fonctions. La plupart d'entre eux étaient des paramilitaires de la division des activités spéciales – la Ground Branch, au sens général – qui mouraient dans une zone de guerre en se livrant à une activité qui ressemblait plus à du combat qu'à de la collecte de renseignements.

Mais là, c'était différent. En regardant l'étoile, on avait l'impression que Val avait été réduite à néant, excepté cette étoile gravée dans le mur.

Le directeur remercia tout le monde d'être venu, prononça l'éloge de ceux qui étaient tombés au combat en recourant à de vagues formules honorifiques, et l'auditoire commença lentement à se disperser. Sam traversa la foule pour rejoindre Joanna Owens. Elle avait les joues rouges et les yeux brillants du désespoir d'une mère qui a survécu à son unique enfant. Il passa devant un anonyme venu ânonner des condoléances et serra Joanna dans ses bras.

— Je l'ai connue à Bagdad, à l'époque elle était pour moi comme une sœur, lui dit-il. Je suis vraiment désolé.

Joanna fondit en larmes. Il eut un pas de recul, ayant envie de lui dire que la CIA ferait de son mieux pour trouver l'assassin de sa fille. Mais il ignorait si Joanna était informée que sa fille avait été assassinée, ou si Langley finirait par essayer de venger Val. Il la regarda dans les yeux.

— Je suis profondément désolé, répéta-t-il.

Elle renifla, hocha la tête. Gagné par la culpabilité, il tourna les talons et fendit la foule pour quitter le hall.

IL EFFECTUA LE VOYAGE VERS DAMAS avec un billet en classe économique acheté par le Centre de déploiement global en vertu du règlement 41-2 de l'Agence, stipulant que tout voyage doit « atteindre ou dépasser une durée de treize heures, escales comprises, pour mériter l'achat d'un billet d'avion supérieur à la classe économique de base – ou son équivalent le plus proche – auprès d'un transporteur aérien américain (Delta, American, United, etc.) ». Il avait fait valoir à la vieille dame du déploiement global qu'une bonne nuit de sommeil dans un siège couchette l'aiderait vraiment à surmonter le décalage horaire, mais elle n'avait pas changé d'avis. Le billet au tarif le plus bas disponible correspondait à un vol en aller simple d'une durée totale de douze heures et quarante-sept minutes.

Sam passa par Vienne, car Austrian Airlines était l'une des rares compagnies occidentales à desservir encore Damas. Il était en train de s'assoupir lorsque le pilote annonça qu'ils avaient entamé une descente accélérée vers l'aéroport international de Damas et que tout le monde devait s'accrocher. Il n'expliqua pas pourquoi, mais Sam le savait : une descente accélérée réduisait le profil de l'avion au cas où les rebelles voudraient viser l'appareil avec un missile tiré à l'épaule. Lorsque le pilote creva le plafond nuageux, son estomac lui remonta dans la gorge.

Par le hublot, il aperçut des colonnes de fumée qui s'échappaient de certaines banlieues assiégées et la myriade d'immeubles en pierre qui recouvraient le sol du désert. Vue du ciel, la ceinture de la périphérie de la ville ressemblait à un alignement sans fin de parpaings. Le centre-ville, l'ancienne vieille ville, était ponctué de minarets et de parcs verdoyants. Vu du ciel, c'était magnifique et cela lui permit d'oublier le danger auquel Mariam était exposée, de chasser de son esprit le cri de Val lorsqu'il avait foncé hors de Damas lors de sa seule visite précédente dans cette ville.

Les roues s'écrasèrent sur la piste d'atterrissage et le pilote leur souhaita la bienvenue à Damas sur un ton mitigé. Sam regarda autour de lui. Personne ne semblait ravi d'être arrivé à destination.

IL DESCENDIT DE L'AVION ET TROUVA L'ACCOMPAGNATEUR de l'ambassade qui l'attendait à la porte d'embarquement, comme spécifié dans le télégramme confirmant son PCS (changement de station permanent) à Damas. L'homme lui serra la main, lui souhaita la bienvenue en Syrie et le précéda presque au pas de course. Après avoir franchi le contrôle des passeports, ils arrivèrent dans la salle des tapis à bagages, où Procter les attendait. La cheffe, guère souriante, portait des lunettes de soleil d'aviateur et un blazer olive adapté à un climat polaire. En présence de l'accompagnateur – un ressortissant local des services consulaires, ou FSN –, ils n'échangèrent pas un mot. Sam récupéra son unique valise dans la zone de retrait des bagages de l'aéroport international de Damas : les tapis roulants ne fonctionnaient pas, les sacs s'accumulaient en tas informes, les passagers se pressaient tous autour comme les réfugiés qu'il avait vus se bousculer pour attraper des sacs de farine à Bagdad. Après avoir franchi la douane, il fit rouler son bagage dans le terminal poussiéreux et sortit dans la lumière brûlante de l'après-midi.

Comme tous les accompagnateurs compétents dans la totalité du monde arabe, l'homme s'était garé sur un emplacement interdit : un Land Cruiser blanc de l'ambassade était en stationnement juste devant le terminal, feux de détresse clignotants. Procter fit signe à l'accompagnateur de s'éloigner, l'envoya en direction d'une autre voiture – sans doute garée sur un emplacement autorisé, à une certaine distance, et prit le volant. Sam ouvrit le hayon pour y déposer sa valise, remarquant la présence étrange d'une pelle avant d'entendre les premiers propos réconfortants de la cheffe.

— Les rebelles ont kidnappé des membres de la Garde républicaine sur la route de l'aéroport ce matin, alors je suis ici pour vous protéger et m'assurer que vous ne finirez pas mort dès le premier jour.

Au bout de cinq minutes de trajet, ils atteignirent le premier poste de contrôle. Ils montrèrent leurs passeports diplomatiques noirs et furent autorisés à passer sans même un examen rapide des bagages à l'arrière. L'aéroport se situait à trente minutes au sud-est de la ville.

— Nous allons basculer de la guerre à la paix d'ici une vingtaine de minutes, annonça Procter.

Sam admira les palmiers, les panneaux d'affichage de propagande du régime omniprésents et les banlieues en parpaings. Depuis l'opération de sauvetage de Val et de KOMODO, la situation avait empiré. À l'approche de la ville, ils passèrent devant des centres commerciaux fermés, des restaurants et des ateliers de carrosserie qui semblaient avoir été abandonnés après une très ancienne apocalypse.

Procter joua les guides touristiques.

— Les rebelles ont commencé à frapper les soldats du régime et les milices sur cette route, expliqua-t-elle en lui montrant les plaines broussailleuses qui bordaient l'autoroute de l'aéroport. Parfois, il s'agit d'enlèvements, d'autres fois ils balancent sur la voiture une grenade au lance-roquettes, et ça *souffle*. (La cheffe fit un geste inquiétant vers le pare-brise du Land Cruiser.) Avant de se déplacer dans cette ville, il faut être en paix avec son dieu.

Lorsqu'ils atteignirent Jaramana, une autre banlieue agitée, ils franchirent cinq nouveaux postes de contrôle. Chaque fois sans incident, mais avec l'incertitude, le pouls accélérait. En remontant sa vitre après le cinquième point de contrôle, Procter restitua bien ce sentiment.

— On ne sait jamais quand l'un de ces adolescents aura envie de s'amuser un peu avec nous.

Trois hélicoptères d'attaque survolèrent la banlieue, leurs mitrailleuses crépitant au milieu des décombres. La Garde avait barré les entrées, mais Sam put constater que la plupart des bâtiments à l'intérieur du périmètre avaient été détruits : des côtés entiers amputés, le béton criblé de tirs d'obus, les surfaces noircies par la suie des explosions.

— On se croirait en Afghanistan, grinça Procter, l'atmosphère joyeuse en moins.

Dans le centre de Damas, tout devenait plus lumineux. Les magasins étaient encore ouverts, les cafés sur les trottoirs fréquentés, les bâtiments encore entiers, la circulation animée. Procter gara son véhicule sur le trottoir de l'esplanade circulaire devant l'ambassade.

— Je vais vous faire visiter les lieux, proposa-t-elle en débouclant sa ceinture et en sautant hors du véhicule.

Ils laissèrent le sac de Sam dans le coffre et marchèrent vers l'ouest, en longeant les murs de pierre blanche de l'ambassade. Les pierres mesuraient trois bons mètres de haut et elles étaient surmontées d'une autre clôture de cinq mètres de hauteur destinée à empêcher les grimpeurs d'enjamber.

— Il n'y a pas vraiment de marge de recul par rapport à la rue ici, hein ? observa Sam.

— Oui, c'est un gros problème, admit-elle. En 2006, des terroristes ont tenté de faire passer un camion piégé par la porte d'entrée. Il n'y a pas grand-chose pour arrêter qui que ce soit, à part les pylônes nains sur le trottoir.

Ils entrèrent par le côté ouest et franchirent les détecteurs de métaux sous l'œil attentif de trois Marines en faction. Sam avait déjà son badge, ils pénétrèrent donc dans la chancellerie de l'ambassade et Procter lui donna les codes d'ouverture des portes.

— Deuxième étage, précisa-t-elle, les gros bonnets du département d'État. L'ambassadeur, le chef de mission adjoint, les sections politique et économique. L'Ambo dispose d'une Salle isolée pour informations sensibles, ou SCIF, que nous utilisons parfois pour des briefings. Au troisième étage, il y a les Marines et les geeks des commos, avec toutes leurs antennes et leur merdier. D'ailleurs, c'est là qu'on se replie tous si ça vire façon Téhéran 1979, avertit-elle. Et maintenant, le sous-sol, enchaîna-t-elle en lui montrant un couloir aux murs couverts de plâtre, éclairé par une rangée de néons spasmodiques, et une salle de bains tout au bout, porte entrouverte. Ici, c'est nous. Bienvenue à la station de Damas.

Elle s'approcha de la porte métallique de type chambre forte, composa un code, attendit d'entendre le bip et ouvrit.

Depuis sa première affectation au Caire, Sam s'était habitué à l'aspect rudimentaire des possessions immobilières de la CIA au Moyen-Orient. La station de Damas n'était pas différente. Elle était baignée d'une lumière artificielle et comptait moins de dix bureaux, tous étrangement vides, comme s'il y avait eu des licenciements, ou une épidémie, ce qui n'était pas impossible, compte tenu de l'air recyclé. Cette austérité s'expliquait par la crainte d'un saccage. Chaque soir, les disques durs étaient extraits des ordinateurs, les papiers insérés dans les déchiqueteuses à acide ou rangés dans les coffres-forts, et les effets personnels déconseillés. Des écrans de télévision diffusaient des images de sécurité de la zone située à l'extérieur de la lourde porte de la chambre forte de la station.

Procter l'accompagna jusqu'à son bureau. Le drapeau des rebelles et un portrait de Bachar el-Assad flottaient devant une bouche d'aération.

La première chose qu'il remarqua dans sa pièce de travail, ce fut le fusil de chasse.

L'un de ses officiers traitants moscovites l'avait mentionné. Procter gardait un fusil de combat Mossberg appuyé dans un coin de son bureau, à côté de la poubelle, ce qui constituait une violation flagrante de plusieurs règlements de l'Agence. Une pancarte scotchée au-dessus de la poubelle indiquait : TIRER EN CAS DE PRISE D'OTAGES.

Lorsqu'il entra dans cette pièce de type cellule de prison – sans fenêtre, 3,3 sur 1,50 x 5 mètres, seulement meublée d'une table et d'un petit bureau –, Sam vit que ce dernier était couvert de papiers d'emballage graisseux et de miettes de pita. Procter enleva son blazer et le jeta par terre. Elle portait un débardeur noir et, quand elle lui tourna le dos, il découvrit un tatouage : sept étoiles alignées, avec les mots *IN HONOR* tracés au-dessus. Son mur commémoratif personnel, inscrit à l'encre dans son dos. Procter lui expliqua ensuite qu'elle voulait se plonger dans le plan opérationnel d'ATHENA, ce que Sam trouva plutôt agressif, étant donné qu'il était arrivé en Syrie depuis environ une heure et demie et n'avait pas dormi depuis un jour entier. Il se rappela la formule en forme de verdict concernant Procter : Lapine Duracelle. Debout devant son tableau blanc vierge, elle prit un feutre rouge, comme si elle avait une idée. Mais elle n'écrivit rien. Elle reposa le feutre. Elle consulta son horloge, lui désigna la porte du doigt.

— Il est temps de sortir, que je puisse faire ma méditation.

17

LE PAQUET D'INFORMATIONS DU SVR, le Service des renseignements extérieurs de la fédération de Russie, arriva dans le bureau d'Ali mercredi, comme chaque semaine, l'un des fruits de l'accord conclu entre Assad et Poutine pour le soutien de la Russie contre les rebelles. Les nouvelles informations du Service des renseignements extérieurs de la Russie représentaient une amélioration par rapport au verbiage fourni par le SVR avant les troubles, à l'heureuse époque où la Syrie n'était pas au cœur de la guerre par procuration entre Washington et Moscou.

En feuilletant les documents, Ali apprit que les Américains, même après les récentes arrestations, avaient recruté une nouvelle source. Il lut un rapport intrigant intitulé : « LES PERSONNALITÉS DU PALAIS PRÉSIDENTIEL SYRIEN ET LA DYNAMIQUE DU POUVOIR ». Ce rapport était très précis.

Il se concluait par un court paragraphe de commentaires rédigé par le département Moyen-Orient du SVR dans un arabe maladroit :

SOURCE SVR RAPPORTE ÉGALEMENT RUMEURS CONCERNANT NOUVELLE SOURCE HAUT PLACÉE DE LA CIA EN SYRIE. LA SOURCE A DÉVOILÉ DES INFORMATIONS AU COURS ÉCHANGES INFORMELS. SVR ASSURE SUIVI POUR FOURNIR PLUS DE DÉTAILS.

Le SVR ne précisait pas la nature de sa source, mais Ali supposa que les Russes disposaient d'un informateur au sein de la CIA ou du Mossad israélien, parce que le scan numérique du rapport de la CIA contenu dans le paquet comportait un en-tête libellé : « TS//HCS//OC REL ISR ». La mention « REL ISR » signifiait que la communication du rapport aux Israéliens avait été autorisée.

Ali appela Kanaan et demanda les rapports de l'ambassade américaine. Les agents de la moukhabarat qui surveillaient le bâtiment soumettaient des rapports quotidiens indiquant les arrivées et les départs de chaque Américain.

En attendant, il finit de fumer une cigarette et appela Layla, sans raison aucune.

Elle lui expliquait que l'électricité était coupée, une déconvenue de plus en plus fréquente, même dans le quartier d'Ali, au moment où Kanaan entra avec les documents. Il les lui déposa sur le bureau. Ali dit à Layla qu'il la rappellerait.

Il entama sa lecture. Il y avait des photos et des commentaires sur chaque responsable américain. Certains étaient classés dans les catégories « Suspecté CIA » ou « Confirmé CIA ». Ces deux catégories réunissaient plus de vingt noms. Puis il en vit un qu'il ne reconnaissait pas : Samuel Joseph, deuxième secrétaire. Il ne reconnaissait pas non plus son visage, qu'il découvrait maintenant sur les clichés pixélisés de M. Joseph entrant dans l'ambassade à 7 h 56 et repartant à 11 h 45, probablement pour le déjeuner, revenant l'après-midi avant de terminer sa journée à 18 h 48.

Il appela Kanaan et lui demanda d'interroger les services des archives des différentes sections des moukhabarat pour savoir s'ils savaient quelque chose sur ce Samuel. Ali referma les documents et passa à l'autre pile de papiers sur son bureau. Il portait l'uniforme officieux des moukhabarat syriens : ordinaire, avec une chemise blanche, un pantalon noir ample et des chaussures en cuir noir éraflées. Quelconque, fonctionnel et bon marché : un uniforme d'enquêteur international. Les deux premiers boutons de sa chemise étaient défaits, à cause de la chaleur. *Un autre été de guerre en perspective,* songea-t-il. Certainement pas le dernier.

Il tourna sa chaise vers la fenêtre et scruta le ciel à l'est, les rayons brumeux du soleil illuminant les banlieues rebelles de la ville. Il feuilleta un rapport sur les opérations de la Garde républicaine à Douma. Les hommes de Rustum avaient enfin bouclé le quartier la nuit précédente, et fermé ce qu'ils pensaient être le dernier des passages souterrains. La stratégie était celle d'un châtiment collectif : isoler une zone rétive et confiner la population jusqu'à ce qu'elle finisse par haïr les rebelles d'avoir incité le régime à pratiquer la terreur. Jusqu'à ce qu'elle se retourne contre eux.

Il en vint ensuite aux photos. Des victimes avec leurs noms, quelques informations biographiques, les causes de leur mort. Certains clichés ne montraient que des parties du mort, le reste ayant probablement été perdu ou égaré au milieu des balles qui claquaient, des tirs de mortier ou des bombes improvisées larguées, avec beaucoup d'imprécision, comme il se devait, par la flotte ancienne d'avions de chasse soviétiques du gouvernement. Toutes les victimes étaient émaciées, beaucoup étaient des enfants. Il posa le rapport. Il pensa à ses propres garçons, puis à la conversation avec Layla, lorsque tout cela avait commencé.

AVRIL 2011. C'ÉTAIT LE PREMIER PRINTEMPS dans la nouvelle Syrie qui se délitait, quatre semaines seulement après le début des manifestations. Ils avaient laissé les jumeaux à la mère de Layla pour l'après-midi et emporté un panier rempli de mezze et de vin syrien sur une crête isolée du mont Qassioun, surplombant la ville. Il avait senti la colère dans l'air et compris que tout était en train de s'effondrer. Il l'avait confié à Layla. Les moukhabarat tiraient sur des innocents, les manifestations grossissaient, les criminels et les djihadistes tapis dans l'ombre, les enlèvements et les tortures, les rebelles peignant des X rouges sur les portes des alaouites pour les désigner à la mort. Le chaos était encore embryonnaire, certes, mais il était bien là. Il observait tout cela de près, il en suivait les tendances pour comprendre s'il réussirait à survivre. Layla et lui avaient discuté des choix possibles, comme tout le monde : partir, rester et soutenir le président, rejoindre les manifestants, se soumettre.

C'étaient toutes de mauvaises options.

Pourtant, le choix avait été simple. Si Ali s'enfuyait, ils n'avaient pas les moyens d'emmener leur famille élargie avec eux. De plus, compte tenu de son rôle au sein du régime, selon la destination retenue, il pourrait être arrêté pour crimes de guerre. Quitter la Syrie serait une condamnation à mort pour de nombreux membres de la famille, et potentiellement pour lui. Pour sa famille, faire défection et entrer dans l'opposition serait encore pire. Le gouvernement les arrêterait, confisquerait leurs biens, les torturerait et tuerait quelques-uns d'entre eux pour faire bonne mesure.

— Que penses-tu d'Assad ? lui avait demandé Layla après son troisième verre de vin. Soutiens-tu le gouvernement ?

Elle n'avait jamais posé la question auparavant, et il ne lui avait jamais donné son avis.

Ali avait décidé de lui dire la vérité, sachant que ce serait la dernière fois.

— Pour s'en sortir, Assad va tuer à tour de bras, avec nous tous enchaînés à son trône. Il va nous dérober nos âmes.

Cette réponse suffisait, car elle ne laissait qu'une seule option. Rester sur place, baisser la tête.

Il s'était senti lâche. Et c'était encore le cas.

À SON ENTRÉE DANS LE BUREAU D'ALI, Kanaan agita un dossier en l'air avec un geste victorieux. Il en fit glisser une copie sur sa table de travail.

— Un élément intéressant de la part d'un de nos agents à Paris. Mohannad al-Bakry. L'un des employés des archives le connaît. Réputé pour sa boulimie de rapports. Il rédige régulièrement des rapports de surveillance sur le personnel de l'ambassade. Qui le méprise, bien sûr.

— Naturellement.

— Mais dans ce cas-ci, le pointillisme d'al-Bakry nous est bien utile, car il a déposé un rapport il y a quelques semaines à peine, mentionnant Samuel Joseph.

Le pouls d'Ali s'accéléra. Il se sentait à nouveau comme un policier qui commence à dévider une longue pelote. En cet instant, il était un enquêteur, pas le complice de meurtres de masse.

— Il décrit un échange entre Samuel Joseph et une fonctionnaire du Palais, dénommée Mariam Haddad, poursuivit Kanaan.

— Haddad ?

Ali fronça les sourcils. Il alluma une cigarette.

— Oui, une vieille famille chrétienne damascène.

— Tout le monde les connaît. Que dit le rapport ? s'enquit Ali.

— Eh bien, al-Bakry écrit ici que Mariam et ce Samuel ont entamé une conversation lors d'une réception diplomatique à Paris. Apparemment, al-Bakry a essayé de la mettre en garde contre le fait d'adresser la parole à des Américains, mais elle l'a rembarré. Il décrit leur échange en ces termes : « chaleureux et amical, avec des connotations galantes ».

Cela fit rire Ali.

— Elle a peut-être simplement trouvé ce diplomate américain séduisant et engagé la conversation pour passer le temps. Et pourquoi ne rembarrerait-elle pas al-Bakry ? Elle vient d'une bonne famille, elle a bien le droit de s'accrocher avec un agent de bas étage des moukhabarat.

Kanaan fouilla dans sa mallette, en sortit une photo et la glissa vers Ali.

— Comme vous pouvez le constater, elle est tout à fait… euh… splendide. Il est facile de comprendre pourquoi al-Bakry aurait pu être jaloux.

Ali regarda la photo de sa carte d'identité nationale. De longs cheveux noirs, légèrement ondoyants et bouclés comme ceux de Layla.

— Parlons-en à Mariam.

— Bien sûr, général, je vais m'en occuper.

Kanaan se levait pour repartir quand le téléphone du bureau sonna. Malheureusement, Ali reconnut le numéro.

— Bonjour, grand frère, dit-il.

— Petit frère, fit Rustum. Je dois me charger d'une commission demain et j'avais une question sur un détail du témoignage de Marwan Ghazali.

À la mention de l'espion mort, Ali sentit à nouveau le poids de Rustum le plaquer au sol dans la salle d'interrogatoire. Il toussota.

— Quel détail ? demanda Ali.

— Dans l'un de vos rapports, vous écrivez que Ghazali a déclaré avoir fourni une liste d'employés du CERS à la CIA. Des sources secondaires potentielles, je crois. Il affirmait que c'était à leur insu.

— C'est exact, confirma Ali. Nous avons surveillé bon nombre d'entre eux, juste pour en avoir la certitude.

— Le colonel Daoud Haddad figurait-il sur la liste ?

— Il n'était pas sur la liste, répondit Ali.

Rustum raccrocha sans un mot.

Ali posa le combiné sur sa base. Le manque de caféine s'était transformé en mal de tête lancinant et il voulait réfléchir à une autre enquête. D'une tout autre nature que Rustum, Basil, Marwan Ghazali et Valerie Owens. Il congédia Kanaan et pria son assistante de lui servir du thé. Puis il s'enfonça dans son fauteuil, appuya de ses deux pouces sur sa tempe pour atténuer la douleur. Il se demanda si l'arrivée de Samuel Joseph était liée à la nouvelle source de la CIA. Il savait que la station de la CIA changeait souvent d'officiers. Il pourrait s'agir d'une simple rotation. Mais si les deux étaient liées ?

Il ne savait pas encore comment Mariam s'intégrait dans le tableau, mais il percevait quelque chose au-delà des rapports, quelque chose de profondément enfoui dans les méandres de son cerveau d'enquêteur. Il y avait là quelque chose. À démêler.

18

LE SUV LEXUS DE RUSTUM FRANCHIT EN ZIGZAG les chicanes en béton à l'extérieur de l'aérodrome et s'arrêta sur le tarmac. Plusieurs voitures du personnel, dont celle de Basil, étaient garées en triangle à côté d'un bombardier MiG-29 de fabrication russe qui faisait le plein de kérosène sur la piste, phares allumés dans l'obscurité matinale. Un semi-remorque était garé entre les voitures et l'avion. Rustum fit signe à son chauffeur de s'arrêter. Des véhicules blindés de transport de troupes manœuvrèrent en position pour couvrir le périmètre de l'aérodrome, et un hélicoptère vrombissait au-dessus de leurs têtes. Descendant de la voiture, Rustum eut un signe de tête vers Basil et s'approcha du colonel Daoud Haddad et de l'un de ses techniciens. Les hommes se tenaient devant un ordinateur posé sur le capot d'un pick-up Toyota blanc abîmé. La peinture écaillée sur la portière indiquait qu'il s'agissait d'un véhicule du CERS.

Ils se serrèrent la main alors qu'un chariot élévateur à bombes se dirigeait vers l'avion.

— Colonel, le salua Rustum. Merci d'avoir mis en place une équipe aussi rapidement. Il s'agit d'une affaire très sensible. Je suis heureux que vous ayez pu la superviser personnellement.

— À vos ordres, commandant, répondit Daoud.

Un camion de chargement à bombes passa devant eux, et Rustum remarqua que Daoud observait la peinture verte sur la section centrale de la bombe, indiquant l'origine soviétique pour les munitions chimiques. Basil s'approcha de Daoud, qui s'éloigna d'un pas en souriant poliment.

— Nous aurons besoin de vos hommes pour charger les composants dans ces bombes et de l'un de vos techniciens pour interpréter les résultats du test, lui signifia Rustum. Nous avons installé des détecteurs sur le site.

Daoud hocha la tête.

— Nous n'allons pas sur le terrain d'essai pour le test ?

Rustum secoua la tête.

— Non. Aujourd'hui, c'est ailleurs. Un nouveau site.

Daoud réunit son équipe et leur exposa les impératifs. Leur chariot élévateur à fourche transporta les fûts à côté du camion de chargement des bombes. L'opérateur avait ouvert les compartiments de la soute à munitions et l'équipe de Daoud les remplissait avec soin, en mesurant la puissance de chaque composant à l'aide de capteurs sur les flexibles à dépression en caoutchouc. Quinze minutes plus tard, Daoud fit un signe de son pouce levé à Rustum, tandis que l'opérateur de l'engin de chargement éloignait le véhicule de l'avion. Le pilote était maintenant dans le cockpit et il effectuait sa check-list avant le vol.

— Un vent très léger souffle sur le site, commandant, indiqua un auxiliaire à Rustum.

Celui-ci acquiesça.

— Embarquez Daoud et son équipe, allons-y.

À TRENTE MINUTES DE DAMAS, LE CONVOI COMPOSÉ du véhicule d'état-major de Rustum, de trois jeeps de la Garde républicaine et de deux véhicules blindés de transport de troupes s'arrêta sur un tronçon de route surplombant le village d'Efreh. Le village, perché sur une colline à l'opposé, n'était qu'un amas de huttes en pierre traversé par une seule route, avec une mosquée à l'extrémité sud. Rustum vit les phares du bombardier apparaître au nord, très au-delà du village. Il faisait encore nuit. La seule lumière d'Efreh provenait d'une petite hutte, un feu qui brûlait sur le toit. Rustum n'avait pas voulu mettre un autre fonctionnaire du CERS dans la confidence, mais aujourd'hui, à Efreh, il avait besoin des compétences de la branche 450 et le colonel Daoud Haddad avait été jugé loyal.

Rustum planta le talon de sa botte dans le gravier et sortit de sa voiture pour s'étirer.

— Amenez-moi Haddad, ordonna-t-il à son auxiliaire.

Haddad s'empressa d'arriver.

— Commandant ?

Le capitaine étala une carte sur le capot du Lexus. Elle était parsemée de points rouges.

— Nous avons disposé des capteurs suivant un motif en grille dans tout le village, expliqua Rustum à Daoud. Nous en avons également placé certains dans un ancien réseau de souterrains utilisé par les terroristes. Nous voulons voir dans quelle mesure cela se propage sous terre. Maintenant, dites-moi, où devons-nous larguer les bombes ?

Daoud se gratta la nuque en regardant la carte et le village, demandant à l'un de ses techniciens la vitesse et la direction du vent. Il pointa ensuite le doigt sur un endroit de la carte, à quelques centaines de mètres au sud du hameau.

— Étant donné le faible vent venant du sud, je larguerais les munitions à cet endroit. Le vent les poussera au-dessus du village.

Rustum approuva et fit signe à son auxiliaire de lui passer le talkie-walkie. L'avion à réaction tournait maintenant au-dessus d'eux. Il actionna le talkie-walkie et lut les coordonnées mentionnées sur la carte.

Les explosions dévastèrent une oliveraie à l'extrémité sud de la colline. Quatre panaches montèrent vers le ciel, s'agglomérèrent et finirent par engloutir Efreh. La bourgade était vide et silencieuse. Rustum observa la scène à l'aide de ses jumelles, son regard se posant sur une maison isolée à l'ombre de la mosquée. Quelques hommes jouaient aux cartes sur les véhicules blindés. Daoud fixa l'écran de l'ordinateur avec son technicien.

L'un des officiers se promenait entre les véhicules et proposait des cigarettes. Quelques-uns s'étaient endormis, assis et bien droit sur les sièges en cuir râpé des véhicules blindés de transport de troupes. Basil taillait un bâton avec son couteau, sans cesser de regarder la même maison dans le village. Il avait supervisé l'opération de nettoyage, et elle avait été sanglante.

— Nous devrions emmener Haddad avec nous, suggéra Rustum.

Basil acquiesça, les yeux rivés sur la maison.

La fumée se dissipa avec le lever du soleil. Au bout de vingt minutes, Rustum s'approcha de Daoud et du technicien et leur demanda un rapport préliminaire. Il savait que le sarin est surtout mortel lorsqu'il est inhalé sous forme d'aérosol. Les capteurs qu'il avait ordonné à ses hommes de placer dans tout Efreh surveilleraient la persistance du gaz dans l'air et mesureraient le rayon de contamination. Dans certaines parties du site d'essai, la toxicité serait suffisante pour tuer tout le monde. Dans d'autres, les gens seraient simplement malades.

— La couverture est bonne, commandant, fit Daoud. Je constate une létalité persistante dans la plupart des secteurs. L'exception, c'est la rangée de capteurs à l'extrémité nord. Là, j'enregistre des concentrations qui auraient des effets graves, mais non mortels. Les vents étaient calmes, ce qui a également contribué à concentrer la dispersion.

Daoud s'exprimait d'une voix étouffée. L'homme savait que quelque chose n'allait pas.

Rustum lui posa la main sur l'épaule. Il était grand temps.

— Irions-nous examiner la ville, colonel ? Quelques-uns de mes hommes ne l'ont pas revue depuis l'opération de nettoyage. Ils ont hâte d'y retourner.

Il sourit à Daoud.

Daoud regarda le village.

— Pour rassembler les capteurs, commandant ?

Basil ricana.

TOUT LE SARIN S'ÉTAIT ÉVAPORÉ – Daoud le leur avait expliqué à deux reprises, suscitant l'irritation de Rustum, mais ce dernier lui inspirait un respect très salutaire et il ordonna à la petite équipe de recherche d'enfiler des combinaisons de protection. Ils entrèrent dans la première maison. Des chaises en plastique étaient renversées près d'un poêle à bois. Des cartouches usagées jonchaient le sol près de la fenêtre. Des vêtements divers – une chemise blanche, une chaussure gauche de bébé, un keffieh, des gilets de camouflage – gisaient, froissés, marquant la transition entre la maison et l'avant-poste des rebelles. Rustum vit la trappe encastrée dans le plancher. Elle était clouée de l'extérieur et il fit signe à deux hommes de l'ouvrir.

La trappe grinça, ils tentèrent de la dégager à l'aide de pieds-de-biche et de couteaux, jusqu'à ce qu'ils parviennent à l'arracher. L'un des officiers la jeta sur le côté et disparut dans l'obscurité en descendant l'échelle aux marches de contreplaqué. Basil le suivit. Rustum sourit à travers son masque embué et donna une tape dans le dos de Daoud, le visage d'un blanc de cendre.

— C'est votre tour, colonel, dit-il.

Daoud regarda la porte, puis la chaussure de bébé. Il opina et descendit lentement l'échelle. Rustum le suivit, ses yeux s'adaptant à la noirceur du tunnel lorsqu'il arriva en bas, à près de sept mètres au-dessous de la hutte.

Daoud faisait face à l'un des murs, son masque posé sur le sol. Il était recroquevillé, le souffle court. Rustum lui flanqua une tape dans le dos.

— Vous êtes comme un peintre aveugle, mon ami, qui voit enfin son œuvre pour la première fois. (Il rit.) Qu'en pensez-vous ?

Basil balaya les corps avec le faisceau de sa lampe de poche avant de se concentrer sur un homme d'environ soixante-dix ans. Rustum aperçut la salive autour de la bouche et le rouge dessinant un halo autour des yeux. Il tapota les joues du mort. Basil s'enfonça dans le tunnel pour inspecter plus loin. Il s'arrêta et s'agenouilla devant un adolescent.

— Celui-ci s'est presque arraché les mains en essayant de s'échapper, commandant.

— Sont-ils tous morts ? demanda Rustum.

— Il semblerait que oui.

Rustum prit Daoud par l'épaule et lui indiqua l'alignement des cinquante-sept corps. Ils avaient compté les prisonniers après l'opération de nettoyage du village.

— Ils nous en auraient fait autant s'ils avaient pu, insista Rustum en flanquant un coup de pied dans le pied nu d'une femme. Même les femmes. Ne l'oubliez pas, colonel.

Daoud regarda le couloir.

— Je compte sur votre discrétion, le prévint Rustum. Vous êtes un bon soldat. (Il conduisit Daoud plus loin dans le tunnel, s'arrêta devant une jeune fille aux yeux fermés et à la bouche ouverte.) Même si votre fille ne sait pas la boucler.

19

LORS DE SON PREMIER WEEK-END À DAMAS, Sam se promena dans la vieille ville pour en découvrir les sites touristiques typiques : la mosquée des Omeyyades, le souk Al-Hamadiya, la rue Droite, la chapelle d'Ananias et une demi-douzaine d'autres. Il prit des photos, acheta des bibelots et quelques articles à l'effigie d'Assad pour ses frères. Il sourit bêtement aux postes de contrôle, en tendant son passeport diplomatique noir et en expliquant à quel point il était ravi d'être à Damas. Il resta dans cette enceinte du centre-ville. L'itinéraire semblait très normal pour tout nouveau diplomate américain. Et il l'était, en effet.

Tous ces points d'arrêt étaient préparatoires d'un ensemble de PDS qu'il avait conçus depuis son départ de France. Il cherchait à repérer les moyens de surveillance fixe, les caméras, il s'imprégnait du terrain et de l'atmosphère de la ville. Partout, il se sentait surveillé.

Il but un café amer dans un bar délabré de Kafr Sousa pendant que la *salât* de l'après-midi, l'appel à la prière, retentissait dans les haut-parleurs du muezzin. À la fin de la *salât*, il ressortit du café et se dirigea vers une bijouterie, où il prévoyait d'acheter quelque chose pour sa mère. En chemin, il passa devant un bâtiment portant l'inscription MINISTÈRE DE L'AGRICULTURE ET DE LA RÉFORME AGRAIRE DE LA RÉPUBLIQUE ARABE SYRIENNE.

Il continua, passa devant un autre bâtiment, et avisa une rangée de fenêtres donnant sur la rue. Il nota l'adresse, le numéro de téléphone de la société de leasing, repéra son suiveur de la moukhabarat qui lui collait au train. Il alla jusqu'à la bijouterie, où il examina l'inventaire pendant une heure : argent, or ouvragé, nacre. Il opta pour une grosse bague en argent. Fabriquée à Alep, elle ressemblait à une fleur.

Le pauvre moukhabarat avait l'air de s'ennuyer ferme en observant cette séance de shopping depuis l'extérieur du magasin.

LES BANDITO ÉTAIENT ÉGALEMENT arrivés à Damas.

Sam, en sa qualité de responsable de la communication du département d'État (deuxième secrétaire), avait appelé Rami depuis son bureau et lui avait demandé si ses frères et lui accepteraient de discuter avec l'ambassadeur du climat des affaires en Syrie. « Nous aimerions connaître votre point de vue sur l'économie, étant donné vos vastes intérêts commerciaux », avait expliqué Sam.

Les frères avaient passé les appels nécessaires pour organiser une réunion à l'ambassade des États-Unis : le ministère de l'Intérieur, les services de renseignement militaire, les services de renseignement général, la Sécurité politique, le renseignement de l'armée de l'air, le Palais. Tous avaient donné leur accord. Les services de renseignement militaire avaient faxé les points de discussion à aborder avec les Américains. Rami les avait jetés.

Sam accueillit les frères à l'ambassade, les conduisit à la chancellerie, en passant devant le bureau de l'ambassadeur, et dans le SCIF métallique utilisé par l'équipe du département d'État à l'étage.

Au lieu de l'ambassadeur, ils se réunirent avec Procter pendant deux heures. Ils firent le tour des diverses questions : la fourniture d'un lieu sûr, la logistique de la réouverture de la villa damascène de la famille, la création d'un argumentaire commercial pour leur retour.

— Les gars, tant que nous exécutons les bons versements, personne ne posera de questions, affirma Yousouf en mangeant un hamburger de l'économat de l'ambassade. Il y a une longue liste de pots-de-vin, mais une fois que ce sera fait, ils ne se soucieront pas de la raison de notre retour. Pas mal de fils du régime prennent le soleil à Beyrouth, comme nous l'avons fait nous-mêmes.

La CIA verserait cinq cent mille dollars sur le compte bloqué des BANDITO pour couvrir les frais de démarrage. Sam fit glisser sur la table l'adresse du bâtiment qu'il avait repéré. Yousouf prit le papier, le lut et le lui rendit.

— Nous allons nous en occuper, certifia Yousouf.

— Nous avons toujours besoin d'une comptabilité de haut niveau, comme avant, ajouta Sam.

C'était toujours un sujet embarrassant. Parfois, le service financier de la Direction des opérations vérifiait les comptes opérationnels et posait des questions indiscrètes.

Elias rit.

— Nous devrions travailler pour la DGSE, jamais les Français ne nous demanderaient de remplir toute cette paperasse.

— Il suffit de ne pas consigner les pots-de-vin par écrit, dit Sam.

UNE GRANDE PARTIE DE L'ARGENT DES BANDITO servit à financer la construction d'un nouveau lieu sûr (sous la rubrique « Finances » de la direction des opérations correspondante : « Logement »).

Sous les auspices d'une société-écran, Rami avait payé six mois de loyer pour un bureau exigu au neuvième étage. Sam avait précisé l'emplacement, y compris la vue nécessaire, mais pas la cible. Pas encore.

Le PDS jusqu'au nouveau bureau prenait dix heures. Rami accueillit Sam à la porte et s'excusa en souriant : ils avaient déjà dîné.

— Nous commencions à douter que vous arriveriez. Mais nous vous avons laissé un chawarma froid.

Le bureau était un cas d'école du style « locaux d'entreprise anonymes » : bureaux en panneaux de particules, chaises en faux cuir noir, téléphones de bureau Avaya déconnectés, moquette grise bon marché. Ces locaux auraient pu se trouver n'importe où. Mais c'était à Kafr Sousa, à un pâté de maisons du Bureau de la sécurité.

Yousouf montra à Sam les deux boxes exigus et le conduisit dans la salle de réunion. L'air sentait le détergent chimique et la peinture. Un néon bourdonnait au plafond. La pièce fit mal aux yeux à Sam.

— Internet et les téléphones seront connectés mardi, annonça Rami.

— C'est bien. Je vais envoyer quelqu'un passer l'endroit au crible mercredi, dit Sam.

Un technicien de la station s'était rendu sur place hier pour le premier récurage.

Sam se versa un verre de vin blanc tiède et attrapa le chawarma, dont l'emballage naguère blanc était désormais translucide à cause de la graisse. Ils s'assirent à la table. Elias remplit son verre et donna une tape sur l'épaule de Sam en passant derrière lui.

— C'est bon d'être de retour à Damas ! s'écria-t-il sans conviction.

Sam leva son verre.

— À notre travail ensemble.

— Et que nous réussissions tous à traverser cette guerre et à vivre très vieux, dit Yousouf.

Ils trinquèrent et burent.

— Parlons de la vue, proposa Sam, sachant qu'il ne lui restait qu'une quinzaine de minutes.

Elias se leva et désigna les boxes. Sam et ses frères le suivirent. Elias et Sam se serrèrent dans le box le plus proche de la salle de réunion. La fenêtre carrée, percée au milieu du mur, offrait une vue directe sur l'entrée principale du Bureau de la sécurité. Elias guida Sam.

— Deux entrées, d'après ce que nous savons. Celle-ci et une autre, plus petite, à l'ouest. C'était le ministère de l'Agriculture. De toute évidence, ce n'est plus le cas.

L'entrée se trouvait à environ deux cents mètres, plus loin dans la rue. Sam put voir les bermes en béton, une petite guérite de garde et un portail à commande manuelle. Trois gardes armés d'AK-47 traînaient à l'extérieur. Derrière eux, un mur en parpaings entourait le bâtiment.

Sam regarda dans la rue en contrebas. Des voitures étaient garées sur les trottoirs. Il vit des agents des moukhabarat se faufiler entre les véhicules, approcher de la guérite où ils montraient leur badge avant de pénétrer dans la cour d'entrée. Il observa la rue, les voitures garées et les moukhabarat louvoyant entre les carrosseries. Il vit un homme se cogner contre le coffre d'une voiture alors qu'il passait devant.

Ils retournèrent dans la salle de réunion et s'assirent. Sam sortit une photo d'Ali d'un compartiment de son sac et la posa sur la table. Il nota dans un coin de sa tête qu'il avait l'habitude de recruter des fonctionnaires étrangers, et non de les tuer. La perspective d'une action clandestine meurtrière contre Ali Hassan avait changé la donne.

— Cela reste dans cette pièce, pas d'externalisation. C'est beaucoup demander, mais j'ai besoin qu'à vous trois vous vous organisiez pour faire le guet ici une semaine. Je veux savoir quand cet homme, le général Ali Hassan, entre et sort du bâtiment. Procédure habituelle. Historiques horodatés, photos et la rue qu'il emprunte à son arrivée et à son départ.

Rami regarda la photo.

— Qui est-ce ? demanda-t-il.

— Il dirige le Bureau de la sécurité du Palais. Un sale type.

— Vous voulez qu'on le suive dans la rue ?

— Pas encore. Juste le bâtiment. Et on le surveille depuis ce bureau.

Elias sourit en voyant le cerveau de Sam travailler sous tous les angles.

— J'aimerais savoir à quoi vous pensez à l'instant, dit-il.

— Croyez-moi, vous n'en avez aucune envie.

20

La clé USB enfoncée dans la chaussure de running droite de Sam était arrivée à l'intérieur d'une valise diplomatique orange. Elle avait été conçue par la Direction de la science et de la technologie de la CIA à un coût exceptionnel pour le contribuable américain, offrait cinquante téraoctets d'espace de stockage et abritait un *malware* capable de pirater le contenu d'un ordinateur en dix secondes. Cela ne paraissait pas bien long, mais pour Mariam, ces secondes-là feraient l'effet d'une éternité. Elle avait accepté l'idée en France. Elle faisait partie du marché, ils le savaient tous les deux. Elle s'était engagée à travailler pour la CIA. Mais cette décision lui fichait toujours la nausée. Les sentiments qu'il éprouvait pour elle le tenaillaient. Ils lui donnaient l'impression d'être moins un agent de la CIA qu'un amant manipulateur.

La clé lui rentra dans le talon à l'instant où il passait devant un restaurant et se dirigeait vers l'une des plateformes d'observation du mont Qassioun. Il s'arrêta et s'étira, profitant de l'occasion pour vérifier à nouveau la présence d'une surveillance tout en admirant la vue. La soirée était fraîche pour l'été et un vent léger agitait les pins. Les lumières du centre de Damas s'allumaient tandis que les maisons, les magasins et les restaurants se préparaient pour la soirée. Les banlieues étaient sombres.

Au début de son running, près de son appartement, un gorille des moukhabarat l'avait agressivement collé au train. Il s'en était un rien irrité parce que ce n'était pas drôle d'être constamment suivi comme par son ombre.

Maintenant, près du point de dépôt, il se sentait clair.

— COMBIEN DE FOIS SAMUEL JOSEPH fait-il de l'exercice ? demanda Ali à Kanaan après avoir congédié l'équipe de surveillance.

Ils avaient besoin de ces ressources dans une autre opération contre un homme soupçonné de se livrer à de la contrebande d'armes pour les rebelles.

— Probablement deux, voire trois fois par semaine, répondit Kanaan. Pour lui, c'est tout à fait normal.

Ali consulta la carte. Cette seule équipe l'avait suivi une heure sur un parcours sinueux autour du centre de Damas. C'était du gâchis. Il alluma une cigarette, se demandant si ce Samuel n'était pas une impasse. Puis il entendit à nouveau le petit murmure dans sa tête, celui qui l'avait aidé à traquer un tueur en série sur la côte il y a des années, et qui lui répétait maintenant : « Non, avec cet Américain, insistez. » Ali tira une longue bouffée sur sa cigarette, éteignit le mégot dans son cendrier et appela Layla pour entendre sa voix.

SE CROYANT SEUL, SAM VÉRIFIA SA PÉRIPHÉRIE immédiate et les collines au-dessus, sans bouger la tête. Rien. Le chemin devant lui montait en pente raide avant de tourner à droite. Il commença par sprinter jusqu'en haut de la colline. Ses jambes et ses poumons le brûlaient. Des gouttes de sueur froides dégoulinaient sur son front. Le chemin redevint plat et il émergea des pins. Il vit le site éboulé du mur de soutènement à vingt mètres devant lui. Ce mur était identique à l'image de la tablette de Procter, en France.

Il s'approcha, toujours en sprintant, prenant cette fois le risque de jeter un coup d'œil en arrière, un geste évident, pour voir si quelqu'un le suivait. Il était toujours seul. À trois mètres du tas de détritus, il avisa la boîte de conserve sans étiquette. Il s'agenouilla, souleva le couvercle de la boîte, sortit la clé USB de sa chaussure et la plaça à l'intérieur.

Il finit de lacer sa chaussure et s'engagea sur le chemin.

LA TERREUR AVAIT ACCOMPAGNÉ MARIAM depuis la France. Elle l'avait côtoyée dans son lit, reconnue dans les yeux de Razan. Elle lui picotait la nuque lorsqu'elle se promenait dans la vieille ville. Elle attendait les moukhabarat. Elle attendait le retour des assassins de Jamil Atiyah. Elle se servait des mouvements que Sam lui avait appris à Nice pour guetter les guetteurs. Elle portait un couteau de chasse dans son sac à main et, dans sa chambre, elle s'entraînait à le dégainer, à éviscérer un assaillant, à lui taillader le cou, la poitrine et le visage.

Elle sentait également le retour d'un peu de légèreté dans sa poitrine, parce qu'elle avait choisi un camp et repris le contrôle. Étrangement, la peur lui confirmait la justesse de sa décision d'espionner. L'espionnage l'opposait à un gouvernement meurtrier, mais la peur persistait car l'adversaire se dressait toujours devant elle. Elle n'avait pas encore gagné. Peut-être ne gagnerait-elle jamais.

À cet instant, dans son bureau, Mariam frotta ses paumes moites sur le revêtement du canapé et s'assura qu'elle ne transpirait pas en glissant la clé USB dans la pochette de son classeur, le ferma et plaça le dossier de Bouthaina dessus. Elle vérifia l'heure. Deux minutes avant sa réunion. Elle s'engagea dans le couloir en direction du bureau de sa supérieure, en veillant à ne pas marcher trop vite. Elle remarqua que ses mains ne tremblaient pas, mais que son cœur battait à tout rompre.

Elle avait demandé un rendez-vous en soirée, à l'heure où Bouthaina recevait habituellement un appel de Rustum. Il s'agissait parfois d'un appel professionnel, parfois d'un appel amoureux, mais toujours d'une distraction longue de plusieurs minutes. Parfois, sa supérieure chassait Mariam de son bureau, ou elle se réfugiait dans sa salle de bains palatiale. D'autres fois, mais rarement, elle prenait l'appel devant Mariam. Elle espérait que ce ne serait pas le cas ce soir.

Bouthaina lui fit signe d'entrer, et elle s'assit. Sa supérieure chaussa ses lunettes de lecture Chanel à monture en écaille et la rejoignit à la table. Mariam fit glisser le classeur du haut vers son interlocutrice et débuta par une mise à jour sur les dernières divisions au sein du Conseil national. Tout cela était sans surprise, un mélange d'informations obscènes et grivoises, du miel pour les penchants destructeurs de Bouthaina.

— Nous n'avons même pas besoin de tenter quoi que ce soit, n'est-ce pas, Mariam ? Ils se détruisent eux-mêmes.

Mariam venait de terminer lorsque le téléphone portable de Bouthaina sonna. Elle entendit sa voix changer, presque imperceptiblement, mais elle comprit à ce ton radouci que Rustum était à l'autre bout du fil. Bouthaina s'excusa et passa dans la salle de bains, en fermant la porte derrière elle.

Mariam était debout, près de la table. Son monde se résumait à cette clé USB empoisonnée et à un filet de sueur entre ses omoplates. Elle se souvint de ce que Sam lui avait dit à Èze : l'opération proprement dite est généralement courte. La mise en place, la planification, voilà la partie la plus ardue. Il lui avait appris que les gens du département science et technologie travaillaient là-dessus depuis des années. Probablement des millions en recherche et développement. De nombreuses personnes œuvrant en coulisses à l'exécution de la chose. Des analystes, des techniciens, des opérateurs, des logisticiens à Damas. Mais tout cela dépend de quelqu'un comme toi, qui as le courage d'entrer dans un bureau et d'insérer cette clé dans un ordinateur interdit. Dix secondes, lui avait-il dit, mais c'est là que tout se joue.

Elle fit glisser la clé USB hors de son classeur et attrapa les documents de Bouthaina. Elle posa ces documents – l'alibi justifiant son retour à

Damas – sur le bureau et ouvrit d'un coup sec le capuchon de la clé USB. Elle fixa l'objet pendant ce qui lui sembla être des heures, sa conscience peinant à suivre le rythme des faits qui se déroulaient devant elle. Elle avait déjà commis une trahison, se disait-elle. Mais l'avait-elle vraiment commise ? Le moment était peut-être venu de s'en aller. De briser tout cela à coups de marteau et de tout jeter à la poubelle.

Après cela, son esprit ne souleva jamais de contre-arguments, elle se contenta d'insérer ce foutu machin dans l'ordinateur, de s'asseoir au bureau et se mit à rassembler les documents, comme si elle s'apprêtait à laisser le classeur à Bouthaina pour qu'elle le lise plus tard.

C'est alors que Jamil Atiyah ouvrit la porte.

21

LA PEAU DE MARIAM ÉTAIT BRÛLANTE, comme si elle avait tourné à la broche au-dessus d'un feu, mais elle ne dit rien, elle le regarda et lui sourit, d'un grand sourire blanc.

Les yeux d'Atiyah se fixèrent sur elle, sur le bureau, avant de balayer la pièce du regard, à la recherche de Bouthaina. À la lisière embrumée de son champ de vision, Mariam voyait la clé USB clignoter en vert, mais elle ne pouvait pas la retirer sous le regard d'Atiyah. Il afficha un sourire menaçant, avec un claquement de langue. Il entra dans le bureau et ferma la porte derrière lui.

— Tu prends tes aises dans le fauteuil de la patronne, Mariam ? ironisa-t-il.

— Je ne fais que préparer des documents, dit-elle en essayant de ne pas fixer la clé USB.

Depuis Villefranche, Atiyah avait jeté une ombre inquiétante sur sa vie. Dans sa course au prestige avec Bouthaina, elle supposait qu'il l'avait choisie comme victime sacrificielle pour se gagner les faveurs du Palais, mais elle ne comprenait toujours pas pourquoi il l'avait prise pour cible. Maintenant, en Syrie, elle avait observé, scruté les moindres recoins en guettant le picotement qui lui signalerait la présence de ses hommes de main. Il ne s'était rien produit de tel et, comme le lui avait dit Sam, c'était cela le plus exaspérant. Elle ne pouvait jamais être sûre. Cette quiétude pouvait être un piège.

Atiyah était chauve et musclé, mais il avait le visage et la moustache tombants, comme de la cire fondue. « Il est comme ça à cause du sexe, lui avait un jour expliqué Bouthaina. On ne peut pas coucher avec des gamines de treize ans et avoir l'air présentable. » À cet instant, il se tourna vers la porte de la salle de bains, d'où lui parvenaient les accents feutrés, à teneur sexuelle, d'un appel téléphonique. Des murmures s'échappaient de sous la porte et un sourire se dessina sur le visage d'Atiyah.

— Peux-tu me l'amener ? J'ai besoin d'elle dans mon bureau, tout de suite.

Mariam réfléchit aux options qui s'offraient encore à elle. Elle ne pouvait pas retirer la clé USB de l'ordinateur sous le regard d'Atiyah, et elle ne pouvait pas lui désobéir. Si Bouthaina se rendait effectivement dans son bureau, Mariam aurait peut-être une chance de récupérer l'objet et de partir. Sa colonne vertébrale n'était plus qu'un flot dégoulinant – Dieu merci, elle avait mis une robe noire – et sa vue se troublait. Elle se rendit cependant compte qu'elle souriait toujours aussi aimablement et qu'elle marchait d'un pas souple.

Elle frappa à la porte de la salle de bains.

— Bouthaina, Jamil Atiyah est là. Il a besoin de vous. Il dit que c'est urgent.

Elle frappa à nouveau, cette fois un peu plus fort. Les murmures se turent. Elle entendit une voix pressée qui mit fin à l'appel téléphonique. Bouthaina ouvrit la porte, les joues écarlates, le regard féroce.

— Jamil, que me vaut cet honneur ? grogna-t-elle.

Atiyah arbora un sourire amusé en dévisageant Bouthaina, toujours dans sa salle de bains.

— Dans mon bureau. Tout de suite, lâcha-t-il.

Après un sourire à Mariam, il fit volte-face et ressortit. Bouthaina se précipita vers son bureau dans un silence frénétique et se mit à chercher quelque chose. Sa main droite effleura la clé USB.

— Je peux faire quelque chose pour vous, Bouthaina ? s'entendit demander Mariam.

Elle ne savait pas si elle était encore debout, mais elle se rendit compte qu'elle souriait, comme une bonne subordonnée. Bouthaina baissa les yeux, vers l'ordinateur, vers la clé USB.

— Rien pour l'instant. Je m'en occupe.

Elle trouva le dossier qu'elle cherchait et quitta la pièce en trombe.

Mariam ne conserverait plus le souvenir de la chronologie exacte de son retour à la maison ce soir-là. Au lieu de cela, des fragments. Debout, penchée sur le bureau de Bouthaina, extrayant la clé USB. Dans son bureau à elle, glissant un classeur dans son sac à main. Le ciel sombre au-dessus de la ville en rentrant chez elle d'un pas de flâneuse. Le bruit des tirs de mortier, comme l'annonce de sa trahison. Affalée sur son lit, dans sa robe trempée de sueur.

Et, sous la décharge d'adrénaline, une sensation dominant tout : sa poitrine allégée, délestée. L'absence de la main qui l'oppressait depuis sa jeunesse. Mais mon Dieu, quelle terreur.

QUELQUES JOURS PLUS TARD, LA PETITE CLÉ USB lui semblait toujours radioactive. Mariam voulait qu'elle disparaisse. Elle la cacha donc au fond d'un vase dans sa chambre et chargea la boîte morte en demandant un échange discret sur le site qu'elle avait repéré avec Sam, à l'époque d'Èze. Elle avait envisagé de déposer la clé dans la boîte de conserve, mais cela lui semblait risqué. Non, elle devait rester en sa possession jusqu'à ce qu'elle la remette à Sam.

Mariam se faufila au milieu de l'effervescence du marché aux épices, le souk Al-Bzouriye, examinant les produits en poudre comme elle le faisait lorsqu'elle était petite fille. Elle s'arrêta à son étal préféré et huma les parfums d'anis étoilé, de coriandre, de cannelle, de cardamome, de thym et d'une centaine d'autres qu'elle n'était même pas capable de nommer.

Quand elle était jeune, elle aimait se promener dans ce marché avec Razan. Aujourd'hui, avec son sac à main renflé par un sac en plastique marron rempli de cannelle et d'une clé USB contenant des fichiers volés, elle sentait son cœur cogner en tous sens dans sa poitrine au milieu du brouhaha du marché, d'habitude si réconfortant. Elle marchanda et acheta un sachet de cannelle identique à celui qui se trouvait dans son sac. Elle jeta un coup d'œil à l'horloge de son téléphone. Plus que quelques minutes. Encore deux rues à traverser, et un virage à gauche.

Le marché couvert protégeait les clients du soleil, mais la sueur coulait dans le creux de ses reins. Sous l'effet de la chaleur et du stress, elle crut presque délirer et elle se mit à penser à la montagne de douleur qu'elle serait forcée de gravir si les moukhabarat s'apercevaient de l'échange discret. Ils lui demanderaient de commencer à écrire les choses, et ils finiraient par découvrir un mensonge. C'était la méthode de base du tortionnaire. Ils passaient ensuite à un passage à tabac pas trop appuyé, puis à d'autres questions autour d'une table, puis à un « examen » auquel procédait une lesbienne érotomane aux mains baladeuses, avant d'atteindre le sommet du sadique : la décharge électrique. Quelle que soit la façon dont on atteignait ce sommet, on y retrouvait toujours le même personnage qui vous y attendait : le bourreau. Au-delà de toute cette barbarie, c'était la paperasserie qui finissait par vous passer la corde au cou : rédigée par les moukhabarat, approuvée par un magistrat de la Cour suprême de la sûreté de l'État, estampillée de la signature d'Assad et du faucon de Quraych des armoiries syriennes. Ensuite, une grande miséricorde, le sol qui s'efface dans un souffle et le dernier craquement du cou qui se brise. La paix.

Elle passa la main sous son T-shirt noir et s'essuya le bas du dos du bout des doigts. Elle sortit son téléphone de la poche de son jean et vérifia l'heure. Elle sortit de son sac à main le sachet de cannelle, celui qui contenait la clé USB, et le porta à son visage. Les yeux clos, elle respira la douceur épicée, referma le sachet. Elle prit le sachet dans sa main droite et tourna à gauche, retournant à l'intérieur du marché aux épices, serrant le coin en marchant. Les allées étaient bondées et elle se heurta à une femme vêtue d'un hijab en soie rose, et s'excusa tout en s'assurant surtout de ne pas lâcher le sachet.

Ne le laisse pas tomber. Ne t'arrête pas de marcher. Et ne le regarde pas.

Mariam vit Sam apparaître sur sa droite au moment où elle tournait à l'angle de l'allée. Elle le sentit lui plaquer un sachet identique contre la poitrine. Elle s'en saisit de sa main gauche tandis qu'il récupérait celui qui contenait la clé USB, qu'elle tenait dans sa main droite. Sans changer d'allure, toujours flâneuse, elle laissa redescendre le nouveau sachet vers sa main droite, qui avait tenu l'ancien.

Cela avait pris moins d'une seconde.

Elle se dirigea vers un autre étal d'épices et acheta de la cardamome, constatant avec plaisir que ses mains ne tremblaient pas lorsqu'elle paya. En quittant l'étal, elle s'arrêta de nouveau pour contempler l'assortiment d'épices. Les couleurs ne lui avaient jamais semblé aussi vibrantes, aussi vivantes.

22

— NOUS SAVIONS TOUS QUE LES INFORMATIONS D'ATHENA feraient des vagues, déclara Mlle Procter. Je ne m'attendais pas à ce qu'elles nous noient. Au fait, comment va la dame analyste ? Esmeralda ? Ce n'est pas la fille du *Bossu de Notre-Dame* ? C'est une Américaine d'origine mexicano-syrienne, vous savez. (Sam, le regard dans le vide, se demandait où elle voulait en venir.) Son père est cent pour cent syrien, né aux États-Unis, et sa mère est mexicaine, précisa Procter. Née au Mexique. Esmeralda, c'est un prénom mexicain ?

Sam haussa les épaules.

— Je n'en ai aucune idée, cheffe. Elle se fait appeler Zelda. Je ne sais pas ce qu'il en est de l'espagnol, mais elle parle assez bien l'arabe levantin.

Si Zelda Zaydan était l'objet de leur conversation, c'était parce qu'elle était arrivée à Damas dans le cadre d'une TDY (affectation temporaire), pour exploiter les renseignements fournis par l'ordinateur de Bouthaina. L'aspect relatif à son nom turlupinait Procter, pour une raison ou une autre.

— C'est comme si je vous disais que vous pouvez m'appeler Temis au lieu d'Artemis. À partir de maintenant, je m'appelle Temis. Enfin, laissons tomber.

Elle pointa deux pouces vers le bas. Sam poursuivit.

— En ce moment même, Zelda prépare son pack d'affectation temporaire, expliqua-t-il, sans mordre à l'appât. Après les techniciens, l'ordinateur d'exploitation est arrivé de Fort Meade ce matin.

La machine, connectée à aucun réseau de l'Agence, vérifierait si les Syriens avaient infecté la clé USB avec des logiciels malveillants. L'équipe de la sécurité diplomatique avait déjà analysé la présence éventuelle d'explosifs ou de poisons. Les risques étaient minces, mais le Hezbollah avait placé des explosifs dans des téléphones portables dont il savait qu'ils seraient saisis, dans l'espoir de réduire un officier en miettes au moment où la CIA tenterait de forcer l'accès au combiné.

— Parfait, juste à temps, fit Procter. Notre jeune fille a une tonne de travail devant elle.

LE PREMIER APRÈS-MIDI, SAM REMARQUA une épaisse pile de rapports imprimés sur le bureau de Zelda. Celui du haut, une évaluation de la DI, la Direction du renseignement, était intitulé « Évaluation du renseignement – programmes d'armes chimiques : études de cas d'Union soviétique, d'Égypte, d'Irak et de Syrie ». Elle avait également un livre coincé sous la pile, *Précurseurs chimiques d'agents neurotoxiques et méthodes de production.* Zelda le vit lire le titre.

— C'est un bon bouquin, observa-t-elle. Commandé du temps de l'administration Reagan. Il contient la recette du sarin industriel utilisé aux États-Unis et en Union soviétique. Les Syriens se servent d'un livre de cuisine très similaire.

Zelda se leva pour s'étirer. Sam ouvrit le livre.

— Alors, comment allez-vous procéder ?

— Je commence par rechercher tous les précurseurs chimiques possibles du sarin, en épluchant toutes les nomenclatures à partir de cet ordinateur. Ensuite, nous aurons une liste de sociétés fictives suspectes.

À partir de là, nous pourrons creuser et remonter la piste de l'argent jusqu'au Palais. En supposant que la comptabilité soit exhaustive, nous devrions être en mesure d'en déduire les quantités commandées.

Elle posa les mains sur ses hanches et souffla une énorme bulle de chewing-gum. Elle recracha le chewing-gum et coiffa son casque d'écoute.

IL FAUDRAIT DEUX JOURS POUR OBTENIR UNE RÉPONSE, pendant lesquels Zelda avait bu, selon Sam, plus de quinze litres d'un café amer de la marque Station et dormi quatre heures au total. Le manque de sommeil, c'était la faute de Procter. La cheffe, désireuse de peler l'oignon de l'opération, avait donné à Zelda un délai absurde afin d'accélérer la cadence. « Nous lui faisons mériter ses indemnités journalières de séjour, avait lâché Procter. La totalité de ses cent trente-huit dollars. »

Aussi, lorsque Zelda pria Sam et Procter de venir la retrouver à son bureau trente-six heures plus tard, l'analyste avait l'air épuisé. Ce qui, pensa-t-il, sembla flatter les penchants managériaux de Procter. Les vêtements de Zelda étaient froissés et elle avait une longue tache de labneh sur son pantalon. Mais elle était tout sourire. Procter désigna le mur d'un signe de tête.

— Anévrisme cérébral de l'analyste ? ironisa-t-elle.

Le mur de plâtre écaillé était criblé d'une mitraille de dizaines de Post-it. Ils étaient organisés en pyramide au sommet de laquelle on pouvait lire « Sarin ». Punaisées au bas de la pyramide, deux cartes énuméraient les composants binaires : le difluorure de méthylphosphonyle, ou DF, et l'alcool isopropylique, que Zelda abrégeait en AI. Les éléments constitutifs de chacun d'eux étaient mentionnés en cascade, comme un tableau périodique détonant : dichlorure de méthylphosphonyle (DC), dichloro(méthyl)phosphine (SW), fluorure d'hydrogène (HF), et bien d'autres encore que Sam était incapable de lire.

Procter fit rouler une chaise jusqu'à elle et s'assit.

— Feu.

Zelda opina et se posta devant le mur constellé.

— En résumé, ils ont mis en place un réseau afin de doper leur stock de sarin, avec l'aide du Palais, probablement à l'usage de la Garde républicaine. J'ai trouvé des preuves que Bouthaina a favorisé l'achat de la majorité des agents chimiques précurseurs. Du moins, ceux qu'ils ne peuvent pas fabriquer dans leurs propres usines. La plupart de ces produits sont expédiés vers le front au Liban, certains en Turquie. De là, ils sont probablement introduits en contrebande en Syrie.

— Quel volume en ont-ils obtenu ? demanda Sam.

Zelda ouvrit Excel sur l'ordinateur de l'Agence et consulta un tableau.

— Il nous manque probablement des éléments, mais si l'on additionne tous les agents précurseurs, on arrive à quelque chose comme deux mille tonnes.

— Cela semble beaucoup, fit Sam.

— C'est vrai, admit Zelda. En règle générale, pour la production industrielle de sarin, les intrants pèsent huit fois plus que les extrants. Donc, en supposant qu'ils fassent leur cuisine correctement, on obtient deux cent cinquante tonnes de sarin. De quoi mener une attaque massive. D'après les dates d'achat, je pense que la production est déjà bien avancée.

— Il se pourrait qu'ils l'envoient simplement au CERS pour production et stockage, n'est-ce pas, Jaggers ? fit Procter en pointant le doigt vers Sam.

— Jaggers ? demanda Zelda.

— GOLDJAGGER.

Procter leva les yeux au ciel. Sam n'avait jamais communiqué par courrier électronique avec l'analyste qui n'avait donc jamais vu son pseudonyme. Le pseudo de Joseph.

— Ah. Compris. Ça dépote, comme pseudo. Debman, c'est Willy T. PECKER. Il a déposé une demande de changement. Quoi qu'il en soit, pour répondre à votre question, il se pourrait qu'ils l'envoient au

CERS, c'est vrai, mais d'après le SIGINT et l'imagerie des Israéliens, du côté des installations de production et du stock du CERS, depuis près d'un an, c'est le silence. Et les Syriens savent qu'ils disposent d'un stock suffisant pour dissuader les Israéliens d'abattre le régime.

Zelda avait pris un crayon et tapotait contre le mur à une cadence de métronome, comme pour battre la mesure de ses réflexions.

— Si les Syriens croient leur dissuasion assurée, pourquoi achèteraient-ils deux mille tonnes de matériaux précurseurs, s'ajoutant sans doute à un stock déjà suffisant ?

— Parce qu'ils veulent l'utiliser contre les rebelles, répondit Sam à voix basse.

Zelda s'appuya contre le mur, en fixant les dalles texturées d'isolant au plafond.

— En grande partie.

— Et ils estiment ne pas pouvoir utiliser le stock actuel parce que les Israéliens et nous-mêmes détecterions le transport ou la préparation de ce stock, dit Sam.

Procter hocha vigoureusement la tête.

— Et ils ont raison, confirma Zelda. Rustum Hassan n'est pas un imbécile. Il sait que nous avons placé les sites du CERS sous couverture satellite permanente. Nous verrions les stocks se déplacer ou en cours de préparation. Si vous voulez utiliser ce matériel, au combat, dès maintenant, vous le séparez du CERS. Vous mettez en place un programme compartimenté.

— Où diable se trouve le tout ? dit Procter. Deux mille tonnes de matériel, ça signifie qu'ils disposent quelque part dans le pays d'un site industriel qui produit du sarin.

Zelda sourit.

— Bouthaina a commis une erreur, dans un email, elle a demandé à l'un des fournisseurs de procéder à un envoi vers Jableh, et elle a modifié l'emplacement pour une autre installation de production de la Garde républicaine. J'ai vérifié. La National Geospatial-Intelligence Agency a émis un rapport sur une « installation énigmatique » – de ses deux index pliés, Zelda encadra la formule d'une paire de guillemets – située près de Jableh. C'était il y a neuf mois. En mentionnant un chantier de construction en cours. Aucun survol depuis. Nous devrions vérifier à nouveau.

Sam pointa la main en forme de pistolet sur le poster d'Assad collé au mur et appuya sur la détente.

AU SEIN DU NATIONAL RECONNAISSANCE OFFICE (NRO) et de la National Geospatial-Intelligence Agency (NGA), Artemis Aphrodite Procter avait une réputation compliquée. Il y avait eu quelques désagréments à Kaboul lorsqu'une dispute s'était terminée avec deux analystes en imagerie satellite bousculés dans un escalier au beau milieu d'une opération Predator contre les talibans pakistanais. « Purement accidentel, avait toujours affirmé Procter. Cas malheureux. »

Depuis ce psychodrame, elle avait eu du mal à engager des négociations sur les ressources avec les représentants des deux agences.

Elle avait donc appelé Ed Bradley pour lui demander de mettre de l'huile dans les rouages.

« Ed, pouvez-vous faire en sorte que ces intellos me filent un coup de main ? »

BRADLEY APPELA L'AGENT DE LIAISON du National Reconnaissance Office de la CIA pour lui communiquer les coordonnées de l'installation de Jableh. L'agent de liaison effectua un balayage de flux en temps réel affichant les orbites disponibles du NRO, une image si fortement classifiée que ses petits-enfants ne vivraient pas assez longtemps pour assister à sa diffusion en accès public. L'agent de liaison estimait que la plateforme satellite Misty-3 pourrait donner de bons résultats et appela le directeur de mission pour lui communiquer les coordonnées de Jableh.

— Et merde alors, s'exclama le directeur de mission du NRO lors de la réunion du matin en reniflant sa tasse de café, elle-même probablement classifiée car elle avait la forme du ballon Misty et portait l'inscription « *Smile, you're on camera* » (Souriez, vous êtes filmé). Nous ne disposons pas d'une escadrille illimitée de ces foutus oiseaux.

Dans la soirée, le directeur de mission, après avoir avalé sa sixième tasse de café au logo du ballon Misty, se tenait debout, agité de tressaillements, à côté d'un technicien au cheveu et à la peau grasse qui actionna les propulseurs ioniques de Misty à l'apogée orbital du satellite, le plaçant ainsi sur une trajectoire qui lui permettrait de traverser Jableh le lendemain matin, heure locale.

Misty effectua son passage à la verticale à 6 h 43 précises, heure locale, et prit sept photos du complexe avec sa caméra panoramique à champ de vision de deux cent soixante-dix degrés. Les images, envoyées à Washington via une liaison cryptée, révélèrent trois grands entrepôts, un alignement de semi-remorques, des voitures en stationnement, dont plusieurs marquées de l'insigne de la Garde républicaine, et de petits baraquements dans une vallée montagneuse. Mais le clou du spectacle, c'était un camion de marchandises à la plaque d'immatriculation bien lisible. Les images furent distribuées à la division Analyse du Moyen-Orient et de l'Afrique du Nord de la NGA, où un analyste, tout en écoutant le trio pour piano en *la* mineur de Tchaïkovski avec son casque à réduction de bruit, rédigea un rapport qui fut finalement diffusé sous le titre : « 15 JUIN : L'ACTIVITÉ DU COMPLEXE DE JABLEH INDIQUE UNE AFFILIATION À LA GARDE RÉPUBLICAINE ET AU CERS ». Les champs de commentaires de l'analyste étaient verbeux, mais le type était du style maniaque pointilleux et n'avait rien laissé au hasard, notamment en confrontant le numéro de la plaque d'immatriculation du camion à de nombreuses bases de données de la NGA.

Il s'avéra que ce véhicule appartenait à la branche 450 du CERS : sécurité et transport des armes chimiques.

23

À MESURE QUE LES BOMBARDEMENTS S'INTENSIFIAIENT et que le contrôle du régime sur la capitale faiblissait, les Damascènes restaient de plus en plus claquemurés chez eux : les regards furtifs, les terrasses des cafés désertées, les quartiers repliés sur eux-mêmes, aux aguets, les restaurants plus ou moins fermés. L'électricité était erratique, l'obscurité comme un fléau qui s'était même propagé aux quartiers riches.

Aussi, lorsque l'oncle Daoud demanda à voir Mariam et Razan, au lieu d'aller au restaurant, les cousines marchèrent quatre rues d'un pas tranquille jusqu'à l'appartement de l'oncle pour un repas de *dawood basha* préparé à la maison. Ils se réunissaient tous dans cette salle à manger du vivant de tante Mona, mais personne n'aimait arrêter le regard sur la chaise qu'elle occupait depuis que la famille avait emménagé dans l'appartement, au cours des années 1980. Daoud avait retiré cette chaise, mais cela avait presque aggravé les choses. Alors, sans s'en rendre compte, ils dînèrent serrés autour d'une petite table dans la cuisine.

Daoud posa des questions sur l'avis du médecin concernant l'œil de Razan, sur ce qu'elle avait lu, sur ses amis. Il s'efforçait d'être un bon père. Cela n'intéressait pas Razan. Assise sur sa chaise, elle picorait les boulettes de viande, n'avait pas touché à son verre de vin, les yeux (avec le cache-œil toujours en place) rivés sur le réfrigérateur derrière son père. Mariam avait envie de gifler Razan pour son comportement de *sharmoota* aussi ingrate, d'enfant capricieuse. *Laisse ton père tranquille, nous sommes tous au service d'un gouvernement que tu méprises, et il a fait ce qu'il a fait pour que tu aies quelque chose dans ton assiette.* Craignant que son monologue intérieur ne lui échappe, Mariam prit une longue gorgée de vin libanais.

— Quand penses-tu reprendre le travail ? demanda Daoud à Razan, qui fixait son assiette de son unique œil valide.

— Je ne sais pas.

Elle posa sa fourchette et s'excusa quelques minutes.

Daoud sourit à Mariam avec des yeux épuisés. Elle scruta son visage, s'imaginant que c'était parce qu'on était le soir. « Tu ne lui demandes pas d'espionner pour la CIA, lui avait expliqué Sam, tu lui demandes de franchir un pas avec toi et toi seule. De partager des choses qu'il sait ne pas devoir partager. Il peut soupçonner que tu travailles pour un service de renseignement, mais tu ne le mentionnes jamais. Il arrive que la CIA recrute entièrement une source secondaire, mais la relation reste souvent entre la source et cette source secondaire. » « Suis-je recrutée ? » lui avait demandé Mariam. Il n'avait pas voulu répondre à cette question. Cela le mettait mal à l'aise, elle le voyait bien, et elle avait ressenti la même gêne.

Daoud avait le dos voûté et, avec son ventre tombant, il donnait l'impression d'avoir pris quinze kilos depuis la fête de fiançailles de son cousin. Ses cheveux châtains étaient plus longs et plus fins que dans son souvenir. Il avait l'air d'un scientifique froissé qui vient d'apprendre qu'une expérience a échoué. Pour elle, il avait surtout l'air triste.

Razan revint à la table, les joues marbrées et les yeux enflammés, prête à en découdre. Dans la salle de bains, elle avait pris des décisions et semblait vouloir vider sa querelle avec son père. Mariam n'était plus qu'une spectatrice.

— J'ai besoin de te parler, à toi, mon père, fit Razan. Pas au fonctionnaire du CERS. (Il acquiesça, mais son visage signifiait qu'il n'avait aucune envie de l'entendre.) Je veux retravailler avec les comités de coordination, continua-t-elle, sur le ton de celle qui s'apprête à accepter un emploi dans une banque.

Comme si narguer le tout-puissant Assad pouvait être une profession normale.

Daoud se mit alors en colère, la mâchoire serrée, le dos raide.

— Razan, oh, mon Dieu, non…

— Arrête, papa, laisse-moi finir. Je ne peux pas rester les bras croisés et laisser notre pays livré à la destruction. Les manifestants sont faibles, mais ils ont raison. Je veux être du bon côté. Le côté moral. Le côté de Dieu.

Daoud passa les mains dans ses cheveux clairsemés et recula sa chaise de la table. Il fixait Razan avec fureur.

— Dieu n'est plus en Syrie, Razan, au cas où tu ne l'aurais pas remarqué. Il nous a abandonnés, livrés au chaos. Il n'y a rien d'autre à faire que de courber l'échine et de survivre. Et si tu dois faire intervenir Dieu, à quoi bon rejoindre l'opposition, hein ? Tu veux les aider à introduire leur Allah djihadiste assoiffé de sang dans notre pays, pour qu'ils nous tuent tous ?

Mariam avait honte d'être ici, dans cette cuisine, et de voir son oncle s'effondrer.

— J'ai déjà perdu ta mère, gémit-il. Ne me laisse pas seul ici, dans cet enfer. Je ne peux pas te perdre toi aussi, Razan, murmura-t-il.

Il avait davantage à dire, mais cela devrait attendre, car quelqu'un frappa à la porte.

Mariam eut la sensation vertigineuse d'observer son corps de l'extérieur. Le coup à la porte. Les Syriens le connaissaient, ce coup à la porte. Les yeux de Daoud et de Razan le lui confirmèrent. Mariam pensa à l'ordinateur de Bouthaina. Je n'aurai pas tenu bien longtemps. Une très courte carrière, même pour une espionne. Elle se souvint bêtement d'avoir demandé à Sam combien de temps durait la mission d'un espion. « Cela dépend », avait-il répondu. « De quoi ? »

Daoud se leva pour aller ouvrir la porte. Il y avait là deux moukhabarat, qui brandissaient leurs insignes de la Sécurité politique. L'un d'eux était ventripotent et joufflu, accusant quinze kilos de plus que Daoud. Il avait un nez en chou-fleur et une moustache tombante. L'autre, son subordonné, était petit, une mine de fouine, un nez retroussé et des yeux timides qui semblaient rivés au sol. Comme elle le faisait depuis l'enfance, Mariam donna aux deux agents des moukhabarat un surnom silencieux pour calmer sa peur.

Le Chou-Fleur et la Fouine, se dit-elle.

Son rythme cardiaque ralentit lorsque le Chou-Fleur demanda si Razan était à la maison et si tout le monde pouvait présenter une pièce d'identité. La Fouine récolta les cartes d'identité et le Chou-Fleur, comprenant qu'il s'agissait de la maison d'un colonel très respecté du CERS, promit qu'ils ne seraient pas longs mais qu'ils devaient poser quelques questions à Mlle Razan au sujet de son arrestation. Ils brandirent également une pièce d'identité, ce que Mariam jugea poli et correct, sachant que les moukhabarat se présentaient parfois en blouson de cuir en exigeant d'avoir une conversation avec vous. Le Chou-Fleur était colonel. La Fouine était lieutenant.

— On peut remettre ça à une autre fois ? suggéra Daoud avec agacement.

La Fouine continuait à fixer le sol, mais le Chou-Fleur tint bon.

— Le général Qudsiyah nous a demandé d'en discuter en privé avec Mlle Razan. Simple suivi, je suis sûr que vous comprenez. Ces entretiens doivent être fréquents, étant donné les circonstances, hmmm, je dirais inhabituelles, de sa libération.

La Fouine toussa. Elle regarda une lampe.

Qudsiyah était le directeur de la Sécurité politique. Il était intouchable, et la simple mention de son nom suffisait à mettre fin à la discussion.

— La semaine dernière, c'était les services de renseignement militaire, dit Razan. La semaine précédente, c'était la sécurité d'État. Combien y en aura-t-il comme ça ?

Mariam vit ses narines se dilater, entendit sa voix pincée, gutturale.

Le Chou-Fleur considéra Daoud, puis Razan.

— Vous avez commis des délits passibles de…

— Arrêtez, dit Daoud. Arrêtez, colonel, ce n'est pas nécessaire. Razan, parle à ces hommes. Combien de temps vous faut-il ?

Les joues de Razan rougirent. Elle croisa les bras sur sa poitrine. *Tais-toi, ma fille,* pensa Mariam, *parle-leur et finissons-en.*

— Dix, quinze minutes, répondit le Chou-Fleur.

MARIAM ET DAOUD FUMAIENT LEURS CIGARETTES sur le balcon. Il prenait toujours soin d'un petit jardin de plantes en pot et de fleurs, comme l'avait apprécié Mona : jasmin blanc maintenant en floraison d'été, rose de Damas, hibiscus imposant flanquant les portes coulissantes. Elle se souvenait d'avoir planté du jasmin avec tante Mona, de Razan en train de jouer, de Daoud en train de cuisiner quelque chose à l'intérieur et d'avoir ri avec papa.

À l'intérieur, maintenant, il n'y avait plus de rires. Mariam savait que la visite qui se déroulait dans la cuisine entre le Chou-Fleur, la Fouine et Razan était à la fois civile et avilissante, bureaucratique et brutale. Il ne s'agissait pas d'une visite du type « on frappe à la porte et on vous enlève ». Il n'y eut pas de violence, pas d'agression. Cela s'était déjà produit. Il s'agissait de vous rappeler que vous ne vous apparteniez pas.

Les deux hommes demandèrent à Razan ce qu'elle faisait, si un membre des comités de coordination l'avait contactée, comment se déroulaient les consultations chez le médecin, etc. Ils consigneraient le tout dans un rapport que Qudsiyah ne lirait probablement jamais. Il serait ensuite versé dans un dossier. Les services de renseignement de l'armée en tenaient un, la sécurité d'État aussi, et le Bureau de la sécurité probablement aussi. Ils ne partageaient pas leurs rapports. Les documents restaient dans des armoires de classement, dans des sous-sols. Les représentants des moukhabarat continueraient leurs visites à Razan pendant des dizaines d'années. Ils entreraient chez elle sans y être invités. Ils regarderaient ses enfants jouer, si jamais elle en avait. Certains demanderaient timidement des pots-de-vin. D'autres accuseraient, sonderaient et menaceraient. Ils poseraient les mêmes questions, connaissant déjà les réponses.

Cette fois-ci, la conversation dura douze minutes. Le Chou-Fleur remercia Razan pour sa coopération et s'excusa de nouveau auprès de Daoud pour leur intrusion. Il salua Mariam d'un signe de tête et repartit avec la Fouine.

— Ils ont été corrects avec toi ? demanda Mariam.

— Oui, mais je ne suis plus capable de parler pour ce soir. Papa, je peux dormir ici ? J'ai besoin de m'allonger.

— Bien sûr, *habibti*, mais tu ne veux pas finir de dîner ?

— Je n'ai pas faim.

Razan serra son père et Mariam dans ses bras et retourna dans sa chambre d'enfant en fermant la porte derrière elle.

— J'ai besoin d'un whisky, souffla Daoud.

IL SERVIT UN DOIGT BIEN TASSÉ DE JOHNNIE WALKER Blue Label – elle reconnut la bouteille que son père avait offerte à Daoud pour son dernier anniversaire – dans deux verres et rejoignit Mariam sur le balcon. Mariam avait toujours apprécié cet endroit. Le balcon donnait directement sur l'appartement d'une autre famille et, le week-end, on pouvait entendre le vacarme de la vie nocturne de Bab Touma : les fêtards, les sorties en couples, les femmes en jean moulant et d'autres en hijab, tout le monde dansait dans les bars et les restaurants de la vieille ville. Ce soir, le silence était étrange et l'appartement de l'autre côté de la rue était dans le noir. Daoud but la moitié de son whisky d'un trait.

Mariam se souvint de ce qu'il avait dit lors de la fête de fiançailles : « Le régime n'a pas respecté ses engagements. Regarde ce qui est arrivé à Razan. Et nous n'avons aucun recours. Nous sommes pris au piège. »

Son regard s'attarda sur le tour de taille de son cher oncle et sur ses joues blafardes. Une étincelle dans ses yeux alluma un cauchemar quelconque, il se massa le front et se gratta dans le cou. Elle jeta un coup d'œil à un bouton à vif sous le col de sa chemise, là où il avait planté l'ongle. Il gratta encore et termina son whisky. Il s'adossa à sa chaise, ferma les yeux et huma le parfum des fleurs.

Mariam crut qu'elle devrait insister pour obtenir des informations, mais il s'avéra qu'une simple question suffirait.

— Qu'est-ce qui ne va pas, mon oncle ? demanda-t-elle.

— Nous avons effectué un test, marmonna-t-il, les yeux toujours fermés.

— N'est-ce pas toujours le cas ?

— Oui, mais ce test s'est fait sur des personnes.

Mariam posa son whisky. Elle avait les mains froides.

Il ouvrit les yeux et la regarda, grattant à nouveau l'écorchure dans son cou.

— Et le test a réussi. (Il se servit un autre verre.) Ils préparent du sarin pour faire la guerre.

DEUX HEURES PLUS TARD, MARIAM SE BLOTTIT dans le lit à côté de Razan, mais ne s'endormit pas. Elle sentait le corps chaud de sa cousine et les palpitations de sa poitrine, qui montait et descendait doucement. Mariam tira les couvertures sur elle et se tourna vers elle. Le cache-œil. Des mouchoirs en papier glissés sous l'oreiller.

Mariam avait posé beaucoup de questions. Trop, craignait-elle. Mais Daoud avait franchi un pas. Plusieurs, en fait. Les mots qu'il avait prononcés ne semblaient pas réels. Ils lui donnaient envie de se taire. Ils l'empêchaient de dormir.

Le matin, elle sortit tôt et se rendit à son appartement, où elle prit place dans le dressing et écrivit un petit mot, qu'elle plia comme Sam le lui avait appris en France. Certaine qu'il tiendrait dans une boîte de conserve, elle le logea au fond de sa chaussure, enfila un pantalon de sport et un T-shirt blanc à manches longues, et partit en direction de la montagne.

À son retour à l'appartement, elle trouva Razan dans la cuisine, buvant un café en lisant un magazine. Elle s'était éclipsée tôt de chez son père.

— Tu as envie de parler de la nuit dernière ? demanda Mariam.

— Pas vraiment.

— Comme tu voudras, dit-elle, et elle retourna dans sa chambre, où elle évacua les dernières gouttes de whisky en exécutant ses mouvements de krav-maga.

Lorsqu'elle eut terminé, elle baissa à moitié les stores de la fenêtre.

24

LA STATION DE DAMAS SOUMIT LES INFORMATIONS de Mariam à la division NE pour traitement immédiat et diffusion dans le trafic des télégrammes. La directrice adjointe des Rapports Syrie à Langley, Louise Boolatte, fit circuler le rapport en grommelant que ces Syriens étaient des bouchers, des sauvages et des monstres. Comme la station de Damas, elle se demandait si cette violation flagrante des bornes de l'inacceptable fixées par le président obligerait la Maison-Blanche à réagir. Elle en doutait, mais qu'est-ce qu'elle en savait ? Pour le moment, elle se démenait juste pour obtenir le paiement de ses heures supplémentaires. Une prime de performance exceptionnelle ne ferait pas de mal non plus, même si les gratte-papier du département des Finances avaient récemment remplacé les primes en espèces par des cartes-cadeaux de restaurant.

En fin d'après-midi, Boolatte avait signalé le rapport au directeur pour qu'il le lise d'ici la fin de l'après-midi. Le directeur l'avait lu, avait maudit le régime syrien et appelé le conseiller à la Sécurité nationale, qui avait fait de même et déclaré qu'il convoquerait le groupe de travail sur la Syrie à la Maison-Blanche le soir même pour discuter, une fois de plus, des mesures de force létale à prendre contre Ali Hassan et des complots d'armes chimiques émanant de Damas. Le directeur, déjà en retard pour le dîner avec l'ambassadeur saoudien, expliqua qu'Ed Bradley représenterait l'Agence au sein du petit groupe. Dans la salle de crise, Bradley assista à un débat de trois heures sur l'opportunité d'appliquer la ligne rouge du président. En fin de compte, le conseiller à la Sécurité nationale présenta trois options au président : renverser le régime, bombarder l'installation de Jableh, envoyer un message codé.

« Faites ça proprement, Ed, avait insisté le président en choisissant la troisième. Juste le général. Pas de spectateurs innocents. »

LE LENDEMAIN, PROCTER CONVOQUA SAM dans son bureau pour une visioconférence avec Bradley, apparemment encore éveillé, chez lui, dans la Cave, et probablement déjà à la tête de quelques bières à l'heure où la station de Damas se mettait en ligne. Son image pixélisée apparut à l'écran.

— Salut, les gars ! s'écria Bradley. Je vais faire rapide. Hier soir, le président a envisagé de bombarder Damas en représailles au tir d'essai au sarin qu'ATHENA a signalé dans son message de renseignement. Il a décidé de s'abstenir, mais il veut quand même envoyer aux Syriens un message du genre « ne jouez pas aux cons avec nous ». Le Bureau du conseiller juridique du ministère de la Justice pense pouvoir interpréter les meurtres de Val et de KOMODO, associés aux opérations de surveillance d'Ali Hassan à Damas, comme une menace constante pour l'Amérique et ses intérêts. C'est pourquoi je tiens maintenant dans ma main un bout de papier, signé du président il y a quarante-cinq minutes, déclarant qu'une opération visant à éliminer le général de brigade Ali Hassan est, et ici je cite l'article 50 du Code pénal des États-Unis, « nécessaire au soutien d'objectifs identifiables de la politique étrangère des États-Unis ». Il ne s'agit pas d'un assassinat. Il a été certifié que c'est de la légitime défense nationale.

— Très classe. Une élégance digne de la série *NightGowns*, persifla Procter. C'est pour ça que tout le monde adore les juristes.

— Quelles sont les conditions ? demanda Sam.

— Et dans quelle mesure ont-elles été couchées sur le papier ? releva Procter.

— Procter, à en juger par ton langage, j'en conclus qu'en réalité tu nous demandes vraiment si nous pourrions mener ça comme nos opérations de drones en Afghanistan-Pakistan. Et la réponse est non. Seul Ali doit mourir. Il ne peut pas y avoir de dommages collatéraux. C'est la seule restriction, couchée sur le papier.

— Il y en a d'autres qui n'y sont pas, sur le papier ? demanda Sam.

— Oui, une, venant de moi, répliqua Bradley. Et le président est d'accord. Appelez ça les directives du commandant en chef. Avant d'appuyer sur la détente, il faut que nos experts en reconnaissance faciale confirment qu'il s'agit bien d'Hassan. Je ne veux pas qu'on se trompe et qu'on descende le mauvais général syrien. Nous aurons besoin d'images vidéo en temps réel pour confirmer que c'est bien lui. (Les yeux de Bradley se réduisirent à deux fentes et il sembla fixer Sam à travers l'écran.) C'est une occasion rare de venger l'un des nôtres. Nous voulons tous qu'Ali Hassan meure pour ce qu'il a infligé à Val. Mais soyons malins. Pas de folie.

— Ça va de soi, acquiesça Sam.

Les battements de son cœur s'accélérèrent. D'habitude, quand l'un de ses agents était tué, la CIA devait faire comme si de rien n'était. Maintenant, il pouvait venger Val. Il pouvait rendre à Ali la fine ligne qu'il avait tracée sur son front.

Procter enleva son blazer en tweed et se plaça face à l'écran, en fixant Bradley. Sam entrevit les étoiles *IN HONOR* bien en évidence entre ses omoplates au-dessus de son haut noir. Mais que signifiaient-elles ?

— Est-ce que c'est ta façon de laisser entendre que cette station ne sait pas se montrer à la hauteur ? dit-elle.

— Non, répondit Bradley. C'est ma façon de vous dire, et de manière explicite, en l'occurrence sans le moindre sous-entendu, que vous êtes tous sous le coup de cette foutue loi. Les attentes sont élevées et le sont de plus en plus en raison justement de votre excellent travail. Votre porte est-elle fermée ?

Elle jeta un œil à la porte, fermée.

— Oui, confirmation, elle est grande ouverte, ainsi que la porte de la chancellerie. Il y a en fait un Syrien dans la pièce, ici avec nous, Ed, il est hors caméra et il fait office de dactylo preneuse de notes. Mahmoud, Mahmoud, viens donc nous rejoindre à la caméra et fais-nous un sourire pour Ed.

Procter agita la main en direction de la porte.

Elle se retourna vers l'écran et adressa un sourire suffisant à Bradley.

Ce numéro fit rire ce dernier.

— J'avais oublié quelle emmerdeuse tu étais, Procter. J'aurais dû t'envoyer à la division Europe, que tu puisses terroriser quelqu'un d'autre. Je constate que j'ai droit au même traitement de merde que celui que tu as réservé aux talibans pakistanais et à Al-Qaïda.

— Au moins, toi, tu es toujours en vie, rétorqua-t-elle.

À L'AMBASSADE AMÉRICAINE, À L'INTÉRIEUR DE LA SALLE de réunion sécurisée, Yousouf claqua des talons sur la table et prit une autre bouchée de pizza. La boîte affirmait qu'il s'agissait d'une « Authentique Pizza Syrienne » provenant d'un certain Café Costa, et Sam se sentait à peine capable de regarder l'objet.

— Arrête ici, Rami, ordonna Yousouf en réponse à une question de Procter.

Il s'assit. L'écran montrait la voiture d'Ali Hassan qui se faufilait entre les bermes de béton et le bâtiment du Bureau de la sécurité. Ils visionnaient les images de surveillance des BANDITO.

— Tu vois comme elle est basse, la garde au sol de cette Lexus ? remarqua Yousouf. Elle est blindée, alors il va plutôt falloir du lourd. Jette aussi un coup d'œil à ça.

Il fit glisser le journal de surveillance sur la table.

Sam ouvrit le dossier. Les BANDITO avaient inscrit les heures d'arrivée et de départ d'Ali. Cela variait chaque jour, parfois de plusieurs heures.

— Est-ce qu'il varie aussi ses itinéraires ? demanda Sam.

— Oui, malheureusement. Il démarre toujours à partir d'endroits différents, précisa Elias en tirant une autre part de pizza. Nous n'avons pas pu isoler de schéma régulier.

— Une attaque sur la guérite ? demanda Procter, en jetant un regard de travers sur la pizza. On le canarde au passage le temps qu'il montre son badge ?

— En général, il y a un type à la guérite qui s'occupe du portail, et entre quatre et sept autres dehors qui tuent le temps en fumant et en racontant des conneries, expliqua Rami. Pas particulièrement professionnel, mais vous auriez quand même une fusillade à gérer.

Procter se leva.

— J'ai dit que je lui couperais les couilles, je le pensais vraiment. Vous avez des idées concrètes ?

— Une, dit Yousouf.

Il sortit un paquet de Marlboro de sa poche-poitrine et le posa sur la table.

— Non, merci, Yousouf, fit Procter avec un sourire futé. Dans cette boîte de conserve, la ventilation n'est pas terrible.

— Non. Regardez.

Yousouf lança une avance rapide jusqu'à ce qu'il atteigne des images enregistrées à 21 h 55, une semaine plus tôt. La caméra faisait le point sur Ali Hassan au moment où il sortait du siège du Bureau de la sécurité et marchait dans la rue, serpentant entre les voitures garées sur le trottoir, tout comme Sam avait vu d'autres piétons le faire lorsqu'il avait observé le bâtiment.

— J'étais en train de filmer ça, expliqua Yousouf. Regardez bien.

La caméra zooma sur Ali. Le Syrien s'arrêta à côté d'une voiture en stationnement et sortit de la poche de sa chemise un paquet de Marlboro, à l'emblème rouge reconnaissable. Il prit le temps d'en extraire une cigarette, de l'allumer, puis se remit à marcher. Il avançait lentement, comme s'il était plongé dans ses pensées.

— Maintenant, regardez ça, suggéra Yousouf.

Il sélectionna de nouveau l'avance rapide de la bande, jusqu'à la séquence du lendemain. L'horodateur indiquait 22 h 02. Ali marchait en suivant le même trajet, et en fumant sa Marlboro.

— Le gars fait ça souvent. En une semaine, il a répété ce trajet quatre fois.

Sam prit les cigarettes sur la table et retourna le paquet dans ses mains. Il fit un signe de tête à Procter, qui lui répondit par un signe de tête.

25

JAMIL ATIYAH ÉTAIT L'HOMOLOGUE DE BOUTHAINA. En théorie, tout au moins. Mais le vieux avait été directeur adjoint du renseignement militaire, il avait aidé à faciliter l'ascension de Bachar à la présidence, et il s'occupait du dossier iranien. Il possédait plus de *wasta* que Bouthaina. Et il possédait un pénis. Il ordonnait à Bouthaina ce qu'il fallait faire.

Bouthaina était donc hors d'elle mais pas surprise lorsqu'elle avait reçu une autre invite sèchement formulée à informer Atiyah des efforts de Mariam pour écarter les opposants du Conseil national.

« Pendant cet entretien, c'est moi qui vais m'occuper personnellement du pédophile, lui avait expliqué Bouthaina. Mais j'aimerais que vous veniez au cas où il me demanderait des précisions. Nous pourrons lui communiquer les rapports que vous avez rédigés en France. Bien sûr, il n'en a rien à foutre du travail proprement dit, il continue de nous faire la guerre. Une bataille de plus dans ses tentatives de nous détruire. »

Mariam porta inconsciemment un doigt à sa bouche en repensant aux trois corps dans sa chambre d'hôtel de Villefranche, à ses mains tremblantes accrochant le panneau NE PAS DÉRANGER à la poignée de porte avant de refermer derrière elle.

À peu près depuis le jour de l'échange discret, elle s'était mise à se ronger la peau autour des ongles. Au début, elle n'en avait pas conscience, mais au deuxième ou au troisième doigt, elle s'en était rendu compte. En revanche, Bouthaina, cette pauvre Bouthaina égocentrique, ne semblait pas s'en apercevoir.

Mariam posa les mains sur la table de sa supérieure et remarqua une goutte de sang poindre du lit de l'ongle de son pouce droit.

Le téléphone sonna et Bouthaina passa dans la salle de bains. Mariam manipulait des rapports sur la table, en réfléchissant à l'épouvantable niveau de sécurité des communications de sa cheffe pendant que celle-ci bavardait avec Rustum. Elle en était à se ronger le majeur gauche lorsqu'elle s'en rendit compte et se mordit la lèvre de dégoût.

Bouthaina raccrocha et sortit de la salle de bains.

— Allons voir ce vieux pervers.

Mariam lissa sa jupe bleu foncé et ramassa ses rapports pour la suivre. Atiyah était assis à son bureau occupé à lire et ne leva pas les yeux pour les accueillir. En ce jour, il portait un costume noir de belle coupe à rayures épaisses qui lui donnait des airs de gangster.

Bouthaina et Mariam s'assirent à la table. Atiyah acheva de lire son rapport, puis il interrompit sa lecture. Il but une gorgée de thé mais n'en proposa pas. Au lieu de cela, il but Mariam du regard, une fraction de seconde, sans s'en cacher.

— Elle est un peu vieille pour toi, lâcha Bouthaina d'un ton cassant.

Atiyah ne releva même pas son commentaire. Au lieu de cela, il s'adressa à Mariam.

— J'ai oublié de te le demander la dernière fois que nous nous sommes vus. Comment était-ce, la France ?

Elle perçut une pointe d'acidité dans la voix. La fureur était sur le point de percer. Ses sourcils frémirent une seconde, puis, dans l'instant se figèrent et finalement se haussèrent.

— Mouvementé ? s'enquit-il, avec le sourire.

— Les entrevues avec Fatimah n'ont pas abouti, admit Mariam. Pas encore. Même si, comme tu peux le voir dans ces rapports, nous avons pris des mesures actives pour la faire changer d'avis sur la question.

Mariam fit glisser le papier vers Atiyah.

Atiyah eut un geste du revers de la main, comme pour le repousser.

— Je suis déjà au courant de l'arrestation de la mère de Fatimah. Je n'ai pas besoin de ces rapports. Ce que je veux savoir, Bouthaina, c'est pourquoi ton bureau continue d'échouer. Fatimah siège toujours au Conseil, elle se prélasse en Europe et se moque de nous.

Bouthaina posa un bref regard plein d'envie sur un coupe-papier posé sur le bureau. Au lieu de cela, elle baissa un instant les yeux et, feignant l'indifférence, elle épousseta une peluche sur la jambe gauche de son pantalon. Elle savait elle aussi que sa guerre avec Atiyah exigeait du sang-froid.

— Mon bureau effectue ces voyages pour extraire toute vie de l'opposition, mais toi, tu voyages en Thaïlande pour en extraire de la chair adolescente. Chacun ses priorités.

Atiyah ricana, non sans fixer Mariam du regard. Elle croisa ses mains sur ses genoux pour s'empêcher de se mordre les doigts et jeta à son tour un coup d'œil au coupe-papier. Ce serait une bonne façon de se venger de l'incident de l'hôtel à Villefranche.

— Tu continues à utiliser les mêmes armes, Bouthaina, déplora-t-il. Cela ne marche pas. Essaie autre chose. Si tu ne résous pas ce problème, tu perdras ce dossier. Alors je m'en emparerai et je réussirai là où toi et Mariam avez échoué. (Il brandit les rapports de Mariam, les yeux rivés sur son chemisier.) Il se peut que je les lise vraiment, Mariam, et quand j'en aurai fini, peut-être me consentiras-tu un briefing dans les règles.

La formule *dans les règles* avait été prononcée comme s'il avait tout autre chose en tête.

Le front de Bouthaina se plissa, malgré le lissage du Botox. Elle sembla sur le point de répliquer puis, en silence, se leva, se retourna vers la porte et sortit. Mariam essaya de la suivre, mais elle sentit une main l'attraper par l'épaule et un souffle chaud dans son cou alors qu'elle atteignait la porte.

— Je suis content que tu sois revenue saine et sauve de tes vacances en France, dit-il.

Elle lui fit face et repoussa sa main de son épaule.

— Cela aurait été tellement dommage de te perdre, mais s'il te plaît, comprends que cela n'a rien de personnel. Bouthaina a déclenché une guerre contre moi.

Elle laissa échapper les rapports et se dégagea, légèrement déséquilibrée à cause des talons.

La surprise se lut dans ses yeux.

— Sois vigilante, Mariam. Il y a beaucoup à craindre. Je te convoquerai pour un compte rendu complet une fois que j'aurai lu tous ces dossiers.

Il lança un regard à ceux qui s'étaient étalés sur le sol et s'esclaffa. Il referma la porte de son bureau.

Mariam rassembla rapidement les papiers éparpillés et retourna au bureau de Bouthaina, sans quitter du regard un portrait du président tandis qu'elle avançait au pas de charge.

BOUTHAINA ÉTAIT DÉJÀ DE RETOUR À SON BUREAU, tapant frénétiquement, les yeux rivés sur l'écran. Mariam sut seulement que sa cheffe s'était aperçue de son retour lorsqu'elle lui dit :

— Je pense que ça s'est bien passé, pas vous ?

Elle se dirigea vers la table, où elle se mit à fouiller dans des papiers en marmonnant. *Une véritable guerre bureaucratique à la syrienne,* pensa Mariam. Elle se livrait avec des papiers, des dossiers et des réunions, les subordonnés servant de chair à canon.

— Voilà ! s'exclama Bouthaina. (Elle déposa devant Mariam une interception de communications d'origine iranienne de l'itinéraire de voyage de Fatimah.) Atiyah veut annoncer au président que nous avons échoué.

Il pense que cela lui donnera un moyen de pression, et il a raison. (Elle pointa du doigt le rapport.) Fatimah sera chez sa famille en Toscane pendant quelques jours à partir du 6 juillet. Tu iras la voir. Tu la ramèneras à la maison, plaintive, muselée, emballée dans un paquet cadeau. Nous demanderons à Ali d'arrêter quelques autres membres de la famille pour la faire fléchir. Toi, Mariam, cette fois, tu réussiras.

— Bien sûr, Bouthaina. Je vais m'occuper d'elle.

Elle porta un ongle à sa bouche mais se ressaisit et baissa la main, qu'elle referma comme un poing.

SUR LE CHEMIN DU RETOUR, MARIAM GRIGNOTA les biscuits qu'elle s'était achetés pour s'apaiser l'estomac. La menace d'Atiyah lui traversait l'esprit, tout comme l'idée interdite que Sam la rejoigne en Italie. Il la calmerait, l'aiderait à réfléchir. Elle traversa la rue et entra dans le souk Al-Hamadiya, très animé. Certains commerçants l'interpellèrent au passage, lui demandant s'ils pouvaient lui montrer une jolie robe, ou peut-être des lunettes de soleil. Mais elle était à Èze, assise sur Sam, prenant son plaisir lorsque la matraque avait fendu la tête de l'agresseur trapu en T-shirt Pink Floyd. Elle était à l'arrière de la voiture, le guidant en elle, quand le sang du deuxième homme avait giclé sur le miroir de la chambre d'hôtel. Elle était à côté de Sam dans le lit, ses doigts suivant le contour des muscles de son torse, lorsque le troisième agresseur s'était effondré en arrière, la nuque contre les draps bordés de frais. Elle faillit trébucher sur un pavé saillant et s'arrêta pour fouiller dans son sac à main à la recherche d'un autre biscuit. Elle en retira un de son emballage de papier alu et le retint entre ses lèvres tout en tâtant à nouveau dans son sac pour s'assurer que le marqueur y était toujours. Elle s'en saisit pour se rassurer. Elle mit son sac en bandoulière et ferma rapidement les yeux pour se remémorer l'image du graffiti qu'ils avaient dessiné sur des serviettes, à Èze, pour s'entraîner.

« C'est le signal d'urgence, lui avait dit Sam tandis que la serviette en papier battait sous la brise méditerranéenne. Quelqu'un vérifiera sa présence tous les jours. Si on le voit, on garnit la boîte morte aussitôt après. »

Elle s'arrêta dans une ruelle à trois rues de son appartement.

« Que dois-je faire si quelqu'un me voit ? » lui avait-elle demandé. « Tu ne te fais pas voir », lui avait-il répondu.

Elle vérifia qu'elle était bien seule. Elle entra dans la ruelle et laissa la marque sur le mur.

26

SAM ET PROCTER LURENT LE MESSAGE de Mariam à la station.

— Ouch ! s'écria Procter. Un face-à-face avec une toute nouvelle source dans cet abattoir ? Je déteste.

— Je n'aime pas ça non plus, dit Sam, puis il relut le message :

BOUTHAINA. ET MOI RENCONTRÉ ATIYAH. EN PLEIN CONFLIT TERRITORIAL AU PALAIS. ATIYAH SE SERT DE MON ÉCHEC AVEC FATIMAH POUR ÉTOUFFER BOUTHAINA. MENACES PHYSIQUES PROFÉRÉES À MON ENCONTRE À LA FIN DE LA RÉUNION, Y COMPRIS ALLUSIONS À UNE ATTAQUE EN FRANCE. ATIYAH A DIT : « SOIS VIGILANTE. IL Y A BEAUCOUP À CRAINDRE. »

BOUTHAINA M'ENVOIE À MONTALCINO, EN ITALIE, LE 6 JUILLET POUR RENCONTRER À NOUVEAU FATIMAH. NOUS AURONS LE TEMPS DE NOUS REVOIR EN PERSONNE.

Le point après le premier mot indiquait que Mariam n'avait pas écrit le message sous la contrainte. Procter le lut par-dessus son épaule.

— Ouch, répéta-t-elle, en secouant la tête. Pas bon, ça, Jaggers.

— Mais nous n'avons vraiment pas le choix, n'est-ce pas ? rappela-t-il. Ils ont déjà essayé de la kidnapper en France.

— Vous avez une idée pour lui venir en aide ?

Sam tapota sur la table avec un stylo.

— Pourquoi gardez-vous ce Mossberg là, cheffe ? L'armurerie n'est pas si loin.

— Je trouve la présence d'armes à feu réconfortante.

Il tapota de nouveau avec le stylo, et griffonna ATHENA sur un bloc-notes. Il n'avait rien d'autre qu'une idée qu'il se souvenait avoir entendue de la bouche de Bradley autour de quelques bières à la station du Caire. C'était insensé, mais Bradley avait insisté sur le fait que cela avait sauvé la vie de sa source. Et puis bon, ça valait le coup d'essayer. Il fallait qu'il la protège.

— D'accord, c'est une idée folle, mais je me souviens de Bradley me parlant d'une opération qu'il avait menée à Alger pour protéger un agent dans une situation similaire.

— Sans déconner ?

— Ouais, mais pour votre parfaite information : cela implique une caméra ultra-miniaturisée et un collier.

— Bon sang. D'habitude, un truc pareil, ça se paie le double.

L'IDÉE PLUT À PROCTER ET DÉCLENCHA UNE SACRÉE tempête dans le trafic des télégrammes. (Les mots « paperasserie bureaucratique de merde » furent utilisés dans un câble lu par la plupart des dirigeants de la division NE du département science et technologie). Quarante-huit heures plus tard, ils étaient assis dans son bureau, bien après minuit, en face d'un technicien du Bureau des services techniques de la CIA, l'air très fatigué, qui leur montrait sur l'écran de la visioconférence sécurisée (SVTC) un collier de saphir correspondant à celui d'une photo de surveillance de Paris prise par les BANDITO avant le recrutement de Mariam. Sam se souvint qu'il brillait à son cou alors qu'elle buvait un verre de vin sur la terrasse d'Èze. À ce moment-là, elle ne portait rien d'autre.

Procter se sentait plus débridée à cette heure tardive et buvait une canette de Coors Light – probablement introduite en Syrie par l'un de ses amis de la sécurité diplomatique – tout en pointant du doigt le technicien qui faisait miroiter le collier à l'écran de la SVTC.

— C'est carrément une émission de téléachat, là. Il reste combien de minutes pour passer commande, Jaggers ?

Admirable, le technicien reprit la balle au bond, caressa le collier et expliqua qu'elle avait vingt minutes et qu'il pouvait être à elle moyennant « dix mensualités de *seulement* 1 995 dollars ».

Cela fit rire Sam.

Procter marmonna quelque chose d'inintelligible et le technicien passa de nouveau la main le long du collier.

— Explique-moi comment ça marche, mec, fit la cheffe.

Le technicien montra l'unique bouton d'allumage et comment la source pouvait enfoncer une aiguille ou une épingle à cheveux à l'intérieur pour l'allumer ou l'éteindre. Il précisa qu'on pouvait le plonger dans l'eau, le laisser tomber, sans aucun problème, l'objet était tout temps-tout terrain. « Un sac en plastique autour ne ferait pas de mal, par contre. » Le technicien vit Procter hausser le sourcil, mais avant qu'elle ait pu dire quoi que ce soit, il s'empressa d'ajouter que la mémoire de l'accessoire pouvait contenir une trentaine heures d'images, un petit miracle, selon lui. Puis il leur fournit une explication technique sur la source d'énergie au strontium de la caméra.

— Maintenant, attendez, fit Procter en levant la main. Notre source ici, c'est une nana, et elle va porter ce truc autour du cou, genre à même la peau, mec. (Procter pointa sa poitrine, au cas où le technicien aurait eu des difficultés avec le vocabulaire anatomique.) On a un risque de cancer du sein, là, avec ta batterie vaudoue radioactive ?

Sam ne pouvait dire si le technicien avait envie de rire ou de pleurer. Probablement les deux. Son visage avait perdu toutes ses couleurs.

— Non, aucun risque. Aucun risque pour la source, assura le technicien. Complètement inoffensif.

— En combien de temps pouvez-vous nous l'expédier ici ? demanda Sam.

— Nous pouvons vous l'envoyer par la valise diplomatique pour demain, répliqua le technicien, soulagé que l'appel semble toucher à sa fin.

Procter raccrocha.

SAM FUT LE PREMIER ARRIVÉ À LA PLANQUE, située dans une petite rue tranquille du quartier chrétien. Il était épuisé. Le PDS avait nécessité douze heures exténuantes, bien qu'il ait eu la certitude d'être clair dès la sixième.

Leur refuge disposait d'une cuisine exiguë équipée d'un réfrigérateur et assortie d'un garde-manger, tous deux bien remplis. Elle s'ouvrait sur un coin salon garni de meubles modernes. Les murs étaient nus. Après le salon, il y avait une chambre et une salle de bains. Plus tôt dans la journée, un technicien de la station avait passé les lieux au crible à la recherche de dispositifs d'écoute.

Sam alluma la cafetière et sortit du réfrigérateur les barquettes de mezze achetées chez le traiteur. En ouvrant les tiroirs du garde-manger et en fourrageant dans les bacs à légumes et le congélateur, il sentit monter la culpabilité. Partout en Syrie, les gens souffraient de pénurie alimentaire, sans parler de l'inflation galopante qui sévissait en dehors de la bulle du centre-ville de Damas. À Douma, la famine était telle que les gens mangeaient de l'herbe pour survivre, selon les rapports des services de renseignement. Le peu de nourriture qu'ils avaient était stocké par les commandants rebelles. Le régime appelait cela « s'agenouiller ou mourir de faim ». Il choisit une bouteille d'huile d'olive (prix du litre avant la guerre : deux cents livres syriennes ; maintenant : onze cents, soit 1,80 euro, alors que le salaire mensuel moyen était de quarante euros) et la posa sur le comptoir.

Il inspecta les victuailles et vit les olives, les *makdous* d'aubergines, le taboulé et les *yalanji*, les feuilles de vigne. Il alluma le four et disposa quatre brochettes de kebab d'agneau à l'intérieur. Il retourna au réfrigérateur et trouva des *koussa*, un plat du sud de la Syrie composé de petites courgettes évidées et farcies d'agneau et de riz assaisonné de cumin, de menthe, de coriandre et de *baharat*.

Il se servit une tasse de café. Il lui restait trente minutes avant qu'elle n'arrive. Il fallait qu'il fasse quelque chose pour arrêter d'être sur les nerfs, pour cesser de penser à Mariam qui effectuait à son tour son PDS, en ce moment même, à Damas. Il but son café seul au salon, en jetant un coup d'œil inquiet sur la chambre à coucher qui l'attendait. Il n'avait pas revu Mariam depuis l'échange discret du marché aux épices, et même là-bas, cela s'était limité à un coup d'œil furtif. Il se demandait si elle aurait l'air changée. S'il serait capable de se contrôler. Si Washington allait bombarder, si la station allait être évacuée et s'il ne la reverrait plus jamais.

Damas était au bord de la rupture, comme quelqu'un qui s'apprête à sauter d'un immeuble. Il y avait eu l'essai au sarin et les rapports sur une contre-attaque du régime, mais le tourbillon de la vie quotidienne était encore plus présent : les attentats-suicides, les tirs de mortier, les files d'attente pour le pain, les coupures d'électricité, les rayons d'épicerie dégarnis. Les journalistes et les fonctionnaires de l'ONU retranchés au Four Seasons lui rappelaient des endroits comme Mogadiscio ou le Beyrouth de la guerre civile : les destructions étaient telles que les étrangers se prélassaient autour du seul point d'eau qui soit sûr, travaillant avec leurs sources et leurs pigistes au bord de la piscine, non par goût du luxe, mais parce qu'il était trop dangereux d'aller ailleurs.

Damas n'inspirait nullement la sécurité. Et pas seulement pour lui, mais pour sa tribu : Procter, la station. Et, bien sûr, pour Mariam. Il osa se l'imaginer hors de Syrie. La possibilité d'une relation humaine bien réelle. Ce qui avait commencé comme une aimantation physique avait mûri en autre chose de plus complet, sans que l'étincelle se perde pour autant. Mariam avait le sens du terrain, elle était enjouée, courageuse et pleine d'espoir. Il savait ce qu'il ressentait. Mais il ne pouvait se résoudre à le formuler, y compris pour lui-même.

Il se leva pour se resservir du café et s'adossa au comptoir.

La porte cliqueta et Mariam entra. Elle portait un jean foncé, un blazer bleu qui affinait ses hanches larges et un T-shirt gris moulant. Elle le rejoignit dans la cuisine et il la prit dans ses bras. Elle appuya sa tête contre son épaule et lui murmura : « Bonjour, *habibi,* tu m'as tellement manqué. » Sam, dans son costume et sa chemise blanche, se dit que la scène ressemblait probablement à n'importe quel couple se saluant après avoir été séparé toute une journée de bureau. Il l'embrassa, en fermant les yeux pour humer le parfum de lavande.

— De combien de temps disposes-tu ? demanda-t-il.

La première question à poser à n'importe quelle source.

— Deux heures.

Il avait prévu de commencer par l'opération contre Atiyah, mais ils s'embrassèrent à nouveau dans la cuisine, ses mains dans ses cheveux, et il l'entraîna vers la chambre. Elle lui mordit le menton et le repoussa sur un petit sofa. Il commença par lui ôter le T-shirt. Ils se sourirent, elle gloussa, se leva et jeta un regard vers le lit. Son monde se réduisit à Mariam, qui s'amusait à expédier son jean enroulé autour de ses chevilles à coups de pied joueurs sur les calligraphies du sol de marbre. Ils se déboutonnèrent, se dégrafèrent, glissèrent et descendirent jusqu'à atteindre le bord du lit et se laisser tomber dessus.

ENSUITE, IL OBSERVA LEUR SILLAGE AU SOL. Les chaussures, pour commencer, près du canapé. Son jean à elle, puis son pantalon, son chemisier gris, un soutien-gorge noir, sa chemise blanche à lui, les sous-vêtements noirs en dentelle, et pour finir son boxer-short. L'extase au ralenti, jusque dans le lit.

En se levant, ils se précipitèrent dans la salle de bains au lavabo unique, histoire de se recomposer une façade pour le monde extérieur. Il arrangea ses cheveux et elle le repoussa d'un petit coup de hanche en musardant avec ses bijoux.

Elle s'appuya contre le support de la vasque. Le rouge de ses joues s'était atténué. Ses cheveux étaient coiffés et relevés, elle avait réappliqué du rouge à lèvres. De si près, il pouvait percevoir la légère nuance de sueur mêlée de lavande.

— J'avais envie de ça parce que je ne savais pas si nous en aurions à nouveau l'occasion un jour, lui dit-elle. Peut-être jamais. Mais nous voilà, et qui sait combien de fois il nous reste ? Peut-être que nous finirons comme tant de Syriens. Vivants une minute, disparus la suivante. Peut-être que tu vas rentrer à nouveau chez toi et que je ne te reverrai jamais. Nous vieillirons séparément. Je sais qu'il y a des règles, je vais faire mon travail, mais quelque chose existe entre nous. C'est important pour moi.

Il posa ses mains sur ses hanches.

— Ça compte aussi pour moi, Mariam. Je tiens à toi.

Il l'aimait, mais il se détestait parce qu'il ne pouvait pas, ne voulait pas le dire.

Ils s'embrassèrent, puis elle s'écarta et lui fit un signe de tête.

— Je sais ce que tu ressens. C'est ce que je ressens aussi.

ILS EMPORTÈRENT LEURS ASSIETTES AU SALON et elle lui raconta l'entrevue avec Atiyah. Il lui réclama chaque mot, chaque détail. Quand elle eut terminé, il lui parla de son plan et lui montra le collier.

Elle lui adressa un pâle sourire.

— Comment as-tu fait pour le recréer à la perfection ? C'est un peu flippant, non ?

Il toussota.

— Quelques photos de Paris.

Heureusement, elle n'insista pas. Elle l'essaya. Il avait apporté une boîte en aluminium et elle s'entraîna à laisser tomber le collier à l'intérieur, comme elle l'avait fait dans la montagne après avoir pris la vidéo du bureau d'Atiyah.

— Tu crois que quelqu'un te suit ? demanda-t-il alors qu'ils se resservaient dans la cuisine.

Elle secoua la tête.

— J'ai été prudente. Je ne crois pas qu'il me suive. Maintenant...

À cet instant un obus de mortier atterrit sur le toit de l'immeuble situé de l'autre côté de la rue. Leur lieu sûr trembla et grinça. Mariam, habituée aux bruits, posa son assiette sur la table et se dirigea vers la fenêtre, entrouvrit les rideaux. Il savait que c'était le dernier endroit de l'appartement où ils devaient se tenir, mais sa curiosité l'emporta brièvement sur son entraînement. Les fenêtres du dernier étage de l'immeuble s'étaient fracassées vers l'extérieur, et il aperçut des morceaux de calcaire et de plâtre ainsi que des fragments de verre dans la rue en contrebas. Des sirènes retentirent au loin.

Un autre mortier frappa un bâtiment quelques rues plus au sud. Puis un troisième, un quatrième, un cinquième, un sixième en succession rapprochée. Les murs grondaient à chaque impact.

Ils s'éloignèrent de la fenêtre.

— Ça leur plaît de pilonner le quartier chrétien, dès qu'ils le peuvent, expliqua-t-elle. C'est rempli de chrétiens et de bâtiments des moukhabarat. S'ils ratent les moukhabarat, ils peuvent toujours tuer quelques-uns d'entre nous en prime.

Sam balaya l'appartement du regard pour repérer l'endroit le plus à l'écart de la fenêtre. Ils ne pouvaient pas partir maintenant, surtout que la police, les pompiers et probablement les moukhabarat arrivaient pour enquêter.

Ils retournèrent dans la chambre à coucher. Debout à côté du lit, elle lissa les draps froissés de la main.

— Serons-nous seuls en Italie, *habibi* ?

— Procter se joindra à nous. La même équipe de surveillance te suivra pour s'assurer qu'Atiyah ne tente rien pendant que tu es hors de Syrie.

Elle posa ses mains sur ses hanches.

— Hmm, fit-elle. Une foule de monde.

Il s'assit sur le lit et se passa les mains dans les cheveux. Il était dedans jusqu'au cou, et il n'avait aucune intention d'en sortir. S'il en parlait à Procter, la CIA le congédierait. Et s'il cessait de voir Mariam ? Il n'était pas sûr d'y parvenir.

Elle le repoussa, le fit basculer sur les draps et grimpa au-dessus de lui pour le chevaucher. À l'extérieur, les sirènes hurlaient.

27

SA GRATITUDE D'AVOIR UNE FEMME AU VENTRE stérile était une pensée bien étrange, au moment où il inspectait l'alignement des morts enveloppés dans le *kafan*, le linceul funéraire, comme une centaine de cocons de coton. Étrange, mais pas rare, car cette gratitude était fréquemment devenue sa compagne depuis qu'Abou Qassim avait commencé à combattre le siège d'Assad à Alep.

Vendredi dernier : le garçon qui apportait de l'eau à la tranchée, tué par un tir d'obus.

Samedi : la fillette à la peau jaune, morte du typhus dans l'appartement en ruine de sa mère, qui servait alors de nid aux snipers.

Dimanche : un garçon de seize ans qui passait la tête au coin de la rue, le claquement violent de l'AK-47, la balle a manqué tout ce qu'il y avait à portée de tir, mais lui a déchiqueté la gorge.

Lundi : une bombe baril tombée sur l'hôpital de campagne, tuant un enfant de dix ans atteint de leucémie et deux fillettes dehors dans la rue.

Et maintenant, dans ce village de Houla, à quelques heures des décombres d'Alep, la gratitude était de retour tandis que l'un des anciens, en pleurs, lui expliquait la nouvelle qui avait transpiré. Alors qu'il inspectait les corps, les têtes orientées vers La Mecque, Abou Qassim baissa les yeux sur le cadavre d'un petit enfant enveloppé dans un *kafan*, et remarqua que la tête semblait absente. Il attira sa femme, Sarya, près de lui et pria la main sur son ventre, remerciant Allah pour son utérus en friche, comme il le faisait toujours lorsqu'il voyait des enfants morts. Le remerciant de ce qu'Abou Qassim n'était que sa *kunya*, son nom de guerre, qu'il n'y ait jamais eu d'enfant, et qu'il n'y en aurait jamais.

Le vieil homme ne se rendit compte de rien. Il était hors de lui.

Abou Qassim lui répondit qu'il apprécierait un rapport complet et le pria de faire quelques efforts et de prendre le temps de se calmer.

— Oui, oui, commandant, bien sûr, répondit le vieillard. (Il s'essuya les yeux.) Je vais chercher du thé et je reviens.

Abou Qassim regarda fixement les arbustes, loin de l'alignement des corps, tandis que Sarya s'étirait et enlevait son hijab, profitant de l'absence de l'aîné pour réarranger ses longs cheveux, autrefois d'un noir de pétrole, mais maintenant striés de gris et de blanc. La ceinture de graisse de son ventre, qui débordait autrefois délicatement de son jean, avait cédé la place à des muscles secs, et son visage jadis lisse était maintenant plissé. Ses seins avaient rétréci à cause de la faim et elle marchait et s'asseyait légèrement voûtée, comme penchée sur un fusil, ce qui était souvent son cas.

Malgré tout, elle était toujours aussi belle. Son sourire restait généreux, ses longs cheveux étaient épais, ses yeux toujours vifs, son appétit pour lui intact. Il se tâta le visage, à présent décharné et blafard, et pensa à ses cheveux clairsemés, à ses jambes et à ses bras osseux, à sa main gauche avec ses quatre doigts. Il avait perdu vingt-cinq kilos depuis qu'il était parti à la guerre.

Ils devaient continuer à avancer. Hier, ils avaient reçu des informations au sujet du massacre et, sur un coup de tête, ils avaient fait un détour. Avant la guerre, le voyage depuis Alep aurait duré quatre heures. Au lieu de cela, il dura quatre jours, à serpenter par un dédale de routes nationales, de postes de contrôle et de routes secondaires. Aux postes de contrôle du gouvernement, ils présentaient des cartes d'identité trafiquées, volées à des alaouites décédés, afin de se faire passer pour des messagers militaires. À ces arrêts-là, Sarya portait un treillis et s'adressait directement aux hommes du gouvernement.

Aux postes de contrôle des rebelles, c'était différent. Ils utilisaient toujours leurs vraies cartes d'identité, mais à certains points de passage, Sarya enfilait un niqab à l'arrière de la camionnette, tandis qu'à d'autres, le hijab suffisait. Aux postes de contrôle des rebelles, elle ne disait jamais un mot. Dès qu'ils étaient passés, elle laissait toujours éclater sa frustration, car elle avait tué plus de soldats avec son fusil de sniper que ces jeunes hommes qui tenaient ces postes de contrôle. Pourquoi devrait-elle leur rendre des comptes ? Elle en était à cent quarante-deux tués. Le fusil, un SV-98 de fabrication russe, avait été acquis lorsque Sarya avait tué son propriétaire, ce qui lui avait permis de passer au niveau supérieur, après son Dragunov, une autre arme russe, qu'elle avait prise à une précédente victime sur les lignes de front d'Alep. Le SV-98 était caché dans le faux plancher du coffre de la camionnette. Ils en auraient besoin, à Damas.

Le vieil homme revint avec du thé que personne ne but.

— Nous avons cent deux morts maintenant, dit-il. Tous ceux d'hier. Cinq ou six autres vont probablement mourir aujourd'hui. Le médecin n'est pas optimiste. Plus de cinquante sont issus d'un seul clan. (Il se frotta les yeux.) Mon propre clan en a perdu dix-huit.

Abou Qassim ne dit rien. Il avait besoin que l'homme lui parle. Il pourrait toujours faire son deuil, après leur départ. Le vieil homme comprit le message, s'excusa et retrouva son calme.

— Les hommes du village s'étaient rassemblés pour une manifestation dans la matinée. Puis les bombardements ont commencé et ils ont continué pendant deux ou trois heures. Les hommes n'ont pas pu rentrer chez eux. Plusieurs ont essayé, et maintenant ils sont morts. Dans l'après-midi, les tirs de mortier ont cessé. Des militaires, des moukhabarat, des milices chabiha se sont rassemblés près de l'usine de traitement de l'eau, ils nous ont empêchés de bouger. Les chabiha venaient des villages alaouites.

Le vieil homme pointa le doigt vers les villages et son menton frémit.

— Ils avaient des fusils mais aussi des hachoirs, des machettes, des crocs de boucher, dit-il. Ils ont entamé le massacre. Quarante-sept enfants, dont beaucoup de bébés, des tout-petits. Abattus, poignardés, égorgés. Trente-quatre femmes aussi.

À présent, il hurlait, debout, le doigt pointé vers l'extérieur, en direction des alignements de cadavres dans leurs linceuls funéraires. Abou Qassim s'aperçut alors que c'étaient surtout des draps de lit. Ils n'avaient apparemment plus de tissu.

Abou Qassim prit des photos des morts, du lavage rituel et des préparatifs d'enterrement déjà en cours, puis les envoya à son commandant. Ils montèrent dans la camionnette pour le voyage vers Douma, que les rebelles avaient déjà libérée, mais maintenant étranglée par les opérations de siège.

Pendant le trajet, ils ne parlèrent pas du massacre. Ils avaient vu la même chose à Alep et il n'y avait plus rien à dire.

Ils entrèrent dans Douma par l'un des passages souterrains après la tombée de la nuit.

Zahran Allouch, le chef de guerre de Douma, les accueillit dans un quartier général de commandement, un bunker enterré au-dessous d'un magasin d'électronique abandonné où flottait une odeur chargée d'égout. Le sol était recouvert de tapis encroûtés. Des gouttes d'humidité s'accumulaient au plafond, et des tuyaux et des fils électriques serpentaient le long des murs. Des téléviseurs à écran plat diffusant des images du réseau de galeries souterraines, Al Jazeera et plusieurs stations de télévision par satellite saoudiennes étaient entassés en désordre sur une rangée de tables de jeu. La pièce, habituellement très animée, avait été évacuée pour leur rencontre.

Bien que les pénuries alimentaires obligent désormais les habitants de son fief à manger des mauvaises herbes et du vieux cuir, Allouch avait préparé à l'intention de son visiteur un repas composé de pain et de poulet.

Abou Qassim fixa les brochettes luisantes et se lécha les lèvres, sans s'en rendre compte. Il ne se souvenait plus quand il avait mangé pour la dernière fois de la viande qui ne soit pas de la chair de rat. Il aurait aimé pouvoir partager ce repas avec Sarya, mais Allouch n'autorisait la présence d'aucune femme à sa table de guerrier.

Allouch fit signe à Abou Qassim de s'asseoir. Ils mangèrent rapidement, sans un mot. Lorsqu'il fut rassasié, Abou Qassim savoura la sensation d'un ventre plein. Enfin, il rompit le silence.

— Nous avons une proposition à te soumettre.

Allouch gratta la jambe de son pantalon et sourit.

— L'émir m'a informé, mais qu'est-ce que cela signifie ? Mes bataillons sont tout à fait capables de mener à bien une mission à Damas. Je ne comprends pas pourquoi on vous a envoyés ici. Donne-moi les informations et mes hommes s'en chargeront.

— Mes sources ont fourni des renseignements qui requièrent certains talents particuliers, lui répondit Abou Qassim.

Allouch se pencha en avant et pointa l'index sur son visiteur.

— J'ai déjà des commandants qui peuvent mener des missions dans la capitale.

— Une fois que tu disposeras d'un tireur d'élite ayant atteint cent quarante-deux meurtres confirmés, peut-être que l'émir n'aura plus besoin d'envoyer les siens, répliqua Abou Qassim. Ou un poseur de bombes avec autant… d'expérience.

Il baissa les yeux sur ses neuf doigts.

— Ah oui, j'oubliais, la Peste Noire, fit Allouch.

Il regarda autour de lui dans la pièce sombre, en souriant à la mention du surnom de Sarya, qu'on lui avait inventé en raison du hijab noir qu'elle portait au moment où elle tuait les fantassins et les miliciens du régime.

Abou Qassim ignora sa réponse et Allouch demanda du thé. Ils restèrent assis là, de nouveau dans le silence, jusqu'à ce que le garçon de thé arrive et reparte après avoir déposé deux tasses fumantes.

— Quelle est ton offre, alors ? fit Allouch en buvant une gorgée de thé.

— Laisse-moi d'abord t'expliquer ce dont nous avons besoin, fit l'autre. Nous avons apporté le fusil de sniper et quelques munitions, mais nous aimerions en avoir davantage. Nous aurons également besoin d'armes légères pour assurer une sécurité élémentaire. Des AK standards feront l'affaire, mais il nous faudra plusieurs caisses de munitions. Concernant la bombe, j'ai besoin d'accéder à votre usine d'explosifs et à ses magasins de matériel. J'y passerai peut-être deux jours.

Allouch fronça les sourcils et se redressa contre le dossier de sa chaise.

— C'est tout ?

— Non. Une dernière chose : je veux plusieurs de vos transfuges de la Garde républicaine.

— Pourquoi ?

— Ce sont vos meilleurs éléments.

— Je sais, c'est pour ça que je ne veux pas que tu les emmènes avec toi.

Abou Qassim sortit une lettre de sa poche et l'étala sur la table.

— C'est une demande personnelle de l'émir, il veut ces hommes-là.

Allouch regarda le papier et le lui repassa sans le lire.

— L'émir et moi étions frères à Saidnaya. Je n'ai pas besoin de lire ce papier. Qu'est-ce que je reçois en échange de cette liste de demandes ?

— Tu t'attribues le mérite de l'opération. Tu passes ensuite à la télévision. Tu t'en sers pour lever d'autres capitaux dans le Golfe.

Allouch ignora l'appât qu'il lui tendait.

— Quelle est-elle, cette opération ?

Abou Qassim sourit.

28

PAULINA JACKSON ÉTAIT ASSISE À SON ÉTABLI, écoutant « I Tried » de Bone Thugs-N-Harmony en boucle dans son casque. Les jours de gloire du groupe étaient passés depuis longtemps, mais elle était originaire de Cleveland et elle aimait ce genre de musique. En se concentrant sur ce morceau pour la vingtième fois de la journée, elle moula la feuille de Semtex à l'aide d'un tube d'acier fourni par les services, qui n'était en fait qu'un rouleau à pâtisserie amélioré. Ils ne l'utiliseraient pas pour l'essai d'aujourd'hui, mais elle se marmonna quand même de ne pas tout foirer. *Il faut que ce soit parfait quand les chaussures blanches de Langley se présenteront pour la démonstration.* Au-dessus de son établi elle avait collé une photo d'Ali Hassan marchant dans la rue en fumant une cigarette, prise par l'un des espions de Damas. Ils avaient construit une maquette de la même route pour s'entraîner, comme avant le raid des SEAL qui avaient fini par dégager Ben Laden. À l'époque, elle n'avait pas vraiment été impliquée, elle n'avait pu que jeter quelques coups d'œil à la dérobée aux équipes qui s'entraînaient. Maintenant, c'était à elle de jouer.

Son exemplaire des instructions d'assassinat que le président avait signées indiquait clairement qu'il n'y avait pas de place pour l'erreur. Les responsables de la division des Activités spéciales avaient donc imposé un ensemble de conditions techniques strictes pour la bombe, qu'elle connaissait toutes de mémoire. Après tout, elle avait déjà construit et testé trente et un de ces satanés engins. Elle connaissait si bien ce modèle qu'elle lui avait donné un surnom : le Frisbee. Fabriqué pour s'insérer dans le haut-parleur stéréo du siège passager d'un Mitsubishi Pajero, il devait provoquer une explosion qui cogne vers l'extérieur, une déflagration contrôlée afin de maîtriser la force et la dispersion du souffle.

Les premiers essais ne s'étaient pas bien déroulés. Les explosions avaient été trop puissantes et Rodney, son patron, avait marmonné que des éclats d'obus traverseraient le mur et tueraient des bébés. « Le mur, lui avait-il demandé en pointant du doigt la maquette de mur en parpaings. Est-ce que ça va passer à travers ce mur, Paulina ? Il faut être sûr que ça ne fait que taper contre, juste un petit bisou, comme si tu embrassais ton frère. » Elle avait rapidement réduit le Semtex à un peu moins de deux cent cinquante grammes.

Elle examina le bloc de plastic Semtex qu'elle avait déroulé et aplati en forme de disque. Elle se leva et se dirigea vers le Pajero, garé derrière son établi dans le hangar. Elle ouvrit la portière avant côté passager pour voir si le Frisbee s'insérait bien à l'emplacement vide où s'était trouvé le haut-parleur. Il entrait bien. C'était le cas. La forme du Frisbee, au moment de la détonation, dirigerait l'explosion vers l'extérieur, selon une zone de déflagration resserrée, réduisant ainsi les dommages collatéraux potentiels.

La musique beuglant encore dans ses oreilles, Paulina retourna à son établi et entama le câblage des circuits qui relieraient un capteur infrarouge passif (PIR) à un téléphone satellite. La CIA appellerait le téléphone satellite pour armer le circuit. Quand Ali franchirait le plan focal du capteur PIR, le circuit se fermerait, permettant au courant de passer de la pile vers un détonateur enfoncé dans le Semtex, faisant éclater la charge. « L'équipe en Syrie, avait dit Rodney le premier jour, chaussant ses étranges lunettes en forme de bouteille de Coca et lisant directement le câble émanant des opérations, propose que les pontes de Langley vérifient l'identité de la cible, puis qu'un guetteur à Damas arme le PIR tout en maintenant le contact visuel avec la cible jusqu'à ce qu'elle franchisse le plan focal infrarouge et fasse sauter la charge. » Le câble avait été rédigé par un agent responsable de l'affaire qui portait un nom bizarre et amusant. GOLDJAGGER, elle s'en souvenait encore. Rodney avait enlevé ses lunettes. « Ça m'a l'air assez facile. »

Ayant fini de relier le PIR et le téléphone satellite à une batterie de neuf volts, elle câbla l'appareil à un détonateur de fabrication turque et l'installa sur l'établi pour inspecter son travail, tout en se coinçant une boule de tabac à chiquer Grizz dans la bouche. Satisfaite, elle attacha l'appareil avec du ruban adhésif, cracha dans une tasse à café vide et plaça le téléphone satellite Thuraya et le PIR à l'intérieur de la portière, à côté du Frisbee. Elle connecterait le détonateur au Semtex une fois qu'elle aurait positionné le véhicule sur le terrain d'essai. Elle referma le compartiment. Celui-ci, pensa-t-elle en rabattant doucement la portière du Pajero, c'était son meilleur Frisbee à ce jour. Elle conduisit le Pajero à l'extérieur, franchit les portes du hangar, passa devant la carcasse noircie du premier Pajero – qui n'était pas sa meilleure bombe – et se rendit sur le parking du terrain d'essai à côté des trois autres SUV qui, d'après elle, devaient représenter la grande majorité des Pajero disponibles dans l'hémisphère occidental. Même si le Semtex était un explosif stable, elle évita les nids-de-poule, car on n'est jamais sûr de rien.

Elle consulta sa montre en éteignant la musique et se frotta les oreilles. Les chaussures blanches de Langley arriveraient dans quelques heures pour le test. Où était le type avec les cadavres ?

S'IL AVAIT ÉTÉ AU COURANT, ABOU QASSIM aurait été jaloux du professionnalisme de Paulina, en particulier de son accès au Semtex. En effet, au moment précis où Paulina plaçait un détonateur de fabrication turque dans son Frisbee, Abou Qassim était vêtu d'une blouse crasseuse dans un atelier souterrain et se plaignait du prix élevé qu'il avait payé pour deux kilos de Semtex. Contrairement à Paulina Jackson et à la CIA, Abou Qassim n'avait pas de vengeance spécifique à assouvir envers cet homme, du moins pas plus qu'envers n'importe quel autre monstre du régime. Il visait Ali Hassan pour la simple raison que c'était un général important. Et il avait une source susceptible de poser la bombe lors d'une de ses réunions.

Abou Qassim scruta les photos du chariot à thé et donna un coup de pied à la maquette en plastique de mauvaise qualité qu'ils avaient volée dans l'une des salles de stockage de Douma. Il passa en revue les étagères et inspecta un tiroir rempli de détonateurs. La bombe devait tenir à l'intérieur d'une boîte, sur la grille inférieure d'un chariot à thé. Il examina les détonateurs avec soin, secouant sombrement la tête chaque fois qu'il en apercevait une dont les fils étaient rouillés.

Il trouva un détonateur de type n° 8 qui fonctionnait. Deux grammes d'un mélange de fulminate de mercure et de chlorate de potassium emballés dans un cylindre métallique de la taille d'un gros stylo, les fils de la fusée dépassant d'une extrémité. Les fils recevraient une impulsion électrique – il utiliserait un téléphone portable prépayé comme déclencheur – qui provoquerait la mise à feu du détonateur et ferait finalement éclater le Semtex. Abou Qassim sourit en le retournant entre ses doigts. À Alep, il n'avait pas eu le luxe de disposer de détonateurs préfabriqués. Dans les premiers temps, il avait essayé de synthétiser du fulminate de mercure, lorsque le mélange avait explosé, emportant son annulaire gauche.

Abou Qassim découpa le Semtex orange de son emballage plastique, ramassa un bout de tuyau en aluminium par terre – à la paroi assez mince pour se fragmenter lors de l'explosion du Semtex – et vérifia à l'œil nu quelle longueur pouvait tenir sur le chariot à thé. Il traça une ligne au feutre indélébile noir et fouilla dans une boîte à outils pour trouver une scie à métaux. Il en sortit une et scia l'extrémité. Il roula ensuite le Semtex dans un tube comme de la pâte à modeler, s'arrêtant régulièrement pour mesurer le diamètre afin de s'assurer qu'il pouvait tenir aisément à l'intérieur de la section de tuyau en aluminium. Il ouvrit une boîte de roulements à billes de 4,7 millimètres qu'il avait demandée aux hommes d'Allouch, et enfonça les billes une par une dans le plastique jusqu'à ce que la teinte orange brûlée du Semtex prenne un reflet métallique chromé. Il s'arrêta une minute pour essuyer ses mains moites sur son tablier et imagina l'une des billes déchiquetant le crâne d'Ali Hassan. Puis il récupéra une bobine de fil de cuivre dans l'une des armoires et déballa une batterie de neuf volts et deux téléphones portables Nokia prépayés. Il vérifia que les téléphones étaient chargés et utilisa le premier pour appeler le second et vice-versa. Les deux combinés fonctionnaient. À l'aide d'un marqueur rouge, il dessina un grand cercle sur celui qu'il implanterait dans l'engin. Il enregistra le numéro de ce combiné dans les contacts de l'autre, qu'il marqua au feutre vert. Il écrivit également le numéro qu'il allait composer sur un morceau de ruban adhésif et le colla au dos du téléphone vert. Pour plus de sécurité, il retira la batterie du portable rouge. En se servant du fil de cuivre, il commença à fabriquer le circuit qui, une fois terminé, déclencherait l'appareil. Lorsqu'il composerait le numéro du téléphone, un courant électrique circulerait du circuit imprimé au détonateur, ce qui ferait exploser le Semtex.

L'électricité balbutia, les ventilateurs se coupèrent. Des gouttes de sueur coulèrent sur la table de l'atelier pendant qu'il manipulait le câblage. Lorsqu'il eut terminé le circuit, il connecta le téléphone et la pile de neuf volts au détonateur, qu'il inséra avec précaution dans le bloc de Semtex. Après avoir terminé, Abou Qassim s'accroupit à quatre pattes pour fouiller dans un bac situé sous la table de l'atelier. Il en sortit deux bandes de Velcro pour fixer le téléphone et la batterie au tube, et recula pour examiner son travail. Le tout pesait moins de cinq kilos et tiendrait bien dans une grande boîte en carton remplie de thé et de sucre. Les murs grondaient sous les impacts en surface, peut-être des bombes barils. C'était difficile à dire tant il était profondément sous terre. L'électricité vacilla de nouveau. Abou Qassim leva les yeux, revint à la bombe. C'était l'une de ses créations les plus simples, grâce au Semtex que la milice d'Allouch avait volé dans les stocks du régime.

Pourtant, il aurait aimé pouvoir la tester.

RODNEY CONDUISIT ED BRADLEY À L'ÉTABLI de Paulina pour présenter le chef à la conceptrice de la bombe avant le test.

— Chef, ravie de vous rencontrer, fit Paulina en lui tendant la main droite.

Elle apprécia que Bradley ne trahisse aucune réticence devant le doigt manquant ou la peau parcheminée.

— Nous sommes en train de tout mettre en place dès maintenant, dit Rodney à Bradley alors qu'ils quittaient le hangar pour se rendre sur la maquette de la route de Damas.

Sur le terrain d'essai, Paulina chaussa ses lunettes d'aviateur et coiffa une casquette de base-ball des Cleveland Indians et les rejoignit dans le poste d'observation surélevé. Le petit groupe cuisait derrière soixante centimètres de Plexiglas sous le soleil de juillet. Lyle, l'un des techniciens, conduisit le Pajero jusqu'au trottoir de la maquette et se gara.

Bradley se tourna vers Rodney.

— On fait un test sur les chairs ? demanda-t-il.

— Oui, monsieur, répondit Rodney.

— Toujours un peu bizarre, marmonna Bradley en chaussant ses propres lunettes de soleil et en retroussant ses manches.

Les indicateurs les plus fiables de l'impact d'une explosion sont l'os, le muscle et la peau d'un être humain. Dans les essais de bombes, il n'était pas question d'utiliser des rats de laboratoire mais il y avait toujours des gens qui étaient déjà morts, et l'équipe de Paulina avait toujours la latitude de s'en procurer quelques-uns pour des essais de très haute importance comme celui-ci. Quatre techniciens sortirent du hangar avec des cadavres sur des Rollerblades et se dirigèrent vers la maquette de la rue, le poids du corps suspendu à ce que Paulina avait toujours pris pour des potences de perfusion. Lyle positionna le cadavre « Ali » dix mètres derrière le coffre du Pajero, puis relia la potence à une longueur de corde sur laquelle on tirerait au moment du test pour simuler la marche. Ensuite il disposa les trois autres autour d'Ali comme s'il s'agissait de passants innocents. En signant les formulaires de livraison, Paulina avait appris que le cadavre jouant le rôle d'Ali était en fait un homme de soixante ans nommé Darryl, qui était mort d'une crise cardiaque. Elle se sentait un peu peinée pour Darryl.

Lyle attacha sur chaque cadavre des paquets de capteurs qui mesureraient le « facteur K » des explosions, ou le nombre de kilopascals – la pression capable de rompre des vides remplis d'air à l'intérieur du corps humain, comme les poumons ou les tympans. Ensuite, il enveloppa la maquette du mur en parpaings avec ce qui ressemblait à un grand drap. Le drap était en fait une sorte de papier à photocopie sans carbone revêtu d'un colorant microencapsulé qui se libérerait aux emplacements ou s'exercerait la pression, indiquant où des fragments s'étaient logés. Lyle et les techniciens roulèrent des draps pareillement noués en cordons sur ce qui ressemblait à des tableaux blancs pour former un anneau autour du Pajero et des cadavres.

— Combien de temps s'est écoulé entre la composition du numéro et l'activation ? demanda Bradley à Paulina.

— Nous avons testé des appels en utilisant plusieurs sources satellitaires pour faire passer le signal, répondit-elle. Une demi-seconde dans tous les cas. Ali sort de son bureau, l'équipe de Damas arme le dispositif depuis la planque, Langley a le temps de valider l'identité de la cible, puis lorsque Ali traverse le plan de la voiture, il fait boum. Cela nous donne le temps d'annuler si des piétons se mettent en travers du chemin.

Bradley opina.

— Y a-t-il quelque chose dans cet engin qui soit de fabrication américaine ?

Jackson secoua la tête.

— Tout vient de l'étranger. S'ils enquêtent, on aura l'impression que c'est un terroriste qui l'a fabriqué. Sur ce dossier, nous n'avons pas acheté américain.

Bradley sourit.

— Le dispositif est dans le haut-parleur de la portière ? demanda-t-il.

— C'est exact.

Bradley se tourna vers la maquette.

— Voyons cela.

Lyle pointa un pouce en l'air et se précipita dans l'escalier qui menait à la tour d'observation. Il ouvrit un ordinateur portable connecté aux capteurs et fixa l'écran pendant un moment.

— Nous sommes prêts.

Paula Jackson composa le numéro du téléphone satellite, ensuite elle transmit le signal à Lyle, qui se mit à tirer sur la corde. Le cadavre d'Ali glissa le long du trottoir, soutenu par la potence de perfusion.

Le cadavre pénétra dans le plan infrarouge, il y eut un *whoom*. Le Pajero fut traversé d'une secousse, légèrement repoussé du trottoir. La tête de Darryl disparut, ses épaules et sa poitrine déchiquetées furent réduites à des cordons de chair. La potence de perfusion pencha, et Darryl tomba en direction du mur.

Les trois autres cadavres restèrent debout.

— Vingt-trois kilopascals sur les autres, annonça Lyle. Vingt-trois kilopascals, cela signifie qu'ils auraient été plus en sécurité qu'un rippeur au moment de l'assaut. Franchement modéré.

L'équipe quitta le poste d'observation et fit en quelques minutes le tour de la maquette du site pour examiner les dégâts. Sur les autres cadavres, il n'y avait que des signes minimaux de fragmentation. En se basant sur les relevés de surpression, Lyle estima que même si les piétons s'étaient tenus exactement à l'endroit où se trouvaient les cadavres, dans le pire des cas, ils auraient souffert d'un tympan crevé.

Bradley arpenta le site encore une dizaine de minutes, suivi par Rodney. Paulina s'excusa avant d'aller profiter de l'air conditionné du hangar. Elle s'enfila une autre grande bouteille de Grizz, histoire de se détendre, puis s'assit à l'établi, les pieds en l'air, en regardant la photo d'Ali Hassan. Elle ouvrit l'un des tiroirs et en sortit la photo de l'enquêtrice décédée, la pauvre fille, la Blanche qui avait provoqué toute cette histoire en se faisant kidnapper et tuer dans un pays paumé. Paulina épingla la photo sur l'image d'Ali Hassan et cracha dans sa tasse de café.

BIEN QU'ABOU QASSIM NE DISPOSE PAS des ressources du gouvernement américain pour le soutenir dans son entreprise de fabrication de bombes, cela ne l'empêcha pas de remporter une petite victoire : il fut le premier à placer son arme en position.

Abou Qassim, Sarya et son équipe de quatre transfuges de la Garde républicaine – envoyés par Allouch – étaient entrés dans le centre de Damas cachés à l'arrière d'une camionnette de livraison, accompagnés de munitions, d'AK-47, du fusil de sniper de Sarya et de la caisse qui lui donnait des palpitations à chaque fois qu'ils roulaient sur une bosse.

La planque ressemblait à un camp de réfugiés : lits de fortune, poubelles remplies à ras bord, odeur fétide de sueur. À l'intérieur, ils attendaient l'arrivée de deux hommes. Sarya était dans la chambre, elle huilait la culasse du fusil et gardait ses distances avec les transfuges.

Abou Qassim entendit frapper. Il attrapa son AK-47 et le braqua vers la porte. Les transfuges se levèrent précipitamment de leurs nattes et firent de même.

Il y eut un coup, puis un autre. Puis un autre. C'étaient eux.

Abou Qassim ouvrit la porte et vit un vieil imam et un jeune homme, un bandeau sur les yeux. L'imam regarda derrière Qassim, le salon de la planque, la troupe aux AK-47 pointés sur la porte.

— Détendez-vous, mes frères, fit le religieux.

C'était Oumar, l'agent d'Abou Qassim à Damas. Il dirigeait le réseau des sources qui avaient fourni des informations sur plusieurs personnalités du gouvernement. Il s'était procuré la planque. Il avait découvert l'heure et le lieu de la rencontre avec Ali Hassan. Il avait recruté ce jeune homme.

Abou Qassim les fit entrer dans la pièce et ferma la porte. Sarya sortit de la chambre.

Abou Qassim serra la main du jeune homme. La poigne était molle, la main glissante.

— Quel est ton nom ?

— Jibril.

— C'est un honneur, Jibril. Maintenant, assieds-toi, nous avons beaucoup de choses à nous dire.

Dans le salon, ils s'assirent sur des coussins et passèrent en revue chaque étape du plan. Abou Qassim dirigea Jibril vers la caisse qui contenait la bombe.

— Tu la places sur l'étage inférieur du chariot à thé, expliqua-t-il.

Jibril resta silencieux. Il acquiesça.

Il tressaillit quand Abou Qassim ouvrit la caisse.

— Avant leur réunion, tu dois faire juste deux choses, dit-il. Insérer la batterie dans le téléphone et l'allumer. La batterie est complètement chargée et devrait durer au moins quinze heures. Mais pour être sûr, allume-le au maximum dix heures avant le début de la réunion. Tu as compris qu'avant de mettre cet appareil en place, tu attends qu'ils soient tous là pour la réunion d'Ali Hassan ?

— Oui, commandant.

— Elle est toujours prévue pour le 18 juillet ?

— Oui.

Abou Qassim fit glisser de sa poche l'un des rapports de renseignement d'Oumar et le tendit à Jibril.

— Tu t'attends toujours à ce que tous ces hommes y assistent ?

Jibril lut la liste.

— Le ministre de la Défense vient rarement, alors peut-être pas. Et sur cette liste il manque le frère d'Ali, Rustum, commandant de la Garde républicaine.

Le pouls d'Abou Qassim s'emballa sous le coup de l'excitation.

— Tu es sûr ?

— Oui, il vient maintenant à chaque réunion. La rumeur dit qu'Ali ne l'a d'abord pas invité, mais que Rustum est intervenu auprès du président pour obtenir une place. Les deux frères se méprisent l'un l'autre. Rustum met un point d'honneur à venir parce que cela dérange son jeune frère.

— C'est une excellente nouvelle, murmura Abou Qassim. Jibril, quel type de contrôle y aura-t-il à l'extérieur du bâtiment ?

— Très peu, répondit Jibril. Il n'y a pas de chiens et les détecteurs de métaux ne fonctionnent généralement pas. J'apporte chaque semaine des cartons de cette taille chargés de fournitures pour le thé. Ils ne me fouilleront pas.

Abou Qassim acquiesça et se leva pour placer la caisse à l'intérieur d'un carton.

— Qassim, tu sais que même si nous réussissons, ils ne feront que promouvoir d'autres hommes pour occuper ces postes, intervint Oumar. Cela ne suffira pas à les renverser.

— Nous ne renverserons peut-être jamais ce gouvernement, admit Abou Qassim en refermant la caisse. Et je n'ai jamais destiné cette bombe à cette fin. (Il scotcha le dessus de la boîte et la fit glisser vers Jibril.) Le but est simple. C'est qu'ils souffrent.

CETTE NUIT-LÀ, JIBRIL MONTA LA BOÎTE dans son appartement du troisième étage. Bien que le paquet ne soit pas particulièrement lourd et que l'air conditionné fonctionne à plein régime, il transpirait encore abondamment en montant les escaliers. À l'intérieur de son logement, il entassa d'autres paquets de thé et de sucre dans le carton, recouvrant la caisse en bois qui lui donnait envie de vomir. Il la remisa dans son placard, ferma la porte, puis ouvrit à nouveau le placard. Il fixa la boîte, imaginant brièvement la jeter et s'enfuir en Turquie comme l'avait fait son frère. Mais il se souvint ensuite de la boiterie de son père et de ses bras. « C'est quoi les petits cercles, papa ? » avait-il demandé un jour. Sa mère avait essayé de l'éloigner. Son père avait souri. Un sourire étrange et complice. « La maladie de Saidnaya, mon fils. » Conscient de l'ironie macabre de la chose, Jibril alluma une cigarette pour se calmer et referma la porte du placard.

LA VALISE DIPLOMATIQUE ORANGE CONTENANT la bombe de Paulina Jackson arriva en gare d'Amman accompagnée d'un mécanicien bourru de la CIA nommé Yates qui n'avait aucune idée de ce que contenait la portière du Pajero et aucune envie de le savoir.

À l'intérieur du parc automobile déserté de l'ambassade, Yates démonta la portière côté passager avant d'un Mitsubishi Pajero 2012. Il retira la batterie de la voiture et déconnecta les fusibles des vitres électriques et des serrures. Il ouvrit la portière, éjecta les goupilles des gonds de portière au marteau et tira sur le harnais qui recouvrait les fils. Il les coupa en prenant soin de laisser suffisamment de longueur pour les fixer à la nouvelle porte. Il déboulonna les charnières et lâcha la portière qui retomba sur le sol en béton. Inutile de tergiverser. Ce véhicule ne reviendrait jamais de Syrie.

Il fit une pause cigarette à l'extérieur, dans la chaleur torride et désertique de l'enceinte. Il s'agissait plutôt d'une forteresse, mais putain de merde, la chaleur. Il jeta le mégot avant qu'il n'attaque le filtre, parce qu'il faisait trop chaud pour fumer. Il retourna au garage, sa chemise maculée de taches de sueur. Il sortit la nouvelle portière de la pochette orange. Il la maintint en l'air un moment, pour la soupeser. Ensuite il attrapa l'ancienne portière. La peinture correspondait. Même poids. Quelle que soit cette porte, elle n'était pas renforcée par un blindage, il en était sûr. Il se mit au travail en connectant les fils de la nouvelle portière à la voiture, sauf qu'il y avait un fil en trop. La prise d'alimentation du système de sonorisation était absente. Par habitude, il se rapprocha pour voir ce que c'était que cette histoire, et se ravisa. S'ils se souciaient suffisamment d'une portière pour l'envoyer en Jordanie en remplacement d'une en parfait état, ils savaient combien de fils se trouvaient dedans.

La clé à molette glissait dans sa main et il dut la poser plusieurs fois pour essuyer la sueur de ses paumes sur son pantalon. Quand les boulons furent bien serrés, il remit la batterie en place. Il consulta sa montre. Quarante-cinq minutes, pause cigarette comprise. Pas mal pour une nuit gratuite au Four Seasons. Il se moquait de la chambre proprement dite, c'était le bar qui l'intéressait le plus. Il n'avait jamais vu les gens boire comme ça nulle part, et surtout pas dans un pays musulman ou autre, et il n'était pas question qu'il rate ça, d'autant plus qu'il avait environ cent cinquante dollars d'indemnités journalières de l'Oncle Sam à dépenser. Il rassembla ses outils, puis ferma la portière du véhicule, très soigneusement, juste pour être sûr.

RAMI SAVAIT QU'IL VALAIT MIEUX NE PAS DEMANDER à Sam ce qu'il y avait dans la voiture qu'il venait de conduire à Damas depuis Amman. Il avait amené le véhicule chez le concessionnaire de sa famille, enlevé les plaques comme on le lui avait demandé. Il vint garer un Pajero neuf et identique à côté. Il scanna les deux. Ils correspondaient, Dieu merci. Il fuma et mangea une pizza dans son bureau pendant qu'il attendait. L'homme qui arriva à 22 heures était trapu, bourru et les sourcils froncés en permanence. Tariq était une autre source de soutien de la station de Damas. Il était passé au polygraphe, digne de confiance et c'était un excellent mécanicien qui ne posait pas de questions. Une combinaison rare où que ce soit dans le monde, et encore plus à Damas.

Rami désigna la portière de la voiture qu'il avait fait venir de Jordanie.

— De celle-ci, sur celle-là.

Tariq acquiesça et suivit la même procédure que Yates à Amman. Il termina en une heure et repartit. Rami jeta un œil au Pajero : plaques et immatriculation syriennes, portière CIA. Il le conduisit jusqu'en bordure du terrain de Kassab Motors, en prenant soin d'éviter les chocs, et plaça un panneau VENDU sur le pare-brise.

Puis il transmit le signal à Sam.

29

LA BOMBE ÉTANT DÉSORMAIS ENTRE LES MAINS D'ALLAH, Abou Qassim et Sarya étaient assis dans la chambre de la planque, organisant la mort d'un autre homme tout en épluchant les rapports de renseignements recueillis par leur réseau à Damas. Les informations avaient été acquises au prix fort pour très peu d'argent. Trois des informateurs volontaires avaient disparu à Saidnaya et au moins un était mort sous la torture, selon l'un des espions de l'émir à l'intérieur de la prison. Une grande partie des informations, cependant, constituait une série assez décousue d'observations aléatoires recueillies par un appareil de renseignement non formé : il y avait un journal de l'activité d'Ali Hassan du lundi au mercredi, mais il y avait ensuite un vide de plusieurs semaines. Le renseignement décrivant la réunion au cours de laquelle Jibril servait le thé avait été d'une précision remarquable. Tout comme la carte de l'itinéraire que Riyad Shalish, le chef de la branche 450 du SSRC, emprunterait à travers la ville le lendemain. C'était la raison pour laquelle ils avaient amené Sarya et son fusil à Damas.

Elle jeta les papiers sur le sol.

— J'ai fini de tout examiner, dit-elle. Nous sommes prêts. Aussi prêts qu'on peut l'être.

— Il y a quelque chose..., commença-t-il à dire avant de s'interrompre à la vue de son visage qui s'assombrissait.

La perspective du meurtre la rendait toujours silencieuse. La planification établie, elle cessait de parler et ne voulait pas non plus entendre sa voix. Il avait toujours été bavard avant les opérations, il parlait pour se défouler. Cela, elle ne pouvait pas le tolérer. « Mes besoins deviennent animaux, plus élémentaires, lui avait-elle dit un jour. Avant la chasse, je veux manger, m'allonger avec mon mari, dormir et prier. Le meurtre doit avoir lieu, mais une fois que je sais ce qu'il faut faire, je ne veux plus en discuter. » Abou Qassim avait tué des dizaines – peut-être des centaines – d'hommes, de femmes et d'enfants avec ses bombes, mais il ne pouvait imaginer leurs visages. Il trouvait cela réconfortant. Sarya, elle, avait regardé dans les yeux ses cent quarante-deux victimes juste avant qu'elles ne meurent. Cette intimité, bizarrement, lui offrait la certitude que les hommes qu'elle tuait méritaient la mort : c'étaient des soldats de la Garde républicaine, des chabiha ou des mercenaires perses. « Si je ne les tue pas, qui le fera ? » demandait-elle. Il savait que cela lui procurait une grande tranquillité. Et c'est ainsi que, de nouveau, elle restait maintenant assise en silence.

Il apporta du pain rassis et des lentilles de la cuisine et ils mangèrent l'un face à l'autre sur le matelas. Il croyait sa foi plus faible que la sienne. Elle devait l'être, car il ne savait pas si, après ce soir, il la reverrait un jour, dans ce monde ou dans l'autre. Les pensées d'une autre vie dansaient dans son esprit, une vie où ils vieillissaient, où les enfants jouaient en criant. *Et pourtant, je suis là.* La vie avait suivi son cours : homme d'affaires, hors-la-loi, commandant rebelle, assassin, meurtrier de masse. Il se demandait comment Allah le jugerait. Cette pensée le ramena à Alep, à la naissance du soulèvement avant la guerre. Avant les massacres, avant les bombes, avant qu'il ne perde son âme.

———

ALEP AVAIT D'ABORD TENU PAR LE MÉPRIS la populace qui venait la déranger en exigeant l'éviction du président, car les manifestants étaient pires que déloyaux. Ils étaient pauvres.

Beaucoup étaient étudiants à l'université. D'autres, dans la province campagnarde, étaient des *felaheen*, des ploucs de la classe inférieure qui couvraient leurs femmes, portaient de longues barbes et ne cachaient pas leurs dents affreuses ou leurs odeurs nauséabondes. Beaucoup avaient vécu un demi-siècle d'humiliations écrasantes et de déprédations des mains de la Maison Assad. Ils avaient des comptes à régler.

Au début, aucun d'eux n'était comme la famille d'Abou Qassim. Son père, propriétaire d'une entreprise prospère de fabrication de textiles, avait ricané en disant que les manifestations étaient mauvaises pour les affaires. « Ces idiots vont nous coûter cher », avait-il grommelé. Il avait raison, bien sûr. Mais il ne savait pas que son fils serait l'instigateur de tout cela.

Les familles sunnites de la classe supérieure comme celle d'Abou Qassim étaient restées à l'écart lorsque les manifestations avaient commencé. À l'époque, il travaillait pour son père et se rendait fréquemment en Turquie pour affaires. Là-bas, il avait une maîtresse, buvait et fumait. Sarya avait surtout noué des relations à Alep. Elle ne portait pas le hijab, à l'époque. Ils ne priaient pas, il fréquentait rarement la mosquée. Il lui en voulait : le mariage quasi arrangé, son utérus stérile.

Comme l'entrée de beaucoup d'autres dans la rébellion, son invitation à rejoindre le mouvement lui avait été délivrée par un coup de matraque de moukhabarat. Il n'avait pas lui-même essuyé ce coup ; il avait été assené à un ami étudiant lors d'une manifestation à leur université. Abou Qassim n'y était pas lui-même. Mais il avait vu le cadavre : un corps si gonflé, meurtri et ensanglanté qu'il n'avait plus reconnu son ami.

Le vendredi suivant, il avait assisté à une manifestation organisée par les tansikiya, les comités locaux qui alimentaient alors la résistance. Ils avaient entonné des slogans dans une atmosphère de carnaval, les bannières flottant au vent, dansant, applaudissant, savourant la liberté. Plus de dix mille personnes avaient défilé. La masse de la foule l'avait convaincu que le mouvement de protestation allait prendre de l'ampleur, que les rues et les places allaient se remplir et qu'Assad finirait par quitter le pouvoir comme Moubarak en Égypte ou Ben Ali en Tunisie. La semaine suivante, il avait amené Sarya avec lui et il avait vu dans ce nouveau monde une source de rédemption, de sens, de quelque chose de plus que la vie que son père lui avait donnée. Cette semaine-là, Sarya et lui avaient rejoint secrètement la tansikiya.

Un informateur l'avait dénoncé. Les moukhabarat leur avaient rendu visite. Cela s'était mal passé. Dix hommes étaient allés à l'usine de son père pour l'avertir qu'il devait cesser de protester, faute de quoi il y aurait des conséquences. Ils étaient arrivés pendant une fête, cent employés s'étant rassemblés pour écouter son père complimenter un retraité. Le chef d'escouade l'avait interrompu et prié Abou Qassim et son père de le rejoindre pour une conversation privée.

Les joues de son père en avaient été écarlates de rage. Puis quelqu'un avait lancé un marteau sur l'un des moukhabarat, l'atteignant au front. La salle était devenue silencieuse, l'homme avait convulsé, écumé sur le sol jusqu'à ce qu'il meure. *Ya Allah !* avait hurlé le père d'Abou Qassim. « Mon Dieu. »

Un tir de représailles dans la foule avait fauché l'une des dames qui balayaient le sol, et provoqué la mêlée fatidique. Finalement, les ouvriers avaient tué six moukhabarat. Les moukhabarat avaient jeté son père de son bureau du deuxième étage, massacré trente et un employés et mis le feu à l'usine. Abou Qassim avait réussi à s'échapper, mais cette nuit-là, Sarya et lui avaient fui Alep pour retrouver l'émir, un homme qu'Abou Qassim avait connu à l'université d'Alep et qui venait d'être libéré de prison. Il les protégerait.

Ils avaient découvert le don remarquable de Sarya par accident sur les fosses de tir du campement de l'émir. Au lieu de donner des bébés au monde, avait décrété l'émir, cette femme a été envoyée pour récolter les enfants des *kuffars*. Et c'est ce qu'elle fera, sous la bannière du djihad. Un mois plus tard, ils étaient retournés à Alep, Abou Qassim faisant désormais partie de l'armée de l'émir, pour porter le combat de la campagne dans la grande ville, afin de régler les vieux comptes. C'était là, dans la guerre de tranchées qui pulvérisait tout, qu'il avait installé son atelier de fabrication de bombes, perdu son doigt, sauvé son mariage, encaissé deux clous d'une bombe baril, failli mourir du typhus, dépecé des rats pour se nourrir, fait le guet pour la Peste Noire et, finalement, perdu tout espoir.

IL POSA LE BOL VIDE ET S'ESSUYA LES MAINS sur la tranche du matelas. Sarya regarda la porte fermée, puis les draps. Il esquissa un mince sourire et se leva. Ils tombèrent ensemble sur le matelas, firent l'amour en silence, la bouche de l'un capturant les soupirs de l'autre. Elle s'endormit en s'étalant au-dessus des draps pour échapper à la chaleur moite. Mais il resta éveillé jusqu'à ce que l'aube se lève dehors, regardant son ventre monter et descendre au rythme de sa respiration. Il ressentit une fois de plus de la gratitude pour son ventre stérile. Qu'aucun enfant ne jaillisse de leur amour pour vivre cet enfer.

Il venait de s'assoupir lorsqu'il fut réveillé par la déclamation palpitante par Sarya des sourates décrivant la première bataille jamais livrée par les armées de l'islam. Ensuite, le Prophète en personne avait pris le commandement.

— *Rappelle-toi que ton Seigneur révéla aux Anges*, récita Sarya, les yeux fermés. *Je suis avec vous, affermissez donc ceux qui ont cru. Je vais jeter l'effroi dans les cœurs de ceux qui ont dénié. Frappez donc au-dessus des cous et frappez chaque extrémité de leurs doigts.*

— *Allahu Akbar. Allahu Akbar*, répéta Abou Qassim.

Il glissa sa main sur le ventre de Sarya. Elle referma les doigts autour des siens.

— *Cela, parce qu'ils se sont rebellés contre Allah et Son Messager,* poursuivit-elle. *Et celui qui se rebelle contre Allah et Son Messager, [qu'il sache qu']Allah a la punition très dure !*

— *Allahu Akbar. Allahu Akbar.*

— *Voilà [votre sort] ; goûtez-le donc ! Et aux mécréants le châtiment du Feu.*

Il l'embrassa sur le front. Elle embrassa sa joue, puis se leva pour enfiler sa chemise.

ILS AVAIENT BESOIN DE L'APPARTEMENT DE L'ÉTRANGER, mais Abou Qassim éprouvait encore une pointe de regret d'avoir à tuer le vieil homme. Fahd, l'un des transfuges, avait frappé à la porte vêtu de son uniforme de garde républicain. Un vieil homme lui ouvrit.

— Un camarade soldat ? Entrez. Entrez, dit-il.

Au lieu de cela, Fahd pointa son pistolet Makarov sur la tête du vieil homme et lui expliqua qu'au moindre bruit, il mourrait. Le vieil homme esquissa un mince sourire entendu et leur fit signe d'entrer. Abou Qassim et Sarya entrèrent à pas feutrés derrière Fahd. Abou Qassim ferma la porte et Fahd fit reculer l'homme dans son salon. Une perruche gazouillait dans une cage suspendue au-dessus d'un fauteuil. Abou Qassim leva son Makarov.

— Fais vite, mon garçon, dit le vieil homme en s'asseyant. Je n'ai pas de secrets pour toi, et pas d'argent.

Abou Qassim parcourut des yeux l'appartement exigu.

— Es-tu seul ?

Fahd disparut pour fouiller la chambre à coucher.

— Je le suis, dit le vieil homme. En fait, je le suis depuis un certain temps. (Il passa la main dans ses cheveux clairsemés.) J'ai toujours su que cela se terminerait ainsi, tu sais ? J'ai travaillé dans les services de renseignement de l'armée de l'air pendant près de trente ans. J'ai fait ma part. Maintenant, c'est mon tour.

La perruche cria. Abou Qassim lui tira une balle dans le front alors que le vieil homme levait les yeux vers l'oiseau.

À présent, le corps reposait sur la chaise. Sarya s'assit à côté du mort, derrière une table, utilisant la porte ouverte du balcon comme son poste de guet sur la rue en contrebas. Elle enleva son hijab pour prendre l'air dans la chaleur étouffante. Le fusil russe était posé en équilibre sur la table, pointé vers la fenêtre et le boulevard encombré en contrebas.

À l'aide de ses jumelles, Abou Qassim scruta la rue qui menait au Bureau de la sécurité. Le vent se leva au nord. Le sable filait dans l'air, voletait contre les vitres. Sarya se retourna vers lui.

— Les rafales sont irrégulières, observa-t-elle.

Le téléphone portable d'Abou Qassim sonna.

— Commandant, il a quitté le bâtiment. La description du véhicule et la plaque d'immatriculation correspondent aux rapports des services de renseignement.

— Compris.

Il raccrocha.

— Vingt minutes, dit-il à Sarya.

Elle acquiesça et consulta à nouveau l'anémomètre, un Kestrel qu'elle avait pris à un Russe mort, qui l'avait lui-même probablement pris à un rebelle mort.

— Dix kilomètres, dit-elle en secouant la tête.

Ce qu'elle avait vraiment envie de connaître, c'était la vitesse du vent au point d'impact. Elle observa l'intersection à la lunette et repéra du linge pendu à un immeuble voisin, qui voletait dans la brise.

— Environ six kilomètres en bas, ajouta-t-elle.

Ensuite, elle consulta le tableau balistique sur son téléphone pour calculer la chute de la balle en fonction de la distance, du vent et de l'élévation. Le sable et la poussière tourbillonnaient. Elle testa la culasse, fit mine d'appuyer sur la détente, puis fit coulisser la culasse en position ouverte et la referma. Elle sortit de son étui un mélange de nettoyant pour alésage et d'huile et le fit pénétrer pendant plusieurs minutes par la culasse.

Après quoi, la Peste Noire d'Alep, faucheuse de cent quarante-deux âmes, ajusta le hijab sur sa tête. Elle commença à prier pour la cent quarante-troisième.

Le téléphone d'Abou Qassim sonna de nouveau alors qu'il regardait l'anémomètre comptabiliser une autre rafale.

— Commandant, ils viennent de passer devant ma position. Les vitres sont assez fortement teintées, mais je pense qu'ils sont quatre personnes dans la voiture. Y compris le conducteur. Je ne peux pas dire laquelle est la cible.

Abou Qassim jura.

Sarya releva son hijab et essuya ses yeux qui larmoyaient.

— Nous aurons besoin de deux tirs nets pour avoir une certitude. Un pour chaque occupant des sièges avant, et à travers les sièges pour les passagers arrière.

Abou Qassim chercha la voiture à la jumelle. Toujours en train de prier, implorant Allah de venger les âmes des martyrs tombés au combat, Sarya inséra un chargeur plein dans le fusil – bien qu'ils aient prévu qu'elle ait le temps de tirer trois coups au maximum – et augmenta le grossissement de la lunette pour voir plus loin sur la route. En ajustant la plaque de joue, sa langue s'était mise à chanter des louanges pour les morts d'Alep et à maudire le *kafir*, l'infidèle. Elle jeta un coup d'œil à l'anémomètre et au linge. Abou Qassim se joignit aux prières, ne sachant pas où elles s'étaient envolées mais comprenant leur gravité en cet instant.

Elle réduisit le grossissement lorsque la voiture s'approcha.

Une rafale de vent traversa la voiture alors qu'elle était encore à plus d'un kilomètre. Une berline Lexus noir de jais, immatriculée 9760112. Les bandes jaunes sur la plaque signalaient un véhicule gouvernemental.

— C'est eux, dit-il.

Abou Qassim regarda le mouvement du dos de Sarya ralentir : elle régulait sa respiration en prévision du tir, prenant des inspirations complètes puis expirant pour trouver la pause naturelle au moment où ses poumons se vidaient.

Elle implora Allah pour la fin du régime. Il pria pour que le vent s'abatte.

C'est ce qui se passa.

Les prières s'achevèrent. La voiture ralentit pour s'arrêter à une intersection, à cinq cents mètres de là.

Sarya expulsa lentement l'air de ses poumons. Elle appuya sur la détente.

DAOUD HADDAD ENTENDIT DU VERRE SE BRISER, puis un liquide chaud aspergea le côté gauche de son visage et de son cou. Ses yeux étaient en feu, il plaqua ses mains sur son visage et s'affala contre la fenêtre. Il ne voyait plus rien. Il entendit un gargouillement venant de son chef, Shalish, sur la banquette arrière, et quelque chose de lourd et de chaud engloutit la pression de son oreille gauche. Le klaxon retentit. Il essaya de sortir mais ne fit que s'écrouler sur le sol sous l'effet de la douleur. Ensuite il tendit la main – où était la poignée de la portière ? *Elle est là, mais pourquoi ne bouge-t-elle pas ?* Il la manipula, puis se rendit compte que ses mains étaient trop molles. Le verre éclata de nouveau et se répandit sur lui. Il entendit le corps du conducteur s'affaisser entre les sièges avant.

Le klaxon se tut.

Il essaya d'ouvrir les yeux mais n'y parvint pas. Il pensa à Razan petite fille dans une robe jaune. Il fut incapable de se représenter Mona.

SARYA FIT GLISSER LA CULASSE POUR EXPULSER LA TROISIÈME cartouche et remercia Allah de sa moisson. Elle s'assit les jambes croisées. Elle replia le monopode du fusil à l'arrière de la crosse, le bipied dans l'avant de la crosse, déclipsa la lunette et éjecta le chargeur, qu'elle plaça dans l'étui avec le fusil. Elle enleva son hijab et le rangea également à l'intérieur. Dans ce quartier, un voile attirerait l'attention.

— Cent quarante-cinq, dit Sarya.

Il acquiesça d'un signe de tête.

Abou Qassim s'arrêta au moment où il refermait la porte d'entrée derrière eux.

— Qu'est-ce qu'il y a ? siffla Sarya. Il faut y aller.

Il retourna dans le salon et ferma les yeux du vieil homme alors que les sirènes retentissaient au loin.

30

À L'ARRIVÉE DE MARIAM, VENUE LUI RENDRE VISITE à l'hôpital militaire de Tishreen, l'état d'oncle Daoud demeurait stable. Il avait sa chambre individuelle stérile, baignée d'une lumière artificielle crue. L'unique fenêtre donnait sur une ruelle grouillant de chats de gouttière. Razan était assise sur une chaise pliante branlante à côté du lit, elle lisait un roman tandis que Daoud dormait. Une infirmière manipula la perfusion, sourit à Mariam qui restait sur le seuil. Razan avait été la première à appeler Mariam pour lui annoncer la nouvelle, d'une voix si hésitante que Mariam avait eu du mal à comprendre ce qui s'était passé. Le deuxième appel, plus posé, était arrivé après que les médecins eurent eu la certitude que les blessures de Daoud ne mettaient pas sa vie en danger.

— Comment va-t-il ? demanda Mariam à Razan en entrant dans la pièce.

Sa cousine se leva et la prit dans ses bras, en la serrant fort.

— Il va bien. Il est juste fatigué. Ils ont enlevé le dernier éclat de verre cet après-midi. Ils disent qu'il a eu de la chance. Touché par aucune balle.

Elle tenta de sourire.

Mariam s'assit sur une chaise à côté d'elle et regarda la poitrine de l'oncle Daoud monter et descendre à chaque respiration. Elle tira la chaise à côté de celle de Razan et posa sa tête sur l'épaule de sa cousine.

— Est-ce qu'ils savent qui est responsable ? demanda Mariam.

— Je l'ignore.

— Tu t'es déjà excusée auprès de lui, Razan ? Pour ton mutisme.

Une larme perla dans l'œil valide de Razan et elle repoussa la tête de Mariam de côté pour se redresser. Elle renifla.

— Pas maintenant, s'il te plaît, Mariam, dit-elle.

Mariam acquiesça et se leva pour regarder par la fenêtre à la vitre sale. Une benne à ordures, des chats, de l'asphalte fissuré, encore des chats. Quand elle se retourna, Daoud avait ouvert les yeux. Il avait des bandages autour des joues, du cou, de la tête et des mains, comme une momie. Malgré tout, il sourit.

— Mariam.

Elle embrassa le seul endroit non bandé de son front et tira sa chaise au côté droit du lit. Razan lui tenait la main gauche.

Il parla doucement, en reprenant sa respiration entre les mots.

— Ils disent que je vais m'en sortir, souffla-t-il. Les opérations ont réussi. Beaucoup d'éclats de verre. Shalish, par contre…

Il s'interrompit, fixant le halo des néons du plafond.

Après avoir reçu les appels paniqués de Razan, Mariam avait recueilli quelques détails à l'intérieur du Palais : Daoud, son supérieur Riyad Shalish et un autre fonctionnaire du CERS se rendaient à une réunion au Bureau de la sécurité lorsque leur voiture conduite par un chauffeur avait été la cible de tirs de sniper. L'oncle Daoud était le seul survivant. Shalish étant mort, son oncle serait le candidat probable pour prendre la direction de la branche 450. Sam et la CIA, elle le savait, se féliciteraient de cette promotion, une occasion d'en apprendre davantage sur le CERS. En regardant son cher oncle, ainsi bandé après son opération, Mariam admit qu'une promotion serait utile, et se sentit gagnée par la honte à cette idée.

— Comment vous sentez-vous, mon oncle ? s'enquit-elle.

— Très bien. Ils m'ont donné un bon médicament.

D'un mouvement de menton, il désigna la poche à perfusion. Il ferma les yeux.

— Est-ce qu'ils ont des pistes ? demanda-t-elle.

Il rouvrit les yeux, cherchant Razan.

— Les rebelles, bien sûr. L'opposition.

Mariam sentit le visage de Razan s'échauffer à ce mot, à l'insinuation que les amis de Razan dans la tansikiya portaient une incommensurable responsabilité pour ses blessures. À l'évidence, il savait aussi bien que Mariam que ce n'étaient pas les groupes de manifestants qui lui avaient fait ça.

Razan grimaça mais ne dit rien et lui tint fermement la main.

Mariam lui glissa un regard reconnaissant pour ce silence.

— Quels rebelles ? reprit-elle.

— Ils ne le savent pas avec certitude, fit Daoud. Mais nous avons récemment entendu des rumeurs selon lesquelles la milice Douma de Zahran Allouch aurait envoyé des équipes dans le centre-ville pour tuer des représentants du gouvernement et fomenter des troubles.

Daoud ferma de nouveau les yeux et respira, le souffle lourd et râpeux.

Douma. Ce nom ramena Mariam à cette nuit chez Oum Abiha. Maintenant, en regardant son oncle bien-aimé, Mariam savait que le fossé qui les séparait s'était creusé en gouffre infranchissable. C'était ce qu'il y avait de démoniaque dans ce conflit. Des tas de gens honnêtes qui s'entendaient bien avant la guerre s'entretuaient désormais. La vieille femme et son mari s'étaient occupés de Mariam et de Razan à Douma, bien qu'elles n'aient nullement mérité tant de gentillesse. Aujourd'hui, un commando rebelle de Douma avait failli assassiner son oncle en pleine rue, alors qu'il... Elle s'interrompit à cette pensée, se souvenant de sa visite dans ce tunnel. Au lieu de cela, elle songea à Fatimah, et la douleur fut de retour car elle savait qu'elle était impliquée, perpétuant le cycle. Il aurait fallu des millions d'idéalistes comme Razan pour vaincre les forces qui unissaient maintenant des familles, des sectes et des ethnies dans l'opposition à tous les autres. Mariam regarda le cache-œil de Razan et le visage bandé de Daoud et eut envie de pleurer.

Elle embrassa son oncle sur le front et serra Razan dans ses bras, et elles pleurèrent toutes les deux quand Daoud se rendormit. Mariam la prit encore dans ses bras et laissa les larmes couler contre l'épaule de sa cousine. Elle n'entendit plus rien d'autre que leurs reniflements, leurs tremblements et le bip rassurant du moniteur cardiaque dans l'angle opposé de la chambre.

DE RETOUR CHEZ ELLE, UNE ÉPINGLE À CHEVEUX EN MAIN, Mariam se tenait dans son dressing et fouillait dans son tiroir à bijoux. Elle en retira le collier que Sam lui avait remis dans le lieu sûr et contempla le saphir. Elle trouva le petit trou au dos que Sam lui avait montré et enfonça l'épingle jusqu'à ce qu'elle entende un déclic. Elle mit le collier et resta un moment debout, les yeux fermés, respirant profondément, gonflant ses poumons d'air. Elle enfila une robe noire sage aux manches trois quarts qui lui comprimait le buste, le collier disposé sur le tissu synthétique, dans la fente entre ses seins. Atiyah avait tenu parole quant à sa menace d'une réunion de suivi. Elle ne voulait pas qu'il regarde le collier, mais elle se doutait qu'il ne pourrait s'en empêcher. Elle sortit de son appartement et chercha du regard les graffitis de signalisation, un rituel quotidien. Aujourd'hui, il n'y en avait pas et elle marcha jusqu'à son bureau, exécutant les mouvements appris et répétés en France pour déterminer s'ils la surveillaient et se demandant si, et quand, Atiyah déciderait, une fois de plus, qu'elle devait mourir.

EN APPROCHANT DE SON BUREAU, ELLE LUTTA contre la terreur en imaginant le pédophile mourir de ses mains. Son cerveau giclant sous sa matraque. Si Sam et elle réussissaient, la mort d'Atiyah se produirait hors champ, dans les sous-sols hideux du Bureau de la sécurité, avant un rapide passage chez le bourreau pour achever la besogne.

Enfin, pour l'heure : un tête-à-tête avec Atiyah pour faire le point sur l'avancement de son action contre le Conseil national. Une occasion pour elle de passer au crible tout son bureau avec la caméra enchâssée dans le collier, comme l'avait suggéré Sam. Aujourd'hui, Atiyah portait un costume noir de jais – de confection italienne, pensait-elle –, une chemise blanche à l'étoffe tendue sur son torse musclé et une cravate vert tilleul que Sam, elle le savait, qualifierait de nulle à chier. Elle réprima un sourire.

Atiyah lui fit signe d'entrer, les yeux rivés sur sa poitrine. Nullement désarçonnée par ce rituel de déshabillage rétinien, Mariam se contenta de sourire. Si ses courbes le distrayaient, cela permettrait à la petite caméra d'obtenir de belles images de lui, de son bureau et de son coin salon. Jusqu'à cet instant, elle n'avait jamais vraiment étudié son bureau mais elle se rendait compte maintenant qu'il était plutôt minimaliste. Il y avait peu de cachettes évidentes. Le bureau, sans tiroirs, un canapé agrémenté de minces coussins, une table avec trois chaises, et une bibliothèque, qui paraissait plus prometteuse.

En s'approchant de son bureau, Mariam remarqua une élégante mallette noire à ses pieds. Atiyah lui fit signe de prendre place sur l'une des chaises et la rejoignit à la table. Il saisit l'un des classeurs et commença à feuilleter les pages en silence. Mariam prit la parole, mais il leva la main pour l'interrompre et continuer sa lecture. Elle s'imaginait lui flanquer un coup de pied dans l'entrejambe, puis lui enfoncer son genou dans le visage avant de le balancer dans la bibliothèque. Il resterait au sol, en un tas informe, et elle ne se priverait pas de l'étrangler avec le collier, sûrement le garrot le plus cher du monde. À supposer qu'il ne se rompe pas… *Dans ce cas, désolée, Sam, dommage collatéral.* Elle sourit aimablement et balaya la pièce du regard pendant qu'il poursuivait sa lecture. Elle changea légèrement de position pour saisir le côté droit de son bureau, où il avait posé une petite boîte à cigares en bois. Mais ce qu'elle voulait, surtout, c'était un cliché net de l'attaché-case. Les yeux d'Atiyah restaient concentrés sur sa lecture, et d'un petit écart du coude elle expédia son stylo de la table sur le sol, et dans la direction du bureau. Elle se leva pour le ramasser et, en s'agenouillant, inclina le collier qui oscilla légèrement vers la mallette et le maintint un instant dans cette position. Lorsqu'elle se releva, elle laissa son torse orienté vers l'attaché-case. Elle sentit ses yeux brûlants sur ses fesses et se retourna vers sa chaise. Il reposa les documents en la regardant fixement. Il se cala contre le dossier de son siège, se frotta les yeux comme s'il essayait de se réveiller.

— Je suis toujours perplexe, Mariam. Je n'arrive pas à comprendre comment tu les as tués tous les trois. Et où sont les corps ? Pas la moindre trace. Ils ont tout simplement disparu. Remarquable !

Atiyah siffla et frappa dans ses mains.

Elle continua d'afficher un sourire, en se demandant si elle devait nier cette accusation. Elle laissa planer le silence, bien que son instinct lui souffle maintenant de courir, de courir loin.

— Ce n'étaient pas les plus habiles, poursuivit-il. Mais ils étaient trois, et j'imagine qu'ils avaient l'avantage de la surprise. Peut-être y avait-il quelqu'un avec toi, à Villefranche ?

Atiyah la transperça du regard, dans la direction du mur, comme s'il réfléchissait à différentes hypothèses.

Elle s'imaginait lui répondre : *J'étais avec mon amant de la CIA et nous les avons liquidés avant que les Américains ne se débarrassent des corps.*

Au lieu de cela, elle replia son cahier.

— Je ne sais pas de quoi vous parlez, dit-elle.

Elle se leva pour repartir, obtenant au passage un autre angle intéressant sur la mallette, mais il lui serra le bras. Elle regarda sa main, et par réflexe ses yeux furent attirés par le réseau de nerfs entre le pouce et l'index. Elle aurait pu rompre sa prise à l'instant. Mais au lieu de cela, elle resta immobile, en silence.

— J'ai des yeux partout, Mariam. Partout. Tout finira par se savoir. Dis-le aussi à Bouthaina. Sois bonne fille et dis-lui pour moi.

Il relâcha Mariam et lui donna une claque sur les fesses alors qu'elle se retournait pour s'éloigner. Il lui fallut toute sa force mentale pour ne pas le frapper, pour se concentrer au contraire sur le petit appareil photo et quelques clichés grand angle du bureau en ressortant. Tout en marchant, elle imagina l'appareil photographier un jour le corps d'Atiyah se balançant à une potence, ses pieds gigotant dans une brise de fin d'été.

31

BRIAN HANLEY BUVAIT SON CAFÉ DUNKIN' DONUTS et grimaça en voyant le message arriver dans sa boîte de réception Lotus Notes. *Putain de Lotus Notes. On est quand, là ? En 1995 ?* FDT, l'équipe de la CIA chargée de communiquer des informations aux services de renseignement étrangers, s'était révélée une véritable plaie ces derniers jours, en dépouillant et en éditant les éléments de langage et les rapports de renseignement publiés qui seraient transmis au Mossad israélien au cours de l'échange de liaison régulier sur la Syrie. L'estampille « REL ISR » qu'ils allaient y apposer était un obstacle nécessaire mais exaspérant à franchir, même si les Israéliens étaient le plus proche partenaire régional de la division NE.

Mais Hanley était heureux de voir que les trolls du FDT s'étaient finalement ravisés. Ils avaient autorisé le passage sur copie-papier des images des activités du CERS à Jableh, ainsi qu'un rapport intéressant sur un essai de sarin à petite échelle. Les rapports du Mossad sur la Syrie étaient généralement très bons – meilleurs que ceux de la CIA, en fait –, mais les Israéliens avaient récemment perdu une partie de leur accès privilégié au SIGINT. Voilà qui leur plairait. Il imprima les images de Jableh en couleur, ce qui lui sembla une délicate attention. Après avoir effectué les tirages et les avoir placés dans son sac noir, il consacra le reste de la matinée à lire des articles résumant un match All-Star de base-ball avant de se rendre dans une annexe banalisée à Tysons Corner, repérable uniquement aux agents de sécurité armés de carabines qui contrôlaient les badges bleus à la porte. La CIA préférait maintenir les Israéliens hors du siège. Voici quelques années, il y avait eu un incident désagréable : un agent de liaison du Mossad s'était faufilé dans le quartier général à l'insu de tout le monde pendant une journée entière.

DANNY DAYAN, LE CHEF DE POSTE ADJOINT du Mossad à Washington, dirigeait la délégation israélienne cette semaine-là. Dayan écoutait attentivement les bavardages des agents de la CIA, tout en examinant les documents papier entre deux bouchées d'un gigantesque scone de chez Corner Bakery. Après plus de soixante réunions de liaison avec les Américains, il en était venu à se demander si ce restaurant n'appartenait pas en fait à la CIA. Peu importait, pensa-t-il en mâchant, il voyait bien qu'en ce moment les filles et les types de Langley avaient quelques cas intéressants en préparation. Après le briefing, alors qu'il se dirigeait vers le parking, il prit le jeune Hanley à part.

— Super matos ce mois-ci. Mes meilleurs souvenirs à l'équipe de Damas, fit Dayan.

— Joseph sera ravi d'entendre ça, il est sur une affaire qui déchire là-bas, répondit Hanley, avant de rougir de son indiscrétion.

Dayan acquiesça et sourit à moitié tandis que le jeune officier s'engouffrait dans sa Toyota Prius et démarrait en trombe.

Dans son appartement ce soir-là, Dayan but trois verres de vin en prenant des notes et des photos des documents de la CIA à l'aide d'un appareil photo ultra-miniaturisé. Il en retira la pellicule et plaça le minuscule rouleau dans un sac à dix cents scellé, à la manière d'un trafiquant de drogue. Il plia ses notes et fit de même. On lui avait remis une sacoche en cuir dotée d'un compartiment caché, mais il détestait ce truc encombrant et fourra les sachets dans ses sous-vêtements. Il se vissa une casquette de base-ball des Washington Nationals sur la tête et se mit en route vers Rock Creek Park.

Yekaterina l'attendait sur leur banc. Dayan lui sourit et elle se rembrunit quand il sortit les sachets de ses sous-vêtements, les fourra sur les genoux de son interlocutrice et s'assit.

— Tes habitudes de jeu t'ont valu des ennuis à Moscou, Danny, dit-elle. Pourquoi insistes-tu pour jouer avec ta vie ici ?

Il refusa de mordre à l'hameçon. Une dispute pourrait l'empêcher d'assister aux dernières manches du match des Nats.

— Tu verras quelques reportages intéressants sur papier là-dedans, dit-il. En rapport avec la Syrie. CERS, armes chimiques. De l'or en barre.

— Le général Volkov sera ravi, dit Yekaterina, faisant référence au chef du département Moyen-Orient du SVR et à l'officier recruteur de Dayan à Moscou.

Dayan acquiesça.

— Il y a autre chose. Après l'échange, j'ai parlé avec un de leurs officiers subalternes. Apparemment, un certain Joseph s'occupe de l'affaire qui a généré ces rapports sur papier. Il est à Damas.

— Joseph quoi ? demanda Yekaterina.

— Je n'en suis pas sûr, mais en fait je pense que c'est son nom de famille, fit Dayan. Des traçages devraient permettre de le repérer.

Dayan s'enfonça sa casquette sur la tête, se leva et partit.

32

RUSTUM MIT DE CÔTÉ LES RAPPORTS DU SVR et se lissa la moustache en finissant son thé. En appliquant ses propres protocoles de sécurité stricts relatifs à la manipulation de documents, il rangea l'image satellite volée de la CIA révélant son complexe de Jableh et le reste des rapports du SVR au coffre. Comment les Américains avaient-ils repéré le site ? Personne n'avait quitté le complexe de Jableh depuis des mois. Ils avaient produit deux cents tonnes de sarin, et maintenant ils étaient obligés d'évacuer. Qui avait renseigné la CIA ? Un autre putain d'espion à l'intérieur du CERS, comme Marwan Ghazali ? Son petit frère était apparemment incapable de faire son travail. Pensant avoir surmonté sa fureur, Rustum posa la main sur la poignée de la porte pour quitter son bureau et rejoindre Bouthaina à déjeuner. C'est alors qu'il se souvint de Shalish. Profondément impliqué dans l'opération chimique, finalement remplaçable, mais, tout de même, un homme qui jouait un rôle. Rustum avait besoin de la compétence de la branche 450 en matière de sarin pour son attaque. Shalish avait géré ce portefeuille de compétences et voilà, il était mort, abattu par un sniper dans le centre de Damas. Qui devait-il promouvoir à sa place ? Il marqua une pause et prit une longue et lente inspiration, il se rendit alors compte qu'il n'était pas encore prêt à affronter le monde extérieur. Ces quelques journées n'avaient pas été de tout repos.

Il ne se souvenait pas l'avoir pris en main, mais lorsque son esprit revint au présent, il enfonçait profondément un coupe-papier dans l'un des coussins du canapé. À l'arrivée de son assistant, qui lui demanda « Qu'est-ce qui ne va pas, commandant ? », il avait vidé les deux coussins et trois des oreillers. L'assistant regarda autour de lui. Des touffes de rembourrage flottaient dans le bureau, et le commandant de la Garde républicaine syrienne était agenouillé sur le sol, en train d'éviscérer un oreiller en fausse soie. Rustum lâcha un juron, car il ne savait même pas qu'il avait hurlé.

— De quoi je parlais ? chuchota-t-il à son assistant.

— De la même histoire, commandant. (Il hésita un instant.) Hama.

Rustum se leva, retira un lambeau de bourre de sa chemise en lin et éconduisit l'assistant. Bouthaina lui avait dit qu'il lui arrivait parfois de raconter cette histoire dans son sommeil, un peu à la manière de Basil, avait averti le psychologue.

Il s'était retiré dans sa villa des montagnes près du Liban pour s'accorder quelques jours d'un climat plus frais et d'ébats juvéniles avec Bouthaina. Il sortit. La terrasse était nichée dans un bosquet d'amandiers juste au-dessus de Bloudan, une retraite en montagne réservée aux escapades de l'élite syrienne. Un endroit où, enfant, il n'aurait pu rêver que d'être serveur. Aujourd'hui, il était le seigneur de ces lieux. Rustum aperçut Bouthaina qui prenait un bain de soleil, une bouteille de vin blanc déjà à moitié bue mise à rafraîchir dans un seau près d'elle. Ses gigantesques lunettes de soleil Chanel lui donnaient des yeux d'insecte et elle s'imbibait de soleil. En le voyant, elle lui sourit. Il entendait encore les cognements dans sa poitrine et se demandait si une séance de baise réussirait à le calmer. Puis son téléphone sonna. Il baissa les yeux vers l'écran avec un étrange mélange d'agacement, de colère et d'anxiété. C'était le président.

LES RAPPORTS DU SVR AVAIENT CONFIRMÉ L'INTUITION D'ALI au sujet de Samuel Joseph, l'Américain. Il disposait d'informations concrètes qui, exploitées correctement, permettraient de capturer un espion. Il relut à nouveau le commentaire du SVR, juste pour être sûr :

UN AGENT DU SVR A OBTENU LE NOM D'UN AGENT OPÉRATIONNEL DE LA CIA QUI TRAITE LE DOSSIER SYRIEN LIÉ À JABLEH ET À L'UTILISATION PRÉSUMÉE D'ARMES CHIMIQUES À EFREH. SOURCE SECONDAIRE A MENTIONNÉ « JOSEPH ». TRAÇAGES DU SVR INDIQUENT QUE L'AGENT EN QUESTION POURRAIT ÊTRE LE RESPONSABLE DES COMMUNICATIONS DE L'AMBASSADE DES ÉTATS-UNIS À DAMAS, SAMUEL JOSEPH.

Ensuite, il y avait eu le test du sarin et le complexe de Jableh. Ali alluma une cigarette et se dirigea vers la fenêtre. Son frère n'était pas seulement un sauvage, c'était un fou. Et il n'avait aucun moyen de le combattre. Cela faisait quarante ans qu'il perdait ses duels contre Rustum, aussi quand il était battu, Ali le savait. Ce programme, quel qu'il soit, le président l'avait approuvé. Mais du gaz, vraiment ? Et en si grande quantité ? Qu'est-ce qu'ils préparaient ? Chaque fois que le régime passait à l'offensive, les rebelles ripostaient. Il ne voyait pas d'issue à la guerre, mais aucun moyen non plus de la gagner. Et en cas de défaite, il n'y avait pas de filet de sécurité. Il se concentra donc sur l'enquête. Ça, c'était une chose qu'il pouvait contrôler.

Ali sortit son mémo sur l'enquête de Samuel Joseph du tiroir de son bureau. Il l'avait rédigé dans un élan d'inspiration, après réception des rapports du SVR. En face d'Assad, pour avoir le dessus sur Rustum, il voulait s'appuyer sur un document. Il l'avait adressé à Son Excellence Bachar el-Assad, président de la République arabe syrienne. Il en avait également envoyé une copie à Rustum. Ils en discuteraient au Palais dans trente minutes.

Ali relut le mémo. Il estimait que ça pourrait marcher. Puis il se demanda à quelles fins. Une question irritante et inutile. Il l'écarta.

Kanaan ouvrit la porte.

— Puis-je vous apporter un peu plus de café avant que nous n'y allions ?

Ali sourit en fourrant des exemplaires supplémentaires dans sa mallette.

— Pourquoi cette question ?

— Vous avez l'air fatigué.

— Et tu le serais tout autant si Rustum était ton frère.

IL Y A DEUX PALAIS À DAMAS. L'un, le palais du peuple, est un édifice gigantesque en grès situé sur le mont Mezzeh, qui surplombe la ville comme un château féodal. Le président Assad s'y rend à peine, à moins qu'il n'en ait besoin pour des séances photo assorties de poignées de main stériles avec des dignitaires en visite. Le second, à Malki, est la résidence familiale d'Assad, nichée dans ce quartier verdoyant du centre de Damas. C'est plus un bungalow qu'un palais. Les chambres sont bien entretenues mais douillettes, et certainement pas grandioses. Les jouets des bambins d'Assad sont éparpillés sur le sol. Contrairement à Saddam Hussein et à la Maison des Saoud, Bachar el-Assad, comme son père, n'étale pas sa richesse avec d'innombrables manoirs, des toilettes en or, de faux bains romains et des murs tapissés de fresques érotiques kitsch et vulgaires. Même en pleine guerre civile, la Maison Assad se considère comme l'expression de la volonté populaire. Une dynastie qui entend préserver son image, les pieds sur terre.

Ali arriva le premier et fut introduit dans le salon de Malki où on lui servit du thé. La réunion se déroulerait dans le modeste bureau personnel d'Assad, entre des canapés au cuir qui craque, des télévisions au son en sourdine, un tapis de course cardio et des piles de dossiers et de papiers. Il venait de terminer sa tasse de thé lorsque le secrétaire d'Assad sortit de son bureau.

— Le président est là, annonça le secrétaire. Mais nous attendons toujours le commandant. Vous pouvez cependant monter, général.

Ali frappa deux fois à la porte et entendit répondre, avec un léger zézaiement.

— Entrez, entrez.

Bachar el-Assad, président de la République arabe syrienne, avait délaissé sa tenue habituelle, jean et chemise habillée, pour un costume noir et une cravate bleu métallisé, celle qu'il portait habituellement pour les interviews avec les chaînes de télévision européennes. Lorsque Ali ouvrit la porte, Assad était assis devant son Mac. Trois canapés en cuir formaient un fer à cheval autour d'une table basse incrustée de nacre et jonchée de magazines. Derrière le canapé se trouvait un bureau où étaient empilés des chemises cartonnées et des journaux. Une télévision réglée sur la chaîne Al Jazeera était accrochée au mur.

Assad était grand et mince, mais son apparence avait quelque chose de très gênant, comme s'il était composé de parties de corps aléatoires qui n'allaient pas ensemble. Certains graffitis des rebelles, Ali le savait d'après les rapports des services de renseignement, appelaient Assad « la Girafe ». Il avait un long cou qui s'étirait en une mâchoire fuyante, surmontée d'une légère moustache de jeune homme. Ali avait toujours trouvé que ses oreilles ressemblaient plus à celles d'un elfe qu'à celles d'un humain. Mais toutes ses faiblesses – son apparence, son zézaiement, sa formation médicale (il avait suivi des études d'ophtalmologie à Londres) – jouaient en sa faveur. En effet, elles conduisaient tous les observateurs et tous ses ennemis à le sous-estimer. C'était toujours une erreur coûteuse. Le président, comme eux tous, était un meurtrier.

Ali prit place dans l'un des canapés et Assad s'assit à côté de lui. Une copie du mémo, annotée à l'encre rouge, trônait sur la table basse.

— Un travail inspiré, que j'ai là, Ali, commença Assad.

Il s'enquit de Layla et des jumeaux. Ali fit de même pour Asma et les enfants du président. Il ne posa pas de questions sur les maîtresses et autres flirts. Malgré son apparente gaucherie – ou peut-être grâce à elle –, le président se servait de ses conquêtes sexuelles comme d'un moyen de démontrer sa virilité et son pouvoir à l'élite syrienne. Dans toute la mesure du possible, Ali veillait à maintenir Layla hors de la vue du président.

Le président consulta sa montre-bracelet en or.

Rustum arriva en grande tenue militaire, épaulettes noires et casquette rouge de la Garde républicaine. Dès qu'Ali vit Basil, également en uniforme, sur les talons de Rustum, sa mâchoire se crispa. Ces tueurs étaient tous propres sur eux. Ils avaient presque l'air respectables dans ces uniformes empesés, serrant la main du président et passant poliment commande de thé à l'assistant. On en oublierait presque les histoires liées aux troubles précédents, dans les années 1980, qui avaient valu à Basil son surnom de Comanche.

Le président, qui avait regardé un reportage d'Al Jazeera sur le financement saoudien des groupes rebelles syriens, maudit la Maison des Saoud et éteignit la télévision en faisant signe à Rustum et Basil de s'asseoir.

— Bien, dit-il, nous avons une faille. Nous avons besoin de débusquer rapidement ce traître. Ali, quel est le plan ?

— Certainement, monsieur le président. Est-ce que tout le monde a lu le mémo ?

Rustum grommela. Ali savait qu'il était furieux de ne pas avoir été invité à élaborer son message. Basil secoua la tête et se passa la langue sur la moustache.

— J'ai formulé trois directions pour capturer ce traître, poursuivit Ali en ignorant Basil. Pour un effet maximal, il faut les suivre simultanément.

Assad planta son coude droit sur la table basse et appuya son menton dans sa main en parcourant à nouveau le mémo. Il posa d'emblée des questions.

— Dans cette première direction, pensez-vous que votre agent puisse se procurer un engin explosif provenant de la CIA ?

— C'est possible. Cet agent peut aussi être en mesure de nous fournir des informations sur les opérations de la CIA ici, à Damas. Je pense qu'avec le bon appât placé devant lui, ce Samuel Joseph mordra à l'hameçon.

— Et les Iraniens sont persuadés d'être capables d'exploiter cet engin ? insista Assad.

— Oui, répondit Ali. En supposant que la CIA fournisse un véritable dispositif connecté à un satellite et n'utilise pas un site Internet comme dans l'affaire Ghazali. (Il s'interrompit et sa mâchoire se crispa.) Les Iraniens sont persuadés qu'ils peuvent l'exploiter.

— Avez-vous une idée de la personne que vous opposeriez à ce Samuel Joseph ? s'enquit Assad.

— Nous avons quelques idées, notamment quelqu'un qui l'a déjà rencontré auparavant. Je crois que nous pouvons travailler rapidement. Et que nous n'avons rien à perdre à essayer.

Ali fit silence lorsque le secrétaire d'Assad entra dans la pièce avec un plateau de pâtisseries et des tasses de thé fumantes. Il posa le plateau sur la table et ressortit.

— En fait, je trouve cette première approche trop élégante, intervint Rustum. Et la rentabilité incertaine.

Assad fit un signe de la main à Rustum.

— J'en doute. Ali a raison : nous n'avons rien à perdre et tout à gagner. Assurez-vous d'impliquer les Iraniens si cela porte ses fruits comme vous le prévoyez. Leurs équipes techniques peuvent nous aider à exploiter rapidement l'engin.

— Bien compris, monsieur le président.

Ali poursuivit.

— La deuxième approche consiste à alimenter en informations uniques la liste des personnes qui étaient au courant pour Jableh. Chacune d'elles reçoit une information différente. Cette information doit être suffisamment importante pour être transmise aux Américains. Elle doit également être liée à notre programme d'armes chimiques. Les commentaires du

SVR et les marquages sur les documents de la CIA m'amènent à penser que leur source est israélienne et que l'échange porte sur les armes chimiques. Ensuite, nous verrons ce qui nous en reviendra.

Rustum avait pris une tasse de thé et reniflait le filet de vapeur.

— Il est exact, dit-il en buvant une gorgée, que la liste des suspects est réduite, maintenant qu'ils ont trouvé l'installation. Vachement trop sucré, d'ailleurs, cette décoction de palais.

Assad lâcha un petit rire aigu.

Ali continua.

— Nous savons trois choses sur leur source. Premièrement, elle est au courant d'un effort de compartimentation de la Garde républicaine à l'intérieur du CERS. Deuxièmement, elle est informée d'un essai d'armes chimiques à Efreh. Troisièmement, elle connaît l'emplacement de l'installation de Jableh. Qui détient ces informations ?

— Ils sont peut-être quatre à être en vie, répondit Rustum. Shalish, mais il est mort. Le commandant de Jableh et son adjoint. Jamil Atiyah et le directeur du CERS. Les rumeurs concernant le compartiment et même le test ont pu filtrer par le Palais, le CERS ou la Garde, mais l'emplacement spécifique de cette installation réduit considérablement la liste.

— Vous êtes confiant dans le verrouillage de Jableh ? demanda Assad.

— Je le suis. C'est un camp de prisonniers.

— Tu oublies un nom, cependant, grand frère, nuança Ali.

Rustum sourit.

— Lequel ?

— Bouthaina. J'ai mes petits oiseaux à l'intérieur de ce gouvernement qui me disent des choses, et j'ai appris que tu avais utilisé ses coupe-circuits pour te procurer une partie du matériel. Et qui sait quelles autres informations elle a pu récolter dans le cadre de ses fonctions, officielles ou… officieuses ?

Assad sourit, savourant ce fratricide.

Rustum agita la main en l'air, en fixant Ali avec une colère grandissante.

— Très bien. Testons-la.

— À la bonne heure ! s'écria Assad avec un signe de la main pour mettre un terme au débat. Les commandants de Jableh, Atiyah, le directeur du CERS, et Bouthaina. Que recommandez-vous de leur transmettre, Ali ? demanda encore le président.

Ali se lissa la moustache.

— L'emplacement d'une autre installation. Nous annonçons qu'il existe une solution de secours. Les Américains voudront ces informations. Et cette version n'a qu'à être maintenue assez longtemps pour que quelqu'un rapporte l'information à la CIA. Ce devrait être un endroit où si quelque chose se produit, nous le saurons. De cette manière, nous aurons deux canaux par lesquels les informations nous reviendront. Et d'une, le rapport du SVR. Et de deux, si les Américains bombardent le site.

— Des dépôts d'approvisionnement, suggéra Rustum, la main agrippée à sa tasse de thé, les jointures qui blanchissaient.

— Oui, parfait, approuva Assad. Des entrepôts suffisamment grands pour cacher du matériel de production. Suffisants pour stocker.

Ali marqua une pause, en regardant les mains crispées de son frère. Une pensée irrésistible se forma, l'occasion de rendre coup pour coup à Rustum.

— Et tu sais, grand frère, que c'est toi qui devras transmettre ces informations à chacune de ces personnes. Moi, naturellement, je n'ai aucune connaissance du programme.

— Bien sûr, acquiesça Rustum en serrant les dents.

— Et j'apprécierais que tu me notes les noms des suspects en les associant à la localisation du site que tu leur as communiquée. De cette façon, je peux vérifier que tout est cohérent.

Rustum cligna des yeux. Il griffonna la liste et la tendit à Ali. Celui-ci s'arrêta sur les deux derniers noms et sites avant de la glisser dans sa poche. Il passerait les autres en revue plus tard.

Jamil Atiyah – Khan Abu Shamat
Bouthaina Najjar – Wadi Barada

— Merci, grand frère, dit Ali.

— Excellent, dit Assad. Et maintenant, la troisième approche ?

— Nous connaissons l'officier de la CIA qui gère notre espion. Nous lui damons le pion dans la rue en le convainquant qu'il est libre de toute surveillance, alors qu'en fait il sera bien couvert. Et il nous mènera à son agent.

— Et je suppose que ton agent serait aussi capable de déterminer quand il se prépare à lancer une opération ? s'enquit Assad.

— C'est possible, monsieur le président, mais ce n'est pas certain. La CIA compartimente généralement ce genre d'informations entre ses sources. Quoi qu'il en soit, nous allons essayer.

Rustum pointa du doigt le mémo d'Ali, en appuyant de l'index sur le papier pour insister.

— Es-tu sûr que l'équipe russe est nécessaire ?

— Oui. Ils ont beaucoup opéré contre les Américains pendant des décennies.

Assad fit de nouveau signe de la main à Rustum, sans le regarder.

— J'appellerai Poutine cet après-midi. C'est approuvé.

Basil murmura quelque chose à Rustum de sa voix de hérisson. Rustum revint à la charge.

— Monsieur le président, ce plan est très minutieux, mais pourquoi ne pas simplement arrêter l'officier de la CIA et l'interroger pour qu'il nous révèle ce nom ?

Assad se redressa, l'air amusé, et il glissa un regard oblique vers Ali, guettant une réaction. Le président aimait voir ses lieutenants se prendre de bec. Il préférait être le moyeu de la roue, et que chaque conseiller en forme un rayon, en guerre avec les autres. Le président but encore une gorgée de thé.

— Qu'en pensez-vous, Ali ? s'enquit-il, connaissant déjà la réponse.

Ali massa sa cicatrice. Rustum sourit. Ce satané stigmate savait toujours quand il se trouvait en présence de son créateur.

RUSTUM AVAIT BEL ET BIEN FAILLI TUER ALI. Et il avait échoué. Deux fois.

Âgé de huit ans, Rustum avait compris que sa mère était morte en mettant Ali au monde et décidé qu'il n'aimait pas qu'on lui impose d'échanger sa mère bien-aimée contre le marmot souffrant de coliques qui requérait l'attention de son père et de sa belle-mère.

Il avait donc conduit Ali, qui commençait à peine à marcher, vers les escaliers et l'avait poussé en bas. Rustum avait menti à ses parents et prétendu que le jeune Ali était tombé de la première marche.

Ali n'en avait aucun souvenir. Rustum le lui avait expliqué lors de sa deuxième tentative, la nuit où leur père et leur belle-mère avaient été assassinés. Le jour où Ali avait pris sa décision fatidique.

Cette décision, alors qu'il n'était qu'un enfant impétueux de dix ans, avait consisté à exiger de son père qu'il tienne sa promesse de l'emmener faire un tour de tracteur.

Les Hassan possédaient des épiceries et une entreprise de distribution. Ils venaient d'ouvrir un nouveau point de vente à Homs, la troisième ville du pays, alors en proie à la rébellion, comme aujourd'hui. C'était en 1980, et les Ikhwan, les Frères musulmans, contestaient le pouvoir d'Assad. Le père d'Ali considérait que les Ikhwan voulaient deux choses : la charia et que tous les alaouites soient morts ou terrés dans les montagnes. Et, de préférence, les deux.

À l'époque, la présence des alaouites à Homs était toute récente. Le père d'Ali aimait dire que le succès des alaouites – « notre ingéniosité, mon fils » – les avait attirés hors des villages montagneux appauvris pour les amener dans les villes prospères. Les terroristes Ikhwan avaient lutté contre la marée, en tuant deux employés de son père devant l'un des magasins par une journée de printemps ensoleillée. Ils avaient ouvert leur nouveau centre de distribution peu de temps après. Les Hassan vivaient près de la côte, à Lattaquié, mais leurs parents avaient emmené les deux frères à Homs pour la grande ouverture et loué un appartement en ville.

« Nous devons rester ici quelques mois pour surveiller l'évolution des choses », avait décidé le père d'Ali.

Son grand-père était également descendu de la côte pour rester auprès de la famille.

Ali et Rustum avaient parcouru les allées du nouveau bâtiment. Les murs fraîchement peints emplissaient la pièce d'odeurs chimiques distinctes. L'endroit était bourré à craquer : marchandises sèches, pièces de machines, meubles, matériel agricole. Et la pièce maîtresse, l'objet de toute la convoitise d'Ali : un tracteur soviétique, inexplicablement peint d'une teinte aigue-marine, et dans lequel il montait s'asseoir tous les jours. Après de nombreuses supplications de la part d'Ali, son père lui avait promis de faire un tour avant que le tracteur ne soit vendu, ou en tout cas avant qu'ils ne rentrent chez eux.

En juin, le tracteur n'avait toujours pas été vendu, mais il était temps de retourner à Lattaquié. Ali avait vu Rustum charger des sacs dans la voiture et il avait couru vers son père, en se lamentant parce qu'ils n'étaient toujours pas montés sur le tracteur. Il avait promis. « Boucle-la », lui avait dit Rustum, mais son père avait fait signe à son fils aîné de se taire et, en regardant la belle-mère des garçons, il avait ajouté qu'ils pouvaient tous rester en ville ce soir et se rendre à la fête du gouverneur. Ali savait qu'elle détestait ce genre d'événement. Le lendemain matin, il emmènerait Ali pour un tour sur le tracteur et ils partiraient pour de bon. Ali avait reniflé. C'était bien.

Ce soir-là, son père et sa belle-mère étaient allés à la fête dans une Mercedes noire avec chauffeur. Les vitres teintées étaient si sombres qu'aujourd'hui encore, Ali se demandait parfois si son père l'avait vu lui faire au revoir de la main.

Le chauffeur avait survécu, ce qui lui avait permis d'expliquer la chronologie des faits au grand-père d'Ali. Pendant qu'Ali sanglotait dans son lit, Rustum écoutait aux portes de la cuisine. Le chauffeur s'était souvenu d'avoir tourné dans la rue en direction de la maison et qu'un homme portant un uniforme était apparu sur la route en tendant la main, lui faisant signe de stopper. Des cônes de signalisation étaient disposés au hasard dans la rue. L'homme avait déclaré être capitaine de police ou autre et saviez-vous qu'il y avait eu une fusillade à deux rues d'ici. Il avait brandi un insigne. Nous prenons les précautions nécessaires. Cartes d'identité, je vous prie.

Les cartes d'identité avaient été vérifiées et revérifiées, et il y avait eu une longue attente, car apparemment quelqu'un au quartier général ne répondait pas dans sa radio. Il y avait eu un claquement isolé, puis deux autres et enfin une rafale de crépitements qui avaient transpercé les portières arrière de la voiture. Des mains avaient pénétré par la fenêtre, extrait le chauffeur et l'avaient assis par terre, hébété.

« Toi regarde, toi regarde ! » s'était exclamé le capitaine avec colère en montrant la voiture du doigt.

Deux autres hommes avaient sorti le père et la belle-mère d'Ali de la voiture, jeté les corps au sol avant de les adosser contre la voiture, face au chauffeur. Les deux hommes leur avaient fourré leur carte d'identité dans leur bouche ouverte. Le nom de leur village alaouite natal, imprimé sur les cartes maculées de sang, suffirait pour que les gens comprennent le message.

Une voiture s'était arrêtée et les hommes étaient montés dedans, tous sauf le capitaine. Il avait dit au chauffeur de transmettre ce message des Ikhwan. « Dis-le aux autres, lui avait-il répété. Dis-leur tout. »

Dans la cuisine, le chauffeur s'était masqué les yeux des deux mains et il avait pleuré. À ce moment-là, Rustum avait attrapé un couteau dans un tiroir et ouvert la porte de la chambre qu'il partageait avec Ali. Il était monté sur le lit, à califourchon sur son frère, et il avait pointé le couteau vers le cou de son frère. Ali avait repoussé les bras de son frère pour éloigner la lame. Rustum lui avait enfoncé le bout de la lame dans le cou et tenté de lui trancher la gorge. Ali avait frappé les bras de son frère, la lame avait glissé vers sa mâchoire et remonté vers le bas de la joue. De la bave dégoulinait de la bouche de Rustum, il hurlait qu'Ali aurait déjà dû mourir dans cet escalier et qu'il allait mourir, là, maintenant. « Aujourd'hui, je suis la vengeance, s'était écrié Rustum, pour ma mère, pour mon père et pour ma belle-mère. »

Ensuite, Rustum et la lame avaient basculé, et Ali s'était aperçu que son grand-père avait fait tomber son frère du lit. Il avait vu à travers ses larmes les poings puissants de son grand-père s'abattre sur Rustum. Lorsqu'il eut fini, le grand-père d'Ali l'avait fait conduire chez un médecin tout proche pour que sa blessure soit recousue, Ali couvert de son propre sang, son grand-père portant celui de Rustum sur ses mains et sa chemise de lin autrefois blanche.

LES DEUX FRÈRES N'AVAIENT JAMAIS REPARLÉ de cette nuit-là. Ils n'en avaient jamais parlé, songeait Ali, et n'en parleraient jamais. Qu'y avait-il à dire ? Leurs parents n'étaient plus là, Ali avait involontairement contribué à leur mort, et Rustum, son frère Rustum, était mort en même temps que ses parents. Désormais, il était devenu autre chose. Le rival d'Ali. Le bourreau d'Ali.

Ali posa sa tasse de thé. Il regarda le président.

— Si nous arrêtons et interrogeons l'Américain, nous nous embarquons sur une trajectoire dangereuse à l'issue incertaine. Un agent de la CIA a déjà disparu, ici, en Syrie. Leur tolérance face à la perte d'un deuxième agent sera, je peux le présumer, très limitée. La CIA saura que nous l'avons emprisonné et les Américains exerceront immédiatement des pressions pour qu'il soit libéré. Nous n'aurons qu'un délai très court pour lui soutirer un nom. Il se peut que nous n'y parvenions pas. Je m'attends à ce que les Américains, en collaboration avec les sionistes, essaient alors de tuer toutes les personnes présentes dans cette salle, vous exclu, monsieur le président. Avant d'encourir de tels risques, nous devrions essayer la stratégie décrite dans mon mémo.

Les yeux d'Assad passèrent d'un frère à l'autre.

Ali tenta sa chance et poursuivit.

— Ce que cet espion a transmis aux Américains, si c'est vrai, est très sensible. Mais si je puis me permettre, quel est le calendrier opérationnel du compartiment mentionné dans le rapport de la CIA ? De combien de temps disposons-nous ?

— De combien de temps avez-vous besoin, Rustum ? demanda Assad.

Rustum réfléchit.

— Un mois serait l'idéal. La divulgation de Jableh a arrêté la production. Ce n'est plus qu'une question de logistique. Mais je ne comprends pas, monsieur le président, pourquoi n'enlevons-nous pas tout simplement l'Américain pour lui dégorger le crâne des informations qu'il contient ?

— Ce serait dépasser les bornes, intervint vivement Ali, regrettant ces mots à l'instant où ils franchirent ses lèvres.

— Dépasser les bornes ? éructa Rustum d'une voix tremblante, et il se mit à crier. Tu es fou ? La CIA expédie des armes aux *irhabiun*, les terroristes, et ces gens-là tuent mes soldats tous les jours. Toi, tu es assis dans ton bureau et tu joues au flic pendant que mes hommes se font massacrer. Ta femme et tes jumeaux sont en sécurité dans leur appartement parce que je ne respecte pas les règles, je tue ces sauvages comme je peux, quand je peux, où je peux ! (À présent, il hurlait, postillonnant à la figure d'Ali.) Je tue leurs vieillards, leurs enfants et leur bétail, et ceux que je laisse vivre sont obligés de manger de l'herbe pour survivre. Je leur balance des bombes barils, des missiles, et je les gaze. Si notre gouvernement est toujours debout, c'est parce que je fais ce qui est nécessaire pour notre survie !

Basil, inexpressif durant tout ce monologue, fixait le cuir chevelu d'Ali avec l'intérêt dépassionné d'un inspecteur vétérinaire.

— Ça suffit, aboya Assad. Ali, vous avez un mois pour trouver l'espion. Si nous n'avons pas ce traître d'ici là, nous arrêterons l'Américain. J'approuve tout le reste de votre mémo.

Assad se leva. La réunion était terminée.

— Monsieur le président, puis-je obtenir plus de détails sur l'opération ? demanda Ali, risquant d'irriter le président. Cela m'aidera dans ma traque de l'espion.

Rustum avait la mâchoire serrée de rage.

— Les Américains ont averti qu'il y aurait des conséquences en cas d'utilisation de gaz, poursuivit Ali. Évidemment, aucun d'entre nous ne sait ce que signifie vraiment ce genre de sottise. En réalité, je parie que le président américain ne le sait pas, lui non plus. Si le rapport du SVR est exact, nous avons déjà franchi cette ligne rouge sans plus de tracas, mais…

Il s'interrompit.

Rustum sourit, chassa de l'air par les naseaux. Assad lui adressa un signe de tête.

— Petit frère, dit Rustum, en insistant sur le premier de ces deux mots. Nous allons mener une contre-attaque contre les rebelles. Nous allons gazer leurs villages, leurs quartiers, leurs systèmes de tunnels. Dans quelques mois, nous gagnerons la guerre. Ce sera notre salut à tous.

Notre salut. À ce mot, les murs du Palais s'effondrèrent en avalanche autour de lui et il redevint jeune enquêteur de police à Lattaquié, Layla portait déjà les jumeaux dans son ventre.

Et le téléphone a sonné, c'était pour toi, et tu as découvert ces trois croix montées sur des poteaux téléphoniques, trois hommes alaouites crucifiés, les mains et les pieds fendus avec des crampons de rail dans une parodie de la Bible chrétienne. Du sang à la base de chaque poteau. Et quand tu as démasqué le tueur, il t'a annoncé qu'il voulait mettre la Syrie à feu et à sang, transformer les places en billots de boucherie et les bâtiments en cercueils incendiés, pour marquer la fin de notre monde. Ce sera notre salut, a-t-il annoncé.

— Et puis Ali, reprit le président, rompant ce souvenir en fronçant les sourcils. Votre frère a raison de dire que votre plan visant à piéger l'espion est très élégant. Mais soyez prudent, en particulier dans cette opération contre l'Américain. Il y a des risques de retours de bâton et de subterfuges, vous le savez très bien. Je vais appeler Poutine et lui demander ses hommes.

— Certainement, monsieur le président, fit Ali.

Rustum sortit en soufflant, Basil derrière lui, ses yeux couleur d'eau de vaisselle scrutant Ali une dernière fois avant de s'éclipser. Ali se palpa le cou, sa cicatrice le lançait. Avant de monter dans sa voiture, il alluma une Marlboro. Il remarqua avec satisfaction que ses mains ne tremblaient pas.

33

BOUTHAINA AVAIT DIX ANS DE MOINS QUE RUSTUM ET, comme lui, elle était grisée par le pouvoir. Les combats de gladiateurs du régime constituaient le principal sujet de conversation et l'aphrodisiaque en forme de coups de tonnerre du couple. Ils aimaient tous deux parler de leurs ennemis, mais ce soir-là, Rustum était trop gêné pour lui relater la réunion avec Ali et le président. Il avait donc laissé Bouthaina se lancer sur le sentier de la guerre contre Jamil Atiyah, et lui expliquer comment elle comptait empoigner le vieux par les couilles. Rustum avait proposé à Basil de faire surveiller Atiyah pour voir si d'autres méfaits pourraient être découverts. Cela avait agacé Bouthaina. Elle voulait vaincre Atiyah elle-même et, qui plus est, ne souhaitait pas prendre le risque.

— Deux sadiques rôdant l'un autour de l'autre, l'un pédophile, l'autre qui a hérité d'un surnom pour ses prélèvements sur le cuir chevelu ? Non, *habibi*, non, merci. Garde ton Basil en laisse. Je m'occupe d'Atiyah.

Il s'ensuivit un monologue colérique qui l'excita, et lorsqu'elle se leva pour ouvrir une deuxième bouteille de vin, il l'avait carrément prise dans ses bras et jetée sur le lit. Cela lui avait offert une agréable diversion après la victoire d'Ali au Palais plus tôt dans la journée.

Rustum n'était pas un introspectif, mais même lui, dans la déchéance du matin, était capable d'examiner son gros ventre, de toucher du doigt les poils qui avaient poussé dans ses oreilles et de se demander comment Bouthaina pouvait tolérer un tel laisser-aller. Il gratta son torse poilu et parcourut des yeux le corps de Bouthaina, au ventre encore plat et au visage à la peau ferme et bronzée. Rustum avait payé pour sa chirurgie esthétique. C'était un bon investissement.

Il se leva du lit, enfila une robe de chambre et passa dans son bureau. La pièce digne d'un palais avait pour trône un bureau en noyer fabriqué à partir de fragments d'une ancienne noria, une roue à eau, provenant de la rivière Oronte à Hama. Il s'assit et se mit à examiner les rapports des gardes de la moukhabarat en faction devant l'ambassade des États-Unis. Lorsqu'il eut terminé les premières pages, il se redressa et considéra son bureau en buvant lentement son thé. L'inscription sur le morceau de bois façonné pour composer le pied droit indiquait que cette noria avait été construite en 1361 pour alimenter en eau la Grande Mosquée de la ville. À proximité, une petite fissure lui rappelait le violent hiver 1982, pendant la dernière guerre civile, alors qu'il était jeune lieutenant. Ce jour-là, un détachement rebelle, les Frères musulmans, les Ikhwan, s'était retranché dans un appartement situé juste derrière la noria. Leurs tirs de sniper avaient décimé dix soldats avant que son commandant, le frère de l'ancien président, n'ordonne à la section de Rustum de s'emparer du bâtiment. Ils s'étaient battus toute la matinée, en se rapprochant peu à peu, jusqu'à ce que les deux camps tirent des salves dans la roue, en faisant éclater des fragments.

Lorsqu'ils avaient atteint l'appartement des terroristes, Rustum avait déjà tué dix-sept Ikhwan. À l'intérieur, il en avait supprimé six de plus, y compris les femmes et les enfants qui, chose inexplicable, se blottissaient encore contre les combattants. Après avoir pris l'appartement d'assaut, Basil et lui avaient fumé des cigarettes avant de récolter les débris de la noria au milieu d'un océan de douilles. Puis ils avaient prélevé le scalp d'un Ikhwan pour chacun de leurs trente-deux camarades morts, découpé et ensaché leurs trophées jusque tard dans la nuit. Cette nuit-là, Rustum avait retrouvé en Basil un frère. Le remplaçant de celui qui avait assassiné son père et ses deux mères.

Rustum posa la main droite sur le plateau du bureau et passa doucement les doigts sur le bois. Enfin, il trouva le nom qu'il voulait à la cinquième page du rapport, celle où figuraient les photos de tous les fonctionnaires américains travaillant à l'ambassade.

Il décrocha le téléphone.

— Appelez-moi Basil, dit-il à un autre assistant.

Il entendit assez vite la voix familière de Basil, celle d'un homme dont la trachée avait été déchiquetée par des fragments d'obus à Hama, trois jours après qu'ils avaient ramassé le bois de la noria.

— J'ai un travail pour certains de tes garçons. Pas ceux de la Garde. Les comités de défense, la milice. Que ça reste officieux. Je veux envoyer un message aux Américains. Du monde pour semer la pagaille devant leur ambassade pendant quelques heures. Pas de violence.

Basil confirma d'un grommellement.

Se souvenant de ses yeux lorsqu'il avait scalpé un Ikhwan encore vivant dans l'appartement, Rustum décida de se faire plus précis avec son frère de sang.

— Aucun Américain ne meurt, Basil. Pas d'accident. Compris ?

— Oui, commandant.

— Utilise tes meilleurs hommes.

— Quand ?

— Dès que possible.

SAM ENTRAIT DANS LE BUREAU DE PROCTER lorsqu'un des agents de la sécurité diplomatique du département d'État appela la cheffe pour lui signaler une manifestation à l'extérieur. Quelques centaines de personnes brandissaient des banderoles pro-Assad et le portrait du président comme des fanatiques.

— Vous avez parlé de « bus » ? s'écria Procter. Que foutent les sbires de la moukhabarat à l'extérieur ? Rien ? Je me disais aussi. D'accord, je monte.

Elle sortit de son bureau et se mit à invectiver les agents de la station.

— Nous sommes en phase de destruction 1. Nous avons exactement deux minutes pour détruire tout le papier.

La phase 1 était calculée sur le temps qu'il faudrait à une équipe d'hostiles pour pénétrer dans l'enceinte et atteindre la station. Sam l'estimait plutôt à trois minutes, mais Procter était intransigeante.

Elle claqua des doigts en direction de l'agent de soutien de la station pour lui faire signe d'allumer les déchiqueteuses à acide, capables de broyer des disques durs et jusqu'à cinquante pages de documents classifiés en une seule bouchée. Un technicien en communication se précipita avec une grande pile de manuels techniques – imprimés, un choix inexplicable – et la jeta dans la déchiqueteuse comme s'il alimentait un broyeur à bois.

— Nous n'en sommes pas à la phase de destruction 2, les supports électroniques, mais extrayez tous vos disques durs et placez-les dans le coffre-fort par précaution.

La station disposait d'un petit arsenal de carabines M4, de fusils tactiques et de pistolets Beretta au cas où les choses se pimentaient, comme Procter aimait à le dire (avec phase de destruction 3 – exfiltration du personnel et autodéfense des officiers).

— Je monte à l'étage et je reviens dans une seconde… Personne ne touche à ces putains d'armes !

— Vous ne devriez pas en prendre une, cheffe ? demanda Zelda.

— Oh, Z, fit Procter en secouant la tête. Ma douce et tendre Z.

Elle souffla un baiser à l'analyste et sortit d'un pas martial.

Sam et Zelda retirèrent leurs disques durs et les mirent au coffre. Puis il fit un signe vers la porte. Elle opina.

Sam referma la porte de la chambre forte de la station derrière eux. Ils montaient les marches menant au deuxième étage de la chancellerie quand il entendit les slogans et les cris de la foule à l'extérieur.

Zelda n'avait pas l'air au mieux. Sam s'immobilisa près d'elle et lui expliqua.

— Dans une situation de ce genre, pas d'armes à feu. Si nous tuons quelqu'un, la foule va devenir dingue. Et même avec nos armes, nous finirions par être débordés. Nous aurions un second Téhéran sur les bras.

Au deuxième étage, ils composèrent le code et entrèrent. Les bureaux et les boxes des agents du département d'État s'étaient vidés. Tout le monde était aux fenêtres, scrutant la scène sur le rond-point.

La foule se mit à lancer des détritus dans l'enceinte de l'ambassade. Une tomate s'écrasa contre la vitre. Surpris, l'un des conseillers politiques du département d'État recula de la fenêtre d'un bond. Un trognon de laitue brunâtre suivit. Aussitôt après, une volée de fruits et légumes pourris s'abattit sur les fenêtres comme une tempête de grêle. Une odeur rance se répandit dans la chancellerie.

L'ambassadeur grimaçait à la fenêtre. Il s'était récemment attiré les foudres du régime en effectuant un déplacement non autorisé pour se joindre à une manifestation à Hama. Comme Sam et Procter, il parlait couramment l'arabe et savait donc que la foule avait commencé à le traiter de chien. Procter sourit.

L'un des agents de la sécurité diplomatique pointa du doigt la clôture qui entourait l'ambassade.

— C'est une clôture résistante à l'escalade. C'est du haut de gamme.

— Alors comme ça, elle résiste juste à l'escalade, et elle se défend bien ? Parfait, ironisa Procter en dressant et en penchant la tête devant la vitre maculée de dépôt pour avoir une vue plus dégagée sur la rue.

Sam vit deux hommes tenter d'escalader la clôture. Plusieurs Marines se ruèrent dans la cour, en exhortant les grimpeurs à s'arrêter. Ils n'obéirent pas. L'un d'eux se précipita contre la grille. Puis un autre.

Sam remarqua que l'un des grimpeurs portait un drapeau syrien. Zelda s'approcha discrètement de lui.

— Ils ne vont pas entrer dans le bâtiment, non ?

Sam secoua la tête.

— Je ne pense pas. Vous voyez ce drapeau ? Ils envoient juste quelques individus arracher le nôtre. S'ils voulaient prendre l'ambassade d'assaut, ils enverraient davantage de monde.

Les quatre hommes étaient dans la cour. Ils firent des gestes obscènes en direction des Américains à l'étage.

— La clôture n'a pas très bien résisté, releva Procter.

Personne d'autre n'essaya d'escalader, les Marines perdirent la partie et se replièrent à l'intérieur. Un pied de biche fut catapulté par-dessus la grille, pour l'un des assaillants. Ils entamèrent l'escalade du bâtiment de la chancellerie.

L'un d'eux atteignit le toit et se hissa sur le mât, arracha le drapeau américain et le remplaça par celui de la République arabe syrienne. Il brandit la bannière étoilée, l'air victorieux, provoquant un crescendo de huées dans la foule. Puis il se le fourra dans le pantalon.

— Le type au pied de biche est maintenant sur le toit, observa l'un des conseillers politiques du département d'État.

La position du Syrien sur le toit lui permettait d'avoir une vue plongeante sur les Américains de l'autre côté d'une petite cour intérieure. Il fit d'autres gestes obscènes avant de s'attaquer au climatiseur à coups de pied de biche, en s'arrêtant une ou deux fois pour hurler en direction de la foule dans la rue en contrebas. Sam entendit les ventilateurs se couper.

— Ce connard de chabiha, dit Procter. Il fait quarante dehors.

QUATRIÈME PARTIE

Traqués

34

ALI REGARDAIT LES ONDES DE CHALEUR S'ÉLEVER de l'asphalte du tarmac de l'aéroport militaire de Mezzeh, dans la banlieue ouest de Damas. Il fumait une Marlboro, mais la chaleur en avait consumé tout le plaisir. Il consulta sa montre. Le bracelet était trempé de sueur. Midi et demi. L'équipe russe devait arriver d'un moment à l'autre. Kanaan enleva sa veste de costume et se la jeta sur l'épaule.

— Peut-être devrions-nous attendre à l'intérieur, patron ? suggéra-t-il.

Ali secoua la tête et scruta le ciel.

— Non. Nous les accueillons personnellement.

Il fit retomber ses lunettes de soleil sur son nez pour y voir clairement lorsqu'un reflet métallique surgit dans le ciel.

Ali écrasa sa cigarette à l'instant où l'avion-cargo crevait les nuages et en alluma une autre à l'atterrissage.

— C'est parti, fit-il à Kanaan.

L'avion au roulage transportait une escouade de douze agents du SVR et du Service fédéral de sécurité, le FSB, le service de sécurité intérieure de la Russie. Tous avaient l'expérience de la lutte contre la CIA, que ce soit à Moscou ou à Washington. Sous le commandement d'un général du SVR nommé Volkov, les Russes allaient s'associer à Ali pour traquer et piéger l'agent de la CIA Samuel Joseph. Ali porta une main à son visage pour barrer la lumière du soleil lorsque les turbopropulseurs de l'avion cessèrent de vrombir et que la porte de la soute s'ouvrit.

Volkov – Ali le reconnut d'après les dossiers de la moukhabarat – fut le premier à descendre la rampe dans la chaleur étouffante. Ses hommes suivirent d'un pas traînant, en tirant de grandes caisses d'équipement du ventre de l'appareil. Volkov portait des lunettes d'aviateur et un bomber marron. Ali, qui avait rapidement essuyé sa main moite sur son pantalon en voyant l'homme s'approcher, la lui tendit et serra celle de Volkov, aussi dure qu'un marteau.

— Bienvenue en Syrie, général, dit Ali en anglais.

— C'est un plaisir d'être ici pour une affaire aussi importante, répondit Volkov, avant de se tourner vers ses hommes qui sortaient les caisses de l'avion.

— La moitié seulement contiennent de la vodka, ajouta Volkov.

Il rit, tout comme Ali.

Un van de surveillance roula de l'avion sur le tarmac. Puis d'autres caisses, suivies de deux autres vans de surveillance.

— On va le cul lui éclater, cet Américain, déclara Volkov, en se délectant de sa maîtrise approximative d'un anglais fleuri. J'ai fait deux tours de service à Washington rien que pour travailler contre eux. Ce sera un grand honneur.

— Nous allons le traquer ensemble, dit Ali, qui appréciait déjà ce Russe.

Une autre camionnette sortit de l'avion.

— Où allons-nous mettre tous ces trucs ? demanda Kanaan à Ali en arabe.

KANAAN SUPPORTA MIEUX LA PERTE DE SES BUREAUX qu'Ali ne s'y attendait. En fin d'après-midi, les gourous russes de la surveillance s'étaient installés et rapidement mis au travail.

Ils avaient mis en place un centre de commandement tapissé de cartes, équipé de flux vidéo et audio en temps réel, de photos de Samuel Joseph et de ses acolytes connus ou soupçonnés d'appartenir à la CIA.

— On dirait qu'on va d'abord se saouler, avant de tuer l'Américain, avait plaisanté Ali devant Volkov, en montrant les caisses de vodka et les photos omniprésentes de l'agent de la CIA.

— Pas une mauvaise idée, général, répondit le Russe sans une once d'ironie. Pas une mauvaise idée.

Ensemble, les équipes tracèrent les itinéraires connus de Samuel Joseph dans Damas. Les Russes les parcoururent à pied avec Ali et ses hommes pour comprendre comment l'Américain appréhendait la rue. Le reste de son équipe avait opté pour des manches courtes, mais Volkov portait encore son blouson de cuir dans la chaleur du plein été.

Ils écoutèrent les appels par téléphone et Skype de Samuel et l'un des hommes de Kanaan s'introduisit dans son appartement pour y implanter des dispositifs d'écoute. Le rapport indiquait que l'appartement était peu meublé, à l'exception du réfrigérateur, qui contenait un stock conséquent de bières Coors Light introduites en douce.

Ils s'organisèrent en sept équipes – quatre russes, trois syriennes – qui pouvaient opérer dans des voitures, à pied, à des positions fixes.

Les Russes les formèrent aux particularités des opérations de la CIA dans les zones d'accès interdit : comment les Américains opéraient à Moscou, comment ils se comportaient dans la rue, les mécanismes des procédures PDS de la CIA. (« Elles sont longues, mon général, jusqu'à quinze heures dans certains cas. Épuisantes à suivre. »)

Les Russes montrèrent des images de surveillance transmises par Moscou. Ils firent suivre aux Syriens la formation à la détection de la surveillance et à la contre-surveillance dispensée aux nouvelles recrues du SVR et du FSB. Kanaan prit des notes en élève zélé qu'il était.

Ils s'exercèrent. L'un des Russes, un agent opérationnel du SVR, jouait le rôle de Samuel dans ces simulations. Ils l'observèrent tandis qu'il essayait de les semer dans Damas ou de les convaincre qu'il était, dans le langage de la CIA, « clair ». Au début, il gagnait. Mais ils finirent assez vite par le coller, faisant les bonnes évaluations, le regardèrent se livrer à un jeu de rôle dans une planque, flux vidéo allumés, surveillant les entrées et sorties pour repérer sa source à la fin de ce rendez-vous factice.

Ils suivirent Samuel à chaque instant de sa journée. Volkov savait comment le surveiller tout en augmentant la distance entre la cible et leurs équipes. Il avait un sens inspiré de l'emplacement des positions fixes. Son attention au moindre détail ne se démentait jamais, même s'il buvait de la vodka comme de l'eau.

Enchaînant cigarettes et vodka (à défaut d'un goût pour cet alcool, il essayait à tout le moins d'avoir les tripes d'en avaler autant), Ali raconta à Volkov le plan qu'il avait proposé à Assad pour piéger Samuel Joseph et débusquer un autre espion.

— Très inspiré, Ali, approuva le Russe. Risqué, mais inspiré.

Ils trinquèrent. Volkov remplit leurs gobelets en papier.

ALI FIXAIT LE PORTRAIT D'ASSAD AU-DESSUS DE SA PORTE lorsque quelqu'un frappa, rompant le regard présidentiel. Il était très tard, mais dès que Kanaan fut entré dans la pièce, Ali comprit que l'homme avait de mauvaises nouvelles à lui annoncer. Il lui fit signe de s'asseoir à la table et lui offrit une cigarette.

— Dites-moi. Il est tard.

Kanaan s'assit et accepta la cigarette.

— Nous lui faisons beaucoup confiance, patron. Peut-être trop.

Il l'alluma et se redressa sur sa chaise.

Ali haussa le sourcil.

— Tu as des inquiétudes ?

— On lui en demande aussi beaucoup, à elle.

— Elle sera récompensée. J'ai été clair. Et nous n'avons aucune envie que ça s'éternise. Ce n'est pas un agent de renseignement formé comme tel, je n'ai pas l'intention de l'utiliser plus d'un mois. Une fois que nous aurons l'engin, son travail sera terminé. (Ali jeta de nouveau un coup d'œil au portrait d'Assad et écrasa sa cigarette.) Qu'a-t-elle dit ? Il s'est passé quelque chose ?

Kanaan fit la moue, la lèvre inférieure pendante, et recracha un mur de fumée au-dessus de sa tête.

— Il ne s'est rien passé, mais je pense que nous devrions avoir davantage la certitude de la garder sous contrôle.

Ali se leva et posa les mains sur le dossier de la chaise. Il se pencha en avant, s'étira le dos. Il se dirigea vers l'étagère, ouvrit l'un des livres d'agriculture laissés par l'occupant précédent et passa les doigts sur la jaquette poussiéreuse. Il se fiait à l'instinct de Kanaan. Il replaça le volume sur l'étagère.

— As-tu une proposition à faire ?

L'autre hocha la tête.

— Les méthodes habituelles, patron. Nous venons d'arrêter cinq membres de la famille de Fatimah Wael pour aider Bouthaina Najjar dans son travail contre l'opposition. Nous devrions faire de même ici. Nous ne traiterons personne méchamment, bien sûr. Nous devons simplement faire passer le message suivant : c'est nous qui contrôlons la situation.

Il éteignit sa cigarette.

— La cousine, par exemple, a publiquement appelé le président à démissionner.

Ali grommela.

— Prépare la paperasse.

Il alluma une autre cigarette.

35

MARIAM FIT BOUGER SA MAIN, CE MOUVEMENT DOUILLET qu'elle s'était enseigné à l'adolescence, son esprit flottait sur la Côte d'Azur et elle songeait à guider Sam en elle. Se délectant de la houle qui parcourait son corps, elle exerça une pression jusqu'à ce qu'elle entraperçoive la cuticule d'un ongle abîmé de sa main droite, vision qui la ramena cruellement à Damas avant qu'elle n'ait pu, d'un frémissement, évacuer la tension. Elle avait retenu sa respiration, et maintenant elle se sentait haletante, elle lâcha un juron en allumant la lumière et en se redressant pour inspecter son doigt. Elle s'assit sur le bord du lit et vit les stores de la fenêtre de sa chambre – complètement baissés, aucun signal ce soir – et la nausée remplaça le plaisir. Tout ça, c'était trop. Elle avait eu besoin de cet exutoire. Elle se sentait tiraillée dans trop de directions à la fois : travailler avec la CIA, pressurer Fatimah Wael, se protéger contre Jamil Atiyah et Ali Hassan. Le travail avec Sam était la seule chose qui lui permettait de se sentir libre. Le reste lui donnait l'impression d'être une scélérate.

Elle s'habilla et appela Razan.

— Tu viens, *habibti* ? lui demanda-t-elle, en entendant les bips désormais familiers des appareils dans la chambre d'hôpital de l'oncle Daoud.

Elle partait pour l'Italie dans la matinée et avait besoin de sa cousine avant son départ. Razan n'avait pas souvent quitté la chambre d'hôpital de l'oncle Daoud, mais Mariam savait qu'il lui fallait une pause. Elle en avait envie, elle aussi. Boire, un peu trop, fumer des cigarettes, s'endormir devant un film américain avec Razan sur le canapé.

— Sois là dans vingt minutes, *habibti.*

Au lieu de la gnôle bon marché qu'elles avaient l'habitude de boire à l'université, Razan avait apporté de la vodka Belvedere.

— Il nous faut bien ça, ma fille, dit-elle en lui présentant la bouteille avant d'entrer dans l'appartement en passant devant elle.

Dans la cuisine, elles vidèrent chacune deux verres et sortirent fumer sur le balcon exigu en emportant la bouteille avec elles. Elles laissèrent les *shots* derrière elles.

— L'oncle, ça allait, aujourd'hui ? demanda Mariam en s'appuyant à la balustrade.

— Oui. Chaque jour ça va mieux, fit Razan. Les médecins pensent qu'il sortira dans quelques jours. Tu as su pour sa promotion ?

Son visage s'assombrit.

L'oncle Daoud avait été choisi pour diriger la branche 450, en remplacement de Shalish, son chef assassiné.

— Oui, j'ai su.

Sam et la CIA seraient aux anges. Razan détestait cette idée. Mariam voulait juste qu'il sorte de l'hôpital.

— Alors, l'Italie ? s'écria sa cousine en changeant de sujet.

— Oui. Une affaire pour le Palais.

Razan tira sur sa cigarette et manipula inconsciemment son cache-œil. En général, Mariam oubliait qu'il était là, mais parfois, il était impossible de ne pas le remarquer.

— Comment tu te sens ? demanda-t-elle à sa cousine.

— Ça va. Sauf que mon œil ne fonctionne plus.

Mariam s'agrippa à la balustrade. Heureusement, l'alcool faisait son effet. Elle but une gorgée au goulot et tendit la bouteille à Razan, qui but à son tour une gorgée et la lui rendit. En buvant à nouveau un coup, Mariam prit conscience que même si elle avait toujours aimé Razan, elle comprenait enfin sa cousine. Elle était libre, elle aussi. À ce moment-là, Mariam eut envie de tout lui dire.

— Tu sais que je t'aime, n'est-ce pas ? lui dit-elle. Que je t'aime plus que le Palais ?

— Nous sommes sœurs. Bien sûr que je t'aime.

— As-tu repris contact avec les comités rebelles, Razan ?

Sa cousine sourit et but une autre gorgée de vodka.

— Et alors, si j'avais pris contact ?

Mariam embrassa sa cousine sur la joue et lui chuchota à l'oreille.

— Alors je dirais que je t'aime encore plus.

Surprise, Razan entrouvrit légèrement la bouche, mais la couvrit de sa main et l'embrassa sur le front.

— J'ai quelque chose pour toi, dit-elle.

C'était une robe noire avec des manches à volants qu'elle avait achetée à Paris. Mariam n'avait jamais trouvé le bon moment pour la lui offrir. Ce soir, cela tombait sous le sens. Dans l'appartement, Razan se déshabilla et enfila la robe, lissa l'ourlet tandis que Mariam lui remontait la fermeture Éclair. Razan tourna sur elle-même.

— Elle est magnifique, *habibti*. Je l'adore.

Mariam but encore une lampée de vodka, puis tendit la bouteille à Razan, qui observa ses mains au moment où elle la lui passait. Elles restèrent face à face dans ce salon pendant une seconde pesante. Razan but sans quitter Mariam des yeux.

— Tu sais que je t'aime plus que les comités rebelles, *okhti* ? lui dit Razan.

Mariam hocha la tête.

— Tu le sais, ça, *okhti* ? répéta Razan.

Une larme coula de l'œil de Mariam. Elle l'essuya.

— Je le sais, *habibti.* Je le sais.

Razan but encore un coup et posa la bouteille sur la table basse. Elle s'avança vers Mariam et lui prit la main droite.

— Alors, dis-moi pourquoi tu fais ça ?

Elle passa un doigt sur une plaie durcie.

Mariam sentait vraiment l'effet de la vodka maintenant, et elle dut lutter contre l'envie de tout déballer. Mais elle resta silencieuse, regardant les doigts de Razan courir délicatement le long des siens. Une autre larme s'échappa.

— Peut-être qu'un peu plus de vodka t'aiderait ? suggéra Razan.

Elle prit la bouteille, but une gorgée et la tendit à Mariam.

Puis il y eut un coup frappé fort.

Le coup à la porte. Mariam le connaissait et apparemment Razan aussi, car elle laissa tomber la bouteille sur le sol et s'éloigna de la porte d'un pas.

— Seigneur, Seigneur, marmonna-t-elle.

Mariam regarda la porte, se demandant si ce n'était pas un rêve et si le frappeur n'allait pas disparaître. *Une erreur ! Nous nous sommes trompés d'appartement, Mlle Haddad. C'est une déplorable confusion.*

On frappa de nouveau à la porte.

— Bureau de la sécurité, ouvrez. Maintenant.

— Seigneur, Seigneur, Seigneur, soupira Razan en reculant encore d'un pas.

Mariam ouvrit et découvrit Ali Hassan et son lieutenant, Kanaan, celui qui l'avait appelée une première fois pour lui poser des questions sur Sam après son retour de France. Avant qu'ils ne commencent à faire pression sur elle, avant qu'ils n'aient enfoncé leurs griffes, avant qu'ils ne la possèdent. Elle remarqua que les deux hommes regardaient derrière elle, vers Razan.

— Bonsoir, madame Haddad, fit Ali. Pouvons-nous entrer ?

Elle les laissa entrer. Ali semblait détendu, mais Kanaan avait les yeux rivés sur Razan, qui ne cessait de reculer. Ali sortit un papier de sa poche de poitrine et en entama la lecture à voix haute. Mariam comprit les quelques premiers mots : *Par décret présidentiel, en vertu des pouvoirs conférés par la loi d'urgence de 1963, la Cour suprême de sûreté de l'État déclare Razan Haddad coupable d'avoir affaibli le sentiment national...* mais ensuite elle fut incapable d'entendre Ali, rien d'autre qu'un cri et le bruissement des jambes maigres de sa cousine glissant contre la soie de sa robe. Elle se précipitait vers la porte du balcon. Razan manipulait la porte, ses doigts n'étaient pas très efficaces à cause de la peur et de l'alcool, et Mariam comprit alors ce qu'elle essayait de faire. La porte s'entrouvrit. Mariam courut vers elle, en criant le nom de Razan comme elle l'avait fait lors de la manifestation, même si cette fois-ci protéger sa cousine signifierait la livrer aux moukhabarat au lieu de la sauver de leurs griffes. Elle entendit Ali et Kanaan s'avancer aussi, mais elle avait une longueur d'avance sur eux et franchit la porte du balcon juste derrière Razan.

Razan hissa sa jambe droite sur la balustrade, la robe se déchira, elle allait sauter lorsque Mariam la rattrapa par l'épaule et la tira en arrière. Elles retombèrent toutes les deux, le dos de Razan pesant contre la poitrine de Mariam dont la tête heurta le tapis juste à l'intérieur de la porte. Elle n'y voyait pas très clair, mais elle sentit que Razan essayait de se dégager et elle la serra contre elle. Sa cousine poussa un cri et fondit en sanglots.

— S'il te plaît, Mariam, s'il te plaît, je ne peux pas partir avec eux. Laisse-moi partir, laisse-moi sauter, ce sera si rapide. Je ne sentirai rien.

Razan essaya encore de se dégager. Mariam la retint.

— On peut sauter ensemble, dit Razan. S'il te plaît, s'il te plaît, *habibti*, ne me force pas à partir avec eux.

Mariam pleurait, en maintenant sa cousine serrée contre elle, elle sentait le contact de la robe en soie. Razan se relâcha, devenue molle, cessant de lutter et sa respiration ralentit. Elle leva les yeux.

— Le ciel est si clair ce soir, *okhti*, dit enfin Razan, la vodka brouillant ses mots. Je peux même voir quelques étoiles.

Ali releva doucement Razan, les hommes la menottèrent et relurent les chefs d'accusation. Razan resta silencieuse. Kanaan la conduisit hors de l'appartement. Ali s'attarda. Mariam s'assit par terre, elle avait envie de le tuer.

— Pourquoi, général ? maugréa Mariam.

Ali ne répondit pas à sa question. Il se dirigea vers la porte, en redressant au passage la bouteille de vodka.

— Fais ton travail en Italie et ta cousine s'en sortira. Son destin est entre tes mains.

36

DE LA PART DES CHEFS DE STATION DE LA CIA, les emportements n'étaient pas rares. Certains anciens encourageaient même ce comportement, estimant qu'il était essentiel à la discipline opérationnelle d'une station. Les crises de rage se produisaient généralement dans le bureau du chef – un espace sûr, du moins pour le chef –, elles étaient incendiaires et s'apaisaient rapidement. Le chef de Sam à Bagdad avait un jour donné un coup de poing derrière la tête d'un officier traitant lors d'une réunion du personnel parce qu'il avait oublié la liste des destinataires d'un câble. Au Caire, Bradley avait parfois pris des officiers traitants pour cibles suite aux erreurs les plus stupides. Sam considérait Ed comme une figure quasi paternelle, mais il l'avait quand même engueulé devant toute la station pour avoir rédigé quelques télégrammes d'évaluation minables.

Artemis Aphrodite Procter appartenait à la même école.

— Le complexe de Jableh… (Zelda marqua une pause et toussota, sachant que le reste de sa phrase ne serait pas accueilli avec bienveillance par Procter.) Le complexe de Jableh a été évacué.

Procter prit une tasse, qui servait actuellement de pot à crayons, et la fracassa contre le mur.

— Putain de bordel de merde ! Ces pédales de Washington ont merdoyé pendant des semaines ! hurla-t-elle. Ils ont signé un putain de rapport et n'ont rien fait pour cette saleté de sarin de merde. Ils auraient dû balancer quelques JDAM à guidage GPS quand ils en avaient encore l'occasion. (Elle chercha des bonbons mais ne trouva rien et claqua le tiroir de son bureau.) Putain, bougonna-t-elle, dents serrées.

Observant le spectacle de la crise à la table de la cheffe, Sam vit Zelda ramasser des éclats de céramique sur sa jupe et son chemisier. Son visage était inexpressif, et il s'étonna que l'analyste se soit acclimatée ou soit devenue aussi insensible au régime météorologique peu conventionnel de Procter.

Sam consulta le rapport. La case de commentaires sous le bandeau du titre intégrait l'évaluation de l'analyste mentionnant des aires de chargement encombrées, une multitude de chariots élévateurs et le chaos nettement visible sur le parking réservé aux VIP, le tout indiquant que la Garde républicaine et le CERS avaient en effet évacué Jableh, en emportant leur stock de sarin avec eux. « Destination impossible à évaluer », concluait le document.

Sam le jeta sur la table et enjamba les morceaux de mug pour s'asseoir. Une légère odeur de fruits pourris flottait encore dans la pièce, comme dans toute l'enceinte de l'ambassade. Des entreprises sous-traitantes avaient rapidement réparé les dommages mineurs causés aux panneaux indicateurs et effacé les graffitis, mais l'odeur, elle, persistait. Il se pinça le nez et inspira profondément par la bouche.

— L'évacuation s'est faite trop vite, cheffe, dit Sam. Quelqu'un les a prévenus que nous étions informés.

— Je sais, fit Procter. Combien de personnes à Washington ont touché à ce rapport, à votre avis ? Dix mille. Probablement. Dix mille putains de suspects. Maintenant, nous allons devoir produire des renseignements exploitables, Jaggers, *exploitables*, genre de la bombe, et expliquer au président où ils ont emporté tout leur bazar après avoir fermé Jableh. Le rêve.

Sam rappela à Procter qu'ils devaient parler à Bradley et à la directrice du contre-espionnage, Samantha Crezbo, du covcom d'ATHENA.

— Une réunion ? grinça la cheffe. Bordel à queue.

LA VISIOCONFÉRENCE SÉCURISÉE COMMENÇA par la déclaration de préambule de Procter devant l'écran pixellisé où s'affichait le bureau de Bradley à Langley.

— Des réunions, Ed, putain, nous en avons tellement de ces putains de réunions. Ce pays est sur le point de cramer, et moi je suis dans des réunions à jacasser et à répondre à des emails inutiles de ton assistante pour savoir quand je suis dispo pour d'autres réunions. Comment sommes-nous censés mener des opérations ici avec toutes ces putains de réunions de chefs de tribus ? Je veux dire, putain.

— C'est la procédure standard, Artemis ! s'écria Bradley, en se réglant sur le volume vocal de son interlocutrice.

— Procédure standard pour qui ? Ed, je suis comme une cheftaine indienne sioux... c'est le mot juste pour une femme chef ?... avec tous ces pow-wow.

Sam se mordit l'intérieur de la joue. Zelda regardait par terre.

La charge explosive initiale lâchée par Procter, en théorie la subordonnée de Crezbo, avait transformé la bouche de la directrice du contre-espionnage en trou béant, encore partiellement ouvert lorsque Bradley répondit.

— Tais-toi, Artemis. Si nous équipons ATHENA d'un système covcom de pointe, nous devons nous assurer que le contre-espionnage soit d'accord. On ne distribue pas ce genre de système n'importe comment, surtout au vu de la file d'attente que nous avons pour l'accès à cette plateforme.

— Pouvons-nous commencer par les informations qui corroborent ses récents renseignements ? demanda Crezbo. Plutôt que de nous étriper ? J'ai lu les évaluations des agents. Tout me semble parfait.

— Oui, madame, fit Procter en se redressant, avec un signe de la main à l'analyste. Zelda a passé au crible les bases de données à la recherche d'informations corroborantes. Nous avons du bon matos.

Zelda toussa et tria ses papiers.

— En plus de l'installation de Jableh, quatre rapports SIGINT corroborent les informations d'ATHENA, expliqua-t-elle. La NSA a mis sur écoute les téléphones de plusieurs intermédiaires identifiés dans le cadre de l'opération Bouthaina. Trois de ces rapports montrent les mêmes transactions que celles que nous avons vues dans l'ordinateur de Bouthaina.

Elle toussota et but un verre d'eau dans un mug orné d'une caricature de Bachar. Sam jeta un œil aux débris de l'autre mug sur le sol.

— Noté, dit Crezbo. Ed, je pense que le dossier est recevable. Il correspond à la barre que nous avons fixée dans d'autres divisions.

— Très bien. Écoutez-moi, l'équipe, fit Bradley. Je vais bousculer quelques agents dans la file d'attente pour vous procurer cet outil. Nous en fournirons un à ATHENA parce que le flux d'informations a été jusqu'à présent convaincant et parce qu'il a été corroboré. Nous l'enverrons par la valise diplo à la station de Rome. Vous pourrez le lui remettre en Toscane.

37

MARIAM TROUVA QUE LES YEUX DE FATIMAH s'étaient assombris, malgré le soleil de Toscane qui brillait à travers les fenêtres de sa villa palatiale. La résilience avait disparu, remplacée par de la haine à son égard.

Ali avait arrêté la mère de Fatimah, un oncle et une tante, ainsi que deux de ses cousins. Mariam lui montra du doigt le bas de la liste, le prochain membre de sa famille qu'ils allaient arrêter, tout en luttant contre la douleur de la plaie à vif qui se rouvrait en elle à chacune de ses entrevues avec cette femme.

— Tout le monde est bien traité, Fatimah, je vous l'assure. Mais nous continuerons avec les noms de cette liste jusqu'à ce que vous vous exécutiez. Si nous arrivons en bas de cette liste et que vous n'avez pas coopéré, je ne peux pas vous promettre qu'ils seront bien traités.

Mariam fit glisser le papier sur la table, vers cette femme au regard ardent, qui ne lui proposait ni thé ni rafraîchissement et qui se tenait fermement à l'accoudoir de son canapé en velours.

— Le prix est toujours le même ? rétorqua Fatimah d'un ton glacial.

— Oui.

— Et vous les relâcherez quand j'aurai proféré les mensonges que vous souhaitez et quand je serai rentrée en Syrie.

— Oui. (Elle la fixa droit dans les yeux pour voir comment elle allait réagir à ce qui allait suivre.) Et ils resteront libres aussi longtemps que vous resterez silencieuse.

Fatimah se frotta les yeux et regarda par la fenêtre, *presque avec nostalgie*, songea Mariam, comme si elle allait plonger au travers.

Elle resta immobile un moment, abîmée dans ses pensées.

— J'accepte, Mariam. Mais maintenant, vous avez pactisé avec le diable, n'est-ce pas ? Vous avez perdu tout le reste.

Mariam ne laissa son visage rien trahir, mais elle sentit toute la force de la condamnation de Fatimah dans ses entrailles. Parce qu'elle savait que c'était au moins en partie vrai.

— Dès que vous aurez démissionné du Conseil national, couché vos dénonciations par écrit et que vous serez rentrée, ils seront tous libérés. Vous avez la parole du Palais, dit Mariam.

Fatimah hocha la tête d'un air glacial.

Lorsque Mariam se leva pour prendre congé, Fatimah l'imita et la raccompagna jusqu'à la porte.

— Pour leur bien, ne tardez pas, ajouta Mariam, et elle tourna les talons, s'apprêtant à sortir.

— Il y a encore une chose, dit Fatimah.

Mariam se retourna et s'écarta de la porte.

— Je suis désolée que les tireurs d'élite rebelles n'aient pas pu tuer votre oncle, ajouta Fatimah, cinglante. J'ai appris que le monstre survivra.

Puis elle lui cracha au visage. La salive dégoulina sur le front de Mariam et lui coula dans les yeux.

CE SOIR-LÀ, MARIAM FIT SON JOGGING DANS MONTALCINO, en remontant les ruelles pavées et escarpées jusqu'à une église aux piliers de pierre nichée là. Elle était déserte et s'assombrissait avec le crépuscule, ses portes grandes ouvertes. Elle entra et s'assit sur un banc. D'épaisses colonnes de marbre encadraient la nef. Des fenêtres taillées dans la coupole au-dessus du retable éclairaient des sculptures ornées de deux anges veillant sur le Christ et la Madone. Les Haddad étaient chrétiens, mais ils n'allaient pas à l'église. La dernière fois qu'elle était entrée dans une église, c'était six ans plus tôt, pour le baptême d'un neveu. Elle s'assit dans le silence et posa sa tête entre ses mains.

Elle ferma les yeux, et le paysage fut moins paradisiaque.

Elle se vit entourée d'un groupe d'hommes : Jamil Atiyah, l'agent des moukhabarat qui avait frappé Razan, Ali Hassan. Puis ils se jetèrent sur elle, tous en même temps. Elle chercha une arme : une matraque, un couteau, un pistolet. N'importe quoi. Elle attrapa une matraque. Elle frappa Ali Hassan. Et devant elle il y avait Fatimah, les bras levés au-dessus de la tête, qui s'écriait : « *Okhti*, ma sœur, arrête, arrête, arrête », jusqu'à ce que sa voix reflue.

Elle rouvrit les yeux, dans l'église vide, et sanglota. Pour sa famille. Pour elle-même. Pour Sam. Elle pensa à lui, laissa retomber sa tête sur ses genoux et se recroquevilla en tremblant. Elle était seule. Tellement seule.

38

LA PLANQUE, AU NOM DE CODE ÉTRANGE – TAQUERIA –, consistait en un petit groupe de maisons médiévales rénovées dans le style de la campagne toscane, avec des meubles en acajou, des tapis rouges et des dessins de scènes agricoles recouvrant les murs. Ces maisons étaient nichées au sommet d'une colline isolée entourée de vignobles, à l'ombre d'un château inoccupé appartenant à un obscur descendant de la noblesse italienne. Ce dernier avait mis sa maison à la disposition de la CIA afin de pouvoir en financer l'entretien.

Dans la réalité, les agents de la CIA ne conduisaient généralement pas de voitures de sport sophistiquées. En fait, en discutant de cette location de véhicule avec une femme apparemment très âgée du déploiement global, Sam avait appris que les règlements de l'Agence stipulaient qu'il ne pouvait choisir chez Hertz qu'un modèle classe « économique ». Mais en s'engageant au volant de sa voiture de location dans une allée de graviers bordée de cyprès et en découvrant les villas, la piscine et le château abandonné, il maudit silencieusement Procter. Personne au volant d'un RAV4 n'aurait eu les moyens de séjourner dans cet endroit. Bien que Procter ait choisi la voiture, elle s'était installée à la place du mort. Iona Banks, une experte en matériel du Bureau des services techniques, avait pris place à l'arrière. C'était elle qui équiperait Mariam du matériel nécessaire pour éliminer Atiyah.

Mariam rejoindrait Sam et Procter à la planque ce soir-là pour le dîner. Elle y passerait la nuit. Les BANDITO l'avaient constamment tenue sous contre-surveillance depuis son arrivée en Italie. Ils étaient convaincus qu'elle n'était pas suivie.

— Cet endroit me rappelle l'Afghanistan, confia Procter alors que Sam garait la voiture sur un petit emplacement de parking terreux entouré de vignobles, qui fraîchissaient à l'ombre des cyprès au crépuscule.

Elle sortit d'un bond en enchaînant quelques torsions du buste et quelques étirements de ses petites jambes.

— Moins la misère et la terreur, bien sûr.

SAM LISAIT DANS SA CHAMBRE EN DÉBUT DE SOIRÉE lorsqu'il entendit le craquement du gravier du parking sous les roues d'une voiture. Elle était pile à l'heure. Il la rejoignit dans l'allée.

Il lui lança un « Salut » lorsqu'elle ouvrit la portière de la voiture – un break BMW – mais elle ne lui répondit pas par un sourire. Elle avait un regard désespéré, glacé. Quelque chose n'allait pas.

— Comment s'est passée la réunion avec Fatimah ?

— Très mal. On peut en parler plus tard ?

— Bien sûr.

Il s'écarta de la voiture, et elle en descendit.

Elle ouvrit le coffre et Sam en sortit sa valise. Un vent vif fouettait le sommet de la colline, faisant ployer les cyprès.

Il fit rouler la valise dans la chambre de Mariam et lui annonça qu'ils dîneraient sous la véranda de la piscine, derrière laquelle Iona avait découvert une cuisine fonctionnelle entièrement équipée. Elle était allée faire des courses à Montalcino et avait passé les dernières heures à cuisiner.

— Cela me semble très bien, approuva Mariam. Pourrais-je avoir quelques minutes pour me préparer ?

Il s'esquiva de sa chambre et passa sous la véranda, où il découvrit un festin d'olives frites, de *focaccia* fraîchement cuite et de lasagnes. Procter versait le vin tandis que Iona finissait de mettre la table. Iona était mince, une peau pâle, des cheveux d'un blond sale rasés de près sur le côté gauche, et une série de tatouages au bras droit. À ce qu'il put en voir, la plupart représentaient des chevaux.

Procter servit le vin et des anneaux se formèrent sur la nappe autour de la base de chaque verre. Mariam arriva, étreignit Procter, serra la main de Iona et ils prirent place. Iona expliqua que les lasagnes n'étaient pas garnies d'une *marinara* nulle comme on en trouvait aux États-Unis, mais d'une vraie sauce bolognaise mélangée à de la béchamel et du parmesan frais.

— Six couches, précisa-t-elle fièrement.

Alors qu'ils entamaient le dîner, Sam demanda des nouvelles de Daoud.

— Il va s'en sortir, répondit Mariam. Il est toujours à l'hôpital, mais les médecins s'attendent à ce qu'il se rétablisse complètement.

— Des pistes sur la caillera ? s'enquit Procter en anglais.

— La caillera ? demanda Mariam.

— Ceux qui ont fait ça, décrypta Sam.

— Oh, rien de précis. Des rebelles, certainement, mais personne n'a été arrêté. (Elle posa sa fourchette.) On pourrait parler d'autre chose ?

Sam se chargea des devoirs de Procter et remplit les verres de tout le monde. Procter lui lança un regard noir. En trempant les lèvres dans son troisième verre, il glissa un coup d'œil à Mariam. Depuis Le Caire et, à dire vrai, grâce aux tables de Las Vegas, il s'enorgueillissait d'une certaine intuition et de sa capacité à changer de stratégie – ou à se replier – en fonction de la situation. Et à cet instant, alors qu'elle relevait le front et croisait son regard, il comprit qu'il s'était passé quelque chose.

Il fit un signe de tête à Iona, qui déposa sur la table un sac en plastique contenant une mallette Ferragamo en cuir noir. Iona l'avait achetée à Florence pour près de cinq mille euros.

— Nous avons étudié votre vidéo de ton entrevue avec Atiyah. En plus d'être effrayante, elle s'est avérée utile, expliqua-t-il.

— Au fait, que portiez-vous lorsque vous l'avez rencontré ? demanda Procter.

— Je crois que c'était une robe noire. Pourquoi ?

— Une robe sexy ?

Mariam toussota et s'essuya la bouche.

— Je suppose.

— Je m'en doutais, fit Procter. En visionnant la vidéo, nous avons eu l'impression qu'il avait compris pour la caméra parce qu'à plusieurs moments il fixait l'objectif. C'est logique, avec une robe moulante et une paire de seins pareille.

Mariam rougit, Procter ponctua d'un clin d'œil peu discret et il y eut un silence à la table. Iona but une longue gorgée de vin.

— Nous avons utilisé ta vidéo pour recréer des images grand format en haute résolution du sac, ici à Rome, expliqua Sam.

— Il était facile d'identifier la marque et le type spécifique, bien sûr, dit Iona. Mais nous avons ensuite étudié chaque millimètre de l'extérieur pour fabriquer cette réplique. Par exemple, dans la vidéo, on peut voir la marque d'une éraflure juste en dessous de la couture reliant la poignée au sac. (Elle lui montra l'emplacement.) Nous l'avons recréée ici.

Le sac n'avait qu'une seule poche. Il était simple, élégant, une mallette destinée uniquement à contenir des documents. Il n'y avait pas de compartiments intérieurs. Sam s'était chronométré pour retirer une pile de documents et la replacer dans le nouveau sac. Il y arrivait en deux secondes. Il estimait qu'elle aurait à être seule dans son bureau au maximum quinze secondes pour effectuer la substitution. Il expliqua la logique de la manipulation à Mariam, qui acquiesça en picotant de sa fourchette dans son assiette de lasagnes auxquelles elle n'avait pas touché, le regard absent.

Lorsqu'ils eurent fini de manger, Mariam prit la mallette, encore recouverte de son emballage plastique, et l'examina comme si elle faisait son shopping.

— On a tout logé à l'intérieur et recousu le fond, en utilisant les matériaux d'origine du sac, bien sûr, pour être sûrs qu'Atiyah ne le trouve jamais, à moins qu'il ne mette sa mallette en miettes, expliqua Iona. Il se déploie à l'aide d'un petit mécanisme de verrouillage à ressort intégré à l'intérieur. Par contre, on a ajouté une caractéristique qu'une équipe de moukhabarat bien formée devrait repérer si elle y regarde de près : nous avons enlevé une partie des coutures autour de cette serrure.

— De cette façon, ajouta Sam, lorsqu'ils balanceront les documents et inspecteront le sac, ils verront quelques coutures effilochées à l'intérieur et mettront le reste en pièces. Ils trouveront alors l'appareil et les documents que nous avons cachés à l'intérieur. Nous ferons également en sorte qu'il reçoive des textes et des emails de sources étranges.

— En l'occurrence, l'élément-clé, déclara Procter en s'essuyant un peu de sauce béchamel de la bouche, réside dans le tuyau que vous leur fournissez, mais vous ne mentionnez rien à propos de la mallette. Il faut que cela reste anodin, mais suffisant pour éveiller les soupçons et provoquer une enquête. Puis, en tirant les fils, ils trouvent le sac, et boum. Il est fichu.

En mimant d'un geste du pouce, elle se trancha la gorge.

L'air tendue, Iona demanda si elle devait ouvrir une autre bouteille de vin. Ne tenant aucun compte de son anxiété pourtant palpable, Procter continua.

— Je vous suggère de dire à Bouthaina que vous l'avez vu saisir du texte sur un étrange appareil. Cela devrait suffire.

ILS TERMINÈRENT LA SOIRÉE SUR UN MODE PROFESSIONNEL : finalisation des détails opérationnels, débarrassage du repas et couchés de bonne heure. Sam resta éveillé dans son lit, repassant l'affaire dans sa tête, avec Mariam dans la chambre voisine, ce qui le rendait fou. Au moment de s'endormir, il n'avait toujours pas trouvé d'explication à sa froideur. Le lendemain matin, Iona partit avec son appareil photo et un gros téléobjectif visiter une abbaye cistercienne près de Sienne. Mariam dit qu'elle avait besoin de courir.

— Je t'accompagne, lui proposa-t-il.

— Seule, *habibi*, lui répondit-elle gentiment en l'embrassant sur la joue.

En la regardant s'échapper en courant, Sam se rendit compte que les reliquats de culpabilité après la France avaient soit disparu, soit fini profondément enterrés au fur et à mesure de la progression de l'affaire et que ses sentiments pour elle se renforçaient, les deux faisant un tout. Sa relation avec Mariam – proscrite par la CIA – lui semblait d'une normalité évidente, naturelle, telle que les choses devraient être. Il ne comprenait plus sa froideur. Il n'avait pas non plus de plan pour gérer les retombées côté CIA si leur relation venait à être révélée.

Il but son café sous la véranda qui surplombait la campagne toscane. À la deuxième tasse, Procter le rejoignit. Elle portait un pull-over rouge, juste assez dézippé pour laisser entrevoir le haut d'un soutien-gorge de sport jaune banane.

— Il y a des collines dans le Minnesota ? lui demanda-t-elle. Ou c'est juste un tas de champs de maïs ?

— Aucun rapport avec ici, répondit Sam.

Un oiseau gazouilla dans un cyprès. Il but une gorgée de café et remarqua que Procter l'observait. Il tourna la tête et ils se fixèrent du regard une demi-seconde. Ses yeux verts se rétrécirent. Elle fouillait dans son esprit, perçant des trous dans son visage impassible de joueur de poker pour découvrir ce qui s'y tramait. Il aurait bien aimé le savoir.

— Qu'est-ce qui se passe avec notre fille ? demanda-t-elle brusquement.

— Elle est déphasée, cheffe.

— Je le crois aussi, dit Procter.

— Mais je ne sais pas pourquoi.

Le téléphone de Procter sonna.

— Je dois répondre. Vous venez me chercher dans trente minutes ?

Il acquiesça et lâcha un soupir de soulagement.

— Et enfilez votre maillot de bain, ajouta-t-elle.

Il sourit.

— Quoi ?

Procter pencha la tête de côté comme une scientifique examinant un spécimen extraterrestre.

— Parce que ça va être la fête à la piscine, Jaggers.

SAM FRAPPA À LA PORTE DE PROCTER TRENTE MINUTES plus tard. Il n'avait pas apporté de maillot de bain en Italie et avait enfilé à la place un short de jogging ridiculement court et flottant. Il se sentait profondément mal à l'aise.

Procter lui ouvrit, vêtue d'une gigantesque robe blanche bouffante, si longue qu'elle effleurait le sol. Elle avait l'air d'une magicienne. Elle sortit sans un mot et se dirigea vers la piscine. Sam la suivit de près.

L'idée d'être à moitié nu et seul devant Procter n'était pas très plaisante. Non pas qu'il pensât qu'elle s'intéressait à lui. Ni aux hommes, ni peut-être même aux femmes, d'ailleurs. Il n'avait pas aimé son regard oblique sous la véranda et n'avait aucune envie d'entrer dans les détails de l'affaire avec sa cheffe avant d'en parler d'abord à Mariam. Il jeta sa serviette sur une chaise et regarda Procter manipuler la chaîne stéréo, et s'arrêter sur une station diffusant un truc épouvantable.

— EDM, parfait, dit-elle.

Puis elle retira son peignoir. Elle portait un maillot de bain deux-pièces noir assorti à ses cheveux et plutôt normal, contrairement à tout le reste de sa garde-robe.

Par réflexe, Sam détourna le regard – à la Ferme, on ne vous préparait pas à voir des chefs à moitié nus –, mais elle passa tout droit devant lui, en longeant le bord de la piscine, direction les marches du bassin. Comprenant qu'il n'y avait pas d'issue, Sam sortit deux Peroni du frigo.

Il lui tendit une bière, qu'elle avait à moitié vidée avant qu'il ne plonge dans l'eau. Elle cala la tête en arrière, ferma les yeux et écouta son EDM préféré. Sam ne l'avait jamais vue aussi détendue. Ou, d'ailleurs, détendue tout court.

— Il faut que je lui parle ce soir, dit-il au bout d'une minute.

Procter posa sa bouteille vide sur le rebord, entra dans l'eau, se renversa en arrière et plongea les cheveux. Elle la ressortit et les plaqua en arrière.

— Vous avez des inquiétudes en matière de contre-espionnage ?

Sam continua, mais avec cette musique tonitruante il s'entendait à peine.

— Elle nous a fourni le jackpot en matière d'informations sur le programme sarin, que nous avons corroboré par de multiples canaux. Pas le genre de chose que les Syriens lui fileraient si c'était une chèvre, à mon avis. Mais il y a un truc qui cloche, dit Sam. La soirée d'hier, ça ne collait pas. Elle faisait une tête bizarre. Il s'est passé quelque chose de grave. Je la connais. Mais je suis incapable de dire ce qui lui déplaît, la mission contre Fatimah, l'opération Atiyah, ou s'il se passe autre chose. Je sais juste qu'elle est déphasée.

Procter eut l'air de vouloir lui demander quelque chose, mais elle se ravisa.

— Eh bien, invitez-la à dîner ce soir et essayez de comprendre ce qui se passe. Demain, nous nous pencherons sur le covcom.

SAM ET MARIAM ROULÈRENT EN SILENCE jusqu'à Sant'Angelo in Colle, une petite ville endormie au sommet d'une colline, aux rues escarpées et rocailleuses, aux maisons aux toits de tuiles écaillées, et une seule place avec deux restaurants. Trois vieilles femmes se promenaient sur la place en se tenant par la main. Sam et Mariam allèrent s'asseoir sous le patio d'un des deux restaurants. Le crépuscule s'installait, et les murmures des conversations dans les cafés étaient parfois interrompus par les notes de basse d'un groupe de jazz local qui répétait dans un sous-sol à proximité.

Elle était vêtue d'un jean et un T-shirt blanc sous un manteau Barbour de couleur olive. Elle avait légèrement bouclé ses cheveux et les portait détachés, mais cela ne cachait pas les grandes boucles d'oreilles en or qui oscillaient dans le vent. Sam avait enfilé un T-shirt gris à manches longues, un jean et une paire de mocassins de conduite, et il réalisa qu'ils ressemblaient à plusieurs autres couples de vacanciers qui étaient descendus sur la place. Il commanda un *ragù* toscan au sanglier, Mariam une *pasta cacio e pepe*.

— Comme à Èze, dit-elle en rendant le menu à la serveuse.

Sam lui sourit, repensant à cette première nuit, à ses boucles d'oreilles qui tintaient alors qu'ils allaient et venaient, ensemble. Il se demanda si c'étaient les mêmes. Il la laissa se charger de la commande du vin et, alors que la serveuse s'éloignait, il posa sa main sur la sienne. Elle sourit.

— Cela me rend heureuse, dit-elle, paraissant se détendre pour la première fois depuis son arrivée.

Le groupe de jazz répétait, des sonorités de cuivres retentirent, s'échappant du sous-sol dans l'air de la nuit. Une fauvette se mit à chanter depuis le banc de cyprès de la colline. Sam trempa un morceau de pain dans l'huile d'olive et observa Mariam. Il avait vu ces yeux-là chez d'autres sources et, parfois, à la table de poker lorsqu'un type avait dépassé ses limites et trop d'argent au pot. Il les avait aussi vus chez Mariam, une seule fois, juste après l'agression de Villefranche.

La serveuse servit le vin. Ils burent en silence, les deux mains jointes sur la table. Il lui fallait apaiser Mariam. Et il devait évaluer ATHENA.

— De quoi as-tu peur ? demanda Sam.

Il aurait pu mentionner une demi-douzaine de croque-mitaines en bonne et due forme, mais il laissa la question en suspens, qu'elle comble elle-même le silence.

— J'ai peur, dit-elle, de tant de choses.

Elle tenta un sourire et eut un geste vers un autre couple, à peu près de leur âge, de l'autre côté du patio.

— Regarde-les. Ils se tiennent par la main et ils s'embrassent. Et je suis là, moi, en train de me demander si Atiyah ou les moukhabarat m'observent. Ou de penser à ce qui se passera si on est expulsés de Syrie. Ou pire encore. À Damas, les choses sont si précaires, comme si nous allions tous tomber du haut d'une falaise. Que se passera-t-il alors ? Qu'arrivera-t-il à ma famille, à ma cousine ? J'ai peur de…

Elle se moucha dans une serviette et serra la mâchoire, s'efforçant d'empêcher les larmes de dégouliner sur ses joues.

— De quoi as-tu peur ?

— J'ai peur pour ma famille si on m'attrape, dit-elle au milieu des larmes. Pas pour moi. Pour eux.

Sam se déplaça de l'autre côté de la table pour s'asseoir auprès d'elle. Il l'entoura de son bras et elle appuya sa tête contre son épaule. Il ne sut pas combien de temps ils restèrent assis en silence. D'un revers de main, il éloigna la serveuse qui voulait débarrasser les assiettes auxquelles ils avaient à peine touché. Le groupe s'arrêta de jouer. Quelques musiciens se dirigeaient vers les voitures garées non loin des bordures verdoyantes de la colline.

— Il s'est passé quelque chose ? demanda-t-il.

Elle secoua la tête.

— Je te protégerai toujours, Mariam. Toujours, lui murmura-t-il à l'oreille. Le métier que nous avons choisi est dangereux, mais il nous a conduits l'un vers l'autre. Et nous terminerons tout cela ensemble, à Damas. Je te le promets.

Il lui embrassa le front, puis la bouche, savourant le contact de ses cheveux en la caressant dans le cou.

— Il y a quelque chose entre nous, dit-elle. Cela me donne de la force. Je serais incapable de faire ça sans toi, Sam.

Il commençait à penser la même chose. Mais il repoussa l'idée qu'il ne serait plus qu'un énorme raté, et préféra garder trois pensées en tête, toutes conflictuelles, et toutes, il en était certain, complètement vraies. Un, il avait envie de s'enfuir cette nuit avec elle. Deux, tout ce qu'elle avait dit était vrai, mais elle cachait encore quelque chose. Trois, Mariam était loyale. Envers lui, envers la CIA.

Le chef et le barman étant déjà partis, la serveuse se dirigea finalement vers leur table sur la pointe des pieds avec l'addition, en évitant de croiser le regard de la femme arabe en pleurs et de son beau petit ami. Quelle que soit la raison de leur dispute, apparemment c'était fini, car ils s'embrassaient. La serveuse sourit. C'était si touchant.

Sam paya l'addition et ils redescendirent de la colline jusqu'à la voiture en s'embrassant. Un couple de personnes âgées était assis devant sa porte et buvait du vin à une dizaine de mètres de leur voiture en stationnement, en se hurlant dessus. Sam ne comprenait pas ce qu'ils se disaient, mais ils étaient suffisamment bruyants et fâchés pour qu'il dût envisager un plan B. Il s'aperçut que Iona avait laissé une couverture sur la banquette arrière après avoir conduit la voiture à l'abbaye.

— Il y a un vignoble sur le chemin du retour, dit Sam.

— Parfait, *habibi*, dit Mariam. Roule, c'est tout.

LE TRAJET JUSQU'AU DOMAINE VITICOLE DE BOSCARELLO fut rapide et efficace, malgré les routes étroites et sinueuses. Sam avait appris à conduire en terrains dangereux lorsqu'il avait terminé deuxième de son cours de conduite défensive à la Ferme, dix ans plus tôt. À cette minute, toutefois, ce n'était plus un ennemi emboutissant sa voiture qui le perturbait, mais cette Syrienne assise à sa droite.

En arrivant au domaine viticole, il gara la voiture sur le côté de la route. Un fossé peu profond et une clôture en pierre les séparaient du vignoble. Il ouvrit le coffre et sortit la couverture.

Ils enjambèrent la clôture et s'enfoncèrent entre les pieds de vigne. Cinquante mètres plus loin, il déplia la couverture. La lune était incandescente.

Ils s'allongèrent ensemble, s'embrassèrent, se défirent de leurs vêtements jusqu'à ce qu'il n'y ait plus que leurs peaux chaudes et la sensation de Mariam autour de lui. Elle gémit, ses genoux dressés vers les vignes, sa bouche collée contre son oreille.

— Tu me le promets, *habibi* ?

Il passa une main dans ses cheveux.

— Je le promets, *habibti*. Je le promets.

Il sentit les ongles de Mariam s'enfoncer dans ses épaules et elle laissa retomber sa tête en arrière sur la couverture, pour admirer le ciel. Il bougeait lentement, en fixant ses yeux, ce regard lisse qui brillait au clair dc lune, le gênant malgré ses paupières qui papillonnaient et ses muscles qui frémissaient à l'ombre des vieilles vignes.

AU PETIT DÉJEUNER, SAM, MARIAM ET PROCTER se penchèrent sur le dispositif covcom. Mariam croquait un morceau de pain grillé tandis que Sam lui expliquait le fonctionnement du système PLATYPUS.

— Il se comportera comme ton iPad, dit-il. Parce que c'est un iPad. Ou un ancien iPad. La seule différence, c'est qu'il te permet de communiquer avec nous. Je vais te montrer. L'appareil communique avec un satellite par le biais d'une transmission en rafale. C'est très difficile à intercepter.

— Très difficile, ou impossible ? demanda Mariam.

Procter rattrapa cette grenade dégoupillée avant qu'il ait pu répondre.

— Nous n'allons pas vous raconter des bobards et vous soutenir que c'est impossible. Mais l'adversaire devrait savoir exactement où se trouve l'appareil, vers où se dirige la transmission et à quelle heure. Faute de disposer de ces trois éléments, c'est impossible à intercepter.

— Plus le message est long, plus la salve est longue et plus il est facile à détecter, ajouta Sam. Cette plateforme limite donc le nombre de caractères et ne permet pas d'envoyer un flux de messages en une seule fois à partir du même endroit. Elle te permettra de nous envoyer des messages courts, et nous pourrons les renvoyer. Nous n'aurons plus besoin d'utiliser un site de boîte morte pour planifier des réunions.

— C'est une bonne chose, déclara Mariam.

— Exactement, répondit Sam. Laisse-moi te montrer comment tu vas pouvoir nous parler. Nous allons te créer un mouvement unique de balayage à l'écran qui servira de code d'accès. Pour l'instant, il est programmé pour moi, alors je vais l'ouvrir.

Il contourna la table et s'assit à côté d'elle. Il devinait les yeux de Procter braqués sur lui, comme sous la véranda du lieu sûr. Elle sentait qu'il se tramait quelque chose.

Sam déplaça une série de fenêtres à l'écran pour ouvrir un programme ressemblant à Gmail.

— La plateforme crée une fausse boîte de réception, derrière un pare-feu, au cas où quelqu'un passerait derrière toi et verrait l'écran pendant que tu tapes. Tu peux alors nous envoyer un email, comme tu le ferais dans Gmail, et cliquer sur « envoyer ». Tu peux entrer n'importe quelle adresse, n'importe quel objet, peu importe. Ça ne peut aller qu'à un seul endroit. (Il montra le ciel.) Vers nous.

— Cette partie de l'appareil est complètement séparée du reste par un pare-feu, précisa Procter. Le faux programme de messagerie n'est même pas en permanence dans l'iPad, ce qui signifie que si les moukhabarat y accèdent et essaient de trouver ce qu'il y a dedans, ils ne le trouveront pas, parce qu'il n'y est pas.

— Ton balayage fait apparaître le programme, tu tapes, tu cliques sur « envoyer »... ce qui déclenche la salve... puis tu mets l'iPad en veille.

Boum. C'est fait. La prochaine fois que tu l'ouvriras en config normale, toutes tes applications, films, chansons seront là.

Il fouilla dans son sac et en sortit une petite sphère noire d'où pendaient des cordons en haut et en bas. Chaque cordon était relié à un connecteur USB. L'un était rouge, l'autre vert. Un seul bouton, semblable à un nombril, était implanté dans la partie médiane de la sphère.

— Ceci te permettra de transférer tout ce qui se trouve dans ton ancien iPad en quelques minutes. Ensuite, nous plaçons le nouveau dans la coque de l'ancien et nous emportons l'ancien avec nous, expliqua encore Sam.

Mariam regardait fixement le PLATYPUS.

— Ce truc me rend nerveuse, dit-elle sans lever les yeux. Je ne suis pas sûre d'en vouloir.

C'était la paranoïa classique des covcoms. Sam savait qu'il y avait de fortes chances pour que Mariam ne soit pas à l'aise avec l'appareil. Il avait géré un général saoudien qui avait refusé d'en utiliser un, alors même que sa technique était laxiste et que ses méthodes préférées – livraison depuis des voitures en mouvement, échanges discrets, dépôts sur boîte morte, marquages à la craie – étaient plus vulnérables à la détection. Sam lui avait fait part de tout cela et il avait insisté sur les conséquences, mais cela n'avait eu aucune importance. L'homme ne voulait se fonder que sur ce qu'il savait. D'autres agents n'aimaient pas ces appareils parce que c'était pour eux un rappel constant de la trahison. Un appareil était là, posé dans votre chambre, et il vous narguait.

Il glissa un regard presque imperceptible à Procter, qui prit le relais.

— Pouvez-vous nous dire pourquoi ? demanda la cheffe.

— Je sais que ces systèmes ont déjà été compromis, dans d'autres régions, dit-elle. La Chine. L'Iran. Il y a en ce moment même en Syrie, comme vous le savez, un contingent iranien qui aide les moukhabarat à cibler l'opposition. Avoir un appareil comme celui-ci chez moi. Je me sens... vulnérable.

Sam acquiesça.

— Je comprends. Mais personne n'a jamais hacké un de ces appareils. Jamais. La compromission en Iran concernait un système temporaire, basé sur le web. Les Iraniens ont repéré des agents qui surfaient sur certains sites en particulier. Les Chinois sont allés plus loin, ils ont utilisé ce système pour forcer un pare-feu et accéder à un autre système, puis ils ont également déniché ces agents. Personne n'a réussi à pénétrer dans l'un de ceux-ci.

— Je suis persuadée que c'est aussi ce que la CIA a raconté à ses agents en Chine. (Procter ouvrit la bouche, sans doute pour répliquer, mais Mariam ne lui en laissa pas l'occasion.) Je ne veux pas transmettre trop d'informations par le biais de cet appareil, dit-elle. Si nous avons beaucoup de sujets à couvrir, je préférerais que nous nous rencontrions en personne.

— Nous aussi, dit Procter. Nous pouvons l'utiliser pour organiser des réunions, mettre au point la logistique, et vous pourrez nous transmettre tout renseignement urgent à ce sujet. Juste les grandes lignes. Ensuite, nous abordons le tout lorsque nous nous rencontrons en personne.

Mariam regarda les câbles et l'iPad et demanda à Sam de tout transférer dans le PLATYPUS. Dix minutes plus tard, elle leur signala qu'elle devait y aller.

— Je dois appeler Bouthaina dans trente minutes.

Iona apparut à la table du petit déjeuner en tenant la mallette, désormais à l'intérieur de son sac Ferragamo en tissu d'origine, avec ses étiquettes. Elle tendit le reçu à Mariam.

— Au cas où on vous poserait la question, lui conseilla Iona. Un souvenir d'Italie, pour quelqu'un que vous aimez.

Sam la vit grimacer et sa mâchoire se contracter, comme lors du dîner de la veille.

Mariam serra tout le monde dans ses bras, puis elle glissa le nouveau porte-documents dans sa valise et demanda si Sam et Procter pouvaient l'accompagner jusqu'à la voiture. Sur le parking, elle avait encore cet air triste.

— Je vous aime, tous les deux, dit-elle.

Là-dessus, elle ferma la portière, démarra le moteur et s'en alla.

Procter et Sam regardèrent la voiture soulever un nuage de poussière le long de la ligne de crête avant de disparaître derrière un mur de cyprès et de vignes et de descendre dans la vallée.

— Vous avez eu une réponse, hier soir ? demanda Procter en se tournant vers Sam.

— Elle a peur. Et il se passe quelque chose avec sa famille.

— Elle vous l'a dit ?

— C'était tout comme.

39

LES BANDITO AVAIENT SUIVI LA MÊME PROCÉDURE à quatre reprises en autant de jours : conduire le Pajero chargé de bombes jusqu'à la route devant le Bureau de la sécurité, le garer sur le trottoir et entasser dans le lieu sûr l'équipement vidéo que Langley utiliserait pour confirmer que la cible était bien Ali Hassan. À chaque fois, un incident avait provoqué l'interruption de l'opération : la liaison vidéo cryptée ne fonctionnait pas, Sam était bloqué quelque part, pare-chocs contre pare-chocs, Ali n'était pas sorti marcher (deux fois).

— Nous réessayons demain, décréta Procter alors qu'ils voyaient Ali passer devant la voiture, aux côtés d'une femme poussant un landau.

Comme tous les jours.

SAM ET PROCTER PASSÈRENT SIX HEURES À CONCEVOIR le parcours de la procédure PDS. La décision de recours à la force létale stipulait qu'un agent de la CIA devait voir physiquement la cible avant que quiconque à Langley ne presse sur la détente. Les BANDITO pourraient soutenir l'opération, mais Sam devrait la diriger seul depuis la planque. Il fallait qu'il soit clair.

Le bureau de la cheffe était jonché de canettes de Coca Light et d'emballages de chewing-gum. Elle ne semblait pas fatiguée. Au contraire, et Sam était lui aussi sous tension. Il maniait le Mossberg, le pointant sur l'une des canettes pendant que Procter répétait leur plan à haute voix. Ils discutaient de l'idée que Sam disparaisse, tout simplement, qu'il déclenche une surveillance active comme s'il se trouvait à Moscou ou dans un environnement de zone d'opération interdite.

— Pas pour l'instant, fit Procter. Cela confirmerait que vous êtes de l'Agence, ça les mettrait en rogne et qui sait ce qu'ils feraient ? Peut-être vous tabasser rien que pour rigoler. C'est ce qu'ont fait les Russes à Moscou lorsque nous sommes passés trop agressivement dans la clandestinité. Ou alors ils vous chopent et ils vous tuent, comme Val. Vous avez lu le SIGINT sur l'équipe russe qui est arrivée de Moscou ?

Il avait lu. Le rapport contenait le manifeste des passagers d'un vol cargo Moscou-Damas arrivé avant son départ en Italie. Les noms relevés indiquaient qu'il y avait à bord sept officiers du FSB et quatre du SVR. Personne ne savait pourquoi ils étaient là.

— La composition de l'équipe russe est étrange, dit-il en abaissant un instant son Mossberg. C'est comme si quelqu'un avait demandé de l'aide contre nous.

Elle acquiesça.

— Écoutez, les Russes ont mis certains de leurs meilleurs éléments contre nous à Moscou, donc il s'agissait peut-être d'une demande d'aide russe, et ils ont envoyé leur équipe de catégorie A. Mais oui, oui, oui, bien sûr, c'est troublant, admit-elle, son menton se balançant de haut en bas.

— C'est comme si les Syriens savaient que nous courons un gros poisson, ajouta-t-il.

Il pointa le Mossberg vers la poubelle et fit semblant d'appuyer sur la détente.

LE LENDEMAIN MATIN, SAM BUVAIT UN CAFÉ assis dans sa cuisine en repassant dans sa tête le PDS. Il se servit une deuxième tasse et Skypa sa mère. Il lui annonça qu'aujourd'hui il sortait faire des courses et lui demanda ce qu'elle voulait. Ils parlèrent de meubles et de bijoux et elle opta finalement pour un tapis. Elle ajouta qu'il y avait eu un déluge d'articles de journaux plaidant en faveur d'une intervention militaire américaine en Syrie. Sam haussa les épaules et lui répondit qu'il était en sécurité à Damas. Ils se dirent qu'ils s'aimaient et raccrochèrent.

Il referma l'ordinateur portable, prit son téléphone et se dirigea vers la salle de bains. Il envoya un SMS à Stapp, le technicien de la station, pour confirmer un verre dans la vieille ville. Il se doucha, se rasa et fit le point. Vêtu d'un jean, d'une chemise blanche froissée en lin et chaussé de tennis bleu foncé, il sortit de son appartement dans le quartier de Malki, portant une petite sacoche en bandoulière avec un appareil photo numérique. La routine à l'appartement, l'appareil photo, la tenue vestimentaire – tout était conçu pour cadrer avec son mode de vie et faire croire à une équipe de surveillance active qu'il se préparait à une journée normale pour un week-end à Damas : faire des courses, voir des amis, se balader sur les sites touristiques.

Les rues grouillaient déjà de piétons, de soldats armés d'AK-47 et de chats errants qui grattaient dans les ruelles. Il marcha jusqu'à une épicerie pour s'acheter de l'eau. Il la but en descendant la rue Jawaharlal Nehru, en suivant la diagonale du parc Tishreen. La surveillance qu'il repéra correspondait à sa carte mentale. L'agent de surveillance en solo qui le filait était également devenu monnaie courante. Le fantassin trapu des moukhabarat n'essayait pas de dissimuler sa présence. Il le suivait à une quarantaine de mètres de distance. Sam héla un taxi au milieu du grand manège de la circulation sur la place des Omeyyades et demanda de se faire conduire à la place des Abbassides.

Le taxi s'engouffra dans le chaos de la circulation damascène. Conduire ici, il n'y avait pas pire. Les conducteurs ne voyaient rien, à part le bout de leur capot. Ils klaxonnaient comme des fous, se rentraient fréquemment dedans et s'arrêtaient n'importe quand pour laisser passer les piétons.

Sam jeta un coup d'œil dans le rétroviseur et aperçut l'agent en solo sortir une radio de sa poche. Sam savait qu'ils ne le lâcheraient pas aussi facilement. L'appel était très certainement destiné à une équipe mobile qui suivrait le taxi. C'était aussi d'une extrême évidence.

Le PDS devait se dérouler dans cette poche du centre de Damas, mais Procter et lui avaient mis au point un nouvel itinéraire et prolongé sa durée au-delà de la base de référence de la station, soit dix heures. L'itinéraire partait de la lisière orientale de la vieille ville et traçait vers l'ouest en zigzag jusqu'à atteindre la planque de Kafr Sousa, au bout de la rue du Bureau de la sécurité.

Il était maintenant 8 heures. Il fit quelques photos en descendant du taxi. Des équipes mobiles le prirent à nouveau en charge. Une berline noire et un véhicule jaune qui ressemblait à un ancien taxi étaient stationnés, moteur au ralenti, devant un parking.

Il marcha vers la place des Abbassides. Les voitures de surveillance finirent par disparaître, mais l'opérateur en solo était de retour, flânant derrière lui. Ils pouvaient lui balancer des ressources toute la journée. L'essentiel était de faire durer la chose des heures.

Rendre la situation si insupportable, si ennuyeuse pour l'équipe de surveillance qu'elle déciderait d'affecter ses ressources ailleurs. Il acheva de recenser les individus qui lui tournaient autour et refoula la sensation d'oppression dans sa poitrine.

ALI ET VOLKOV ÉTAIENT ASSIS DANS LE CENTRE de commandement russe. Une légère odeur corporelle flottait dans l'air. Des mégots encombraient les cendriers. Une rangée de moniteurs de télévision diffusait des images en direct de l'arrivée de l'Américain au restaurant, grâce à une voiture garée à l'extérieur. Les équipes de surveillance syrienne et russe étaient arrivées au restaurant avec Samuel Joseph.

Kanaan et deux des Russes se penchèrent sur une carte détaillée du quartier chrétien, débattant de la prochaine action de l'Américain.

— Qu'en pensez-vous, général ? demanda Volkov à Ali. C'est aujourd'hui qu'il faut agir ?

STAPP ACCUEILLIT SAM À MIDI, À L'EXTÉRIEUR, tout sourire en lui annonçant que le café branché Abu George servait de l'alcool plus tôt que n'importe quel autre établissement à Damas.

L'endroit était désert. Stapp serra la main du barman et commanda deux demis de Stella. Ils s'installèrent à une table près de la fenêtre pour que Sam puisse voir la rue. Ne se doutant pas que Sam était en opération, Stapp parlait sans interruption. Il était en train d'expliquer que quelqu'un lui volait sa gnôle dans le réfrigérateur du bureau lorsque Sam revit le même individu passer devant le café et regarder ostensiblement par la fenêtre, avec un torse bombé de gorille, vêtu d'une chemise blanche et d'un pantalon noir bon marché. Il en repéra d'autres. Un type en jean bleu, chaussures de tennis éraflées et chemise Adidas : l'air tendu, filateur possible. Profil à retenir. Et un autre, en pantalon gris et T-shirt noir, qui jacassait dans son téléphone : la tête et les épaules relâchées, le rire sincère, surveillance peu probable. À jeter.

Il continuait de tenir ainsi à jour son catalogue pendant que Stapp parlait sans arrêt. Ils finirent leurs bières – le technicien s'en commanda une autre, Sam refusa – et se mirent à écraser des pistaches dans leur coquille. 13 h 30. Il était temps de traverser la vieille ville.

SAM RÉUSSIT À S'EXTRAIRE DU RESTAURANT, en racontant à Stapp qu'il devait faire des courses pour sa mère.

— Tout ce que tu voudras, mec, lui dit le technicien en lui tapant dans le dos tout en avalant le fond de sa bière.

Il se dirigea vers l'ouest en empruntant la rue Droite, l'ancienne voie romaine est-ouest qui traversait la vieille ville. Il s'approcha d'un groupe d'enseignes de marchands qui vendaient des meubles sur mesure et des tapis tissés à la main. Il flâna une demi-heure, s'arrêtant pour prendre des photos, observer un avion de chasse qui survolait l'endroit, et pour envoyer un SMS à sa mère. Dans la rue, les piétons étaient peu nombreux.

La filature solo s'était évaporée. S'étaient-ils repliés ? À aucun moment il n'avait observé les mouvements subtils et vifs d'une équipe de surveillance tâchant d'opérer clandestinement : pas d'esquives rapides dans les rues secondaires, pas de récurrence des observations antérieures de la journée, pas de piétons maintenant une distance stable et cohérente. C'était prometteur.

Il entra dans l'un des magasins et se glissa dans une arrière-boutique où s'alignaient des piles de tapis. Au milieu, il y avait un espace en béton où le marchand exposait ses tapis. Le propriétaire, Amin, un personnage avenant, aboya à un adolescent prépubère d'aller chercher du thé et se mit à montrer ses articles à Sam avec enthousiasme. Sa mère avait vraiment envie d'un tapis, il prit donc trente minutes pour passer l'inventaire en revue et s'arrêta finalement sur un tapis Baluchi, d'un rouge terreux, brodé d'oiseaux vivaces et de motifs floraux. Il marchanda avec Amin, mais pas autant qu'il l'aurait dû – il était temps de partir. Il prit une photo d'un autre tapis et laissa son appareil numérique et sa sacoche sur l'une des piles de tapis. Il repartit vers l'ouest en direction du souk Midhat Basha.

Dix minutes plus tard, il était certain que le filateur solo avait disparu. Il était temps de faire demi-tour. Il fit mine de se palper la taille, là où aurait dû pendre son sac photo, puis fit brusquement demi-tour en direction du marchand de tapis. Il maintenait la tête dans l'axe, droit devant, en balayant tout son champ de vision : la chaleur, les gens, le mouvement, l'énergie. Il se sentait déjà clean. Il refoula les mouvements de ses tripes, écouta son corps, guettant le moindre picotement. Son cœur battait à tout rompre et il avait le sang chaud.

Il récupéra l'appareil photo et la sacoche chez Amin et repartit vers l'est, en direction du café Abu George.

16 heures. Il était temps de retraverser la ville par paliers : changements de direction multiples, demi-tours, une demi-douzaine d'arrêts. Il se servirait des lacets en épingle à cheveux de la vieille ville. Un pro de la rue avait des dizaines d'occasions de tester une équipe de surveillance en la semant dans ce dédale médiéval, fût-ce brièvement et pour de bonnes raisons. Les disperser, forcer les hostiles à reconstituer leur périmètre, là où même des équipes solides commettraient des erreurs.

Il passa devant la cathédrale mariamite, devant le restaurant Naranj, étudia le menu affiché dehors et prit une photo, puis se dirigea vers une pharmacie. Le grand pansement qu'il acheta pour son pied couvert d'ampoules ne faisait pas partie du plan, mais il avait besoin de se soigner et un arrêt supplémentaire ne pouvait qu'attirer l'adversaire. Il se faufila dans la foule, et en sortit, alternant les densités pour attirer l'adversaire au grand jour. À mesure qu'il s'approchait de la mosquée des Omeyyades, la foule grossissait, mais au lieu de la rejoindre, il traversa l'ancienne voie romaine en direction de Bab al-Saghir.

19 heures. L'atmosphère était chargée, mais il ne savait pas si c'était à cause de la guerre ou de sa tension intérieure. Il se sentait clair. Il s'arrêta à un stand de souvenirs qui vendait des articles pro-Assad. Il entendit son estomac gargouiller et se rendit compte qu'il avait besoin de manger.

IL AVAIT BU LA MOITIÉ DE SA TASSE de *booza*, une crème glacée du Levant à la texture élastique, et d'une bouteille d'eau lorsque débuta la guerre des nerfs. Il se dit qu'il avait exécuté l'opération à la perfection. Était-ce si sûr ? La femme qui s'était acheté une glace était-elle la même que celle de la bijouterie ? Le mouvement rapide en périphérie détecté devant la pharmacie était-il en fait celui d'un adolescent tapant dans un ballon de football ?

Alors qu'il marchait vers la gare, la fatigue le gagnait, ses mollets lui faisaient mal et il tirait sur sa chemise moite pour se la décoller de la peau.

Il pensa à Benson, qui avait vu des fantômes à chaque jeu de rôle des PDS : éliminé de la Ferme, il avait quitté le service au bout de dix mois, parti la tête haute pour finir dans un bureau.

Il se dit qu'il lui fallait faire confiance à sa technique. On y était presque. Tout semblait calme, mais l'air crépitait. Des tirs de mortier retentirent quelque part à l'est. Les roses et les rouges sucrés du soleil tirèrent leurs dernières salves. Il atteignit la place devant la gare de Hedjaz et s'arrêta. Il prit une photo. C'est alors qu'il aperçut un mouvement furtif dans l'angle sud-ouest de la place. Dans le silence insolite, un crépitement, peut-être une radio, peut-être un bruit de pas sur une feuille d'aluminium froissée. Il sentit un tressaillement dans sa colonne vertébrale et se demanda comment une équipe avait pu échapper à la détection pendant près de douze heures. Il s'assit sur un banc.

Il se sentait traqué.

Ce mot exhuma un souvenir. Un agent, un certain Sanders, allait rencontrer une source russe à Ankara. Il avait exécuté le PDS et la rencontre avait eu lieu. Le lendemain, le Russe avait été renvoyé à Moscou, collé contre un mur de la Loubianka et fusillé. L'analyse à froid avait révélé que Sanders avait été traqué par une équipe PDS mixte fixe/mobile, qui le soupçonnait d'exploiter des sources russes en raison de sa maîtrise de la langue russe, qu'il avait manifestée lors d'une réception diplomatique trois semaines plus tôt. Ils soupçonnaient également une fuite en Turquie. Sanders était juste un fil de la pelote. Les Russes l'avaient enserré dans une bulle, en restant suffisamment en retrait pour ne pas se faire remarquer, mais sans jamais le quitter d'une semelle. Il n'avait rien vu venir. Bradley, alors chef de la station du Caire, avait obligé tous les officiers de la station à lire le rapport d'analyse. Sam savait qu'il aurait fait exactement la même chose que Sanders, et ce rapport lui avait fait froid dans le dos.

Et maintenant, il y avait une équipe russe ici, à Damas, occupée à Dieu savait quoi. Il repensa à ce rapport. L'un des auteurs, un ancien de la Maison Russie, avait écrit que le seul moyen de s'assurer que l'on n'est pas dans une bulle consistait à se déplacer rapidement dans une direction perpendiculaire à l'itinéraire existant, afin de crever la bulle et de forcer à un redéploiement des hostiles. Était-il possible que tous ses déplacements précédents se soient effectués à l'intérieur de la bulle ?

Une mobylette traversa la place en se dirigeant vers la rivière. Sam ne pouvait pas voir le visage du conducteur, mais les vêtements de la femme lui semblaient familiers, peut-être. Un fantôme ?

Il n'était pas question qu'il soit celui qui ferait foirer l'opération d'élimination d'Ali Hassan. Ce salaud avait tué Val, il devait payer. Avant d'entrer dans la planque, il devait s'assurer d'être clair. Il ne savait pas si une équipe l'encerclait, mais il lui fallait le découvrir. Il fallait s'évader de la bulle. Il se leva et marcha d'un pas rapide vers le nord. L'appel à la prière du coucher du soleil retentit du haut des minarets partout dans la vieille ville. Mais il n'écoutait pas. La technique avait pris le dessus, il courait à toute allure et sentait la rue.

Il marcha vers le nord sur Port Saïd et héla un taxi qui allait dans la même direction.

Le chauffeur lui demanda en anglais : « *Where to ?* » Vous allez où ?

Sam essaya de réfléchir à la bonne destination.

— Vers le nord, répondit-il en arabe.

Il ferma les yeux. Son cœur s'emballait et il transpirait. Il s'obligea à respirer très lentement. Il avait passé des heures à mémoriser des plans de la ville et, après une minute de cette respiration lente, les yeux toujours fermés, il parvint à se les remémorer. Le cimetière de Dahdah. Il se situait plein nord, et n'avait aucun sens par rapport aux circuits de son itinéraire. Mais c'était une étape touristique. Il pouvait l'expliquer. Dans le taxi, il demanda au chauffeur de se diriger vers le rond-point près de l'hôtel de ville, et de tourner ensuite à l'est dans la rue Bagdad.

Le cimetière était bordé d'une étroite pinède. Il y entra alors que le soleil entamait sa descente sous l'horizon. Il se promena entre les pierres tombales, en prenant des photos vite fait au passage. Il en était à la douzième heure. Une vague de fatigue l'envahit. En approchant de l'autre extrémité du cimetière, il entendit le grincement des freins des voitures, puis les voix agitées et étouffées de deux hommes et d'une femme.

Deux obus de mortiers s'élevèrent au-dessus de lui. Il ne les entendit pas s'écraser. Il ne vit, n'entendit et ne sentit personne dans le cimetière.

Il se dirigea vers les voix. Une jeune femme passa devant lui. Elle avait la même taille et la même corpulence que le conducteur de la mobylette de la place du Hedjaz. Ses chaussures, des chaussures plates noires, étaient différentes des bottes d'équitation en cuir. Ensuite deux jeunes hommes le croisèrent, en se tenant par la main comme s'ils étaient de la même famille. Il jeta un coup d'œil aux chaussures du plus petit. Marron, éraflées. La même paire était devant le café Abu George où il avait bu un verre avec Stapp. Il en était certain. À ce moment-là, le jeune homme portait un T-shirt Adidas. Maintenant, il portait un blazer gris et un pantalon assorti. Sam se sentait couvert de tiques.

Il s'assit sur un banc à l'extérieur du cimetière. Le soleil s'était couché. Il resta assis une trentaine de minutes, se repassant tout, remettant en question chaque décision, jusqu'à ce qu'il décide qu'il en avait récolté assez pour affronter Procter. Il sentait les traqueurs, là, tout autour, qui se demandaient probablement s'ils avaient été repérés ou s'il attendait sa source. Il resta assis, les faisant marner, leur tapant sur le système, agitant un peu plus leurs commandants à chaque minute qui passait. Ils lui avaient fait perdre plus de douze heures de son temps. Il allait s'efforcer de leur rendre la pareille.

ALI ET VOLKOV REGARDAIENT EN DIRECT LA VIDÉO de l'agent de la CIA Samuel Joseph, assis sur un banc à l'extérieur du cimetière. Ali sentait qu'ils s'étaient fait repérer quelque part autour de la gare, mais il voulait en savoir plus sur le comportement de Joseph, et il resta collé à la vidéo avec Volkov. Il détestait l'admettre, mais il était impressionné.

Ali alluma une cigarette pour Volkov, puis une pour lui-même. Depuis l'heure du déjeuner, ils étaient en pleine guerre. Ali s'était fondé sur une intuition pour affirmer que Samuel Joseph était bien un agent en opération. « La journée a l'air trop décontractée », avait-il dit à Volkov lorsque le Russe lui avait demandé si c'était pour aujourd'hui. Cela ne semblait pas bon. Volkov lui avait répondu : « Et pourquoi pas nom de Dieu, piégeons-le. » Ils l'avaient encerclé avec leurs sept équipes et l'avaient mis sous une bulle dans son itinéraire à travers la vieille ville. Leurs positions fixes avaient été parfaites, songea Ali, ce qui était tout à l'honneur de Volkov. Les guetteurs s'étaient habilement incrustés autour de l'Américain, chacun envoyant des messages aux guetteurs mobiles à mesure qu'il avançait sur sa route. Une équipe syrienne, l'une des équipes d'Ali, avait approché l'Américain d'un peu trop près, du côté de la gare. Ensuite ils avaient paniqué et au cimetière ils s'étaient montrés. Et ce foutu Américain avait continué de se promener dans la ville en gardant tous ses esprits.

Le flux vidéo s'interrompit. L'équipe du centre de commandement du Bureau de la sécurité écouta les messages radio qui l'informaient de l'évolution de l'opération.

— Ici équipe 3, il est monté dans un taxi, alors nous avons coupé la vidéo. Nous suivons.

Lorsque l'équipe 5 signala que le taxi s'était arrêté à l'appartement de Samuel, Volkov balança une agrafeuse sur le sol.

Ali eut un signe de tête vers le Russe et passa dans son bureau, refermant la porte derrière lui. Il consulta sa montre : 22 h 30. Il n'avait plus vu Layla et les garçons depuis cinq jours.

Il alluma une cigarette et entama la rédaction de son rapport.

40

LE MATIN ÉTAIT CHAUD ET HUMIDE. Il y avait pire encore que la chaleur, se dit Rami, et c'était d'être coincé dans les embouteillages au volant d'un Mitsubishi Pajero dont le haut-parleur côté passager était cassé et contenait ce qu'il soupçonnait être une cache d'explosifs de niveau militaire. Il ne voulait pas savoir, se répétait-il tout le temps. La sixième serait la bonne.

Vingt minutes plus tard, il trouva une place de parking à mi-chemin, sur le trottoir, à l'autre bout de la route du Bureau de la sécurité, le long du trajet où Ali fumait ses Marlboro. Il gara la voiture parallèlement au mur de béton. Il sortit du véhicule et s'éloigna du Bureau de la sécurité et de ses caméras de surveillance.

AU MÊME MOMENT, SON FRÈRE YOUSOUF était assis à l'intérieur de la planque, en train de configurer l'équipement vidéo. Pour envoyer le message à Sam, il devait être témoin de deux événements. Premièrement, son frère devait garer le Pajero. Deuxièmement, il devait voir Ali entrer dans le Bureau de la sécurité.

Il s'assit en attendant le deuxième événement. Le dernier mois passé dans cette foutue planque avait été abrutissant.

Une heure plus tard, il vit la voiture d'Ali franchir le portail, et l'aperçut même sur une vidéo entrant dans le bâtiment. Il envoya un message crypté à Sam : *Ici.*

« LES RÈGLES EN ZONE INTERDITE », avait décrété Procter en plaquant sur la table un autre télégramme de Langley demandant une mise à jour sur l'état d'avancement de l'opération visant à tuer Ali Hassan. « Genre pour tout de suite. »

Les règles en zone interdite : on devenait invisible, on disparaissait, puis on réapparaissait. Vous procédiez de manière agressive s'il le fallait, il le savait. On se lève et on disparaît sous le nez de ceux qui vous guettent. Les moukhabarat finiraient par riposter, mais Sam n'avait pas le choix. La pression de Washington s'était accrue et la station ne pouvait pas rester passive. Il fallait éliminer Ali.

Après avoir bouclé la réunion du matin dans le bureau de Procter, il se rendit à son ordinateur pour vérifier le trafic d'ATHENA. La boîte de réception était toujours vide. Il cliqua violemment sur la souris de l'ordinateur pour fermer la base de données. Cela faisait plus d'une semaine que le silence régnait. Que se passait-il ? L'avaient-ils démasquée ? En général, quand le gouvernement hôte a mis la main sur l'une de vos sources, il ne vous le dit pas. Il avait fallu plus d'un mois à la CIA pour apprendre que Val était morte en détention. Peut-être qu'Atiyah l'avait prise en flagrant délit avec le sac. Peut-être qu'ils avaient découvert le programme dans l'iPad. Peut-être que son père était mort à Alep. Ou peut-être qu'elle était simplement angoissée par ce PLATYPUS. Après avoir verrouillé son ordinateur, il passa dans la salle de bains et s'assit une minute sur la lunette des toilettes, tout habillé, la tête dans les mains. Puis il sortit de la station pour se rendre dans les cabines de téléphone portable afin de vérifier s'il y avait un message des BANDITO, son nouveau rituel quotidien. Il ouvrit son téléphone et vit : *Ici.*

Sam lui répondit par texto : *Annulez.*

En sortant, Procter tendit le poing pour lui faire un check et lui dit qu'elle enverrait à Langley un télégramme NIACT d'action nocturne. Ils feraient appel à Bradley, aux autres costards du septième étage, aux experts en reconnaissance faciale et à l'OGC, l'Office of General Counsel.

Encore une fois, tout dépendait d'une donnée : qu'il réussisse à s'effacer dans une ville où tout, pour la station de Damas, était tendu à l'extrême.

SAM SE RENDIT À SON APPARTEMENT, se doucha et enfila un jean foncé, une chemise bleue à carreaux et un pantalon de sport en lin bleu poudre, qu'il détestait. Il envoya à Zelda un SMS de son téléphone pour lui confirmer qu'il sortirait boire un verre à 22 heures dans le quartier de Sha'alan. Il mentionna qu'avant cela, il allait faire quelques courses.

Il quitta l'appartement en emportant sa sacoche chargée d'un téléphone, d'un émetteur-récepteur et de divers déguisements. Il remarqua immédiatement la camionnette de surveillance et l'homme qui fumait sur le trottoir, en le regardant droit dans les yeux. Cela ne compterait guère. Il n'avait besoin que de quelques secondes d'intervalle.

Il se dirigea vers la place des Omeyyades, puis vers l'ambassade au nord, la distance se creusant avec les moukhabarat qui le suivaient. Il aperçut la rue, son pouls s'accéléra et il coupa sur la droite, en vérifiant la présence d'une position fixe. Rien. Alors il courut. Il tourna encore à droite, et à gauche, en sprintant.

La rue était déserte, à l'exception d'une voiture : une BMW Série 5 noire, moteur en marche, coffre entrouvert, Elias au volant. Il s'élança vers la voiture, ouvrit le coffre, scruta la ruelle à la recherche de témoins – il n'y en avait aucun – et sauta à l'intérieur du coffre. Coincé dans l'étroit compartiment, il sentit que le véhicule accélérait doucement, avant d'obliquer vers la droite. Il réussit à enlever sa veste de sport et sa chemise, et fouilla dans le sac pour en sortir la fausse bedaine et un T-shirt frais. Il enfila le T-shirt en se tordant le bras. Elias heurta une bosse et il eut l'impression que son bras allait se détacher. Il inséra ensuite le faux ventre en mousse sous le T-shirt. Il se fixa une perruque brune hirsute sur la tête et une moustache qui le démangeait. Elias buta encore sur un cahot et il lâcha un juron. Il remit sa moustache en place.

Il s'allongea sur le dos et pria pour qu'il n'y ait pas de contrôle surprise. Si la milice arrêtait Elias et trouvait un grand Américain à l'intérieur, une perruque sur la tête et un oreiller amélioré calé sous sa chemise, ils seraient tous royalement baisés.

CE FUT KANAAN QUI PRIT L'APPEL DU CAPORAL essoufflé et, entre la respiration laborieuse et les jurons, il comprit qu'ils avaient perdu Samuel.

Lorsqu'il eut fini d'engueuler l'homme, Kanaan se dirigea vers le bureau d'Ali pour lui annoncer la nouvelle. Son sang se glaça quand il vit le général Volkov en train de boire de la vodka dans une tasse de café, et il réalisa qu'il allait devoir confesser leur échec devant ce maître.

— Que veux-tu dire, « perdu » ? s'étonna Ali, s'étouffant presque avec ces mots.

Tandis que Kanaan retransmettait l'explication pitoyable du colonel, Ali vit le visage de Volkov se vider étrangement de toute expression, à l'exception des sourcils, qui se haussèrent très légèrement.

— Ce salaud nous a grillés, lança Volkov à Ali, dès que Kanaan eut terminé.

Ali acquiesça.

— Ils savent que nous les avons presque chopés, la dernière fois. Pensez-vous qu'il ira retrouver son collègue pour boire un verre plus tard, comme l'indique le message ?

Volkov prit un autre verre et regarda la carte. Il haussa les épaules.

— Cela fait quinze minutes. Il lui restait quatre heures. Largement le temps pour une opération et ensuite un dernier verre avec sa dame.

— Kanaan, je suppose que l'équipe de terrain n'a aucune idée de ce à quoi ressemble la voiture ? dit Ali.

— Aucune. Ils n'en ont vu aucune.

— Nous pourrions avoir de la chance, dit Volkov. Peut-être qu'un poste de contrôle les a repérés.

— Peut-être, admit Ali. (Il alluma une cigarette et ouvrit un bouton de plus à sa chemise. La pièce était soudain devenue d'une chaleur insupportable.) Peut-être que je vais aller le retrouver, moi, pour boire un verre.

— Excellente idée, approuva Volkov. Vous savez, parfois, quand ils se croyaient clairs, à Moscou, on les chopait plus tard et on leur démontait la tête.

LA VOITURE ENCHAÎNA UNE SÉRIE DE VIRAGES avant de retourner dans la ville en direction de la planque. Quatre-vingt-dix minutes plus tard, Elias ouvrit le coffre et sourit à son passager, qui se grattait la moustache.

Sam arpenta les rues étroites de Kafr Sousa et du quartier voisin d'Al-Lawan, en appliquant une série de techniques de percement des bulles, mais tout cela n'était pas nécessaire. Il était clair. À 20 heures, il arriva à la planque et la trouva vide. Les BANDITO étaient déjà partis. Il plaça la caméra vidéo sur un trépied, face au Pajero garé en contrebas. Il vérifia que la liaison satellite cryptée était bien active. Puis il sortit son téléphone de sa poche et appela un numéro, très long et très étrange.

— Salut, Sam, tu nous entends ?

C'était Bradley.

— J'entends. Vous avez la vidéo ?

— Oui. Nous voyons une rue déserte et un Pajero isolé.

— Bien reçu, moi aussi. Procter, vous êtes là ?

— Oui. Station de Damas, en ligne.

— L'équipe de reconnaissance faciale est également présente dans la salle de réunion du directeur, reprit Bradley. MOLLY, le programme d'intelligence artificielle, et la personne réelle. Elle s'appelle Susan Crawley, soit dit en passant.

— Bonjour Susan ! s'écria tout le monde.

— Très bien, l'équipe, continua Bradley. Le directeur m'a donné l'autorité décisionnelle dans cette affaire. Sam n'armera pas la bombe tant que nous n'aurons pas vu Ali sortir. Ensuite, Susan et le programme d'intelligence artificielle rendront leur arbitrage de manière indépendante. Une fois que ce sera fait, j'entrerai le numéro du Thuraya. S'il passe devant le coffre de la voiture et si la zone d'explosion est dégagée, j'appuierai sur le bouton « composer ». Tout le monde a compris ?

— Oui.

— Maintenant, on patiente.

Sam regardait le flux vidéo, se demandant ce qu'Ali faisait à l'intérieur et dans quelle pièce de cet endroit maudit ils avaient tranché le scalp de Val.

AU BOUT DE LA RUE, ALI AVAIT SUIVI VOLKOV jusqu'au centre de commandement improvisé du Russe, où il estima que la chasse à Samuel Joseph ne progressait guère. Aucun signe de l'Américain.

Son plan commençait à porter ses fruits, mais le temps lui manquait. Assad lui avait toutefois laissé suffisamment de marge de manœuvre pour adresser un avertissement à l'Américain. Ensuite, on passerait au plan de Rustum, qui était de l'arrêter pour un interrogatoire. Il ne voulait pas que l'enquête dégénère en une telle brutalité. Mais il était à court d'options. Les Américains dirigeaient les opérations, lui faisant un pied de nez, alors qu'il essayait de jouer la partie avec civilité.

En tout cas, il n'y avait pas de nouvelles de l'opération de Rustum visant à fournir à Bouthaina et aux autres de fausses informations sur leur site de production de secours. Si l'information n'apparaissait pas dans la prochaine série de rapports du SVR, sa fenêtre d'action expirerait et ils arrêteraient Samuel Joseph pour lui arracher ce nom. Au vu des frasques de ce jeune homme dans la rue, Ali commençait à pencher vers cette idée. Mais pas encore tout à fait.

Il avait besoin de se changer les idées. Il prit ses cigarettes et sortit marcher.

DEPUIS LA PLANQUE, SAM VIT UNE SILHOUETTE FAMILIÈRE se faufiler entre les bermes en béton devant le Bureau de la sécurité. Sam orienta le flux vidéo vers la silhouette et zooma.

— C'est lui. C'est Ali.

Il cliqua sur le bouton du capteur infrarouge passif, armant la bombe. L'autre n'avait plus qu'à marcher du bon côté de la rue. Les registres de surveillance indiquaient que c'était presque toujours le cas, mais il y avait quand même un risque qu'il change ses habitudes.

— Allez, salopard. À droite, marmonna Sam à mi-voix.

Ali s'était arrêté pour discuter avec les gardes, il tirait sur sa cigarette en rigolant. Sam se souvint qu'Ali avait une femme et des jumeaux. Il ressentit un instant de tristesse, une lointaine perception de l'humanité d'Ali. Il s'imposa de se remémorer Val, sa mère, la cérémonie commémorative.

Pendant ce temps, Ali continuait à plaisanter avec les gardes.

L'UN DES RUSSES, QUI ÉCOUTAIT UNE ÉQUIPE du FSB sur la fréquence radio, entendit un crépitement d'excitation, puis cria à Volkov :

— Nous avons trouvé quelqu'un qui correspond à la description de Sam. Kafr Sousa. Un appartement. Pas loin d'ici.

Volkov loba un gobelet en plastique vide vers une corbeille, la manquant complètement.

— Montrez-moi. Où ça ?

Le lieutenant se dirigea vers la carte et demanda à nouveau l'adresse à l'équipe mobile. Il pointa du doigt.

— C'est au bout de la rue, dit Volkov.

Il se tourna vers Kanaan, qui s'occupait de mettre en place les équipes syriennes pour qu'elles puissent arrêter l'Américain et l'individu qu'il rencontrait.

— Colonel, où est Ali ?

— Il est sorti se promener, au bout du pâté de maisons.

Volkov roula des yeux. Ce Levantin. Trop mou, probablement à cause du soleil.

— Je vais le chercher et nous irons ensemble, à pied. C'est compris ?

Kanaan acquiesça et plaqua de nouveau le téléphone contre sa bouche, beuglant à ses équipes qu'elles accélèrent en direction de l'appartement de Kafr Sousa.

— IL MARCHE MAINTENANT, OBSERVA SAM. Côté droit. Notre côté. J'ai activé le Frisbee. (L'équipe avait aussi adopté ce surnom.) Focalisation du flux pour la reconnaissance faciale.

Ali marcha lentement sur une vingtaine de mètres et s'arrêta pour éteindre sa cigarette. Il était encore à une centaine de mètres du Pajero.

À Langley, l'experte en reconnaissance faciale examinait le flux vidéo en direct, le comparant aux images de l'opération de surveillance des BANDITO. Simultanément, un algorithme appelé MOLLY triait les mêmes informations. Si MOLLY et Susan s'accordaient sur le fait qu'il s'agissait bien d'Ali, c'était bon.

Ali continuait à marcher. Lentement.

Sam toussa. Pour une raison inconnue, il pensa à la minoterie. Au vignoble toscan avec Mariam. Le PDS où les Russes avaient failli le griller. Puis Vegas, où il s'était fait nettoyer. Tout cela, bizarrement, c'était lui. Il se demanda si cela faisait de lui un meurtrier. Même s'il ne déclenchait pas l'explosion, il avait armé le capteur infrarouge passif, après tout.

— Nous avons une confirmation ici à Langley, annonça une voix inconnue. Au fait, je suis Paul Gartner. Chef de l'OGC. Susan et MOLLY sont d'accord. C'est Ali.

— Bien reçu, dit Bradley. Je tape le numéro du Thuraya maintenant. J'appuierai sur la touche « composer » quand il atteindra le coffre.

— Cinquante mètres, fit Sam.

EN FLÂNANT, ALI ALLUMA UNE AUTRE CIGARETTE et aspira de la fumée dans ses poumons, se demandant pourquoi il faisait cela. Chassant cette pensée de son esprit, il consulta sa montre. Il avait envie de voir Layla et les garçons, mais il était trop tard. Il ferma les yeux et aurait aimé juste un moment avec les jumeaux, se bagarrer avec eux au lieu de jouer les flics pour son animal de frère et ce président ridicule. Il s'arrêta et il écrasa sa cigarette. Puis il en alluma une autre et continua à marcher.

— VINGT-CINQ MÈTRES, FIT SAM.

— Ce type, il a des problèmes mentaux ? demanda Procter. Parce que, quand il marche, il a l'air spécial.

— Tais-toi, ordonna Bradley.

— Quinze mètres. Le trottoir est encore dégagé. Juste Ali.

— Dix mètres, cinq.

— Je déclenche l'appel dans deux secondes, dit Bradley.

ALI ENTENDIT DES PAS LOURDS derrière lui sur le trottoir.

— Général ! hurla Volkov. Nous l'avons trouvé. Revenez.

Ali se retourna et vit le Russe sprinter dans sa direction. En se retournant,

Ali fut déséquilibré, vacilla du côté de la chaussée et se rattrapa en se retenant au coffre d'un Pajero en stationnement. Il se redressa, l'air gêné.

— Qu'est-ce qui s'est passé ?

— Une des équipes mobiles l'a repéré. Ici, à Kafr Sousa, dans un appartement situé juste au bout de la rue. Kanaan a envoyé des équipes pour l'arrêter. Courez devant. Nous vous rattraperons.

Ali se mit à courir.

SAM RESTA ASSIS EN SILENCE, observant ce chaos sur le flux vidéo.

Bradley rompit ce silence.

— OK, les gars, j'ai éteint le téléphone. Susan, pouvez-vous saisir ce que ce type a dit à Ali ? Il n'a pas l'air syrien. Sam, sors de là.

Sam remballa l'équipement et refixa sa moustache. Il remarqua qu'il avait mené toute l'opération avec un faux bide et une perruque.

La voix de Susan se fit entendre.

— Le type qui était avec Ali lui a dit : « Nous l'avons trouvé. »

— Sam, tu entends ça ? fit Bradley. Ne bouge pas, de toute évidence, tu n'as aucune source avec toi. Accroche-toi et reste en ligne.

Mariam, son monde, sa présence ici, tout cela ne tenait qu'à un fil qu'Ali Hassan était en train de trancher. S'ils le surprenaient dans la planque, les Syriens l'expulseraient du pays ou le tueraient. Il ne pourrait plus protéger Mariam, sentir sa peau sur la sienne, entendre son rire. Il ne la reverrait plus jamais. Il lâcha un juron, flanqua un coup de pied dans le mur et s'assit dans la salle de réunion, réfléchissant à la manière de détruire le matériel vidéo.

ALI ET VOLKOV ARRIVÈRENT DEVANT LE BÂTIMENT de pierre blanche, qui ne se distinguait pas des autres immeubles du quartier. Ils s'approchèrent d'un capitaine du Bureau de la sécurité, qui souriait jusqu'aux oreilles.

— Comment l'avez-vous trouvé ? demanda Ali.

— Nous avons eu de la chance, nous l'avons vu entrer. Je l'ai suivi dans les escaliers et je l'ai vu entrer dans l'un des appartements.

— Avez-vous vu quelqu'un avec lui ?

— Non.

— Conduisez-moi sur place.

Ils montèrent par l'ascenseur, en silence, le pouls d'Ali s'accélérant à chaque étage.

Ils atteignirent l'appartement. Le capitaine essaya d'ouvrir la serrure. Il secoua la tête.

Ali frappa à la porte.

— C'est le Bureau de la sécurité. Ouvrez la porte. Tout de suite.

Silence.

— Vous avez trois secondes pour ouvrir la porte.

Encore un silence

Ali hocha la tête et sortit son arme. Le capitaine enfonça la porte. Ali se précipita à l'intérieur.

LA SALLE DE SÉJOUR ÉTAIT VIDE, TOUT COMME LA CUISINE. Ali entra dans la chambre et vit une jeune Syrienne séduisante qui fumait sur le lit, nue et sereine. Elle était soignée, constata-t-il quand elle se leva, sans aucune honte, pour éteindre sa cigarette. En ramassant son soutien-gorge, elle eut un signe de tête vers la penderie.

Il s'avéra que l'homme identifié par l'équipe comme étant Sam s'appelait en fait Clément Lacroix, de l'ambassade de France, un jeune homme qui ressemblait étrangement à l'agent de la CIA et qui couchait avec une coiffeuse syrienne propriétaire d'un appartement à Kafr Sousa.

Au bruit des coups, Clément s'était caché dans la penderie. Sa petite amie, le cerveau, comme dans la plupart des relations syriennes, s'était offert une cigarette en attendant que les moukhabarat se rendent compte de leur épouvantable erreur.

SAM AVAIT PATIEMMENT ATTENDU QU'ALI DÉFONCE la porte. Au bout de trente minutes, Bradley et Procter convinrent qu'il devait partir. Il n'avait pas été suivi et n'avait aucune idée de cet endroit où Ali et le Russe étaient allés. Il laissa le matériel vidéo à l'intérieur et, sur le PDS sortant, se débarrassa lentement de ses postiches. Lorsqu'il arriva à son appartement, le sac était vide et il était redevenu lui-même.

Il était épuisé, mais il devait se rendre au dîner avec Zelda, au cas où les Syriens ne sauraient pas qu'il avait été opérationnel ce soir-là. Au vu des SMS, qu'ils étaient sûrement en train de lire, c'était à cela qu'ils s'attendaient. Le fantassin de la moukhabarat qui surveillait l'entrée de son appartement sembla choqué de le voir sortir. *Le même gars depuis cinq jours, pauvre type,* pensa Sam, qui envisagea de le saluer mais décida que ce serait offensant, un affront professionnel. C'était le genre de chose qui les inciterait à s'introduire dans son appartement pour le fouiller, ou simplement pour s'amuser à le mettre à sac.

Zelda avait réservé aux Trois Tables, un restaurant branché du quartier de Sha'alan. En temps normal, le quartier était bondé, envahi de familles, de jeunes couples sortis pour la soirée et de poussettes sur le trottoir. C'était avant la guerre. Aujourd'hui, les boutiques de luxe et les magasins d'alcool haut de gamme étaient calmes, les restaurants ouverts de façon sporadique.

Zelda arriva la première. Elle s'assit à une table inconfortable avec vue sur la fenêtre. La plupart des autres tables étaient inoccupées.

Ali Hassan s'assit à côté d'elle.

Il sourit et fit signe à Sam, l'invitant à s'approcher de la table. Lorsque Sam s'avança, Ali se leva pour lui serrer la main. Il lui désigna l'une des chaises inoccupées tournées vers l'intérieur du restaurant.

— Samuel, je vous en prie, venez vous asseoir, l'invita-t-il en anglais.

Zelda avait commandé du vin, probablement avant l'arrivée du Syrien. Le serveur apporta la bouteille.

Ali sourit lorsque le serveur versa un peu de vin dans son verre, attendant qu'il se plie au rituel. Ali fit tournoyer son verre et le huma.

— Domaine de Bargylus, un excellent choix. (Il en but une gorgée et confirma d'un signe de tête au serveur, qui remplit les verres de tout le monde.) Vous savez, c'est le seul vin syrien considéré comme exportable. Le reste est produit dans des vignobles appartenant à l'État. Celui-ci appartient à deux Libanais, bien que le domaine se trouve à Lattaquié, près de la maison de mes ancêtres. Il paraît que les rebelles bombardent parfois le vignoble.

Sam remarqua l'auréole de transpiration sur la nappe lorsque Zelda retira ses mains pour les poser sur sa chaise.

— Honte à vous d'en avoir bu, lui répliqua Sam en arabe, en adressant un clin d'œil à l'assassin de Val, alors qu'il aurait eu envie de lui planter son couteau dans le cœur.

Il sentait qu'Ali était à l'aise, qu'il contrôlait la situation. L'autre rit et en but encore une gorgée.

— Je suis alaouite, monsieur Joseph, nous sommes tous des hérétiques, de toute manière.

Le Syrien sourit à Zelda qui baissa les yeux sur les traces de sueur sur la table.

Le serveur arriva avec du pain et Ali lui fit signe de les servir. Ali se tourna vers Zelda.

— Permettez-moi, tandis qu'il arrosait son pain d'huile d'olive. (Il assaisonna ensuite son propre pain, mais son attention resta fixée sur elle.) Vous appréciez votre séjour en Syrie ?

— Oui. (Elle le regardait maintenant dans les yeux.) C'était un pays magnifique.

L'anglais d'Ali n'était apparemment pas assez fluide pour qu'il remarque l'emploi désobligeant du passé par Zelda.

— Dommage que vous ne puissiez pas vous rendre sur la côte ou à Alep, poursuivit Ali. Bien que je craigne que cette dernière ne soit pas présentable ces jours-ci. Vraiment dommage.

— Mon père est né là-bas, j'y suis allée une fois quand j'étais jeune, dit Zelda.

— Ah, très bien, vous l'avez donc connue dans son ancienne gloire. Et vous êtes à moitié syrienne ? Incroyable. L'Amérique, c'est vraiment un melting-pot, comme on dit. (Il détacha un autre morceau de pain et en prit une bouchée. Il observa Sam en plissant les yeux.) Allons faire un tour, monsieur Joseph.

Ils se levèrent, Zelda resta à table et but une longue gorgée de vin, en s'estimant heureuse.

Ils marchèrent. Ali alluma une cigarette et en proposa une à Sam, qui la refusa. Le Syrien les conduisit vers un parc.

— Une équipe nous couvre-t-elle ? demanda Sam.

— Aucune qui soit de mon agence, mais on ne sait jamais. Un autre groupe pourrait mener une opération.

Il rit de sa propre repartie et écrasa sa cigarette.

— Comment vont vos jumeaux ?

— Ils vont bien, merci. Je me suis toujours posé la question : à quoi ressemble mon dossier, à la CIA. Disposez-vous bien de toutes les infos les plus juteuses ?

— Nous n'avons trouvé que six de vos maîtresses.

Ali s'esclaffa de nouveau et Sam remarqua là, dans le cou, une cicatrice formant un cordon rougeâtre.

— Ah, vous avez manqué les quatre restantes. Ce sont celles que j'ai cachées avec le plus de soin… Peut-être que la CIA elle-même sera incapable de les retrouver ?

Il sourit, puis d'un geste de la main désigna une petite épicerie et tapota sa poche de poitrine.

— Nous avons quantité de choses à nous dire, mais je n'ai plus de cigarettes.

Sam le suivit à l'intérieur et lui tendit quelques billets.

— Je suis heureux que le gouvernement américain me rembourse de tous ces désagréments, ricana Ali, en arabe.

Le caissier semblait visiblement déconcerté par la présence d'un fonctionnaire des moukhabarat et d'un Américain venus discuter dans son établissement. Sam lui sourit et lui demanda, en arabe :

— Comment se passe votre soirée ?

— Bien, monsieur, répondit-il, mais ses yeux les suppliaient de s'en aller.

Ali le précéda hors du magasin et ils marchèrent en silence jusqu'à ce qu'ils arrivent au parc. Curieusement, le Syrien n'avait pas ouvert son nouveau paquet. Il indiqua un banc et ils s'assirent.

Il tapota le paquet contre son poignet, éjecta un bloc de cigarettes, en tira une et l'alluma. Il attendit qu'un couple passe, puis se tourna vers Sam.

— Monsieur Joseph, vous êtes autorisé à vivre et à travailler dans ce pays par la grâce de mon gouvernement. Nous vous surveillons pour votre propre protection. Aucune disparition ne sera tolérée.

— Je comprends, fit Sam.

Ali poursuivit.

— Et vous ne devez pas confondre ma générosité avec de la faiblesse, souligna-t-il. Si vous enfreignez à nouveau les règles, vous serez puni. Et comme vous le savez, des forces obscures sont à l'œuvre dans ce pays. Enfreindre les règles leur procurera une raison de se déchaîner.

— Je comprends, répéta Sam.

— Bien, fit Ali.

Il termina sa cigarette, la jeta par terre et écrasa le mégot encore rouge du bout de sa chaussure. Il se leva, il allait partir.

Sam voulait faire parler ce type. Il avait vraiment envie de lui demander pourquoi ils avaient massacré Val, de voir son regard à la mention de son nom. Mais toute mention de cet ordre effraierait Ali et mettrait en danger l'opération. Au lieu de cela, il essaya d'obtenir quelque chose.

— Vous avez une femme, des enfants. Vous lisez tous les rapports de sécurité, souligna Sam. Je suppose que vous n'approuvez pas la réaction de votre gouvernement aux troubles. Ai-je raison ?

— Le gouvernement a commis des erreurs, c'est certain.

— Et croyez-vous que ce gouvernement constitue votre meilleure chance de mettre votre famille à l'abri ?

Il alluma une autre cigarette et rendit le paquet à Sam avant de s'en aller.

— Monsieur Joseph, dit-il. Permettez-moi de vous faire économiser votre souffle. Je suis le seul à veiller sur la vie de ma femme et de mes garçons. Je vous suggère de passer moins de temps à vous préoccuper de ma sécurité et d'en consacrer davantage à la vôtre. Vous en aurez besoin.

LORSQUE SAM ARRIVA À SON APPARTEMENT, il n'eut pas besoin de saluer le moukhabarat. L'homme le dévisagea, tout sourire. Sam ne fut pas surpris de constater que la porte de son appartement était déjà déverrouillée. Il ne fut pas non plus surpris de trouver ses étagères renversées, des livres épars et déchirés, un ordinateur portable fracassé à coups de marteau, des couteaux de cuisine éparpillés dans le salon où ils avaient été utilisés pour découper le canapé. Il ouvrit l'armoire du hall d'entrée. Il n'eut pas besoin de palper ses vestes pour savoir qu'elles étaient imprégnées de pisse. En suivant une odeur de brûlé dans la cuisine, il découvrit que le broyeur à déchets avait été rempli d'argenterie et qu'on l'avait ensuite fait tourner jusqu'à le mettre hors service, les résistances du four électrique étaient tordues et arrachées et les chaises de la cuisine réduites à l'état de petit bois. Le four était éteint, mais il l'ouvrit quand même par curiosité morbide. À l'intérieur, il trouva les restes de ses livres en cendres. Cela le fit sourire. Le climatiseur – trop précieux pour être détruit –, ils l'avaient emporté. Intelligent. Et quand il arriva dans la salle de bains, il fut impressionné. Ils avaient réduit la baignoire en miettes, rempli le lavabo d'urine et fourré son oreiller dans les toilettes.

Un détail dépassa cependant ses attentes : le tas surhumain d'excréments humains amoncelé au milieu du lit. Une photo de surveillance granuleuse de Sam et Ali quittant le restaurant dépassait du sommet comme une bougie sur un gâteau d'anniversaire.

41

ALI AVAIT FAIT DE SON MIEUX POUR ÉVITER d'impliquer le président. Il avait appelé Rustum à deux reprises, il avait envoyé un mémo officiel en consultation archi-restreinte avec la liste des noms et les faux sites que Rustum avait accepté de communiquer. Il n'avait rien reçu en retour. Lorsqu'il avait envoyé Kanaan au quartier général de la Garde républicaine, l'un des assistants de Rustum l'avait fait attendre trois heures avant d'informer le lieutenant que Rustum se trouvait à la villa de Bloudan. À Bloudan, on avait signifié à Kanaan que Rustum était à Damas. Finalement, Ali resta devant le bureau du secrétaire du président, attendant qu'on puisse l'intercaler pour un rendez-vous de cinq minutes.

— Votre frère m'assure qu'il a déjà eu ces discussions, fit distraitement Assad, absorbé par sa navigation sur Internet. (Ali se tenait debout devant son bureau. Il n'avait pas été invité à s'asseoir.) Je sais qu'il en a au moins parlé à Atiyah, car l'homme m'a interrogé sur le site lors d'une réunion en début de semaine. (Assad cliqua sur sa souris, puis cliqua de nouveau, plusieurs fois, en succession rapide.) Ces deux hommes, comme on peut s'en douter, se méprisent l'un l'autre. (Assad s'esclaffa.) Je crains honnêtement que Rustum n'ordonne un jour à Basil de tuer Atiyah.

Il rit. Ali n'arrivait pas à savoir s'il était sérieux.

— Il a eu en effet toutes ces discussions, sauf une, monsieur le président, rectifia Ali. L'opération de surveillance contre l'Américain se poursuit, mais nous devons encore tester les fonctionnaires qui ont eu connaissance de…

— J'ai entendu dire que votre équipe avait perdu l'Américain, le coupa Assad sans cesser de fixer son écran d'ordinateur. (Le président leva les yeux et revint à leur sujet de conversation.) Vous parlez de Bouthaina, n'est-ce pas ? Votre frère ne pense pas qu'il soit nécessaire de la sonder, Ali.

— Êtes-vous d'accord, monsieur le président ? s'enquit Ali.

Le président croisa les mains derrière la tête et s'adossa à son fauteuil. Il lissa sa fine moustache.

— De quoi avez-vous besoin ?

———

ALI APPORTA LE DÉCRET PRÉSIDENTIEL CLASSIFIÉ dans le bureau de Rustum, passa devant un assistant qui lui soutenait que son frère était en pleine réunion. Quand Ali ouvrit la porte, il découvrit Rustum assis à son horrible bureau en bois de noria, occupé à lire des rapports.

— Fous le camp…

— Tu penses que ta petite amie espionne pour le compte de la CIA ? demanda Ali.

— Va te faire foutre, petit frère. Non, je ne le pense pas.

— Alors pourquoi tu ne lui as pas transmis les fausses informations sur les installations de secours à Wadi Barada ?

— Comment tu sais que je ne lui ai pas transmises ? Et pour l'amour de Dieu, nous savons tous les deux qui est l'espion. Ce violeur d'Atiyah.

Ali plaqua sèchement le décret présidentiel sur son bureau.

— Lis ceci.

Rustum prit le document, le lut, et à la fin son visage vira à l'écarlate. Il le reposa soigneusement sur le bureau, le côté face contre le bois.

— Tu as jusqu'à ce soir pour lui transmettre l'information, ajouta Ali.

Il tourna les talons et sortit.

MARIAM MANGEAIT UNE ORANGE, LENTEMENT, avec des regards obliques sur le gigantesque sac à main qu'elle avait utilisé pour faire entrer clandestinement le porte-documents dans le Palais. Au cours de la dernière heure, elle avait mangé trois oranges, elle en avait les doigts décolorés et le jus picotait le contour de ses ongles à vif. Elle pela une partie de l'écorce en continuant de regarder le sac, comme si elle avait pu le faire entrer dans le bureau d'Atiyah sans avoir à effectuer le trajet elle-même. Quelle ironie : ce monstre avait envoyé en France des hommes armés de fusils et de matraques pour la tuer, mais si elle réussissait, sa fin à lui serait scellée par une simple mallette.

Elle mangeait son quartier d'orange, lorsque Bouthaina s'arrêta à sa porte.

— Bonsoir, Mariam.

— Bonsoir.

Mariam sourit à sa supérieure. Moins il y avait de monde à cet étage, mieux c'était. Elle n'avait aucune envie qu'il y ait foule autour d'elle lorsqu'elle procéderait à l'échange des sacs. Bouthaina s'éclipsa et ses yeux revinrent au sac à main. Elle porta un autre quartier d'orange à sa bouche et le parfum d'agrume lui rappela soudain Kanaan, l'homme de main d'Ali. Il mangeait une orange, pendant l'une des séances d'interrogatoire, après l'Italie. Il était resté assis en silence, retirant soigneusement la peau pendant que son patron posait sans relâche les mêmes questions à Mariam, qui répondait.

Q : *L'appareil que vous avez fourni. Il se connecte à un satellite ?*

R : *Oui, c'est ce que m'a expliqué Samuel Joseph. Je vous l'ai déjà dit, général.*

Q : *Pourquoi vous l'a-t-il donné ?*

R : *Je lui ai fourni les informations dont nous étions convenus. J'ai dit que j'avais besoin d'un moyen de contacter la CIA depuis Damas. J'avais besoin d'un appareil. J'ai dit que…*

Q : *Que leur avez-vous dit d'autre ?*

R : *Rien.*

[Bruissement de papier]

Q : *Laquelle de ces personnes est chef de station de la CIA ?*

R : *Cette femme.*

Q : *Son nom ?*

R : *Elle m'a dit qu'elle s'appelait Artemis.*

Q : *C'est un nom américain, ça, Kanaan ? On dirait un pseudonyme.*

[Inaudible]

Q : *Vraiment ? D'accord. Ont-ils d'autres lieux sûrs ici, à Damas ?*

R : *Juste celui que je vous ai montré, mon général.*

Q : *Vous a-t-il promis quelque chose en échange de votre coopération ?*

R : *De l'argent.*

Q : *Qu'avez-vous mangé à Sant'Angelo ?*

R : *Des pâtes.*

Q : *Quel genre de pâtes ?*

R : Pasta cacio e pepe. *Des spaghettis au fromage et au poivre.*

Q : *Qu'a mangé Samuel Joseph ?*

R : *Je vous ai dit quatre fois que…*

Q : *Qu'a mangé Samuel Joseph ?*

R : *Des pâtes. Un ragù toscan. Avec de la viande de sanglier.*

[Conversation étouffée, déclic d'un briquet]

Q : *Nous pouvons faire une petite pause. Voulez-vous voir votre cousine maintenant ?*

R : *Quand la relâcherez-vous ?*

Q : *Lorsque votre travail sera terminé.*

R : *Quand le sera-t-il, général ?*

Q : *Quand il sera terminé. Vous avez d'autres questions ?*
R : *Puis-je d'abord aller aux toilettes ?*

Elle avait vomi, puis s'était accroupie à côté des toilettes, et elle avait senti les effets de l'hyperventilation, un picotement dans les mains. Sur le moment, elle ne s'était pas rendu compte que ses dents s'étaient attaquées à son index. Elle se déchiqueta la peau en lâchant un juron. Elle tamponna le sang avec du papier toilette, se regarda dans le miroir. Elle se souvint de la promesse de Sam dans le vignoble et se sentit comme une pute.

« Tu as une tête… encore pire que moi, *okhti* », lui avait dit Razan alors qu'on conduisait Mariam dans sa cellule pour une brève visite. « Et c'est moi qui suis en prison. »

Mariam finit son orange. Elle rassembla les pelures et alla les jeter à la poubelle. Il était 8 h 45. Quinze minutes. Elle alla aux toilettes et se rinça les mains pour en nettoyer les résidus. De retour dans son bureau, elle éteignit les lumières et ferma la porte, pour faire comme si elle n'était pas là. Elle s'assit sous sa table, elle tenait le sac à main géant contenant le porte-documents, écouta les battements de son cœur. Elle entendit des pas à l'extérieur et consulta sa montre, qu'elle pouvait à peine lire dans l'obscurité. Il était 8 h 58.

« C'est un pervers, et il est ponctuel », se plaisait à dire Bouthaina.

Elle entendit les pas d'Atiyah, il passa devant son bureau. Il allait rendre visite à Hassan Turkmani, un autre conseiller d'Assad. Elle avait attendu une date bien précise pour cette opération. Il fallait qu'Atiyah ait une entrevue avec Hassan Turkmani, de préférence tard dans la nuit, en l'absence de Bouthaina. Une fois ces conditions remplies, elle pouvait filer en vitesse au bout du couloir, entrer dans son bureau, interchanger les sacoches, et revenir sans que Bouthaina se demande ce qu'elle fabriquait en circulant dans cette partie de l'étage. Bouthaina était aussi méfiante qu'Atiyah, et elle interpréterait probablement la présence de Mariam près de son bureau comme une preuve de trahison.

Elle passa à l'action dès qu'elle entendit la porte de Turkmani s'ouvrir, puis se refermer avec un cliquetis. Elle prit la sacoche, marcha rapidement dans le couloir, passa devant le bureau de Bouthaina, tourna à gauche dans la partie de l'étage qui abritait l'équipe d'Atiyah. Elle accéléra le pas jusqu'à ce qu'elle atteigne son bureau. Heureusement, la porte était ouverte.

En entrant, se souvenant qu'il lui avait flanqué une tape sur les fesses dans l'embrasure de la porte, elle sortit du sac à main le nouveau porte-documents, rempli de passeports américains pour Atiyah et sa malheureuse épouse, d'argent liquide et d'un appareil préchargé d'un message demandant son exfiltration, et posa le tout sur le sol à côté de l'original.

« À ton avis, comment les moukhabarat vont réagir ? » avait demandé Sam.

« Je pense qu'ils vont le tuer », avait-elle répondu.

« C'est parfait. (Il avait hoché froidement la tête.) Nous nous arrangerons aussi pour que son téléphone reçoive quelques messages étranges provenant de numéros américains, juste pour être sûrs du coup. »

Mariam sortit les papiers du sac d'Atiyah. Elle examina attentivement l'intérieur du compartiment avant de procéder à l'échange.

« Il y a un écueil, avait prévenu Iona. Sur la base de votre vidéo, nous ne pouvions évidemment pas voir l'intérieur du sac. Nous avons fait subir à notre sac deux ou trois mois d'usage sur la partie intérieure. Je me suis personnellement chargée de glisser des papiers et je les en ai sortis plus d'une centaine de fois. Mais il peut y avoir une tache, des déchirures ou des éraflures que nous avons été incapables de repérer. Lorsque vous ferez l'échange, vous vérifirez, et s'il y a trop de disparité, vous annulez. »

Elle scruta frénétiquement les deux sacs, à la recherche de différences. Il était encore plus terrifiant qu'elle n'en trouve aucune, car cela signifiait qu'elle devait continuer. Elle fourra les papiers dans le nouveau sac et le replaça au lieu de l'original. Elle glissa l'ancien dans son sac à main et quitta rapidement le bureau. Pendant l'opération, elle n'avait été prise d'aucun tic physique tant elle était concentrée, mais elle sentait maintenant de la transpiration couler dans son dos et à quel point son sac à main pesait lourd sur son épaule. Elle grimaçait. Elle tourna dans le couloir, tressaillait au bruit assourdissant de chacun de ses pas, elle courait presque maintenant, il fallait qu'elle dépasse le bureau de Bouthaina et qu'elle atteigne le sien.

La porte de Turkmani s'entrouvrit. Elle entendit la voix d'Atiyah. Elle prit une décision rapide, instinctive, et se précipita dans le bureau de Bouthaina. Elle resta debout près du bureau, elle respirait bruyamment, Atiyah approchait. Elle l'imaginait lui demandant ce que contenait ce sac. « Un si joli sac à main. Montrez-moi un peu ce qu'il y a à l'intérieur, ma chère », pourrait-il lui dire en y glissant la main. Elle recula vers l'intérieur du bureau, regarda ses pas brièvement effacer le rai de lumière sous le bas de la porte. Au bout d'une minute, elle s'avança d'un pas, puis d'un autre, en direction de la porte.

Elle avait la main sur la poignée lorsqu'elle entendit deux voix familières dans le couloir, mais contrairement à la plupart des conversations qu'elle avait pu surprendre, il n'était pas question de sexe. Elle retira sa main de la poignée, recula de nouveau dans le bureau, s'enferma dans la salle de bains de Bouthaina. Elle avait tâché de se mettre à l'abri des regards, mais lorsque la porte du bureau s'ouvrit, elle se serait giflée de ne pas en être sortie en inventant une histoire pour Bouthaina sur la raison de sa présence ici. Assise dans l'obscurité sur la lunette des toilettes fermées, elle entendit Rustum et Bouthaina entrer en se chamaillant. Quelqu'un alluma la lumière. *J'aurais dû raconter que j'apportais un document dans son bureau et que je l'avais oublié. J'aurais dû dire que j'étais entrée par réflexe. J'aurais dû tout faire sauf me cacher.* Son monde entier était en feu, et maintenant elle s'était sans doute condamnée elle-même en se repliant stupidement dans la salle de bains de Bouthaina. Elle resta immobile, sentit son cœur battre dans l'obscurité. Pourquoi étaient-ils là ? Si c'était pour faire l'amour, elle n'avait décidément pas de chance, parce qu'en ouvrant la porte, ils tomberaient sur une espionne de la CIA assise sur les toilettes, en nage, tenant un sac à main contenant un porte-documents volé.

— Qu'est-ce qui ne pouvait pas attendre ? dit Bouthaina. Et qui devait se passer ici ? J'étais en route pour rentrer chez moi.

— Nous avons eu un problème à Jableh. Tu te souviens des cargaisons ?

— Bien sûr. Quel problème ?

— Les Américains les ont trouvées. Nous avons dû évacuer et déplacer tout le sarin vers une nouvelle installation. Un site de secours. À Wadi Barada. Je voulais m'assurer que tu le savais, au cas où vous expédieriez autre chose à Jableh.

— Je vois. L'attaque est-elle encore en cours ?

— Oui. Nous en avons fait assez. Mais que cela reste entre nous, *habibti*.

Derrière la porte, Mariam imagina le regard qu'elle dut lui lancer. En fait, Bouthaina n'avait même pas répondu.

ELLE LES ÉCOUTA BAISER AU MOINS UNE DEMI-HEURE, sa gêne étant compensée par le soulagement de savoir que ces bruits animaux en provenance du canapé couvriraient largement tous les bruits émis par inadvertance dans les toilettes. Elle entendit du tissu se déchirer, probablement la culotte de Bouthaina, et ces bruits la ramenèrent dans son appartement, à ce moment où Razan avait une jambe au-dessus de la rambarde du balcon, sa robe déchirée, prête à se donner la mort. Puis elles s'étaient retrouvées par terre, dans les pleurs et les cris, les yeux fixés sur un ciel aux étoiles rares. Elle avait sauvé sa cousine, pour quoi ? Pour qu'elle finisse au cachot. Elle avait fait défaut à tous ceux qu'elle aimait. Razan. Sam. L'oncle Daoud. Et maintenant, elle était enfermée dans des toilettes. Que faisait-elle ? Qu'avait-elle fait ? Elle ferma les yeux, tenta d'effacer ces bruits.

Elle avait trahi Sam pour Ali Hassan, un homme qu'elle détestait, afin de sauver sa cousine. Dans l'obscurité, elle revit Razan dans sa robe noire à volants, mais qui n'était pas déchirée. Elle tournoyait. Puis elle l'entendit lui dire : « Pourquoi tu aides ces monstres ? Pour moi ? Je suis déjà libre, *okhti*. Il faut libérer les autres : Fatimah, l'oncle Daoud. Toi-même. Et toi, qui va te venir aide ? Ali Hassan ? Allez, ma fille. Sam est le seul en qui tu peux avoir confiance. Et tu as tout gâché. »

Elle avait égoïstement essayé de protéger sa cousine, et maintenant, enfin, elle réalisait que Razan n'aurait jamais approuvé. Razan lui aurait dit de continuer à se battre. Mariam avait essayé de sauver Razan, d'abord en l'empêchant de rejoindre la rébellion, puis en l'arrachant aux griffes d'Ali Hassan. Mais maintenant, elle savait que pour sauver sa cousine, elle devait se libérer elle-même.

Elle rouvrit les yeux.

Après leur départ, elle resta encore une demi-heure, juste pour être sûre. En nage et à bout de nerfs, elle sortit du bureau de Bouthaina et regagna le sien en rasant le mur. Elle s'allongea, la joue collée contre le sol froid. Il fallait qu'elle alerte Sam, mais Ali détenait le transmetteur et la boîte morte prendrait trop de temps. Un obus de mortier explosa, à l'extérieur, suffisamment près pour faire trembler les vitres.

Elle vérifia l'heure. Sam était peut-être encore à l'ambassade. Elle attrapa son sac à main et sortit.

Elle allait le faire, ce soir. Elle allait expier son erreur. Elle allait récolter sa promesse.

42

LA SÉANCE DE BAISE SUR LE CANAPÉ LUI AVAIT PERMIS de se vider la tête. Dans son bureau, relisant les rapports d'Ali sur les échecs désastreux de la surveillance de Samuel Joseph, Rustum ressentit comme un moment d'extrême lucidité. L'évaporation de l'agent de la CIA dans la nuit. L'embrouille avec le Français. Le saccage de l'appartement. La merde sur le lit était un joli détail, mais cela ne compensait pas l'échec d'Ali. Et son petit frère avait eu le culot de lui mettre le nez dans son caca en faisant rédiger par le président un décret l'obligeant à transmettre ce message stupide à Bouthaina. Il se sentit sombrer dans la colère, mâchoire serrée. Il était redevenu enfant, il poussait Ali dans l'escalier, il lui sautait dessus dans son lit avec un couteau de cuisine pour lui trancher la gorge. Il était la vengeance. Il était le salut de la Syrie.

Il allait devoir faire le ménage.

Il fallait qu'il arrête Samuel Joseph. Une fois toute la lumière faite, le président comprendrait, même si Ali avait encore de la latitude pour ses opérations idiotes. Il ne faudrait que quelques heures à Basil pour effacer le nom du traître de l'Américain. Dès lors, sûr et certain qu'aucun espion ne se cachait dans son armée, Rustum pourrait déclencher son attaque pour mettre fin à la guerre. Les Américains avaient largué des bombes atomiques pour vaincre les Japonais et mettre fin à la Seconde Guerre mondiale. Pourquoi ne pourrait-il pas éliminer des terroristes en les gazant ?

Il décrocha le téléphone et aboya le nom de Basil. Un assistant le mit en communication avec lui.

— J'ai un travail pour tes garçons, fit Rustum.

Il entendit des bruits de froissement, Basil tenait le téléphone coincé contre son épaule.

— Qu'est-ce que c'est ?

— Il y a un Américain, un agent de la CIA, ici à Damas. Samuel Joseph. Je t'enverrai son dossier. C'est un traître. Je veux qu'on l'arrête.

— Compris. Milice ?

— Oui. Pas de paperasse. (Rustum repensa aux yeux d'eau de vaisselle, à Hama, aux scalps.) Et sur ce coup-ci on ne bute personne, alors assure-toi que les garçons que vous employez soient clean. Pas d'héroïne. J'ai besoin qu'il parle, pas qu'il finisse mort ou à l'hôpital. Compris ?

— Votre frère le surveillera avec les Russes ?

— Je vais les appeler maintenant et leur ordonner de se retirer, de vous laisser un peu d'espace pour travailler.

— Oui, commandant. Quand ?

— Tout de suite.

Rustum raccrocha, composa le numéro du bureau d'Ali et fut mis en relation avec l'assistant.

— Passez-moi Ali, grogna-t-il, mais au lieu d'entendre la voix de son frère, ce fut celle de l'assistant lui bredouillant qu'il n'était pas là.

— Alors, passez-moi le Russe, maugréa Rustum.

Un instant plus tard, il fut accueilli par un épais accent slave.

— Oui, commandant.

— Retirez les équipes de surveillance de l'Américain pour le reste de la nuit. J'ai besoin d'eux ailleurs.

43

L'ÉQUIPE DE LA SOCIÉTÉ DE SERVICES DE L'AMBASSADE chargée du nettoyage était toujours à son appartement – « Je n'ai jamais rien vu de pareil, monsieur Joseph, je n'ai jamais rien vu de pareil », avait marmonné l'un des hommes en faisant le tour de son logement dévasté –, si bien que Sam était resté à la station plus tard qu'à son habitude et en avait profité pour consulter les messages sur la base de données ATHENA. Elle était vide, comme tous les jours depuis l'Italie. Épuisé et inquiet, il enfila sa veste pour repartir. Dans sa poche, il sentit le paquet de Marlboro qu'il avait acheté pour Ali. Même si Las Vegas était l'un des derniers endroits en Amérique où l'on pouvait fumer en public, il n'y avait jamais pris goût. Il avait toujours préféré la muscu. Mais c'était mieux que rien.

À l'extérieur du bâtiment de la chancellerie, il demanda du feu à l'un des Marines en faction et se sentit obligé de déconner avec lui sur la détérioration de la sécurité. Le jeune Marine, se dit Sam, avait l'air sincèrement excité par la perspective de l'effondrement de toute autorité dans la capitale.

— Ça vous dérange si je vous emprunte ça ? fit-il en agitant la boîte d'allumettes, et le Marine répondit qu'il n'y avait pas de problème. Se tournant face à la véritable muraille de grillage résistant à l'escalade, il se demandait quand les moukhabarat l'expulseraient du pays. L'excitation qu'il avait ressentie au cours des premiers jours de son tour de service avait disparu, remplacée par le sentiment inquiétant que tout son travail, à Damas, était en train de s'effondrer.

Procter l'avait chargé de deux missions : tuer Ali Hassan et cornaquer ATHENA. Il avait échoué dans les deux.

D'abord, Ali. Ils étaient passés tout près. Sam ne comprenait toujours pas pourquoi ce Russe avait couru après lui dans la rue, ni où ils étaient allés, mais il savait, d'après les mots qu'ils avaient pu lire sur les lèvres du Slave (« Nous l'avons trouvé »), qu'ils l'avaient traqué. L'avertissement d'Ali et le saccage de son appartement signifiaient qu'il était sur la corde raide. *Enfonce un autre pouce dans l'œil d'Ali, et tu ne parviendras peut-être pas à le lui arracher. Il te l'arrachera d'un coup de dents. Il te mettra en prison.* Ou pire, comme il l'avait fait avec Val.

Deux, ATHENA. Mariam. Elle lui avait caché quelque chose, en Toscane. Ils n'avaient plus eu de nouvelles d'elle via le PLATYPUS depuis plus d'une semaine. Quelque chose n'allait pas du tout. Il alluma une autre cigarette et regarda le drapeau américain qui flottait dans le ciel strié de tirs de mortier. Il pensa au manifestant qui avait escaladé le toit pour détruire ce drapeau. Il pensa aux yeux de Mariam en Italie, pleins de frayeur. Il se souvint de sa promesse.

Son temps à Damas atteignait son terme. Il n'avait aucune idée de ce qu'il adviendrait de sa carrière après cette nuit. Il se pouvait qu'elle soit terminée. Mais il savait ce qu'il lui restait à faire.

Il éteignit sa cigarette. Il composa le code pour entrer dans le bâtiment de la chancellerie et descendit l'escalier de la station. En saisissant un autre code, il ouvrit la porte métallique de la chambre forte, prit son sac sur son bureau et entra dans le bureau de Procter. Elle hurlait au téléphone avec quelqu'un, mais lorsqu'elle le vit, elle raccrocha. Les murs de l'ambassade tremblèrent. Le barrage d'artillerie du régime venait de reprendre. Sam se pencha à l'embrasure de la porte.

— Je sais que je marche sur des œufs, là, cheffe. Peut-être devrions-nous parler à Bradley dans la matinée et réfléchir à la suite des événements ?

Elle le dévisagea et ne répondit pas à la question.

— Occupez-vous de votre agent et d'obtenir des informations, lui rétorqua-t-elle. C'est tout ce qui compte.

Il opina. Il sortit de la station, se dirigea vers le parc de véhicules, repassa les détecteurs de métaux et quitta l'enceinte de l'ambassade. Ce soir, il tiendrait sa promesse.

DEPUIS UN BANC SITUÉ DE L'AUTRE CÔTÉ DU ROND-POINT, Mariam regarda Sam quitter l'ambassade. Elle devait lui parler sans guetteurs, sans surveillance. C'était délicat, car elle le croyait suivi par toute une escouade de moukhabarat en filature. Peut-être réussirait-elle à s'approcher et à lui transmettre le message rapidement, en faisant semblant de le croiser dans la rue. Cela pourrait marcher. Elle savait qu'il ne serait pas surpris par sa présence, qu'il la jouerait fine. Elle était également certaine d'être claire du côté de l'équipe du Bureau de la sécurité. En partant du Palais, elle avait appliqué toutes les manœuvres apprises en France.

Sam longea le fleuve en direction d'Adnan al-Malki, la large avenue bordée d'arbres qui canalisait le flux des voitures et des piétons vers la place des Omeyyades et le Sheraton. Les rues étaient plus désertes que d'habitude, les combats et les tirs de mortiers ayant maintenu tout le monde enfermé. Mariam aurait préféré une foule plus dense, le genre de foule que le quartier avait l'habitude d'attirer. Elle se sentait exposée, seule, essayant de suivre à la trace un agent de la CIA. Alors que Sam s'engageait sur un trottoir à l'écart le long de la rivière, elle remarqua qu'elle ne repérait aucun signe de filature de la moukhabarat. Étrange. Il était cinquante mètres devant elle, toujours le long de la rivière, marchant à vive allure. Mariam accéléra le pas, maudissant ses talons et sa stupidité.

La rue était mal éclairée et vide, l'animation de l'ambassade n'était plus qu'un lointain souvenir.

Ce fut alors qu'elle les vit. Trois hommes surgirent de derrière une benne à ordures pour barrer la route à Sam. Ce n'était pas un poste de contrôle. Elle savait ce que c'était. Elle sortit une lime à ongles de son sac à main, la serra dans son poing pour qu'ils ne la voient pas. Quand ils la verraient, ce serait trop tard. Elle lâcha son sac par terre. Heureusement, elle avait déjà jeté à la poubelle la vieille mallette d'Atiyah.

Elle expédia ses chaussures à hauts talons et se mit à courir.

DÈS QUE LES TROIS HOMMES FIRENT LEUR APPARITION sur ce trottoir défoncé, Sam s'arrêta net. Ils ne portaient pas d'uniformes. Un costaud vêtu d'un T-shirt *I ♥ NY* brandissait une matraque. Les deux autres étaient armés d'AK-47, l'un en tongs, l'autre en tenue camouflage. Leurs armes n'étaient pas pointées sur lui – pas encore. Il n'arrivait pas à comprendre l'ambiance. Milice ? Criminels ? Rebelles ? À Damas, les frontières s'étaient brouillées. Mais cela n'avait pas d'importance. Ensuite, il vit les menottes à la ceinture du T-shirt *I ♥ NY*. Qui que soient ces types, ils étaient là pour l'enlever.

— Bonsoir, fit Sam en arabe. Que voulez-vous ?

— Monsieur Joseph, répondit NY. Il va falloir venir avec nous.

Ah, merde, songea Sam. Ils connaissaient son nom. La bonne nouvelle, c'était qu'ils le voulaient vivant, sinon pourquoi apporter des menottes ? Alors peut-être aurait-il un moyen de pression. Juste un peu.

— Qui êtes-vous ? demanda-t-il, toujours en arabe.

— Militaires.

Sam jeta un coup d'œil aux tongs de l'autre, puis sur son arme, avant de croiser à nouveau le regard de NY.

NY regarda derrière Sam. Qui entendit les pas, le frottement des pieds nus sur le trottoir dans son dos. Il banda tous ses muscles.

LE *RETZEV*, LUI AVAIT EXPLIQUÉ BENI À PARIS, était l'un des principes fondamentaux du krav-maga. Une explosion de violence sans faille. Elle prit de la vitesse, les pieds brûlant sur la chaussée, des expressions confuses se dessinèrent sur les visages des miliciens.

Trois hommes, deux armes dégainées. Elle devait mettre les armes hors jeu.

Ils la fixaient toujours, ne sachant pas comment réagir face à cette femme pieds nus, en tenue chic, aux yeux enflammés qui fondait sur eux.

À une vingtaine de mètres, celui qui avait la matraque et NY lui hurla de s'arrêter. Elle accéléra.

Puis elle fut sur eux, la lime à ongles jaillit, lança un éclair et elle l'enfonça dans l'entrejambe d'un des hommes armés d'un AK-47, celui qui marchait en tongs. Il gémit, le sang imbiba son pantalon. Elle abattit son bras droit sur l'arme, l'envoya s'écraser sur le trottoir. Il se recroquevilla, la main serrée autour de la lime plantée dans l'aine et s'écroula sur le trottoir.

Sam avait à peine saisi que c'était Mariam qui avait sauté au milieu de la mêlée lorsqu'il s'avança vers le type en treillis camouflage, qui contemplait avec horreur la castration de son ami.

Il lança son poing vers le sternum de l'homme, mais le sac qu'il portait à l'épaule bloqua son bras au moment où il lâchait son coup, et son poing le manqua d'un centimètre. M. Camouflage recula d'un pas, releva lentement son arme. Sam lui flanqua un coup de pied dans le tibia, puis referma sa main en une griffe et lui enfonça dans le visage, cherchant une cavité. Il logea son majeur dans l'œil gauche de M. Camouflage et tourna lentement, le bout de ses doigts de plus en plus poisseux alors que l'autre hurlait, empoignant toujours son arme et s'efforçant de la diriger vers Sam.

L'épaule droite de Sam explosa de douleur. Il perdit prise sur l'orbite de M. Camouflage et trébucha. La matraque s'abattit sur son rein droit, une fois, deux fois. Il essaya de se relever et NY cogna de nouveau, cette fois sur le tibia, en beuglant dans des tonalités de basse profondes quelque chose que Sam fut incapable de comprendre alors qu'il s'écroulait sur la chaussée.

MARIAM, AGENOUILLÉE, RAMASSA LE FUSIL SUR LE TROTTOIR et le pointa vers l'homme au T-shirt *I ♥ NY* qui frappait Sam à coups de matraque. Elle appuya sur la détente, entendit le cliquetis caractéristique de l'AK-47 et vit les balles déchiqueter le bassin, les cuisses et le genou de l'homme. Il s'écroula.

L'homme en tenue camouflage s'agrippait l'œil et se dirigea en titubant vers le muret de craie qui séparait le trottoir du plongeon de cinq mètres vers la berge de la rivière. Elle tira une rafale, mais visa trop bas, les balles ripèrent sur le trottoir. Elle corrigea sa hausse, les balles criblèrent les fesses, le dos et le cou de l'homme, puis une balle trouva la base du crâne et il s'écrasa contre le mur. Mariam garda le doigt sur la détente et vit le corps basculer un instant avant de disparaître vers la berge en contrebas.

Elle balaya la scène du regard. Par miracle, il n'y avait plus un piéton sur ce trottoir. Il y avait un homme mort en tenue camouflage sur la berge, un autre en tongs qui gémissait à terre avec une lime à ongles enfoncée dans le sexe. L'homme en T-shirt *I ♥ NY* essayait de s'enfuir en rampant, mais il n'y parvenait pas. Sam réussit à se remettre debout, en se tenant le côté droit.

Elle s'approcha de l'homme en tongs qui s'agrippait la cuisse, sentit les douilles sous ses pieds. Il avait extrait la lime à ongles, mais son pantalon était trempé de sang.

— Qui vous a envoyés ? demanda-t-elle, en le dominant de sa stature, le canon pointé sur sa tête.

Elle avait envie qu'il lui dise qu'ils étaient des rebelles ou des voleurs. Parfait. Ce serait quand même la merde, mais en ce cas ils ne sauraient pas que Sam était de la CIA et ne pourraient pas la relier aux Américains.

M. Tongs avait perdu la volonté de se battre.

— Basil Mahklouf. Nous sommes de la milice. (Il grimaça, inspira une goulée d'oxygène pour terminer sa phrase.) Ici pour arrêter l'Américain.

Elle détourna le regard. Elle appuya sur la détente et sentit la matière cérébrale lui éclabousser les pieds.

— Ils font partie d'une milice officielle, dit-elle en anglais à Sam.

Elle remarqua qu'il claquait des dents à présent, malgré la moiteur de la nuit. Elle serra les mâchoires et pointa son arme sur NY qui s'éloignait en rampant. Elle appuya sur la détente jusqu'à ce qu'il cesse de bouger.

Un concert de klaxons retentit en direction de l'ambassade, mais Mariam ne les entendit pas.

À TOUT POINT DE VUE, LE TABLEAU N'ÉTAIT PAS BRILLANT : trois miliciens syriens morts, un officier de la CIA blessé et une source apparue de manière inexplicable au beau milieu des ravisseurs. Par miracle, le trottoir restait sans piétons et sans policiers, mais cela ne durerait pas longtemps, étant donné les coups de feu. Sam n'avait aucune idée de la raison pour laquelle Mariam avait déboulé. Elle enfreignait toutes les règles de sécurité dont ils avaient discuté en France.

Elle repartit en courant chercher son sac et ses chaussures. Sam essuya les empreintes sur l'arme et ramassa la lime à ongles. Il regarda l'homme mort qui gisait en tas au bord de la rivière. Il vérifia son sac pour s'assurer qu'il contenait l'un des téléphones prépayés. Il envoya une adresse à Elias par SMS. Le message se terminait par quatre points, indiquant qu'il s'agissait d'une urgence.

Mariam sortit une lingette de son sac à main et il nettoya les mouchetures de sang sur son visage et dans son cou. Elle remit son chemisier en place et se lissa les cheveux. Elle se frotta les yeux, agités de tressaillements. Sam lui donna l'adresse.

Son téléphone vibra. Le message indiquait : *OK. 10 minutes.*

— Nous ne pouvons pas y aller ensemble, dit-il. Tu pars en direction de Rawdah. Le PDS le plus court du monde, on nous prend dans dix minutes.

— Où allons-nous ? demanda-t-elle.

— Dans un endroit où nous pourrons parler.

LES FONDS ALLOUÉS AUX BANDITO avaient permis d'acheter un appartement spartiate à la pointe nord du quartier de Malki, niché au pied du mont Qassioun. Il y avait une chambre à coucher avec un matelas à même le sol, mais sans draps ; une petite cuisine, approvisionnée en conserves de soupe ; et, dans l'entrée, une table de jeu avec une seule chaise en métal. Les plafonniers clignotaient. L'endroit sentait le désinfectant à l'ammoniac et la naphtaline. Anticipant les coupures de courant, les BANDITO avaient installé plusieurs lanternes de camping munies de piles le long du mur de la chambre.

Elias enverrait un autre texto dans deux heures et raccompagnerait Mariam sur presque tout son trajet de retour, suffisamment pour qu'elle puisse franchir les points de contrôle, mais pas jusqu'à sa porte d'entrée. Malgré le sordide de l'endroit, rien n'aurait tant plu à Sam que de passer du temps avec Mariam, ici. Enfin, deux heures, c'était quand même un peu court. Et si elle était surveillée – et il savait qu'elle l'était –, une absence prolongée susciterait des questions de la part de ceux qui traçaient ses mouvements.

Ils s'assirent sur le matelas, face à face. Les lumières tremblèrent à nouveau et s'éteignirent. Il entendit des tirs d'artillerie passer au-dessus d'eux. Il alluma l'une des lanternes.

— Pourquoi tu étais là ? demanda-t-il.

— Je devais te dire quelque chose.

Il faillit lui crier : « Pourquoi n'as-tu pas utilisé le transmetteur que nous t'avons fourni ? » Mais il savait déjà pourquoi – c'était la raison pour laquelle il se sentait à la fois trahi et assuré de sa loyauté –, bien que cela n'apaise en rien son exaspération. Ne faisant plus confiance à son propre jugement, il se souvint de Procter (« Collecter des renseignements »). Il avait les yeux rivés sur elle.

— Qu'est-ce qu'il y a ?

— J'ai entendu Rustum indiquer à Bouthaina l'emplacement d'un site de secours pour le sarin.

— Où est-ce ?

— À Wadi Barada.

— Comment l'as-tu appris ?

— J'ai surpris leur conversation. J'étais dans ses toilettes. Je venais de placer le sac dans le bureau d'Atiyah. Je...

Elle se mit à pleurer.

À l'heure qu'il était, les Syriens auraient appris la fusillade et établi un lien entre Sam et les meurtres. S'ils le trouvaient, ils pourraient le tuer. Ou l'arrêter et le juger, puis le mettre à mort. Il devait transmettre l'information à Langley dès ce soir.

— Qui détient le transmetteur, Mariam ?

Elle plongea ses yeux enflammés dans les siens.

— Je suis tellement désolée, *habibi*, je suis tellement désolée. (Elle sanglotait, appuyant ses mains sur ses yeux.) Pardonne-moi, s'il te plaît, pardonne-moi.

— Qui a le PLATYPUS ?

— Je suis désolée, *habibi*, je suis désolée, je suis désolée.

— Où est cet appareil ?

Elle releva les yeux, le visage rougi, mouillé de larmes.

— Ali Hassan. Ils ont arrêté Razan, Sam, ils sont entrés dans mon appartement et l'ont arrêtée la veille de mon départ pour l'Italie. Ali Hassan s'est servi de moi contre toi, *habibi*, je suis tellement désolée, je suis tellement désolée.

Il s'y attendait et pensait qu'il serait en colère, lorsqu'elle avouerait. Au lieu de cela, il se sentait triste. Triste qu'elle ne lui ait rien dit en Italie, alors que Procter et lui auraient pu l'aider. Ils auraient pu la sortir de là. Maintenant, ils étaient coincés à Damas et il se demandait s'ils se sortiraient vivants de ce pétrin.

— Sais-tu ce qu'ils voulaient trouver dans le transmetteur, ou chez moi ? s'enquit Sam.

Elle tremblait maintenant, essuyant des coulures de maquillage avec ses mains, mouillant de ses larmes des taches de sang séché qui avaient échappé à son nettoyage sommaire d'après-combat. À cet instant, dans le calme de cet appartement sordide, il la revoyait pour la première fois depuis l'Italie. Son visage était cireux, défait. Des cernes lui creusaient les yeux. Elle se mordillait la peau à vif d'un doigt rongé.

— Ils ne m'ont pas expliqué les choses très précisément, Ali a seulement dit qu'ils savaient que tu rencontrais un traître et qu'il fallait qu'ils le trouvent. Je me suis demandé si c'était moi qu'ils visaient.

Sa main enveloppa délicatement les doigts de Mariam, les éloigna de sa bouche, puis il retint ses mains entre les siennes.

— Qu'est-ce que tu lui as fourni, à part le transmetteur ?

— Des informations de base, pour l'essentiel. Je leur ai parlé de Procter. (Elle se mordit la lèvre.) Et du lieu sûr, ici à Damas. Ils m'ont ordonné de prendre contact avec toi. Ils savaient que je t'avais rencontré à cette soirée à Paris. Ali voulait que j'opère contre toi. Il voulait le transmetteur.

Sam fit l'inventaire : un covcom top niveau et une planque de premier ordre cramés, une source syrienne précieuse qui se transforme en balance. Le contre-espionnage allait péter un câble.

Il fit les cent pas dans la pièce. D'autres tirs d'artillerie sur la montagne. L'électricité se ralluma. Et, quelques secondes plus tard, l'appartement fut replongé dans l'obscurité.

— Pourquoi tu m'as suivi ce soir ?

— J'ai entendu cette information et je savais que tu en avais besoin. Et je n'avais aucun moyen de te contacter.

— Tu as exécuté l'opération Atiyah ? Le sac a-t-il été échangé ?

La station n'avait rien su d'elle depuis son retour d'Italie.

— Oui. Mais je n'ai pas pu te le confirmer parce que je n'avais plus le transmetteur.

— Tu as parlé à Ali de l'opération Atiyah ou de l'ordinateur de Bouthaina ?

— Non. Je suis loyale. Nous combattons ensemble.

— Je sais que tu es loyale, *habibti*, je sais.

Il s'assit. La tête de Mariam s'affaissa sur son épaule et elle pleura. Elle avait trahi la CIA, trahi leur accord conclu en France, elle l'avait trahi, lui. Mais Sam savait qu'elle disait la vérité. Elle avait tout risqué en tuant ces miliciens. Dans une autre vie, dans un autre monde, ils se seraient installés quelque part. Mais au lieu de cela, ils étaient à Damas, et ils avaient droit à des places aux premières loges pour assister à la descente aux enfers de cette ville. Il balaya sa colère, sa tristesse et sa honte. Il allait se concentrer sur la seule chose qu'il était capable de contrôler pour le moment. Il la protégerait.

— Ils ont relâché Razan ? demanda-t-il.

Elle secoua la tête, sa mâchoire se crispa et elle fixa la lanterne.

— Pas encore, dit-elle. Ali Hassan est un menteur.

Le cerveau de Sam opérait très vite, maintenant, soupesant les responsabilités et les mouvements potentiels. Protéger son agent. Tenir sa promesse.

— Alors le seul moyen de te protéger, dit-il, c'est de fournir à Ali exactement ce qu'il veut.

ILS ÉCHAFAUDÈRENT LEUR PLAN ASSIS sur le matelas, l'un face à l'autre.

— Au cas où quelque chose se produirait, nous aurons besoin d'un moyen de nous parler, ne serait-ce que quelques secondes, expliqua-t-il finalement. Je vais demander à Elias de te donner un téléphone jetable quand il va te raccompagner.

Il envoya un SMS aux BANDITO. Et il lui communiqua son numéro de téléphone jetable.

Il n'avait pas besoin de regarder sa montre, il le savait déjà : il leur restait vingt-cinq minutes avant qu'Elias n'arrive pour récupérer Mariam.

Il se rendit dans la cuisine, où elle ne l'entendrait pas, et il appela Procter. Il lui expliqua le guet-apens, mais ne lui précisa pas où il se trouvait.

— C'est l'heure de l'exfiltration, mec. La fête est finie, trancha-t-elle.

Honnêtement, il ne savait pas comment lui expliquer sa prochaine initiative, alors il se contenta de lui dire ceci.

— Il faut que vous transmettiez ça ce soir, cheffe. Info d'ATHENA : le sarin est à Wadi Barada. Source secondaire confirmée.

Il raccrocha et respira à fond. Même s'il réussissait son coup, il n'était pas sûr que faire face à Procter et aux huiles de la CIA vaudrait beaucoup mieux qu'un procès en Syrie. Au bout du compte, la seule différence, ce serait qu'il aurait droit à son étoile sur le mur.

À son retour dans la chambre, Mariam était toujours assise sur le matelas. Il s'allongea à côté d'elle.

— Pardonne-moi, *habibi*, dit-elle encore et encore, jusqu'à ce qu'il appuie son front contre le sien.

Ils restèrent enlacés en silence de longues minutes, jusqu'à ce qu'ils respirent en rythme. Il l'embrassa.

Elle s'essuya les yeux, lui déboutonna sa chemise en soutenant son regard. Sa manche tira sur son épaule, il grimaça.

— Il se peut que ce soit la dernière fois, *habibi*, dit-elle.

— Je sais, répondit-il. Mais en général, on se trompe.

44

EN ENTRANT DANS LE QUARTIER GÉNÉRAL DU BUREAU de la sécurité nationale, le 18 juillet, par une matinée douce et ensoleillée, Rustum avait déjà en tête une longue liste de comptes à régler.

Et la liste s'allongerait au fil de la journée.

Ces maudites réunions étaient fastidieuses. Le président avait créé un groupe, présidé par son petit frère, pour centraliser les efforts de contre-espionnage pendant la guerre. Seul aspect plaisant de ces réunions, elles devaient se tenir à l'extérieur du Bureau de la sécurité, car le quartier général délabré d'Ali ne disposait pas d'une salle assez grande pour accueillir tout le monde. Mais, sans même prendre en compte la présence de son frère, Rustum trouvait ces réunions épuisantes car nombre de ses camarades n'étaient que des bureaucrates ramollis. Ils ne faisaient rien d'autre que parler.

— Commandant, j'ai besoin que vous m'accordiez un moment, entendit-il à son entrée dans le bâtiment.

C'était une voix familière. Dans le hall, Basil attendait son arrivée. Rustum l'entraîna à l'écart.

— Tu l'as eu ? murmura Rustum.

Le siège du NSB n'était pas l'endroit idéal pour une telle conversation.

— Il y a eu un incident la nuit dernière avec la milice.

— Un incident ? Parle franchement, Basil, dit-il, s'attirant le regard d'un fonctionnaire au passage.

— Les hommes envoyés pour arrêter l'agent de la CIA sont morts, dit Basil. Il les a tués et s'est échappé.

Rustum en resta bouche bée. Quelqu'un le salua. Il l'ignora.

— Nous avons retrouvé les corps tôt ce matin, poursuivit Basil. Abattus près de la rivière. L'un poignardé dans le pénis. Un autre balancé sur le talus, l'œil arraché.

— Poignardé dans le pénis ?

— Oui.

— *Haywaan*, grogna Rustum. L'animal. (Il sentit sa tension artérielle monter.) Trouve-le.

— Nous le cherchons partout, commandant. (Un temps de silence.) Et si nous le trouvons ?

— Vivant. Si possible.

EN RAGE, ALI ENTRA DANS LA SALLE DE RÉUNION et prit place en bout de table. Il avait préparé l'ordre du jour, désormais vide de sens car il ne parvenait à se concentrer sur rien d'autre que la violente colère qu'il ressentait envers son sadique de frère et Basil, son pervers d'homme de main. Volkov, d'habitude stoïque, était lui aussi au bord de l'apoplexie en apprenant qu'Ali n'avait pas approuvé ou pas été informé de l'appel de Rustum la veille au soir, ordonnant de lever la surveillance. En entendant la nouvelle, le Russe avait balancé un mug contre le mur du centre de commandement du Bureau de la sécurité, une coulure sale confirmant sa colère : le mug était à moitié plein de Zhuravli, sa vodka de prédilection pour les premières heures de la matinée. Ali avait grillé deux cigarettes en regardant l'un des Russes balayer les morceaux et nettoyer les saletés.

Ensuite, ils avaient lancé la chasse à l'homme pour débusquer Samuel Joseph, la totalité des dix-sept agences de sécurité ayant été informée, et reçu l'ordre de donner la priorité à cette traque. Ali avait personnellement dirigé la descente dans l'appartement de l'Américain. Ils avaient fouillé le refuge qu'il avait mis à la disposition de Mariam Haddad. Ali avait convoqué Mariam pour interrogatoire. Les gardes-frontières avaient été mis en alerte. Les Américains avaient été officiellement informés lors d'une réunion électrique qui, d'après ce qu'Ali en avait entendu, s'était achevée sur une diatribe du vice-ministre des Affaires étrangères syrien maudissant l'ambassadeur des États-Unis. Et ils ne retrouvaient toujours pas Samuel Joseph.

Tout en cherchant dans sa liasse de documents, Ali fit un signe de la main au garçon qui servait le thé. Il ne retenait jamais son nom. Le garçon fit le tour de la table en poussant un chariot grinçant. Il essaya de remplir la tasse, mais au lieu de cela, il en renversa à côté et sur le plateau de service.

— Je suis désolé... Je suis désolé, mon général, balbutia-t-il en essuyant la tasse.

— Ce n'est pas grave, fit Ali en prenant sa tasse. Donne-moi juste une serviette... Rappelle-moi encore ton nom.

— Jibril, mon général.

— Eh bien, Jibril, apporte-moi donc cette serviette.

Mais le garçon ne l'entendit pas. Il fixait la porte, bouche bée. Ali se retourna.

Le président Assad entra. Il était toujours invité à cette réunion mais n'était jamais venu une seule fois. Ali se leva pour lui serrer la main et s'écarta, cédant sa place au président, qui saluait maintenant chacun des hauts responsables autour de la table.

Rustum prit place à la droite d'Assad et ignora Ali, qui se pencha vers son grand frère.

— Je sais que tu as essayé de faire tuer l'Américain hier soir. Tu l'as au moins mis en détention, ou tes hommes ont-ils vraiment merdé à ce point ?

— Tu crois que j'ai tué trois miliciens pour te lancer sur une fausse piste, petit frère ? Te faire croire qu'il s'est échappé alors que je le tiens ?

— Je ne t'en ferais aucun reproche, grand frère.

Rustum sourit.

— Va te faire foutre, petit frère, je ne sais ni ce qui lui est arrivé ni où il se trouve.

Le président parvint à hauteur de Rustum et lui serra la main avant de s'asseoir. Il lissa sa cravate et d'un signe de tête invita Ali à commencer la réunion.

— Notre objectif aujourd'hui est de retrouver l'Américain Samuel Joseph, déclara Ali à l'auditoire, avec un rapide coup d'œil vers le chariot de thé branlant – Jibril finissait de servir le ministre de l'Intérieur et se rapprochait.

Assad fit signe à Jibril et le chariot grinça bruyamment, puis s'immobilisa entre Ali et le président. Ali s'arrêta de parler car tous les regards de la pièce étaient rivés sur ce chariot de thé qui retenait trop l'attention. Jibril s'efforça de verser le thé, mais il en renversa et le breuvage chaud coula de la tasse du président sur la table.

— Bon sang, grinça le chef de l'État en faisant glisser la tasse dans une vaine tentative de l'éloigner et de l'empêcher de dégouliner sur son pantalon.

Il dévisagea Jibril, qui cherchait frénétiquement une serviette sur le plateau. Ce gamin passait une très mauvaise matinée. Était-il malade ?

— Tu n'en as pas une dans ce chariot, mon garçon ?

Le président désigna le bas du chariot, qui était drapé d'une nappe.

— Je... je... dois aller en chercher une, monsieur le président.

Jibril fit quelques pas en laissant le chariot entre Ali et Assad.

— Mon garçon, grogna Rustum, éloigne donc ce chariot de thé vers le bout de la table, qu'il ne reste pas en plein milieu.

Jibril regarda le président, puis Ali, qui vit de la sueur perler sur le front du jeune homme. Ali reprit son exposé, et le chariot à thé s'éloigna en grinçant. Le garçon le rangea entre le ministre de la Défense et Hassan Turkmani, à l'autre extrémité de la table. Ali s'aperçut que Jibril le regardait fixement, lorsqu'il quitta la pièce. Il y avait quelque chose d'étrange. Ali avait cessé de parler, il baissa les yeux sur ses documents, ayant du mal à se concentrer.

— Général Hassan, fit le président. Poursuivez, je vous prie. J'ai moi aussi les oreilles qui tintent à cause de ce satané chariot.

Assad s'enfonça un doigt dans l'oreille et l'agita en riant.

Ali entendit en effet un très léger tintement. Ensuite vint la chaleur, son corps noyé d'une lumière brûlante qui occulta la pièce. Ensuite, l'impression de tournoyer, en apesanteur, dans les profondeurs d'une piscine, les bras et le visage calcinés, de la fumée lui obstruant les narines. Une jambe sectionnée traversa son champ de vision au ralenti, alors qu'il effectuait une nouvelle culbute. Amorçant un autre tour sur lui-même, il entrevit le sol percé d'un trou fumant au pourtour déchiqueté – ou était-ce le plafond ? – et le monde se figea, la pièce se resserra, les spirales ralentirent, il n'entendait plus que des grognements, des cris, des gémissements, des respirations lourdes, oppressées.

Enfin, il entendit le président pousser un cri de détresse.

— *Ya Allah*. Mon Dieu.

Ali s'aperçut qu'il était en position assise, calé contre le mur, plusieurs mètres derrière sa chaise. Le président était couché derrière la sienne, il redressait la tête, qui remuait. Ali regarda le bas de son corps, il vit ses jambes, toujours là, intactes. Il en toucha une du doigt. Il sentit ce contact. Il essaya de bouger un orteil.

Crachant des glaires, il regarda tout autour de lui, la pièce enfumée. Des morceaux de chair noircie gisaient, épars, sur le sol. L'autre côté de la table avait disparu. Les dalles du plafond s'étaient désintégrées, révélant un orifice béant. Il vit Rustum à sa droite, qui rampait sur ses coudes, vers lui.

Assad se releva, les yeux fous, s'effondra de nouveau, la respiration sifflante dans ce brouillard. Ali constata qu'il était capable de tenir debout.

Il boitilla jusqu'à Assad et l'aida à se relever. Rustum se leva également et se retint au mur. Ali regarda autour de lui et les yeux du ministre de la Défense le fixaient de leur regard fuyant, comme s'il s'interrogeait : où était passé le bas de sa tête ?

UNE HEURE PLUS TARD, ALI ÉTAIT AVEC RUSTUM ET ASSAD, au Palais. Le président portait un bandage sur l'œil droit et des pansements pour ses brûlures aux bras et à la poitrine. Le médecin avait insisté pour que Rustum porte une minerve pour lui maintenir le cou. Ali, par miracle, n'avait que quelques coupures superficielles au visage. Il n'avait pas encore appelé Layla. Il ne savait pas quoi dire. Il se demandait s'il n'était pas en état de choc.

En attendant la confrontation de Jibril avec le président, ils regardèrent un reportage sur Al Jazeera. Le garçon avait été appréhendé alors qu'il tentait de s'enfuir du bâtiment après l'attentat. À la télévision, Zahran Allouch, le chef de guerre de Douma, revendiqua l'attentat à la bombe et déclara qu'il s'agissait du début d'une offensive visant à s'emparer de la capitale. Assad lança la télécommande contre la télévision, fissura l'écran. L'image était morte. Ali se prit la tête dans les mains. Ils restèrent tous assis en silence.

Le chef de la sécurité présidentielle ouvrit alors la porte du bureau. Jibril, le garçon de thé menotté, s'avança, en sueur et couvert d'ecchymoses, les yeux écarquillés, sous le choc de voir qu'ils étaient encore en vie, le président et lui.

Ali ne souhaitait rien d'autre que rentrer chez lui, retrouver Layla et ses garçons, mais il était là, coincé au Palais, encore confronté à un surcroît de malheur. Il détestait cette situation. Il se détestait lui-même. Jibril fixait le sol des yeux.

— Regarde-moi, mon garçon, fit Assad. (Jibril frémit. Le président se rapprocha.) J'ai dit regarde-moi, mon garçon.

Jibril leva les yeux. Le président lui cracha dans les yeux. Puis il le gifla. Jibril éclata en sanglots. Ali détourna le regard.

— Mon père n'a pas passé trois décennies à bâtir la Syrie pour que des traîtres comme toi la détruisent sous mon règne, siffla Assad. Ce pays doit être gouverné par la botte, par l'épée, par le fusil, tu m'as compris ? Il ne peut y avoir de liberté à *Suriya el-Assad*, précisément à cause de créatures comme toi. Toi, mon garçon, tu es le chaos que ma famille a refoulé pendant des décennies. Tu es la raison pour laquelle je me bats, la raison pour laquelle mon gouvernement ne se rendra jamais. La Syrie est à moi, mon garçon, pas à toi.

Assad fit signe à son chef de la sécurité, qui traîna le garçon dehors.

— Allez-y, tout de suite, ordonna Assad à Rustum.

Rustum opina et s'en alla, arrachant sa minerve tout en descendant les escaliers et en quittant les bureaux d'Assad.

— Trouvez l'Américain, ordonna le président à Ali.

KANAAN RECONDUISIT ALI AU BUREAU de la sécurité. Au milieu d'une circulation chargée – ils franchirent six barrages routiers –, il observa les MiG syriens au-dessus d'eux et les officiers de la Garde républicaine, l'air tendus, et se demanda si c'était ce qu'il croyait. Il appela Layla.

— *Habibti*, les garçons et toi, vous êtes à la maison ?

— Oui. Que se passe-t-il ?

— Il y a eu un attentat contre le président pendant notre réunion. Je vais bien. Les autres, pas trop. La Garde prépare une offensive.

— Qu'est-ce qu'on doit faire ?

Elle avait la voix tremblante. Il entendit Sami crier derrière sa mère.

Ali réfléchit aux options qui s'offraient à lui.

Fuir. Mauvaise idée, les rebelles multipliaient les points de contrôle dans toute la ville et Rustum était sans doute en train de fermer l'aéroport.

Se cacher. Mauvaise idée également. Si l'un des deux camps vous trouvait, vous étiez mort.

Combattre. C'était la meilleure option. Une chance de survie.

— Ne bougez pas. Le centre-ville est encore sûr, *habibti*. Je vais au bureau. Je serai bientôt rentré à la maison.

Arrivé à son bâtiment, en se rendant à son bureau, Ali passa devant le centre de commandement russe. Il aperçut Volkov, son visage joufflu illuminé d'une expression triomphatrice. Il tenait en main un tout nouveau mug rempli de vodka et un simple bout de papier.

— Général, c'est le président Poutine lui-même qui m'a chargé de vous communiquer cette information. C'est *tout frais sorti de pressure*, comme disent les Américains, s'exclama Volkov, en reprenant cette formule de manière impropre, alors qu'ils s'asseyaient.

Ali s'apprêta à le corriger, mais s'en abstint. Qui savait quelle quantité de vodka cet homme avait dans l'estomac ?

Volkov poursuivit.

— Nous avons eu de la chance à Washington. L'une de nos sources les plus haut placées a reçu une information intéressante hier soir.

Volkov fit glisser le papier sur la table.

Le message portait les mêmes références que les autres informations - (TS//HCS//OC REL ISR) - et il était très concis. Cinq lignes de texte seulement, incluant la description de la source. Le contenu n'avait pas d'importance, seul le titre comptait : « LOCALISATION DU STOCK DE SARIN DE LA GARDE RÉPUBLICAINE AU DÉPÔT DE WADI BARADA. »

Ali ne savait s'il devait en rire ou en pleurer, il n'en était pas sûr. Wadi Barada. L'installation fournie à Bouthaina.

ALI TROUVA SON FRÈRE DANS SON BUREAU, entouré de six assistants debout, bouche bée, tandis que Rustum hurlait à quelqu'un au téléphone de préparer les forces de missiles et de roquettes dans tout le pays. À son entrée dans la pièce, Rustum dut pivoter de tout son corps pour le dévisager, car il ne pouvait pas bouger le cou. Son frère avait un regard féroce et il vit sa moustache roussie. Il n'avait pas remarqué ce détail, au Palais.

Sans tenir compte de la présence de son frère, Rustum continua de hurler dans le combiné en consultant une carte, indiquant des coordonnées à l'intérieur de Douma. Il plaqua brutalement le téléphone et il eut un geste survolté de son bras droit en direction d'Ali, lui faisant signe de s'asseoir en grimaçant de douleur. Il éjecta les assistants de la pièce.

— Qu'est-ce qui t'amène ? demanda Rustum.

Ali fit glisser le rapport des Russes sur la table.

— Le SVR t'en a remis une copie, mais j'ai supposé que tu serais trop occupé pour la lire.

Son grand frère fixa le rapport plusieurs secondes, comme s'il s'imaginait que le titre allait changer. Puis Rustum lâcha un profond soupir et laissa retomber la tête. Il reposa le papier sur le bureau.

— Je vais m'en occuper. Moi seul.

Ali avait d'abord envisagé d'arrêter Bouthaina, mais il savait qu'il n'arriverait pas à ses fins, pas cette fois-ci. Elle était cuite.

— Oui. En effet, tu vas t'en occuper, grand frère.

45

LE DOCUMENT RUSSE AVAIT OUVERT UN TROU BÉANT dans le cerveau de Rustum. Hama. Février 1982. Il avait embarqué dans un hélicoptère d'attaque à Damas et ils survolaient la zone, scrutant le maquis des rebelles en contrebas, ses cheveux fouettés par le vent, son fusil tactique en main, s'apprêtant à reconquérir la ville maison par maison. À Damas, ils avaient plaisanté sur les *kus* et joué aux cartes, mais ses hommes et lui étaient maintenant silencieux, volant à basse altitude, observant les fermiers qui pointaient leurs hélicoptères du doigt, se préparant sans doute à informer les terroristes Ikhwan de l'arrivée des troupes du gouvernement. À Hama, ils avaient pris l'appartement d'assaut, couru droit devant dans le maelström. Ils avaient lancé des grenades, s'étaient mis à couvert pour riposter, la rage montant chaque fois qu'un camarade se faisait faucher. Dans l'appartement, ils avaient braqué leurs fusils tactiques sur la famille recroquevillée à l'intérieur avant de collectionner leurs scalps.

Rustum émergea de ce trou béant dans la salle de bains de sa villa de Bloudan, l'hélicoptère vrombissant à l'extérieur, le fusil de combat russe pointé sur Bouthaina, le rapport du SVR lancé sur son corps svelte qui trempait dans la baignoire kitsch, avec des pattes d'ours en or en guise de pieds. Le papier s'envola, atterrit dans la mousse. Elle le récupéra en tremblant. À l'époque, l'appartement de Hama était miteux, criblé d'impacts de balles et imprégné de la puanteur de la mort. Cette pièce-ci était propre, paisible, raffinée. Sa vision se stabilisa et il s'aperçut que Bouthaina essayait de lire le document, maintenant détrempé, illisible.

— Qu'est-ce que c'est, *habibi* ? balbutia-t-elle.

Elle recula dans la baignoire. Loin. Ils essayaient toujours de se rattraper. De tout faire pour y échapper. Maintenant, Rustum voyait sa villa, sa petite amie dans son bain, ignorant apparemment tout du chaos qui s'emparait de la capitale. Il se saisit du fusil et regarda le rapport du SVR s'enfoncer dans les bulles.

— C'est ton arrêt de mort, dit-il.

Il pointa l'arme sur la tête de Bouthaina. Elle cria. Rustum pressa sur la détente.

IL RENTRA À DAMAS, UN PEU SECOUÉ PAR CE MEURTRE, et retrouva Daoud Haddad dans son bureau, ainsi qu'il croyait l'avoir demandé.

— Daoud, asseyez-vous, dit-il à Daoud, déjà assis.

Il lui expliqua ensuite qu'il avait besoin des compétences de la branche 450 au sens large, désignant souvent la Garde républicaine par son ancienne appellation des Compagnies de défense, qui avait précédé la Garde, unité militaire aujourd'hui disparue à laquelle Rustum avait appartenu dans les années 1980 lorsqu'il était jeune lieutenant.

Il expliqua que le gaz, Daoud, c'était la seule solution. Le seul traitement contre la vermine dans les tunnels, la seule terreur assez brutale pour leur faire déposer leurs épées.

— On lance ça aussi vite que possible, ajouta Rustum. Les Ikhwan, ces terroristes dans leurs trous à rats, on va les enfumer.

Il fouilla dans le tiroir de son bureau et en sortit un grand coutelas qu'il planta dans la carte fixée au mur. Tout droit dans Douma. Il cracha sur la carte et de la bave serpenta le long de l'autoroute M5 reliant Alep à Homs.

Il se retourna.

— Bien, Daoud, fit-il en s'arrachant au cimetière de son imagination. Nous disposons de la compétence de la branche 450. Nous avons reçu l'ordre du président de lancer une attaque en représailles contre les terroristes en utilisant notre stock de produits chimiques. Mes hommes préparent des missiles balistiques sur les sites visés par cet ordre, que je vous remets en tant que nouveau chef de la Branche 450.

Il fit glisser le papier sur la table.

— Vous verrez sur cet ordre les bases aériennes où nous procéderons aux mélanges et au chargement, continua-t-il.

— Nous n'en avons pas en quantité suffisante dans nos stocks, commandant, objecta Daoud en lisant le rapport. Pas pour une opération de cette ampleur.

— Nous avons produit plusieurs centaines de tonnes de sarin dans un endroit qui s'appelle Jableh, toutes déplacées dans un bunker voisin dès que le site a été découvert par les Américains et les sionistes. Mes hommes ont procédé à une répartition approximative des composants binaires et les ont transférés sur les sites de lancement selon l'ordre que je viens de vous remettre. J'aimerais que vous supervisiez personnellement les préparatifs.

— Quel est le délai ?

— Demain matin.

— Bien, commandant.

Daoud se leva et se dirigea vers la sortie. Il se gratta le cou.

— Oh, et puis, Daoud. Bien que vous ayez une fille rebelle sous notre garde, je vous considère comme un serviteur loyal. Ne me décevez pas. Pour son bien.

46

COMME BEAUCOUP DE SYRIENS CE JOUR-LÀ, Mariam se demanda si c'était la fin. Les barrages des miliciens s'étaient multipliés, les pillards écumaient les rues et les rebelles donnaient des interviews sur Al Jazeera, proclamant les derniers jours du régime. Elle entendait en permanence des tirs d'artillerie et des sirènes.

En milieu d'après-midi, la milice de Zahran Allouch réussit une percée dans l'encerclement de Rustum et lança des raids sur le centre de la capitale. Un bataillon entier de la Garde républicaine fit défection, selon une dépêche Reuters qu'elle lut en ligne.

Bouthaina s'était rendue dans la villa de Rustum, à Bloudan, laissant à Mariam la responsabilité du Palais. Après l'explosion de la bombe du chariot de thé, elle avait renvoyé l'équipe dans ses foyers et prié tout le monde de ne pas en bouger, pour l'instant.

Son téléphone portable sonna et elle vit s'afficher le nom d'Amina, l'une des assistantes de Bouthaina.

— Mariam, elle est morte, elle est morte ! s'écria Amina dès que Mariam prit l'appel.

— Qui est morte ? Qu'est-ce qui s'est passé ?

— Bouthaina, Mariam. Dans la baignoire. La baignoire, Mariam.

D'autres cris, le battement des pales d'un hélicoptère. Amina cria quelque chose d'incompréhensible, à moitié masqué par le vacarme.

— Rustum, il lui a tiré dessus, l'entendit-elle enfin dire.

Puis des gémissements.

— Rustum ?

— Oui. Il est arrivé en hélicoptère, il est entré dans la villa, il l'a tuée et il est reparti. J'étais dans le bureau. C'est moi qui ai trouvé le corps. Oh, Mariam, c'était... son visage, il a disparu, la baignoire est couverte...

Amina hurla de nouveau et Mariam ne comprenait pas ce qu'elle disait. La jeune fille bégayait, gémissait, parlait d'un papier qu'elle avait trouvé dans la baignoire.

— Un papier ? demanda Mariam.

— Oui, j'ai vu des mots en anglais imprimés dessus, mais je n'ai pas pu lire grand-chose, il y avait des marques bizarres et c'était tout mouillé, mon anglais n'est pas aussi bon que le tien et...

Mariam l'interrompit, se sentant soudain très froide.

— Tu restes là, les routes ne sont pas sûres. Et tu détruis ce papier. Tu saisis ?

— Et s'il revient, si le monstre revient ? demanda Amina.

Mariam songea aux informations qu'elle avait transmises à Sam. Wadi Barada. Un seul site, et pourtant c'était venu de la bouche de Rustum, à Bouthaina. Mariam avait transmis ce renseignement à la CIA. Puis Rustum avait tué Bouthaina. En Syrie, les coïncidences n'existaient plus. Elle n'arrivait pas à avaler suffisamment d'air pour respirer. Elle sentait sa tête tourner. Elle allait peut-être vomir.

— Tu vas t'en sortir, dit-elle à Amina. Il ne reviendra pas. Il a achevé sa besogne. Mais... Amina ?

La jeune fille geignit.

— Amina ?

Mariam éleva la voix.

— Oui, Mariam, souffla-t-elle.

— Ne dis à aucun soldat que tu as vu le meurtrier de Bouthaina, compris ?

La jeune femme raccrocha en bredouillant. Mariam fila aux toilettes et vomit.

ELLE ÉTAIT ASSISE SUR SON LIT et elle attendait de mettre son plan à exécution. Ou qu'Ali Hassan l'embarque. Ou que Jamil Atiyah l'assassine. Ou de mourir sous un tir de mortier. Selon ce qui se présenterait.

Elle entendit le crépitement des coups de feu quasiment sous sa fenêtre. Elle regarda en bas, elle vit un homme masqué sprinter dans la rue, une boîte en bandoulière. Le pillage avait débuté. Le garde du Bureau de la sécurité posté en faction devant son appartement n'était plus là. Le lâche. Elle baissa les stores. Elle s'arracha un morceau de peau du doigt avec les dents.

Elle sursauta. On avait frappé à la porte. Elle ouvrit, elle vit la silhouette de l'oncle Daoud, l'air anéanti. Il n'avait plus les bandages du jour où il s'était fait tirer dessus, mais il paraissait plus abattu que jamais. Elle lui fit signe d'entrer. Ils s'assirent dans son salon, entendirent le hurlement des moteurs d'avion et le bruit sourd des tirs de mortier, et elle servit le thé au citron comme s'il s'agissait d'une visite de courtoisie ordinaire.

L'uniforme de Daoud était humide, les aisselles marquées d'auréoles. De la transpiration s'accumula au bout de son nez et goutta dans sa tasse de thé, qu'il but d'une main tremblante.

— Qu'y a-t-il, mon oncle ? dit-elle.

— J'aurais voulu appeler ton père, lui dit-il. Mais je n'ai pas réussi à le joindre.

Il grimaça, et sa poitrine se comprima, une douleur sourde, comme si une main lui avait comprimé les poumons. Elle hocha la tête.

— Je vais partir travailler sur une base aérienne, peut-être dès ce soir. Je ne sais pas trop comment te dire ça, si ce n'est que je m'attends à ne pas en revenir.

Elle eut envie de rire et de s'écrier : « Vous plaisantez ? » Mais elle savait qu'il ne plaisantait pas.

— Qu'est-ce qu'il y a ?

Elle fut incapable de dire autre chose.

Daoud posa sa tasse et se passa une main dans les cheveux. Plusieurs mèches lui restèrent entre les doigts. Il les frotta sur son pantalon.

— Je t'ai rappelé quelque chose à la fête de fiançailles de ton cousin, il y a une éternité, il me semble. Je t'ai rappelé que tu avais toujours été membre des conseils de guerre.

— Je m'en souviens, mon oncle. J'en ai été honorée. J'en suis honorée.

— Je ne peux pas te dire pourquoi je ne rentrerai peut-être jamais, mais j'ai besoin de deux choses de ta part, en tant que membre du conseil. Je suis désolé de te le demander ainsi.

Mariam vit ses yeux s'agiter, ses regards affolés. Elle n'avait aucune envie d'entendre ce qu'il avait à lui demander, mais elle acquiesça.

— Dites-moi, mon oncle.

— J'ai besoin que tu me promettes de t'occuper de Razan et de veiller à ce qu'ils la libèrent. Si je ne reviens pas, il y aura peut-être... (Il s'interrompit et se gratta la plaie dans son cou. Il acheva sa phrase.)... des questions. Des questions gênantes.

— Je vous le promets. Bien sûr, mon oncle.

Il redressa le visage, à peine.

— Quelle est votre deuxième demande, mon oncle ?

Daoud sortit de sa poche un morceau de papier mouillé, rongé, et qui tremblotait dans sa main.

— Il se passe quelque chose que tu dois savoir. Quelque chose de si maléfique que j'ai honte d'en parler. Mais si je te confie ce document, alors tu seras impliquée. Tu auras des choix à faire.

— Pourquoi me dites-vous cela, mon oncle ?

— Tu fais partie du conseil de guerre, non ? Et qu'est-ce que tout ceci, sinon une grande guerre ? Tu veux ce papier ?

Je n'ai rien fait.

Elle acquiesça. Il le fit glisser vers elle, le plaça sous sa tasse de thé puis se leva, prêt à repartir.

— J'y ai noté tout ce que je pouvais. Tout ce que je sais.

À la porte, il la serra dans ses bras et elle était en pleurs. Quand il la vit pleurer, il se mit à verser des larmes lui aussi.

— Ton père, assura-t-il, serait fier de toi. Quel que soit le rôle qu'auront mes informations dans cette affaire, s'il te plaît, quand le moment sera venu, explique à Razan que son père s'est levé pour se faire entendre. Qu'en fin de compte, d'une certaine manière, je l'ai vengée. Dis-lui tout cela, s'il te plaît, Mariam.

Elle était incapable de parler, se contentant de hocher la tête et de dire oui de ses yeux sombres et pleins de frayeur.

Il s'apprêtait à s'en aller, puis il fit volte-face.

— Cinq emplacements sont mentionnés sur le papier que je t'ai donné. Il serait préférable de les détruire, ce soir ou demain matin.

— Mais mon oncle, comment...

Il leva la main et sourit, le visage plus léger. Il s'était débarrassé d'un poids.

— Ce n'est pas la peine, Mariam. Si je te dis cela, c'est pour moi, pour mon âme.

ELLE FERMA LA PORTE.

Elle lut le document.

Elle vomit à nouveau.

Elle aurait aimé avoir un meilleur moyen de le joindre. Elle appela le téléphone jetable de Sam.

Elle lui raconta tout, très vite.

Elle sentit l'emprise d'une main invisible sur sa poitrine se relâcher. Et pourtant, tout restait à faire.

47

SAM SONGEA QUE CE DEVAIT ÊTRE L'UN DES MESSAGES les plus calamiteux jamais envoyés par un agent de la CIA. Il avait envie de se ruer à la station. Mais Mariam et lui avaient encore du pain sur la planche. Il prit le portable prépayé et appela l'ambassade. L'un des agents consulaires lui répondit.

— Dites aux gens d'en bas d'appeler ce numéro sur un prépayé. Faites ça tout de suite. C'est compris ? fit-il.

L'homme s'exécuta. Sam raccrocha. Il arpenta la pièce et renversa accidentellement une pile de boîtes de soupe. Cinq minutes plus tard, le téléphone sonna. Il décrocha.

— Putain de merde, mec, vous êtes où ?

Il n'avait jamais été aussi heureux d'entendre la voix de Procter.

— Je fais profil bas. Je suis désolé, mais je n'ai pas le choix. Je vais vous lire quelque chose. Ça vient de la source secondaire d'ATHENA. Il faut balancer ça dans un compartiment à accès restreint pour que grosso modo trois personnes puissent le lire. Prête ?

— Allez-y.

Elle acquiesça, mais il percevait toute la colère dans sa voix.

Il lui lut. Elle resta silencieuse un moment.

— Je vais l'envoyer et appeler Bradley. Je vous rappelle.

Clac.

Le téléphone sonna de nouveau dix minutes plus tard.

— C'est fait. Maintenant, dites-moi où vous êtes, sinon à votre retour aux États-Unis, vous aurez des chaînes aux pieds.

DÈS L'ARRIVÉE DE PROCTER À LA PLANQUE, son énergie noire envahit tout. Elle bouscula son officier traitant, lui passa devant et plaqua son sac sur la table, les fermoirs cognant contre le bois. Il s'attarda sur ce sac à main en cuir noir. Il n'avait jamais vu sa cheffe aussi furibonde.

Les yeux de Procter se réduisirent à deux fentes. Elle continua de le fixer, jusqu'à ce qu'il jette de nouveau un œil au sac.

— Mon couteau et un pistolet de la station, précisa-t-elle, devançant sa question. La ville est devenue dingue. Le merdier, du genre la chute de Rome. Les Wisigoths bavent déjà aux portes, assoiffés de sang et de pillage.

Elle sortit un élastique de son sac et s'attacha les cheveux en queue-de-cheval – de travers.

— Vous voulez bien me dire ce qui se passe, putain ?

Elle s'engouffra bille en tête, sans attendre que Sam lui réponde.

— Laissez-moi vous brosser le tableau et vous me direz ensuite ce qui doit m'empêcher de vous assommer, de vous jeter dans une voiture et vous faire moi-même franchir la frontière jusqu'à Amman, d'accord ?

Il resta silencieux. Procter s'appuya sur la table. Il était dos contre le mur, face à elle.

Elle continua, la voix tendue, accrocheuse, embrasée.

— J'ai un officier traitant, brillant recruteur, mais à partir de maintenant je suspecte qu'avec l'une de ses sources, sa bite soit devenue son principal outil d'évaluation. Et voilà cet individu ciblé, avec sa source, par la milice gouvernementale, pour des raisons que je n'ose même pas essayer de saisir. Après avoir commis un triple homicide, ils se retirent dans ce petit palais des plaisirs. (D'un geste, elle désigna la pièce miteuse et le lit.) Ensuite, ils transmettent des renseignements non corroborés concernant une installation de production de secours, que je me fais un devoir de signaler à Langley dans la plus grande précipitation.

Sam ouvrit la bouche, il allait intervenir, mais elle lui coupa la parole.

— Cet officier traitant refuse alors de se mettre à l'abri, ce qui m'oblige à gérer un PDS de la mort avec passages de *checkpoints* et pluie d'obus de mortiers.

À nouveau, il essaya de placer un mot, mais elle se mit l'index devant la bouche.

— Chut. Chut. Chut. Vous allez la fermer. Pu-tain. La boucler et me laisser finir. La source secondaire de notre taupe nous fournit alors les informations nécessaires pour arrêter la sarin *party* d'Assad. L'intrépide cheffe de station transmet ces informations à Langley, ce qui garantit que le président des États-Unis donnera l'ordre de bombarder les sites dès le lendemain. Mettant tout le monde en danger à l'ambassade si les Syriens décident de riposter.

Elle jeta un coup d'œil vers la porte : quelqu'un venait de crier dans le couloir de l'étage.

— Et pendant ce temps, l'officier traitant reste dans cette planque, au commandement de sa propre station personnelle. Il s'organise ses petites opérations et refuse de me dire où il se trouve, bordel. Et pourquoi ça ?

— Parce que...

— Je vais vous le dire. Parce que vous saviez que je viendrais ici, que je vous attraperais par le fion et que je vous ramènerais à l'ambassade. Alors maintenant, vous allez devoir m'expliquer certaines choses. Et tout de suite. Vous êtes l'officier traitant d'ATHENA. Dites-moi ce qui ne tourne pas rond avec elle. Dites-moi pourquoi elle était sur cette scène de crime.

Procter s'arrêta de parler et croisa les bras.

— Ali est allé voir Mariam. La moukhabarat a signalé notre conversation à Paris. Il a arrêté sa cousine, comme un moyen de pression. Ils l'ont envoyée en Italie pour qu'elle se procure un transmetteur, sans savoir que nous l'avions déjà recrutée. Elle n'a pas été informée de l'opération, mais elle en a déduit qu'Ali était à la recherche d'une taupe.

Procter soupira bruyamment.

— Elle vous l'a dit ?

— Oui.

— Et qu'a-t-elle avoué leur avoir donné d'autre ?

— Des informations sur moi. La planque dont nous nous sommes servis avec elle.

— Elle a fourni une raison particulière de leur volonté de se procurer ce transmetteur ?

— Non. Elle n'en sait rien. Et depuis son retour d'Italie à Damas, elle n'en disposait plus, d'où la coupure des communications.

— C'est donc pour cela qu'elle a couru à votre rencontre ? s'enquit Procter. Pour transmettre des informations sans utiliser cet appareil, parce qu'elle avait changé d'avis.

— Oui, c'est ça. Elle a entendu Bouthaina parler de Wadi Barada, elle savait que nous avions besoin de cette information et elle s'est précipitée. Puis on m'a sauté dessus. Oh, et puis, Bouthaina est morte, ajouta-t-il. On lui a tiré dessus à la villa de Rustum. C'est arrivé ce matin.

— Putain. Vous êtes sûr ?

— Je le tiens de Mariam.

— Alors c'est peut-être pas si sûr.

— Quand elle m'a appelé, elle était au bord de la crise d'hystérie. Elle a demandé ce qu'on avait fait des informations qu'elle avait transmises sur Wadi Barada.

— Cette fille est une comédienne. Sans aucun doute.

— Non, absolument pas, cheffe. En Italie, je lisais clairement en elle. Je savais, et je vous l'ai dit, si vous vous en souvenez, que quelque chose n'allait pas.

— Elle pourrait se jouer de nous, de vous. Vous y avez réfléchi ? Peut-être que les Syriens voulaient nous faire croire qu'ils transportaient leur marchandise à Wadi Barada ?

— Cela n'a aucun sens, cheffe. Pensez-y. En revanche, deux éléments essentiels sont avérés. D'une part, Mariam me suit à la trace à l'extérieur de l'ambassade pour me fournir en personne les informations sur Wadi Barada. Deuxièmement, elle a tué trois miliciens, me sauvant ainsi la vie.

— Et au milieu de tout ça, vous vous baladez la queue entre les jambes, Jaggers ? lui jeta Procter, manifestement sans attendre de réponse.

La cheffe regarda de nouveau vers la chambre, et Sam vit bien qu'elle se creusait la tête pour se figurer tout ce qui s'y était passé, par le menu. Sa paupière gauche se ferma à moitié. Elle lui fit signe de continuer.

— Si Mariam avait vraiment été retournée, elle n'agirait pas comme ça, poursuivit Sam. Et si Ali était intelligent, ce qui est le cas, il ne gèrerait pas toute l'opération de cette façon. D'abord, il n'enverrait pas Mariam en personne nous fournir les informations sur Wadi Barada. Cela déclencherait d'énormes signaux d'alerte. D'ailleurs, cela les a déclenchés. Non, ils enverraient les informations par le covcom. Ce serait simple et commode. Deuxièmement, si Mariam avait été retournée, elle ne truciderait pas les miliciens. Elle les laisserait boucler leur enlèvement.

Procter ignora tout ce raisonnement, ce qui signifiait qu'elle était d'accord, et préféra repartir à la charge.

— Alors pourquoi Bouthaina est-elle morte ?

— Je parie qu'Ali essaie de débusquer la taupe. Ils ont dû réduire la liste des suspects à un nombre raisonnable d'individus. Et ils ne savent pas que Mariam nous a transmis l'information originelle sur leur test au sarin grandeur nature. Ali leur a fourni quelque chose, sachant que cela remonterait à Damas. Nous avons mis la main sur l'appât de Bouthaina. D'une manière ou d'une autre, les Syriens s'en sont aperçus. Maintenant, elle est morte.

— Des conneries, dit-elle, sans conviction.

— Ah oui, vraiment ? Nous avons transmis l'information sur Jableh, et en quelques jours, la Garde républicaine a entamé l'évacuation. Au sein du régime, très peu de gens connaissaient l'existence de ce site. Ils ont obtenu des informations... de quelque part. À Washington, de toute manière, combien de gens lisent nos documents, des milliers ? La balance ayant réduit la liste des suspects, ils ont transmis de fausses informations. L'une de ces cibles devait être Bouthaina. Quelqu'un a parlé à Bouthaina de Wadi Barada, Mariam l'a entendu, elle me l'a dit, je vous l'ai dit, ça a été diffusé à Washington, transmis à une taupe sans visage, puis d'une manière ou d'une autre, c'est revenu à Ali. Je parie que Rustum l'a tuée. Ce n'est pas le style d'Ali, à mon avis. Mariam ne savait pas que l'info était fausse, elle savait seulement qu'elle semblait importante, alors elle me l'a transmise, en risquant gros.

Procter était maintenant sur la même longueur d'onde.

— Son info sur les cinq sites de déploiement est probablement exacte, alors, s'ils pensent que Bouthaina était la taupe. Maintenant qu'ils l'ont sortie du cadre, les Syriens se sentiront libres d'aller de l'avant avec leur attaque au sarin. La taupe a disparu.

Il avait atteint le sommet de son ascension du mont Procter. Il ne lui restait plus qu'à sauter dans le vide. S'il avait gain de cause, il serait à nouveau en danger de mort. S'il perdait, Mariam mourrait probablement. Il se tint la tête haute, pour le coup de grâce.

— Oui, dit-il. À moins que nous ne bombardions les sites, bien sûr. Alors Ali en tirera les conséquences. Il saura que Bouthaina n'était pas la taupe. Même s'il soupçonne que l'imagerie satellite nous a mis la puce à l'oreille, ils mèneront des recherches approfondies pour s'en assurer. Ali fera deux choses, je vous le garantis. Ils boucleront Mariam. Ali saura que quelqu'un a passé l'info sur le site de Wadi Barada, et que ce n'était probablement pas Bouthaina, puisqu'en somme l'attaque aura échoué quelques heures après sa mort, la disculpant à titre posthume. Ali se tournera du côté de la femme du bureau de Bouthaina, celle qui aura peut-être entendu parler du site de Wadi Barada, et dont la loyauté était apparemment assez suspecte pour qu'ils arrêtent sa cousine et en fassent un moyen de pression. Ils la tortureront jusqu'à ce qu'elle craque.

Procter avait sorti le couteau de son sac, l'avait dégainé de son fourreau, elle faisait tournoyer la pointe sur la table, perdue dans ses pensées, et finit par creuser une entaille.

— Quelle opération proposez-vous ? dit-elle enfin.

— Je pense savoir comment protéger notre agent et la maintenir en place. Je fournis à Ali ce qu'il veut : moi, personnellement.

— Dites-moi comment.

SA FUREUR DOMESTIQUÉE, PROCTER CONTINUA de faire tourner son couteau et l'écouta sans l'interrompre. Lorsqu'il eut terminé, elle le rengaina et se dirigea vers la chambre, passa l'intérieur en revue, se pencha sur les bourrelets du matelas. Les murs grondèrent. Le plâtre s'écailla en nuages poussiéreux. Ils entendirent le hurlement d'un avion à réaction juste au-dessus d'eux. Procter était mûre, maintenant, les yeux levés sur lui, le toisant du regard alors qu'elle avait une bonne tête de moins que lui. Un chef de station plus politique ou un bureaucrate carriériste aurait rejeté son plan d'emblée, et aurait peut-être envoyé les Marines de l'ambassade à la planque pour le ramener manu militari en vue de l'exfiltrer. Mais pas Procter, qui avait pourtant tout à y perdre. Si les mandarins de Langley exigeaient que des têtes tombent, la sienne serait la première à rouler dans le panier de la guillotine. Mais Artemis Aphrodite Procter acceptait de jouer le jeu à deux conditions uniquement : recueillir les renseignements et protéger son agent. Rien d'autre ne comptait. Sam lui avait offert un moyen de satisfaire aux deux. Mais c'était un marché lourd de conséquences.

— Vous avez pensé à ce qui se passerait si le nom qu'on leur fournit ne les satisfait pas ? Si la Maison-Blanche ne monte pas au créneau ? Si les Syriens resserrent l'étau ? S'ils vous traitent comme Val ?

— Alors nous nous retrouverons là où nous en sommes aujourd'hui. Mariam la tête sur le billot. Mais si nous jouons la partie à ma façon, nous aurons une chance de la garder en sécurité, et qu'elle reste sur le coup.

La cheffe acquiesça, elle jeta un regard vers la chambre, puis ses yeux revinrent se poser sur lui.

Elle cracha sur le sol et ne dit rien.

Elle savait.

Bradley au Caire, il y a une éternité : « Vous avez droit à une bavure, monsieur Joseph, à condition d'être honnête. La dissimulation, les mensonges, tout ça, en réalité, c'est pire que les bavures. Les bavures, ça peut arriver, même chez un bon agent. Ce n'est pas le cas de la tromperie. Vous pouvez mentir à votre femme, à votre petite amie, à vos enfants. Mais pas à la CIA. »

Sam regarda sa cheffe. Il songea que quelques mois plus tôt, il aurait réfléchi aux répercussions professionnelles de son plan et de ses aveux. Aujourd'hui, il s'en moquait. Protéger son agent. C'était tout ce qui comptait. Et il ne pouvait pas mentir à Procter. Ils étaient mariés, sur le plan opérationnel, et il avait rompu ses vœux. Il demandait d'être pardonné.

Il la regarda dans les yeux, mais il ne la voyait pas. Il ne voyait que son corps à lui, qui s'adressait à elle depuis son perchoir, sur le réfrigérateur, comme une vigie. Cela facilita sa confession.

— Je suis amoureux d'elle, cheffe, lui dit-il.

Les yeux de Procter se réduisirent à deux fentes. Elle fit un pas vers lui.

Puis elle le frappa, un crochet bien appuyé qui le cueillit sous la mâchoire avec un craquement sec. Il tomba, et Procter vint se camper au-dessus de lui, mais ce n'était qu'une gerbe de cheveux noirs et flous, parce qu'il n'y voyait plus très clair. Elle s'agenouilla, les yeux à hauteur de sa tête. Il essaya de bouger la mâchoire. Il grimaça, massa l'os endolori.

— Je pourrais dire que tu es un foireux, dit-elle. Et j'aurais raison, à certains égards. Et tort à d'autres. Mais maintenant tu as un travail à faire, un travail qui transcende ton indélicatesse, gouvernée par ta queue. Toi et moi, nous réglerons nos comptes plus tard, quand on en aura fini avec ce cauchemar.

Elle le souleva et le cala contre le comptoir. Ensuite elle se retourna, remonta son chemisier gris sur ses épaules, lui révélant son dos : le tatouage aux sept étoiles, les bretelles d'un curieux soutien-gorge orange ponctué de palmiers. Sam se demanda s'il n'avait pas des hallucinations, à cause de la force du coup. Elle rentra son chemisier et se retourna pour lui faire face.

— Sept étoiles. Une pour chaque officier tué lors de l'attaque de la base de Khost en 2009. Je me les suis fait tatouer quand on a eu fini d'éliminer les responsables. J'ai dirigé le commando, j'étais l'Ange de la Mort. Et rien ne m'a procuré plus de bonheur. Rien ne m'en procurera autant, sans doute jamais. C'est ma tribu. J'ai choisi mon camp, et toi, pour l'instant, tu en fais partie. Mais sache bien ceci : si tu échoues, je te tiendrai pour personnellement responsable. Si je dois me faire tatouer une étoile sur le dos, pour toi, je te pourchasserai même au-delà de cette vie.

Elle rangea le coutelas dans son sac à main et le referma. Elle fit passer le sac sur son épaule et le regarda.

— Je vais marquer le message urgent et l'envoyer dans l'heure. Ensuite, tu lui diras qu'on est partants.

Elle sortit dans le vacarme d'une nouvelle salve de mortier, sans même un dernier coup d'œil.

48

ALI SENTIT SON TÉLÉPHONE VIBRER dans sa poche. C'était Mariam.

— Qu'est-ce que vous m'annoncez ?

— Il a envoyé le signal. Réunion d'urgence. Le lieu sûr.

— Quand ?

— C'était signalé en urgence, mais l'heure n'était pas précise. Je suis sûre qu'ils ont aussi envoyé quelque chose par le transmetteur.

— Merci. Je vous assure que votre cousine sera bientôt libre.

Il raccrocha.

Le pari d'envoyer Mariam chez les Américains avait porté ses fruits. Elle s'était montrée à la hauteur, Ali devait l'admettre. Elle s'était procuré le transmetteur et les avait menés à la planque. Elle avait fait sa part, et sa cousine était dans la prison de son Bureau de la sécurité, indemne et bien nourrie. Mariam n'avait pas encore été testée. Ali avait besoin d'un moyen de pression. Un moyen de pression inoffensif. Cela avait fonctionné.

Il se dirigea vers l'iPad et l'ouvrit avec le même geste que celui qu'elle lui avait montré. Comme de juste, les Américains avaient essayé de la contacter :

1. DEMANDE RÉUNION D'URGENCE ENDROIT HABITUEL LE PLUS RAPIDEMENT POSSIBLE. PRÉSENCE À 22 HEURES.

2. NÉCESSITÉ DE MODIFIER EXFIL VU VIOLENCE DANS LA CAPITALE.

3. APPORTEZ PASSEPORT ET SAC À MAIN.

4. EXFIL SE FERA DIRECTEMENT APRÈS RÉUNION.

Il consulta sa montre : 20 h 30. Il descendit au centre de commandement russe et trouva Volkov en train de siroter sa tasse.

— Il a demandé à rencontrer Mariam.

Le visage de Volkov demeura imperturbable.

— Exfiltrer ? C'est la merde là-bas.

— Oui. Ils doivent modifier l'itinéraire et veulent discuter des détails en personne, et ensuite la faire sortir ce soir.

Volkov bougonna.

— Une équipe de contre-surveillance a surveillé la maison du quartier chrétien toute la journée d'hier. Ils n'ont rien vu. Elle est claire.

— Bien. Ce soir, nous mettons fin à cette folie.

49

SUR SON PDS VERS LA PLANQUE, Sam contourna les grandes artères pour éviter les barrages, et ses zigzags le rapprochaient de plus en plus du quartier chrétien. Il vérifiait les récurrences de visages et de véhicules, il filtrait la foule de son mieux. Rien de tout cela n'avait plus d'importance maintenant, mais il le faisait par réflexe et parce que s'ils surveillaient son itinéraire, il devait leur apparaître selon leurs attentes : en agent de la CIA qui va retrouver une source précieuse au cœur d'une Syrie déchirée par la guerre.

Il monta l'escalier à l'intérieur du bâtiment en pierre blanche. Arrivé au dernier palier, il s'arrêta, ferma les yeux et pensa à la dernière fois qu'il était venu ici avec Mariam, avant l'Italie. Il soupira. Pour toute personne surveillant un flux vidéo, une caméra probablement dissimulée dans les éclairages du couloir ou dans les détecteurs de fumée, cela aurait été presque imperceptible.

Mais à cet instant, entre un bref soupir et le moment où il rouvrit les yeux, il revit son petit frère, il revit Val, les vies que ses erreurs avaient abrégées. Il revit Mariam dans cette robe rouge qui venait de Paris.

Il ouvrit la porte de la planque et entendit les pas feutrés dans l'escalier derrière lui : pressés, de plus en plus forts à chaque enjambée. Sam s'y attendait.

Ali se tenait dans la cuisine, il fumait. Sans sourire, il regarda Sam.

— Jolie cuisine que vous avez là, mon ami.

Il jeta le mégot sur le sol de marbre et l'éteignit sous sa chaussure.

Puis, par-derrière, au-dessus de la tête de Sam : le souffle du déplacement d'air. L'obscurité.

50

LE PRÉSIDENT ASSAD, LES BRAS et la poitrine encore enveloppés de bandages, convoqua Rustum et Ali au Palais tôt le lendemain matin. Le président russe avait un message urgent et Assad voulait que les deux frères l'entendent.

Assis sur les canapés présidentiels, écouteurs aux oreilles, Ali entendit le président russe dire bonjour au président de la République arabe syrienne dans son anglais bancal, lui faire part de son inquiétude sincère pour la sécurité d'Assad après l'attentat et de son espoir que les forces de sécurité syriennes vaincraient le fléau du terrorisme, où qu'il se terre. Rustum appuya ses deux paumes sur son front, comme s'il voulait que ces mots d'anglais pénètrent dans son cerveau.

Ce fut alors qu'Ali entendit ces mots fatidiques, prononcés avec cet accent épais :

— Nous avons reçu à l'instant même des renseignements crédibles de Washington, de la part d'une source bien placée du SVR, indiquant que les Américains ont l'intention de vous bombarder. Notre source a reçu cette information directement d'un haut responsable de la CIA qui a participé aux délibérations d'hier à la Maison-Blanche. (Il y eut une pause, pour marquer l'effet dramatique de cette annonce.) Nos sources indiquent que les renseignements proviennent de l'agent haut placé que les Américains ont récemment recruté.

Poutine poursuivit.

— Nous nous attendons à ce que les Américains utilisent l'USS *Abraham Lincoln* et le groupe aéronaval d'attaque Treize, actuellement en Méditerranée orientale. Nous avons affecté des ressources d'imagerie et de SIGINT pour réunir plus d'informations, ainsi que la *rezidentura* du SVR dans le monde entier. Nous fournirons bien sûr plus de détails dès qu'ils seront disponibles.

— Votre source a-t-elle indiqué le moment de l'attentat ? demanda Assad.

— Imminente, répondit le chef de la sécurité. Je pense que l'attaque américaine est destinée à empêcher l'utilisation de ce qu'ils prétendent être des armes chimiques, et non à renverser votre gouvernement. Néanmoins, d'après mon expérience, les Américains ne réagissent qu'à la force. Un bombardement, même s'il s'agit d'une série de frappes ponctuelles, doit être accueilli par une réponse ferme.

Assad murmura son accord, en reprenant les adages de son père sur la résistance. Poutine approuva résolument, comme il se devait.

Après un dernier échange de salutations, de vagues offres d'assistance mutuelle et de vœux d'affection fraternelle, Assad remit le téléphone sécurisé dans le récepteur sur son bureau. *Ya Allah. Al-Amyrikan Al-Malaeen Al Sharameet ! Haywanaat ! Hameer ! Shayateen !* « Putain de saloperie d'Américains, d'animaux, d'ânes, de démons », beugla-t-il aux frères Hassan. Ali pensa que les dernières vingt-quatre heures avaient été difficiles pour le président, qui se remettait d'une tentative d'assassinat, envisageait l'emploi généralisé de gaz sarin contre son propre peuple et se débattait avec l'éventualité d'une attaque américaine en représailles. C'était beaucoup de choses à gérer, pour n'importe qui.

— Rustum, dans combien de temps pourrez-vous entamer l'opération ? demanda Assad en se calmant.

— Nous avons commencé à mélanger le produit et à charger les munitions hier soir. Nous pouvons passer maintenant à l'action avec une partie du produit, si vous le souhaitez.

— Faites.

Assad appuya sur un bouton de son bureau et aboya à son secrétaire personnel pour qu'il lui apporte du thé, grimaçant sous l'effet des brûlures. Ali jeta un coup d'œil vers le plafond, se demandant si les frappes américaines incluraient la résidence présidentielle.

— Maintenant, dit le président, la taupe. Je pensais que Bouthaina avait été identifiée comme telle.

— Il est possible qu'ils en aient une autre, répliqua Rustum, le volume de sa voix étrangement élevé, non calibré, comme un bouton de radio tourné à fond.

Rustum n'avait pas l'air en forme. Il avait les cheveux ébouriffés, les yeux chassieux et injectés de sang, son uniforme froissé. Ali vit des éclaboussures de sang sur l'une des chaussettes de son frère, comme s'il avait commencé à se changer après le meurtre de Bouthaina, s'était laissé perturber par autre chose, puis avait abandonné.

— Je suppose que oui, dit Assad. Mais même s'il en est ainsi, nous devons envisager le pire. Ali, avez-vous réussi à exploiter le dispositif que votre agent s'est procuré ?

— Nous sommes en train de déchiffrer le trafic des transmissions, mais nous n'avons pas encore été en mesure d'identifier des espions avec certitude. Cela prendra du temps. Les messages sont énigmatiques. Mais les Iraniens pensent qu'ils pourront nous aider.

— Vous avez placé l'Américain en détention, n'est-ce pas ?

— Oui, monsieur le président, nous l'avons piégé hier soir alors qu'il allait rencontrer notre agent. Il est en détention.

— Interrogez-le, aujourd'hui. Je veux être certain que nous débusquerons ces espions américains. Il a tué trois Syriens, les Américains vont bombarder, toute violence à son encontre pourra facilement s'expliquer ou passer à la trappe au milieu de tout ce tumulte. Veillez juste à obtenir cette information rapidement.

— Oui, monsieur le président, dit Ali. Je l'interrogerai personnellement jusqu'à ce que nous ayons les noms.

— Maintenant, Rustum. (Assad se tourna vers le frère aîné d'Ali, un sourire se dessina sur son visage.) Le président russe a raison de dire que si les Américains bombardent, nous devons apporter une réponse forte. Quelle est votre recommandation ?

Rustum se passa les mains dans les cheveux, fronça les sourcils et essuya une goutte translucide sur sa moustache.

— Nous avons joué avec la présence de la CIA dans ce pays au cours des derniers mois, comme le chat avec la souris. Nous avons mené d'élégantes opérations pour capturer un dispositif, pour piéger leurs officiers. Toutes ces opérations étaient judicieuses, en leur temps. Mais voilà qu'ils viennent nous chercher le matin de notre plus grande victoire, après que leurs alliés terroristes ont tenté de nous assassiner tous, monsieur le président. Non, une fois que les bombes tomberont, on va devoir arrêter de plaisanter. S'ils bombardent comme le prévoient les Russes, je suggère que nous envoyions la milice envahir l'ambassade et prendre des otages. Nous dirons que dans leur ferveur patriotique, ils ont investi l'ambassade pour protester contre les bombardements américano-sionistes sur la modeste Syrie.

Rustum cracha un peu de mucus dans ses mains et l'essuya sur son uniforme.

— Et ce faisant, poursuivit-il, nous privons les Américains de la possibilité de nous espionner à l'avenir. Ils fermeront l'ambassade, leur station de la CIA. Nous allons envoyer Basil et sa milice, pour leur adresser un message.

Assad se gratta le sommet du crâne et ajusta ses bandages. Puis il demanda à Ali ce qu'il en pensait.

— Si nous partons dans cette voie, les Américains exerceront encore plus de pression. D'autres bombardements, des assassinats ciblés, qui sait ? Le conflit ne fera que s'enliser davantage.

Assad le regarda, en pesant les différentes options, et Ali sut qu'il avait perdu la partie.

— Vous auriez eu raison, Ali, selon les anciennes règles. Mais aujourd'hui, je crains que votre frère n'ait raison. Il faut administrer une leçon aux Américains. (Le président montra ses bandages.) Ils ne respectent pas les règles. Eh bien, nous non plus.

CINQUIÈME PARTIE

Liberté

51

SAM GISAIT LIGOTÉ, GRELOTTANT DANS L'OBSCURITÉ FROIDE et rocailleuse de la cellule. Ils lui retirèrent ses vêtements après l'avoir légèrement battu. Rien de grave, juste quelques coups dans les côtes et au visage. Il était endolori, mais c'était supportable. Personne ne lui avait offert de l'eau ou de la nourriture. Il avait passé de longues heures éveillé alors que de la musique non identifiable – des sons, en fait – était diffusée par des haut-parleurs invisibles. De toute façon, il n'aurait pas dormi : il y avait beaucoup à faire.

Il s'était échiné des heures, organisant son esprit en prévision de l'assaut à venir, plaçant les différents éléments dans les compartiments, les pièces et les coffres appropriés de sa boîte crânienne. Il ne savait pas quelles méthodes Ali emploierait, mais le schéma et le déroulement seraient semblables à ceux de son entraînement à la Ferme, il y avait assez longtemps : une lente ascension vers le sommet de la douleur. D'abord, le camp de base : Ali s'attendrait à des réponses évasives, des mensonges et des demi-vérités. Au fur et à mesure de leur ascension – vers les méthodes électriques, le cas échéant –, le Syrien s'attendrait à une rupture : davantage de vérité, un peu d'incohérences, moins de mensonges. Au sommet, il compterait qu'on lui livre un nom. Ensuite, il vérifierait le tout.

Si Ali devait repartir avec la certitude d'avoir capturé son espion, Sam devait faire croire au Syrien qu'il avait gagné. La rupture éventuelle de Sam ne pouvait pas sembler précipitée et il ne pouvait pas être complaisant. Ali considérerait ces deux signes comme la preuve d'un subterfuge et continuerait à avancer, vers le sommet, même si Sam avait donné le nom de l'espion.

Si cela se produisait, le plan s'écroulerait. Ali escaladerait la montagne, entraînant Sam, jusqu'à ce qu'il perce – peut-être littéralement – le coffre-fort dissimulé au fond de sa tête. Ce coffre contenait un nom : Mariam. C'était le premier objet que Sam y avait rangé, au fin fond du labyrinthe de son esprit.

Maintenant, seul dans l'obscurité, il fouillait dans son organisation mentale pour y trier le reste du matériel.

Il classa quelques éléments, déjà grillés ou bons à jeter : son affiliation à la CIA, la planque, la connaissance de l'opération de la Garde républicaine à Jableh et le second site, Wadi Barada. Il passa en revue un ensemble de sites de boîtes mortes, de signalisation et d'échanges discrets désaffectés ou peu utilisés, que la CIA pourrait remplacer. Il leur révélerait le tout, au compte-gouttes et sous la contrainte, après les premiers démentis du camp de base. Ces révélations ciblées renforceraient la crédibilité d'Ali et amèneraient le Syrien à croire, à tort, que son ascension vers le sommet portait ses fruits.

Le paquet cadeau avec son ruban noué, posé sur la table pour Ali, ne contenait qu'un seul nom : Jamil Atiyah. Avec cela, Sam devait convaincre Ali qu'ils étaient parvenus au sommet. Au bout. Ils fourreraient de nouveau Sam en cellule pendant qu'ils mettraient le monde d'Atiyah en pièces, en quête de preuves. Ils trouveraient l'appareil, l'argent, les passeports américains sous un faux nom. Une fouille de son ordinateur et de son téléphone révélerait les étranges emails et autres appels téléphoniques.

La porte de la cellule s'ouvrit et des barres de lumière aveuglantes jaillirent. Deux hommes le saisirent par les épaules et le traînèrent dans une autre pièce humide et froide. Les murs étaient couverts de tuyaux rouillés qui serpentaient à travers des trous grossièrement découpés dans le plafond. Une table branlante, éclairée par des projecteurs et entourée de quatre chaises, trônait au centre de la pièce. Le sol était recouvert de carreaux bruns et il y avait un orifice d'évacuation sous la table.

Les deux hommes l'assirent sur l'une des chaises et repartirent. La lumière des projecteurs était écrasante. Il baissa la tête et ferma les yeux, pour s'alléger. Le camp de base. La première discussion. Il réexamina son organisation mentale et remisa le coffre-fort portant le nom de Mariam, très loin, tout au fond. Le coffre qui contenait tout ce qu'il savait de ses véritables allégeances : l'opération contre l'ordinateur de Bouthaina et les sites de la Garde républicaine qu'il s'imaginait bientôt détruits par les avions de guerre américains.

Il attendit ce qui lui sembla une heure. Une porte métallique s'ouvrit en grinçant, éclairant une section de tuyauterie corrodée. La porte se referma.

Ali Hassan s'assit en face de lui et alluma une cigarette. Le Syrien massa sa cicatrice, posa les mains sur la table, les croisa et commença.

— Vous n'avez pas tenu compte de mon avertissement, déplora-t-il en arabe. Vous avez tué trois Syriens. Vous vous êtes caché. Puis vous avez tenté d'exfiltrer l'un de vos espions. Mariam est maintenant en détention, bien sûr. Ici, dans cette prison, en fait. C'est ainsi que nous vous avons trouvé à votre planque, la nuit dernière.

Il tira sur sa cigarette en scrutant Sam.

Ce dernier regardait la table et demeura silencieux.

— Il y a une question en suspens, d'une grande importance pour mon gouvernement. Le nom d'un espion restant. Nous savons qu'elle n'était pas votre seul contact.

Il essaya de ne pas grimacer et de ne pas bouger. Il décida de mentionner le nom de Mariam, juste pour sonder Ali. Il soupçonnait Ali d'utiliser son arrestation à l'extérieur de la planque comme un appât, de lui annoncer qu'ils avaient capturé Mariam et d'essayer de s'en servir comme moyen de pression ou pour le déstabiliser.

— Je croyais vous avoir entendu dire que vous aviez déjà capturé Mariam, fit Sam.

Ali se gratta la tête et sortit un paquet de cigarettes de la poche de sa chemise. Il le tapota sur la table et, de l'autre main, il fit tomber la cendre de sa cigarette allumée. Il secoua la tête.

— Ces mensonges ne vont pas trop vous réussir, Sam. Je sais qu'il y a une autre taupe. J'ai besoin de son nom et des informations précises qu'elle vous a transmises concernant nos plans militaires. Tout de suite.

Sam plissa les yeux sous la lumière des projecteurs, afin que le Syrien puisse le voir soutenir son regard.

— Je ne sais pas de quoi vous parlez, Ali.

ALI HASSAN QUITTA LA PIÈCE ET LES DEUX SBIRES furent de retour. L'un d'eux remit Sam debout et l'autre lui assena de violents coups de poing dans les côtes, en alternant, à gauche, à droite, en succession rapide. Personne ne prononça un mot, mais la pièce résonnait de grognements et de halètements étouffés, jusqu'à ce qu'ils le jettent face contre terre. L'un d'eux s'assit sur son dos tandis que l'autre abattait quelque chose sur son pied droit, en s'attaquant avec précision à l'arrière de la cheville. Les muscles de son cou se contractèrent, au bord de la tétanie, des lampes à arc dansaient dans son champ de vision, et il entendit un craquement. Il cria.

Ils le retournèrent, puis se partagèrent la besogne entre son visage et les phalanges et métatarses de son pied meurtri. L'homme qui était sur son dos lui pesait maintenant dessus de tout son poids, à califourchon, en lui empoignant des touffes de cheveux pour lui bloquer le crâne en position, tout en le frappant à la mâchoire, histoire de reprendre le travail entamé par Procter la veille au soir.

Le travail à la tête, pensa Sam en sombrant, *c'est une erreur classique. La perte de connaissance, c'est un don du ciel.*

— POUR L'AMOUR DE DIEU, COLONEL, vous n'assommez pas le sujet, aboya sèchement Ali après le retour de Kanaan et son frère, penauds, qui avaient enfermé l'Américain dans la cellule réfrigérée et l'avaient aspergé d'eau pour le réveiller. Il faut qu'il continue à parler.

— Mon gén...

— Pas un mot. (Ali gratta sa cicatrice.) Appelez-moi dès qu'il se réveille. Et pour le prochain round, vous le branchez à l'électricité.

Ali Hassan remonta en courant dans son bureau, en passant devant les Russes qui se tournaient les pouces en attendant l'ordre de regagner la *rodina*. Il ferma la porte, s'assit et regarda par la fenêtre, vers l'est. Des chasseurs et quelques hélicoptères d'attaque survolaient Douma. Il avait traqué cet Américain pendant des mois, mais il n'avait pas encore réussi à débusquer tous ses espions. À cet instant, il se demanda pourquoi il se souciait tant de ce que faisaient Layla et les enfants, alors que l'attaque de Rustum allait intervenir, que les Américains allaient bombarder.

Il entendit une gigantesque explosion, au loin. Le bâtiment vacilla. Rustum avait dû lancer l'assaut. Il alluma une cigarette et se rendit à la fenêtre, où il vit une colonne de fumée au-dessus du siège du CERS, à Barzeh.

Il aperçut un avion, mais ce n'était pas un MiG – ni syrien, ni russe – qui effectua une ressource au-dessus du mont Qassioun. Il le reconnut grâce à l'un des briefings fournis par les Russes. C'était un F-35 américain. Il largua plusieurs bombes sur le palais Shaab, déclenchant un geyser de flammes, qui se mua en nuage ventru et ondoyant. L'avion quitta son champ de vision. *Les Américains.* Il tendit la tête pour voir où le F-35 avait filé. Il ne vit rien. Il s'entendit respirer, son ventre se soulever. L'avion réapparut (ou peut-être un autre), vira de la montagne vers le sud, en direction de Kafr Sousa et du Bureau de la sécurité.

Ali se souvint de Layla et des jumeaux, et se sentit mal de ne pas avoir eu le temps de leur dire au revoir. Ce qu'il pouvait être lâche. L'avion combla la distance en deux secondes. Il volait bas, pour ainsi dire à hauteur de ses yeux. Ali recula, se détourna, se baissa, autant de gestes réflexes inutiles si l'Américain lâchait une bombe sur le bâtiment. Au dernier moment, le F-35 effectua une chandelle, passa avec aisance au-dessus de l'immeuble en brisant toutes les vitres côté nord.

Les éclats pleuvaient sur le dos d'Ali, recroquevillé au sol. Le rugissement des réacteurs s'estompa et il se releva, s'épousseta. Il tremblait. Il sentit un filet de liquide à l'arrière de son crâne. Il entendit des cris dans le couloir. Il tituba jusqu'à son bureau et appela Layla.

— Tu vas bien, *habibti* ?

Il criait, tentant de couvrir le tintement dans ses oreilles. Il entendait les jumeaux hurler à l'arrière-plan.

Layla pleurait.

— Mon Dieu, qu'est-ce qui se passe ? J'ai entendu deux grosses explosions, les garçons sont dans tous leurs états, il n'y a plus d'électricité et un individu avec une cagoule s'est pointé devant l'appartement et il a tiré en l'air. Tu m'entends ?

Il avait entendu une partie de ce qu'elle venait de dire. Mais, oh, ce tintement.

— Nous sommes terrés ici à attendre la mort ! hurla Layla. Et c'était quoi ces avions ? Les Israéliens ? Je suis dans la chambre, je regarde dehors et je vois la milice. Quelqu'un a couru dans la rue ce matin en portant une télévision, Ali, la ville est devenue folle. Rentre à la maison, tu veux bien ? Quand pourras-tu rentrer à la maison ? Quand est-ce que tu vas pouvoir rentrer ? Quand ? Tu m'entends ? Ali ? Ali ?

Le tintement s'amplifia. Le bâtiment gronda, une autre bombe américaine venait de tomber. Le vent chaud de l'été s'engouffra par les fenêtres ouvertes, projetant de la poussière dans ses yeux.

Layla cria, Sami pleurait « Papa, papa, papa » derrière sa mère. Ali entendit une autre explosion au loin. Ensuite, des sirènes d'ambulance et de raid aérien, le tout avec un retard dérisoire.

Mais lui, ce qu'il entendait surtout, c'était ce tintement, mon Dieu, ce tintement.

— Reste où tu es, Layla ! s'écria-t-il. Cache-toi dans le placard de la chambre avec les garçons. J'arrive, tout de suite. Je t'aime. Dis-le aux garçons.

Il raccrocha. Il se dirigeait vers sa porte lorsque celle-ci s'ouvrit brutalement, heurta le mur.

Son grand frère Rustum, commandant de la Garde républicaine, héros de Hama, se tenait dans l'encadrement. Le visage convulsé, son col de chemise maculé de taches de sang, trop serré autour son cou meurtri.

Il empoignait le bras droit de Mariam, menotté dans son dos à son bras gauche. Le visage de la jeune femme était de brique et ses yeux épuisés.

Il toussa une sécrétion rouge de sang et s'essuya sur sa manche.

— C'est pour aujourd'hui, petit frère.

SAM SE RÉVEILLA DANS UN FRIGO À VIANDE, la peau trempée, frigorifié. Quelqu'un s'écria « Il est debout ! », en arabe, puis une paire de mains rugueuses le saisit par les épaules et le conduisit jusqu'à la table. On lui fixa des électrodes aux doigts et aux testicules, et il se retrouva seul sous les projecteurs.

Il regarda son pied mort-né. Il n'arrivait plus à le remuer.

La porte s'ouvrit d'un coup et trois silhouettes entrèrent et traversèrent la pièce. Il ne pouvait pas distinguer leurs visages, mais la deuxième silhouette semblait pousser la première. La troisième, à la traîne, referma la porte. Le deuxième homme conduisit le prisonnier jusqu'à une chaise qui faisait face à Sam. Ce dernier plissa les yeux dans la lumière des projecteurs et aperçut la silhouette du prisonnier.

C'était l'heure de l'ascension.

ILS AVAIENT PLANIFIÉ L'EXERCICE, DANS LA PLANQUE. Avant leurs ébats sur le matelas, leurs corps se suppliant mutuellement de se pardonner. Elle, pour sa trahison ; lui, pour l'avoir impliquée dès le début.

Mariam se sentait encore mal à l'aise de savoir que leurs crimes respectifs n'étaient pas égaux. Elle avait voulu travailler avec Sam, avec la CIA, contre un gouvernement qu'elle méprisait, contre une vie qu'elle ne contrôlait pas. Elle l'avait trahi en Italie, c'était vrai. Elle avait escamoté le PLATYPUS. Elle aurait pu révéler à Sam et Artemis les menaces d'Ali Hassan. Ils auraient alors pu trouver un moyen de s'en sortir.

« Ils pourraient t'amener à moi, lui avait confié Sam sur le matelas cette nuit-là. Ali s'imagine que je te prends pour un agent loyal de la CIA. Il pourrait s'en servir comme levier. Ils pourraient te mettre dans la même pièce, ou dans une cellule voisine de la mienne. Il est important que tu continues à jouer la comédie, que tu respectes les règles d'Ali, que tu suives sa direction. »

Lorsqu'on avait frappé à la porte, elle s'était attendue à voir Ali, à être engagée dans un plan visant à faire craquer l'espion américain. Au lieu de cela, c'était son frère Rustum, un reste de sang séché de Bouthaina sur son uniforme, un sourire étrange plaqué sur le visage, le cou décoloré par des ecchymoses.

« Oui ? » avait-elle dit.

Il l'avait giflée, violemment. Deux hommes étaient entrés dans l'appartement derrière lui. Elle avait envoyé son genou dans l'entrejambe du premier, mais le second l'avait plaquée au sol en lui tordant les bras dans le dos et en lui appuyant le cou contre le marbre. Ils l'avaient ligotée et poussée dans une voiture, avant de foncer à toute allure vers le Bureau de la sécurité, avec les avions américains qui les survolaient. Rustum braillait et glapissait à chaque explosion. Pendant tout le trajet, il n'avait pas cessé de répéter ces mots : « Ma Bouthaina, ma Bouthaina, ma Bouthaina. »

Les yeux rivés sur le visage meurtri de Sam, Mariam s'imaginait planter sa lime à ongles dans le cou des deux frères, ces sadiques qui se faisaient passer pour des policiers. Mais avant ça, elle devait se ressaisir.

— Pourquoi je suis ici ? dit-elle à Ali en tiraillant sur ses liens.

Personne ne répondit.

LE TÉLÉPHONE SONNA.

Ce fut Rustum Hassan qui répondit. Sam s'en aperçut et sa tête oscilla lentement.

— Tu es sûr ? (Silence, vociférations à l'autre bout de la ligne.) *Ya Allah.*

Il plaqua brutalement le téléphone sur la table. Sam sentit l'odeur de Rustum se rapprocher. L'haleine était fétide et chaude. L'autre lui empoigna l'épaule et fit glisser une chaise à côté de lui, la respiration haletante. Il se baissa pour examiner le pied de Sam. Il l'écrasa de sa botte. Sam cria et des points noirs envahirent son champ de vision.

Rustum retira son pied et se redressa.

— Apparemment, tu as survécu à la partie la plus facile, susurra-t-il. (Ensuite, il regarda le mur, puis le sol. Il pointa du doigt un emplacement vide, quelques mètres à droite de Sam, et se pencha tout près de lui.) Ta copine Valerie, elle est morte juste là, sur ce béton. L'ironie du sort, non ?

Il ébouriffa les cheveux de Sam.

— C'est qui, l'espion ? s'écria soudain Ali.

Sam l'entrevit, penché au-dessus d'une petite boîte noire. Sans autre avertissement, il appuya sur un bouton.

Sam ne vit rien, mais sentit tout.

La douleur était pure, sursaturée. Il s'était entraîné pour cela, mais les simulations n'étaient que… des simulations. Il ignorait que cela ferait l'effet d'une eau bouillante injectée dans ses muscles, ses veines et ses os, que cette eau remonterait de ses pieds à son cerveau, qui se dilatait maintenant comme un ballon trop gonflé, prêt à éclater. Puis cela cessa, aussi soudainement, et la pièce fut replongée dans une marée de lumière et de bruit. Il sentit sa poitrine se déchirer et il vomit sur le sol.

Il entendit Mariam lâcher une imprécation.

— Qui est l'espion ? répéta Ali.

Au fond du palais de la mémoire qu'il s'était construit dans sa tête, Sam aperçut le coffre-fort caché, contenant le nom de Mariam et ses allégeances. Il cligna des yeux, un moyen d'effacer ce souvenir, il s'efforça d'oublier dans quelle salle il se trouvait, mais il était toujours là, comme une invite. À nouveau, il cligna des yeux. Il se concentra sur la première série de boîtes et les débita dans un bégaiement rapide.

— Je suis de la CIA, dit-il. Je ne sais pas qui vous cherchez, mais je connais en effet quelques sites à Damas. Des lieux sûrs au pied de la montagne. Des lumières obscures, démoniaques, j'ai été frappé par ma cheffe, la Proctologue...

— Cessez d'utiliser des noms de code, ordonna Ali.

— L'échange discret, près de la mosquée. (Même s'il avait voulu, il n'aurait pas pu aligner les mots pour en faire une phrase complète.) Carte. Je montre.

— On s'en fout, siffla Rustum.

Ali appuya de nouveau sur le bouton et le monde disparut. Le temps, une boucle infinie, brûlante, les lampes à arc dansent dans son esprit, il pensa au coffre-fort, à son contenu. Il sentit l'odeur d'une forêt de pins du Minnesota, entendit sa mère pleurer. Puis il s'effondra sur la chaise. Était-ce le sommet ? Ça lui avait pris combien de temps ?

Mariam cria. Sam toussa, du sang dégoulina de son menton. Il entendit les deux frères se prendre de bec, mais il n'arrivait pas à saisir pourquoi. Il entendit à nouveau la voix éraillée de Mariam et son esprit eut du mal à intégrer l'arabe.

— Pourquoi je suis ici ? demanda-t-elle.

— Comment avez-vous su pour Jableh et Wadi Barada ? demanda Ali.

La tête de Sam bascula vers l'arrière. D'un coup de patte, Rustum la lui remit d'aplomb.

Le pic. Maintenant. Action.

— Wadi… Entendu au Palais, cria Sam. Le couloir.

— Quoi ? Qui a entendu ? Quel couloir ? s'écria Ali.

Sam ignorait combien de fois Ali avait appuyé sur le bouton. Le temps s'était figé et, au cœur de cette noirceur, il revit le coffre-fort contenant le nom de Mariam. Au milieu du défilement d'une de ces boucles temporelles, il posa sa main sur le couvercle, passa les doigts sur le métal bosselé, fit tourner le cadran, entendit des déclics.

Nouvelle décharge électrique. Il essaya de retrouver des souvenirs, mais ne put les fixer. Ils défilaient sans interruption, tous assombris, les bords tachés comme de vieilles photographies : les rangs de maïs de Shermans Corner, maman lui lisant un livre, le moulin, Vegas, la cuisine humide des Bradley au Caire. Ensuite, Mariam : sa silhouette à la lumière des étoiles, son rire, le vignoble baigné de lune. Il les rattrapa, tenta de les empoigner comme un bouclier contre ces impulsions démoniaques qui lui secouaient les os, mais dès que ses doigts atteignaient ses souvenirs, ils s'évanouissaient. Il appela à l'aide, dans le vide, la seule réponse ne fut que douleur.

C'est alors qu'il se rappela le paquet, emballé pour Ali. Abats tes cartes, maintenant.

Il lâcha un filet de bile sur le sol, et le monde refit son apparition.

— Atiyah, souffla-t-il, haletant. Atiyah, Atiyah.

— Jamil Atiyah ? répéta Ali.

Alors que le monde retrouvait sa netteté, Sam réussit à entrevoir le Syrien qui fumait, et son doigt qui tapotait la table, tout près du bouton du tortionnaire. Ali semblait réfléchir à ce nom.

Sam hocha la tête. Ses yeux se révulsèrent, puis sa tête. Rustum fit avancer sa chaise d'un coup de pied.

— Entendu parler de Wadi Barada. Bouthaina. Un piège, balbutia-t-il.

Dans l'obscurité, quelque chose lui beugla dessus. Il entendit le métal racler le ciment et se sentit glisser plus près, plus près de quelqu'un, avec un crissement. Il aperçut la silhouette de Mariam qui se dessinait à l'horizon. Le raclement s'arrêta. Ils étaient face à face, les genoux à quelques centimètres l'un de l'autre, et il sentit l'odeur de ses cheveux. Il la regarda dans les yeux.

Ensuite, il sentit de la chaleur dans son cou. Une décharge métallique lui assaillit la langue, la chaleur se propagea plus haut, remonta dans sa mâchoire mutilée, jusqu'à son visage. Il entendit crier des noms. Bouthaina, Atiyah. Il revit le coffre-fort et tendit la main vers la serrure.

ALI S'ÉTAIT RETOURNÉ, DOS À L'INTERROGATOIRE, pendant exactement quinze secondes. Au cours de ce bref laps de temps, il avait appelé Kanaan pour lui ordonner de fouiller le monde de Jamil Atiyah de fond en comble, immédiatement. Mettre à sac son bureau, sa villa, saisir ses ordinateurs, ses téléphones. Tout.

Lorsqu'il se retourna, il vit son frère graver une liane dentelée dans le cou de l'agent de la CIA.

— Ça, c'est pour ma douce Bouthaina ! s'écria Rustum.

Ali toucha sa cicatrice, vit Rustum retirer le couteau de la joue de Sam et se tourner vers Mariam.

MARIAM APPELA AU SECOURS en secouant ses mains et ses bras ligotés à la chaise, tandis que Rustum tailladait la peau de Sam.

— Tu le sais, que je l'ai tuée ? bava-t-il, arrosant de postillons le visage de Sam, qui s'éteignait peu à peu. Tu m'as poussé à la tuer, tu l'as piégée.

Il retira son couteau d'un coup. Mariam vit le sang perler de l'entaille dans la peau. Sam cracha quelque chose de sa bouche. *Reste avec moi,* habibi. *Reste avec moi.*

Rustum prit le menton de l'Américain dans sa main et se pencha vers lui, plongea ses yeux dans les siens.

— Cet arrangement avec cette *sharmoota* ne m'a jamais plu. (De la pointe de son couteau, il désigna Mariam.) Je me demande ce qu'elle t'a raconté, en Italie. Elle travaillait avec Bouthaina. Elle a peut-être entendu parler de Wadi Barada. Peut-être que Bouthaina a laissé échapper trop de choses.

Rustum contourna les chaises pour aller se placer à la droite de Mariam et lui souffler doucement à l'oreille.

— Tu l'as tuée, ma Bouthaina ? Tu l'as tuée, ma Bouthaina ?

— Qui est l'espion ? répéta une autre voix.

Elle était incapable de dire si c'était celle d'Ali, de Rustum ou de Dieu lui-même.

Elle frémit, observa Ali, la rage s'échappant comme d'une poche de bile. Elle repensa à ces trois miliciens et à Villefranche, et l'idée lui traversa l'esprit d'infliger le même sort aux frères Hassan, de se camper au-dessus du corps de chaque frère, d'appuyer sur la détente et de vider le chargeur.

— Ali, espèce de salopard, je n'ai fait que coopérer. Je vous ai obtenu ce que vous vouliez, et c'est ainsi que je suis payée de retour ? Soyez maudits tous les deux, je…

Le couteau s'enfonça dans son flanc, s'insinua plus en profondeur tandis que Rustum murmurait la même question, encore et encore : « Tu l'as tuée, ma Bouthaina ? » Le couteau toucha une côte, mais il l'enfonça encore plus, avec un borborygme.

Elle avait envie de le regarder dans les yeux et de lui crier « Oui, je l'ai tuée, espèce de monstre », mais au lieu de cela, elle baissa les yeux vers la lame, désormais fichée dans son corps. Elle ne voyait plus que le manche, tout lisse. Sam hurlait maintenant, les yeux exorbités. Elle essaya de se raccrocher à ces yeux-là, comme lorsqu'ils faisaient l'amour, mais tout vacillait à présent et, lorsque Rustum retira le couteau, elle sentit un liquide couler le long de sa jambe.

ALI, LE PETIT GARÇON, ÉTAIT ASSIS PAR TERRE dans sa chambre, Rustum était assis sur lui à califourchon, il essayait de lui enfoncer le couteau dans la gorge, de terminer la besogne inachevée, de venger son père et ses deux mères.

Ensuite, son grand-père avait tiré Rustum en arrière et l'avait roué de coups. Le vieil homme avait été fort. Haletant, le souffle court, après la lutte, son grand-père était resté assis contre le lit et serrait Ali dans ses bras, qui était en pleurs. Rustum était étendu à côté de lui, inconscient.

« C'est la faute de qui, grand-père ? avait dit Ali, des mots tremblés d'une voix fluette. C'est la faute de qui, alors ? »

Pas la tienne, mon garçon. Pas la tienne.

Rustum retira son couteau du flanc de Mariam et l'approcha de son cou.

Ali lui fonça dessus. La lame tomba sur le sol et Rustum trébucha. Ali s'avança de nouveau et porta un coup de la paume dans le bas-ventre de son frère, puis lui assena une manchette en pleine tête, en le frappant violemment à l'oreille.

Rustum tomba. Il tenta de se relever. Ali ramassa le couteau et lui donna un coup de pied dans la poitrine, qui le renversa sur le béton glacé. Ali s'assit sur lui et le frappa dans le nez de toutes ses forces avec le manche du couteau. Le sang jaillit, un geyser de sang. Ali frappa de nouveau, cette fois il entendit un craquement humide et le hurlement de Rustum. Il frappa encore, le sang gicla, lui embruma le visage.

Les yeux hagards de son frère se rivèrent sur lui, ses mains remontèrent, cherchant le couteau, un œil, n'importe quoi. Ali le maintint au sol et le fixa, son regard furieux vissé au sien. Alors, il enfonça profondément la lame dans le cou de Rustum, trancha la carotide, déchiqueta les muscles, jusqu'à ce que les yeux de son frère s'éteignent, que ses jambes cessent de s'agiter et que sa respiration s'arrête.

Ali s'écarta de son frère, roula au sol et se redressa en position assise.

Mariam était silencieuse maintenant, sa tête était retombée, Samuel hurla qu'elle avait besoin d'aide. La chaise bascula et il essaya de ramper vers elle. Ali se rapprocha de la table et faillit s'écrouler dessus. L'Américain hurlait en progressant tant bien que mal sur le sol en direction de Mariam, toujours immobile, la peau d'un blanc de cendre.

L'un des hommes de Kanaan ouvrit la porte d'un coup, contempla le carnage en croisant les mains sur la tête. Il fixa le corps de Rustum et se passa les mains sur le visage.

Ali alluma une cigarette d'une main hésitante.

— Faites venir un médecin. Tout de suite.

SAM SE TRAÎNAIT VERS MARIAM, lui criant de rester éveillée. Chaque fois qu'il respirait, c'était comme du verre pilé au fond de ses poumons. Incapable de tourner la tête en rampant vers Mariam, du coin de l'œil, il entrevit le cadavre de Rustum affalé au sol, Ali comprimant le côté de Mariam avec sa chemise, et, dans une lumière trouble, un homme qui fit rouler quelque chose dans la pièce.

La tête de Mariam était pendante, sans vie. Toute lueur dans ses yeux avait disparu.

— Mariam ! Mariam ! Mariam ! cria-t-il.

Quelqu'un le souleva et lorsqu'il atterrit sur un chariot, il sentit tout son corps pousser un cri. La salle de la prison disparut. Il sentit le vent sur son visage, des lumières vives au-dessus de lui. Il vit le coffre-fort, non ouvert, dans sa chambre. L'espace d'un instant, il aperçut Mariam sur un brancard à côté de lui. Quelqu'un, à l'horizon, très loin, cria. Elle était sur le côté, la plaie en position haute. La personne qui criait tenait une poche de liquide. Des tubes sortaient de son corps.

Il la regarda dans les yeux, cherchant quelque chose, n'importe quoi.

Puis ils emmenèrent Sam.

52

ALI REGAGNA SON BUREAU, CHOQUÉ, sans sa chemise blanche, transformée en garrot pour Mariam. Lorsqu'il arriva devant le centre de commandement russe, l'inébranlable Volkov se retourna même sur son passage. Dans son bureau, il balaya des fragments de verre de sa chaise – quelques résidus de la passe en rase-mottes de l'avion américain ce matin – et fuma six cigarettes l'une après l'autre. Lorsque ses mains se furent calmées, il enfila une chemise de rechange qu'il gardait dans le tiroir de son bureau.

Il appela Layla.

— Où es-tu ? s'écria-t-elle. Où es-tu, Ali ? Rentre à la maison tout de suite !

Il entendait les jumeaux pleurer.

— Tu es en sécurité ? demanda-t-il.

— Oui, pour l'instant. Nous sommes dans la penderie. Rentre à la maison.

— Rustum est mort.

— Mort ? Comment ça ? Les bombes ?

— Il s'est passé quelque chose. Au bureau. Il a perdu la tête. Il est parti.

— Perdu la tête ?

— Je t'expliquerai plus tard.

Son poignet droit fut agité de tremblements. Il essaya d'extraire une autre cigarette du paquet, mais elle tomba par terre. Il la ramassa.

— Tu es en sécurité, Layla ? Toi et les garçons ?

— Oui, mais rentre à la maison.

— Je vais rentrer. Je dois d'abord faire quelque chose.

— Reviens à la maison, cria-t-elle.

— Je t'aime.

Il raccrocha et alluma sa cigarette.

L'ayant fumée jusqu'au filtre, il se leva et regarda par la vitre cassée les colonnes de fumée qui s'élevaient de Damas, en écoutant le hurlement des sirènes.

Il passa la situation en revue.

Il avait tué son frère, le commandant de la Garde républicaine. Son agent, Mariam, agonisait dans une chambre d'hôpital improvisée quelques étages plus bas.

Il avait soumis un officier traitant de la CIA à une torture brutale, pour obtenir des informations, et peut-être non sans succès. Il le retenait toujours en captivité.

En ce moment même, la meute de Basil investissait l'ambassade américaine.

Son téléphone sonna. Kanaan.

— Qu'y a-t-il ?

— Nous sommes dans le bureau d'Atiyah. Nous avons trouvé un porte-documents avec un compartiment caché. À l'intérieur, il y avait de faux passeports américains, en apparence tout à fait officiels, des liasses de billets et un appareil. Je ne sais pas ce qu'il contient, mais je n'ai jamais rien vu de tel.

— Et l'ordinateur, le téléphone ?

— Des SMS étranges provenant de numéros américains et européens sur le téléphone. Probablement un code. Même chose avec son compte email.

— Procédez à l'arrestation. Amenez-le ici et mettez-le sous les verrous. J'appellerai le Palais pour annoncer la nouvelle.

Ali descendit. Il remarqua que les Russes le regardaient avec des yeux méfiants et interrogateurs. Il s'en moquait. Il n'avait pas le temps.

— Volkov, mets-nous un peu Al Jazeera.

Le Russe alluma l'une des télévisions.

L'image à l'écran passa – *flash spécial* – sur le président américain qui s'adressait aux journalistes conviés à la Maison-Blanche. Il déclara que les États-Unis avaient reçu des renseignements crédibles attestant l'intention du gouvernement syrien d'utiliser des armes chimiques. En conséquence, expliquait le président sur un ton musclé, les États-Unis avaient bombardé plusieurs cibles en Syrie pour empêcher cette attaque et envoyer ce message au régime barbare d'Assad : une telle cruauté ne serait pas tolérée. Le président précisa que les États-Unis pensaient avoir enrayé l'attaque chimique. Le président répondit aux questions. Un journaliste, notant que le bilan de la guerre civile se chiffrait désormais en centaines de milliers de morts, demande pourquoi les États-Unis étaient intervenus pour stopper une attaque au sarin, et pas les massacres précédents, perpétrés avec des armes conventionnelles. Arc-bouté à sa tribune présidentielle, le chef de l'exécutif louvoya. Ali éteignit la télévision.

Apparemment, Volkov avait des questions. Beaucoup de questions. Ali préféra faire demi-tour et repartit se réfugier dans son bureau. Il fallait qu'il rentre chez lui. À son bureau, le vent lui soufflait dans le dos par les vitres brisées, il en avait des frissons. Il envisagea de faire défection. Prendre la route de la Jordanie avec sa famille. Maintenant, après les frappes, les routes seraient truffées de barrages. L'aéroport aussi. Il avait des documents officiels, cela pourrait marcher. Enfin, peut-être pas. S'enfuir risquait de le faire passer pour un meurtrier, ce qu'il était bel et bien, croyait-il. Les moukhabarat arrêteraient et interrogeraient les parents et le frère de Layla. Ils menaceraient peut-être de recourir à la violence pour inciter Ali à revenir. C'était ainsi qu'ils vous ligotaient au trône.

Il descendit et trouva l'armoire de classement. En ouvrant le tiroir du haut, il trouva le classeur intitulé « Niveau des eaux du lac Assad, rapports et analyses, 1988-1992 », et en retira une cassette vidéo et des photos de deux cadavres. Valerie Owens et sa source, Marwan Ghazali. Sortant un stylo de sa poche, il inscrivit un numéro et une courte phrase sur un bout de papier qu'il glissa à l'intérieur du dossier. Il regarda brièvement les yeux sans vie de chaque cliché. En remontant à l'étage, il appela le médecin.

— L'Américain est-il conscient ? demanda Ali.

— Oui, il est mal en point mais il est capable de parler. Toutefois, je ne le soumettrais pas à un interrogatoire.

— Compris. Je viens le voir.

À L'ARRIVÉE D'ALI, LES MÉDECINS QUITTÈRENT précipitamment la pièce, le laissant seul avec Samuel. Une rangée de points de suture courait sur le cou et la joue de l'Américain, il avait un bandage autour de la mâchoire et son pied endommagé était moulé dans un plâtre neuf.

L'Américain était allongé sur le dos. Il cligna des yeux en direction d'Ali.

— Mariam est morte ? demanda-t-il.

— Je n'en sais rien. Je suis ici avec vous.

Ali avait envie de fumer, mais la pièce était exiguë et il n'était pas sûr que les poumons de l'Américain le supportent. Il se massa sa cicatrice.

— Vous et moi partagerons désormais une marque similaire, dit-il. (Sam garda les yeux levés au plafond et cligna à nouveau des yeux.) Un certain nombre d'événements étranges se sont produits aujourd'hui, Samuel. Je n'ai jamais vécu une matinée pareille. Je veux rentrer chez moi et retrouver ma famille. Je suis sûr qu'il en va de même pour vous. J'ai donc une proposition à vous faire.

L'Américain tenta de tourner la tête pour faire face à Ali. Il grimaça, s'allongea face au plafond, et l'écouta.

— Je pourrais vous garder ici indéfiniment, bien sûr, continua-t-il. J'attendrais votre guérison, puis je vous soumettrais à nouveau à quelques séances d'électricité pour vérifier vos dires. Nos amis du Hezbollah ont l'habitude d'interroger des Américains pendant de très longues séances. Ils ont détenu le chef de votre station de Beyrouth, William Buckley, pendant des années, juste pour être sûrs d'avoir bien tout saisi. Et pour envoyer un message, bien sûr. Si vous étiez à nouveau sous le couperet, j'en saurais plus.

Sam ne commenta pas.

— En ce moment même, mes hommes arrêtent Jamil Atiyah.

L'Américain resta silencieux.

— Ce matin, votre gouvernement a bombardé la Syrie, mettant ainsi fin à une attaque chimique présumée. Plusieurs bases ont été touchées, et notre attaque n'a pu être menée à bien.

Sam tenta de parler, en gémissant sous l'effort.

— Pourquoi me dites-vous tout cela ?

— Vous savez ce que j'ai fini par comprendre ? Je me fiche de ce gouvernement. Mais je me soucie de ma famille. C'est tout ce qui m'importe. Et savez-vous ce que ce régime a fait ? Avez-vous saisi, ne serait-ce qu'un tout petit peu ? Il prend des gens comme moi et il les lie à lui. Le destin de ma famille est lié à celui du gouvernement. Dans votre système, vous avez la liberté de, comment dites-vous, d'arbi... d'arbit...

— D'arbitrer.

— Précisément. D'arbitrer. Vous êtes un homme libre, et depuis longtemps. Vous considérez que cela va de soi. Vous supposez que je jouis sans doute de la même marge de manœuvre ici en Syrie. À l'évidence, ce n'est pas le cas. Je suis un esclave, comme les autres. Un esclave de rang supérieur, mais un esclave quand même. Or, je ne veux pas que ma famille périsse. Et je ne veux plus que le gouvernement américain me pourchasse. Je souhaite donc vous offrir deux choses.

Ali posa le dossier sur le lit.

— La première.

— Qu'est-ce que c'est ?

— Une vidéo de l'interrogatoire de Valerie Owens et de sa source, Marwan Ghazali. Tous deux sont morts, comme vous le savez je suppose. Dans la vidéo, vous verrez que pendant l'interrogatoire je suis intervenu pour tenter de lui sauver la vie. Je n'ai pas réussi. Mon frère, Rustum, m'a retenu pendant qu'un de ses hommes lui découpait le haut de la tête. Ils m'ont ensuite forcé à rédiger le rapport et à inventer des absurdités sur la surdose d'analgésiques de Valerie.

Ali sortit la photo de Valerie Owens du dossier et la mit dans les mains de Samuel. L'Américain la regarda d'un air entendu, comme s'il l'avait déjà vue.

— Comment je peux savoir que ce n'est pas un faux ? demanda-t-il.

— Venant de moi, ce serait un plan assez compliqué, non ? Créer une cassette comme celle-ci, aujourd'hui, et vous la remettre ? Je suis sûr que vous avez quelque part, dans les dossiers de la CIA ou du Mossad, des images ou des interceptions de lui en train de parler. Vous pouvez vous en servir pour corroborer le contenu de cette vidéo et vous assurer qu'il s'agit bien de l'homme dont je parle.

— Son nom ?

— Général Basil Mahklouf.

Ali se leva et se rapprocha de Samuel, se pencha au-dessus de l'Américain, en s'appuyant des deux mains sur la barre du lit.

— Je sais que vous ne parlez pas au nom de votre gouvernement, et certainement pas à cet instant, mais je veux avoir votre assurance personnelle qu'à votre retour, vous indiquerez à vos supérieurs que j'ai fourni ces informations de bonne foi. J'aimerais qu'elles soient prises en compte lors du choix des futures cibles de bombardement, ou si je devais vous contacter au cours des derniers jours de ce gouvernement pour vous demander de l'aide. Est-ce que nous nous comprenons ?

Samuel ne répondit rien.

— Qu'allez-vous raconter au sujet de votre frère ?

— La vérité. Il a fait intervenir mon agent, Mariam, en cours d'interrogatoire pour faire pression sur vous, il a perdu toute maîtrise de lui-même et je l'ai tué avant qu'il ne puisse l'assassiner.

Samuel acquiesça.

— Deux choses, dit-il. Vous avez dit que vous me proposeriez deux choses avant de me relâcher. La cassette Basil en est une. Quelle est l'autre ?

53

SUR L'ÎLE GRECQUE D'HYDRA, UNE VIEILLE VOYANTE avait montré à Artemis Aphrodite Procter, alors âgée de neuf ans, sa propre mort.

— Et bordel, c'était bien plus violent que ça, dit Procter à toute la station en entendant la deuxième salve de grenades autopropulsées s'abattre sur le bâtiment de la chancellerie, à l'étage.

Les bus des chabiha étaient arrivés sur le rond-point une demi-heure plus tôt, annonçant une nouvelle manifestation, de nouveaux épisodes de vandalisme et peut-être quelques intrusions symboliques dans l'enceinte de l'ambassade. Au lieu de cela, songea-t-elle, ils avaient envoyé une putain d'équipe d'intrus escalader les murs, tiré sur deux Marines à l'entrée ouest et ouvert une brèche dans les portes avec du Semtex, une mine antipersonnel ou une connerie du même gabarit. Elle n'avait rien vu, elle avait juste entendu l'appel pleurnichard du gars de la sécurité diplo dont elle n'avait jamais pu se rappeler le nom. Ensuite : Invasion. Une bande de miliciens survoltés envahissant le complexe comme des insectes.

Procter demanda à la station de lancer la phase de destruction 3 (exfiltration du personnel et autodéfense des agents). Ils réduisirent les documents papier en confetti, mirent à dissoudre les disques durs et le matériel de communication dans les déchiqueteuses renforcées à l'acide. Et, pendant que ces déchiqueteuses dévoraient tout, Procter appela Bradley :

— Ed, il nous faut un putain de régiment ici avec chevaux, hélicos et tout le reste, parce que ces cinglés vont venir nous démonter la tête.

Elle tendit le téléphone vers l'extérieur, qu'il entende les coups de feu et les explosions. Puis elle raccrocha.

Elle se dirigea vers la rangée de moniteurs près du bureau de l'officier de soutien. Les écrans diffusaient des images de l'enceinte en circuit fermé. Elle vit des Marines tirer sur des miliciens dans le parc à véhicules, des miliciens courir vers le bureau de l'ambassadeur par une porte de la chancellerie soufflée par une explosion, une équipe de personnel du département d'État et des Marines se précipiter vers le nid-de-pie du troisième étage pour s'y regrouper et attendre l'assaut. Un Syrien portant l'uniforme d'un général de la Garde républicaine se promenait au deuxième étage avec un fusil de combat et un putain de couteau. Le chaos total.

— On s'est fait cueillir la chatte au vent, annonça Procter à l'ensemble de la station.

Elle regarda autour d'elle, comptant ses agents.

— Où est Zelda, putain ? demanda-t-elle.

Une autre rafale de grenades frappa la chancellerie et les murs de la station tremblèrent.

Quelqu'un signala que Zelda était à l'étage en plein briefing avec l'ambassadeur dans le SCIF.

— Putain ! s'écria-t-elle.

Tout le monde avait une arme à la main. Ils se regroupèrent tous autour de Procter qui scrutait les écrans.

— Pourquoi un putain de général de la Garde républicaine vient se promener ici ? s'exclama-t-elle devant tout le monde.

Elle vit l'homme dégainer un couteau et entrer dans un bureau. Toujours sur les écrans, elle vit deux miliciens descendre la cage d'escalier et déboucher dans le hall devant la porte de la station. Ils s'avançaient lentement, en braquant leurs AK-47 et en regardant autour d'eux.

— Rien à foutre, décréta Procter.

Elle attrapa son fusil de chasse Mossberg, ouvrit la porte de la chambre forte et sauta dans le couloir. Elle tira deux fois sur ces hommes et fit volte-face pour rentrer dans la station. Elle entendit des gémissements et cria en arabe qu'elle leur offrirait une mort rapide s'ils lui disaient qui était leur chef. Il y eut d'autres gémissements. Elle réitéra son offre.

— Le général Basil Mahklouf, fut la réponse. C'est lui... il a tiré sur le garde. Nous ne... nous ne... ne voulions pas...

Un gargouillis, un autre gémissement, puis le silence.

— Bon sang, fit Procter.

— Chef, Zelda est en train de s'enfuir, dit quelqu'un.

Procter se retourna vers les écrans. Zelda s'enfuyait du SCIF et Procter vit le garde républicain, Basil, sortir du bureau de l'ambassadeur. Il braqua son fusil sur l'analyste qui s'enfuyait. Une autre caméra la filma au moment où elle s'effondrait en bas d'une volée de marches pour finir sur le palier. Basil se rua vers elle.

Procter vit que Basil tenait en main un cuir chevelu d'un blanc rougeâtre. Puis l'explosion de la base de Khost, en Afghanistan, lui emplit le crâne. Elle rechargea le Mossberg et alla chercher Zelda.

Elle franchit l'angle du couloir et tomba nez à nez avec un milicien. Elle pointa son arme sur sa putain de paire d'yeux gigantesques et lui explosa la tête, proprement, d'une seule balle. Zelda gisait face contre terre au pied des marches.

— Je vais te traîner seins au sol, d'accord, Z ? Tu me diras si tu te sens t'évanouir à cause de la douleur.

Procter expédia une autre rafale sur une forme en haut des escaliers puis attrapa Zelda par une épaule, la traîna le long du couloir jusque dans la station alors que des billes de mitraille pulvérisaient les murs autour d'elle. Elle entendit une voix de basse étrange déclarer que ces femmes

Ikhwan étaient indécentes sans leur couvre-chef. La voix appela des renforts. Qu'est-ce que c'était que cette connerie d'Ikhwan ?

Elle vit le visage blême de l'analyste. Les jambes étaient sacrément abîmées.

— Z, tu es là ? cria Procter.

Elle entendit un craquement dans le couloir, se retourna et tira, arrachant la moitié d'une jambe à un homme qui pointait un lance-grenades sur la station. Il s'écroula.

— Ils sortent le gros matériel, maintenant, beugla-t-elle.

Elle regarda Zelda. L'analyste était immobile.

— Que quelqu'un lui pose une compresse, qu'on lui fasse un garrot ou un truc de ce genre.

L'un des agents de soutien se mit à panser les jambes déchiquetées de Zelda.

— Tiens bon, Z, tiens bon.

Procter pivota de nouveau vers l'angle du couloir et tira une salve de son fusil à pompe sur un autre assaillant qui arrivait dans le couloir. Il tomba devant la porte, puis releva la tête en poussant un cri. Procter lui enfonça le Mossberg dans la tempe, pressa la détente et replongea dans la station.

Elle entendit à nouveau la voix bizarre, ce Basil, elle se baissa, s'accroupit et roula dans le couloir, où elle le vit brandir un scalp. Elle tira, il tomba sur le ventre, essaya de se faufiler vers la cage d'escalier pour se mettre à l'abri. Il rampait encore quand Procter tira à nouveau et elle entendit le bruit sourd de la balle qui se logeait dans sa hanche droite. Il poussa un cri assez satisfaisant et elle sentit la chaleur lourde des balles lui filer devant le visage. Elle se souvint de ce que la vieille voyante grecque lui avait prédit à propos de sa fin, de l'endroit précis, de l'heure du jour et de la putain de sauvagerie ambiante, et pensa courir au bout de ce couloir parce qu'à cet instant, elle se savait invincible. Mais elle ne pouvait pas abandonner Zelda.

— Je l'ai eu en plein dans le cul, Z, annonça Procter en se repliant dans la station. En plein dans le cul. Tiens bon, ma chérie.

Une grenade autopropulsée frappa la salle de bains en ruine à l'extérieur de la station. Procter se détourna de la vague de chaleur, puis elle se releva, du haut de son mètre cinquante.

En arabe, elle beugla qu'elle avait déjà vu sa propre mort, et que ce n'était pas ça.

Qu'elle, Artemis Aphrodite Procter, était l'Ange de la Mort.

54

SAM NE CONSERVAIT PAS BEAUCOUP DE SOUVENIRS du trajet jusqu'à l'ambassade, si ce n'est qu'Ali était assis à côté de lui sur la banquette arrière et qu'il aboyait des ordres à ses hommes dans un talkie-walkie. Sam ne sentait plus son pied et sa vision restait encore vacillante et floue : des formes et des couleurs s'amoncelaient en taches sur orbite, parfois trouées par de fugaces moments de clarté assez vite obscurcis par le brouillard qui revenait.

Dès qu'ils atteignirent l'ambassade, il se rendit compte que quelque chose ne tournait pas rond : les cris au loin, les fumées étouffantes, Ali qui l'avertit d'attendre dans la voiture. De toute façon, Sam était incapable de marcher. La radio émit de nouveaux grésillements et Ali donna des ordres à un groupe de ses commandos à l'extérieur du véhicule. Dans le sous-sol du Bureau de la sécurité, il avait expliqué à Sam que sa deuxième preuve de bonne volonté consisterait à lui assurer un transfert en toute sécurité jusqu'à l'ambassade. Et il serait imprudent que n'importe qui d'autre qu'Ali l'accompagne.

Sam essaya de se redresser et de regarder par la fenêtre, sous la lumière du soleil. De quelle entrée s'agissait-il ? Le rond-point. Il aperçut des bus. Une foule. Il entendit le crépitement de mitraillettes à l'intérieur de l'enceinte de l'ambassade. Un tir d'arme de poing. Tout près, dans le rond-point. Encore des cris. C'est comme ça que ça se termine ? Mis en pièces par une foule à l'extérieur de l'ambassade. Il essaya de se redresser en position assise, mais il ne put bouger le pied, il ne put faire levier. Encore un coup de feu d'une arme de poing, plus proche cette fois.

Une voix s'éleva. Des coups de feu. D'autres cris.

Ali ouvrit la portière. Sam sentit une pression sur son épaule, plusieurs mains sous ses bras, qui le soulevèrent de son siège. Il respira une odeur familière d'ammoniaque. Quelqu'un – peut-être le médecin ? – lui planta une aiguille dans le flanc. D'abord ça piqua, ensuite ce fut agréable et chaud dans ses veines. On le déplaça, ils le transportaient à l'intérieur. Il vit le sol au-dessous de lui, les pierres, le gravier, la chaussée en mouvement. Des planchers en bois défilèrent. Il tourna la tête vers la gauche et vit Ali. Il eut la sensation de tomber dans un abîme, comme dans un rêve fiévreux. Il avait envie de la chaleur du soleil sur son visage. Il voulait Mariam, ici.

Il ferma les yeux pour imaginer les siens. Lorsqu'il les rouvrit, une forme se dressa au-dessus de lui. Peu à peu, il distingua la tignasse ébouriffée de cheveux noirs, la forme tenait un bâton, un pistolet ou autre. Il essaya de bouger, mais n'y parvint pas.

La forme s'agenouilla et lui parla.

— Jaggers. Il était temps que tu te pointes.

55

SIX SEMAINES PLUS TARD

La caméra de vision nocturne fit lentement le point sur un Pajero garé le long du trottoir. La rue était déserte, à l'exception d'un jeune couple sorti pour sa promenade du soir.

L'homme qui maniait la caméra toussa, ce qui fit basculer la lentille. Il la fit pivoter vers le bâtiment en pierre sale. Quatre gardes, éclairés par une lumière scialytique crue, tournaient autour d'une guérite en riant.

— Je me demande s'il va passer la nuit ici, fit quelqu'un.

L'opérateur silencieux toussa de nouveau.

Un bip.

— Ici Gartner, OGC, Bureau des affaires juridiques. Vous attendez toujours ?

— Oui, on fait soirée pyjama, grinça Procter.

— Tais-toi, Procter, fit Bradley.

— Nous venons de revérifier MOLLY à l'aide de la compilation de vidéos de la semaine dernière et de la photothèque. L'algorithme fonctionne maintenant. Je ne sais pas pourquoi elle a eu des problèmes tout à l'heure.

— Bien reçu.

La caméra se concentra sur l'entrée du Bureau de la sécurité.

— Quelqu'un sort, annonça l'opérateur.

Le flux vidéo se focalisa sur une silhouette qui franchissait l'entrée.

LES SEMAINES QUI AVAIENT SUIVI LA DESTRUCTION de l'ambassade américaine avaient fait basculer Langley en mode crise aiguë. Le directeur de l'Agence avait créé une Task Force Syrie et, d'après ce que Sam avait entendu, il avait rameuté plus de deux cents analystes, opérateurs, techniciens, linguistes et spécialistes du ciblage. La perte de la station de Damas avait engendré la création d'une cellule de la CIA axée sur la Syrie à Amman, sous la direction de Procter. Alors qu'il se remettait de l'opération de son pied en Allemagne, Sam avait appris par la machine à rumeurs de la CIA que l'équipe de Procter avait été chargée de trouver les responsables de cette pagaille à Damas. Bradley communiqua à Sam le sombre bilan de l'opération, au cours d'un appel téléphonique abrégé. Quatorze Américains étaient morts, dont six Marines, l'attaché de la Défense et sept fonctionnaires du département d'État. Douze ressortissants syriens du service extérieur avaient également péri. Vingt-six autres Américains étaient hospitalisés à Landstuhl, dont quatre agents de la CIA, parmi lesquels Zelda. En faisant le calcul, Sam se rendit compte qu'il s'agissait de la journée la plus meurtrière pour les légations américaines à l'étranger depuis le bombardement de la caserne des Marines à Beyrouth en 1983.

— On sait déjà qui a conduit cette attaque ? avait demandé Sam.

Il avait compris que Bradley n'avait aucune envie de parler. Il entendit Bradley déplacer le téléphone d'une oreille à l'autre. Le vieux directeur de département toussa. Sam laissa un silence s'installer.

— Le psychopathe qui a tué Val, lâcha finalement Bradley. Le général Basil Mahklouf. Il a scalpé certains des nôtres après l'assaut de l'ambassade. Procter assure que c'est aussi lui qui a tiré sur Zelda. On s'efforce de retrouver ce salaud. Tout ce que je peux dire pour l'instant, tu m'as compris.

Bradley toussa de nouveau. Et c'est à ce moment-là, dans cette seconde de silence avant que Bradley ne change obligeamment de sujet, que le cerveau de Sam mesura enfin la profondeur du trou dans lequel il se trouvait maintenant.

Finalement, ils lui avaient accordé une semaine pour se reposer à l'hôpital de Landstuhl, avant le début de l'assaut bureaucratique. Bradley l'accueillit, fraîchement débarqué du pont aérien, en lui offrant un appartement meublé à Tysons Corner pour les prochains mois. Il lui expliqua également qu'il était placé en congé administratif et que tous les accès lui étaient temporairement retirés. Ed n'était pas en colère, juste triste, comme s'il était obligé d'abattre son chien bien-aimé qui avait mordu le gamin du voisin.

Les enquêteurs constituèrent un dossier exhaustif en vue d'une audition devant le Comité d'examen par les pairs – non programmée, mais imminente – au cours de laquelle un panel de hauts responsables de l'Agence déciderait de son sort. Dans le meilleur des cas, il serait blanchi de tout soupçon de contre-espionnage et rattaché à un bureau à Langley pour une période de six à vingt-quatre mois. Dans le pire des cas, il serait radié du service, son insigne bleu confisqué, son habilitation de sécurité annulée, il devrait boucler ses valises et se préparer à l'ennui écrasant de la vie civile.

Les semaines passées à Langley furent désagréables. Quatre examens psychologiques. Des contrôles quotidiens avec l'équipe médicale de l'OMS. Trois bilans physiologiques complets. Un entretien houleux de trois jours avec une équipe tournante d'interrogateurs de plus en plus enragés, déterminés à établir une chronologie exhaustive de sa dernière semaine à Damas. Il avait remis tous les appareils de communication qu'il possédait, qu'ils soient personnels ou professionnels. Ils l'interrogèrent sur tous ses PDS. Ils le soumirent à un passage au crible de tous les câbles et de toutes les évaluations de sources qu'il avait rédigés depuis Le Caire.

Les détecteurs de mensonges furent les prolongements de cette myriade d'« entretiens » et d'interrogatoires. Ils furent agressifs, bruyants, coercitifs. Mais à chaque groupe d'enquêteurs de la sécurité avec leurs œillères, il présenta le même récit : la vérité. Chaque question du détecteur de mensonges était formulée de manière qu'il puisse y répondre simplement par oui ou par non. Ils lui demandèrent des détails chronologiques, intimes et crus, sur ses rapports amoureux avec Mariam. Il leur dit tout. (« Avez-vous eu des relations sexuelles avec votre source, Mariam Haddad, en France, à Damas et en Italie ? ») Ils l'interrogèrent sur les circonstances de sa libération de détention par Ali et de son apparition ultérieure dans l'ambassade en ruine. (« Avez-vous fourni au général Ali Hassan des informations classifiées autres que le nom, les sites de boîtes mortes et les lieux sûrs déjà spécifiés ? ») Ils lui posèrent des questions sur le triple homicide. (« Mariam Haddad vous a-t-elle dit qu'elle était arrivée aux abords de l'ambassade pour vous fournir des renseignements en dehors de son canal de liaison avec Ali Hassan ? » « Mariam Haddad a-t-elle tué les trois miliciens ? »)

Deux semaines plus tard, Zelda était morte.

Elle était sous assistance respiratoire à Landstuhl. La CIA la fit rapatrier par avion à Washington pour les funérailles et le contre-espionnage retint gracieusement les coups de sa bureaucratie pour permettre à Sam d'y assister. Bradley et Procter étaient présents. Sam se souvint de l'analyste sautant dans la voiture de la cheffe à l'aéroport international de Damas, pleine d'énergie, prête à décortiquer le réseau des marchés officiels du Palais. Lorsqu'il repensait au câble dans lequel Procter et lui avaient prolongé l'affectation de Zelda, il se sentait tenaillé par la nausée.

AFFECTATION TEMPORAIRE. « STATION DEMANDE PROLONGATION DE TROIS MOIS EN SOUTIEN DES OPÉRATIONS DE RENSEIGNEMENT CRITIQUES EN COURS. »

Logorrhée antiseptique. Il avait contribué à sa mort. Elle, et Val.

Il avait essayé d'attraper Procter après le service religieux, mais la cheffe était partie avant qu'il ne puisse la prendre à part.

Ce soir-là, Bradley invita Sam à dîner dans sa ferme.

— C'est mon premier dîner à la maison en trois semaines et je choisis de le passer avec toi, comme un crétin, lui dit-il.

Angela l'aida à sortir de la voiture d'Ed, le serra dans ses bras en pleurant, fit griller des hamburgers et les laissa avec un pack de six Coors sous la véranda. Ils contemplèrent la lumière de la fin de l'été traversant les Blue Ridge Mountains et achevèrent leur première tournée de bières en silence.

Bradley ouvrit sa deuxième bière et en but une gorgée. Sam trouva qu'Ed faisait quatre ans de plus qu'avant Damas.

— Cette conversation n'a pas eu lieu, compris ? La sécurité me grillera le cul si elle l'apprend.

Sam avala le reste de sa première bière et opina.

— Pas de nouvelles d'ATHENA. Pas un mot depuis le sous-sol d'Ali. Cependant, on s'accorde de plus en plus à considérer qu'ATHENA ne s'est pas jouée de nous, du moins pas longtemps. L'histoire de sa cousine a été corroborée par des documents volés. Ils l'ont laissée sortir, d'ailleurs.

À cette nouvelle, Sam esquissa un mince sourire puis se tourna vers Bradley, le père qu'il avait déçu. Ou trahi. Il ne savait pas exactement comment le formuler, mais cela n'avait pas d'importance. Il avait honte.

— Je suis désolé, Ed. Avec elle, j'ai merdé. J'espère que tu me pardonneras.

Bradley acquiesça.

— Je vais te pardonner. Je t'ai déjà pardonné. Je ne vais pas te faire fouetter pour ça. Tu es passé aux aveux. Tu as reconnu ton erreur.

Sam plongea la main dans la glacière pour en sortir sa deuxième bière. Il grimaça, le souffle un peu court, et se redressa pour l'ouvrir.

Ils burent à nouveau en silence, tandis que le soleil descendait sous la ligne de crête.

— Le système de covcom que nous avons fourni à ATHENA continue de poser problème, reprit Bradley. Le NRO a analysé la plateforme satellite et détecté quelque chose d'étrange, comme un logiciel malveillant. Les détails restent vagues, mais nous avons assuré la transition sur toutes les sources... et nous surveillons l'affaire de près. Il est possible qu'Ali et les techniciens iraniens nous aient volé quelques semaines de trafic covcom. Le contre-espionnage analysera les informations d'urgence pour savoir s'ils pourront déterminer l'identité de quelqu'un à partir de ce trafic. Nous pourrions avoir besoin d'en exfiltrer quelques-uns si nous pensons qu'ils sont grillés.

— Combien de ressources sur la plateforme ?

— Quatre. Sans compter ATHENA.

— Quel gâchis, marmonna Sam.

— Oui. J'aurais préféré qu'elle vous en parle, en Italie. On aurait pu la sortir de là.

Sam posa la canette et se prit le front dans les mains. Bradley lui passa une main dans le dos. Ils restèrent de nouveau immobiles, en silence. Au bout de quelques minutes, Sam leva la tête pour regarder vers les montagnes. Bradley le tint par l'épaule et but une gorgée de bière.

— Procédure CEP probablement programmée pour les vacances. Les examens du détecteur de mensonges se sont bien passés, mais il y en aura d'autres. Tout ce que je peux dire sur cette partie, tu as déjà pigé. Je pense qu'ils vont laisser tomber l'angle contre-espionnage. Ils ne pensent pas que tu mentes, ce qui est de bon augure pour ton aptitude à rester dans le service. J'ai vu suffisamment de procédures du CEP pour savoir qu'il y a toujours un dossier à charge et à décharge. D'une part, il y a ton escapade amoureuse avec une source et sa décision subséquente de fournir un dispositif covcom à un service hostile. De l'autre, il y a ses aveux, sa sincérité et sa coopération, et vos actions collectives à Damas les 18 et 19 juillet.

Bradley termina sa bière et jeta la canette.

— Voici comment je vois les choses, d'ailleurs. Ta gestion de l'affaire ATHENA a conduit à une opération militaire américaine qui a stoppé une attaque dévastatrice. À vous deux, vous avez sauvé des milliers de vies. Pour le Comité d'examen par les pairs, ce sera clair comme de l'eau de roche. Noir sur blanc. Un joyau de plus à ta couronne. Non, la controverse portera sur ta décision de te rendre. Et naturellement sur ta relation avec elle. Est-ce que cela vous a mis davantage en danger, nos sources et toi-même, et créé des problèmes de contre-espionnage parce que tu ne te souviens peut-être pas de tout ce que tu as pu raconter à Ali ?

— Si j'avais fui et que Mariam avait dénoncé Atiyah, Ali n'aurait jamais cru à son histoire concernant les renseignements sur Wadi Barada. Ils auraient creusé et l'auraient torturée jusqu'à ce qu'elle avoue tout.

Bradley acquiesça.

— Je te comprends. Mais je n'ai aucune idée de la façon dont le CEP va se dérouler.

— Tu en as vu beaucoup, pourtant. Quelle est ton intuition ?

— Deux ans de période probatoire au quartier général. Mais sur ce point je suis sans doute partagé, cinquante-cinquante.

— Quelle est l'autre hypothèse ?

— Ils te virent.

Sam hocha la tête, termina sa deuxième bière d'un trait et déclara qu'il s'en fichait, tant que Mariam s'en sortait vivante.

— Il y a encore une chose à faire. Attends-moi un peu ici.

Bradley entra dans la maison et descendit l'escalier de la Cave. Il revint avec un bout de papier et s'assit. Il ouvrit une autre bière, se massa le menton et reprit la parole avant de s'interrompre brusquement, comme s'il s'interrogeait sur la sagesse de ce qu'il s'apprêtait à dire. Ou sur s'il fallait dire quoi que ce soit.

— Tu es en congé administratif, donc ce n'est évidemment pas kasher, dit-il. Mais tant pis. J'ai besoin de ton aide.

Il ouvrit la main, lui tendant un morceau de papier plié.

Sam prit le papier, le retourna et respira l'odeur de fumée et de cendre. La dernière fois qu'il avait vu ce papier, il était sous sédatifs en perfusion dans la prison d'Ali, au sous-sol. De le revoir, cela le rendait malade.

Bradley eut un sourire ironique, les lèvres retroussées.

— Tu ne t'en souviens peut-être pas, mais Ali a glissé ceci dans la cassette vidéo qu'il t'a passée avant de te ramener à l'ambassade. La vidéo, d'ailleurs, confirme son histoire. Le général Basil Mahklouf, sous l'œil vigilant de Rustum Hassan, récemment décédé, a assassiné Val et Marwan Ghazali au cours d'un interrogatoire.

Bradley grimaça et regarda le bout de ses chaussures.

— Que faisait Ali pendant que ça se passait ?

— C'est ce qui est étrange. La bande n'est pas concluante, mais il semble qu'il ait essayé d'empêcher Basil de passer à l'acte. Son frère, Rustum, s'est mis en travers de son chemin, putain, et il a laissé Basil découper le cuir chevelu de Val.

Sam hocha la tête.

— Qu'est-ce que tu veux que je fasse ?

Il déplia le papier, vit les chiffres et reconnut un numéro de téléphone syrien. Il y avait une phrase griffonnée en arabe. Il le replia.

— Nous ne disposons pas encore d'une arme mortelle pour tuer Basil, mais je pense que nous en aurons une dans la semaine, lui affirma Bradley. Ce type est couvert de sang. Il est responsable de la mort de quinze Américains, dont Zelda et Val. Mais voilà le problème. Je suis incapable de le trouver.

— Le président ne veut plus bombarder Damas ?

— Basil est passé sous le radar. Pas de communication, pas de visite au bureau, il a abandonné sa villa. C'est un fantôme. Nous ne saurions même pas où bombarder.

— Si j'avais assassiné deux agents de la CIA, Je me cacherais moi aussi, lâcha Sam.

— Écoute, à ce stade, tu connais Ali mieux que quiconque au sein du gouvernement américain.

— Et tu veux savoir si je pense qu'il nous aidera à trouver Basil.

— Oui. Qu'est-ce que tu en dis ? Tu expliquais qu'Ali était partagé à propos du régime. Il t'a transmis une cassette vidéo qui colle une cible géante dans le dos de Basil.

Sam maugréa.

— Ali m'a dit qu'il voulait que notre gouvernement fasse preuve d'un sens de la mesure dans le choix des futures cibles de bombardements.

— Tu penses qu'il nous aiderait à obtenir un tel sens de la mesure ? Si tu en fais la demande ?

Ali. Sam baissa les yeux sur son pied boiteux, pensa à ces décharges d'électricité qui lui grillaient le corps quand Ali voulait lui soutirer un nom. Puis il se souvint du sourire d'Ali ce soir-là avec Zelda au restaurant. Correct, à moitié aimable. Sam se rappela les propos que lui avait tenus Ali sur le régime avant de le relâcher, la haine qui lui enflammait les yeux lorsqu'il avait prononcé le nom de Basil Mahklouf.

— Ali est un type compliqué.

Ce fut tout ce que Sam réussit à marmonner.

— C'est vrai, fit Ed en jetant un coup d'œil au pied de Sam.

Les moustiques bombardaient en piqué les lampes de la véranda. Bradley attendait qu'il continue.

— Tu as tracé le numéro sur ce bout de papier ? demanda Sam.

— Oui, c'est le bureau d'Ali.

— Qu'en est-il de mon congé administratif ? Je n'ai plus d'accès.

— Je veux que tu t'occupes de l'opération avec Procter, au diable les congés administratifs. Procter est d'accord. Nous n'en parlerons à personne d'autre. Je m'occuperai de te rétablir ton accès. Temporairement, bien sûr. Tu commenceras à Langley, puis tu termineras dans la nouvelle boutique de Procter à Amman. Enfin, en supposant que le président signe une autre décision de force létale.

Les yeux de Bradley se posèrent à nouveau sur son pied.

— Ed, j'apprécie, mais s'il te plaît, pour l'amour de Dieu, arrête de regarder ce fichu sabot. Tout ira bien. Rien ne me ferait plus plaisir que d'en avoir terminé. Je suis partant.

Sam finit sa troisième bière, écrasa la canette en alu et jeta à Bradley un regard glacial. Il la voulait, cette opération, mais doutait que cela l'aide à retrouver Mariam. La femme qu'il aimait plus que tout avait disparu au cœur de Damas : morte, prisonnière ou silencieuse. Vue pour la dernière fois sur un brancard, un couteau planté dans les côtes. Et, comme toujours lorsque cette image flottait dans son esprit, un vide suivait, l'arrachant à son propre corps.

Il laissa cette vision passer.

— Je commence quand ? demanda-t-il.

SAM ET PROCTER S'ATTAQUÈRENT À LA PLANIFICATION opérationnelle comme un vieux couple marié après une dispute : ils ignorèrent ses indélicatesses, reprirent leurs anciens rôles respectifs et continuèrent à avancer, tête haute. Sam évoqua Mariam une seule fois, mais Procter, voyant sa mine de chien battu même par visioconférence depuis Amman, approcha de l'écran une petite main pixélisée. Lorsqu'elle la baissa, Sam vit ses yeux furibonds et redirigea leur attention à tous les deux vers une récente série d'images satellite du Bureau de la sécurité, notant que le nombre de voitures garées dans la rue adjacente avait considérablement augmenté au cours des dernières semaines. Procter acquiesça et prit une généreuse bouchée de ce qui ressemblait à une barre de Payday (*king size*).

— Photo suivante, dit-elle.

Il laissa donc tomber.

Le défi opérationnel le plus urgent concernait l'insistance de la Maison-Blanche et du septième étage pour que la CIA authentifie l'identité de la cible avec MOLLY, l'algorithme, et Susan, la spécialiste de la reconnaissance faciale. Sur place, à Damas, la CIA n'avait plus personne. Qui s'occuperait de piloter les caméras ? Sur ce point, l'équipe opérationnelle se lança dans un débat animé, qui eut pour moment névralgique un échange de câbles au cours duquel Procter répondit à la suggestion à moitié sérieuse de Sam de tester le logiciel MOLLY à bord d'un drone de surveillance. Elle renvoya par câble une réponse d'un paragraphe, jugeant que l'idée de Sam n'était que de la merde en barre opérationnelle. Venant de Procter, Sam interpréta cette vulgarité comme une forme particulièrement tordue de pardon. À ses ennemis, elle n'offrait que le silence.

En fin de compte, il mena la charge en faveur de l'approche la plus propre et nette : utiliser les BANDITO. Ils avaient été soumis au détecteur de mensonges. Ils étaient dans la partie. Ils constituent notre seule chance, affirma Sam. Les validations furent épineuses à obtenir, les juristes inquiets à l'idée que des ressortissants étrangers soient directement impliqués dans une opération de force létale. Mais Bradley et Procter pesèrent de tout leur poids et ils eurent tous bientôt en main un exemplaire de la décision révisée permettant aux services de la CIA détenant le pouvoir d'usage de force létale de cibler le général Basil Mahklouf. Sam l'enferma dans le coffre-fort situé sous son bureau. À part quelques pots abandonnés de Dunkin' Donuts, son espace de travail temporaire dans une salle de Langley remplie de boxes de travail était vide.

Il ne restait plus qu'à traiter une pièce du puzzle. L'étape la plus importante. Ils devaient le repérer. Sam ne dormirait pas pendant deux nuits.

Tout commença un mercredi à l'heure du déjeuner. Sam se présenta à l'entrée d'une salle au sous-sol de Langley, marquée d'un nom insipide : *Global Technology Solutions*. Il avait sur lui le bout de papier qu'Ali avait placé dans ce dossier, à Damas. Un technicien de la NSA ouvrit la porte et le fit entrer dans une pièce sombre au centre de laquelle se trouvait un ensemble de cabines stériles et dont chaque mur était couvert d'une rangée d'écrans de télévision diffusant tous les journaux télévisés du câble. Le technicien conduisit Sam dans une pièce annexe. Le visage de Procter était déjà affiché sur un écran et l'un des linguistes de la CIA, Abdallah, d'origine syrienne, était assis à la table. Il y avait un seul téléphone et un ensemble d'ordinateurs empilés contre le mur. Le technicien s'installa devant l'ordinateur et fit signe à Sam de s'asseoir.

— Comme nous l'avons dit, si le MOIS iranien, les Russes ou qui que ce soit essaie de tracer cet appel, il leur donnera l'impression d'avoir transité par une tour dans la banlieue de Mezzeh, expliqua le technicien en montrant une image satellite de la périphérie ouest de Damas, où les tours de téléphonie cellulaire étaient marquées par des points bleus.

— Cela fait vingt fois qu'on aborde le sujet, Jason, bordel de merde, fit Procter au technicien, qui ne s'appelait pas Jason. Tout le monde met ses putains d'écouteurs et on se bouge. Sam, c'est à toi de jouer.

Sam passa encore une fois leur plan en revue avec Abdallah. Puis il déplia le papier et composa le numéro. Il était 20 heures à Damas. Ali était probablement dans son bureau. Le téléphone sonna deux fois avant qu'il ne réponde.

— Allô ?

— Bonjour, mon ami, je suis désolé de ne pas vous avoir rappelé hier soir, mais je voulais vous dire que j'ai envoyé le vin, fit Abdallah dans un arabe levantin impeccable, en lisant le papier qu'Ali avait donné à Sam.

Un silence prolongé. Sam entendit une respiration, le téléphone qui circulait d'une oreille à l'autre, le bruissement d'un tiroir et de papiers.

— Combien vous dois-je ? dit Ali.

Abdallah lut trois prix qui pouvaient aisément être transformés en numéros de téléphone.

— D'accord, merci, dit l'homme.

Fin de l'appel. La nuque de Sam le picota, les poils hérissés. Il se tourna vers le technicien de la NSA.

— Vous pouvez faire les vérifications de reconnaissance vocale, mais c'est lui. C'est Ali Hassan.

Sam adressa un regard à Procter. Elle leva les deux pouces en l'air.

— S'il rappelle, il nous aidera à retrouver Basil, dit Sam.

Procter se passa le pouce en travers de la gorge et l'écran devint noir.

SAM TROUVA IONA BANKS ASSISE À SON PLAN de travail dans les locaux de l'OTS, le Bureau des services techniques, nichée dans une pièce sans fenêtre du Quartier général d'origine, saturée de lumières fluorescentes. Souriante, elle passa une main dans les cheveux de la partie non rasée de son crâne et lui fit signe de s'asseoir à la table. Poussant de côté plusieurs sacs noirs Gucci – « tous les agents secrets chinois en utilisent », dit-elle –, elle sortit d'un tiroir un simple dossier en papier manille et le fit glisser vers Sam.

— J'ai tellement de questions que je ne formule pas, dit-elle.

— Judicieux.

Elle posa la main sur le dossier, le ramenant à elle d'un centimètre.

— Mais je dois quand même vous en poser une : quels sont les risques que ça me fasse virer ?

Il se pencha, s'appuya de ses avant-bras sur la table et regarda distraitement la photo de son badge. Elle était si jeune.

— Faible.

Elle sourit et ouvrit le dossier. Ses sourcils se froncèrent à la vue de son badge bleu.

— Quand le perdez-vous, au fait ?

— Bientôt. J'ai des affaires à régler à Amman. Ensuite, la procédure CEP commence.

Il ouvrit le dossier. Il y avait à l'intérieur une enveloppe portant un affranchissement français. Elle contenait plusieurs prospectus pour des locations de vacances et des hôtels. En feuilletant les papiers, il s'arrêta devant une publicité pour un château à Èze.

— Comment avez-vous eu cette photo ?

Iona se borna à froncer les sourcils.

— Qu'avez-vous dit aux gars des Documents ?

— Je leur ai juste dit de la prendre. Ils n'ont pas posé de questions. Ils adorent ce genre de trucs.

— Ça aura l'air de venir de Villefranche ? demanda-t-il.

Iona sourit.

— Exact. Il s'agit en fait d'un paquet promotionnel livré par les bonnes gens de l'office de tourisme de Villefranche, dans l'espoir de l'inciter à revenir dans la région pour d'autres vacances.

— Parfait.

Il y eut un silence.

— Elle va bien ? demanda Iona, et son visage s'assombrit.

— Je ne sais pas.

La photo du château d'Èze lui serra le cœur. Il referma le dossier.

Elle hocha la tête et garda le silence.

Il relut cinq fois l'adresse de Damas figurant au recto pour s'assurer qu'elle était correcte. Glissant le dépliant du château d'Èze dans l'enveloppe, il remit la chemise à Iona et frappa deux coups sur la table phalanges repliées.

QUELQUES JOURS AVANT SON DÉPART POUR AMMAN, Sam se rendit au Centre de déploiement global avec son passeport diplomatique noir et le câble de Procter approuvant sa mission. La plaque sur le comptoir indiquait que l'employée digne d'être grand-mère s'appelait Cornelia G. La canne sur le sol et les verres de lunettes grossissants suggéraient une date d'entrée en service (EOD) dans les derniers jours de l'administration Eisenhower. Sam lui sourit et se présenta. Cornelia s'en abstint. Elle se leva, attrapa ses papiers en tremblant et commença à taper son numéro d'identification d'employé dans son ordinateur.

Au bout de quelques minutes, elle leva les yeux et relut le câble de Procter approuvant son voyage.

— Vous l'avez falsifié, mon cher ? dit-elle.

Sam s'esclaffa. Le visage de Cornelia se figea, elle grimaça. Il effaça son sourire.

— Je n'ai rien falsifié, dit-il. Vous pouvez vérifier la base de données du câble.

Cornelia vérifia. Il lui fallut beaucoup de temps pour entrer les chiffres. Enfin, elle leva les yeux et reprit d'une voix feutrée.

— Comment avez-vous réussi à vous en sortir, mon cher, vous qui êtes en congé administratif ? Je n'ai jamais vu ça, et je suis ici depuis un bon moment. Vous ne devriez pas avoir accès à ce câble d'approbation, et encore moins voyager pour le compte de l'Agence.

Cornelia pointa le doigt vers son badge.

— De quelle couleur est-il, d'ailleurs ? Vous avez le rouge ? Escorte requise ? L'une de ces gentilles personnes ici présentes garde un œil sur vous, en veillant à ce que vous ne sortiez pas de documents classifiés des coffres-forts ?

Elle fit signe aux personnes qui se trouvaient dans la file d'attente derrière Sam, qui s'étirait maintenant jusque dans le couloir.

Sam brandit son badge bleu.

— Toujours bleu pour l'instant, Cornelia.

Elle sourit et son regard rhumatisant s'attarda sur sa cicatrice encore fraîche.

— Eh bien, mon cher, j'aimerais assez vous demander quels actes horribles vous avez bien pu commettre, mais je vous épargnerai cette question. On ne conserve pas un poste comme celui-ci en se montrant trop curieuse. Préparons-nous.

Sans se faire prier, Cornelia lut à haute voix les dispositions du règlement 41-2 de l'Agence, comme s'il s'agissait des Saintes Écritures.

— Tout voyage doit durer au moins treize heures, escales comprises, pour justifier l'achat d'un billet d'avion supérieur à la classe économique de base – ou son équivalent le plus proche – chez un transporteur américain (Delta, American, United, *et cætera.*).

Le « *et cætera* » prononcé comme un Amen.

Sam savait qu'on ne se bat pas avec le déploiement, donc il lui sourit et opina en répondant que bien sûr, un siège au milieu à l'arrière, près des toilettes, ce serait parfait. Elle réserva le billet et imprima les documents l'identifiant comme deuxième secrétaire (responsable de la communication) et s'occupa de l'hôtel.

— La chambre doit être située au-dessus du quatrième étage et au-dessous du dixième, mon cher, vous le savez. Il n'y a pas d'exception. Au-dessus du quatrième pour vous éloigner des voitures piégées, au-dessous du dixième pour que les échelles des camions de pompiers puissent vous atteindre. Il n'est pas question de vous réserver l'appartement-terrasse, à vous, les gars des opérations.

Elle regarda sa main gauche, sans alliance, et fit claquer sa langue.

LA TÉLÉVISION ÉTEINTE, SAM SE TRAÎNA vers le lit dans sa chambre de l'hôtel Four Seasons d'Amman. Il s'assit sur le rebord du lit alors que la circulation du lever du jour crissait et tournoyait sur le rond-point en contrebas. Il regarda la moquette, puis le placard. Il lissa les draps et prit une profonde et douloureuse inspiration.

Il s'habilla, maladroitement et péniblement. Alors qu'il se dirigeait vers la porte, il entendit frapper quatre coups. Il vérifia le judas, déroula la chaîne de verrouillage et l'ouvrit.

— Jaggers. C'est l'heure de rouler. Grosse journée aujourd'hui.

À la station, la fin de l'après-midi s'achevait et le soir s'annonçait. Procter sortit de son bureau. Un agent de soutien d'Amman apporta des plats du Bennigan's à l'équipe des opérations, maintenant réunie autour d'une table de conférence, en train de piocher dans des conteneurs en polystyrène renfermant des plats typiques des chaînes de restauration américaines : hamburgers, filets de poulet, rondelles d'oignon et d'énormes assiettes de frites.

— Le dernier Bennigan's du monde, m'a-t-on dit, s'extasia Procter. Ici, en plein milieu du désert.

Bradley était de veille à Langley. Ils avaient mis en place le téléphone satellite pour Amman. Sam appuierait sur le bouton.

Le téléphone déclencheur se trouvait maintenant entre Susan, l'experte en reconnaissance faciale, et un plateau de pommes de terre frites intactes. Procter dit à Sam qu'elle avait envie de faire pipi.

— Je suis ton garde du corps, alors tu viens avec moi.

Magnanime, elle l'autorisa à l'attendre à l'extérieur des toilettes. Lorsqu'elle en ressortit, elle lui indiqua une rangée de bureaux vides et s'assit. Il fit glisser une chaise en face d'elle. Elle sortit un élastique de sa poche pour s'attacher les cheveux.

— Tu n'obtiendras pas de rédemption de ma part, mais tu obtiendras le pardon. Peux pas faire mieux.

Il eut envie de la serrer dans ses bras.

— Merci, cheffe, dit-il à la place.

— Et je suis désolée pour ATHENA, reprit Procter. C'était notre fille chérie à Damas. Dorée sur tranche, une source de premier ordre. Et en plus le fait de ne pas savoir ce qui s'est passé et toute cette merde. J'ai dirigé un type à Kandahar qui a disparu. Il s'est juste volatilisé. Pouf. Ça m'a rendue folle. Ça me dérange encore aujourd'hui. Et je ne baisais même pas avec ce gars.

Sam était suffisamment à l'écoute de Procter pour interpréter cela comme un sentiment sincère, et non comme un rappel indirect de ses infidélités envers la CIA. C'était de l'empathie.

Il acquiesça. Les yeux de Procter se fixèrent sur les siens.

— Tu comprends que même si elle remonte à la surface, dans cette affaire, tu seras aussi bien accueilli qu'un Juif à La Mecque, n'est-ce pas ?

— Oui, bien sûr. Allez, cheffe.

Procter acquiesça et cracha dans une poubelle. Elle déroula ses cheveux et étira l'élastique autour de ses doigts.

— La nuit où tu m'as tout avoué. Dans cette planque merdique de D-City. Tu as dit un truc intéressant.

— J'ai dit pas mal de choses.

— C'est vrai. Mais tu as utilisé un mot intrigant, un mot que je n'ai pas rapporté au CI ou à la sécurité quand ils m'ont demandé quel était le fin mot de l'histoire après tes aveux à Landstuhl. Tu m'as dit : « Je suis amoureux d'elle, cheffe. » Citation directe. Pas « Je l'ai baisée, cheffe », ou « Nous avons couché ensemble, cheffe ». L'amour. Ça te dit quelque chose ?

Sam se rapprocha de Procter.

— Un jour, Bradley m'a signifié qu'on pouvait mentir à tout le monde sauf à la CIA. Alors je vous ai dit la vérité.

Elle secoua la tête.

— Ah oui, et c'est quoi le plan ? dit-elle. J'imagine que s'il s'agit de sexe, on passe à autre chose, on finit par s'en remettre. Mais l'amour, je le tiens de source sûre, c'est un putain de sentiment, beaucoup plus collant, pas commode de s'en débarrasser.

— Il n'y a pas de plan, dit-il. Il n'y a rien à faire.

Procter remit ses cheveux en place.

— J'imagine. Mais permets-moi de te poser une question, Jaggers. Quand tu m'as rejointe à Damas, tu étais un officier traitant plein d'entrain, en route vers un avenir glorieux. Maintenant… (Elle s'interrompit.) Tu es un peu diminué, disons-le.

Elle lui fit un sourire pincé.

— Diminué, c'est le bon mot, admit Sam. C'est exact. Alors quelle est la question ?

— Mariam en valait-elle la peine ?

La mention par Procter du véritable nom d'ATHENA, un manquement aux règles du métier – intentionnel, soupçonnait-il –, le prit au dépourvu. Mais avant qu'il ne puisse répondre, la voix de Susan l'interrompit depuis la salle de réunion.

— L'OGC vient de nous rejoindre.

Sam et Procter retournèrent dans la salle et virent Elias Kassab occupé à régler la caméra pour cadrer sur le bâtiment du Bureau de la sécurité. Sam prit place à côté de Procter, changea plusieurs fois de position sur sa chaise, regrettant d'avoir négligé sa dose de Vicodine du soir, pour son pied.

Ils virent Ali Hassan sortir et marcher lentement sur le trottoir.

— Où diable est Basil ? demanda Procter. Ce n'est pas ce putain d'Ali Hassan qu'on veut éliminer.

ALI ALLUMA UNE CIGARETTE ET SE DIRIGEA vers le poste de garde, en levant les yeux vers le ciel nocturne parsemé de nuages. Les dernières semaines avaient compté parmi les pires de sa vie. Il n'était pas rentré chez lui depuis quinze jours. Il n'osait plus se regarder dans le miroir. Cela n'avait plus d'importance.

Le titre d'Ali n'avait pas changé, pas plus que son salaire, ce qui n'était pas inhabituel pour une promotion en Syrie. Mais ce qui était inhabituel, et terrifiant, c'était l'étendue de ses nouvelles responsabilités. « Vous prenez la place de votre frère », lui avait dit Assad, avec son regard minéral, après qu'Ali lui eut expliqué qu'il avait tué Rustum. Le président n'avait pas réagi à cet aveu. « La Garde républicaine est à vous. Faites tout le nécessaire pour briser la rébellion. » Ali soupçonnait Assad d'avoir lancé une enquête parallèle sur son compte, mais jusqu'à présent, ce fantôme-là avait gardé ses distances.

Depuis lors, Ali s'inquiétait de voir sa santé mentale vaciller. Il faisait désormais un cauchemar récurrent dans lequel Layla criait, puis disparaissait dans un incendie. Ce rêve récurrent ne cessait de l'assaillir sur son lit de camp, dans son bureau, généralement juste avant l'aube.

Mais ce soir, il avait encore ce moment de pause avant de retourner à son travail et à ses cauchemars. Il écrasa sa cigarette et en alluma une autre en se faufilant entre les voitures garées le long du trottoir.

Il marchait d'un pas tranquille, en emplissant ses poumons de fumée. Il se revit ouvrir la gorge de Rustum et se gratta sa cicatrice en repensant à son frère, espérant que cela suscite un sentiment ou un autre. Colère, culpabilité, deuil, joie.

N'importe quoi.

Mais il ne ressentit rien, et ce souvenir se consuma dans la nuit pendant qu'il marchait.

SAM OBSERVAIT LA VIDÉO D'ALI QUI MARCHAIT et gratta lui aussi sa cicatrice, qui courait du côté gauche du cou jusqu'en bas de la joue. Il en suivit le tracé avec son pouce. Sentant que Procter l'observait, il laissa retomber sa main.

— Rien de neuf, Jaggers ? s'enquit-elle.

— Non. Toujours rien.

Ali était à une cinquantaine de mètres du Pajero.

— Il fait demi-tour, annonça Elias. Très, très lentement.

— Putain d'Ali, bougonna Procter. Retourne donc à l'intérieur et ramène-moi ce Basil.

KANAAN ATTENDAIT ALI DANS LE HALL d'entrée du Bureau de la sécurité.

— Il a enfin commencé à parler, patron. Je sais que vous êtes occupé, mais je pense que vous devriez lui dire un mot.

Ali suivit Kanaan au sous-sol, dans la même cellule que celle où était détenue la cousine de Mariam Haddad, cette fille maigrichonne avec son méchant cache-œil. Kanaan ouvrit la porte, Ali entra dans la pièce glaciale, alla s'asseoir à côté du prisonnier sur la dalle qui tenait lieu de couchette et alluma une cigarette pour se réchauffer.

— Ibrahim, dit Ali. Ou devrais-je dire Abou Qassim ? (Il sourit.) J'ai cru comprendre que tu avais avoué : tu as fabriqué la bombe qui a failli tuer le président.

— Et toi aussi, grommela Abou Qassim. Elle a failli te tuer, toi aussi.

— Oui, murmura Ali.

— Et ton frère.

— Tu m'aurais rendu service. Il se trouve que j'ai dû m'en occuper moi-même.

Ali lui souffla une boule de fumée à la figure.

Cueilli à froid, Abou Qassim détourna la tête, avant de baisser les yeux au sol.

Ali eut un claquement de langue.

— Mais je ne veux pas davantage d'informations sur le passé. Je veux connaître l'avenir.

— Quoi ?

— Où est la Peste Noire ? Ta femme, la tireuse d'élite. Où est-elle maintenant ? Où va-t-elle ?

Abou Qassim ferma les yeux. Il avait la respiration sifflante. Il sourit.

— C'est la seule chose que je ne peux pas te donner, général.

Ali se leva et éteignit sa cigarette par terre.

— Tu ne peux pas, mais tu vas le faire quand même.

Il fit un signe de tête à Kanaan, qui apporta un seau d'eau glacée et arrosa le prisonnier pour le préparer à une nouvelle séance. Abou Qassim cria, puis marmonna : « Sarya, Sarya, Sarya. » Sa manière de prononcer son nom rappelait à Ali celui de Layla.

À SON RETOUR DANS SON BUREAU, Ali entendit cette voix caractéristique.

— Je n'obtiens toujours pas de Kanaan les réponses qu'il me faut, fit Basil, assis dans la pièce.

Ali le rejoignit à la table et alluma une autre cigarette.

— Je suis surpris que tu réussisses à t'asseoir, Basil, avec la chevrotine que cette folle de la CIA t'a expédiée dans le cul le jour de ton raid de cinglé sur l'ambassade.

Ali sourit. Basil ignora cette remarque.

— C'est vous le responsable, c'est vous qui avez fait capoter mon opération contre l'ambassade des États-Unis, une opération dûment validée, fit Basil. J'ai besoin de réponses, et je ne les attends pas de Kanaan. Vous m'avez convoqué dans votre bureau. Donc c'est vous qui me recevez, grogna-t-il. Ne me renvoyez pas vers votre sous-fifre.

— J'essaie de gagner une guerre que vous avez failli perdre, mon frère et toi. À cause de cela, j'ai été très occupé.

Ali fit un signe de tête vers la porte, le priant de sortir. Basil cracha par terre. Il se passa la langue sur la moustache et, à son tour, alluma une cigarette, recracha les premières bouffées de fumée vers le visage d'Ali, à la table, en face de lui. Ce dernier resta assis.

— Sors, Basil.

— Vous faites…

— Sors.

Basil se leva, lentement, écrasa sa cigarette sur la table et tourna les talons, vers la sortie.

En temps normal, Ali ne menaçait personne. Il ne révélait pas non plus de secrets sous le coup de la colère. On n'accède pas au sommet de la moukhabarat syrienne en ouvrant le bec. Mais il avait des comptes à régler.

— J'ai vu ce que tu as fait aux Américains de l'ambassade, Basil. (Basil, le Comanche, s'arrêta de marcher vers la porte et se retourna lentement, les sourcils froncés, l'air perplexe.) Ce que tu as fait à Valerie Owens dans ce sous-sol. Ce que tu as fait à Hama.

Basil eut un grand sourire.

— Basil, dit Ali en éteignant sa cigarette dans le cendrier. J'ai toujours pensé que tu étais un petit diable, un démon. Mais tu n'es qu'un chien enragé qui veut que son maître le félicite chaque fois qu'il lui rapporte une carcasse. (Il se leva et s'approcha, jusqu'à ce qu'il puisse sentir l'haleine humide de Basil, sa moustache luisante de salive. Ils étaient face à face, les yeux dans les yeux.) Ton maître est mort, Basil.

Ali passa délicatement le doigt sur son front, comme une lame.

Basil avait cessé de sourire. Il se retourna et sortit, en crachant à nouveau sur le sol.

Allumant une autre cigarette, Ali ouvrit le tiroir d'un bureau et y récupéra un bloc-notes usagé. Il feuilleta le verso jusqu'à ce qu'il trouve la page. Trois montants chiffrés y étaient notés. Un numéro de téléphone.

Il tapa les chiffres sur un téléphone portable qu'il avait payé en cash. Puis il envoya un SMS.

LE TÉLÉPHONE DE SAM ÉMIT UN BIP. Ce son n'était même pas nécessaire ; de toute façon, il avait passé la nuit à consulter l'écran de ce foutu combiné. Il lut le texte en arabe : *Il sort.* Il montra le message à Procter, qui hocha la tête.

— Putain de merde, siffla-t-elle, on y va.

Sam regarda l'opérateur de la caméra cadrer sur l'entrée principale du Bureau de la sécurité. Basil passa devant le poste de garde et s'engagea sur le trottoir, en se faufilant entre les voitures en stationnement.

— Armez, ordonna Procter.

— Bien reçu. Armé.

— Susan ? fit Procter.

— Je suis dessus, cheffe. (Susan regardait le flux vidéo en temps réel d'Elias, et une deuxième série d'images défilait sur un autre écran.) Damas, peux-tu zoomer un peu plus ?

Elias resserra en gros plan sur le visage.

— Merci. (Plusieurs secondes s'écoulèrent.) Je viens d'envoyer l'évaluation à l'OGC.

— Bien reçu. J'ai les résultats de Susan et MOLLY, fit Gartner. Nous sommes prêts. C'est lui. C'est Basil.

— Rue et trottoir toujours dégagés, annonça Elias.

— Je saisis le numéro, fit Sam.

— Il marche plus vite qu'Ali, pas la même allure, remarqua Procter.

Sam vit Basil passer devant le coffre du Pajero. Procter marmonna quelque chose entre ses dents, une espèce d'incantation.

— Val. Zelda. En leur honneur.

Sam appuya sur la touche d'appel.

L'explosion déchiqueta la portière du Pajero, projeta un torrent de plastique fondu et d'éclats d'aluminium à travers la tête et le corps de Basil et cribla le mur en béton. À l'image, un nuage de fumée s'éleva du 4×4. Elias braqua la caméra sur la zone de déflagration, montrant le mur maculé de sang, une grosse chaussure noire et un morceau de peau hérissé de cheveux.

Cela ressemblait au sommet de son crâne.

VILLEFRANCHE-SUR-MER SCINTILLAIT AU LOIN. La femme se glissa dans une robe rouge, les cheveux relevés sur la nuque. Les fenêtres étaient ouvertes et les rideaux flottaient dans la brise nocturne. Un concert assourdi de klaxons et de sirènes retentit dans les rues en contrebas. Il remonta la fermeture Éclair de la robe de Mariam, elle laissa ses cheveux retomber dans son dos, il posa ses lèvres dans son cou. Il enroula une mèche de ses longs cheveux dans sa main et huma son parfum.

Quand nous serons vieux, nous pourrons peut-être vivre cela.

Sam se réveilla au son de l'appel à la prière. Il se sentait bizarre, et ce n'est qu'après avoir pris ses béquilles et avoir arpenté sa chambre dix bonnes minutes en se traînant, comme l'avaient recommandé les médecins de Langley, qu'il comprit de quoi il s'agissait. Il se sentait en paix. Pour la première fois depuis Damas.

Il se prépara un café, alluma la télévision et vit un reportage au sujet d'un nouveau tir de missile américain sur Damas et un bandeau déroulant annonçant : *Les forces spéciales américaines opèrent dans toute la Syrie.* Il éteignit la télévision.

Il resta à Amman un jour de plus. Il dormit. Il lut. Il but encore plus de café. Il se demandait quand il récupérerait un minimum de sensation dans son pied.

Mais surtout, il pensait à elle.

Procter arriva dans sa chambre d'hôtel au coucher du soleil, un simple morceau de papier plié dans sa main tendue.

— Je sais que tu as perdu tes accès et tes privilèges, Jaggers, mais j'ai une livraison spéciale en provenance d'une boîte morte de notre ancien terrain de jeu, lui annonça-t-elle. Les BANDITO continuent leurs rondes. J'ai sorti ça clando de la station, en enfreignant un paquet de règlements et de lois au passage. Mais merde. C'est à toi que c'est adressé, après tout.

Sam la regarda avec méfiance.

— L'instinct maternel, pourrais-tu dire.

Elle lui fit un clin d'œil, tourna les talons et ressortit, un geste pas tout à fait fluide.

Il sortit sur le balcon avec ce papier, et le déplia. Une tempête de sable gonflait dans le ciel rougeoyant, au sud.

56

MARIAM GRAVIT LA MONTAGNE dans un brouillard de douleur.

Elle se tenait le côté droit, le souffle court, en contemplant sa ville ravagée. C'était sa première longue marche depuis que les médecins l'avaient laissée sortir de l'hôpital. Ils lui avaient dit qu'elle avait eu de la chance. La lame s'était insinuée entre ses côtes et avait perforé un poumon. Mais l'hémorragie avait été rapidement stoppée. Elle se rétablirait complètement. Maintenant, elle voulait du grand air. Son médecin avait admis que cela lui ferait du bien.

CE MATIN-LÀ, RAZAN ÉTAIT ENTRÉE dans sa chambre très tôt, bien avant l'aube. Mariam, qui ne dormait pas, l'avait vue se glisser dans la pénombre. Elle portait un vieux sac à dos.

— Viens avec moi, *habibti,* lui avait-elle dit.

Mariam savait que ce jour viendrait. Depuis sa libération de la prison d'Ali Hassan et la disparition de l'oncle Daoud sous les bombardements, Razan était restée silencieuse. Mais ce n'était pas la Razan renfrognée des jours qui avaient suivi l'attaque initiale des moukhabarat. Elle semblait concentrée. Elle se préparait. Elle était prête à devenir une réfugiée.

Mariam s'était redressée dans son lit et elle avait serré sa cousine contre elle.

— Je ne peux pas venir avec toi, *habibti*. J'aimerais que ce soit possible.

Elles pleurèrent et Razan effleura de ses mains les doigts de Mariam.

— Ils ont l'air d'aller mieux, *habibti*, dit Razan.

Elles s'allongèrent sur le lit. Mariam passa ses mains dans les cheveux de Razan et elles somnolèrent vaguement, à ces heures sans horloge de la lente dérive vers l'aube. À un moment, Mariam se leva du lit et alla dans son dressing. Elle laissa la porte ouverte pour qu'entre le clair de lune. Elle trouva un peignoir et l'enfila. Si Ali avait installé des caméras dans sa chambre, elle pourrait expliquer cette excursion. Assise sur le sol, elle sortit une boîte remplie de papier nichée sous un amas désordonné de vêtements. Elle était pleine à ras bord de vieilles photos, de lettres, de prospectus, de magazines qu'elle n'avait pas pris la peine de jeter. Elle trouva l'enveloppe arrivée plus tôt dans la journée, affranchie de timbres français qui lui avait noué le ventre la première fois qu'elle l'avait vue. Elle avait attendu toute la journée. Razan s'affairait dans l'appartement et elle voulait être seule lorsqu'elle l'ouvrirait. Avec calme, avec soin, elle décacheta l'enveloppe en tirant sur le rabat de papier gommé, et se mit à feuilleter les dépliants touristiques. Elle vit le château d'Èze. Elle resta figée un moment dessus jusqu'à ce qu'elle se rende compte qu'elle avait cessé de respirer. Elle ferma les yeux et inspira longuement. Il lui signifiait qu'il était en sécurité, hors de la prison d'Ali. C'était maintenant son tour à elle.

Elle retourna dans le lit et se blottit contre Razan.

— L'ONCLE DAOUD M'A RENDU VISITE avant de disparaître, dit enfin Mariam, alors que le soleil se levait. (Razan se redressa, l'air perdue.) Il m'a donné une liste des sites que la Garde républicaine avait prévu d'employer pour lancer son attaque chimique.

Incrédule, Razan détourna les yeux. Elle regarda par la fenêtre, en silence.

— Il voulait que je transmette l'information à des amis.

— Des amis ?

— Oui.

— Il t'a demandé ça ?

— Il me l'a demandé. Il a insisté. Même s'il savait ce que cela signifierait pour lui.

— Et tu leur as transmise ?

— Oui.

Razan resta silencieuse un moment.

— Puis les bombes sont arrivées, chuchota-t-elle. Et elles ont tué papa.

Mariam se rallongea sur le lit et pleura. Razan se blottit contre elle. Elles restèrent silencieuses jusqu'à ce que deux coups de klaxon retentissent dans la rue. Puis un troisième, plus long. Razan sortit un hijab de son sac à dos et l'enfila.

— Tu as tout arrangé ? demanda Mariam en s'essuyant les yeux. Papiers, passeport, argent ?

— Oui, *okhti*. J'ai fait attention.

Elles s'étreignirent et Mariam sentit ses jambes se dérober. Elle regarda sa cousine, s'efforçant de fixer mentalement autant d'images d'elle que possible : les longs cheveux, les jambes grêles, le sourire malicieux, les yeux ardents – bien qu'elle se fût imaginé le cache-œil disparu et ses deux yeux à nouveau fonctionnels. Razan se dégagea de son étreinte et chargea le sac à dos sur son épaule.

— Je t'aime, *okhti*, fit-elle. Et je comprends pourquoi tu es obligée de rester.

— Et je sais pourquoi tu es obligée de partir, *okhti*, répondit Mariam. Mais ainsi, je t'aime encore plus.

Razan se dirigea vers la porte.

— Attends, dit Mariam. Je ne veux pas savoir où tu vas, mais j'ai besoin de me raccrocher à quelque chose. Pour t'imaginer dans ta nouvelle vie, au cas où nous ne nous reverrions pas pendant... pendant... longtemps. (Mariam contracta la mâchoire, pour ne pas pleurer. Le visage de Razan était tout aussi crispé.) Quel sera ton nouveau nom, celui que tu utiliseras pour t'échapper ? lui demanda-t-elle.

Le visage de Razan s'illumina.

— Oum Abiha, lui répondit-elle.

Puis elle se retourna et s'en fut.

SUR LA MONTAGNE, L'AIR DU SOIR VIBRANT CONTRE SA PEAU, Mariam se dirigeait vers le sommet. « Cette fille a le feu sacré », avaient-ils dit après qu'elle avait anéanti ses adversaires de *sparring*, du temps de sa jeunesse parisienne. Des coups dévastateurs, des angles serrés, une énergie brutale. La vengeance qui brûlait dans ses yeux. À chaque coup, à chaque frappe, elle se réaffirmait, et elle taillait sa cage en pièces.

Elle poursuivit son chemin en contemplant la ville. « La Syrie, disait son oncle, c'est le cœur du monde. Un sang ancien coule ici. Ses villes sont restées debout depuis la création et le resteront jusqu'à la fin. Et c'est ici, disait-il en pointant son doigt vers le sol, que le monde prendra fin. »

Elle vit les lumières briller dans le centre de Damas, et des tours de fumée s'élever au-dessus des faubourgs de la ville.

L'éclat éblouissant du Palais, où le président gérait ses possessions.

Les bannières noires du djihad déployées dans l'obscurité de Douma.

Elle se souvint d'une manifestation, du cri de sa cousine, et sentit l'espoir s'envoler, laissant place à une guerre entre dieux rivaux.

Et je vous détruirai tous les deux.

Elle était toute proche maintenant, à chaque pas elle soufflait, elle transpirait, s'efforçant d'atteindre le sommet. Elle ne parvenait pas à chasser Sam de son esprit. Ils étaient compagnons de route, et son partenaire n'était plus là. Elle connaissait le nom de ce sentiment et se força enfin à le chuchoter pour la première fois, tout en gravissant la montagne.

Elle atteignit le sommet alors que quelques derniers doigts de lumière disparaissaient derrière l'horizon, à l'ouest de Damas. Elle s'agrippait le flanc. Continuer à avancer. Continuer à se battre. Continuer. Elle s'assit sur un mur de pierre et regarda son ancienne maison. Elle vérifia qu'elle était bien seule. Elle retira le mot de sa chaussure.

Elle lui parla, en s'adressant à ce papier, de tout ce qu'elle ne pouvait écrire.

Mariam s'agenouilla et glissa le mot dans la boîte de conserve. Puis elle se leva et entama la descente de la montagne.

REMERCIEMENTS

L'ÉCRITURE D'UN ROMAN EST UN SPORT d'équipe solitaire. En période d'écriture, je restais presque tous les jours assis devant un ordinateur, seul, à créer un monde fictif peuplé de personnages fictifs. L'écriture est, par nature, une entreprise solitaire. Mais, en fin de compte, un livre nécessite la présence de la famille, des amis et des partisans qui l'accompagnent pour le faire entrer dans le monde réel. Et ce roman en a bénéficié à profusion.

Je suis extrêmement reconnaissant envers Star Lawrence, mon éditrice chez Norton, qui a cru en moi et s'est investie dans cette histoire, et dont les commentaires si vivants ont été autant d'inestimables leçons sur l'écriture et la narration. Merci d'avoir bien voulu miser sur moi.

Mon agent, Rafe Sagalyn, a lu les premiers jets et les premiers chapitres, les a affinés et m'a encouragé à continuer. Il a contribué à mener ce projet à travers le désert de ces premières ébauches jusqu'à la terre promise d'un contrat d'édition, et je lui en serai éternellement reconnaissant.

Don Hepburn, avec qui j'ai passé plusieurs semaines à voyager au Moyen-Orient au plus fort de la guerre en Syrie, a aimablement joué le rôle de conseiller et de confident tout au long du processus d'écriture. Il m'a fourni une source inestimable de compétences, d'histoires de guerre et de leçons opérationnelles qui émaillent ce roman. Tous les manquements aux règles de l'art sont, bien entendu, de mon fait.

Dave Michael, ami d'université et victime occasionnelle de mes farces, s'est hissé au rang d'ambassadeur de l'Union européenne et, en éditant ce livre, m'a aussi appris à bien écrire. Je te remercie d'avoir donné du fil à retordre à ce roman. Ce dernier en sort grandi.

Mon père, auteur à part entière, a lu plusieurs versions du manuscrit, m'a fait part de ses commentaires judicieux et à chaque étape m'a encouragé à aller de l'avant. Merci, papa, d'avoir toujours été là.

Kent Woodyard, un ami très cher et un être humain très au-dessus de la moyenne, m'a donné des conseils et des idées alors que le livre n'était guère plus qu'une ébauche sur une serviette de table. Des années plus tôt, il a également résisté à ma première tentative d'écriture, laquelle était peu concluante. Je te remercie de bien vouloir continuer à lire les textes que je t'envoie et de répondre parfois à mes appels téléphoniques.

Alex Holstein m'a offert un retour d'information prémonitoire, lucide et franc, ainsi que ses encouragements et son humour à chaque étape du processus. Son soutien moral et son esprit de camaraderie ont été déterminants.

Tim Grimmett a veillé à ce que je ne rate pas trop les scènes de Damas et m'a évité plusieurs erreurs gênantes.

Il est extrêmement gratifiant de voir une équipe se former derrière une histoire. Et les équipes de Norton, ICM et Curtis Brown se sont fortement mobilisées. Nneoma Amadi-obi a fait avancer les choses. Dave Cole m'a sauvé de l'erreur et a apporté quantité d'améliorations. Rory Walsh avait les réponses à mes questions. Stephanie Thwaites et Helen Manders, de Curtis Brown, ont défendu le livre dans le monde entier. José Prata, de Lua de Papel au Portugal, a fait preuve d'une immense gentillesse et aura été le premier éditeur étranger à acheter le livre.

De nombreux autres amis très chers et anciens collègues de l'Agence ont lu les premières versions du manuscrit et m'ont apporté leur aide en cours de route. Hunter et Mary Beth Allen, Elisabeth Jordan, Blake Panzino, Marcus Gibbons, Mike et Jenny Green, Mark Weed, Griffin Foster, Jon Flugstad, Beryl Frishtick, John Wilson, Thomas Kivney, Anna Connolly, Erin Yerger, Sarah G., Becky Friedman, Betsy et Tim Martin, Elle Varnell, Rob et Sahar Sea : tous ont pris le temps de lire et de donner leur avis. À chacun d'entre vous, je suis infiniment reconnaissant. Sans avoir été l'un de ces lecteurs, Brice Wells a donné au département artistique de Norton une généreuse longueur d'avance en réalisant une esquisse de la jaquette du livre (littéralement) sur une serviette de table après plusieurs ranch waters (tequila, jus de citron et eau gazeuse) au bar Reata de Fort Worth. En fin de compte, malheureusement, très peu d'éléments de cette idée initiale assez rugueuse ont survécu.

Mes premiers lecteurs vivant à Damas – anonymes, pour leur protection – m'ont également fourni des informations et des points de vue précieux, et les erreurs et les libertés créatives sont les miennes. Si j'ai fait de mon mieux pour rendre Damas authentique, il convient de mentionner ici aussi une dimension créative : bien qu'il y ait effectivement quelques panoramas pittoresques et un restaurant acceptable sur le mont Qassioun, les pistes de running qui figurent en bonne place dans ces pages en offrant des boîtes mortes à Mariam sont le fruit de l'imagination. La montagne elle-même est fortement militarisée et, d'un point de vue technique, constituerait un site de dépôt atroce.

La Syrie de ce roman, bien que fictive, s'inspire d'événements réels qui se sont déroulés au cours des deux premières années du soulèvement, en 2011-2013. L'ambassade des États-Unis à Damas, par exemple, a effectivement été envahie et vandalisée en juillet 2011 par une foule pro-Assad qui, sans commettre de violences, a laissé derrière elle des fruits pourris, des graffitis obscènes et un système d'air conditionné inopérant. Le massacre (et ses conséquences) qu'Abou Qassim et Sarya ont observé sur la route de Damas s'est effectivement produit, en mai 2012, à Taldou, l'un des nombreux villages de la région de Houla, dans le centre de la Syrie.

Les récits diffèrent, il est vrai, mais il est probable que plus d'une centaine de personnes ont été tuées, la plupart au terme d'exécutions sommaires, par les forces et les milices progouvernementales. Plus de la moitié des morts étaient des femmes et des enfants. L'attaque au sarin fictive lancée par Rustum a malheureusement eu un précédent bien trop réel sur le champ de bataille syrien. Plus de trois cents attaques à l'arme chimique ont eu lieu pendant la guerre civile, la grande majorité d'entre elles ayant été menées par le régime syrien contre des centres de population tenus par les rebelles. La plus tristement célèbre, l'emploi de sarin en août 2013 dans les faubourgs de la Ghouta de Damas, dont Douma fait partie, aurait tué plus d'un millier de personnes. La bombe qui a failli tuer Ali, Rustum et le président Assad s'inspire d'un attentat perpétré le 18 juillet 2012, au cours duquel – encore une fois, les témoignages divergent – un groupe de rebelles a vraisemblablement placé une bombe à l'intérieur du siège du Bureau de la sécurité nationale, dans le centre de Damas, et l'a fait exploser au cours d'une réunion de haut niveau de responsables militaires et des services de renseignement. Parmi les morts, on comptait le ministre de la Défense, le vice-ministre de la Défense – également beau-frère du président –, le ministre de l'Intérieur, le chef du Bureau de la sécurité nationale, ainsi qu'un conseiller du Palais et ancien ministre de la Défense. Le président n'était pas présent lors de l'attentat proprement dit et, bien entendu, les personnages fictifs d'Ali et Rustum étaient également absents.

Ce roman n'aurait pas vu le jour sans mon expérience à la CIA. J'ai essayé de représenter l'Agence – ses agents, son savoir-faire et ses opérations – aussi fidèlement qu'il était possible et admissible de le faire, compte tenu de l'impératif permanent de protection des informations classifiées. Je tiens à remercier la commission de révision des publications de la CIA, dont les lecteurs ont passé au crible plusieurs versions de ce manuscrit afin de s'assurer que rien ne mettrait en danger les sources et les méthodes.

La construction de la CIA fictionnelle propre à ce roman a été très amusante, tout comme l'introduction discrète de détails réels qui rendent parfois la vie dans ce monde secret si bizarre. En effet, sur un registre plus léger, il y a (ou il y avait, du moins) un distributeur de hot-dogs à l'intérieur du quartier général de la CIA à Langley, les horloges n'ont jamais été tout à fait synchronisées, selon les pays étrangers il était en effet possible de rentrer dans sa chambre d'hôtel et de découvrir des excréments humains sur son lit, et, comme le déplore Sam, il est vrai que la CIA est capable de traquer des terroristes jusque dans des cols de montagne reculés tout en ayant quelquefois du mal à se procurer des fournitures de bureau de base.

Pourtant, malgré toutes ses imperfections et ses complications, j'aime et j'admire la CIA et j'espère que les lecteurs de ce roman en sortiront avec une meilleure compréhension de sa mission et des sacrifices consentis par ses agents pour protéger les États-Unis et tout ce qui compose leur mode de vie. La CIA reste une institution essentielle pour la préservation de notre sécurité et de l'ordre mondial. Ses officiers traitants, ses analystes, ses spécialistes du ciblage, ses officiers de soutien, ses scientifiques et techniciens, ses codeurs, ses linguistes, ses cadres (pour la plupart), ses concierges, ses techniciens, ses SIS (Senior Intelligence Services), ses SOO (Staff Operations Officers), ses contractants, ses blousons verts, ses CMO (Collection Management Officers) et bien d'autres cadres nous permettent de vivre dans un monde plus sûr et plus agréable. Ils travaillent sans relâche, et en grande partie dans l'ombre, pour notre grande république. Nous leur sommes tous redevables.

Je tiens également à remercier mes deux garçons, Miles et Leo, qui, après chaque journée d'écriture, ont joué le rôle de joyeux comité d'accueil – parfois déchaîné – pour mon retour dans le monde de la réalité. Leur énergie, leur verve, leur humour et leur amour inconditionnel ont influencé ce livre d'innombrables façons. Bien que vous ne soyez pas encore en âge de lire ceci (ou autre chose, d'ailleurs), j'espère qu'il vous apportera un jour un peu de la joie que j'ai eue à l'écrire à vos côtés. Et ma fille, Mabel, qui vient de naître. J'espère qu'un jour ce livre te rendra fière.

Enfin, et surtout, tous mes remerciements et mon amour vont à ma femme, Abby. Elle a élaboré des intrigues et des personnages clés, et a été tout au long de l'écriture de ce livre sa principale défenseuse, ma complice et ma muse. À chaque embranchement sur ce parcours, lorsque l'idée d'abandonner semblait séduisante, elle m'a poussé à aller de l'avant. Je ne pourrais pas avoir de meilleure partenaire, que ce soit dans l'écriture ou dans la vie.

RÉALISATION : NORD COMPO À VILLENEUVE-D'ASCQ
IMPRESSION : NORMANDIE ROTO IMPRESSION S.A.S À LONRAI
DÉPÔT LÉGAL : MAI 2024. N° 156684-05 (2404591)
IMPRIMÉ EN FRANCE